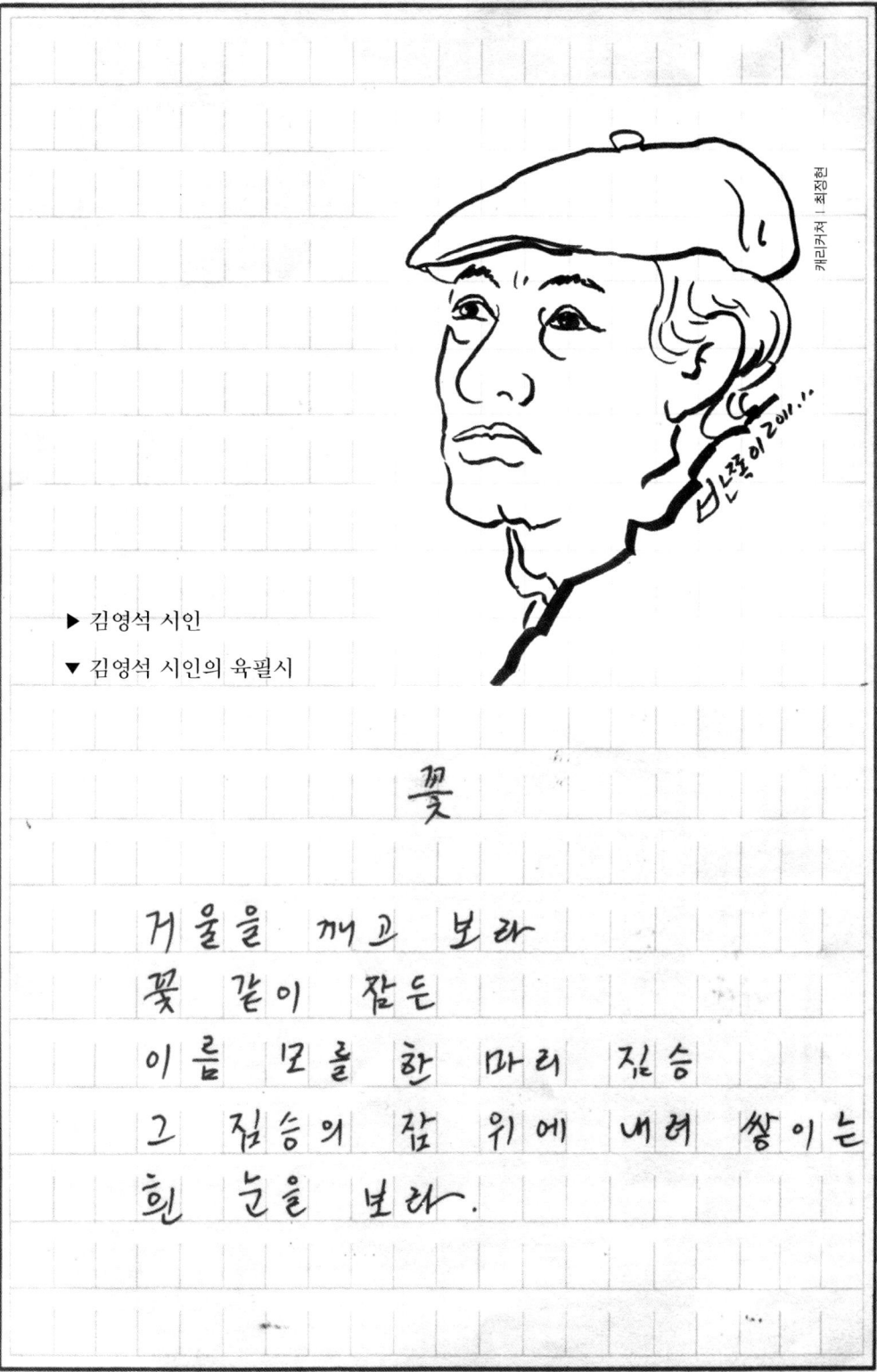

반쪽이 2011...

▶ 김영석 시인
▼ 김영석 시인의 육필시

꽃

거울을 깨고 보라
꽃 같이 잠든
이름 모를 한 마리 짐승
그 짐승의 잠 위에 내려 쌓이는
흰 눈을 보라.

三可齋書室

김영석 시의 세계

배재대학교 현대문학회 엮음

국학자료원

일러두기

- 모든 글 끝에 게재지 서지사항을 달아 두었다. 서지사항이 없는 세 편은 이 책에 처음 수록되는 것이다.
- 필자의 약력은 대개 그 글이 발표된 당시의 것으로 하였다.
- 몇 편의 글은 편집 편의상 시집론, 작품론, 서평 등의 분류에 적당히 편입했다.
- 인용구는 겹따옴표("")로, 인용구이지만 지문 속에서 다만 강조될 경우는 홑따옴표('')로 가급적 통일하였다.
- 독자의 이해를 돕기 위해 <부록>에 김영석 시인의 시론 몇 편을 덧붙였다.

책을 펴내며

이 책은 각 문예지와 학회지 등에 흩어져 있는, 김영석의 시에 대한 여러 연구자들의 글을 한 데 모아 엮은 것이다.

우리 현대시의 역사도 벌써 100년을 넘어 또 다른 미지의 세기를 향하여 장강처럼 도도히 흐르고 있다. 짧지 않은 그 흐름의 깊이와 폭이 드러내고 있는 다양한 정신의 모험과 풍요로운 결실을 한 두 마디로 마름질하기는 결코 쉬운 일이 아니다.

그러나, "고려가요에서 개화한 여성주의 문학은 연면히 이어오면서 한국시의 편향된 주류를 형성한 반면, 향가에서 보여준 생의 본질과 현상 너머의 세계에 대한 탐구의 남성주의 문학 전통은 안타깝게 단절되었다."(김현, 「허무 그 바다에서의 부상」, 문학사상, 1974.9)고 하거나, 한국시의 일반적인 병폐가 자위적인 감정주의적 자기만족에 안주하는 것이라고 지적하면서, "한국 현대시의 실패는 단적으로 불가시의 세계를 보려고 하는 형이상적 충동의 결여에 있다."(김우창, 「한국시와 형이상」, 『궁핍한 시대의 시인』, 민음사, 1974)고 하는 선언적 규정들은 일단 한국시 전체의 얼개를 보는 하나의 전망점이 되기에 충분하다.

이러한 전망점 위에서 곧게 바라볼 때, "김영석 시인이 추구해 온 불가지, 불가시의 세계에 대한 탐구는 가시적인 것, 현상적인 것에 지나치게 의존하는 우리 시의 풍토에서 오롯이 빛나는 면모이다."(이형권)라고 하거나, "한국의 현대시가 주로 개아의 자기중심주의로부터 비롯되는 길을 밟고 있는 반면, 김영석 시인은 주체를 지우면서 개아 너머의 근원적 세계를 겨누고 있다는 점에서 수많은 우리의 근현대 시인들 일반과 구별된다."(정효구)고 말하는 것은 조금도 외로 어긋나지 않는다. 또 이에 미루어, "김영석 시인이 우리 시사詩史에서 새롭게 사유하고 실험하고 창작해 온 <사설시>와 <관상시>가 우리 시의 권역을 넓히는 데에 기여했다."(유성호)고 하는 평가도, 특히 설화배경의 향가와 고려사 악지의 악부시 형식, 그리고 대승경전의 필법을 새롭게 이은 <사설시>(고은, 최동호, 신범순, 호병탁, 박윤우 등)에서 군더더기 없이 적실하다.

감성과 이성의 원만한 통합이 중요하듯이 시의 창작과 시사의 발전에서도 여성원리와 남성원리는 상보적인 관계로 원만한 조화를 이루어야만 한다. 그런데 앞에서 지적된 바와 같이 우리의 현대시는 일방적인 여성원리의 편향성을 보이면서 발전해 온 나머지, 오늘날 우리 모두가 쉽게 확인할 수 있는 온갖 쇄말적인 병폐를 낳게 되었다. 이러한 상황에서, 다른 것은 다 그만두고 김영석 시인이 향가의 남성원리의 시정신과 그 형식을 되살려 결실을 보여준 성과만 들더라도 그것은 결코 과소평가될 수 없는 것이다.

우리는 이 책을 엮어 내면서, "김영석 시인의 독창적이고 오롯한 시적 성취에 비하여 우리 평단의 평가는 너무나 인색하였다."(유성호)고 하는 말에 새삼 동의하지 않을 수 없다. 우리는 이런 점에서 아직은 허술한 이 책이 그와 그의 시에 대한 앞으로의 연구와 평가에 작은 디딤돌이 되기를 기대한다.

재수록을 허락해 준 여러 필자들에게 깊은 감사의 뜻을 전한다.

2012.4.
배재대학교 현대문학회

차례

책을 펴내며

제1부 | 시인론

제2부 | 시집론

제3부 | 작품론

제4부 | 서 평

제1부

시인론

고요와 텅 비어있음을 통한 일여적 통찰

—김영석의 시세계

박 호 영

1. 철학적 시와의 만남

김영석은 1970년 <동아일보> 신춘문예에 시 「방화」가 당선되어 등단한, 시력 40년이 넘는 시인이다. 그러나 내가 알기로 지금까지 낸 시집은 대여섯 권 정도밖에 되지 않는다. 그 정도면 분명 과작에 속한다. 하지만 시 전체를 살펴볼 때 한 편 한 편이 어느 것 하나 심상한 것이 없다. 대개 시를 잘 쓴다는 시인도 십여 편 정도의 시에 수작은 잘 해야 한두 편 정도에 그치는 것이 상례이나, 그의 시들은 가볍게 넘겨볼 것이 거의 없다. 신중을 기해서 시 창작에 임하고 있다는 얘기이다. 요즈음 시를 쓰는 이들이 귀감을 삼을 일이다.

김영석의 시를 한 마디로 말한다면 철학적인 시이다. 그가 유 · 불 · 선 삼교가 회통하는 동양사상의 중심인 도에 일찍이 주목한 것은 널리 알려진 사실이지만, 그뿐만 아니라 서양사상에도 관심을 기울이고 그를 자양분으로 삼는 것 같다. 그의 시에서 하이데거적 사유를 심심치 않게 만날 수 있는 것이 그 한 예이다. 그의 시의 장점은 이렇게 동서양의 철학이 바탕에 깔리고 있지만 결코 난해하지 않다는 데에 있다. 물론 그렇지만 쉽게 읽히는 만만한 시는 아니다. 독자가 주의 깊게 읽지 않으면 그 서정 속에 담긴 철리를 만나지 못한다. 아마도 많은 이들이 그의 시에 생소한 이유는 이러한 이유 때문이리라. 그의 시는 한 마디로 현상만을 추구하고 본질을 외면하는 현실에서 우리가 추구해야 할 삶의 방향을 철학적으로 제시한다. 이제 그의 시세계를 그가 주된 관심을 보이는 몇 가지 주제를 중심으로 살펴보기로 한다.

2. '고요'와 일여적 세계관

김영석의 시에서 자주 만나게 되는 시어 중의 하나는 '고요'이다. 이에 대해서는 이미 최근 시집 『바람의 애벌레』(시학, 2011)의 해설을 쓴 이형권이 주자의 『근사록』을 인용하여 "현실의 소리가 없는 무의 세계로서 우주의 궁극적 원리에 해당한다"(129쪽)고 밝히고 있는 터이다. '우주의 궁극적 원리'라 하면 결국 우리가 지향해야 하는 바가 '고요'라는 얘기가 된다. 이 점에 있어서는 하이데거도 마찬가지다. 그는 "고요란 무엇인가? 적막의 적막함이란 무엇인가?"라고 묻고, 이 물음에 대해 "고요, 그것은 엄밀하게 사유해 본다면 모든 운동들보다도 끊임없이 더 운동하고 있으며, 개개의 모든 운동보다도 언제나 더 활동적이다"라고 잠정적인 대답을 내놓고 있다. 함묵이 곧 사자후라는 역설과 통한다. 그러나 물론 이것이 하이데거의 최종적인 답은 아니다. 그는 한 걸음 더 나아가 결론적으로 매듭 짓기를 "고요는 '울림'이다. 언어는 세계와 사물들 간의 차이를 내밀하게 펼쳐 보여 사물들의 '부름'이 무엇인가를 말하는 바, 언어가 말하고 있는 이러한 '부름'은 '적막의 울림'으로서 일어난다"(H. P. 헴펠, 이기상·추기연 역, 『하이데거와 선』, 민음사, 1995, 308쪽) 하고 있다. 여기서 '적막의 울림'이 바로 '고요'이다. 그러니까 '부름'을 가능케 하는 것이 '고요'요, 이 '부름'이 중요한 것은 사물들이 사물들로서 오도록 명하고, 동시에 유랑 길에 있는 죽을 자들이 바로 이 '사방' 속으로 오도록 명하고 있기 때문이다. 이 때 '사방'이란 하이데거에 의하면 존재하는 모든 것을 자신 곁에 집약시키며 머무르게 하는 저 '풍부한 관계'이다. 그러므로 그의 말을 다시 정리하자면 고요는 곧 기이한 적막함이요, 이 적막함에 의해 사방은 충족에 이르고, 사방은 이제 울림 속에서 이 적막함에 귀 기울일 준비가 되어 있는 자에게 말을 건네는 것이다. 김영석은 이러한 '고요'를 시 속에 펼쳐 보이고 있다.

> 사랑하는 이여
> 사람은 너무 크거나 작은 것들은
> 아예 듣도 보도 못하나니
> 제 이목구비만한 낡은 마을을 세우고
> 때도 없이 시끄럽게 부딪치나니
> 사랑하는 이여
> 이제 이 마을 살짝 벗어나
> 너무 크고 작아 그지없이 고요한 곳
> 저 배롱나무꽃 그늘에서 만나기로 하자
> 그 꽃 그늘에 고대古代의 호수 하나 살고 있고
> 호수 중심에 고요한 돌 하나 있으니
> 너와 나 처음 만난 눈빛으로
> 배롱꽃 등불 밝혀 돌 속으로 들어가
> 이제 그만 아득히 하나가 되자.

—「배롱나무꽃 그늘」전문

'배롱나무꽃 그늘'이란 공간은 어떤 곳인가? 고대의 호수가 있고, 호수의 중심에는 고요한 돌이 있으며, 사람들의 마을을 살짝 벗어난 고요한 곳이다. 그냥 '호수'라 하지 않고 '고대의 호수'라고 함은 훼손되거나 오염되지 않은, 순수함을 간직한 호수임을 강조하기 위해서이다. 그 호수는 너무 커서 사람들이 그것들을 듣지도 보지도 못하여 시끄럽게 부

딪칠 염려가 없다. 사람들이 시끄럽게 부딪치는 것은 자신의 이목구비
만한 규모를 갖추고 있을 경우이다. 그 경우는 귀와 눈과 입과 코에 예속
되어 속물화됨을 벗어나지 못한다. 시인이 "사람들의 마을을 벗어난 곳"
이라고 굳이 밝힘은 세속적이 아닌 곳임을 강조하는 의도적 장치로 풀
이된다. 그러면 호수 중심에 돌이 있다는 것은 무엇을 말하고자 함인가?
돌은 무엇이 돌로 변하였든지 그 단단함으로 이미 확고한 존재가 된 사
물이다. 해체나 변질이 있을 수 없다. 더구나 그냥 돌이 아니라 '고요한
돌'이다. 이것은 호수와는 상대적으로 너무 작아 사람들의 관심에서 멀
어져 있고, 스스로 사방의 모든 것들에 귀기울이고 있다. 그러므로 '배롱
나무꽃 그늘'은 바람직한 모든 것을 갖춘 공간이다. 이제 너와 내가 처음
만난 눈빛으로 그 공간에 자리잡으면 된다. 즉 그 눈빛처럼 환하고 순수
하게 배롱꽃 등불을 밝혀 누구의 틈입도 허용치 않는 둘만의 단단한 공
간인 돌로 들어가 하나가 되면 되는 것이다. "이제 그만 아득히"란 구절
은 화자가 이 순간부터 사람들의 세상과는 영원히 절연하고자 함을 내
포한다. 우리가 여기서 주목할 것은 '그지없이 고요한 곳', '고요한 돌'에
서 감지되는 시인의 의식이다. 수식어 '고요한'은 시인이 얼마나 '고요'
의 경지를 추구하고 있는가를 여지없이 보여준다. 다음 시도 같은 차원
에서 얘기될 수 있다.

> 푸른 산빛이 눈 되어
> 나를 바라보고
> 흐르는 물소리 귀가 되어
> 내 숨소리 들으니
>
> 어디선가 풀꽃 하나
> 고요히 피었다 지네.
>
> ―「꽃 소식」 전문

내가 푸른 산빛을 바라보는 것이 아니고, 내가 흐르는 물소리를 듣는 것이 아니다. 푸른 산빛이 나를 바라보고, 흐르는 물소리가 내 숨소리를 듣는다. 내가 모든 현상의 중심이요, 모든 것을 주관한다는 생각은 착각이다. 이런 역전의 현상이 얼마든지 가능한 것이다. 시인은 범아일여의 사상을 바탕으로 우주의 모든 것과 나는 하나라는 사실을 깨우치려 하고 있다. 사람들이 집착에 빠져 있고, 그로 인해 고통을 받고 있는 것은 남을 무시하고 나를 내세우기 때문이다. 그로 인해 이 세상이 혼란스럽다. 그렇다면 어떻게 살아야 하는가? 바로 다음 연에 나오는 풀꽃처럼 어디인지도 모르게 숨어서 고요히 피었다 지는 삶을 살면 되는 것이다. 그것이 자연을 구성하는 하나의 존재로서 바람직한 삶이다. 시인의 이러한 삶의 태도는 모든 사상事象이 일여적一如的 관계에 있다는 믿음에서 비롯된다. 일여적 사상의 바탕에서는 얼마든지 내가 풀꽃이 될 수 있다. 그런 의미에서 "어디선가 풀꽃 하나 / 고요히 피었다 지네"는 자족적인 자세로 사방을 충족에 이르게 하는, 고요의 풀꽃이 되고자 하는 동일화 지향을 내보인 것이라고 할 수 있다. 다음 시를 거론하면서 그의 일여적 세계관을 좀 더 자세하게 살펴보기로 한다.

> 백 리를 달려가
> 싸리꽃으로 싸리꽃을 보고
> 천 리를 돌아
> 모란꽃으로 모란꽃을 보느니
> 저 깊고 멀어 푸르른
> 모란꽃 속 고요에 들어
> 싸리꽃 푸른 고요와 하나가 되리.
>
> ― 「싸리꽃 푸른 고요」 전문

싸리꽃의 참모습은 싸리꽃을 보는 자가 싸리꽃이 될 때 파악이 된다. 마찬가지로 모란꽃 역시 모란꽃으로 모란꽃을 볼 때 그 실체가 드러난다. 그렇다면 싸리꽃이 되고, 모란꽃이 된다는 것은 무슨 의미인가? 주객일체가 된다는 것이다. 사실 만유의 근본은 같다. 만유는 한 뿌리에서 나와 근본이 같고 평등하다. 구별과 차이를 준 것은 인간이다. 인간은 사물들이 소유하고 있지 않은 의미들을 그것들에게 부가하였다. 만약 인간이 사라져 버린다면 싸리꽃이나 모란꽃이나 매한가지다. 예를 들어 모란꽃이 싸리꽃보다 귀하고 잘났다는 식의 차별적인 평가란 없다. 그러므로 화자는 지금 백 리를 달려가든지 천 리를 돌든지 그 수고로움을 감수하면서 싸리꽃으로 싸리꽃을 보려 하고, 모란꽃으로 모란꽃을 보려 한다. 그리고 더 나아가 모란꽃 고요 속에서 싸리꽃 고요와 하나가 되고자 한다. 그 고요라 함은 사방의 것들과의 충족을 이룬 싸리꽃의 실재요, 모란꽃의 실재다. 이 부분에서 우리는 김영석이 추구하는 일여의 사상을 엿볼 수 있다. 그는 말하길 "있음과 없음, 구상과 추상, 의미와 무의미, 자아와 세계, 존재와 언어 등 무수한 대립항들이 동양의 사유 전통에 따라 일여적인 것이라 생각한다. 다시 말하면 그것들은 하나이면서 둘이고, 둘이면서 하나이다. 그것들은 상호 순환적이고 상호 생성적이다. 그래야만 생명과 존재와 자유가 하나가 되어 살 수 있다"(김영석, 『나는 거기에 없었다』, 시와시학사, 7쪽)고 하는데, 여기서 그 진면목이 여실히 드러나고 있는 것이다.

3. '텅 비어있음'의 의식

김영석 시인의 시에서 또 하나 눈여겨 볼 것은 '텅 비어있음'에 대한 지향이다. '텅 비어있음'은 인간이라면 누구나 갖게 되는 느낌이다. 특히 나의 존재란 무엇인가 하는 물음을 스스로를 향해 던질 때 그 느낌은 점점 더 커지게 된다. 이 느낌으로 말미암아 인간은 불안감을 갖고 그를 극복하고자 여러 가지 대항적 활동을 한다. 그러나 대항적 활동이 '텅 비어 있음'의 불안을 불식시키지는 못한다. 아니 오히려 점점 더 존재의 의미를 상실해 버리고, 심해지면 우울증에 빠지게 된다. 그렇다면 어떻게 할 것인가? 하이데거는 말한다. '텅 비어있음'을 기피하지 않고 정면으로 대하여 심도 있게 '텅 비어있음'의 상태로 빠져든다면 현─존재의 깊이를 경험하고 모든 공포로부터 해방될 수 있을 것이라고. 현─존재로의 이행에서 우리가 얻게 되는 것은 '죽음에로 향해 있음'의 확실성이다. 그 확실성을 진심에서 받아들일 때, 다시 말해 우리에게 닥치지 않은 죽음을 미리 달려가서 보고 받아들일 때 우리는 어떠한 불안과 공포로부터도 자유로와질 수 있다. 이러한 하이데거의 사유는 불교의 선과 밀접히 관련되어져 있다. 잘 알다시피 선의 명상인 선정 속에서 '텅 비어있음', 즉 무가 경험되는 것이기 때문이다. 김영석은 이 '텅 비어있음'의 의식을 시를 통해 명료히 제시하고 있다.

> 찔레꽃이 없는 빈 자리가
> 무더기로 싸리꽃을 피워내고
> 소나무가 없는 빈 곳에 기대어
> 서어나무는 비로소 제 푸름을 짓는다
> 서로가 없는 만큼 서로는 비어 있어
> 그 빈 곳에 실뿌리 내리고
> 너와 나 풀잎처럼 흔들리고 있으니
>
> 그대여 이제 오라
> 꽃과 꽃 사이
> 그리고 너와 나 사이
> 보이지 않는 옛 사원 하나 있으니
> 아침저녁 어스름에 울리는 종소리 따라
> 눈 감고 귀 막고 어서 오라
> 오는 듯 가는 듯 무심히 오라.

                                    ─「꽃과 꽃 사이」 전문

이 시 전체를 관류하는 것은 '텅 비어있음'의 의식이다. "찔레꽃이 없는 빈 자리"는 찔레꽃이 떠났다고 해서 모든 것이 끝난 공간이 아니다. 비어 있음으로 해서 어느 것도 받아들일 수 있는 여유의 공간이다. 그래서 싸리꽃이 무더기로 그곳에 피어난다. 싸리꽃으로 대체되는 찔레꽃의 공간. 찔레꽃을 피웠듯이 싸리꽃도 피워내는 동일한 공간. 이것이 가능한 것은 '텅 비어있음'을 실천했기 때문이다. 찔레꽃의 지혜로운 선행이 싸리꽃의 현존을 있게 한 것이다. 마찬가지로 "소나무가 없는 빈 곳"에서 서어나무는 푸르게 성장한다. '비로소'는 서어나무의 푸름에 대한 단서이다. 소나무가 없어야 서어나무의 푸름이 있을 수 있다는 얘기이다. 그러므로 시인은 바로 말한다. "서로가 없는 만큼 서로는 비어 있"다고. 찔레꽃과 싸리꽃, 소나무와 서어나무는 텅 비어있어 줌으로 해서 서로의 삶을 가능케 했다. 분명 그 다음에는 싸리꽃 빈자리에 찔레꽃이 만발하고, 서어나무 빈자리에 소나무가 청청하게 자라리라. 너와 나도 이처럼 되어야 한다. 비록 실뿌리를 내리고 풀잎처럼 흔들리는 연약하기 그지없는 존재이지만 '텅 비어있음'의 자세라면 "보이지 않는 옛 사원"인 극락으로의 당도도 불가능한 일이 아닐 것이다. 다만 이에 요구되는 것은 가고 옴에 구애되지 않는 '무심'의 자세이다. 이 '무심'은 다음 시에서도 찾아볼 수 있다.

천지는 무심히
철 따라 꽃 피우고 눈 내리고
쉼 없이 일을 하지만
사람은 제 한 마음 바장이어
눈서리에 잎 지는 걸 바라보며
근심할 뿐 아무 일도 못하네
천지는 마음이 텅 비어
없는 듯이 있고
사람은 마음이 가득 차

있는 듯이 없네.

—「마음—고조음영古調吟詠」 전문

이 시에서 우리가 쉽게 간파할 수 있는 것은 천지와 사람의 차이이다. 천지는 계절에 따라 꽃을 피우고 눈을 내리고 쉼없이 일을 한다. 그러나 사람은 눈서리에 잎 지는 것을 바라보며 근심만 할 뿐 아무 일도 하지 못한다. 이 차이는 어디서 오는가? 천지는 '무심'한데, 사람은 마음이 '바장'이기 때문이다. 다시 말해 천지는 마음을 텅 비웠는데, 사람은 마음을 비우지 못하고 부질없이 초조한 것이다. '텅 비움'과 '텅 비우지 못함'이 이런 차이를 가져왔다. 그래서 결국 텅 비운 존재가 오히려 없는 듯이 있고, 채움을 버리지 못한 존재가 있는 듯이 없는 것이다. 여기서 시인의 메시지는 분명하게 밝혀진다. 사람도 천지처럼 '무심'의 마음, '텅 비어 있음'의 마음을 지니라는 것이다. 무심은 망상 없는 마음이요, 마음을 고요히 하고 아무 생각도 일으키지 않고 있으면 저절로 드러나는 것이다. 그는 이에 대해 그의 저서 『도의 시학』(국학자료원, 2006, 215쪽)에서 다음과 같이 밝히고 있다.

> 허위적 욕망에 의해 분별을 만드는 감각에 의지하지 말고, 마음을 비운 다음 직관을 통하여 사물을 보아야 한다. 마음을 비우면 저것과 함께 이것을 볼 수 있다. 마음을 비운다는 것은 상아喪我의 경지에 이르러 주객일체 혹은 심여불명心與不冥의 상태에 이르게 하는 심재心齋를 뜻하는 말이다. 심재에 의해서 허정虛靜이라고 하는 일종의 우주적 순수 의식에 도달하게 되고, 허정에 이르면 만유는 서로 다툼없이 병생竝生하게 되는 것이다.

마음을 비우는 것이 곧 심재요, 심재는 허정에 이르게 하고, 허정의 상태가 되면 그것이 다름 아닌 만유가 병생하는 경지이다. 바꿔 말하면 만유가 더불어 사는 단초는 마음을 비운 데에서 출발이 된다는 얘기인 것이다. '텅 비움'의 철학은 다음 시에서도 찾아볼 수 있다.

이 땅끝에서
눈과 바람을 만드는 변산은
사시사철 때 없이 눈이 내린다
며칠이고 밤낮으로 내리는 눈은
드디어 온 세상 소리를 죽이고
지상의 온갖 것을 다 지워 버리고
모든 길을 지워 버려
천지는 한 장 백지가 된다
고요한 흰 백지 속에서
내소사를 찾아 헤매는 나그네여
내소사는 어디 있는가
너의 기억 속에 상기 남아 있는
빈 껍질 같은 이름이나 뒤적이며
하릴없이 길을 찾는 나그네여
저 하얀 허공에
내소사도 내소사 가는 길도
그 길을 가는 사람도 없음을
꿈에도 모르는 나그네여
내소사는 어디 있는가.

— 「내소사는 어디 있는가」 전문

    변산의 천지는 한 장 백지 상태이다. 눈에 덮혀 주위가 모두 희다. 그 흰 세상을 시인은 온 세상을 죽이고, 지상의 온갖 것을 다 지워버리고, 모든 길조차 지워 버려 그렇게 되었다고 서술한다. 그러니까 보이고 들리는 것이 모두 죽은 것이다. 그 상황 속에서 나그네는 내소사 가는 길을 찾아 헤매고 있다. 그는 아직도 기억 속에 남아 있는 빈 껍질 같은 이름이나 뒤적이고, 아무런 대책 없이 길을 찾는 자이다. 집착과 미련과 욕망을 버리지 못한 자이다. 모든 길이 지워져 버린 이 하얀 허공에 '간다'는 것이 성립될 수 있는가? 없다. '감'이 없다면 내소사도, 내소사 가는 길도, 그 길을 가는 사람도 없는 것이다. 행위가 없는데, 어떻게 그 행위의 행선지가 있을 수 있고, 그 행위의 주체가 있을 수 있겠는가. 우리는 여기서 이 시 말미에 시인이 부기한 『조론』의 구절인 "갈 방향을 살피고 그가 간다는 것을 아나 / 가는 자는 끝내 그 방향에 이르지 못한다"를 상기할 필요가 있다. 이 구절은 시인이 밝히고 있듯이 용수의 『중론송』의 게송인 '관거래품'을 승조가 요약한 것이다. 이에 따르면 가는 행위가 있어야 가는 자가 성립이 된다. 그런데 나그네는 지금 내소사를 찾아 헤맬 뿐이다. 그러므로 그는 내소사를 끝내 찾지 못한다. "내소사는 어디 있는가"라는 물음은 그 불가능성을 내포하고 있다. 나그네가 굳이 내소사를 찾음은 어쩌면 '내소'가 뜻하는 바 '오기를 바라는 어진 사람들'을 만나기 위해서일지 모른다. 그러나 '고요한 흰 백지'인 이곳, '텅 빈' 공간이나 다름 없는 이곳이 바로 내소사가 아닐까. 나그네는 미망에 사로잡혀 있기에 내소사에서 내소사를 찾는 우를 범하고 있다. 하지만 생각해 보면 이 어리석음이 어찌 나그네에 국한될 것인가. 우리 모두 이러한 어리석은 행동을 하고 있는지 모른다. 그러므로 이로부터 탈피해야 한다. 이것이 바로 이 시에 내재된 시인의 목소리이다.

4. 관상, 혹은 '거울'의 시학

김영석 시인의 시를 다루면서 또 거론하지 않을 수 없는 것이 관상시이다. 그는 시집 『외눈이 마을 그 짐승』(문학동네, 2007)의 부록에서 이에 대해 자세히 밝히고 있는데, 그에 의하면 관상시가 목적하는 바는 자연과 현실을 있는 그대로 보자는 것, 자연과 현실을 마주하고 조용히 관상하자는 것이다. 우리는 언제부터인가 눈에 보이는 것이나 의미에만 얽매여 있는데, 이를 벗어나 눈에 보이는 것 너머의, 그리고 의미 이전의 보이지 않고 개념화되지 않는 움직임, 즉 상을 느껴보자는 것이다(위의 책, 171쪽). 그러므로 이것은 현상에만 집착하는 우를 범하지 말고 본질에 다가서자는 주장과 동일하다. 그가 '거울'에 관심을 기울임은 이 연장선상에 놓인다. 거울 의식은 상을 제대로 보고자 하는 '관상'에 다름 아니다.

> 눈에 보이고 귀에 들리는
> 모든 것들이 거울이 되어
> 서로를 비추고 나를 비춘다
> 이 온갖 거울들이 아니면
> 내 어찌 나를 알 수 있으리
> 바위에 비쳐 비로소 흔들리는
> 한 줄기 풀잎 끝에 초승달이 흐르고
> 날아가는 작은 멧새의 날개에
> 큰 산이 가볍게 실려간다
> 강물 소리에 저문 들이 다소곳해질 때
> 내가 조용히 눈을 감는 까닭은
> 내 마음의 하늘에 별들이 돋아나고
> 바람은 허공을 울리며 불어가기 때문이다
> 다함없는 온갖 거울들이 아니면
> 저 먼 별들이 아니면
> 내 어찌 무엇을 그리워할 수 있으리.

— 「우리 모두 거울이 되어」 전문

이 시의 내용을 보면 눈에 보이고 귀에 들리는 모든 것들이 거울이 되어 서로를 비춘다. 나도 비추고 있다. 나를 알 수 있는 것은 내 눈에 보이고, 내 귀에 들리는 것들을 통해서 가능하다. 물론 나만이 아니고 어느 대상이든지 그 대상의 실체는 다른 대상을 통해서 드러난다. 그래서 시인은 주위의 모든 것들을 '온갖 거울들'이라고 하고 있다. 이들이 아니면 나는 나를 알 수 없다. 레비나스의 견해를 빌리자면 타자는 자아를 깨우는 존재자인 것이다. 모든 것들이 서로 거울이 될 때, 작기 그지없는 한 줄기 풀잎도 거대한 바위의 거울로 깨달음을 얻어 비로소 흔들리고, 작은 멧새의 날개에 큰 산이 실려가는 불가사의한 전위가 가능함도 수긍을 한다. 이제 나는 조용히 눈을 감는다. 눈을 감음은 거울을 외면하려 함이 아니고, 내 마음 속의 거울을 통해 하늘에 돌아나는 별들을 보고, 허공을 울리며 불어가는 바람을 보기 위함이다. 이 때 우리가 주목할 것은 '조용히'라는 수식어이다. 눈을 감는 모습이 '조용히'라는 것은 앞서 언급한 '고요'와 통하며, 그것은 별과 바람의 실재를 받아들이려는 것으로 볼 수 있다. 따라서 시인은 마지막으로 언술한다. "다함없는 온갖 거울들이 아니면 내 어찌 무엇을 그리워할 수 있으리"라고. 그렇다. 그리워한다는 것은 마음속에 보이기에 그리운 것이요, 그것은 바로 '거울' 의식의 소산이다.

> 막막한 세상의 끝
> 천지에 더 이상 갈 곳이 없고
> 더 이상 나아갈 길이 보이지 않을 때
> 나는 홀로
> 돌담을 마주하고 선다
> 조용히 돌거울을 들여다보면
> 거기 내가 길이 되어 누워 있다
> 지평선 너머로 사라지는 한 줄기
> 길이 되어 외롭게 누워 있다.
>
> ― 「돌담」 전문

이 시에서 화자는 더 이상 나아갈 길이 보이지 않는 절망적인 상황에 처해 있다. 그 때 자신의 실체를 파악하게 되는 것은 "조용히 돌거울을 들여다봄"으로써이다. 홀로 돌담을 마주하고 서서 돌담의 돌들을 보는 것을 시인은 "돌거울을 들여다"본다고 서술하고 있다. 돌이 상식적으로는 거울의 기능을 하지 못하지만, 마음속으로 거울을 삼으면 얼마든지 거울의 기능을 할 수 있는 것이다. 여기서도 시인은 '조용히'라는 수식어를 빼놓지 않는다. '조용히'는 제대로 자신을 들여다보려는 조건이다. 이렇게 들여다보아 발견한 것은 길이 되어 외롭게 누워 있는 자아이다. 그 길은 "지평선 너머로 사라지는 한 줄기"의 길이다. 그러니까 더 이상 나아갈 길이 보이지 않는 '길이 없음'의 상황에서 내가 바로 '길'이라는 것을 깨달은 것이다. 그 길은 나이가 들면 받아들여야 하는 숙명적인 삶의 길이다. 그러므로 세상이 막막하다고, 천지에 더 이상 갈 곳이 없다고 절망하거나 한탄할 필요가 없다. 화자는 수용의 지혜를 '조용히' 거울을 '들여다봄'으로써 얻은 것이다. '들여다봄'은 다음 시에서처럼 '바라봄'이나 '봄'으로 얘기되기도 한다.

> ① 천지에 피가 잘 도는
>   어느 봄날
>   산모롱이 풀꽃 하나
>   하염없이 바라보고 있는 나를
>   문득 허공에서
>   고요히 헤엄치는 물고기 되어
>   내 또한 하염없이 바라보고 있나니.
>
>   ―「허공의 물고기」 전문

> ② 큰 산 하나가 잠긴
>   고요 속에서
>   고즈넉이 피어 있는 산국을
>   누가 보고 있는가
>   보는 이가 보는 이를 보며
>   꽃잎과 함께
>   한 줄기 투명한 바람이 될 때
>   저 산국을 누가 보고 있는가
>
>   ―「산국」 전문

①에서 화자는 어느 봄날에 산모롱이의 풀꽃을 하염없이 바라보고 있다. 풀꽃은 봄을 맞아 새로운 생명체로 눈앞에 피어 있다. 그러면 '나'는 어떠한가? 풀꽃과는 대조적인 존재, 비유하자면 머지않아 낙화가 될 꽃이다. 시인을 염두에 두고 행간의 의미를 짐작할 때 그렇다. 그래서 끝맺는 데가 없이 시간 가는 줄도 모르고 풀꽃을 '하염없이' 바라보고 있는 것이다. 그런데 이번에는 그러한 나를 "허공에서 고요히 헤엄치는 물고기"가 된 내가 바라보고 있다. 이 때도 역시 '하염없이' 바라본다. '하염없이' 바라본다는 것은 그냥 '바라봄'이 아니다. 현실의 나를 참존재인 내가 응시하는 것이다. 응시, 그것은 단순히 보는 것이 아니라 '눈여겨봄'이다. 그렇다면 어떻게 현실의 내 모습이 적나라하게 드러날 수 있었을까. 거울을 놓고 보았기 때문이다. 물론 이 시에서 거울은 등장하지 않지만 '하염없이 바라보는' 행위가 바로 거울을 앞에 놓은 것이라 볼 수 있고, 그 결과 현실의 나를 볼 수 있었던 것이다. 여기서 '허공'과 '고요히'는 물고기의 생존 여건이다. 그 여건이 아니면 물고기는 헤엄쳐 살지 않는다. 그러므로 "허공에서 고요히 헤엄치는 물고기"는 시인이 바라는 바 자아라고 볼 수 있다.

② 역시 마찬가지다. 산국은 지금 고요 속에 고즈넉이 피어 있다. 그 고요는 큰 산 하나가 잠긴 절대의 고요다. 고요 가운데 아늑하게 자리잡은 산국. 이 자체가 바로 우리에게 어떠한 삶을 살아야 할 것인가를 깨우쳐준다. 우리는 저 산국의 삶을 보고 배워야 한다. 그런데 산국을 제대로 보는 이가 없다. 그저 산이니까 산국이 있구나 하고 생각할 뿐이다. "저 산국을 누가 보고 있는가"라는 서술은 아무도 보는 이 없는, 견자의 부재에 대한 안타까움의 노정이다. 그렇다면 산국을 어떻게 보아야 하는가. 시인은 ①에서도 그랬듯이 보는 이가 보는 이를 보듯 해야 한다고 한다. 이것은 '들여다봄'을 강조한 것이다. 그 때 비로소 보는 이는 "한 줄기 투명한 바람"이 되어 산국과의 일여를 이룰 수 있다.

5. 나가며

　김영석의 시세계가 이상의 언급으로 온전히 밝혀진 것은 아니다. 그가 생각하는 도가 무엇인지, 전동성의 역설이라 함은 무엇을 얘기하는 것인지, 보다 깊은 천착이 필요하다. 도교와 유교와 불교를 넘나드는 사상의 핵심도 다뤄져야 한다. 관상시와 선미에 대한 설명도 좀 더 페이지를 할당해야 할 것이다. 그러나 솔직히 말해 그에 대해 전반적으로 논한다는 것은 나의 역량 밖의 일이다. 그만큼 그의 철학적 사고는 깊이가 있다.

　사실 작금의 시단에서 아쉬운 것 중의 하나는 철학을 바탕으로 하고 있는 시를 쓰는 시인들이 드물다는 것이다. 물론 눈여겨보게 되는 몇몇 시인들이 있지만, 그 수는 절대적으로 부족하다. 많은 시인들이 신변잡사를 장황히 늘어놓는 시를 쓰고 있다. 시라는 장르의 특성도 무시하고, 거친 언어와 욕설에 가까운 표현도 마다 하지 않는다. 그러나 시의 본령은 어디까지나 서정성에 있다. 이것은 아무리 강조해도 지나치지 않는 시의 명제이다. 왜 사람들이 시를 사랑하겠는가. 시를 읽으면 그 바탕에 깔린 아름다운 서정으로 인해 감정이 정화되고 순치되기 때문이다. 김영석 시인은 이 사실을 잘 알고 있는 것 같다. 그의 시는 철학을 바탕으로 하면서도 서정성을 잃지 않고 쉬운 표현으로 되어 있다. 시의 길이도 적당하다. 그런 점에서 나의 판단으로는 김영석 시인의 시가 우리 시단에 지향해야 할 전범 중의 하나에 속한다고 생각한다. 과작의 시인인지라 그는 최근 시집 『바람의 애벌레』를 내면서 언제 또 다시 시집을 낼 수 있을지 모르겠다고 밝히고 있지만, 계속 철학적 깊이를 지닌 시를 선보여 독자들이 그로부터 삶의 지혜를 얻을 수 있게 해주기를 바란다.

(시와문화, 2012, 봄호)

고요의 시인, 침묵의 언어

─김영석론

정 효 구

1. 그는 고요와 침묵을 보았다

김영석의 시를 읽는 일은 남다르다. 그것은 그가 도道의 다른 이름이라고 할 수 있는 고요와 침묵을 보고 가리키는, 우리 시단의 몇 안 되는 시인에 속하기 때문이다. 이런 시인을 가리켜 견자見者라고 부른다면 김영석은 견자이다. 이런 시인을 가리켜 또한 선지식善知識이라 부른다면 김영석은 선지식이다. 불교에선 선지식을 가리켜 '보름으로 향하여 가는 달과 같은 사람'이라고 말한다. 보름으로 향하여 가는 달과 같은 이런 선지식의 길과 언어 속으로 우리도 의심 없이 따라 들어가다 보면, 놀랍게도 우리 또한 저도 모르는 사이에 보름의 만월 쪽으로 몸을 돌리고 있음을 보게 된다. 이처럼 고요와 침묵을 관觀하고, 아끼고, 가리키는 견자와 선지식으로서의 시인이 창조한 언어는 다른 어떤 경우보다도 인간과 세계를 맑히고 밝히는 데 공헌한다. 고요와 침묵을 본 순간, 우리의 사심私心은 뒤로 물러서고 그 대신 숨어 있던 우리의 공심公心이 그 영역을 넓혀가기 때문이다.

김영석에겐 총 6권의 시집이 있다. 『썩지 않는 슬픔』, 『나는 거기에 없었다』,『모든 돌은 한때 새였다』,『외눈이 마을 그 짐승』,『거울 속 모래나라』,『바람의 애벌레』가 그것이다. 이 6권의 시집을 관통하여 흐르는 몇 가지 특징이 있거니와, 그것은 이 시인이 인간의 언어와 관념과 이미지 이전의 세계를 보고 있다는 점, 그의 사회의식이 자칫하면 도道의 추상성 앞에서 나타나기 쉬운 비현실적 삶의 위험을 늘 방어하며 작동하고 있다는 점, 그리고 그가 '사설시辭說詩'라 할 수 있는 새로운 시형태의 창조에 끈을 늦추지 않고 있다는 점이다.

이 세 가지 가운데서 나는 그가 인간의 언어와 관념과 이미지 이전의 세계를 보고 있다는 점에 가장 큰 의미를 부여하며 그것에 깊숙이 이끌린다. 인간의 언어와 관념과 이미지 이전엔 고요와 침묵이 있었으며, 그 언어와 관념과 이미지 저변엔 또한 고요와 침묵이 자리잡고 있으며, 그 언어와 관념과 이미지 이후에도 고요와 침묵은 여여如如하게 작동하고 있기 때문이다. 김영석은 이런 자신의 행위를, 존재와 사물과 언어의 배후를 보는 일, 또는 '세설洗雪의 마음'을 갖는 일로 표현한 바 있다. 배후는 우리의 근시안과 집착으로 왜곡된 감정과 사유와 판단을 교정하거나 무화시키도록 하고, 세설의 마음은 우리로 하여금 고요 그 자체, 침묵 그 자체를 무심 속에서 말갛게 드러내도록 한다. 배후에 우리는 관여할 수 없다. 김영석은 이런 그의 뜻을 담아 제2시집 제목을 '나는 거기에 없었다'로 정한 바 있다. 그리고 또한 세설의 마음은 더 이상 어찌할 수 없는 극지의 맑음과 밝음을 반영하는 세계이다. 김영석은 그 자신이 살고 있는 전라북도 변산반도의 내소사 부근, 그의 집 처소의 당호를 '세설헌洗雪軒'이라 지어 부르며 이 극지의 세계를 사랑하고 있다. 그러니까 이 세설헌이라는 당호, 그것은 그가 추구하고자 나아가고자 하는 인생론적 여정의 직접적인 은유이다.

이런 점에서 김영석은 개아個我에 바탕을 두고 시를 창작해온 우리의 수많은 근/현대시인들 일반과 구별된다. 그들의 시적 출발이자 문법이 분별과 실체의식 위에서 만들어진 개아중심주의로부터 비롯되는 길을 밟고 있다면, 김영석의 그것은 고요와 침묵이라는 개아 너머의 세계를 보고 느끼고 말하는 일로부터 시작되고 있기 때문이다.

고요와 침묵은 인간의 부박한 감각과 감정과 의식에 의하여 좌우되지 않는다. 오직 그렇다고 믿는 것은 인간의 감각과 생각과 느낌뿐이다. 물들지 않은 그 세계를 인간들은 물들일 수 없으며, 우리가 제아무리 그 세상을 인위로 조작하고자 하여도 우리는 밤이 오면 잠을 자야 하듯 본질적으로 고요와 침묵의 일원일 수밖에 없다.

김영석의 시집 총 6권에서는 이런 세계가 지속되며 반복되고 있다. 그러나 그것은 기계적 반복과 지속이 아니라 수행자들이 진리를 사모하며 고요와 침묵을 끝간 데까지 반복적으로 지속하여 관觀하고 나아가는 일처럼, 고요와 침묵의 실상에 보다 핍진하게, 여실하게 다가가기 위한 향상적 과정으로서의 반복과 지속이다. 고요와 침묵의 실상은 우리가 죽는 날까지 정진하여도 그 전모를 다 알 수 없고, 볼 수도 없다. 그러나 우리는 숭산崇山 스님이 말하듯 '모를 뿐'의 세계 속에서 그저 '할 뿐'의 마음으로 그 세계를 향하여 나아가고 그 세계를 사모할 뿐이다.

위에서 시사했듯이 이와 같은 김영석의 시를 읽는 가장 큰 보람이자 기쁨은 늘 같은 자리에서, 그러나 늘 다른 세계를 보고 가리키는 수행자의 정진 과정과 같은 모습을 만나는 데 있다. 첫 시집『썩지 않는 슬픔』에서 그 단초를 보여주었던 이런 모습은 제2시집『나는 거기에 없었다』에서 한층 성숙해지고, 그것은 마침내 제3시집『모든 돌은 한때 새였다』에서 아주 무르익다가 제4시집『외눈이 마을 그 짐승』과 제5시집『거울 속 모래나라』에서 발효되더니 드디어 제6시집『바람의 애벌레』에 이르러 진경을 드러낸다. 그러나 그가 갈 길은 아직도 멀다. 무상無常하며 무상無相한 고요와 침묵의 세계는 한 순간도 정지하지 않은 채 다른 세계를 창조해 가고, 공성空性을 본질로 삼고 있는 고요와 침묵의 움직임은 날마다 다른 인연 속에 놓여 있기 때문이다.

우리가 시든 삶이든, 그 무엇인가를 통하여 이런 고요와 침묵에 가까이 다가가다 마침내 그 고요와 침묵 그 자체가 되었을 때 우리에겐 어떤 변화가 일어나는가. 나는 그것을 김영석의 시작 과정 속에서 보고 있거니와 그것은 우리의 몸 전체가 바람처럼 열려 세계와 어떤 경계도 만들지 않게 되는 것이며, 우리의 몸 전체가 강물처럼 부드러워져 어느 세계와도 무한의 일체가 되는 일이다.

그러나 고요와 침묵을 본 자는 그가 물러선 자리만큼 환하고 자유롭고 유연하지만 누구도 모르는 외로움과 고독을 감수해야 한다. 그것은 신의 바코드인 이 고요와 침묵을 훔쳐보았을 때 우리는 내 욕망대로 아무렇게나 살 수 있는 인간적 자유와 무모함을 자진하여 반납해야 하기 때문이다. 그러나 이런 반납은 권장할 만한 것이다. 속俗을 성聖으로, 분별分別을 일심一心으로, 식識을 지혜知慧로, 소란騷亂함을 평화平和로움으로 바꿀 수 있는 길이 이 속에 존재하기 때문이다.

사실 무어라 이름 붙일 수도 없는 이 고요와 침묵은 세상의 그 어떤 화려한 언어도 용납하지 않는다. 김영석이 말하듯 그것은 '몰자풍沒字風'의 세계이다. 그러나 김영석은 그것을 시의 언어로 표현하고자 하였고 그것은 그가 인간사회에서 선택할 수 있는 최선의 한 방법이었다고 본다. 아래에서는 이런 고요와 침묵을 그가 언어로 표현한 세계에 대해 살펴보기로 한다.

2. 그는 인드라망의 세계를 보았다

조금만 식견이 있는 사람이라면 인드라망의 세계를 알고 있을 것이다. 그리고 이 세계가 중중무진重重無盡의 연기 속에 놓여 있는 우주적 실상을 보여주기 위한 불교 『화엄경華嚴經』 속의 이야기라는 사실도 또한 알고 있을 것이다. 불교의 우주관 가운데 하나인 제석천 궁전에 있는 이 인드라망의 구슬에는 우주만유가 서로를 비추며 장엄하고 있는 모습이 드러나 있다. 놀랍고 신비롭고 불가사의한 일이지만, 그러나 지극히 과학적인 이 풍경은 우주 전체가 한 몸이자 하나의 생명임을 알려준다. 이것을 의상대사의 「법성게法性偈」의 일절을 빌려 표현해보면, "하나 안에 모든 것 여럿 안에 하나, 하나 곧 모든 것 여럿 곧 하나, 한 티끌 시방을 품어 있고 모든 티끌 또한 이와 같네一中一切多中一 一卽一切多卽一 一微塵中含十方 一切塵中亦如是"의 세계이다. 상입相入하며 상즉相卽하는 무한 연기의 세계, 그것이 바로 인드라망이 보여주고 시사하며 가르치는 세계인 것이다.

인드라망의 세계를 보았을 때, 그리고 그 구슬에 비쳐 장엄된 풍경을 상상했을 때, 우리는 세계와 존재를 배제하거나 선택하지 않고 모든 것을 포용하며 포월하게 된다. 인간들이 해결해야 할 가장 큰 문제가 시간과 공간의 문제라면 이런 상황에선 그 시간적 연기와 공간적 연기, 그리고 시간적 연기와 공간적 연기 사이의 연기적 관계를 거듭하여 관하며 우리는 무한과 무변이 가리키는 곳으로 이르게 되는 것이다. 이렇게 될 때 세상은 아연 지금과 다른, 너무나도 놀라운 장이 된다. 어느 것 속에서도 어느 것을 볼 수 있으며, 어느 곳 속에서도 어느 곳을 볼 수 있고, 어느 지점 속에서나 모든 지점을 볼 수 있는 공적空的 인연의 장이 펼쳐지는 것이다.

김영석은 제3시집의 제목을 '모든 돌은 한때 새였다'고 붙이면서 이와 동일한 제목의 시를 창작함으로써 이 점을 아주 분명하게 공시한다. 이 '모든 돌은 한때 새였다'는 제목이자 말의 돌과 새의 자리에는 우주만유의 그 무엇도 놓일 수 있고 들어갈 수 있다. 그러므로 그 자리는 무한이며 무변이다. 그리고 이처럼 그 어떤 것이 여기에 놓이거나 들어가도 우주법계는 아무렇지도 않게 그것을 용납하고 포용하며 해결한다.

김영석의 시집 속의 대표작 「모든 돌은 한때 새였다」를 보며 이 점에 대해 좀 더 생각해 보기로 하자.

모든 돌은 한때 새였다

하늘에서 오래는 머물지 못하고
새는 제 몸무게로 떨어져
돌 속에 깊이 잠든다

풀잎에 머물던 이슬이
이내 하늘로 돌아가듯
흰 구름이 이윽고 빗물 되어 돌아오듯

어두운 새의 형상
돌 속에는 지금
새가 물고 있던 한 올 지평선과 푸른 하늘이
흰 구름 결을 스치던
은빛 바람의 날개가 잠들어 있다.

—「모든 돌은 한때 새였다」 전문

아름다운 작품이다. 우리가 만약 세계를 구성하는 요소이자 작용을
사대四大인 지수화풍地水火風이란 말로 표현한다면 여기서 돌은 지地의
표상이자 환유이고, 새는 풍風의 환유이자 상징이다. 이런 지地와 풍風
사이에 수水와 화火가 있고, 이들은 서로 구별되는 것 같으나 실은 무지
개나 팔색조의 색깔처럼 틈없이 이어지는 조화로운 일체一切이자 일체一
體이다. 그러므로 지는 풍이고, 화는 수이며, 지는 수이고, 풍은 화이며,
지수화풍 전체는 각각 어느 것과도 몸을 잇대고 하나가 되어 섞일 수 있
는 분별 이전의 것이 된다.

위의 시에서 하늘과 바람의 나라에 살고 있는 새는 대지와 흙의 나라
로 하강한다. 그 하강은 내려앉음일 수도 있고, 죽음일 수도 있고, 중력
의 이끌림일 수도 있으나, 분명한 것은 새가 천상과 바람의 식구로만 사
는 단절적, 일면적 존재가 아니라 땅과 대지의 식구로도 경계 없이 섞이

며 한몸으로 살고 있다는 열린 존재라는 점이다. 그런 새가 잠든 대지의, 지상의 돌멩이 속에는 새뿐만이 아니라 그 새가 살았던 전생前生의 모든 것이 스미어 있다. 위 시가 말하듯 새가 물고 있던 지평선, 푸른 하늘, 은빛 바람 등이 스미어 있고, 위 시에 명시되어 있지는 않지만 새가 머물렀던 모든 공간과 시간, 새가 만났던 일체의 세계가 바로 그 속에 들어 있다. 그런 점에서 돌은 새이다. 그 역도 참이어서 새는 또한 돌이다. 여기서 '이다'의 등가성은 분별된 개체 사이의 유추에 의한 것이 아니라, 분별 너머의 전체 사이에서 나타나는 연기의 작동태의 본질이다.

김영석은 그의 시 전체에서 돌과 새에 특별히 마음을 두고 있다. 그의 시에서 지구 전체가 하나의 거대한 돌이라면 허공 전체는 한 마리 크나큰 새이다. 뭉친 것과 흩어진 것, 태극과 무극, 있음과 없음, 가시적인 것과 불가시적인 것, 음과 양, 이런 두 가지 세계의 어울림과 연기적 관계가 이 돌과 새의 표상 속에 있는 것이다. 그런데 돌과 새, 이들이 하나이며 연기적 인드라망의 장엄된 화엄적 풍경임을 우리가 안다면 그것은 매우 어려우면서도 근원적인 우주적, 인생론적 문제의 대의를 해결한 셈이다. 이것은 앞서 언급했듯이 실체 간의 유추를 말하는 서양적 은유의 등가성이 아니라 세계의 거시적인 직관 속에서 이루어지는 중도의 양태이기 때문이다.

인드라망의 세계를 보았을 때, 우리는 '나'라는 말을 내려놓게 된다. 제행諸行이 무상無常하고 제법諸法이 무아無我이며, 아공我空과 법공法空이 세계의 진실이라는 것을 사무치도록 느끼면서 세상을 다중거울로 살피게 되기 시작하는 것이다. 그리고 세상을 있는 그대로 온전히 비추어줄 수 있는 대원경大圓鏡의 세계를 자각하며 나의 언어와 관념과 이미지가 업식業識의 산물임을 인지하게 되는 것이다.

김영석은 그의 시에서 세계 전체를 하나의 에너지 장으로, 아니 기氣의 흐름으로, 달리 말하면 우주법계의 춤이 구현되는 물결로 본다. 그러므로 에너지와 에너지는 격의 없이 넘나들고, 기와 기 또한 구분 없이 넘나들며, 춤과 춤 역시 경계가 없다.

이런 에너지와 기, 그리고 춤의 기미를 읽어내고자 김영석은 '기상도 氣象圖' 연작 등을 통하여 '관상시觀象詩'를 시도하였다. 관상시란 상을 읽어내는 시이다. 의미가 아닌 상을 읽어내는 것인데 그가 읽어낸 상의 세계는 한결같이 연기적이다. 그것은 그가 인드라망의 세계 속에서 상을 읽어내는 관상시인임을 알려주는 점이다. 겨울에서 여름의 상을 함께 읽고, 여름에서 겨울의 상을 동시에 읽으며, 음의 극단에서 양을 보고, 양의 극단에서 음을 보는 자가 일급의 관상가라면 김영석의 상 읽기도 상당한 경지에 가 있다.

나는 그 경지를 제6시집 『바람의 애벌레』의 표제작이자 대표작 「바람의 애벌레」에서 특별히 인상 깊게 본다.

> 무쇠 낫을 들고
> 숲길을 뒤덮은 푸나무를 쳐 낸다
> 길을 내며 나아갈수록
> 베어진 푸나무들이 피워 올리는
> 늪 같은 어둠 속으로 깊이 빠진다
> 오랜 세월 수많은 벌레와 새들이 죽어
> 마침내 이루어진 이 늪을 지나자
> 밤낮도 아닌 희미한 미명 속에
> 고인돌들이 끝없이 늘어서 있고
> 고인돌 속에는 아직 태어나지 않은
> 바람의 애벌레들이 꿈꾸고 있다
> 초승달 같은 낫을 들고
> 애벌레의 꿈을 들여다본다
> 어느 먼 숲을 흔드는 바람소리뿐
> 꿈속은 텅 비어 있다
> 초승달 빛을 뿌리는 낫을 들고
> 텅 빈 꿈속에서
> 아직 태어나지 않은 바람 소리를

꿈속의 한 잎 귀가 듣는다.

— 「바람의 애벌레」 전문

    위 시의 핵심은 고인돌 속에 아직 애벌레처럼 부화되지 않은 바람의 최초 기미가 들어 있음을 시인이 보고 경이로워하고 있다는 점이다. 시인은 그것을 관하고, 마침내 처음인 애벌레의 바람이 먼 숲을 흔드는 상태까지 상상한다. 그런 직시와 상상 속에서 시인은 예민한 견자가 되고, 그의 시는 기상도를 읽어내고 그려내는 관상시의 성격을 띠게 된다. 김영석 시인은 그렇다 하고, 범속한 우리는 도대체 어디까지 세상을 볼 수 있는 것인가. 주역의 괘상처럼 이 세계가 빚어내는 연기의 춤을 심층적으로 관할 수가 있는 것인가. 얼마나 노력하면 그 경지에 도달할 수 있는 것인가. 사실대로 말하자면 우리는 이러한 세계를 살고 있으면서도, 태극이 양의를 낳고 태극의 어머니가 무극이라는 그 우주적, 음양적 문법을 알기 어렵다. 오직 표면만을 미끄러져 다니거나 스치다 수많은 세월을 보낼 뿐이다. 그런 우리들에게 김영석의 위 시와 관상시는 매우 깊고 먼 곳을 보게 한다.

    세상을 인드라망의 구슬로 볼 때, 궁극적으로 우리는 자재로워진다. 이 엄청난 연기적 세계 앞에서 우리는 어떤 상도 고집하지 않게 되기 때문이다. 그야말로 불교의 「금강경」이 말하는 아상我相, 인상人相, 중생상衆生相, 수자상壽者相의 포기는 물론 제상諸相이 비상非相임을 알며 일체의 고정된 상으로부터 떠나게 된다.

    김영석의 시를 읽는 기쁨은 이런 상相의 포기와 초월에 있다. 그는 상을 관함으로써 상을 넘어서고, 기상도를 그림으로써 기상도를 넘어서는 상의 주인공이 되었던 것이다. 상의 주인공은 어떤 상도 정지시키거나 붙들고 있지 않는다. 그러면서 그는 모든 상을 열어둔 채 포괄한다. 여기서 상은 상이면서 상이 아닌 관상시가 탄생하고 성장한다.

3. 그는 무사無事한 세계를 보았다

인간들이 사는 세상은 언제나 유사시有事時이다. 불안, 공포, 대립, 갈등, 파괴 등의 일들이 끊임 없이 일어난다. 이들을 기록하고 전하느라 신문지상은 지면이 부족한 듯하고, 텔레비전은 시간이 부족한 듯하며, 거리의 사람들은 수면이 부족한 듯하다. 과거와 현재와 미래가 모두 이 세속의 인간들에겐 결핍이자 불만족스러운 현실이다. 왜 그럴까. 그것은 우리가 이 세상에서 무엇인가를 얻으려는 욕망 때문이며, 무엇이든 제 마음 대로 하고자 하는 자기중심성 때문이다. 그런 세상을 향하여 「반야심경」은 '무소득無所得'의 진리를 전한다. 얻을 바가 없다는 그 사실을, 얻을 수가 없다는 그 사실을 알려주고 있다.

그렇다면 왜 우리에겐 유사시와 같은 일들이 그토록 많은 것일까. 일이 없으면 일을 만들고, 일이 없는 날엔 권태로 허덕이는 우리들은 왜 그토록 사건을 만들고 있는 것일까. 그 이유를 간단히 제시할 수는 없으나 이처럼 일과 사건 속에서 허둥대는 인간들의 삶은 언제나 아수라장 같다.

이런 인간적 현실 속에서 나는 김영석의 시와 더불어 무사無事와 무사도인無事道人에 대해 생각해본다. 김영석의 시를 가로지르며 관통하는 기본적인 흐름 가운데 하나는 바로 이 무사한 세계의 발견과 드러냄, 그리고 그 세계로의 능동적 참여에 놓여 있다. 그렇다면 무사란 무엇인가. 이런 무사한 세계는 모든 것을 있는 그대로 놓아두었을 때 가능한 무위의 얼굴이다.

우리는 무사하면 무애하다. 그리고 무애하면 자유롭다. 더 나아가 자유로우면 모든 것이 자연스러워진다. 김영석의 시에서 이런 무사의 세계를 아래의 시와 더불어 살펴보기로 하자.

그림자도 지지 않는
고요하고 가없는 하늘이

때가 되면
형형색색 피고 지는 꽃들을 보여주고
점점이 날아가는 새들을 보여준다

아무 일도 없다

흰 갈꽃숲을 백마가 달리니
비로소 바람이 부는 것을 알고
밝은 달에 백로가 깃드니
쓸어놓은 마당이 호젓이 밝다

아무 일도 없다

　　　　　　　　　　　　　　　－「아무 일도 없다」 전문

　　김영석 시인은 위 시에서 '아무 일도 없다'고 우리에게 반복적으로 단
호하게 전한다. 세상은 내가 사심私心을 내지 않으면 언제나 아무 일도
없는 세계이다. 사심私心으로서의 생심生心이 세상을 유사시有事時로 만
들기 시작하고, 그 마음이 그치지 않기에 세상은 언제나 고해苦海이다.
그러나 김영석 시인이 위 시에서 전해주듯이 이런 인간들의 사심과 무
관하게 세상은 본래 아무 일 없다. 그야말로 무사태평하다. 그가 위 시에
서 말하듯이 하늘인 도道는 때가 되면 형형색색 피고 지는 꽃들과 점점
이 날아가는 새들을 보여주고, 또 그 하늘은 갈꽃숲에 바람이 불게 하고,
밝은 달빛을 일으켜 마당을 밝히도록 한다. 이처럼 세상은 우리의 근심
이나 사심과 관계없이 무사하다. 한 번 더 내 말을 빌려 부연하면 세상은
아침이면 해가 뜨고 저녁이면 밤이 오고, 봄이 온 다음엔 여름이 오며 그
여름은 이내 가을과 겨울로 이어지고, 한밤중이면 부르지 않았는데도
은하수가 돋아나는 무사의 장이다. 어디 그뿐인가. 강물은 지금도 영원
처럼 흐르고, 바다는 밀물과 썰물로 그 리듬을 생성하고, 땅 속의 씨앗들
은 심지 않았는데도 허공 속에 푸른 싹으로 무성한 풀밭을 이루는 무사

도인의 세계이다.

이처럼 아무 일도 없는 세상은 무설설無說說의 법문처럼 아무 말 없이 그 세상의 진실을 드러낸다. 그 표정은 때로 적멸의 모습을, 또 때로는 열반의 얼굴을 하고 있어서 생각 많은 우리가 알아차리기 어려우나 위 시의 시인은 그것을 읽어내어 우리에게 여실히 보여준다. 그가 읽어낸 관상시와 기상도, 그가 눈길을 주고 귀를 기울이는 자연과 우주의 세계, 이 모든 것들이 다 무사한 세계이자 그 표상들이다.

그러나 한 가지 기억할 것이 있다. 그의 무사한 세상은 단순한 감각과 이해의 차원이 아니라, 그가 오랫동안 관하고 체득해온 부동不動의 지혜에 근거해 있다는 점이다. 그것은 어느 곳, 어느 자리에서도 만나고 작용하는 우주적 실상인 것이다.

4. 그는 무위無位의 세계를 보았다

세간 사람들은 길을 만들고자 한다. 여기서 길은 그들의 주장과 생각과 해석의 심벌이자 현실태이다. 또 달리 말한다면 그것은 그들의 고집과 집착과 신념의 심벌이자 표상물이다. 이와 같은 모든 세간의 길은 고정관념처럼 딱딱하여 자신의 길을 중심으로 이쪽과 저쪽을 분리시키고 타자를 그 길 밖의 영역으로 배제시킨다. 이것을 길의 폭력성과 위험성이라고 부른다면 세간의 길은 참으로 폭력적이고 위험하다.

이런 점에 비추어보면 김영석은 그들과 달리 길을 지우는 사람이다. 그는 어떤 길도 만들지 않음으로써 모든 길을 가능하게 만드는 '공성空性의 길'을 추구하고 있다. 공성의 길은 세상의 모든 것을 평등심으로 보게 만든다. 불교경전 「반야심경」의 일절처럼 세상을 '불구부정不垢不淨'하게 관하도록 한다. 일체만유가 이처럼 불구부정한 존재가 될 때 그들은 인간적 가치와 길을 벗어나고 넘어선다.

길은
다시 길을 찾게 한다
길에 갇힌 나그네여
어디서나 푸르게 솟는
저 이름 없는 잡초를 보라
너의 온몸과 마음이
늘 푸른 길이 되어라

—「길은 다시 길을 찾게 한다」 전문

길은 없다
그래서
꽃은 길 위에서 피지 않고
참된 나그네는
저물녘 길을 묻지 않는다

—「길」 전문

　　길에 관한 두 편의 시를 인용하였다. 앞의 시는 세속의 길이야말로 또
다른 길을 찾게 하기 때문에 실상 세속의 길에 의지한다는 것은 길에 갇
히는 것과 같다는 말을 전하고 있다. 그러면 이 '감옥으로서의 길'을 우
리는 어떻게 벗어날 수 있을까. 김영석은 저 이름 없는 잡초처럼 온몸과
마음을 모두 길이 되도록 만들어야 그것이 가능하다고 말한다. 이처럼
세상의 모든 곳과 모든 것이 길이 될 수 있을 때 그것은 공성의 평등한
길을 인지하고 있는 것이다.
　　뒤의 인용시 또한 '길'에 대한 압축된 사유를 담고 있다. 그는 여기서
아예 '길은 없다'고 잘라 말한다. 이 말은 '길은 무한하다'는 말로 바꿔 들
어야 한다. 인간의 자아중심적 길을 넘어서기만 한다면 꽃이 그 어느 곳
에서도 피고, 나그네가 그 어느 곳에서도 그의 길을 갈 수 있듯이 도처가
길이라는 것이다. 그야말로 처처處處가 도량道場이다.
　　공성의 길은 눈이 내려 세상의 모든 길을 지워버릴 때 그 실체를 아주

전면적으로 분명하게 상징화한다. 이 풍경에서 우리는 자아중심적 길을 만들거나 묻는다는 것이 얼마나 어리석은 일인가를 여실하게 읽을 수 있다. 김영석은 위 작품뿐만 아니라 그의 다른 작품 「내소사來蘇寺는 어디 있는가」에서도 이런 눈 내리는 풍경을 그려 보이며 길의 공성에 대해 말하고 있다. 그는 이 작품에서 "하릴없이 길을 찾는 나그네여/ 저 하얀 허공에/ 내소사도 내소사 가는 길도/ 그 길을 가는 사람도 없음을/ 꿈에도 모르는 나그네여/ 내소사는 어디 있는가"라고 말하며 묻고 있는데 이 말과 물음 속에 위와 같은 뜻이 들어있다.

사실 세간의 인간적인 길을 지우고 보면 두두물물頭頭物物이 '무위無位'의 평등한 장이다. 길고 짧음이, 높고 낮음이, 좋고 나쁨이, 옳고 그름이, 주관과 객관이, 너와 내가 초월되는 놀라운 장이다. 여기서 모든 것의 값은 동일하다. 따라서 누구도 아만我慢과 아상我相과 아견我見의 놀이를 하지 않게 된다. 김영석의 시에서 이런 점은 인간과 문명이 배제시켜 버렸던 수많은 자연과 우주적 존재를 찾아 그들에게 진정한 가치를 부여하고 바르게 대접하는 일로 나타난다. 그는 자신과 동일한 자리와 위치에 이들을 초청하여, 아니 자신보다 더 근원적인 존재로 이들을 대접하여 이들과 자신이 지닌 평등한 세계와 고유한 가치를 밝혀 보이고 있다. 다음과 같은 작품을 보기로 하자.

살아 있는 것들은 모두
제 구멍 속에서 태어나
제 구멍 속에서 살다 간다
천지는 큰 구멍 속에서 살고
천지간에 꼼지락거리는 것들은
저만한 작은 구멍 속에서 산다
바람이 불면 구멍마다 서로 다른
갖가지 피리 소리가 난다
딱따구리도 굼벵이도

제 구멍 속에서 알을 품고 새끼치고
싸리꽃은 제 구멍만큼 흔들리면서
씨앗을 흩뿌린다
빈 구멍들의 피리 소리도 아름답지만
크고 작은 구멍의 허공은
자궁처럼 참 따뜻하다

— 「모든 구멍은 따뜻하다」 전문

위 인용시는 제목처럼 모든 생명들이 태어나서 살다가 가는 '구멍'이
란 세계가 자궁처럼 따뜻하다는 말을 전하고 있다. 그러나 이런 전언과
더불어 위 시의 배후를 형성하는 것은 그런 각각의 세계가 지닌 무차별
적인 따뜻함이야말로 모든 살아있는 것들의 무위성과 평등성을 알려주
는 것이라는 점이다. 위 시는 이 세상에서 측량할 수 없는 가장 큰 천지
도, 그 천지 속의 딱따구리나 굼벵이나 싸리꽃과 같은 일체의 존재들도
모두 저만의 고유한 세계 속에서 노래하고 번식하고 살다 가는 생의 주
인공이라고 말한다. 여기서 존재의 크고 작음, 존재의 서로 다른 삶의 방
식은 아무 문제가 되지 않는다. 그들은 모두 동일한 값으로 무위와 평등
의 다른 삶을 살고 있는 것이기 때문이다.

김영석의 이러한 세계관은 그의 주변에 구멍을 가진 존재들이 함께
자리해 있음을 경이롭게 발견하는 데 이르도록 이끌곤 한다. 예를 들면
「고요한 눈발 속에」 같은 작품에서 그는 천지에 자욱이 내리는 눈발 속
에 그만이 아니라 풀꽃도 돌멩이도 눈을 함께 맞고 서 있음을 본다. 그리
고 또 「나비」 같은 작품에선 푸르고 고요한 하늘 속을 언제나 날아가고
있는 한 마리 나비의 발견에 대해 이야기한다. 한 가지 더 예를 든다면
그는 「대숲」 같은 작품에서 우리가 돌보지 않는 대숲의 그림자와 그 대
숲 속의 바람에 대해 이야기한다.

무위無位의 세계 속에서 모든 존재는 『화엄경』의 '잡화雜花'처럼 평등
하다. 이 평등한 것들이 어울려 세계를 이루고, 그 평등한 것들을 바라보

고 노래하느라 김영석의 시의 길은 계속된다. 김영석의 시를 읽는 기쁨은 이런 존재의 평등성과 그를 향한 그의 정진을 보는 데 있다.

5. 그는 여전히 고요와 침묵을 보고 있다

이 글을 시작하면서 말했듯이 김영석은 고요의 시인이자 침묵의 시인이다. 그러나 그의 시뿐만 아니라 그의 학문도 삶도 이 고요와 침묵을 교과서로 삼아 전개되고 있다. 아는 분은 아시겠지만 김영석의 박사학위 논문을 바탕으로 한 저서 『道의 시학』은 고요와 침묵을 시와 관련시켜 논리적으로 탐구한 우리 시학계의 드문 학술적 결과물이며, 그가 이후에 출간한 『도와 생태적 상상력』 또한 매우 본질적인 차원에서 생태문제를 논의한 문제작이다.

아직도 사람들은 도니, 고요니, 침묵이니 하면 이상한 선입견을 품고 바라본다. 그러나 이 문제를 통과하지 않고서 나타나는 모든 담론들은 표면적이고 자기중심적이기 쉽다. 달리 말하면 날줄이 부재한 씨줄의 화려한 움직임에 불과하기 쉽다. 추상적인 도가 구체적인 현실을 품어 안지 못하는 것도 문제이지만 낱낱의 외양에 몰두하여 우주적 이치를 관하지 않는 것도 문제이다.

그런 점에서 김영석이 고요이자 침묵을 삶과 시와 학문의 핵심이자 근저로 삼고 살아간다는 것은 그 자신에게나 우리 시단, 그리고 시학계에 매우 다행스럽고 소중한 일이다. 더하기를 하는 세상에서 빼기를 하고, 곱하기를 하는 세상에서 나누기를 하고, 무리지어 가는 길에서 소로를 택하고, 올라가는 길에서 내려가는 길을 가리키는 그의 정신은 우리들의 세상을 안정시킨다. 그리고 좀 더 강하게 말한다면, 모든 것에 제로인 공을 들이댈 수 있는 그의 정신은 우리들의 세상에서 잉여를 거두게 한다.

김영석의 첫 시집 『썩지 않는 슬픔』에선 아직 삭지 않은 세상에 대한 응어리가 존재했다. 그것이 슬픔의 이름으로, 분리와 대립의 이름으로 나타나며 시인을 사로잡고 놓아주지 않았다. 그러나 그것이 단순한 분노나 우울로 끝나지 않은 것은 그가 천지天地를 무봉無縫의 일물—物로 결합할 수 있는 능력을 가졌고, 무일물無—物의 일물—物이라는 우주적 역설을 이해할 수 있었기 때문이다. 이 점은 「두 개의 하늘」이나 「지리산에서」와 같이 사회의식이 깃든 사설시에서 아주 잘 드러난다.

이후 김영석은 모든 것을 삭히며, 삭아야만 만들어지고, 일체를 삭게 하는 고요와 침묵의 세계를 마음껏 탐구해간다. 그는 이들을 거름으로, 재로, 하늘로, 돌로, 적막으로, 입적으로, 또 그 무엇으로 말하며 우주만유가 이들로 수렴하고 이들로부터 비롯되는 비밀을 알려주고 있다.

고요와 침묵 속에서 모든 것은 상相과 색色을 자진 반납하고 하나가 된다. 그러나 그 고요와 침묵 속에서 모든 것은 상과 색을 입고 현현한다. 일체를 밤이 흡수하고, 그 밤이 일체를 탄생시키듯, 세상은 고요와 침묵의 섭리를 공연하고 있다.

일반적으로 시인의 언어란 단지 그 기미를 조금씩 서툴게 그려 보일 뿐이지만, 밤길을 걷는 많은 사람들에겐 그런 그려 보임조차도 보름이 있는 쪽을 알게 하는 소중한 이정표가 된다.

김영석은 제6시집인 최근의 시집 『바람의 애벌레』에서도 여전히 고요와 침묵을 말하고 있다. 삭은 것을 더 삭히며, 잉여인 것을 보다 철저하게 덜어내며, 그는 고요와 침묵의 실상을 드러내려 하고 있다.

정진과 수행으로서의 시 쓰기는 맑음과 밝음의 정도를 높여가는 데 있다. 순도 100%의 필터링이 이루어질 때까지, 태양과 같은 대광명의 밝음이 도래할 때까지, 고요와 침묵의 한가운데로 나아가는 것이 그런 시 쓰기의 핵심이다.

김영석 시인이 '삼가재三可齋'를 떠나 새로 마련한 '세설헌洗雪軒'에서 그 당호처럼 백설의 맑음과 밝음의 세계에 최대한까지 도달할 수 있기를 바란다. 그리하여 그의 눈이 더욱 깊고 공평해져 세상의 모든 상들을 더욱 여실히 관할 수 있기를 기대한다. 시인의 언어조차도 너무나 들끓어 혼란스럽고, 그칠 줄 모르는 잉여의 언어가 세상을 지배하는 요즘, 김영석의 시를 읽으며 고요와 침묵을 맞이한 시간으로 매우 즐거웠다.

불교 승려들의 출가엔 육친출가, 오온출가, 법계출가의 세 단계가 있다고 한다. 이 중 제일 어려운 것이 법계출가일 것이다. 이 말을 기억하고 꺼낸 까닭은 김영석의 고요와 침묵조차도 실은 떠나고 버려야만 할 대상이며, 그때서야 비로소 고요가 고요로, 침묵이 침묵으로 온전히 작용하며 존재할 수 있을 것이라는 생각 때문이다. 고요와 침묵을 발견하고 아끼고 가꾼 시인, 그에게서 이 고요와 침묵이 보다 수승한 경지로 들어올려지기를 기대한다.

맑은 거울을 향한 사색[*]

—김영석 시인론

신 범 순

1. 돌 속의 생명

이제야 펜을 들었습니다. 지난 해 말 언젠가 전화를 통해 선생님의 시평을 부탁받은 지 벌써 여러 달이 지났습니다. 포항에서 거석문명과 관련된 전시회를 여는 바람에 늦췄던 것인데, 글쓴다는 행위가 자꾸 어려워져서 더 늦어졌습니다. 선생님의 6권의 시집을 틈틈이 읽었습니다. 한 번은 보령의 최치원 유적을 거쳐 변산을 지나가며 선생님의 시들을 떠올리기도 했습니다. 변산의 거대한 암벽들 속에 계실 선생님의 자취가 어렴풋이 느껴졌습니다. 변산 반도의 바다와 높이 솟은 산과 바람 속에서 생의 마지막 긴 여정을 떠나시는 모습이 부럽습니다. 이렇게 아름다운 곳에 깃들일 수 있다니 그것만으로도 얼마나 대단한 행복입니까?

선생님의 시집 중에 『바람의 애벌레』부터 읽었던 것 같습니다. 제목부터 시적입니다. 변산의 바람이 아니고서는 생각할 수 없는 말입니다. 바다와 산을 오가며 부는 바람은 갯벌에 무수한 생명체들을 살리는 기

---

[*] 이 글은 각 장이 바뀌면서 대화체와 평서체가 서로 교체되는데 이것은 필자가 의도적으로 입체적 글쓰기를 시도한 것이다. —편집자

운일 것입니다. 생명의 원초적인 고향과도 같은 갯벌에서 꿈틀거리는 무수한 생명체를 생각해봅니다. 시집의 첫 번째 시인 「바람의 애벌레」에서는 수많은 벌레와 새들이 죽어서 만들어진 '생명의 늪'에 대해 말합니다. 이 늪은 일종의 갯벌과도 같은 것이겠지요. 고인돌 속에서 아직 태어나지 않은 생명이 있다고 하는 표현이 좋습니다. 거석을 연구하는 저로서는 관심이 가는 구절입니다. 시학을 떠나서 고인돌에는 우리의 선사시대와 청동기 시대의 역사가 깃들어있기 때문입니다. 선사와 역사의 흐름이 이 땅의 생명체들에게 어찌 무관한 일이겠습니까?

고인돌은 무덤에 그치는 것이 아니라 주변에 생명력을 뿌려주는 생태적 기관과도 같습니다. 저는 시를 떠나서라도 '고인돌 속의 생명'에 관심이 갑니다. 「돌에 앉아」를 읽으면서 숲 속 빈터의 너럭돌, 그 편안한 휴식처를 떠올려봅니다. 어떤 움직임도 없이 영원할 것처럼 앉아있는 그 돌은 사람들이 거기 앉기를 기다리고 있는 듯합니다. 가슴 속 수평선을 지우고 칼들을 버리고 거기 그렇게 사람들이 앉기를 바라는 것처럼 말입니다. 이 시에서 선생님은 "아 나는 그렇게도 많이/ 긴 그림자를 끌고 와서/ 여기 앉았다 홀로이 떠났었구나."라고 탄식합니다. 자신 안에 들어있는 수많은 존재들의 삶을 그림자로 치환해서 말하고 있습니다. 텅 빈 너럭돌을 보면 떠난 자들의 자취를 보게 됩니다.

변산의 돌산 속에서 어떠한 삶을 지향해야 할까요? 「산국」을 읽으면서 고요한 산 속에서 고즈넉이 피어있는 산국을 보는 삶은 세속을 잊어버린 승려같은 삶일까요. "꽃잎과 함께/ 한 줄기 투명한 바람이 될 때" 그 산국을 누가 보고 있는가라고 묻고 있습니다. 그 '산국'은 바다의 '소금'과도 같은 것일까요? 수천마리 짐승들이 어둠을 몰고 바다에 투신해서 된 그 소금(「잡초와 소금」) 말입니다.

『바람의 애벌레』를 가볍게 읽으면서 선생님의 시풍에 대해 대략적으로 생각해보았습니다. 그러나 그 다음에 손에 들은 『외눈이 마을 그 짐승』은 전혀 다른 풍이었습니다. 환상적인 이야기를 서사적으로 풀어낸

이 시는 『바람의 애벌레』의 서정적 기풍과는 완전히 딴 판이었던 것입니다. 물론 이러한 상이한 기풍에도 불구하고 전체적으로 '고인돌 속의 생명'이란 주제의식이 꾸준히 탐구되고 있다고 생각됩니다. 돌처럼 변함없이 굳건한 어떤 생명력에 대한 탐구 말입니다. 그것이 비록 캄캄한 돌 속에 박혀있더라도 우리 모두의 삶 속에 뼈처럼 박혀있어야 하는 그것에 대한 탐구이지요.

이 본질에 대한 탐구를 따라가다 보면 '거울' 이미지를 만나게 됩니다. 선생님의 다른 시집까지 모두 읽고 났을 때 전체를 관류하는 모티프로 어떤 것을 잡을까 고민했는데 바로 이 '거울'이 떠오르더군요. 그것은 돌이 바스러져 만들어진 모래 이미지와 연관되어 있기도 했습니다. 그만큼 '거울'은 매우 내밀한 세계의 깊이 속을 들락거리는 사유를 보여줍니다.

이 '거울'은 선생님의 책 『도의 시학』에서 주목했던 '관상시'와도 연관될 것입니다. 어떤 대상의 본체의 상을 본다는 것이 '관상'입니다. 근대 이후 서양에서 발전된 시학은 감각적인 것입니다. 특히 시각적인 것이 우위에 있지요. 근대 과학도 시각적으로 포착되는 범주를 확장하면서 물질의 미시적 측면과 세계의 거시적 측면을 분석합니다. 그러나 시각은 물질을 파고들어도 역시 물질 원소의 껍데기만을 볼 뿐입니다. 물질의 마음을 드러낼 수는 없지요. 근대적인 세계관의 한계가 보이는 대목입니다.

선생님의 '관상'은 아마도 시각적인 것을 넘으려는 사유를 담고 있는 것 같습니다. 동양적인 형이상학이 거기 작동하고 있겠지요. 선생님은 '도'에 대해 말하고 있습니다. 이 '도'는 중국에서 발전시킨 개념일까요? 노자의 『도덕경』이 생각납니다. 중국에 지배되어 온 역사 속에서 우리의 정신사는 모두 증발되어 버렸습니다. 고인돌 시대의 우리 사상을 되찾고 싶습니다. 최치원이 중국에서 돌아와 산들을 떠돌며 거석유적을 돌아본 것은 바로 그러한 사상을 찾고자 한 것이 아니었을까요? 보령의 맥도에 있는 최치원 유적도 거석의 일종입니다. 1920년대 중반 최치원

후손들이 그의 유작들을 수습해서 문집을 엮었습니다. 거기에는 「천부경」도 실려 있습니다. 「천부경」에 표현된 단군의 도는 과연 무엇일까요? 거석유적을 연구하면서 암각화로 새겨진 원시 천부경을 보기도 했습니다. 돌에 새겨진 선사시대의 경전은 과연 어떤 내용을 어떤 깨달음을 어떤 진리를 담고 있을까요?

본체의 상을 보는 '관상'은 결국 마음으로 보는 것이겠지요. 선생님은 마음에 관련된 여러 편의 시를 쓰고 계십니다. 내소사가 가까이 있지만 그것이 불교적으로 보이지는 않습니다. 「마음 밭 푸른 잡초」를 읽어봅니다. 어쩐지 '심전공허'에 대한 패러디 같지 않습니까? 나이가 들수록 말이 줄고 마음으로 많은 이야기들을 하는 때가 된 것입니까? "어느새 소리 잃은 말들이/ 온갖 싱싱한 잡초가 되어/ 조용히 바람에 흔들리고 있다"고 썼습니다. "다함께 흔들리며 흔들리며/ 그 물결 무수한 은비늘이 되어/ 오래오래 아스라이 흘러가보라."고 노래합니다. '심전공허'라니 그 무슨 가당치 않은 말입니까? 모든 것들과 함께 하는 은빛 비늘같은 물결이 되어 강물이 되어 바다가 되어 출렁이는데 말이죠.

관상시의 본질은 '외눈이 마을'의 외눈이 성자 이야기와 『썩지 않는 슬픔』의 「잠자리-잠언 4」에서 추구되고 있습니다. "눈이 거의 3만개나 되는 잠자리"라는 이미지는 과연 무엇일까요? '삼만개의 눈'을 가지고 있다니! 이 과도한 눈의 수효는 '시선의 과잉'을 뜻할 것입니다. 서구에서 발전시킨 근대적 인식론의 그로테스크한 모습을 보여줍니다. 맥없이 거미줄에 걸려버린 이 과잉된 눈의 존재는 비판의 대상으로 떠오른 것이겠지요.

> 죽어서도 감을 줄 모르는 눈
> 저 눈의 슬픈 진화를 보라
> 투명한 거미줄과 한 빛인
> 무한대의 허공 속에서
>
> ―「잠자리-잠언 4」 부분

「귀뚜라미」는 말에 대해 비판하고 있습니다. 눌변이었던 석가 부처가 입적하기까지 49년 동안 설법을 해서 후대에 팔만대장경으로 집결되었지요. 시에서 "실은 한 마디 말도 하지 않았노라고/ 말씀하셨다."고 했습니다. 그 장대한 경전의 말씀에 대한 이 부정은 무엇입니까? 선생님은 팔만대장경이 와르르 무너지는 소리라고 표현합니다. 그리고 그 옆에 귀뚜라미 소리 하나를 배치했습니다. 고요한 천지 속에 울리는 '한 올 귀뚜라미 소리'는 무너지는 경전 소리보다 위대한 것입니까?

어느 고요한 밤에 귀뚜리 소리를 들으며 얼마나 많은 시인들이 그에 대한 시를 남겼을까요? 이 미묘한 천지의 가객에게 바쳐진 문인들의 송가를 엮으면 몇 권의 책이 될 수도 있겠지요. 그러나 석가모니 부처의 설법마저 이 조그만 가객의 노랫소리에 숨을 죽여야 하는 이유는 무엇일까요?

결국 선생님은 시를 통해 철학적 인식론을 넘어서려는 시도를 하고 있습니다. 천지자연의 사물, 그 본체를 우리의 시선과 언어는 파악할 수 있을까요, 표현할 수 있을까요? 이 영원한 질문을 선생님의 시들을 통해 마주하게 됩니다.

'잠자리'로 상징되는 시선의 과잉이나, 수많은 말을 통해 진리를 설파하려는 '말의 과잉'이나 천지자연의 고요한 본체 속에 도달하지 못한다고 보아야 할까요? 귀뚜리가 오히려 그 본체의 노랫소리를 들려주는 것일까요?

눈도 말도 마음도 일종의 '거울'입니다. 선생님의 여러 시편들을 통해 이 '거울'과의 격투를 보게 됩니다. 우리 자신의 존재 조건이기도 한 시선과 말은 우리를 가두는 그물이나 족쇄가 될 수도 있습니다. 그 그물과 족쇄에서 벗어난 앎과 표현은 어떠한 것입니까? 우리는 어떠한 말을 해야 하는 것입니까? 앎과 삶을 풍요롭게 실어 나르는 수레로서의 언어는 과연 어떤 것입니까? 이 족쇄와 수레 사이에서 많은 사람들이 방황하고 있습니다.

「그 짐승」은 서사적 산문시입니다. 특이하게도 시인은 이러한 산문시

뒷부분에 서정시를 덧붙여 놓았습니다. 마치『삼국유사』의 기법처럼 말입니다. 일연 스님은 역사적 행적을 기록한 다음 글의 끝에 자신의 심경을 덧붙인 시를 적어놓았습니다.『삼국유사』는 흥미로운 이야기들로 가득한 역사책이기 이전에 일종의 문학작품이기도 합니다. 물론 역사는 객관적인 사실들에 대한 엄밀한 기록이어야 합니다. 그러나 니체가 말했듯이 어떠한 사물도 단 하나의 외면을 보여주지 않지요. 보는 시선의 각도와 원근에 따라 모든 사물은 수많은 다른 모습을 보여줍니다. 실제 현실에서 벌어진 하나의 사건을 두고 얼마나 서로 다른 이야기들이 있습니까? 논쟁과 토론이 벌어지고 심지어는 욕설까지 나오고 법정까지 가야하는 일들이 비일비재합니다. 그러나 법정에서 완벽한 판결이 나오고 사건에 대한 완벽한 인식이 결정되는 것일까요? 어떤 죄수는 잘못된 판결 때문에 몇 십 년 억울하게 옥살이를 한 경우가 있습니다.

일연 스님의 역사서술 기법은 어찌보면 매우 적절했다고 생각됩니다. 사관들의 엄밀한 필법을 부드럽게 해서, 좀 더 광범위하게 흘러다니며 둥그렇게 원만해진 '이야기'를 역사로서 서술했기 때문입니다. 거기에 자신의 심경과 비평이 곁들여진 시까지 사족처럼 붙였으니 얼마나 멋들어진 필법입니까? 선생님의 산문시들이 이러한 일연의 필법을 본받았다고 생각됩니다. 여기에 대해 평자들이 어떻게 평했는지 궁금합니다.

「그 짐승」에 붙여진 서정시는 물론『삼국유사』에 붙여진 것과 상당히 다른 모습입니다. 하나의 독립된 시로 볼 수 있죠. 내용도 완결되어 있고 길이도 상당히 깁니다. 본인은 여기서 선생님의 '말의 창틀'에 주목하고 싶군요. 일종의 환상적인 우화로 제시된 서사적 부분의 이야기를 정리하고 있는 개념어가 바로 그것이기 때문입니다. 거기에 선생님의 현실비판(사회, 정치, 문화 등에 대한)과 인식론 비판이 함께 곁들여 있습니다.

　　말의 창틀로 세상을 내다보기 시작했던가

촘촘한 말의 그물에 갇혀
평생을 청맹과니로 떠돌아야 했던가

─「그 짐승」 부분

시의 앞부분에서 말은 둔갑하는 짐승 이미지와 겹쳐있습니다. 고정된 실체를 잃어버린 요즈음의 철학과 기호학을 꼬집은 것 같군요. 요즘 시단에 횡행하는 실험적인 시들은 대략 서구에서 들어온 그러한 이론들에 발을 맞춘 것입니다. 소위 포스트모던 풍의 시들이 그렇지요. 프로이트의 욕망이론이 기호학에 도입되면서 언어기호는 욕망의 투사물이 되기도 했습니다. 투명한 거울면은 주체의 욕망으로 흐려졌지요. 인식도 마찬가지입니다. 사물에 대한 인식은 그 사물에 대한 주체의 관심 정도, 욕망의 정도에 의해 다양한 각도로 굴절됩니다. 니체는 단일한 인식을 거부하며 이러한 인식의 프리즘을 정당한 것으로 주장했습니다. 일종의 인식의 무정부주의가 탄생했으며 그것이 전염병처럼 번졌지요. 이것을 부정하려는 움직임은 권력적인 것으로 비판받는 시대가 되었습니다. 이제 인식은 저절로 다수주의 쪽으로 흘러가며 다수의 이해관계를 반영하는 쪽으로 기울어가는 시대가 되었습니다. 니체는 그러한 다수주의를 거부하며 초인적 인식을 지향했지만 그러한 초인은 독재적 권력자의 이미지로 오인받기도 했습니다.

「그 짐승」에 나오는 변신술적 짐승 이미지는 이 모든 논의들을 함축하고 있습니다. 선생님은 그것을 비실체적 환영으로 몰아갔습니다. 모든 언론매체들의 떠들썩한 관심까지 거기 결합시켜서 사회문화적 현상으로 만들었습니다. '언둔갑이'들을 그와 함께 등장시킴으로써 '말의 진실'과 '말의 실재', '말과 대상'에 대한 비판을 제시하기도 했습니다. 환상적 이야기는 그러한 언둔갑이들이 마구 확산되는 파멸적인 모습을 그리기도 합니다. 이러한 환상 이야기는 요즈음의 실험적 문학과 포스트모던한 기호학 이론들에 가해지는 비수 같기도 합니다.

2. 거울의 총체성을 향하여

『외눈이 마을 그 짐승』의 서문에서 시인은 인위적인 사유를 비판하고 '느낌'을 강조한다. 시인은 "생각은 인위적 조작이지만 느낌은 자연적 본능이다. 본능의 생명적 힘은 쇠미해지고 조작하는 인위적 기교는 늘어간다"라고 말한다. 그는 생명의 꽃인 사랑을 시의 본분으로 삼고 있는 것이다.

「움베르토 에코에게」라는 시를 보자. 에코는 "사람의 말이란/ 거짓말을 위한 기호라고 주장한다." 이러한 에코적 기호학의 허무함을 시인은 그림자에 빗대고 있다.

> 하나의 문이 여닫히는 그림자 속을
> 허깨비처럼 드나드는 그대를 보라

실체가 사라진 기호는 껍데기 그림자만을 남긴다. 실체라든가 본질이란 말을 꺼내면 허황된 '형이상학적'인 것으로 비판받기 일쑤인 시대가 되었다. 오늘날은 그러한 형이상학적 가치를 뒤집는데 신명이 난 시대인 것이다. 그러나 그러한 뒤집기가 유행이 되면 그러한 것도 별 특별난 것이 되지 못한다. 의미와 가치들이 혼란과 혼돈에 빠지면서 허무주의의 심연이 모든 것을 삼켜버리게 된다. 모든 개체들과 대상들을 끌어모으는 총체성의 빛이 사라지면 허무의 깊이 속으로 모든 것이 침몰한다. 총체성은 명료한 개념과 논리로 포착될 수 있는 것이 아니다. 그러한 명료성과 논리성은 흔히 조작된 것이며 곧 모든 개체적 특성을 억압하는 것으로 작용한다. 이론가들은 이러한 나쁜 총체성에 대해서만 생각한다. 그러나 우주가 작동시키는 거대한 총체성에 대해 생각해보아야 할 때이다. 그것은 명료하게 파악되거나 규정될 수 없는 것이지만 분명히 존재하는 것이다.

「우리 모두 거울이 되어」를 읽어본다. 시인의 고민을 거기서 본다. 시인의 그리움을 거기서 느껴본다. 파편화된 시대, 모든 것의 실체가 사라지며 공허해지고 점차 껍데기 그림자만 남겨진 세계에서 시인은 과연 무엇인가? 시인은 어떤 존재여야 하는가?

눈에 보이고 귀에 들리는
모든 것들이 거울이 되어
서로를 비추고 나를 비춘다
이 온갖 거울들이 아니면
내 어찌 나를 알 수 있으리
바위에 비쳐 비로소 흔들리는
한줄기 풀잎 끝에 초승달이 흐르고
날아가는 작은 멧새의 날개에
큰 산이 가볍게 실려간다
강물 소리에 저문 들이 다소곳해 질 때
내가 조용히 눈을 감는 까닭은
내 마음의 하늘에 별들이 돋아나고
바람은 허공을 울리며 불어가기 때문이다
다함없는 온갖 거울들이 아니면
저 먼 별들이 아니면
내 어찌 무엇을 그리워할 수 있으리

─「우리 모두 거울이 되어」온마디

시인은 모든 거울 조각들을 끌어 모은다. 서로를 비추는 사물들은 모두가 거울이 된다. 모든 것들은 눈에 보이고 귀에 들린다. 나는 그것들을 비추는 거울이다. 당연히 시인은 보이는 것들을, 들리는 것들을 인식하는데 그치지 않고, 그것들을 산다. 본다는 것은 감동하는 것이고 즐기는 것이고 울고 웃는 것이다. 듣는 것도 그러하다. 눈과 귀의 거울은 삶의 깊이를 간직하고 있다. 표면의 그림자만으로는 삶을 채울 수 없다.

이러한 '삶의 깊이' 없이 어떻게 눈에 보이는 것들끼리, 귀에 들리는 것들끼리 서로를 비출 수 있겠는가? 하늘의 구름들은 천천히 때로는 급격하게 유동하는 그림들을 그린다. 하늘과 구름, 산과 들이 모두 어울려 서로를 비춘다. 푸른 하늘과 폭풍우의 잿빛 구름이 던지는 강렬한 대비를 보라. 색채들은 그러한 대비 속에서 스스로를 드러낸다. 우리는 그러한 것들을 가슴 깊이 들이마시며 살아간다.

내 안에 얼마나 많은 하늘이 구름들이 깃들어 있는가 말이다. 시인은 차가운 인식론적 거울 대신 '삶의 깊이'를 간직한 '사랑의 거울'을 내세우려 한다. 삶이란 느끼고 받아들이고 충만해지며 기쁨이 솟구치는 것이어야 한다. 그러한 면에서 삶이란 곧 사랑이어야 한다. 시인이 『외눈이 마을 그 짐승』의 서문에서 생명의 꽃인 사랑을 강조한 것은 바로 이러한 의미일 것이다. 「우리 모두 거울이 되어」에서 시인은 이러한 사랑의 우주 속에 깊이 침잠한다. 강과 들판이 서로 껴안고 있는 세계 속에서 시인은 그 사랑의 깊이 속으로 들어간다. 거기 광대한 우주가 하늘을 펼쳐낸다. 별들로 수놓인 하늘을 경쾌하게 울리는 바람의 음악이 있다. 그 별들에 대한 그리움으로 삶은 계속 나아가며 커갈 것이다.

3. 시인의 집―언어의 고치

『바람의 애벌레』에 나오는 몇 편의 시를 다시 읽어봅니다. 한반도 서남쪽 끝자락 변산반도 어딘가에 살고 있는 선생님의 삶이 엿보입니다. 「내소사는 어디 있는가」는 흰 눈으로 모든 것이 뒤덮였을 때의 풍경입니다. 변산이 다 눈에 덮였는데 내소사는 어디 있고 길은 어디 있는가? 단순한 동양화 한 폭입니다. 그 시리고 시린 하얀 풍경의 백지가 마음을 저려옵니다.

이 땅 끝에서

눈과 바람을 만드는 변산은
사시사철 때없이 눈이 내린다
…(중략)…
고요한 흰 백지 속에서
내소사를 찾아 헤매는 나그네여
내소사는 어디 있는가

— 「내소사는 어디 있는가」 부분

이 시에는 다음과 같은 부제가 붙어 있습니다. "갈 방향을 살피고 그
가 간다는 것을 아나/ 가는 자는 끝내 그 방향에 이르지 못한다." 너무 심
오하고 막강한 말일까요? 선생님의 심정을 대변하는 말일까요? 모든 것
을 지워버린다는 것은 깨달음일까요 초월일까요 해탈일까요 아니면 허
무일까요? 아니면 이러한 개념조차도 번거로울 뿐인 어떤 '무'일까요.
어떤 성스러움, 어떤 신비를 감춘 듯한 심산유곡의 절간을 찾아서 무엇
하겠습니까?

그러나 이렇게 흰 백지를 사람들은 견디기 어렵습니다. 지구에는 산
과 들과 강과 나무와 온갖 생명체들이 가득하여 사랑의 거대한 교향악
을 연주하고 있기 때문입니다. 「그 여자를 찾아서」를 보면 선생님에게
도 그러한 사랑에 대한 추구가 끈질기게 남아있음을 느낍니다. 나를 기
다리는 여자, 그 여자를 영원한 깊이 속에 있게 하고 싶은 욕망을 봅니
다. 그러나 실은 그 여자도 똑같이 나를 그렇게 찾고 있으니 이 사랑은
쉽게 이루어질 수 없을 것 같습니다.

「고치의 눈물」을 읽으며 시인에 대한 선생님의 생각을 정리해 봅니
다. 아마 모든 시인은 자신의 꿈에 그리는 그러한 완벽한 시를 향해 계속
날갯짓을 하고 있을 것입니다. 어떤 시인은 그래서 자신이 쓰는 모든 시
는 (아니 지금껏 썼던 모든 시는) 하나의 연습일 뿐이라고 선언하기도
했습니다. 그러나 그저 연습에 불과하다면 한 작품의 성취라는 것이 별
의미가 없을 수 있습니다. 하나의 작품을 완벽한 것으로 만들기 위해 남

모르게 애쓰는 시인들이 대부분일 것입니다. 자신의 방 속에서 애태우며 수없이 세웠다 헐었다 반복했던 시간들을 많은 시인들이 가졌겠지요. 그렇게 해서 쓰여진 시들 가운데 여러 사람들에게 주목받고 사랑받고 인정받는 시는 몇 개 되지 않습니다. 당대에는 문단에 드나들며 형성된 인간관계에 의해서 그러한 '인정'이 가능합니다. 그러나 세월이 지나면 그러한 인간적 평가는 사라지고, 그 사람을 모르는 무명의 독자들에 의한 냉엄한 심판만이 기다리고 있습니다. 먼 후일에 과연 어떤 시들이 살아남게 될까요?

선생님은 「고치의 눈물」에서 어떤 무명시인 이야기를 쓰고 있습니다. 나방이 되지 못한 채 한 무명 시인이 커다란 고치 속에서 번데기가 된 이야기이지요. 이 무명시인은 어느날부터 갑자기 벙어리와 귀머거리가 되더니, "자신의 모든 흔적들을 남김없이 지우고/ 몇 권의 시작 노트마저 불태워버렸다/ 그리고 산 기슭의 움막 속에서/ 오로지 뽕잎만을 먹기 시작했다"고 했습니다. 그는 말하자면 누에가 된 것입니다. "네 번의 깊고 깊은 잠 속에서/ 꿈을 부수고 세우고 부수고 세웠다"는 표현은 네 번의 잠 속에서 아름다운 고치를 만드는 누에를 연상하며 나온 것입니다. 무명 시인을 누에로 치환하면서 선생님은 실은 자신 속에 깃들어 있을 어떤 '시인'에 대한 이야기를 하고 있는 것입니다.

맑고 투명한 하얀 실을 토해 고치를 짓는 풍경은 눈물겨운 것일까요 아름다운 것일까요? 자신의 집 속에서 번데기로 굳어버린 한 무명시인의 이야기를 통해 우리는 무엇을 알 수 있을까요? 고치의 거죽에는 눈물 같은, '저승의 이슬' 같은 물방울들이 맺혀있습니다. 그것은 미처 날아오르지 못한 나방의 꿈과도 같습니다. 나방을 보는 것보다 나방이 되려는 꿈이 주목받고 있습니다.

무명시인들을 위로하려는 시일까요? 아니면 아직 화려하게 자신을 펼쳐 보여주지 못한 모든 사람들을 위한 애가哀歌일까요? 우리 자신 속에는 모두 그러한 무명시인이 한 명 쯤 들어있지 않을까요? 그러나 꿈의 황홀하고 순결한 실만으로도 자기 하나쯤 들어갈 수 있는 집이 만들어진다는 것. 그 집을 만드는 것 자체가 시적인 풍경입니다. 한 사람을 위한 집. 자신을 영원히 가두어 쉬게 할 수 있는 집. 그러나 그 집이 또 다른 존재로 태어나기 위한 자궁이 될 수 있다면 얼마나 좋겠습니까?

4. 기상도를 위하여

「기상도」 연작시를 읽어본다. 똑같은 제목의 시집을 낸 1930년대 시인 김기림을 생각해본다. 그리고 김춘수의 『처용단장』을 떠올려본다. '바다' 때문일까? 김영석 시인은 대학에서 은퇴한 후 고향인 변산에 터를 잡았다. 「기상도」 연작시를 비롯해서 그의 여러 시편들에 변산의 바다와 산이 배경으로 자리하고 있다. 은퇴는 휴식일까? 아니면 새로운 모색일까? 「기상도」 연작 중에서 뒷부분 시들을 보면 관조적인 시선이 두드러진다. 깊은 철학적 사색을 동반하지 않고 그저 묵묵히 바라보는 그러한 관조가 거기 있다.

「그 집-기상도 26」에 나오는 치매 걸린 노파, 「바닷가 둑길-기상도 29」의 연날리는 노인, 「썰물 때-기상도 24」와 「염전풍경-기상도 25」의 담담한 서정에는 치열한 사유라거나 삶의 열정 같은 것들이 모두 가라앉은 모습이 있을 뿐이다. 허무함으로 색칠하는 대신 어느 정도 뒤로 물러선 자의 담담함이 거기서 느껴진다. 「썰물 때」에서 마을의 풍경을 다음과 같이 표현하고 있다.

> 변산 골짜기 골짜기에서
> 바다 구경을 나온 돌들이 많아
> 돌개라 부르는 곳
> 오늘도 북산의 닭바위에 쫓겨
> 남산의 지네바위가 능선을 따라

한사코 바다를 향해 기어가는데
수억년을 그렇게
쉼 없이 쫓고 쫓기는데
참 이상한 일이다

—「썰물 때−기상도 24」 부분

  '돌'은 김영석 시인의 주도 모티프이다. 그는 『모든 돌은 한 때 새였다』라는 시집을 내기도 했다. 『썩지 않는 슬픔』에는 그 돌의 전형적인 이미지를 드러낸 「무거운 돌」이란 시가 있다. 돌은 무겁다. 시인은 그것을 가볍고 부드럽게 만든다. '돌비'의 이미지를 보라. "돌아 앉은 산과 들이 빗장을 지른 채/ 아 에 이 오 우/ 자욱이 돌비를 맞고 서 있다."(「무거운 돌」에서) 한글 모음의 부드러움 때문에 돌과 비가 연금술적으로 결합될 수 있는 것 같다. 이 '돌비'를 맞으면 산과 들은 무겁게 석화될 것인가. 아니면 새로운 천지로 개벽될 것인가. 그는 돌의 무덤에 대해 말한다. 아득한 고대로부터 흘러온 무덤을 말이다. 돌은 아득한 세월의 역사를 담고 있다.

  변산은 유독 기이한 바위들이 많다. 해안을 따라 돌다 보면 산자락으로부터 봉우리까지 전체가 하나의 바위로 된 곳도 있다. 나는 김영석 시인이 변산 어느 부분에 둥지를 틀고 있는지 알지 못한다. 하지만 그가 살고 있는 곳도 변산의 이러한 돌 풍광 속에 끼어 있으리라 짐작해본다.

  북산의 닭바위와 남산의 지네 바위에는 어떤 전설이 서려있을 것이다. 닭과 지네, 이 쫓고 쫓기는 대립적 존재를 통해 지형을 묘사한 것이 흥미롭다. 그러나 시인은 수억년을 그렇게 쫓고 쫓기는 단순한 반복에 주목하고 있다. 별로 숨가쁜 상황이 아닌 것이다. 영원한 반복. 시인은 변산에 내려와 자연과 우주의 영원함이 간직한 단순성에 주목하는 것 같다. 돌이야말로 그러한 영원함과 단순성을 보여주기에 가장 적절한 재료이다. 아마 '돌개마을'은 그러한 것을 드러내기에 좋은 형세를 갖고 있을 것이다. 거대한 바위산으로 둘러싸인 곳에서 시인은 지금까지 살아온 인생의 모든 국면을 반추해보고 있지 않을까? 세상의 삶을 간추린다면 '쫓고 쫓기는' 것이 되지 않을까? 권력과 명예와 꿈을 쫓고, 적대적인 존재를 공격하며 쫓고, 그리움의 대상을 쫓다가 인생의 황혼에 도달한다.

「기상도」 시편 뒤에 나오는 「오갈피를 자르며」는 삶에 대한 지혜로운 단장을 볼 수 있다. 많은 것들을 겪으면서 인생을 살아온 시인의 설법 같기도 하다.

> 쓰디쓴 한 잔의 물이 되리라
> 살아온 날들을 생각하면 삶이란
> 물결지며 흘러가는 강물이구나
> 슬픔도 기쁨도 괴로움도
> 크고 작은 물이랑으로 흐르는구나

시인은 "삶이 곧 병이고 병이 곧 물결인 것을"이라고 쓴다. 이 혼란스런 시대에 "삶이 곧 병이다"라는 언명을 누가 부정할 수 있으랴. 괴로움으로 부대끼며 출렁거리는 삶에는 크고 작은 슬픔도 괴로움도 기쁨도 다 들어있다.

삶의 서로 다른 측면들을 하나의 강물 속에 집어넣으며 시인은 변산의 돌산 속에 들어가 산다. 「영혼」과 「풍경소리」를 보면 시인은 이 돌의 마을에서 흔들리고 있다. 「풍경소리」의 쓸쓸한 허무와 「영혼」의 영원한 그리움 사이에서 말이다. 이 두 주제는 모든 인생의 강물 속에 뼈처럼 박혀있는 것이다. 영원한 돌처럼 말이다.

언어 너머의 언어, 그 심원한 수심

―김영석의 시적 역정

유 성 호

1.

이번에 출간되는 김영석 시선집 『모든 구멍은 따뜻하다』는 시력詩歷 40년을 훌쩍 넘긴 그가 그동안 발표해온 대표 시편들을 한 데 모은 결실 이다. 하인何人 김영석 시인은 시집으로 『썩지 않는 슬픔』, 『나는 거기에 없었다』, 『모든 돌은 한때 새였다』, 『외눈이 마을 그 짐승』, 『거울 속 모 래나라』, 『바람의 애벌레』 등을 펴냈다. 이번 시선집은 이 시집들에서 정성스레 대표 작품들을 선별하여, 시집 간행 순서를 충실히 따르면서, 자신의 오랜 시적 역정의 마디마디를 확인하는 방법으로 그 시편들을 배열하고 있다. 다만 '기상도'라는 부제를 붙인 관상시觀象詩와, 시와 산 문을 하나의 구조로 결합시킨 사설시辭說詩는, 발표 순서와 관계없이 시 선집 맨 뒤에 배치하였다. 이러한 일관된 흐름을 담은 이번 시선집은 수 심水深이 보이지 않는 삶과 세계의 깊이를 탐침해온 시인의 시적 추구가 하나의 과정적 매듭을 짓는 상징 행위이기도 할 것이다.

김영석 시인은 우리 문단에서 과작의 시인으로 잘 알려져 있다. 하지 만 그의 시편들은 한 편 한 편 심원한 수심을 농축하여 발표됨으로써, 우리로 하여금 정밀하고 깊은 독해를 꾸준히 요청하고 있다. 또한 그의 시 편들은 우리 시단의 여러 편향들 이를테면 불가적 편향이나 모더니티 편향 같은 것들을 넉넉히 극복하고 그것들을 한 데 통합함으로써 우리 시의 풍요로운 방법론을 시사해주고 있다. 이 글은 이러한 김영석 시인 의 오랜 시적 역정을 따라가면서, 되도록 많은 시편을 읽어가면서, 그의 시편들이 지닌 독자적 속성과 가치 그리고 그 심원한 수심을 살펴보려 고 한다.

2.

김영석 시인의 첫 시집 『썩지 않는 슬픔』(창작과비평사, 1992)은 시 인으로서의 그의 존재를 세상에 견고하게 각인해준 눈부신 성취라고 할 수 있다. 이 때늦은 첫 시집에서 시인은 서정시 특유의 상징적 응축성과 함께, 근원적 실재에 대한 감각적 투사投射 그리고 말 너머 존재하는 침 묵의 가치에 대한 가없는 긍정을 보여주었다. 가령 시인은 "가슴에 묻어 두고 삭일 뿐/소리를 낼 수"(「종소리」) 없는 시인으로서의 불가피한 실 존적 조건을 아름다운 여러 상징으로 노래하였는데, 그 뚜렷한 실례가 '섬'이라는 상징으로 나타난 바 있다.

> 별 속에는 섬이 있다
> 아직 아무도 가보지 않은
> 섬 하나 떠 있다
> 꺼지지 않는 그 섬 하나 있기에
> 멀리 보는 눈빛마다
> 별들은 오래 오래 반짝이리
>
> 꽃 속에는 섬이 있다
> 아직 아무도 발 딛지 않은

섬 하나 숨어 있다
지워지지 않는 그 섬 하나 있기에
닿지 않는 손끝에서
꽃들은 철철이 피어나리

눈물 속에는 섬이 있다
아무도 노 저어 닿지 못한
섬 하나 살고 있다
손짓하는 그 섬 하나 있기에
멀리서 그대와 나는
날마다 저물도록 헤매이리.

—「섬」전문

 일찍이 루카치G. Lukács가 "별이 빛나는 창공을 보고, 갈 수가 있고 또 가야만 하는 길의 지도를 읽을 수 있던 시대는 얼마나 행복했던가?"라고 그의 유명한 『소설의 이론』에서 갈파한 바 있거니와, 그만큼 '별'은 문명 이전 혹은 역사 이전을 들여다볼 수 있는 신성한 인식론적 지도요, 모든 존재자의 궁극적 귀속처요, 지상의 불완전한 꿈들이 깃들이는 상징적 성소聖所가 아닐 수 없다. 그 '별' 안쪽에 아직 아무도 못 가본 섬 하나가 있다. 이 '별 안의 섬'이 있기에 별들이 오래 반짝이면서 별을 바라보는 눈빛들을 반짝거리게 하는 것이다. 그런가 하면 지상의 가장 아름다운 실재인 '꽃' 속에도 아무도 발 딛지 않은 섬 하나가 있다. 결코 지워지지 않는 '꽃 안의 섬' 때문에 꽃들은 철철이 피어난다. 그런데 이러한 '별'과 '꽃'의 아름다움과 신성함을 인간의 '눈물'이 이어받는다. '눈물' 속에도 아무도 닿지 못한 섬 하나가 있기 때문이다. 끊임없이 누군가에게 손짓하는 그 '눈물 안의 섬' 때문에 '그대와 나'는 날마다 저물도록 무언가를 찾아 헤매일 수 있다. 여기서 우리는 '별=꽃=눈물'이라는 낭만적 충동의 등식을 안아들이면서, 그 안에 떠서 숨어 살고 있는 '섬'이라는 상징이, 시인이 가 닿고자 하는 그러나 그럴 수 없어 대신 '별'과 '꽃'과 '눈물'을 노래할 수밖에 없는 시인으로서의 실존적 등가물임을 알게 된다. 그래서 이 시편은 김영석 시인의 '시로 쓴 시론詩論'이라고 할 수 있을 것이다.

> 멍들거나
> 피 흘리는 아픔은
> 이내 삭은 거름이 되어
> 단단한 삶의 옹이를 만들지만
> 슬픔은 결코 썩지 않는다
> 옛 고향집 뒤란
> 살구나무 밑에
> 썩지 않고 묻혀 있던
> 돌아가신 어머니의 흰 고무신처럼
> 그것은
> 어두운 마음 어느 구석에
> 초승달로 걸려
> 오래 오래 흐린 빛을 뿌린다.

— 「썩지 않는 슬픔」 전문

　인간의 정서 가운데 기쁨이나 즐거움은 순간적인 것이다. 그리고 얼얼한 아픔도 상황적이고 한시적인 것이다. 하지만 '슬픔'만은 이러한 상황과 시간을 모두 뛰어넘는 편재성과 항구성을 지닌다. 이 '불후不朽'의 슬픔이 옛 고향집 뒤란 살구나무 밑에서 "썩지 않고 묻혀 있던/ 돌아가신 어머니의 흰 고무신"처럼 어두운 마음 구석에 오래도록 흐린 빛을 뿌리고 있다. 그 오랜 흩뿌림의 힘으로 '슬픔'은 시인의 존재론에 힘을 더한다. 그리고 '슬픔'은 "썩지 않는 뼈로 남아/길을 껴안는 숯"(「숯」)처럼, 우리 삶의 "주춧돌만 남은 자리"(「단식」)를 견고하고 부드럽게 감싼다. 그 '썩지 않는 슬픔'이 김영석 시인이 취하는 일용할 양식일 것이다.
　이렇게 김영석 첫 시집에서는 신성한 '섬'과 '슬픔'의 미학이 절절하게 녹아 있다. 시인은 "그 많은 새떼들이 어디서 날아와/ 어디로 가뭇없이 사라지는지"(「탑을 보기 전에는」)를 생각하면서 "북처럼 가슴을 두드려도/ 소리를 내지 않기 위하여"(「침묵」) 지속적으로 '사라짐'과 '침묵'의 시를 쓴다. 어쩌면 노자가 말한 "참되고 영원한 길은 말할 수 없고/ 이미 말한 것은 거짓"(「도덕—잠언 2」)이라는 역설을 구현하기 위해 그는 "봉분은 그의 죽음의 무덤이고/ 밥은 그의 삶의 무덤"(「밥과 무덤」)이라는 역설의 사유를 일관되게 진행한 것이다. 김영석 시인은 등단 후 무려 22년 만에 낸 첫 시집에서, 이렇게 '시'와 '시인'의 역설적 존재론에 대해 사유하고 표현한 것이다.

그런가 하면 두 번째 시집 『나는 거기에 없었다』(시와시학사, 1999)는, 첫 시집으로부터 7년 정도의 상거相距를 가지며 출간되었다. 그 안에는 시인 스스로 "무한대의 공간과 무량한 고요를 체험"(「서문」)한 결과가 빼곡하게 담겨 있다. 그 체험은 사물과 사물, 사물과 자아의 관계에 대한 새로운 인식론을 수반한다. 두 번째 시집에 실린 단시短詩 두 편을 읽어보자.

> 바람도 죽는다.
> 죽어서는 오래 삭지 않는 뼈를 남긴다.
> 단청이 다 날아간 내소사 대웅전
> 앙상히 결만 남은 목재를 보라
> 바람의 뼈가 허공 속에
> 거대한 적멸의 집 짓고 서 있다.
>
> — 「바람의 뼈」 전문

> 가을걷이 끝난 텅 빈 들판에
> 이따금 지푸라기가 바람에 날리고
> 지금은 아무도 살지 않는
> 외딴 빈 집
> 이따금 낡은 문이 바람에 덜컹거린다.

바람에 날리는 지푸라기와
바람에 낡은 문이 덜컹거리는 소리는
누가 보고 들었는가?
시를 쓰는 내가?

나는 거기에 없었다.

— 「나는 거기에 없었다」 전문

　바람은 죽어서 "오래 삭지 않는 뼈"를 남긴다. 모든 실재가 소멸의 길을 걷는 공간에서 결만 앙상하게 남은 목재만이 '바람의 뼈'가 허공 속에 짓는 "거대한 적멸의 집"으로 서 있다. 이렇게 '소멸'과 '불멸'의 동시적 대위법對位法을 수행한 이 시편은, 시인이 시집 서문에서 "나는 나의 시가 공空과 존재와 언어의 일여적 순환과 생성 속에서 태어나 생명과 존재와 자유와 하나가 되기를 희망한다"고 피력한 바로 그 시적 구상을 구체적으로 실현하고 있다. 마치 "고요가 쌓이고 쌓이면/ 산"(「산」)이 되듯이, 그 일여적一如的 순환과 생성의 눈부신 과정이 이 시편에 농밀하게 녹아 있는 것이다.

　뒤의 시편 역시 가을걷이 끝난 소멸의 공간에 서 있는 "지금은 아무도 살지 않는/ 외딴 빈 집"을 묘사한다. 가끔 바람에 지푸라기가 날리고 낡은 문이 덜컹거리는 곳에서 화자는 그 지푸라기의 모습과 낡은 문의 소리를 과연 "누가 보고 들었는가?"라고 묻는다. 시를 쓴 주체인 화자가 보고 들은 것이 시로 형상화된 것이니, 그것을 보고 들은 이는 당연히 "시를 쓰는 내가" 될 것이다. 하지만 화자는 "나는 거기에 없었다."면서 시를 쓴 사람의 경험적 관점이 시에 반영된 것이 아니라 사물 스스로 시 안쪽으로 들어온 것임을 시사하고 있다. 소멸해가는 것들의 불멸의 순간을 그렇게 일여적 순환과 생성의 원리로 그려낸 것이다. 이는 후일 본격화할 김영석 시인 특유의 '관상시'를 예비하는 속성을 이 작품이 담고 있음을 알려준다.

창을 통해
저 광대한 허공을 내다보는 것은
내 속의 허공을 들여다보는 일이다
허공은 나를 알처럼 품고 있고
나 또한 내 속의 허공을 품고 있으니
나는 구멍이 숭숭 뚫린 알껍질 같은 것이다
내 속의 허공 속에서 부화한
하얀 새들이 창을 통해 이따금
푸른 하늘 속으로 햇살처럼 날아오르곤 한다.

—「알껍질」 전문

화자는 창밖의 거대한 허공과 "내 속의 허공"을 등가적으로 바라본다. 그렇게 허공과 '나'가 서로를 품고 있으니, 화자 스스로도 "구멍이 숭숭 뚫린 알껍질 같은 것"이 된다. 그때 "내 속의 허공"에서 부화한 흰 새들이 창밖 허공으로 햇살처럼 날아오른다. 이 시편은 이른바 '우주적 존재cosmic being'로서의 사물들의 스케일을 보여줌과 동시에 '허공'이라는 상징 공간을 통해 주객 분리를 넘어 초월적이고 비약적인 일여적 차원을 획득한다. 그때 비로소 화자는 자신 안의 허공을 바라볼 수 있게 된다. "생각 속의 생각 속에/ 텅 빈 고요의 씨앗 하나"(「무엇이 자라나서」)가 있음을 알게 되고, "더 깊고 더 많은 말을 배우기 위해/ 이제는 익힌 말을 다시금 버려야"(「말을 배우러 세상에 왔네」) 한다는 역설적 사실에 다다른다. 그렇게 김영석 시인은 '바람'과 '빈 집'과 '허공' 속에서, 자신을 지우거나 비우면서 사물과의 궁극적 합일을 꿈꾼다. 그것은 "산등성이 위의 잔설이/ 여윈 제 몸의 안간힘으로/ 안타까이 햇살에 반짝이는 일"(「그리움」)에 동참하는 일이 곧 자신의 시작詩作 과정임을 고백하는 것이기도 할 것이다.

3.

　대체로 신神이나 자연 같은 외재적 질서에 예속되었던 인간이 스스로 주체임을 자각한 것이 근대 논리의 기초라면, 시는 확실히 '근대의 저편'을 바라보는 양식이다. 그래서 시는 현실을 대체할 수 있는 것이 '다른 현실'이 아니라, 꿈으로 재구성되는 '시적 현실'임을 암시적으로 드러낸다. 물론 잘 쓰여진 시는 한결같이 현실과 꿈의 접점에서 피어나는 긴장 속에서 미학적 완성을 꾀하게 마련이다. 김영석 시편의 구성 원리 또한 '근대의 저편'을 바라보면서 꿈으로 재구성되는 '시적 현실'을 우리에게 환하게 보여준다. 김영석의 세 번째 시집 『모든 돌은 한때 새였다』(시와 시학사, 2003)를 읽다보면 이렇게 '근대의 저편'에서 피워올리는, 현실과 꿈의 복합 형식으로서의 원형적 반응을 발견하게 된다. 그 개성적 세계는 "말의 깊은 뜻은 언제나 말이 지닌 의미의 틀을 벗어난다"(산문 「세설 암을 찾아서」)는 역리逆理를 새삼 공감하게 한다. 말이 지닌 규격을 벗어난 새로운 '시적 현실'이야말로 김영석 시편이 겨누는 최종 과녁이 아닐 수 없다.

　　　　거울을 깨고 보라
　　　　꽃 같이 잠든
　　　　이름 모를 한 마리 짐승
　　　　그 짐승의 잠 위에 내려 쌓이는
　　　　흰 눈을 보라.

　　　　　　　　　　　　　　　　　　　　　　　　　　　　－「꽃」 전문

　　　　뜨락을 가꾸지 않은 지 여러 해
　　　　온갖 잡초와 들꽃들이
　　　　절로 깊어졌다
　　　　풀숲 여기저기 흩어진 돌들은
　　　　깊은 생각에 잠겼다

이제 내 마음대로
저 돌들을 치우고
잡초를 뽑을 수 없다는 것을
조용히 깨닫는다.

― 「버려둔 뜨락」 전문

　이렇게 심미적 관조와 순간적 정서로 표상되는 그의 시편들은, 가장 짧은 형식을 통해 시를 쓰려는 의도를 표상하고 있다. 이는 언어를 사용하면서도 언어의 명료성을 부정하려는 역설적 노력을 함의하는데, 그 결과 그의 시편들은 오롯한 압축과 긴장의 미학을 성취한다. 이러한 압축과 긴장의 미학은, 언어 자체에 대한 부정이 아니라 언어 과잉을 경계하려는 그만의 방법을 뜻할 것이다. 앞 시편에서 화자는 "잠든/ 이름 모를 한 마리 짐승"과 그 위로 내려 쌓이는 "흰 눈"을 바라본다. 그것들은 서로 다른 물리적 실재임에도 불구하고 모두 '꽃'으로 수렴된다. 짐승은 꽃처럼 잠들었으니 비유의 동일성으로 '꽃'이 되었고, 그 짐승의 잠 위로 내리는 눈은 짐승을 덮음으로써 '꽃'이 되었다. 순한 짐승의 잠과 순백의 눈이 화음和音처럼 젖어드는 '꽃' 같은 풍경 소묘의 결실이다. 그런데 정작 중요한 것은 화자가 이 '꽃'들을 거울을 깨고 바라보라고 한 것이다. '거울'이란, 대상을 반영하고 재현하면서도 실은 거꾸로 보여주는 것이 아닌가. 그래서 화자는 좌우가 뒤바뀐 영상이 아니라 제대로 된 실재를 바라보라고 권한다. 혹은 라캉J. Lacan의 개념을 빌린다면, 상상계를 벗어나 사물을 사물 자체로 바라보라는 권면을 준다.

　다음 시편에서 시인은 버려둔 뜨락을 새삼 관조한다. 여러 해 동안 가꾸지 않고 버려둔 터라 잡초와 들꽃들이 스스로 깊어진 뜨락에서 오히려 돌들은 깊은 생각에 잠길 수 있었다. 그런데 '나'는 고요한 폐허 속에서 깊어진 돌들을 이제 치울 수 없다. 마찬가지로 절로 깊어진 잡초를 뽑을 수도 없다. 이러한 고요한 깨달음에 오래 버려두었던 시간의 고요가 다시 스며든다. 이때 그 오랜 시간은 새롭게 구성한 화자 자신의 내재적 시간일 것이다. 물리적이고 객관적인 시간이 아니라 불가역적이고 주관적인 시간이 그 재구성 과정에 참여한다. 그 안에서 사물도 자신의 시간을 살고, 시인도 그 시간을 그들에게 순연하게 돌려준다. 그때 "아주 크고 온전한 하나의 고요"(「고요의 거울」)가 그 시간 안에서 새로운 꿈과 현실의 복합 형식으로 깃들이게 된 것이다.

> 모든 돌은 한때 새였다.
>
> 하늘에서 오래는 머물지 못하고
> 새는 제 몸무게로 떨어져
> 돌 속에 깊이 잠든다
>
> 풀잎에 머물던 이슬이
> 이내 하늘로 돌아가듯
> 흰 구름이 이윽고 빗물 되어 돌아오듯
>
> 어두운 새의 형상
> 돌 속에는 지금
> 새가 물고 있던 한 올 지평선과 푸른 하늘이
> 흰 구름 곁을 스치던
> 은빛 바람의 날개가 잠들어 있다.
>
> ―「모든 돌은 한때 새였다」 전문

이 시편은 "모든 돌은 한때 새였다."라는 선언적 진술로 시작된다. 어떻게 돌의 전신前身이 새였을까. 그리고 새는 어떻게 돌이 된 것일까. 견고한 고형성固形性을 지닌 '돌'과 자유로운 비상의 활력을 지닌 '새'가 어떻게 이형동질異形同質의 존재로 나타난 것일까. 그 과정을 화자는 새가 하늘에서 오래 머물지 못하고 떨어져 돌 속에 깊이 잠들었다는 사실에서 유추한다. 그것은 마치 이슬이 하늘로 돌아가 흰 구름이 되고 그것이 다시 빗물이 되어 돌아오는 일여적 순환과 생성의 과정 때문에 가능한 유추다. 그러니 돌 안에는 새가 물고 있던 한 올 지평선과 푸른 하늘이 들어 있고, 흰 구름 곁을 스치던 은빛 바람의 날개가 잠들어 있을 수 있지 않은가. 이러한 존재론적 원리가 사물간의 경계를 지우고 그것들로 하여금 한 몸으로 결속하게 한다.

이처럼 김영석 시인에게 모든 사물은 무주상無住相으로 존재한다. '무주상'이란 크고 작음이 끊임없이 생멸하는 우주처럼, 사물이 어떤 특정하고 견고한 이미지에 긴박되지 않음을 말한다. 김영석 시편에서 사물과 시간과 시인은, 더 이상 특정한 형상에 머물지 않고 유동하고 넘나들고 서로를 통합한다. 이러한 무주상 시편들은 "이 세상 어딘가/ 그 아득한 꽃과 벌레 사이/ 강물 하나 끝없이 흐르고"(「그 아득한 꽃과 벌레 사이」) 있다는 것, "그 푸른 지평선에/ 먼 옛날부터 나를 기다리는/ 오랜 내가"(「푸른 잠 속으로」) 있다는 것, 나아가 "푸른 산빛이 눈 되어/ 나를 바라보고/ 흐르는 물소리 귀가 되어/ 내 숨소리"(「꽃 소식」)를 듣고 있으리라는 상상 등으로 간단없이 이어진다. 그 '몰자풍沒字風' 혹은 '무현풍無絃風'의 필법이 우리 삶에 대한 역설적인 긍정적 위안과 치유의 언어로 다가오는 것이다.

4.

김영석의 네 번째 시집 『외눈이 마을 그 짐승』(문학동네, 2007)은, 그가 오랫동안 구상하고 궁구해온 '관상시'를 실천적으로 사유하고 실험한 결실이다. 그것은 동양의 전통적 시정신의 한 핵심에 닿아 있는 방법론적 구상의 실천 결과이기도 하다. 여기서 '관상觀象'이란 의미보다는 느낌에 중심을 두는 시법詩法으로서, 모호한 반응인 몸의 느낌을 시를 통해 전달하는 방법론이다. 김영석 시인은 "온몸에서 일어나는 모호한 느낌은 자연 혹은 생명과 직접 교감하면서 인간의 삶이 가진 참다운 뜻을 깨닫게 해주는 힘이 있기 때문에 또한 반드시 필요한 것"(「서문」)이라고 갈파하였는데, 그 느낌의 파문을 따라 시집을 구성한 것이다. 다만 '기상도' 연작은 시선집 뒤쪽으로 배치하였기 때문에, 여기서는 『외눈이 마을 그 짐승』의 1-2부 작품들을 대상으로 하였다.

> 살아있는 것들은 모두
> 제 구멍 속에서 태어나
> 제 구멍 속에서 살다 간다
> 천지는 큰 구멍 속에서 살고
> 천지간에 꿈지락거리는 것들은
> 저만한 작은 구멍 속에서 산다
> 바람이 불면 구멍마다 서로 다른
> 갖가지 피리소리가 난다
> 딱따구리도 굼벵이도
> 제 구멍 속에서 알을 품고 새끼 치고
> 싸리꽃은 제 구멍만큼 흔들리면서
> 씨앗을 흩뿌린다
> 빈 구멍들의 피리소리도 아름답지만
> 크고 작은 구멍의 허공은
> 자궁처럼 참 따뜻하다.
>
> — 「모든 구멍은 따뜻하다」 전문

이번 시선집의 제목으로 채택된 이 시편은, 생명과 구멍의 상관관계를 노래하고 있다. '구멍'은 살아있는 모든 것의 원천이자 거소居所이자 궁극적 귀속처다. 천지는 큰 구멍 속에서 살지만, 생명 있는 것들은 모두 작은 구멍 속에서 산다. 그렇게 '구멍'은 아름다운 '허공'이 되고 따뜻한 '자궁'이 된다. 음상音相으로만 본다면 '구멍'과 '허공'과 '자궁'은 참으로

닮았다. 첫 자가 받침이 없고 둘째 자가 'ㅇ'으로 끝나는 그것들은 연쇄적으로 따뜻한 '구멍=허공=자궁'의 유추적 연관성을 형성하면서 생명의 네트워크를 은유한다. 이러한 따뜻함은 물론 '앎'에서 오는 것이 아니라 '느낌'에서 오는 것이다. 가령 "어느 날 문득/ 참으로 가진 것도 아는 것도/ 아무것도 없다고 소슬히 느낄 때"(「고요한 눈발 속에」) 그것들은 벼락처럼 다가오고, "서로가 없는 만큼 서로는 비어 있어/ 그 빈 곳에 실뿌리 내리고/ 너와 나 풀잎처럼 흔들리고"(「꽃과 꽃 사이」) 있음을 느낄 때 그것들은 새록새록 다가온다. 다음 시편들도 이러한 느낌의 공동체에 살고 있는 아름다운 실례일 것이다.

> 나는 태초의 진흙으로 빚어졌다고 한다
> 무릇 흙이란 천하 만물을 삭인 것이니
> 내가 지렁이를 생각한다면
> 진흙 속의 지렁이가 꿈틀거리는 것이요
> 날아가는 새를 바라본다면
> 진흙 속의 새가 비상하는 것이리라
> 내가 꿈을 꾼다면
> 진흙 속의 온갖 화석에서 부화孵化한
> 말씀의 성긴 그물로
> 천하를 밝게 드러내고
> 장공長空에 무지개를 세우는 일이니
> 아득하여라
> 진흙의 만리 밖 꿈이여.

　　　　　　　　　　　　　　　　　—「진흙의 꿈」 전문

> 저 뒤안길 대숲에는
> 우리가 돌아보지 않고 잊어버린
> 그림자가 바람과 함께 쓸쓸히 살고 있다
> 달빛이 새어드는 대숲에는
> 스산한 댓잎 바람에 옷깃을 펄럭이는

우리의 그림자들이 기다리고 있다
언젠가는 꼭 한번 만나야 할
그림자들이 댓잎 바람에 부서지며
기억 속에 서성이고 있다.

—「대숲」 전문

앞의 시편에서도 만물의 상호 교섭과 소통은 계속된다. 사람이 태초의 진흙으로 빚어졌다면, 흙이 천하 만물을 삭인 것이니 내 안에는 모든 것이 살아 있는 셈이 된다. 지렁이를 생각하면 진흙 속 지렁이가 꿈틀거리고, 새를 바라보면 진흙 속 새가 날아오르는 것이다. 마찬가지로 꿈꾸는 것은 진흙 속 화석에서 부화한 "말씀의 성긴 그물"로 천하를 밝히고 무지개를 세우는 일이 된다. 이렇게 '진흙'과 '지렁이'와 '새'와 '무지개'는 꿈이라는 상상적 그물로 묶이면서 모두 한통속으로 존재하게 된다. 불교적 사유에서 보면 합리적으로 대별되는 모든 것은 각각 개별적 존재[불일不一]이자 궁극적으로 동일한 존재[불이不二]라는 역설을 성립시키는데, 이러한 관계론적 시각을 김영석 시편은 일이관지하고 있다 할 것이다.

뒤의 시편에서는 우리가 돌아보지 않고 잊어버린 대숲의 그림자를 포착하고 있다. 달빛이 새어드는 대숲에는 대숲의 그림자는 물론, 댓잎 바람에 옷깃 펄럭이는 "우리의 그림자들"도 있다. 그러니 바람과 함께 살고 있는 쓸쓸한 그림자와 우리의 그림자가 언젠가는 꼭 한번 만나야 하지 않겠는가. 오랜 기억 속에 서성이고 있는 이 그림자들의 이야기는 대숲의 표면과 이면, 생태와 속성을 고스란히 드러내면서 모든 시간 속의 실재들이 하나의 그물로 엮어져 있음을 드러낸다. 김영석 시인은 이처럼 자연 혹은 생명과 직접 교감하면서 사물과 인간이 맺고 있는 참다운 관계론을 깨닫게 해주는 힘을 느끼고 있다. 그것이 바로 관상觀象의 힘에서 발원하고 완성되는 것이다.

5.

가장 최근작이자 여섯 번째 시집인 『바람의 애벌레』(시학, 2011)는, 이야기로 기우는 산문화 경향을 보이는 시편들을 여럿 싣고 있다. 언젠가 데리다J. Derrida는 "절대적 의미란 실제 인지할 수 있는 것이 아니고, 그 절대적 의미를 찾고자 끊임없이 되풀이된 욕망들의 흔적으로만 존재할 뿐"이라고 말한 바 있다. 이러한 말은 우리가 아무리 혼신의 힘을 다해도 절대 실재를 찾아낼 수 없다는 것을 보여주는 동시에, 그럼에도 불구하고 끊임없이 그것을 찾지 않고는 견딜 수 없는 인간의 실존적 고통을 암시해준다. 김영석 시편의 중요한 장치로 채택되고 있는 '이야기'와 '노래'의 혼연한 결속은, 이러한 절대 의미를 끊임없이 궁구하면서도 결국 그곳에 가 닿을 수 없는 시인으로서의 존재론적 침전沈澱을 두루 암시한다.

> 무쇠 낫을 들고
> 숲길을 뒤덮은 푸나무를 쳐 낸다
> 길을 내며 나아갈수록
> 베어진 푸나무들이 피워올리는
> 늪 같은 어둠 속으로 깊이 빠진다
> 오랜 세월 수많은 벌레와 새들이 죽어
> 마침내 이루어진 이 늪을 지나자
> 밤낮도 아닌 희미한 미명 속에
> 고인돌들이 끝없이 늘어서 있고
> 고인돌 속에는 아직 태어나지 않은
> 바람의 애벌레들이 꿈꾸고 있다
> 초승달 같은 낫을 들고
> 애벌레의 꿈을 들여다본다
> 어느 먼 숲을 흔드는 바람 소리뿐
> 꿈속은 텅 비어 있다
> 초승달 빛을 뿌리는 낫을 들고

텅 빈 꿈속에서
아직 태어나지 않은 바람 소리를
꿈 속의 한 잎 귀가 듣는다.

—「바람의 애벌레」 전문

늪 같은 어둠 속에서 꿈을 꾸는 '바람의 애벌레'들은, 오랜 세월 이 숲 길에 늘어선 고인돌 무덤 속에 깃들여 있다. 수많은 벌레와 새들이 죽어 이루어진 오랜 늪을 지나 서 있는 고인돌 안에는 그렇게 "아직 태어나지 않은/ 바람의 애벌레들"이 꿈을 꾸고 있다. 화자는 애벌레의 꿈을 들여다 보면서 숲을 흔드는 바람 소리를 듣고 있다. 애벌레들이 꾸는 꿈은 텅 비어 있고, 그 텅 빈 꿈속에서 "아직 태어나지 않은 바람 소리"를 그 꿈 속의 한 잎 귀가 듣고 있는 풍경은 모든 사물들이 꿈과 현실 사이에서 재구성되면서, 동시에 서로를 결속하고 있음을 보여준다. 여기서 '바람의 애벌레'란 "이 세상 어딘가에/ 알려지지 않은 사막"(「사막」)처럼, 미명未明의 꿈속에서 우리에게 믿음과 두려움을 동시에 주는 생명 현상일 것이다. 이처럼 김영석 시인은 죽음의 현장일 수밖에 없는 '고인돌'과 생명의 현장이라 할 수 있는 '아직 태어나지 않은 바람 소리'를 연결하여 생멸生滅의 존재론이라는 절대 원리를 탐색하면서도, 그러한 원리를 가까스로 안고 갈 수밖에 없는 인간의 한계를 동시에 보여준다. 이는 "하늘 가까이/ 이마를 대고 있는 산은/ 새들을 낳는 푸른 자궁이고/ 새들이 다시 돌아와 묻히는/ 큰 무덤이다"(「산과 새」)라는 표현에서처럼, 무덤tomb과 자궁womb이 같은 곳에서 만나는 희유한 풍경과 그대로 연결된다. 참으로 일관된 생사관生死觀이요, 사물의 이법에 관한 통찰의 결과가 아닐 수 없다.

허공이 무한한 까닭을
이제야 조금 알 것 같다

숲 속에 있는 우리 집은

철따라 온갖 새들이 찾아와 우는데
이즈음 평생 처음 듣는 새 소리가
동서남북 향방도 없이
이따금 들려오기 시작했다
호르르르 호르르르
소리 나는 쪽을 아무리 살펴보아도
새는 그림자조차 보이지 않는 데다
다른 사람들은 아무리 귀를 모아도
그런 소리조차 들리지 않는다고 한다
한동안 환청 같은 그 소리를 듣다가
비로소 그 새가
허공으로 둥지를 틀고
쉼 없이 알을 까 무한대로 증식한다는
옛날부터 눈 밝고 귀 밝은 이는
더러 보기도 하고 듣기도 한다는
전설의 소공조巢空鳥임을 깨달았다

호르르르 호르르르
광대한 벽공을 무연히 바라보면서
허공이 무한한 까닭을
이제야 비로소 조금 알 것 같다.

— 「소공조」 전문

    역시 '허공'에 대한 발견을 모토로 하고 있는 이 시편은, 숲 속에서 우는 새들을 통해 '허공'이 무한한 이유를 깨달아가는 과정을 담고 있다. 숲 속 집에서 철따라 평생 처음 듣는 새소리가 들려와 그쪽을 살펴보아도 새는 모습을 드러내지 않는다. 심지어 다른 사람들은 그런 소리가 들리지 않는다고까지 말한다. 그렇다면 환청幻聽이었을까? 그 순간 화자는 그 새가 "허공으로 둥지를 틀고/ 쉼 없이 알을 까 무한대로 증식한다는" 전설의 새임을 깨닫는다. 그 새는 다름 아닌 "눈 밝고 귀 밝은 이는/ 더러 보기도 하고 듣기도 한다는/전설의 소공조巢空鳥"였던 것이다. 불경에 기록된 이 새는, 나무 위에 집을 짓지 않고 허공에 둥지를 트는 새로서 허공에서 알을 낳고 허공에서 부화하고 돌아가는 곳도 허공이라고 한다. 매순간이 허공의 삶이기에 아무런 흔적도 남기지 않는다. 허공에 둥지를 튼다는 뜻을 가진 그 새는, 그렇게 화자로 하여금 '허공'의 무한함과 근원성과 불멸성을 각인해준다. 시인은 "많은 사람들이 아직/ 외로움의 뼈"(「그대에게」)를 아직까지 못 보았고, "천지는 마음이 텅 비어/ 없는 듯이"(「마음─고조 음영古調 吟詠」) 있다는 사실을 직관하고 있다. 이렇게 눈에 보이지 않는 실재를 직관함으로써 물상의 참 모습에 도달하는 그만의 시적 방법론은, 주체를 지움으로써 대상 그 자체와 그 대상의 깊은 근원을 동시에 살리고 있는 것이다.

6.

　김영석 시인이 메타적으로 시도한 '관상시'와 '사설시'는 시선집의 뒷부분에 따로 묶였다. 이러한 양식적 명명은 『외눈이 마을 그 짐승』과 다섯 번째 시집 『거울 속 모래나라』(황금알, 2011)에서 적극적으로 이루어진 바 있다. 먼저 '관상시觀象詩'는, 『외눈이 마을 그 짐승』에 21편이 실렸고 『바람의 애벌레』 3부에 여러 편이 수록되었다. 그가 관상시로 쓴 대표적 결실 '기상도' 연작은 시집 『외눈이 마을 그 짐승』으로부터 시작된 바 있다. 김영석 시인이 창의적으로 명명한 '관상시'란, 시인 스스로의 설명(「관상시에 대하여」, 『외눈이 마을 그 짐승』)에 기대면, "상象을 직관한다는 뜻"을 담고 있고, "신화와 이데올로기를 가능한 한 걷어내고 자연과 현실을 있는 그대로 보자는 것"이고, 궁극적으로는 "눈에 보이는 것 너머의 그리고 의미 이전의 보이지 않고 개념화되지 않는 움직임, 즉 상을 느껴보자는" 목표를 가지고 있는 양식이다. 이러한 정의에 기댄다면, 김영석 시편은 모두 얼마간은 '관상시'로서의 속성을 지니고 있다 할

것이다. 하지만 보다 더 적극적으로 가시적인 것 너머의 자연과 현실의
움직임 그 자체를 직관하는 과정을 보여준 관상시 작품들을 읽어보도록
하자.

> 늦가을 해거름
> 작은 시골 마을 호젓한 방죽가에
> 스스로 몸을 던져 빠져 죽은
> 한 여자의 시신을 둘러싸고
> 사람들이 웅성웅성 모여 서 있다
> 어른들 틈에 머리를 디밀고 구경하는
> 아이들은 저희들끼리 무어라 떠들어 대고
> 자전거를 타고 온 순경은
> 사람들에게 무언가를 연신 묻고는
> 고개를 끄덕이며 수첩에 적고 있다
> 여자의 머리칼은 개구리밥 장구말 같은 것들이
> 물이끼와 함께 뒤얽혀 있고
> 물에 허옇게 불어버린 얼굴 위로
> 소금쟁이 한 마리가 천천히 기어간다
> 간간이 들려오는 뉘 집 개 짖는 소리
> 빈 들판에 막 쌓이기 시작하는
> 연푸른 저녁 빛을
> 개쇠뜨기나 하늘지기가 가녀린 손으로
> 자꾸 쓸고 또 쓸어 쌓는다
>
> 기러기 떼 한 줄이
> 하늘의 빨랫줄처럼
> 오래오래 조용히 걸려 있다.

—「어느 저녁 풍경─기상도氣象圖 2」전문

원래 '기상도'는 어떤 일에서 앞으로의 전망을 비유적으로 이르는 말
이거나 일정한 지역과 시간의 기상 상태를 표시해놓은 지도를 뜻한다.

식민지 시대의 시인 김기림이 같은 제목의 장시집을 펴낸 바도 있다. 김기림은 세계사적 사건들을 등장시켜 풍자하고 외국 열차, 세계 지도 등을 나열하며 서구 모더니티의 기상도를 그려냈다. 하지만 김영석 시인이 노래하는 '기상氣象'이란, '기氣'가 움직이는 모습을 말한다. '기'의 움직임은 우주의 본성이지만 우리는 그것을 볼 수 없다. 다만 우리는 기가 움직여 이루는 사물을 통해 그 움직임을 유추할 수 있을 뿐이다. 그러한 유추를 가능케 하는 사물과 풍경이 이 연작에 담긴 것이다.

  늦가을 해거름 풍경이 위 작품에 선연하게 담겨 있다. 작은 시골 마을의 저녁 풍경은 방죽가에서 자살한 한 여자의 시신을 둘러싸고 사람들이 웅성거리는 데서 시작된다. 어른들과 아이들이 무질서하게 섞여 있고 경찰이 관성적으로 자신의 임무를 수행한다. 그때 화자의 시선에 잡힌 '기상'은, 여자의 머리칼에 몰려 있는 개구리밥 장구말 같은 것들과 물이끼 그리고 그녀의 얼굴 위로 기어가는 소금쟁이에 들어 있다. 개 짖는 소리가 들리고 연푸른 저녁 빛을 개쇠뜨기나 하늘지기가 자꾸 쓰는 풍경도 기상의 흐름에 동참한다. 이 무연하고도 고즈넉한 저녁 풍경을 무심하게 바라보면서 "기러기 떼 한 줄이/ 하늘의 빨랫줄처럼" 오래 조용히 걸려 있는 것을 본다. 이러한 풍경의 연쇄가 곧 '기상'의 그림圖일 것이다.

  이러한 기상의 그림은 「면례緬禮―기상도氣象圖 3」에서 "산역꾼 몇이 초가을 햇살을 받으며/ 그림자처럼 조용히 움직이고" 있는 풍경, 그들이 "뼈를 가까스로 다 맞추어 놓았는데/ 완전히 삭아서 없어진 곳이/ 군데군데 비어" 있고 "하얗게 빈 곳에 햇살이 눈부시다"는 표현 같은 데서도 잘 나타난다. 그저 상象을 관觀하는 이의 태도가 잘 드러난 것이다. "쇠전 귀퉁이에 노점을 벌인/ 노파 하나가 아직도 주저앉아/ 말뚝만 남은 공터를/ 멍하니 바라보고"(「고지말랭이―기상도氣象圖 4」) 있는 모습이라든지, "밤이 되자/ 거름 냄새 상긋한 밭고랑 위로/ 향그러운 과일 같이/ 둥근 달이"(「달―기상도氣象圖 23」) 떠오르는 풍경도 마찬가지일 것이다. 흡사 자매편처럼 보이는 다음 두 시편도 한번 읽어보자.

퇴락한 빈 집 하나가
가죽나무 그늘에 반쯤 가려져
잠잠히 엎디어 있다
하얗게 먼지가 앉은 쪽마루에
가죽나무 이파리 그림자가
이따금 일렁거린다
여기저기 흙살이 떨어진 벽은
앙상하게 수숫대만 남아
구멍이 숭숭하다
그 구멍마다 거미가 집을 짓고 산다
거미줄의 촘촘한 구멍으로
바람과 햇빛도 드나든다
흙을 덧발라 구멍을 막고 막다가
주인은 그만 이사를 갔나 보다.

—「빈 집—기상도氣象圖 18」 전문

오뉴월 뙤약볕이
온 세상 소리들을 다 태워버렸는지
산골 마을이 적막에 싸여 있다
외딴 빈 집을 지나면서
울 너머 마당귀를 얼핏 보니
길 잃은 어린 귀신 하나가
두어 그루 패랭이꽃 뒤로
얼른 숨는다.

—「적막—기상도氣象圖 28」 전문

    퇴락한 빈 집에서 일어나는 기상氣象은 가죽나무 이파리 그림자의 일
렁임이나 여기저기 구멍이 숭숭한 수숫대들, 그리고 그 구멍을 들락거
린 거미가 지었을 거미집으로 현상한다. 그 거미줄 구멍으로 드나드는
바람과 햇빛의 흐름을 막느라 아마도 옛 주인은 흙을 덧발라 구멍을 막
다가 이사를 가지 않았겠나 하고 화자는 유추한다. 그 빈 집을 다시 찾은

듯한 뒤의 시편은 적막한 산골 마을에서 빈 집을 지나며 "울 너머 마당 귀"에 길 잃은 어린 귀신 하나가 패랭이꽃 뒤로 얼른 숨는 풍경을 환幻처럼 바라본다. 그럼으로써 시인은 우주의 기상이 생성과 소멸, 삶과 죽음, 실재와 환, 거대한 움직임과 소소한 일렁임 사이에서 이루어지는 것임을 증언한다. 이러한 실재와 환幻의 친화와 결속은 "산기슭 자귀나무 꽃 가지에/ 나비 형상의/ 물고기 등뼈 하나 걸려 있다/ 새가 그런 것일까/ 탈화하여 날아간 것일까// 나침반처럼 그것이 가리키는 곳/ 먼 하늘가에/ 흰 나비떼가 분분하다."(「나침반—기상도氣象圖 22」) 같은 아름다운 작품에서도 잘 구현되고 있다.

다음은 사설시辭說詩다. 시선집에는 분량상의 고려 때문인지 두 편만이 수록되었는데, 그 경개景槪는 다음과 같다. 먼저 「매사니와 게사니」는 "종말론적 위기감을 특이한 상상력으로 형상화"(이형기)한 시편으로서, "산문과 운문을 결합하여 현대시의 또 다른 국면을 열어보여"(김재홍)준 남다른 결실이다. 사람의 그림자가 사라져버린다는 상황 설정에서 작품은 시작된다. 그림자가 육체로부터 분리되어 '그림자 없는 인간'과 '그림자 있는 인간'이 서로 바라보며 공포에 휩싸이는가 하면, 이탈한 그림자가 인간을 공격하는 사태에 이르러 사회 전체가 공포에 휩싸인다. 온 사회가 혼란스러운 미궁에 빠져버린 것은 당연했다. 이렇듯 공포의 늪 속으로 빠져든 시간에 게사니(육체로부터 분리된 그림자) 떼가 어린애를 빼놓고는 닥치는 대로 사람을 죽이고 다닌다. 누가 처음에 그렇게 부르기 시작했는지 또 그것이 무슨 뜻인지도 모른 채 사람들은 언제부터인지 그림자 없는 사람을 '매사니'라 부르고 임자 없는 그림자를 '게사니'라 불렀다. 매사니와 게사니는 기하급수적으로 불어나는 데 반하여 그것들이 사라지는 속도는 몹시 더디었다. 게사니가 두려워한다는 '어린애'와 '토끼'로 방어벽을 쳐보았지만, 그 나라에서는 인간들이 내지르는 절망적 탄식만 높아갔다. 여기서 시인은 비로소 제 목소리를 얻어노래하기(그 전까지는 '노래'가 아니라 '이야기'다) 시작한다.

소금기 눈부신 햇살을 거두고
날이 저문다
젖빛 낮은 목소리로
하늘에는 구구구 모이도 흩뿌리며
밤이 맨가슴 품을 열자
비로소 참나무는 참나무 속으로
옻나무는 옻나무 속으로 어두워져
문득 잊은 새를 깨운다
멀고 먼 돌 속에서
속눈썹 사이로 날아오는 흰 새

그러나 밤이 깊어도 사람들은
해묵은 누더기를 펄럭이며
길가를 떠돈다
빈 마을은 집집마다
마른 개들이 도둑을 지키고
이슬도 젖지 않는 길에 쓰러져
설핏 잠든 사람들은
바람에 헝클린 겹겹의 지평선을
목에 감은 채
밤새 날개짓하는 꿈을 꾼다

아침이 되면
감싸고 감싸이는 꽃잎의 중심
그 돌 속에서
온갖 물생物生들은 다시 태어나지만
그러나 보라
돌 밖 에움길의 어지러운 발자국 속에
휴지처럼 구겨진 깃털과 함께
사람들은 늘 시체로 남는다.

날이 저물고 어둑한 때 나무들은 각자 자신의 몸속으로 어두워져간다. 그때 비로소 멀고 먼 돌 속에서 속눈썹 사이로 날아오는 흰 새가 깨어난다. 어둑한 저묾과 새하얀 깨어남이 동시에 공존한다. 하지만 밤이 깊어도 사람들은 누더기를 펄럭이고 떠돌 뿐이다. 사람들은 그저 바람에 헝클린 지평선을 목에 감은 채 날갯짓하는 꿈을 꿀 뿐인 것이다. 아침이 되면 돌 속에서 물생物生들이 다시 태어나지만, 사람들은 아침이 되자 죽음으로만 남는다. '나무'와 '새'의 공명共鳴 속에서도, 오직 '사람'만이 현실의 온갖 굴레 때문에 그 공명에 참여하지 못하고 다시 태어나지 못한다. 이 노래는 사설시의 핵심 의장意匠으로서, 이 사설시의 결구結句이자 시인 자신의 예언자적 목소리를 담고 있는 절편絶篇이기도 하다. 죽음으로 미만彌滿한 인간 사회에 대한 섬뜩한 묵시록적 서사와 노래를 중층적으로 담고 있는 사례라 할 것이다.

이어지는 「외눈이 마을」은, 둔황 유적지에 얽힌 서사를 중심으로 인간의 덧없는 욕망과 고통, 불안, 외경, 공포, 상호 인멸의 역사를 개관하고 있다. 그 중심에 종교적 언어가 자리잡고 있기는 하지만, 그 이야기가 인간성의 한 끔찍한 편모片貌를 보여준다는 점에서 매우 충격적이지 않을 수 없다. 시인은 이 작품에서 "네 마음의 곳간 가득히/ 온 세상의 지식이 쌓이면 쌓일수록/ 지식 밖의 무지의 영토는 더욱 넓어지고/ 네 굳은 믿음의 지층에서 채굴하는/ 보석들이 눈부시게 빛나면 빛날수록/ 너는 캄캄한 바위로 굳어지는도다"라고 그 특유의 역리逆理를 발화한다. 그러니 "바람이 물결 짓는 마음을/ 이제는 고요히 잠재워야 하리라/ 그 고요의 맑은 거울을 보아야 하리라."고 노래한다. 그 안에는 현실적으로 훼손되어가는 우리의 몸과 마음에 대한 비극적 묵시黙示가 절절하게 배어 있다. 이렇게 김영석의 사설시는 시인의 말처럼 "산문으로 된 이야기를 배경으로 두고 쓴 시로서, 시와 산문이 하나의 구조로 결합되면서 좀 더 높은 수준의 새로운 시적 영역이 열릴 수 있도록 시도해본 것"(「시인의 말」, 『거울 속 모래나라』)이다. 또한 이는 이숭원 교수가 적절하게 지적하였듯이 사색을 요구하는 철학적 과제를 담아내는 데 단형의 서정시가 감당하기 어려움을 알아차린 시인이 이야기와 노래를 합치시켜 새로운 형식을 시도한 것으로서, 그 안에 새로운 양식적 경지를 열어 보인 실험 의지가 담겨 있다 할 것이다. 우리 시사에서 새롭게 '관상시'와 '사설시'를 사유하고 실험하고 창작한 그의 시적 목표는, 우리 삶의 다양하고도 중층적인 욕망과 감각을 선명하게 드러내는 한편, 시인이 직접 자신의 관념을 설파하는 고답한 차원을 넘어, 사물이 스스로 말하게 하거나 이야기와 노래를 결속하는 방법을 통해 시의 권역을 넓히는 데 기여했다고 할 수 있을 것이다.

7.

그동안 우리는 김영석 시인의 40년 시적 역정을 돌아보면서, 그의 시편들이 지녀왔던 여러 속성 및 가치에 대해 살펴보았다. 일관된 미학적 근본주의를 통해, 꿈과 현실의 경계를 지우며 그것들을 다시 통합하는 과정을 통해, 다양하기 그지없는 감각과 사유를 통해, 그는 몸과 마음이 결속하는 생태학을 섬세하게 증언해왔다. 그래서 그의 시편들은 우리에게 남다른 독법讀法과 수용 원리를 요청하면서 다가왔다고 할 수 있다. 그 결과 우리는 그 오롯하고 개성적인 성취에 비해 우리 평단의 평가가 너무나 인색했다는 사실에 상도想到하게 된다.

김영석 시편들은 흔히 말하는 불가적 사유나 동양적 방법론 같은 한 가지 기율에 결코 매여 있지 않는다. 그는 일관되게 서구적 논리와는 반대편에서 시의 방법과 착상을 길어 올렸지만, 시의 참된 차원이 '의미 이전의 의미' 혹은 '말 너머의 말'에 있다는 궁극적 입지점을 포기하지 않는 선에서는, 그 어떤 방법론도 두루 수용하였다. 그의 시학적 중심은 풍경과 내면의 선연한 조응을 바탕으로 하면서, 그것이 가장 궁극적인 삶의 기율과 자세가 되게 하는 정신적 견인堅忍의 속성에서 나온 것이기도 하다. 그 안에는 '노래'와 '이야기'가 병존하면서 결합하고, '생성'과 '소멸'의 이법理法이 스스럼없이 교차하면서 결합하고, 삶의 종말론적 불모성과 함께 그것을 치유하고 나아가야 할 궁극적 존재 형식이 동시에 번져 있다. 그 세계가 이번 시선집에 구체적으로 실려 있다 할 수 있을 것이다.

더 많은 시편들이 인용되었어야 했을 것이다. 하지만 이 정도의 그림만으로도 김영석 시편의 편폭과 심도深度의 복합성을 우리는 충실하게 검토했다고 할 수 있다. 물론 이번 시선집에 실리지 못한 가편佳篇들도 꽤 많다. 모두 읽어두어야 할 우리 시사의 자산이 아닐 수 없다. 그리고 우리로서는 정년을 맞은 시인이 이 시선집을 넘어, 이후로도 더욱 심원하고도 심미적인 '언어 너머의 언어'를 우리에게 지속적으로 보여주기를 바라는 마음을 전하고 싶다. 그 마음 크다.

(『모든 구멍은 따뜻하다』, 황금알, 2012)

무문관 너머를 응시하는 형이상의 눈

−김영석의 삶과 작품세계

호 병 탁

1.

　김영석의 깊은 사유를 범용한 사람이 따라잡는다는 것은 지난한 정도가 아니라 거의 불가능에 가까운 일인 것 같다. 글을 통해서, 대화를 통해서 늘 느끼는 바지만 그는 늘 우리의 사유를 넘어서는 것은 물론, 자신 스스로의 사유를 다시 넘어서고자 하는 '끝없는 사유'를 계속한다. '끝없는 사유'라 했다. '끝없는 사유'에 '처음'이 있기나 한 것인가. 처음도 끝도 없는 그것을 부처와 가섭의 '염화미소'에서 찾아보려고도 하지만 그 미소의 참의미조차 아득히 여겨지는 부박한 사람에게는 그저 그것이 있게 된 '그 어떤 세계'와, 겨우 짐작이나 하는 그 '사유의 일단'을 그의 시편과 산문적 기록을 통해 그려 볼 뿐이다. 그러나 처음을 알지 못하고 끝도 알지 못하는 사유의 한 부분을 쓴다는 것도 가당키나 한 일인가. 그럼에도 끝없이 파도가 밀려오는 바닷가, 밤하늘에 반짝이는 별을 보며 허공의 끝없음과 지구의 가없음을 얼핏 엿볼 수 있다는 조그만 지력에 스스로를 위로하며 김영석의 '치열한 사유'의 일단을 엿본다.

해가 뜨고 해가 진다
동쪽 하늘보다 서쪽하늘이 조금 넓어
마을과 숲은
동화의 나라에서 미소 짓고 있는
신의 구각口角만큼
기묘하게 서쪽으로 기울어 있다
그 기울어진 지상의 각도에서
오늘도 가능한 사건들이
뉴턴의 과물처럼 정결히 완성되고
제 궤도의 어둠 속에서
지구는 소리 없이 자전하고 있다

무사한 인가마다 불이 켜진다
멀고 먼 부촌에서
멀고 먼 산동네까지의 거리가
추상의 선분 위로 좁혀지고
법안 위에는
한 켜 더 먼지가 내려 쌓이고
바위는 무거워서
한 치 더 땅 속으로 묻히고 있다

풀벌레 한 마리가 끝내
어둡고 무거운 밤을 흔들지 못하고
밝은 날 아침
굴참나무는 굴참나무의 팔뚝으로
가문비나무는 가문비나무의 팔뚝으로
대담하게 하늘을 수정하고
허공을 생략하고 있을 것이다.

　　　　　　　　　　　　　　－「물리物理·Ⅰ」전문

　위 시는 최근에 상재된 시집『바람의 애벌레』마지막 부분에 실린 작
품으로, 시인이 직접 "가장 이른 시기의 작품들"로 그간의 시집에서 "누

락된 구고"를 수습한 것이라고 말하는 시편들 중의 하나다. 따라서 이 시가 김영석 시세계의 단초가 된다고 보아도 무리는 없을 듯싶다.

시제 '물리'는 말 그대로 '모든 사물의 이치'다. 첫 연에서 시인의 밝은 눈은 이런 이치를 바로 꿰뚫어 "마을과 숲"이 '기울어 있음'을 포착한다. 그런데 그 기울기가 "신의 구각口角" 즉 신의 입 꼬리 비뚤어진 각도만큼 "기울어 있다"고 절묘하게, 그러나 약간 비꼬는 기색으로 비유한다. 이는 남북 양극을 연결하는 '지축地軸'의 기울어짐을 뜻하는 것으로 우리가 감각적으로 직접 경험할 수 있는 것은 아니다. "그 기울어진 지상의 각도" 위에서 오늘도 일어날 일들은 일어났고, 제 궤도를 따라 "지구는 소리 없이 자전"하였다. 이는 꿈과는 엄연히 구별되는 현실로 이 순간에도 존재하고 다음 순간에도 존재하는 변함없는 자연법칙이다.

"무사한 인가마다 불이 켜진다"고 서정성 짙은 문장으로 둘째 연은 시작된다. 그런데 문학적 표현으로 과학적 진실을 진술했던 앞의 연은 시인의 변증으로 새로운 모습을 드러낸다. 부자와 빈자의 거리가 좁혀질 수 있는 것처럼 물리적 거리는 인간에 의한 "추상의 선분 위로 좁혀"질 수 있다. 모든 법을 관찰하는 눈, 법안法眼 위에도 "먼지가 내려 쌓"일 수 있고, 자연물인 바위도 그 무게로 "한 치 더 땅 속으로 묻"힐 수 있다. 이는 앞 연의 자연과학적 발언과는 아주 상치되는 진술이다.

세계는 이미 있는 것이다. 과학적이건 비과학적이건 모든 견해는 이미 주어진 세계와 관련된다. 이 세계가 우리가 직접 경험하는 세계이며 이것이 현실이다. 어떤 것도 이 직접적인 소여所與의 의미를 손상시킬 수 없으며, 이 소여의 세계를 버릴 수 있는 이유도 있을 수 없다. 현상학에서는 자연과학이 주장하는 실재론을 독단으로 보고 이를 논박한다. 그리고 이 사상은 물리학에 기초하는 유물론이나 자연주의에 대립하여 '자연적' 또는 '인간적' 세계개념을 내세운다. 이 세계는 인간과의 관련에서만 사유될 수 있는 것으로 인간의 의식 밖에 있을지라도 인간과 내적 관련성을 맺고 있는 세계이다. 앞산, 거실의 화분, 벽의 그림, 책상 위의 책, 그리고 그 안에 있는 글들, 이런 모든 것들은 어제도 오늘도 당연하게 있다고 믿는 세계를 구성하는 것들이며 이런 '당연'한 것들이 바로 '자연적'인 것이며 인간에게 의미를 주는 '인간적' 세계이다.

"무사한 인가"의 창에 저녁이 되면 "불이 켜"지고 무사하게 귀가한 식구들이 함께 밥을 먹는 일은 얼마나 자연적이고 인간적인 세계인가. 또한 이 세계는 사유와 감정 그리고 행동을 통해 부단히 접촉하는 세계이기 때문에 '부촌에서 산동네까지의 거리'는 좁혀지고, '바위가 한 치 더 땅 속으로 묻히는 것'을 느낄 수 있는 세계다. 또한 이 세계는 오감五感으로 다양하게 경험되는 세계, 의식을 공유하는 사람들과 함께 경험되는 세계, 선대와 우리와 후대가 삶을 영위하는 세계 그리고 시간과 공간 속에서 끊임없이 역동적으로 변화하는 세계이기도 하다.

따라서 시인은 마지막 연에서 "굴참나무는 굴참나무의 팔뚝으로" "가문비나무는 가문비나무의 팔뚝으로" "하늘을 수정하고 허공을 생략"할 수 있다는 선언적 발언을 할 수 있는 것이다. 그러나 시인은 첫 연과 둘째 연 사이에서 보여주는 놀라운 변증에도 불구하고 자신의 사유가 '완전함' 즉, '궁극'에 달하지 못했음을 절감한다. "이는 풀벌레 한 마리가 끝내 어둡고 무거운 밤을 흔들지 못"한 것과 다름이 없다. 그리하여 그는 계속, 그것도 "대담하게" "하늘을 수정하고 허공을 생략하고 있을 것"이라는 미래의지형 다짐을 하는 것 같다.

김영석은 위의 초기 시에서 그의 사유가, '수정'하고 '생략'하는 사유가, 사유에 대한 사유가 끝없을 것임을 내비치고 있다. 그 사유의 과정은 새로운 세계 인식을 추구하는 과정이자 본질적 실재의 근원을 탐색하는 과정이다. 그리고 이런 '사유에 대한 끊임없는 사유의 과정'은 일관된 하나의 굵직한 정신으로 그의 40여 년 문학세계 전체를 관통한다.

2.

　시인은 등단 23년 만에 첫 시집 『썩지 않는 슬픔』(창비, 1992)을 상재
한다. 등단 당시 '표현의 절제와 엄격성'에서 비롯된 '강인한 시 정신으
로 읽는 자를 압도한다'(김현)라는 상찬을 받았던 그가 이처럼 오랜 기간
뜸 들이고 있었다는 것은 납득하기 어렵다. 그러나 당시 김현, 오생근,
김종철 등과 『문화비평』이라는 계간지를 인수하여 함께 활동하기로 했
으나 차질이 생기고 흐지부지되자 문단에서 잠적하여 출판사, 중고등학
교 교사를 전전하고 사업에 까지 손을 대다가 거덜 난 신세가 되었다고
시인은 「젊은 날의 초상」(『시와 정신』, 2005, 겨울호)에서 술회하고 있
다. 그 뒤로 학업을 계속하고, 학위를 받고, 교수로 생활의 안정을 찾게
되어서야 시집을 발간하게 되었다고 같은 글에서 그는 오랜 침묵에 대
한 변을 토로한다.

　서두에서 말한 '끝없는 사유'가 있게 된 '그 어떤 세계'를 짐작할 수 있
게 하는 것이 바로 이 글 「젊은 날의 초상」이다. 그는 어린 나이에 가족
을 떠나 낯선 도시에서 외롭게 살았다. 그는 그 외로움 때문에 좀 유별나
고 남다른 방황으로 고통을 받은 것 같다. 그는 고2때 학교를 휴학하고
변산반도 하도荷島라는 작은 섬으로 들어간다. 그 섬은 불교 수도원으로
사용되고 있었는데 거주자는 스님 한 분, 보살님이라 부르는 할머니와
아주머니 그리고 밭일을 거두는 젊은 처사 한 분뿐이었다. 그는 바닷가
의 작은 오두막집에서 자신과 고독한 대면을 하며 반 수도자의 생활을
하였다. 이 시기에 본격적으로 문학 서적과 여러 인문학 서적들을 탐독
할 기회를 갖게 된다. 칸트, 헤겔, 니체, 쇼펜하우어, 사르트르, 하이데거
등을 읽었고 노장, 불경, 동양의 여러 경서도 읽었다. 시인은 이런 책들
을 '구경이나 좀 했다'고 겸손해하지만 이는 '끝없는 사유'의 계기가 된
'그 어떤 세계'로 작동되었음에 틀림없다.

　첫 시집 『썩지 않는 슬픔』은 이런 유별난 독서를 배경으로, 계속된 학

문탐구의 긴 침묵 끝에 이루어진 빛나는 결실이었다. 표제작을 보자.

> 멍들거나
> 피 흘리는 아픔은
> 이내 삭은 거름이 되어
> 단단한 삶의 옹이를 만들지만
> 슬픔은 결코 썩지 않는다
> 옛 고향집 뒤란
> 살구나무 밑에 썩지 않고 묻혀있던
> 돌아가신 어머니의 흰 고무신처럼
> 그것은
> 어두운 마음 어느 구석에
> 초승달로 걸려
> 오래오래 흐린 빛을 뿌린다.

- 「썩지 않는 슬픔」 전문

  멍든 것은 시간이 지나면 없어진다. 피 흘리는 아픔도 약 바르고 시간이 지나면 이내 낫는다. 그것은 오히려 식물이 썩어 거름이 되는 것처럼 "단단한 삶의 옹이"라는 경험이 된다. 그러나 슬픔은 거름처럼 썩지 않는다. 여기서의 슬픔은 몸부림치며 통곡하는 슬픔이 아니다. 그 슬픔은 "마음 어느 구석에" 초승달처럼 걸려 "오래오래 흐린 빛을 뿌"리는 슬픔이고 "살구나무 밑에" 묻혀있던 "어머니의 흰 고무신" 같은 슬픔이다. '달'과 '흰 고무신'으로 감각적으로 비유된 슬픔은 홀로 맑고獨淨, 깊이 고요한湛然 슬픔으로 우리에게 다가선다. 이 시에서 어머니의 흰 고무신이 묻혀 있던 장소의 구체성이 눈에 띈다. 그곳은 다른 곳도 아닌 "옛 고향집"이고 그것도 "뒤란"이다. 다른 나무도 아닌 "살구나무" 밑이다. 대상을 선명하고 명징한 심상으로 표현하기 위해서 추상적 언어보다는 구체적 언어를 찾아내는 시인의 배려가 돋보인다.
  '독정'과 '담연'을 추구하고자 하는 이 시에서도 우리는 시인이 향후 그의 시세계를 어떻게 전개시켜 나갈지 가늠해 볼 수 있다.

3.

첫 시집과 7년의 상거를 두고 두 번째 시집 『나는 거기에 없었다』(시 와 시학, 1999)가 출간되는데 시인은 이례적으로 비교적 장문의 「서문」 에서 '일여—如적 사유'를 설파하고 있다. 이는 물론 그의 '끝없는 사유' 과정의 일단에 해당된다. 대개 시집은 작가의 짧은 아포리즘식의 서문 에 이어 시편들이 나오고 마지막에는 동료시인이나 평론가가 쓴 해설로 마감하는 게 관례로 별 생각 없이 다들 이에 따른다. 시인은 "굳이 그럴 일만도 아니라 생각되어 책머리에 나서기로 했다"며 이 서문이라는 것 도 "얼마 전 어느 잡지에 몇 편의 시와 함께 발표한 짧은 글을 좀 보완하 여 서문 삼아 여기 옮겨 적는다"고 태연하게 말하고 있다. 어느 것에도 구속되지 않고 자유자재하는 평소의 성격이 드러나는 대목으로 이후로 도 서문의 형식으로 책머리에 자신이 직접 나선다.

이 글에서 시인은 유년시절 자신이 발견한 두 가지 놀이를 소개하고 그것이 어떻게 자신의 시 쓰기에 반영되었으며 나아가 일여적 사유로 확장되었는지를 설명한다. 그는 우연히 가랑이 사이로 뒤의 풍경을 바 라보는 놀이를 발견하고 그것이 '기적 같은 신세계'의 발견이었다고 말 한다. 풍경은 생전 처음 보는 것처럼 생생하고 선명하였으며 또한 낯설 었다. 더하여 시인은 그동안 볼 수 없었던 '허공'을 보게 되었다. 또 다른 놀이는 '거울 보기'였다. 거울보기는 '가랑이 사이 보기'와 같은 충격이 었고 더구나 좌우가 뒤바뀌어 보인다는 점은 더 극적이었다. 시인은 이 두 놀이와 인간언어와의 유사성을 포착한다. 언어 속에 담기는 사물은 실제보다 더 생동하고 빛났다. 그런데 언어와 사물은 미묘하게 어긋나 가랑이 사이의 구도와 거울의 반사 구도가 자기주장을 하듯 언어의 의미도 자기주장을 하며 사물을 담아낸다.

말의 의미는 '아무 것도 의미하지 않는 무의미'가 빛을 내게 하는 것이다. 따라서 정면으로 말의 의미에만 사로잡힐 것이 아니라 '두 놀이'가 보여주듯 의미의 굴절과 반사를 만들어 내는 무의미를 함께 보아야한다. 그는 시 쓰기에서도 말과 사물의 어긋난 틈, 그 틈으로 들어가 "무한대의 공간"과 "무량한 고요"를 체험하고자 한다.

시인은 지금 사람들이 '없음의 있음'이나 '있음의 없음'을 도외시하고 음양, 대소, 남녀, 강약, 남북 등 분열의 이원론적 대립항 속에 존재하고 있다고 믿는다. 결국 시인의 사유는 이런 대립항들이 동양사유 전통에 따라 '일여'적인 것이 되어야 한다고 확장된다. 즉 그것들은 '하나이며 둘'이고 '둘이며 하나'다. 그리하여 시인은 그의 시가 "공, 존재, 언어가 '일여'적인 순환과 생성" 속에 태어나 "생명, 존재, 자유와 하나가 되기"를 희망한다.

> 바람도 죽는다.
> 죽어서는 오래 삭지 않는 뼈를 남긴다
> 단청이 다 날아간 내소사 대웅전
> 앙상히 결만 남은 목재를 보라
> 바람의 뼈가 허공 속에
> 거대한 적멸의 집 짓고 서있다.
>
> — 「바람의 뼈」 전문

앙상히 나뭇결만 남은 대웅전의 목재에서 시인은 '바람의 뼈'를 본다. 나뭇결은 바람결에 다름이 아니다. 손에 잡히지도 않고 보이지도 않는 바람은 나뭇결로 뼈가 되어 생멸生滅 없는 무위적정無爲寂靜의 "거대한 적멸의 집"을 짓고 있다. 무위적정의 세계는 불멸의 세계다. '바람'의 소멸과 '적멸'의 불멸은 시인이 말하는 '순환과 생성' 속에서 일여적인 것이 된다.

하늘에 맞닿은 저 키 큰 나무는
맨 처음 무엇이 자라나서
저리 키 큰 나무가 되었을까요
그것이 아주 궁금하여
칸칸이 불을 밝힌 기차를 타고
나무 속 어둠을 한없이 달려가 보았더니
열심히 나무만을 생각하고 생각하는
생각의 씨앗 하나 있었습니다

잔잔한 물결무늬 한없이 번지는
멀고도 가까운 저 한 송이 꽃은
맨 처음 무엇이 자라나서 된 것일까요
그것이 못내 궁금하여
꽃 속의 한없이 깊은 샘으로
한 줄기 두레박을 타고 내려가 보았더니
생각 속의 생각 속에
텅 빈 고요의 씨앗 하나 있었습니다

밤하늘에 빛나는 저 많은 별들은
맨 처음 무엇이 자라나서 된 것일까요
그것이 너무너무 궁금하여
아득한 별 속의 별
속의 별 속으로
한 마리 새가 되어
나는 아직도 날아가고 있습니다
먼 옛날부터 아직도 날아가고 있습니다

— 「무엇이 자라나서」 부분

　　시인은 "키 큰 나무"가, "한 송이 꽃"이, "많은 별들"이 "맨 처음 무엇
이 자라나서" 그리 된 것인지 "아주 궁금"하고 "못내 궁금"하고 "너무너
무 궁금"하다. 그리하여 "생각하고 생각하는 생각의 씨앗"이 있었고 "생
각 속의 생각 속에" "텅 빈 고요의 씨앗"이 있었고 지금도 그 생각은 "한

마리 새가 되어" "아직도 날아가고"있다.

첫 연과 둘째 연은 "있었습니다"라는 과거형으로 서술되고 있지만 마지막 연은 "있습니다"라는 현재진행형으로 "아직도"라는 부사수식어와 함께 사유의 연속성을 강조하고 있다. 시인은 사물의 본질적 근원에 대해 끊임없이 질문하고 사유한다. 여기서 주목해야 할 것은 그 사유과정의 미묘한 변화다. 그것은 바로 '생각의 씨앗'이 '텅 빈 고요의 씨앗'으로 바뀌어 가는 점이다. 일상적인 질문들은 기다리고 답을 모색하다보면 나름대로의 답을 얻거나 적어도 그 가능성은 열려 있다. 그러나 그렇지 않은 질문이 있다. 즉 하이데거가 말하는 '마주 대할 수 없는 데도 던지는 질문', 즉 '존재질문'과 같은 것이다. 그런 질문은, 질문하고 기다림이 스스로 소멸되어 '질문할 수 없음'이 드러날 때 저절로 사라진다. 그 질문이 아주 하찮게 여겨지는 것일지라도 우리는 그 '본래모습'을 힐끗 보기도 어렵다. 시인의 사유는 이를 인지하고 다음 단계로 "텅 빈 고요", 즉 '공空'의 씨앗을 키워 그 '본래모습'을 보려 한다. 그리고 이렇게 변화된 그의 사유과정은 "아직도" 현재진행으로 계속되고 있는 것이다.

> 말을 배우러 나는 이 세상에 왔네
> 말을 익히며 말을 따라
> 산과 바다와 들판을 알았네
> 슬픔이 어떻게 저녁 못물만큼 무거워지는지
> 삶의 쓰라림과 희망이
> 어떻게 안개처럼 유리창에 피고 지는지
> 말을 따라 착하게도 많이 배웠네
> 아이들에게 말을 가르치면서
> 말을 배우러 이 세상에 왔노라고
> 나는 다시 한 번 새삼 깨닫네
> 더 깊고 더 많은 말을 배우기 위해
> 이제는 익힌 말을 다시금 버려야 하네
> 가을산이 잎 떨군 빈 가지 사이로

아주 먼 길 보여주듯
말 몇군 고요의 틈으로 돌아가서
푸른 파도가 밤낮으로
바위에게 웅얼거리는 소리를
쪽동백이 날빛에 흰꼬리새 부르는 소리를
이제는 남김없이 들어야하네
그 말을 배워야 하네
아이들에게 말을 가르치고
말을 배우러 나는 이 세상에 왔네.

- 「말을 배우러 세상에 왔네」 전문

우리는 배우고 그 '배운 것'을 가르친다. 이것이 보통 순서다. 그러나 시인의 사유는 '가르치며', '배운다'는 역설적 상황을 "새삼 깨닫"게 되고, 더 나아가 "배우기 위해" '배운 것들'을 "버려야" 한다는 통렬한 역설적 진실로 확장된다. 그리하여 '말'을 버리고 '말' 없는 "고요의 틈"으로 돌아가고자 한다. 이는 앞에서 말한 '무량한 고요'나 '텅 빈 고요'의 세계나 다름이 없다. 고요한 곳에서는 아주 작은 소리까지 잘 들릴 것이며 시인은 그 고요 속에서 파도의 "웅얼거리는 소리", 동백이 "새를 부르는 소리"까지 "남김없이" 듣겠다고 다짐한다.

김영석은 초기 시 「물리」에서 '수정'하고 '생략'하는 그의 사유가 끝없을 것임을 내비친 바 있다. 수정은 '지우는 것'이고 생략은 '비우는 것'과 통한다. 그의 사유는 이제 '지우고 비우는' 것으로 발전하여 여전히 '끝없는 끝'을 향해 항해하고 있음을 위의 시는 말하고 있다.

4.

그런데 김영석의 시를 읽으며 우리가 결코 간과해서는 안 될 중요한 점이 있다. 지금 우리는 시인의 '끝없는 사유'를 따라가고 있다고 해도 과언이 아니다. 그러나 실상 우리가 읽고 있는 것은 그의 '시'다. 이는 우리가 '시'로서 형상화 된 한 사람의 '예술적 창작품'을 읽고 있다는 것과 같은 말이다. 이 글은 작가론이기 때문에 작품 속을 관통해가는 시인의 사유를 추적하고 있지만, 작품론이었다면 작품 속의 수많은 미학적 장치들과 그 효과에 대해 상술하고 있을 것이다. '시'를 읽고 있다는 것, 그리고 그것은 '예술작품'이라는 것, 이것은 간과할 수 없는 문제다.

모든 예술작품과 마찬가지로 문학작품의 존재이유는 가치를 측정하는 문제고 가치는 어떤 '욕망의 충족'과 필연의 관계를 가지게 되며 이는 우리가 체험하는 '문학적 경험'과 직결된다. 문학이 제공하는 고유한 가치는 무엇인가. 김영석은 이 점을 놓치지 않는다. 시인은 문학이 다른 지적, 기술적 활동과는 물론 다른 언어집단과도 구별되는 고유한 가치가 있음을 꿰뚫어 보고 있다. 다른 지적, 과학적, 실천적 가치도 물론 인간의 욕망 충족을 위한 것이지만 문학은 이와 다른 종류의 특수한 가치를 갖게 된다. 그것은 문학적 체험을 통해 심미적 욕망을 만족시키는 '예술적 가치'다.

시는 예술이며, 예술은 '예술적 가치' 즉 '심미적 가치'가 있어야 함은 자명하다. 그렇다면 문학의 가치는 예술로서의 '심미성'을 밝히는 것으로 분명해질 것이다. 김영석은 자신의 '부단한 사유'의 예술적 형상화에 있어 이러한 '심미적 가치'에 작은 소홀함이라도 있을지 각별히 경계하고 있다.

이미 앞에서 인용했던 「썩지 않는 슬픔」에서 시인은 그 '슬픔'의 근원인 한 '장소'에 대해, 그곳은 "옛 고향집"의 "뒤란", 그것도 "살구나무 밑"이라고 구체적 묘사를 함으로써 명징한 심상을 추구하고 있음을 보았다. 이는 추상적 언어보다는 구체적 언어로, 바로 '심미적' 효과를 최대한 살리기 위한 작가의 빈틈없는 주의에서 비롯된다.

앞의 시에서도 "고요의 틈"으로 돌아가는 행위의 비유로 나타나는 "가을 산이 잎 떨군 빈 가지 사이로 아주 먼 길 보여주듯"은 시각적 심상이 한껏 발휘된 서정적 발화이다. 사실 우거진 녹음 사이로는 보이지 않던 길이 낙엽 진 "빈 가지 사이"로는 "먼 길"까지 잘 보이게 마련이다. 시인의 눈에 정확히 포착되어 시에 견인된 이런 사실은 계절의 서정과 함께 그 미적 효과가 독자의 감각을 생동감 있게 자극한다. 이어 "푸른 파도가 밤낮으로 바위에게 웅얼거리는 소리"와 "쪽동백이 날빛에 흰꼬리새 부르는 소리"를 "남김없이" 듣겠다는 화자의 다짐에서 우리는 '파도 소리'와 '새소리'를 생생하게 듣는다. 동시에 파도의 '푸름'과 동백의 '붉음'과 꼬리새의 '흰색'을 생생하게 보게 된다. 시인이 마련한 이런 강력한 이미지의 혼융은 우리가 사물들의 색상과 소리를 '남김없이' 공감각으로 느끼게 만들고 있다.

"더 깊고 더 많은 말을 배우기 위해" "익힌 말을 다시금 버려야" 하겠다는 역설은 또 다른 중요한 함의를 가진다. 파도 소리와 새 소리는 자연이 내는 소리, 즉 자연의 말이다. 바로 이것이 "더 깊고 더 많은" 말이다. 그가 지금까지 '익힌 말'도 '가르친 말'도 인간의 말이다. 그것을 버리고 더 깊은 '말' 즉 자연의 "말을 배우러 이 세상에 왔노라고" 시인은 "새삼 깨닫"게 된다. 이 시에서 자연의 '소리'는 그가 배우고자 하는 '말'의 상징으로 작동한다. 그래서 그는 자연의 소리를 "남김없이" 듣고자 하는 것이다.

심미적 가치는 한 주체자의 체험으로 지적, 실천적 활동으로부터의 상상적 해방에서 비롯된다. 우리는 시 속에 나타나는 이미지의 힘으로 상상적 세계에서 조화로운 질서와 해방감을 느낀다. 김영석은 파도와 동백의 소리를 통해 우리의 원시적 욕망인 자연과의 화해를 상상 속에 체험하게 하고 있다. 그는 독자에게 주는 심미적 경험의 밀도를 최대한 높이기 위해 위의 시처럼 역설, 반복, 비유, 심상, 상징 등 모든 미학적 장치를 마련한다.

가을걷이 끝난 텅 빈 들판에

이따금 지푸라기가 바람에 날리고
지금은 아무도 살지 않는
외딴 빈집
이따금 낡은 문이 바람에 덜컹거린다
바람에 날리는 지푸라기와
바람에 덜컹거리는 소리는
누가보고 들었는가?
시를 쓰는 내가?

나는 거기에 없었다.

– 「나는 거기에 없었다」 전문

시집의 표제작이기도 한 이 시는 쓸쓸한 계절의 풍경과 외딴 빈집의 정경을 감각적인 문체로 아름답게 묘사하고 있다. 특히 "이따금"이란 시간적 부사어의 병치는 고적한 풍경과 더불어 간헐적으로 반복되는 사물의 움직임을 절묘하게 포착해내고 있다. 이런 서정적 문장에서 우리는 문학예술의 심미성을 극대화하고자 하는 시인의 정성을 쉽게 파악할 수 있다.

그런데 시인은 다음 연에서 "바람에 날리는 지푸라기"와 "바람에 덜컹거리는 소리"를 반복하고는 그것을 "누가 보고 들었는가?" 묻고 있다. 그리고 마지막 연에서는 "나는 거기에 없었다."는 의외의 발언을 하고 있다. 풍경은 그것을 '보는 사람'을 전제함으로 성립되는 개념이다. 구체적 자연현상을 보고 듣고, 그리고 묘사하고 있는 사람은 바로 화자다. 그런데 대상을 묘사하고 있는 주체가 그 대상이 있는 곳에 없었다는 건 말도 안 된다. 존재와 부재의 역설적 상호작용이 발생한다. 이 시에서 바람의 함의는 중요하다. '바람'의 본 속성은 볼 수도, 들을 수도, 만질 수도 없는 것이다. 보고 들리는 것은 바람에 의해 반응하는 사물들의 모양과 소리에 불과하다. 지푸라기는 '바람에' 날리고 낡은 문은 '바람에' 덜컹거린다. 이 시에서 바람은 형상으로는 존재하지 않지만 본질로는 존재하는, '부재無하는 실재有'를 함의한다. 시인의 사유는 '있음의 없음無有-有不在'과 '없음의 있음有無-無不在' 사이에서 고뇌한다. 그리고 이런 고뇌는 이후 '바람'과 '허공'과 '고요'를 매개로 하여 '형이상의 세계'를 천착하게 하는 무거운 화두로 내내 견지된다.

5.

시인은 세 번째 시집『모든 돌은 한 때 새였다』(시와 시학사, 2003)에서도 서문의 형식으로 자신의 시세계를 직접 설파하고 나선다.「세설암을 찾아서」라는 긴 서문에서 그는 '깎여 없어진 글자는 비의 뜻을 더하고, 그윽한 옛 가락은 끊어진 거문고 줄에서 들린다沒字豊碑 古調無絃'라는 한시를 들며, 역리의 형이상을 자기 시가 추구하고 있음을 강조한다. 없어진 글자에 뜻이 어디 있으랴. 줄 끊어진 거문고에서 무슨 가락이 들리랴. 그러나 '있음의 없음'과 '없음의 있음'을 사색하는 그에게는 뜻이 읽히고 가락이 들린다.

내소사 대웅전에서 이미 '바람의 뼈'를 보았던 시인은 표제 시에서 "모든 돌은 한 때 새"였고 그 돌 속에는 "새가 물고 있던", "은빛 바람의 날개가 잠들어" 있음을 본다. 시인은 「바람이 일러주는 말」을 듣는다. 마침내 떨어지는 꽃잎에서 '부재하는 실재'의 바람을 정확히 포착한다.

> 바람은 꽃잎을 나부껴
> 제 몸을 짓고
> 꽃잎은 제 몸이 서러워
> 바람이 되네.
>
> ─「낙화」 전문

한 송이 꽃에서 '텅 빈 고요의 씨앗'을 보았던 시인은 이 시집에서 그 '고요'의 심화를 보여주고 있다. "꽃가지 그림자에 작은 벌레 한 마리 기어"(「고요의 거울」)가는 '고요'를 보기도 하고, 스스로 "허공에서 고요히 헤엄치는 물고기 되어" 자신을 "하염없이 바라"보기도 한다(「허공의 물고기」). 그리고 '버려둔 뜰'을 관조하며 고요의 깨달음을 얻는다.

> 뜨락을 가꾸지 않은 지 여러 해
> 온갖 잡초와 들꽃들이
> 절로 깊어졌다
> 풀숲 여기저기 흩어진 돌들은
> 깊은 생각에 잠겼다
> 이제 내 마음대로
> 저 돌들을 치우고
> 잡초를 뽑을 수 없다는 것을
> 조용히 깨닫는다.
>
> — 「버려둔 뜨락」 전문

여러 해 동안 가꾸지 않고 버려둔 뜰에는 온갖 잡초와 들꽃들이 '고요'하게 절로 깊어졌고, 깊은 생각에 잠겨있는 여기저기 흩어진 돌들은 그 '고요'를 더하고 있다. 이제 시인은 '고요' 속에 스스로 깊어진 잡초를 뽑을 수도, 돌들을 치울 수도 없다. 이런 깨달음은 하이데거가 말하는 "모든 정상頂上에는 고요함이 있다"라는 말과 상통한다. 이 '버려진 뜰'의 '절대적 고요', 그 너머에 또 무엇이 존재할 것인가.

이 세 번째 시집에서 보여주는 '몰자沒字'풍, '무현無絃'풍의 역설적 낙필과 '고요'에의 침잠은 이후 김영석의 시세계에서 '관상시'라고 불리는 특별한 꽃숭어리로 만개하게 된다.

6.

시인의 네 번째 시집『외눈이 마을 그 짐승』(문학동네, 2007)부터 '관상시觀象詩'와 '사설시辭說詩'라고 자신이 명명한 시편들이 등장한다. 사설시는 다섯 번째 시집『거울 속 모래나라』(황금알, 2011)에서 새로운 시편들과 다시 묶여지고, 관상시는 연작형식으로 가장 최근작인 여섯 번째 시집『바람의 애벌레』(시학, 2011)에서 이어진다. 따라서 이들을 함께 다루기 위해서는 세 권의 시집을 넘나들 수밖에 없을 것 같다.

김영석은『외눈이 마을 그 짐승』에서도 스스로 직접 나서 서문을 쓰고 시집 말미에 부록의 형식으로 '관상시에 대하여' 설명을 하고 있다. 결론적으로 그는 관상시란 "눈에 보이는 것이나 의미만을 가지고 너무 생각하지 말고 눈에 보이는 것 너머의 그리고 의미 이전의 보이지 않고 개념화 되지 않는 움직임, 즉 상을 느껴보자는 것"이라 정의한다.

'기상도氣象圖'라는 부제를 달고 있는 연작시를 쓰며 시인은 분명 같은 제목의 장시를 쓴 김기림을 의식하였을 것이다. 김우창은 김기림의 이 시를 감각적 이미지가 선명한 것은 사실이나 평면적인 선명함을 가진 그림엽서, 그것도 '외국에서 온 그림엽서'라고 평한 바 있다. 그는 이 시가 주목할 만한 시도로, 그때 까지 시도된 어떤 시보다도 '크고 포괄적인 구조물'로 그 업적을 인정하면서도 한국적 현실과는 무관한 피상적이고 겉도는 감이 있다고 지적했다. 물론 자연과 접촉면을 이루는 감각 · 직관의 수평적 넓이를 극대화하려는 김영석의 '기상도'는 김기림과는 사뭇 다르다.

김영석은 그의 시가 지적 조작으로 형성되는 지나친 함축의미 체계로 인해 자연현실과의 직접적 접촉농도가 희석되는 것을 경계한다. 이는 수직적 사고 · 감정이 작동하여 형성되는 인위적 문화체계를 배제하고 우리 주위의 사물과 풍경을 있는 그대로 관상하고, 그것들이 만들어내는 '기의 움직임'을 느끼고자 하는 것이다. 따라서 '외국에서 온 그림엽서'같은 서구 모더니티풍의 시와는 딴판일 수밖에 없다.

> 늦가을 해거름
> 작은 시골 마을 호젓한 방죽가에
> 스스로 몸을 던져 빠져 죽은
> 한 여자의 시신을 둘러싸고
> 사람들이 웅성웅성 모여 서 있다
> 어른들 틈에 머리를 디밀고 구경하는
> 아이들은 저희들끼리 무어라 떠들어 대고
> 자전거를 타고 온 순경은
> 사람들에게 무언가 연신 묻고는
> 고개를 끄덕이며 수첩에 적고 있다
> 여자의 머리칼은 개구리밥 장구말 같은 것들이
> 물이끼와 함께 뒤얽혀 있고
> 물에 허옇게 불어버린 얼굴 위로
> 소금쟁이 한 마리가 천천히 기어간다
> 간간히 들려오는 뉘 집 개 짖는 소리
> 빈 들판에 막 쌓이기 시작하는
> 연푸른 저녁 빛을
> 개쇠뜨기나 하늘지기가 가녀린 손으로
> 자꾸 쓸고 또 쓸어 쌓는다
>
> 기러기 떼 한 줄이
> 하늘의 빨랫줄처럼
> 오래오래 조용히 걸려있다.

— 「어느 저녁풍경—기상도 2」 전문

첫 연의 전반부는 자살한 한 여인이 방죽가에서 발견되어 사람들이 웅성거리는 상황이, 후반부는 그 방죽의 배경이 되는 늦가을의 서정적 풍경이 아름답게 묘사된다. 둘째 연은 그런 상황과 풍경 위에 펼쳐진 기러기 걸린 저녁하늘의 모습이 한 폭의 그림처럼 아주 짤막한 문장으로 포착되고 있다. 죽음은 인간에게 절체절명의 사건이다. 그러나 이 커다란 사건도 사람들은 웅성거리고 그 틈에 머리를 디밀고 떠드는 아이들의 구경거리에 불과하다. 경광등을 번쩍이는 순찰차도 아닌 "자전거를 타고 온 순경"은 그저 무어라 수첩에 끼적거리고 있다. 머지않아 해가 떨어지고 사람들은 흩어지고 시신도 치워지고 아무 일도 없었던 것처럼 이 호젓한 방죽에는 다시 고요가 내릴 것이다. 산 자는 사는 것이고 죽은 자는 죽은 것이다. 아이들은 자랄 것이고 순경은 내일도 습관적 업무를 계속할 것이고 여인은 묻힐 것이다.

김영석은 담담하게 주위의 상황을 관상한다. 물론 시인은 예술적 심미효과를 위해 심혈을 기울인다. 어른들 틈으로 구경하는 아이들과 자전거 타고 온 순경의 업무수행의 병치는 절묘하다. 다음 행에서 화자가 그리는 시신의 모습은 '낭만적 아이러니'의 극치다. "여자의 머리칼은 개구리밥 장구말 같은 것들"이 "물이끼"와 얽혀 있다. 그리고 "얼굴 위"로는 "소금쟁이 한 마리"가 기어가고 있다. 조그만 미물들은 '삶의 단절'이란 엄청난 사건에도 아랑곳없이 그 당사자의 몸 위에서 생을 영위하고 있다. 삶과 죽음이 비껴가고 여인은 슬프고 아름답다.

자연의 운행은 여전하다. 마을에서는 간간히 "개 짖는 소리"가 들리고, 들판에 쌓이는 저녁 빛을 "개쇠뜨기나 하늘지기가" 쓸어댄다. 인간과 미물 그리고 잡초까지 함께 만들어 내는 이 상황과 풍경 속에는 시인이 추구하는 '기의 움직임'이 느껴진다. 볼 수는 없지만 느낄 수 있는 기의 '움직임'은 둘째 연이자 마지막 연에서 '정지'한다. 시인의 역설화법은 여기서도 작동한다. 시인은 날고 있는, 그래서 가장 움직임이 큰 "기러기 떼"를 정물처럼 하늘에 걸어둔다.

오뉴월 뙤약볕이
온 세상 소리들을 다 태워버렸는지
산골 마을이 적막에 싸여있다

외딴 빈집을 지나면서
울 너머 마당귀를 얼핏 보니
길 잃은 어린 귀신 하나가
두어 그루 패랭이꽃 뒤로
얼른 숨는다.

—「적막—기상도 28」 전문

시인이 추구해온 '무량한 고요'는 인용 시로 절정을 이룬다. 뙤약볕 쏟아지는 한 여름 대 낮의 산골마을은 그 무더위 때문에라도 움직이는 것이 없어 적막하다. 하물며 외딴, 그것도 빈집에 있어서랴. 적막의 강도는 점증漸增된다. 화자는 그 고요한 빈집의 마당을 "얼핏" 바라본다. 여럿도 아닌 "두어 그루" 패랭이꽃이 보인다. 패랭이꽃은 달리아처럼 화려하지도, 해바라기처럼 크지도 않다. 작은 패랭이꽃 '두엇'은 정적을 깰 하등의 요소도 없다. 오히려 고요에 고요를 더한다. 시인은 이미 「버려둔 뜨락」에서 절로 깊어진 잡초와 들꽃의 '고요'를 본 바 있다. 또 다른 관상시 「빈집」에서도 이 '고요'는 절대적이다.

하얗게 먼지가 앉은 쪽마루에
가죽나무 이파리 그림자가
이따금 일렁거린다

—「빈집—기상도 18」 부분

이 빈집은 벽의 흙살이 떨어져 "앙상하게 수숫대만 남아" 구멍이 숭숭 뚫려있고 거미들이 그 구멍에 집을 짓고 사는 퇴락하고 적막한 곳이다. '먼지가 하얀 쪽마루'는 사람 한 번 얼씬하지 않았다는 말로 그 고요를 깊게 한다. 그래도 이 「빈집」에는 거미가 살고 나무 이파리의 움직임이라도 감지되지만 「적막」의 '빈집'에는 '절대적 고요'뿐이다. 아니, '실제로는 움직이지 않는 하나의 움직임'이 있다! "길 잃은 어린 귀신이 패

랭이꽃 뒤로" 숨는 움직임이다. 이는 환幻을 본 것으로 고요의 정점에서
나 가능한 일이다. 한국 현대시에서 '귀신'이란 시어를 견인하여 이러한
고요를 성공적으로 표현한 시인은 누구도 없다. '어린'이란 형용은 '환'
의 세계지만 무섬증 대신에 친근함을 느끼게 하며 더구나 '길 잃은'이란
부가된 수식은 연민의 정까지 들게 만든다. '얼른'이란 부사어도 가슴을
친다. 이 시구에서 한 자의 수정만 있어도 이 시는 허물어진다. 그만큼
완벽하다. 시 「적막」의 '고요'는 언어가 표현할 수 있는 최상의 극점에
위치한다. '환'은 깨달음의 근본이라 했던가. 시인은 마침내 '환' 속에서
지극한 고요를 보았다. 그 너머는 무無, 아무 것도 없다.

　2011년 봄 김영석은 시와 산문이 하나의 구조로 결합된 새로운 형식
의 '사설시' 12편을 묶어 『거울 속 모래나라』라는 제목으로 상재한다.
시집에 수록된 여러 작품들은 나름대로 서사구조를 갖고 있는데 표제작
「거울 속 모래나라」를 보더라도 기승전결이 분명한 소설에 가까운 글로
주인공에게 발생하는 사건과 그에 대한 반응이 중심구조로 되어있다.
그런데 그가 묘사하고 있는 세계는 거울 속에서 일어나는 '환'의 세계이
다. 따라서 어떤 '확실한 일의적 해석'의 접근이 불가능하다. 그러나 '확
실한 것'은 예의 끝없이 계속되는 변증의 사유다. 예로 "거울이 없었다
면 나는 <나>를 알 수도 없고 볼 수도 없었으리라. 알 수도 없고 볼 수
도 없는 것은 존재하지 않는 것이나 마찬가지다." 따라서 "거울 속의
<나>를 보기 전에 나는 <나>를 알 수가 없을뿐더러 <나>는 존재하
지 않는다. 그러니까 내가 있은 다음에 <거울 속의 나>가 있는 것이 아
니라 <거울 속의 나>가 먼저 있고 나서야 그것을 바라보는 <나>가 파
생한다." 그의 사유는 비약한다. "일단 거울을 통해서 <거울 속의 나>
로부터 내가 파생되고 나면 <거울 속의 나>는 실상에 가까운 것이 되고
파생된 <나>는 가상에 가까운 것이 되고 만다. 그러나 거울을 보지 않
는다면 거울은 논리적 허구의 가상에 가까운 것으로 전락하고 <거울 속

의 나>로부터 파생되기 이전의 <나>는 오히려 존재의 실상에 가까운 것이 되어 버린다. 이렇게 되면 존재와 부재의 주고받음처럼 실상 즉 가상이고 가상 즉 실상이라는 모순과 역설이 만들어질 수밖에 없다." 그는 결국 '존재'와 '부재'가 일여인 것처럼 '실상이 가상'이고 '가상이 실상'이라는 역설적 결론을 도출해낸다.

7.

본질적 실재의 근원을 탐색하고 그를 통해 새로운 세계 인식을 추구하고자 하는 시인의 사유가 부단한 변증과정을 통해 계속될 것임을 우리는 그의 초기 시부터 인지할 수 있었다. 이후 그 형이상의 사유과정은 위의 「거울 속 모래나라」에서도 보이는 것처럼 모든 시편에 일관되어 나타나고 있음을 알 수 있다.

그의 끝없는 역설적 사유는 최근의 여섯 번째 시집 『바람의 애벌레』에서 마침내 무문관無門關 너머를 응시하는데, 이것은 사실 네 번째 시집 『외눈이 마을 그 짐승』의 다음과 같은 시에서도 보이기 시작한 것이다.

> 부처님은 보리수 아래서 크게 깨닫고 난 뒤
> 몇 달 동안 침묵 속에 그대로 앉아있었다
> …(중략)…
> 그런데 범천왕이 하도 조르는 바람에
> 드디어 침묵을 깨고 설법한지 사십구 년
> 갠지스 강의 모래알보다 몇 배나 많은
> 팔만대장경의 말씀들을 하고 말았다
> 그리고 맨 마지막으로 말귀가 좀 트인 몇 제자들에게
> 자신은 사십구 년 동안 쉬지 않고 설법을 했지만
> 사실은 한마디도 하지 않았노라고
> 한 말씀을 더 보태고

고요히 홀로 입적하였다

부처님이 지쳐버린 팔만대장경
그 경전 밖에서
봄여름 가을 겨울
꽃은 피고 지고
새는 날고
송이송이 눈이 내린다.

― 「경전 밖 눈은 내리고」 부분

　첫째 연은 부처가 쉬지 않고 사십구 년 동안 설법하게 된 연유를 긴 산문형식으로 서술하고 있는데 그 '길고 긴 설법'은 결국 '한 마디 말도 안한 것'이라는 역설이고, 둘째 연은 부처의 설법과는 무관하게 변함없이 운행하는 '자연의 이치'를 노래한 짤막한 운문이다. '땅엔 가득한 갈꽃, 하늘엔 한결같은 밝은 달滿地蘆花一天明月'이라, 자연은 억만 년의 세월이 흘러도 한결같은 무이無異색의 본연인데 인간은 "갠지스 강의 모래알보다 몇 배나 많은" 말을 쏟아내도 사실은 '한마디 말도 하지 않은 것'과 같다. 도는 문자나 말이 아닌 마음에서 마음으로 전해지는 것이니不立文字, 세간의 언어문자인 팔만대장경의 만법도 결국은 부질없다. 그러나 "그 경전 밖에서" 무심하게 꽃은 피고 진다.

　김영석은 부정의 단계를 거쳐, 이를 다시 부정하는 이중부정을 통해 절대긍정의 세계로 진입하려 한다. 부처는 처음엔 한 마디 말이 없이 침묵했다. 다음에는 사십 구년 수많은 말을 쏟아냈다. 그리고 그것은 다시 한마디 말도 안한 것이 된다. '산은 산'이었다가, '산은 산'이 아니었다가, 다시 '산은 산'이라는 구조와 흡사하다. 그러나 첫째와 셋째 '산'은 같은 형식을 취하지만 그 차원에 있어서는 극과 극이다. 첫째는 미혹의 세계지만 셋째는 깨달음의 세계다. 두 단계 사이에는 부정을 거쳐 주객대립의 의식을 끊어 없애는 둘째 단계가 있기 때문이다. 선의 역설은 바로 이

런 이치에서 발생하는 바 유무有無의 미혹을 초월한 셋째 세계는 순수직
관의 세계인 동시에 사물에 발생할 수 있는 모든 가능성을 수용하는 세
계이다. 이 세계에서는 '산은 산'인 동시에 강도, 바다도 될 수 있고 그 반
대가 될 수도 있다.

『바람의 애벌레』에는 이런 수많은 사유가 산견된다. 맷잎 그림자가
물거품을 쓸어버리면 "돌게는 그만 그 자리에/ 한 개 돌멩이로 굳어져
웅크린다."(「돌게」) '돌'이라는 무정물과 '돌게'라는 유정물은 달빛 속에
서 '불이不二'가 되고 있다. "언제나 풍경은/ 늘 빈 곳을 채운/ 비어있는
풍경."(「풍경」)에서는 '실상은 공하면서도 공하지 않다'라는 '실공불공實
空不空'의 사유가, 나아가 "산은/ 새들을 낳는 푸른 자궁이고/ 새들이 다
시 돌아와 묻히는/ 큰 무덤이다."(「산과 새」)에서는 산은 새의 '자궁生이
자 무덤滅'이 되는데 '생·멸'의 일여가 '산'을 통해 수렴되고 있다. "천지
는 마음이 텅 비어/ 없는 듯이 있고/ 사람은 마음이 가득 차/ 있는 듯이
없"(「마음」)다. 여기에서는 시인이 일찍이 「나는 거기에 없었다」에서 노
래한 바 있었던 '있음의 없음'과 '없음의 있음'이란 사유의 심화를 볼 수
있다. 이는 '유무부재有無不在'로 '실상무상實相無相'을 드러낸다. 시인은 원
효가 말했던 '유무부재'에 천착한다. 즉 '무 있음有無'이 없으니 '유부재有
不在'고 '유 없음無有'이 없으니 '무부재無不在'이다. 환원하면 우리가 '무(유
의 부재)라고 하는 것의 있음'조차 없으니無 유는 부재하는 것이고, 동시
에 '유(무의 부재)라고 하는 것의 없음'조차 없으니無 무 또한 부재하다.
무문관이 나타난다. 이러매 시인은 무문관을 건너며 노래한다.

> 고요한 흰 백지 속에서
> 내소사를 찾아 헤매는 나그네여
> 내소사는 어디 있는가
> 너의 기억 속에 상기 남아 있는
> 빈 껍질 같은 이름이나 뒤적이며
> 하릴없이 길을 찾는 나그네여

저 하얀 허공에
내소사도 내소사 가는 길도
그 길을 가는 사람도 없음을
꿈에도 모르는 나그네여
내소사는 어디 있는가.

─「내소사는 어디 있는가」 부분

　"땅 끝에서 눈과 바람을 만드는 변산邊山은 사시사철 때 없이 눈이" 내
리는 곳이다. 눈은 "세상 소리를 지우고", 지상의 온갖 것, 모든 길도 "지
워 버려" 천지가 "한 장 백지"가 되는 곳이다. 현상의 세계가 흰 눈으로
다 지워져 없어진다는 절묘한 표현이다. 그곳의 내소사는 그야말로 "하
얀 허공" 속의 무문관의 세계다. 내소사는 어디 있는가. 내소사도 없고,
내소사 가는 길도 없다. 그 길을 가는 사람도 없다. '무문관'은 삼중의 관
문이다. 요약하면 "하나는 '무문/관'으로 여기는 것은 차치하고 아예 문이
없는 관이다. 관을 깨뜨리든 타고 넘든 이 '문 없는 관'을 통과해야 '실재
實在'(불교 용어로는 진여실상을 뜻하는 '실제實際')를 볼 수 있는데 이는
우리에게 '실재'에 대한 암시를 준다. 그것은 지난하거나 아예 봉쇄된 것
으로 실재와 환상을 모두 실재로 여기는 생각을 깨뜨린다. 둘째는 '무/문
관'으로 문도 관도 없는 유령 같은 관문이다. 문도 관도 없으니 그냥 지
나가면 되지만 문을 지났는지 아닌지도 알 길이 없다. 이는 환상은 실재
가 아님으로 없는 것이고, 실재는 그 반대임으로 있는 것이라는 생각을
깨뜨린다. 또 하나는 '무·문관'으로 '무無의 관문'이다. 앞에서는 문도 관
도 없었지만 이 관문은 단지 '무'라는 관문을 통과해야 한다. 이 문을 통
과하면 실재와 환상이 함께 환상임을 보고 환상과 실재를 떠나 실재를
보게 된다(박정근, 「선종무문관 연구」, 중국학연구 46집, 2008 참조)." 시
인은 마침내 무문관 너머의 세계를 본다. 무無!

8.

일찍이 김우창은 예리한 통찰로 최남선에서부터 주요한, 김소월, 김기림과 정지용, 청록파를 거쳐 서정주까지의 시 세계를 고구하고 한국의 현대시는 "별로 두드러진 성과를 내지 못했다"(「한국시와 형이상」, 『궁핍한 시대의 시인』, 민음사, 1977)고 판단한다. 그는 한국시가 자위自慰적 자기만족의 시가 되어 버렸다고 지적하고, 더 거슬러 올라가 이조 5백년의 대표적인 시도 그때그때 외부적인 계기로 쓰여진 '계기의 시'로 "시의 우수성이 어디 있든지 간에 그것이 정신의 심부 탐색에 있지 않음"을 강조하였다. 그는 유교문학 자체가 이미 "가사假死상태"에 빠져 '창조적 핵심'을 갖지 않은 문학으로 파악하고 있다.

그는 같은 글에서 서정주 시의 변모를 한국현대시 실패의 전형으로 보고 있다.

> 그의 초기시의 특징은 한쪽으로는 강렬한 관능과 다른 한쪽으로는 대담한 리얼리즘을 그 특징으로 했다. 이것은 육체와 정신의 필연적인 갈등, 개인과 사회의 갈등을 솔직하게 인정함으로서 가능한 것이었다. 그러나 후기 시에 있어서의 종교적인 또는 무속적인 입장은 그 직시直時적인 구제의 약속으로 그의 현실감각을 마비시켰다. 서정주는 매우 고무적인 출발을 했으나, 그 출발로부터 경험과 존재의 모순과 분열을 보다 넓은 테두리에 싸 쥘 수 있는 변증법적 구조를 발전시키는 방향으로 나아가는 대신, 그것들을 적당히 발라 맞추어 버리는 일원적 감정주의로 후퇴하였다. 그 결과 그의 시는 한국의 대부분의 시처럼 자위적인 자기만족의 시가 되어 버린 것이다.

김우창의 이런 견해는 다소 지나친 논리적 비약으로 간주될 수도 있겠으나 서정주의 시를 '변증법적 발전 방향' 대신 '일원적 감정주의'로 후퇴했다고 보고, 이것을 한국시 전체의 문제점으로 보고 있는 점은 주목할 만하다. 그는 한국시의 실패를 "구조적인 실패"로 지적하는데 여기서 구조란 현실생활의 조각들을 담을 수 있는 '인위적이고 정적'인 공식이 아니라 '부단히 변화하며 부정하고 종합'하는 '움직이는 구조'다. 이는 세계의 물리적·정신적 핵심을 움켜쥐려는 부단한 노력으로 특징지어 지는데 이런 노력은 바로 세계의 밑바닥을 꿰뚫어 보고자하는 '형이상학적 정열'이다. 김우창은 시에서 긍정되는 것은 바로 이 '노력과 정열'이라고 주장하고 있는 것이다.

김우창에 대한 언급이 길어지는 감이 있지만 이유가 있다. 그의 견해는 김영석의 시세계와 불가분의 관계를 맺고 있다고 판단되기 때문이다. '한국시와 형이상'에 대한 글은 그가 마치 김영석의 시 전편을 읽어보고 한국시가 추수追隨해야 할 방향을 제시하고 있는 것 같다. 시에서 긍정되고 시를 넘어서 의미를 갖게 되는 것은 이 '형이상적 에너지'다. 어둠과 밝음, 조화와 모순, 긍정과 부정의 끝없는 변증 속에 일관되게 저 너머를 보려는 형이상적 정열이야말로 김영석 시의 힘이다. 소월에서 미당까지를 살펴보며 한국시의 실패가 바로 '이런 힘의 결여'라고 판단하는 김우창의 견해는 탁견이라 아니할 수 없다. 그가 유일하게 '이별은 이별이면서 이별이 아니라'고 노래한 만해의 '형이상적 세계'를 상찬하고 있음도 김영석의 '형이상적 정열'과 관련해서 주목할 만하다.

김영석의 시집 하나 하나에는 어디에도 수많은 가편들이 빛을 뿜어대고 있다. 그리고 일관된 '형이상의 정신'이 그의 작품 전체를 관통하고 있다. 지금까지 그가 반생에 걸쳐 깎은 모든 시편들이 '하나의 장시長詩'와 같다고 해도 과언이 아니다. 이런 돌올突兀한 정신세계는 무문관 너머의 형이상까지 응시한다. 이런 까닭에서라도 그의 작품들은 새롭고도 적극적인 해석이 수행되어야 하고 그에 상응하는 문학사적 위치에 자리 매김 되어야 할 것이다.

(시문학, 2012.4.5)

길에서 바람으로의 여정

−김영석론

신 덕 룡

길은
다시 길을 찾게 한다

−「길은 다시 길을 찾게 한다」 부분

1. 들어가며

길은 삶이다. 바꿔 말하면 삶은 곧 길이다. 길은 사람과 사물을 만나면서 삶을 이어가는 통로이며 궤적이다. 시간의 흐름에 따라 우리의 삶이 과거와 현재와 미래로 이어지듯, 길은 우리의 앞과 뒤에 펼쳐져 있다. 현재란 길을 걷고 있거나 쉬는 순간이다. 매 순간 순간 우리는 길 위에 있는 셈이다. 이러한 길의 속성은 이어짐이다. 사람과 사람을 잇고, 사람과 자연을 잇고, 마을과 마을을 잇고 마음과 마음을 잇는다. 잇는다는 것은 관계를 맺는다는 것이니 길이 소통의 의미를 지닌다는 것은 당연하다.

그런데 왜 길은 "다시 길을 찾게" 하는가? 문제는 지금이다. 길 위를 걷고 있거나 쉬고 있는 순간, 내가 원했던 길 위에 있느냐는 의문 때문이다. 삶에 대한 회의와 반성은 또 다른 길에의 욕망을 드러낸다. 욕망이 강할수록 현재와의 불화는 심해지고 이와 비례해서 길찾기의 열망은 타오른다.

시의 여정도 마찬가지다. 시인은 한시도 길 위에 서 있을 수 없는 운명을 지녔다. 그는 잘 정리된 길, 오랫동안 밟고 지나다녔던 길을 벗어나 자신의 길을 만들며 살아간다. 습관화된 불화와 일탈이 존재 이유이고, 이를 바탕으로 자신만의 독특한 궤적을 만들어가기 때문이다. 그런데 유독 오랫동안 길 위에서 머뭇거렸던 한 시인을 만나게 된다. 1970년 동아일보 신춘문예에 「방화」가 당선되었고, 1992년에 첫 시집 『썩지 않는 슬픔』을 상재한 김영석 시인이다. 더욱이 이 시집 이후, 두 번째 시집인 『나는 거기에 없었다』를 7년 만에 내놓았다. 오랫동안의 머뭇거림과 긴 보폭에는 여러 가지 정신의 이력이 숨겨져 있을 것이니, 그 흔적을 찾아가는 일이 쉽지 않음을 예고한다.

따라서 가장 궁금한 것은 머뭇거림 속에 드러난 내면 풍경이다. 여기에는 현재의 삶에 대한 고뇌와 곡절, 앞길에 대한 수많은 모색의 흔적이 뚜렷하게 남아 있을 터, 시의 출발과 전개의 단서를 발견하는 공간이 될 것이다. 또 하나는 첫 시집을 낸 이후 뚜렷하게 달라진 시적 경향과 세계관의 변화에 대한 호기심이다. 두 번째 시집부터 나타나기 시작한 정신주의 지향의 시편들은 불교를 비롯한 동양적 사유에 바탕을 두고 있는 바,1) 시적 형상의 변화를 통해 김영석 시인 특유의 시법을 찾아가는 일로 이어진다. 여기엔 그가 시인과 시론가로 활동하면서 과연 자신의 시론을 얼마나 구체적으로 시 속에 형상화시켜 왔느냐에 대한 호기심이 내포되었음은 물론이다.2)

---

1) 최동호, 「삶의 슬픔과 뿌리의 약」, 『썩지않는 슬픔』, 145쪽.
　김홍진, 「선적 상상력과 정신의 높이」, 『한남어문학』, 제30집, 2006, 141쪽.
2) 김영석 시인은 자신의 시론을 시에 적용하고 구체화했던 시인이다. 그가 제기했던, 거꾸로 보기의 시학이나(제2시집 『나는 거기에 없었다』), 사설시辭說詩(제5시집 『거울 속 모래나라』), 관상시觀象詩(제4시집 『외눈이 마을 그 짐승』)란 용어나 이에 관한 시론은 각각의 시집에서 자서自序 형식으로 때론 본격적인 시론의 형태로 나타났다. 이 글에서

2. 길찾기의 지난함

　주지하다시피 김영석 시의 첫 출발점은 「방화」다. 1970년 동아일보 신춘문예 당선작인 이 시는 두 가지 면에서 그의 시력을 추적하는 실마리를 제공한다. 첫째는 현실인식의 측면이다. 현실을 어떻게 인식했고 어떤 태도를 지녔느냐는 앞으로 시적 전개의 변화 과정을 탐색하는 기본적인 작업이라는 점에서다. 또 하나는 이미지의 측면이다. 이미지란 현실의 균열된 틈에서 시인의 무의식이 전개되는 하나의 양상인데, 이는 현실인식의 변화와 함께 구체화될 것이다. 그의 첫 작품을 보자.

> 얼음 속에서 나는 불을 지른다
> 기침 멎은 밤
> 우리들의 도탄塗炭의 중심으로
> 전신全身의 눈을 밀어 보내며
> 가장 단단한 아픔을 캐어낸다
> 신기한 머리털이 무섭게 자라버린
> 겨울의 어두운 옷자락은 마을을 닫고
> 자욱한 실의의 눈발들이
> 철근의 팔뚝을 번득이며
> 하얗게 자빠진 시대의 등뼈에
> 캄캄한 노래를 묻고
> 천 길 눈구렁에 빠진 이웃들의 목소리
> 없는 길을 헤매이는
> 동상의 발은 돌아오지 않는다
> 미끄러운 경험
> 그 긴 시간의 골목길을
> 열 개의 더듬이로 기어간다
> 이웃들의 잠 속에서도 대리석의 웃음이 피고

는 '사설시'에 대한 탐색은 제외했다. '사설시'의 특성과 성과를 논의하는 기회가 있다면 이를 독립해서 다루게 될 것이다.

질기고 질긴 밧줄이 석상石像을 묶는
숨막히는 우리들의 풍습을 넘어서
차갑게 빛나는 거대한 식기食器
몇 세기의 어둠을 캐어낸다
단순한 바람이 나뭇가지를 흔든다
안개처럼 지상을 내려 덮는 아편꽃
밀폐된 유리 안에서
사람들이 인조의 털옷을 두껍게 입고
견고한 의자에 앉아 근시안이 되고 있을 때
은빛 현弦이 끊어진 바다
눈물의 뿌리는 썩고
우리들은 어둠을 알았다.

― 「방화」 앞부분

이 시의 핵심적 이미지는 얼음과 불의 대조적 관계 속에 드러난, "불을 지른다"라는 행위라 할 수 있다. 얼음 속에서 불을 지른다는 행위는 많은 것을 생각하게 한다. 우선, 삶이 얼음 속이라는 현실인식의 이면에는 "천 길 눈구렁에 빠진 이웃들의 목소리"가 있다. 실의와 절망에 찬 현실이 놓여 있는 것이다. 나아가 그 현실은 "밀폐된 유리"이며, 여기서 "눈물의 뿌리는 썩고/ 우리들은 어둠"을 알았다. 어둠의 정체를 알았으니 썩어가는 눈물의 뿌리에 불을 질러 어둠을 밝히겠다는 것이다.

그에게 있어 현실은 어둠이고 얼음이다. 앞은 보이지 않고 삶은 비루해서 도저히 살 수 없다. 이렇듯 절망적 현실에 시로써 불을 밝히겠다는 것이니 예사롭지 않은 열정이다. 그러나 "하얗게 자빠진 시대의 등뼈"는 너무 단단하고, 어둠은 "몇 세기에 걸쳐" 쌓여 있다. 어둠은 쉽게 물러서지도 밝혀지지도 않을 것 같다. 그렇다고 주저앉을 수는 없다. 하루빨리 해야 할 일은 어둠을 헤쳐 나갈 길을 찾는 일이다. 시인 앞에 펼쳐진 길은 아직 걷지 않은 길이기에 무엇이 도사리고 있고, 또 어떤 위험이 기다리고 있을지 모른다. 그가 말했듯 어둠은 몇 세기에 걸쳐 쌓여진 것이기에 쉽게 무너지지 않는 견고한 벽이다. 또 하나는 시적 형상의 문제다. 얼음 속에서 지르겠다는 불의 성격이다. 그가 이 시의 뒷부분에서 '가장 아픈 상처에서 열렬한 불꽃이여'라고 하듯 불은 상처의 힘으로 타오르는 것이다. 따라서 우리의 관심은 얼음(시대적 삶)과 불(상처)의 대조적 관계가 어떤 과정을 거쳐 하나로 통일되느냐에 모아진다. 이 과정에서 펼쳐질 구체적 형상들이 그의 시적 방법론과 연결될 것이라는 의미에서다.

그가 벗어나야 할 길이 어떻게 구체화되는지 살펴보자.

① 햇빛 밝은 빛나는 세상
　어느 구석
　어느 허공에
　그림자도 드리우지 않고
　소리 없이 숨어 있는 덫

― 「덫」 앞부분

② 길은
　우리 모두의 낯짝들을 잃어버리게 하고
　에미 애비도 까맣게 잊어버리게 하고
　자꾸 꿈을 지우면서
　바보같이 길에 갇혀
　무작정 우리를 걷게 만든다

　전국의 어디에나 닿을 수 있는 길
　그러나 걸어도 걸어도 길은
　어느 마을로도 우리를 데려가지는 못한다
　미지의 곳으로
　우리를 나아가게 하는 것이 아니라
　한시라도 길을
　벗어나는 꿈을 깨뜨리기 위하여
　튼튼한 절망으로 더욱더 걷게 하기 위하여
　길은 항상 우리 앞에 열려 있으므로

― 「길」 앞부분

①의 시에서 보이는 핵심적 이미지는 '덫'이다. 덫은 밝고 환한 세상 곳곳에 숨어 있다. 보이지는 않으나 언제든 우리의 발목을 낚아 챌 수 있다. 평소에는 "소리 없는 미소처럼" 관대하지만, 누구도 그것이 관대하다고 생각하지 않는다. 그래서 사람들은 "몰래 몰래 꿈을" 꿀 수밖에 없다. 덫의 이런 성격은 근대의 권력장치인 파놉티콘과 쉽게 연결된다. 빛의 바깥에 몸을 감추고, 빛 안에서 일어나는 일거수일투족을 낱낱이 들여다보는 감시의 눈이다. 사람들에게 빛을 비춤으로써 스스로의 행동을 조심하게 하고, 순응하지 않을 때는 즉각 응징을 하는 권력의 속성이 아닐 수 없다. 그렇다면 "소리 없이 숨어 있는 덫"을 의식하는 시인이 도망칠 공간은 어디에도 존재하지 않는다.

②의 시편은 소통부재의 상황을 보여준다. 이는 현실에서의 관계양상을 말해주는 것으로 표면의 의미와 이면의 의미 사이의 아이러니를 발생시킨다. 이 시에서 보면 길은 "전국 어디에나 닿을 수" 있지만 "어느 마을로도 우리를 데려가지는" 못한다. 시적 주체가 이러한 아이러니적 상황에 있는 이유는 명확하다. 갖지 말아야 할, 길에서 벗어나려는 '꿈'을 지녔기 때문이다. 꿈이란 시인을 억압하는 현실(의식)에서 벗어나기 위한 유일한 출구다. 의식의 수면 밑에서 늘 의식의 표면으로 떠오르고자 하는 욕망이며 절망적 현실을 벗어나려는 소망이다. 그러나 현실의 벽은 너무 두껍고 견고하다. '마을'(이웃)과의 유대감은 찾을 수 없고, 떠돌이로 살 수 밖에 없다. 소통과 유대의 길이 아니라 "무작정 우리를 걷게 만드는" 불통과 절망의 길이다.

벗어날 수 없다면, 현실 자체를 인정할 수밖에 없다. 고통을 견디고, 그 고통을 극복함으로써 주체로서의 자아를 회복하는 길이다. 이럴 때, 현실에 대한 보다 냉정한 자세가 요구됨은 물론이다. 나아가 시인이 끝까지 자신의 정체성을 유지하고, 삶을 이끌어가는 동력인 꿈을 잊지 않는 것이다.

멍들거나
피흘리는 아픔은
이내 삭은 거름이 되어
단단한 삶의 옹이를 만들지만
슬픔은 결코 썩지 않는다
옛 고향집 뒤란
살구나무 밑에
썩지 않고 묻혀 있던
돌아가신 어머니의 흰 고무신처럼
그것은
어두운 마음 어느 구석에
초승달로 걸려
오래 오래 흐린 빛을 뿌린다

- 「썩지 않는 슬픔」 전문

세상 곳곳에 편재하는 덫과 길에 갇혀 있던 시인은 내면의 길을 모색한다. 현실의 벽이 너무도 견고해서 스스로 어찌할 수 없을 때, 시인은 자신의 내면에서 "썩지 않는 슬픔"을 발견하게 된다. 이 슬픔은 "멍들거나/ 피흘리는 아픔"이 아니다. 몸의 상처가 아니라 마음의 상처다. 벗어날 수 없는 길에서 맛본 절망과 좌절, 분노가 밖으로 표출될 수 없을 때, 안으로 스며들어 억압적 현실에 맞서고자 하는 욕망이다. 이 욕망은 삭거나 옹이를 만들지는 않지만, "오래 오래 흐린 빛"으로 존재의 미를 밝히는 빛이 된다. 마치 절벽을 열고 들어간 "그 중심 고요의 차돌"(「차돌」)처럼 삶 속에서 끓어오르는 에너지를 응결시킨 견인주의적 상상력의 투사물[3]이다.

이렇게 볼 때, "썩지 않는 슬픔"은 "열렬한 불꽃"(「방화」)의 변용인 셈이다. 당연한 결과로, 밖으로 표출되는 것은 격렬한 서정이 아니라 견인의 자세 속에 내적으로 순화된 모습을 띤다. 고통을 승화시켜 삶의 '주

---

3) 남진우, 「별과 감옥의 상상체계」, 『현대시』, 1993.12, 225쪽.

체'로서의 자아를 확장해가는 방법적 선택의 결과이다.

3. 모순에서 벗어나기

시인이 절망적인 고통의 길에서 벗어나 보다 자유로운 길로 접어드는 모습은 제3시집인 『모든 돌은 한 때 새였다』에서 구체화된다. 이 시집의 서문에서 밝히고 있듯, 대부분의 시편들은 전설 속의 암자와 그 암주 세설대사와의 다소 기이하고 비현실적인 만남으로부터 비롯된 것들이다. 시인과 불교의 만남이 이루어졌고, 이런 만남이 시의 변화로 이어지고 있음을 보게 된다. 이런 '갑작스러움'이나 '느닷없음'에 어떤 예비단계는 없었는가? 물론 아니다. 존재확장의 징후는 이미 앞서 그가 보여준 견인주의적 태도나 제2시집인 『나는 거기에 없었다』에서 밝힌 거꾸로 보기의 방법과 연결되어 있음을 발견하게 된다.

그는 이미 모순의 현실을 "가랑이 사이로"[4] 보기 시작했다고 고백한다. 가랑이 사이로 본다는 것은 사물이나 사실에 대한 인식방법의 문제다. 더 이상 "지상에 낮게 무릎 꺾인"(「봄」) 상태로 살 수 없고, 또 이런 상태로는 어떤 새로운 삶도 가능하지 않다는 현실인식의 결과다. 이러한 인식방법의 변화가 내면으로의 도피가 아님은 분명하다. 또 다른 세계관 즉 다른 코드를 통해 우리의 삶을 본다는 의미에서다. 전혀 낯선 세계로의 진입도 아니다. 초기시에서 "바람이 분다/ 무구한 물도 마르고/ 씨앗처럼/ 소금만 하얗게 남는다"(「단식」)고 하듯, 그의 내부에 자리한 극기의 자세로 볼 때, 불교와의 만남은 이미 예비된 것이었다. 주체로서의 '나'의 관점이 아닌 객체로서의 '나'의 관점을 자연스럽게 획득하게 된 것이다. 이럴 때, '나'는 우주의 한 존재가 되고, 우주와 교섭하는 새로운 눈을 얻는다. 이를 통해서 '어둠'과 '덫'으로 이루어진 세계의 감춰진

---

4) 『나는 거기에 없었다』, 5쪽.

이면을 보기 시작했다는 것이요, 그의 시가 새로운 길로 나아가고 있음을 의미한다.

> 모든 돌은 한 때 새였다.
>
> 하늘에서 오래는 머물지 못하고
> 새는 제 몸무게로 떨어져
> 돌 속에 깊이 잠든다
>
> 풀잎에 머물던 이슬이
> 이내 하늘로 돌아가듯
> 흰 구름이 이윽고 빗물 되어 돌아오듯
>
> 어두운 새의 형상
> 돌 속에는 지금
> 새가 물고 있던 한 올 지평선과 푸른 하늘이
> 흰 구름 곁을 스치던
> 은빛 바람의 날개가 잠들어 있다.
>
> ─「모든 돌은 한때 새였다」 전문

이 시는 모순의 변증법을 기초로 하고 있다. 앞서 '얼음'과 '불'의 관계가 견인의 자세 속에 새로운 관계로 변화했음을 우리는 알고 있다. 여기서는 이런 관계가 다른 차원에서 결합되고, 해결되는 것을 본다. 불교라는 종교적 차원이다. 이는 세계를 이해하는 방식의 변화이며 동시에 다원화하는 것이다. 사물이나 세계에 대한 해석이 이성을 중심으로 한 인간주의적인 방식에서 벗어나, 다른 차원의 인식방법을 통해 세계의 진면목에 다가서고 있음을 보게 된다. 그 대표적인 인식방법이 생성과 소멸을 하나의 고리로 보는 인연의 원리다.[5] "모든 돌은 한 때 새였다"라

---

5) 도법스님, 『화엄의 길, 생명의 길』, 선우도량, 1999, 110쪽.

고 하듯 "한 때"는 조건과 원인이 맞았던 한 순간이다. 모든 존재는 스스로 성품이 없으나無自性, 존재 자체가 인연에 의해 형성된 것이기에 인연이 바뀌면서 함께 변하는 것이다. 이런 흐름 속에서 부동의 사물인 '돌'과 역동적 생명체인 '새' 사이에 어떤 차이도 없다. 차이가 있다면 "한 때"의 겉모습에 불과하다. 겉모습이 지워지면 모순의 관계가 일순 사라진다. 따라서 돌 속에 "은빛 바람의 날개가 잠들어 있"음을 발견한 것은 자연스런 일이다.

이 시에서 보듯 '돌'은 부동의 존재, '새'는 동적인 흐름을 상징한다. 공간과 시간의 상징성을 함축하고 있는 두 개의 이미지는 존재의 생성과 변화라는 우주의 흐름 속에 하나로 이어진다. 모든 존재가 무한히 순환하는 우주의 섭리 속의 한 순간을 점유하기 때문이다. 이와 같은 시선의 바탕엔 '나'의 확장이 깔려 있다.6) '나'라는 생각, 내가 우주의 중심이라는 생각에서 벗어나 우주와 함께 호흡하고 교섭하는 존재가 될 때, 이런 모순의 관계가 일시에 해결되는 것이다. 따라서 나를 가두는 '감옥'(「창」) 같은 현실도 없고, 길에 갇혀 "무작정 걷는"(「길」) 나도 없는 셈이다.

시인은 대립되고 황폐한 세계가 아닌 자연 속에서 "나를 바라보거나"(「허공의 물고기」, 「꽃소식」), "듣거나"(「바람이 일러주는 말」, 「칡꽃 속 보랏빛 풍경소리」), "조용히 깨닫"(「버려둔 뜨락」, 「오래된 물이여 마음이여」)고, 이를 바탕으로 시상을 펼쳐나간다. 그의 선적 감각은 자연과 자아가 하나가 되어 얻는 정신적 체험의 높이를 보여준다.7) 경계해야 할 것은 이런 인식과 표현이 현실의 삶을 떠나 자칫, 관념 위에 감각의 옷을 입힌 형상에 머물 수도 있다는 점이다. 시가 구체적 형상을 통해 진실을 말하는 형식임을 누구보다도 잘 아는 시인은 여기에 머물지

---

6) 나의 확장이란 여러 개의 코드로 세계를 읽는 내면의 확대를 의미하지만, 시 속에서, '주체'인 나는 주관이나 정서가 최소화한 상태로 나타난다. 즉 인간중심의 관점에서 벗어나 우주의 한 존재로 자신을 확장시켰다는 의미를 지닌다.
7) 김홍진, 앞의 글, 147쪽.

않는다. 그는 다시 구체적 현실에 뿌리를 두고 그의 상상력을 확장시킨다. '나'의 주관이나 느낌을 배제한 채, 있는 그대로의 세계를 드러냄으로써 보이는 것 '너머'를 제시한다.

파장이 되자
쇠전거리의 휑한 공터에
말뚝들만 남았다
말뚝에 묻어 있는 쇠털이
남은 햇볕을 받고
가늘게 떨리며 반짝이고
말뚝 그림자가
소리없이 점점 길어진다
쇠전 모퉁이에 노점을 벌인
노파 하나가 아직도 주저앉아
말뚝만 남은 공터를
멍하니 바라보고 있다
가지나 호박 등 자잘한 고지말랭이들이
모닥모닥 쌓여 있고
먹다 만 고구마를 손에 든 채
어린 손자애는 잠들어 있다

한 아이가 세발자전거를 타고
쇠전거리 끝으로 사라지고 난 뒤에도
국밥집 유리창에서 되비친
동그란 노을 빛 속에
노파는 고지말랭이와 함께
그대로 남아 있었다.

― 「고지말랭이―기상도 4」 전문

파장 뒤의 풍경이다. 우리의 기억에서조차 흐릿해진 쓸쓸한 풍경이다. 한낮의 북적이던 모습과 소음은 사라지고 석양 빛 속에 "말뚝들만"

남았다. 말뚝에 묶여 있는 쇠털들이 "남은 햇볕을 받으며" 반짝이고 있다. 이런 적막 속에서, 사람의 발길이 끊어진 공터 한켠에 아직도 팔지 못한 "가지나 호박 등 자잘한 고지말랭이들"을 쌓아 놓고 노파가 앉아 있다. 멍하니 앉아 있는 노파나 소리 없이 그림자를 키워가는 말뚝이나 모두 공터의 일부로 존재한다.

그러나 제 일을 마친 말뚝과 달리, 노파는 "고지말랭이와 함께/ 그대로 남아 있었다"라고 하듯 아직도 할 일이 남았다. 석양 뒤에 어둠이 오고, 어둠은 풍경을 캄캄하게 뒤덮을 것이지만, 노파와 어린 손자는 그 자리에서 어둠을 뒤집어쓰고 앉아 있을 것만 같다. 이런 안타까움이 시인의 내면에 자리한 슬픔의 원형질이다. 그 슬픔은 "어두운 마음 어느 구석에/ 초승달로 걸려/ 오래 오래 흐린 빛을 뿌린다"(「썩지 않는 슬픔」)라고 하듯 오랜 여운으로 남는다. 눈여겨보아야 할 것은 노파를 바라보는 시인의 시선과 태도다. 노파가 화장 뒤에 남는 육신의 결정체인 사리처럼 화자의 시각적 기억 속에 존재한다[8]고 하듯, 그 풍경은 희노애락의 감정이 빠져나간 채 펼쳐져 있다. 마치 흑백 사진의 피사체처럼 보는 이의 감정과 각도에 따라 그 내용을 달리하는 풍경이다. 시인은 이런 풍경을 그려 놓고, 한발 물러나 있다. 물기 빠져나간 고지말랭이처럼 연민과 비애의 감정이 빠져나간, 삶의 이면을 읽어내는 것은 독자의 몫으로 남겨놓는다. 감정을 배제한 채, 한 장의 음화처럼 제시하는 그의 시적 방법이 드러난 것 이상의 울림을 가져오는 이유다.

4. 바람의 생명력

의미화, 개념화되기 이전의 존재나 상태를 드러내는 방식은 시인이 인간의 차원에서 존재의 차원으로 자신을 변화시켰음을 의미한다. 이럴

---

8) 조해옥, 「낯설고 생생한 사물의 기억을 보다」, 『서정시학』, 2007, 여름호, 160쪽.

때, 인간(주체)과 사물(대상) 사이의 위계질서가 사라진다. 사물이나 풍경의 충실한 재현 역시 대상에 대한 해석과 판단을 유보한 것이니 시인은 이 풍경에 참여하는 존재의 일원에 지나지 않는다. 따라서 이런 풍경 속에 울림이 있다면, 삶 자체가 우주의 순환 속에 이루어지는 자연스런 과정이라는 인식과 공감에서 비롯한다.

문제는 시적 감동이 음화처럼 제시되는 장면보다 구체적인 삶의 실상에서 체험으로 제시될 때 더 큰 울림으로 다가온다는 것이다. 이른바 관상시觀象詩에서 말하는 '눈으로 보는 것 너머, 의미 이전의 움직임'[9]을 삶과 연결시키고, 확장해가는 동력으로 제시된 바람의 이미지가 그것이다. 보이는 것과 보이지 않는 것, 의미와 의미 이전의 움직임을 매개하는 존재로서의 바람이다. 시인은 '바람'을 통해 존재들 사이의 관계를 보다 역동적으로 드러낸다.

소금이 어디서 왔는지
사람들은 모른다

바람은 잡초밭에서 일어나고
잡초는 바람 속에서 생기는 것
잡초와 바람이 한 몸으로 흔들리면서
밤낮으로 어둠을 낳고
이름 모를 수천 마리 짐승들이
그 어둠을 몰고 바다에 투신하여
흰 소금이 되면
소금이 제 살 속에
방울방울 진주처럼 키운 빛들은
하늘로 올라가 별이 되는 것

별들이 왜 아슬히 먼지
눈물은 왜 짠지

---

9) 『외눈이 마을 그 짐승』, 문학동네, 2007, 172쪽.

사람들은 모른다

　　　　　　　　　　　　 –「잡초와 소금」 전문

　　여기에는 바람의 생성과 작용이 잘 나타나 있음을 보게 된다. 바람이
생겨나는 곳은 잡초밭이다. 바람이 잡초와 "한 몸으로 흔들리면서" 변화
가 일어난다. 교감으로 인해 밤낮으로 "어둠"을 낳고, 수천마리의 짐승
들이 어둠과 하나가 되어 '바다'에 투신하고, "소금"을 만들고, 소금 속에
서 키운 빛들이 "별"이 된다. 바람과 어둠과 짐승과 소금과 별이 하나의
움직임 속에서 차례차례 존재를 드러내고 또 변화한다. 생성과 변화는
곧 그가 말하듯 우주의 변화원리를 일여적一如的으로 파악하는 것이
다.10) 이럴 때, 바람은 기氣에 해당한다. 기란 사물의 잠재적인 에너지이
면서, 물자체物自體의 속성을 지닌다. 바람은 차고, 시원하고, 부드럽고,
사나운 감각으로 우리의 피부에 와 닿지만 감각적 인식일 뿐이다. 본질
은 아니다. 본질이란 직관에 의해 알게 되는, 형태가 고착되거나 개념화
되지 않은 상태이다. 그렇기에 시인은 바람을 다른 존재들과 교섭하면
서 무수한 존재를 생성하게 하는 구체적 형상으로 드러낸다.
　　바람은 지상(잡초밭)과 수중(바다)과 하늘(별)로 자유자재하게 움직이
는 존재다. 자유로운 어울림의 관계 속에 있다. "풀잎이나 나뭇잎"과 어
울려 "새소리"(「산과 새」)를 내고, 바람이 있어야 "갈대"(「달아 달아」)도
있다. 이런 관계 속에 흐르고 있는 서정은 안타까움이다. 상생의 관계를
드러내지만 벗어날 수 없는 현실이 엄연히 존재하기 때문이다. 따라서
원초적 고향이라 할 수 있는 전일성의 세계에 대한 그리움은 안타까움
의 다른 표현, 같은 내용이다. 시인이 "사람들은 모른다"라고 하듯, 동경
과 갈망을 구체적 형상으로 재현하고 있지만 그 세계에 다가가지는 못
한다. '바라봄'의 위치에 있을 뿐이다. 시인의 솔직한 고백은 반복적으로
제시된다.

---

10) 김영석, 『도의 시학』, 민음사, 1999, 23쪽.

① 사람들은 속살까지 벌겋게 드러난
　제 가슴을 안타깝게 쥐어뜯으며
　마을 뒤 첩첩 산들만 속절없이 바라볼 뿐
　정작 제 속은 아직 볼 줄 모른다

　　　　　　　　　　　　　－「푸른 멧돼지 떼가 해일처럼」 부분

② 어둠 속 지렁이는 모양이 없어
　우리는 결코 알 수가 없다
　꽃잎 지는 것을 바라보고
　바람 부는 소리를 들을 뿐이다

　　　　　　　　　　　　　　　　　　－「지렁이」 부분

　①과 ②의 시에 나타나듯 바탕에 깔린 서정 역시 안타까움이다. "사람들", "우리"로 알 수 있듯, 시인을 포함한 모두의 것이다. 이유는 의외로 간단하다. 대결과 억압이 존재하는 세계 속에서는 결코 볼 수 없는 것이기 때문이다. 더욱이 우리는 이런 세계에 길들여져 있기에 차이와 구별이 없는, 모든 생명이 자연스럽게 생성하고 변화하는 세계를 알 수가 없게 되었다. 다만, 삶의 순간순간 이런 세계로의 동경을 드러낼 뿐이다. "바람 부는 소리"를 따라 나설 수밖에 없다.
　바람은 현실의 시간과 공간 속에서의 생성과 변화에서 나아가 어울림의 형태로 나타난다. 어울림이란 너와 나의 차이와 구별이 없는 존재양상을 말한다. 가시적인 존재의 내면으로 들어가 서로를 변화시키고, 그 변화 속에서 자연스럽게 교섭하는 상생의 세계다. 그리고 이런 세계를 시인은 구체적인 삶 속에서 찾아낸다. 바람을 통해서 각각의 존재들이 서로 연결되고, 함께 의미를 만들며 삶의 체험과 교섭하는 것이다.

　　뽕나무 밭에 잘 썩은 거름을 낸다
　　서로 다른 제 얼굴들을 버리고
　　한 철 빛나던 제 옷들을 버리고

함께 썩어서 한 몸이 된 것
모든 빛깔을 머금고 검게 깊어져
고요한 모습으로 돌아온 거름을
이제 흙으로 다시 돌려보낸다
여기저기 무더기로 피어 있는
매화꽃이 봄볕에 눈이 부신데
마약 같은 거름 향내는 아득히 퍼져
푸른 바닷물을 풀어 놓고
높고 낮은 산들을 호명하여 세운다
한줄기 바람이 일자
온갖 푸나무 빛으로 털갈이를 한
노루 멧돼지 산짐승들이
뽕나무 줄기 줄기로 내달리고
소를 몰고 쟁기질하던 늙은이는
워낭 소리 따라 뿌리 속으로 사라진다
어느덧 매화나무 가지마다
물고기들이 은비늘 반짝이며 열려 있다
뽕나무에 잘 익은 거름을 주고 있으면
아득히 먼 옛날 바다도 보이고
물고기들이 은빛 날개 새가 되어
흰 구름 푸른 하늘 나는 것도 보인다

— 「거름을 내며」 전문

  이 시에서 보듯, 바람은 모든 생명들을 일깨우고 각각의 존재들을 하
나로 모으는 매개체이다. 바람은 오랫동안 삭아 "모든 빛깔을 머금고 검
게 깊어"진 거름의 향내를 멀리 퍼지게 한다. 이 거름의 향내를 따라 "산
짐승들"과 "늙은이", "물고기들"과 "새"가 하나의 풍경 속에 모여들고
또 퍼져 나간다. 땅위와 땅속, 바다와 하늘이 하나의 풍경 안에 펼쳐지는
데, 이는 바람이 각각의 존재들에게 생명을 불어넣는 에너지임을 의미
한다. 우주 만물을 생동하게 하는 힘이다. 이렇듯 매개적 존재로서의 바
람은 "잡초밭에서 일어나"(「소금과 잡초」) 어둠과 소금과 별을 하나의

관계로 묶는다. 한발 더 나아가 "갈나무 마른 잎 소리를 내며/ 잡초를 흔들어 까마귀를"(「까마귀」) 불러내듯, 바람은 생성의 원인으로 작용한다. 이를 통해 모든 존재는 서로가 서로에게 계기적 관계를 이루며 하나의 우주를 형성해 간다. 이런 점에서 바람은 우주의 존재를 역동적으로 감각하는 가장 구체적인 존재가 된다.

눈에 띄는 것은 바람이 각각의 존재들을 한 데로 모으는 방식이다. 이른바 "호명呼名"이다. 이름을 부른다는 것은 곧 존재의미를 밝히는 것이며 동시에 관계를 맺는 것이다. 이 관계를 바탕으로 우주의 모습을 형성하고 완성하는 것이다. 위의 시에서 살펴보면, 바람이 일기 전에는 산짐승이 "푸나무 빛으로 털갈이를 한" 채 있고, 늙은이는 쟁기질 하고 있을 뿐이었다. 바람이 이들의 존재에 가 닿자 자신을 드러낸다. 바람이 우주를 형성하게 하는 것이다. 우주란 자아와 세계가 조화롭게 통합되어 완전한 전체를 이루는 시공이다. 그러나 이런 시공 역시 발 딛고 선 현실의 틈을 비집고, 현재화한 소망의 세계다. 시인은 "거름을 주"면서, '바다'와 '물고기'와 '새'를 바라볼 뿐이다. 존재조건에 대한 확실한 인식이며, 시와 삶의 진정성이 드러나는 부분이 아닐 수 없다. 잊고 살았던, 원초적 고향에 대한 열망이 그의 시를 상생의 세계로 밀고 가는 힘이기 때문이다.

4. 나가며

김영석의 시에 작용하면서 시를 만들어가는 원리는 역설이다. "길은/ 다시 길을 찾게 한다"는 명제에는 이미 그가 없는 길을 찾고 있음을 보여준다. 마찬가지로 '얼음' 속에 '불'을 지르겠다는 열정 또한 모순이며 역설이다. 여기서 뚜렷하게 드러나는 것은 이런 역설이 현실의 삶 속에서 해결되지 않는다는 점이다. 따라서 그의 초기시에서 보이는 대결과 맞섬의 자세는 모순의 크기와 깊이를 절실하게 인식하는 것에 그치고 만다. 현실과 맞서는 '나'와 나를 억압하는 '현실' 사이의 간극을 메울 방법은 없다. 그래서 절망적이다. 다만 상상력을 통해 그 간극을 메우려는 시도가 있을 뿐이다. 그럼에도 불구하고 현실의 삶 전체가 '덫'에 걸려 있다는 슬픔에서 벗어나지 못하고 있다.

대결의 자세에서 견인의 자세로, 세계와 맞서는 '나'가 아닌 세계와 교섭하는 '나'로 바뀌면서 그의 시는 변화한다. 이때의 '나'는 우주의 일원으로 세계를 바라보고, 거기에 참여하려는 욕망을 드러낸다. 이를 통해 시인의 내면은 확대되고 시적 자아(주체)는 축소된다. 이원론적 세계관에서 벗어나 일여적 세계 속에 존재하게 됨으로써 시 속에 드러나는 자아는 한없이 작아진다. 세계의 실상을 우리 앞에 펼쳐 놓는 존재가 된다. 중요한 것은 그가 드러내는 대상이나 풍경 속에 이미 그의 시선이 깊숙이 침투해 있다는 사실이다.

따라서 그의 시에서 핵심적 이미지인 길의 성격 또한 바뀔 수밖에 없다. 길을 벗어나야만 새로운 길을 찾을 수 있다. 길에 갇혀있는 한 길은 보이지 않기 때문이다. 초기시에서 보이는 길은 막혀있거나 덫이 깔려있는 길이다. 여기서 벗어나기 위해서는 억압과 대결이 아닌, 그 모든 것을 포용하는 정신의 지도를 그려가야 한다. 이를 위해 대결과 맞섬이 아닌 견인의 자세를, 내적 성찰을 통한 세계관의 전이를 시도하는 것이다. 불교와 동양정신과의 만남이 그것이고, 만남이 구체화되는 길의 중심에 '바람'이 있다. 바람은 그가 보고 듣고 체험한 우주의 움직임을 표상하는 이미지로 우리 앞에 제시된다. 이런 움직임에 걸림이 있을 수 없다. 걸림이 없어 자유롭고, 자유롭기에 모든 존재가 차이나 구별 없이 평등하게 우주를 형성하고 또 함께 어울리는 세계를 만들어간다.

이런 점에서, 그가 추구해 온 전일성의 세계는 '바람이 없으면 갈대가 없고, 갈대가 없으면 달도 없는'(「달아 달아」) 관계 속에 자연스럽게 어울리고, 생멸을 함께하는 세계이다. 이 세계 속에 갈등과 대립, 억압과 고통이 있을 리 없다. 모든 존재는 서로가 서로에게 의지해서 존재하고, 존재함으로써 상생하는 세계다. 중요한 것은 그가 현실과의 맞섬, 견인의 고통, 현실을 극복하려는 욕망, 그 욕망을 통해 드러내는 그리움의 세계가 끝없이 이어지는 존재의 확장이라는 길 위에 펼쳐진다는 사실이다.

도道 · 역易 · 시詩

—김영석의 시세계

김 유 중

언어의 한계와 신비

책장을 덮고 나니 이제야 비로소 알 것 같다. 어렴풋이나마 짐작되는 바가 있어서다. 시작詩作 과정을 통해 그가 겨냥한 바 궁극적인 목표는 결국 우리 주위에 미만해있는 모든 존재들, 우주와 자연, 생명 등을 편견 없이, 순수하게 마주할 수 있어야 한다는 것이 아니었을까?

그런데 그걸 그렇게 이해하고 나자 또 다른 의문들이 고개를 든다. 과연 그게 가능할까? 어차피 인간은 살아가면서 이데올로기와 사유의 틀 속에 갇혀 지낼 수밖에 없는 동물이 아니던가? 인간이 사회적 동물인 이상, 그리고 사회적 소통의 도구로서 언어를 필요로 하는 이상, 어쩌면 그건 처음부터 거의 불가능한 시도이지 않을까? 인간은 어쩔 수 없이 언어가 제공하는 굳어진 상을 통해 세계를 내다볼 수밖에 없을 것이므로. 언어란 싫든 좋든 인간의 사유를 담는 그릇이므로. 고로 세계는 결코 그 자체로 우리 인간에게 투명하게 다가오지 못할 것이므로. 인간에게는 어디까지나 언어에 의해 분절되고 고착된 세계만이 허용될 따름이다.

그렇다. 김영석의 시는 바로 이런 언어의 한계에 대한 자각이자 동시에 그것에 대한 도전이다. 이 모든 것을 알면서도 그는 언어를 향한 야심 찬 도전의 계획을 포기하려 하지 않는다. 그러므로 이 도전은 한 마디로 불가능에 대한 도전이라고 할 수 있다. 언어를 통해서, 언어를 딛고 일어 서서, 마침내는 언어 자체의 한계를 뛰어넘는 것. 그럼으로써 언어에 의해 덧칠된 기존의 사유 구조의 틀 바깥으로 나아가 근원적 존재에게로 다가서는 것. 그것이 바로 그가 바라는 시의 목표이자 이상이다.

그리고 그러한 이상을 향한 끝없는 열망이야말로 그의 시를 도道의 세 계로 이끈 진정한 동력이라고 할 수 있다.

도에 다가서는 길 1 : '벗어나기'

도라고 했으니 말이지만, 이 말처럼 오해하기 쉬운 단어도 드물다. 보 통의 경우 사람들은 도를 하나의 완성된 의미체로, 그리하여 그것을 마 치 절대 진리의 경지인 것처럼 이해하는 버릇이 있다. 미리부터 말하지 만 그런 의미에서의 도란 애초부터 성립하지 않는다. 어떤 경우에도 변 함이 없는 절대 진리란 적어도 동양적인 도의 이념과는 거리가 멀다. 시 인이 해석하는 도의 의미 역시 이런 것과는 명백히 구분된다. 다시 말해 서 그는 도의 의미를 결코 객관적인 완료형으로 파악하지 않는다.

그러나 도라는 말 자체가 지닌 무게감과 신비로움 때문인지, 사람들 은 곧잘 이것을 고정불변의 절대적인 개념으로 받아들이곤 한다. 그리 하여 그 중심에 해당하는 것이 무엇인지를 놓고 갑론을박을 펼치기도 한다. 이와 같은 논쟁은 때로 피비린내 나는 대규모 분란으로 이어지기 도 하는데, 소위 사단칠정론이라든가 조선 선비사회를 피로 물들였던 역대 사화들을 그 적절한 예로 지목할 수 있을 것이다. 이런 종류의 논쟁 과 분란의 이면에는 항상 언어의 문제, 즉 언어가 지닌 의미론적인 개념 이해에 대한 첨예한 대립이 가로놓여 있다. 실체(본질)는 뒷전으로 물러나고 허깨비(허상)만을 붙들고 죽자 사자 피터지게 싸우는 꼴이다. 한 구절, 한 구절의 의미에만 매달리다 보면 전체의 줄기는 무시되고 어느덧 지엽적인 것들에만 치중하게 된다. 역사적으로도 우리는 이러한 사례들을 무수히 지켜보아왔다. 그럼에도 불구하고 다음 순간 또 똑같은 실수를 저지르곤 한다.

> 경은 말한다. 지혜는 잡독이요 형체는 질곡이다. 깊고 고요한 도는 이 때문에 아득히 멀어지고 환란은 이 때문에 일어난다. 經曰 智爲雜毒 形爲 桎梏 淵黙以之而遼 患亂以之而起
>
> —「외눈이 마을」, 『외눈이 마을 그 짐승』에서

사설시 「외눈이 마을」을 통해 시인이 강조하고자 한 바도 바로 이와 관계된다. 영원불변하는 진리의 말씀이 마치 경전 속에 있는 것처럼 착각하고, 그 속에 새겨진 뜻 모를 글자들을 맹목적으로 파고 또 판다. 그것의 진위나 허실도 제대로 따져보지도 않은 채 무작정 글자들만 들고 파는 많은 이들의 어리석음과, 그 가운데 벌어지는 사람들 사이의 반목과 질시, 그리고 파괴와 살육의 피비린내 나는 역사를 이 텍스트는 비교적 담담한 필치로 그리고 있다. 진리의 말씀들은 간 데 없고, 오직 자신만이 유일무이한 진리요 지혜라는 오만불손한 주의 주장만이 판을 친다. 인간의 비극은 바로 이런 구도 속에서 잉태된다는 것이 이 텍스트의 내용이다.

지금 이 순간, 어쩌면 우리에게 필요한 것은 진리의 흔적을 찾으려는 맹목적인 노력이 아니라, 진리에 대한 기존의 시각과 편견에서 하루빨리 깨어나 미망에서 벗어나는 것인지도 모른다. 고정 불변하는 것으로서의 진리란 애시 당초 없다. 있다면 그것이 있다고 착각하고 대책 없이 찾아 헤매는 무지몽매한 인간들이 있을 뿐이다.

이 땅 끝에서
눈과 바람을 만드는 변산은
사시사철 때 없이 눈이 내린다
며칠이고 밤낮으로 내리는 눈은
드디어 온 세상 소리를 죽이고
지상의 온갖 것을 다 지워버리고
모든 길을 지워버려
천지는 한 장 백지가 된다
고요한 흰 백지 속에서
내소사를 찾아 헤매는 나그네여
내소사는 어디 있는가
너의 기억 속에 상기 남아있는
빈 껍질 같은 이름이나 뒤적이며
하릴없이 길을 찾는 나그네여
저 하얀 허공에
내소사도 내소사 가는 길도
그 길을 가는 사람도 없음을
꿈에도 모르는 나그네여
내소사는 어디 있는가.

                 － 「내소사는 어디 있는가」 전문, 『바람의 애벌레』

    위 텍스트에서 시인은 거듭해서 "내소사는 어디 있는가"를 묻고 있다. 모든 것이 눈 속에 파묻혀 지워져버린 지금, 그리로 가는 길을 찾아내기란 쉽지 않을 터이다. 그러나 이 텍스트에서 시인이 진정으로 의도하는 바는 비단 거기서 머물지 않는다. 어쩌면 그 길은 처음부터 정해져 있지 않은지도 모른다. 다만 인간이 있다고 믿고, 그러한 허무맹랑한 믿음에 의지하여 이제껏 없는 길을 찾아 헤매왔던 것인지도 모른다.

    천지가 길이거늘, 그리로 가는 유일한 길이 있다고 믿는다. 그리고는 있지도 않은 길의 흔적을 찾아 헤매는 수고로움을 멈추지 않는다. 도의 세계, 진리의 세계에 대한 인간의 편견이 이러하지 않을까? 없는 것을 마치 실재하는 것처럼 착각하고 그것을 찾다 인생을 허비하는 이들이 얼마나 많은가? 그러한 편견을 깨는 것, 그리고 그로부터 벗어나는 것, 이것이 진정한 도를 향한 첫걸음일 것이다.

그러자면 우선 있는 현실을 현실 그대로 보는 연습이 필요하다. 이 말은 결국 언어의 고정된 의미로부터 자유로워지는 것을 의미한다. 언어 속에 고정된 의미란 이미 그 자체가 편견이요 구속이다. 본질과는 동떨어진 인위적인 조작인 셈이다. 경전 속에 새겨진 자구의 의미를 글자 그대로 해석하는 길만이 진리에 다가서는 유일한 길인 양 떠받드는 일처럼 어리석은 일은 없다. 도란 경전 속에서만 찾을 것이 아니요, 고정불변의 것은 더더욱 아니기 때문이다.

> 부처님이 지쳐버린 팔만대장경
> 그 경전 밖에서
> 봄 여름 가을 겨울
> 꽃은 피고 지고
> 새는 날고
> 송이송이 눈이 내린다.
>
> ─「경전 밖 눈은 내리고」 부분,『외눈이 마을 그 짐승』

인간의 지식은 불완전하기 마련이다. 수많은 말들을 동원하여 제 아무리 열심히 분석하고 설명을 늘어놓아도 우주 만물의 광대한 도나 진리의 세계를 다 담아내기에는 한계가 있다. 이 경우 지식의 한계는 곧 언어의 한계인 셈이다. 팔만대장경으로도 다 담아내지 못하는 도와 진리의 세계에 과연 어떻게 가 닿을 것인가? 그걸 위해서는 "경전 밖"으로 나아가 직접 천지 자연과 마주할 수 있어야 한다는 것이 시인의 생각이다.

만물은 끊임없이 유전流轉하며 변화한다. 그걸 인정한다면 도 또한 고정된 한 가지 모습으로만 드러나야 할 이유는 없다. 그러므로 여기서 중요한 것은 우선 기존의 편견으로부터 과감하게 탈피하는 일이다. 언어의 불완전성을 인정하고, 부분적이고 불완전할 수밖에 없는 사고의 한계를 솔직하게 인정하는 일이다. 불완전한 의미의 성채 위에 구축된 인간 지식의 결함 또한 인정하고 이와 관련된 편견을 깨뜨리는 일이다. 그리고는 가장 원초적인 모습으로 돌아가 보다 순수하게, 우주에 미만해 있는 도의 기운을 마음과 몸으로 느껴볼 일이다.

도로 향하는 진정한 길은 오직 이러한 과정을 통해서만 열릴 것이므로.

도에 다가서는 길 2 : '내맡기기'

인간은 사물을 질서화하려 하고 자연과 우주를 질서화하려 하며 나아가 스스로를 질서화하려 한다. 그리고 그런 질서화 속에서 위안과 만족감을 느낀다. 여기서의 질서화란 말할 것도 없이 인간 사고 작용의 결과물이다. 이처럼 인간에게 사고란 필수적이며, 그러므로 사고하지 않는 인간이란 생각조차도 할 수 없다.

문제는 이와 같은 사고의 중요성이 강조되면서 점차 사고만능주의로까지 확대되는 경우이다. 합리적인 사고가 중요한 것은 사실이지만, 인간과 자연을 포함한 우주 만물을 사고를 통해 모조리 파악하고 제어할 수 있다는 신념이야말로 위험하기 짝이 없는 발상이다. 인간도, 사회도, 자연도, 우주도 반드시 합리적이고 명료한 사고에 의해서만 설명되지는 않는다. 그럼에도 불구하고 인간은 곧잘 그런 기본적인 사실을 망각한 채, 과학적 합리주의에 입각한 검증 가능성과 인과 관계의 필연성 등을 내세우며 맹목에 가까울 정도의 사고에 대한 집착을 보이고 있다.

우주 만물의 생성과 변화에는 물론 그 나름의 질서가 있기 마련이다. 그러나 이때의 질서는 어디까지나 본연의 원리에 순응하고 따르는 것으로서, 인위적인 질서화의 욕망과는 구분될 필요가 있다. 질서화를 향한 욕망에는 인간이 스스로의 능력으로 주변의 모든 것들을 정복하고 지배

할 수 있다는 오만함이 깔려 있다.

시인은 오늘날 우리 인간을 지배하는 사고만능주의가 드디어 심각한 지경에 이르렀음을 간파하고 그에 대한 대비를 서두를 것을 제안한다.

> 그런데 오늘날은 사고의 힘이 일방적으로 지배하는 상황이 되었다. 그 결과 의미의 지적 조작에 의해 무수한 이데올로기가 생산되어 세상은 갈등과 투쟁이 그치지 않게 되고 과실재(hyperreality)와 과공간(hyperspace)이라는 유희적 세계가 난무하게 되었다. 심지어는 이른바 순수 모조(pure-simulation)까지 등장하는 바람에 도대체 무엇이 현실이고 초현실인지, 무엇이 참이고 거짓인지 신조차 알 수 없는 지경이 되어버렸다.
> ― 「관상시에 대하여」, 『외눈이 마을 그 짐승』에서

모든 것을 질서화하고 통제하겠다는 오만한 생각은 대규모의 혼란으로 연결될 것이며, 이와 같은 사고만능주의는 궁극에 가서는 존재론적인 위기 국면을 초래하게 될 것이라는 것이 그의 판단이다. 한편에서는 본질과는 무관한 이데올로기들의 갈등과 반목, 투쟁이 이어지면서 정신세계를 황폐하게 만들고, 다른 한편에서는 진실과 거짓이 한 데 뒤섞여서 물리적으로도 어느 한쪽으로부터 다른 쪽을 따로 떼어 구분할 수 없는 지경에 이르고 만다. 그러므로 이러한 위기로부터 벗어나자면 사고의 한계를 냉철히 자각, 반성하고 그것 너머에 존재하는 세계에 대해 인정할 필요가 있다. 모호하지만, 그래서 명료하게 논리적으로 성찰하고 질서화할 수는 없지만, 기존의 사고로는 미처 다 파악하지 못한 자기 나름의 질서에 의해 운행되고 유지되는 세계도 분명 있을 수 있기 때문이다.

시란 그런 세계를 되돌아보게 해주는 통로여야 한다고 시인은 생각한다. 그러자면 동양적인 시 정신을 바탕으로 도의 이념에 접근할 필요가 있다고 주장한다.

> 바람도 죽는다.

죽어서는 오래 삭지 않는 뼈를 남긴다.
단청이 다 날아간 내소사 대웅전
앙상히 결만 남은 목재를 보라
바람의 뼈가 허공 속에
거대한 적멸의 집 짓고 서 있다.

—「바람의 뼈」 전문, 『나는 거기에 없었다』

'바람의 뼈'라니! 바람도 죽어서 뼈를 남긴다는 생각은 기존 사고의 경계를 멀찌감치 비껴간다. 그는 보다 넓은 시선으로 자신에게 전해오는 순수한 느낌을 새로운 언어로 표현해보고자 한다. 이 과정에서 그는 무와 유, 사멸과 생성의 구분이 무화되고 시공간에 대한 재래의 인식이 전도됨을 느낀다. 이들은 모두 절대적인 단절에 그치는 것이 아니라 하나의 흐름이자 연속이다. 그런 의미에서 또한 이들은 서로서로를 비추는 거울이며, 동전의 양면과도 같은 것이다.

이러한 사실을 적절하게 표현하고 전달하기 위해서는 언어에 대한 새로운 이해가 필요하다. 언어에 있어 의미와 무의미의 관계에 대한 새로운 관계 설정이 필요한 것이다. 도란 어떤 경우에도 언어로 다 담아낼 수 없다는 말은 의미의 차원에서 본다면 타당하다. 언어의 의미는 그것만으로는 부족하며 불완전하기 때문이다. 그러나 언어가 지닌 의미 가운데에는 언제든 무의미의 틈새가 있기 마련이다. 그런 무의미의 틈새를 적절히 포착하고 활용한다면 언어의 의미만으로는 도달 불가능한 도의 원리를 표현, 전달할 수 있을 것이다. "바람의 뼈가 허공 속에 / 거대한 적멸의 집 짓"는 것과 마찬가지 이치이다.

시는 그런 무의미의 틈새를 최대한 활용할 수 있게 하는 양식이다. 의미만으로 다 할 수 없는 이야기들은 이러한 무의미의 도움을 받을 때 완성된다.

사람인 내가 신을 생각하면

아주 크고 온전한 하나의 고요
그것 말고는 아무것도 생각할 수 없습니다
사람의 말이란 하면 할수록
자디잘게 깨어지는 거울 조각 같아서
무엇 하나 온전히 비출 수 없어
매양 서로 부딪치며 시끄럽기 때문입니다
그러나 또한 사람의 말은
어느 결 덧없이 녹고 마는 눈송이 같아
고요의 거울은 늘 씻은 듯 온전합니다
신이 어찌 말하겠습니까
고요가 더는 어찌할 수 없는 지경에서
싹으로 트고 꽃봉오리로 벙글고
더러는 바람으로 갈꽃을 그려 내지만
봄 여름 가을 겨울
천지가 어찌 말하겠습니까
바로 지금 조용히 바라보세요
고요의 거울 속
꽃가지 그림자에
작은 벌레 한 마리 기어갑니다

　　　　　－「고요의 거울」 전문, 『모든 돌은 한때 새였다』

　일반적으로 시에서는 암시와 생략, 단절과 비약이 허용된다. 그런데 이들은 시에서 단순한 부재가 아니며 그 자체로 이미 존재이다. 이러한 것들의 효과까지도 면밀하게 감지하고 활용할 줄 아는 자만이 기존의 언어, 기존의 의미만으로는 표현, 혹은 전달 불가능한 광대한 도의 이념을 그 속에 담아낼 수 있다. 인용된 위의 텍스트에서 시인은 "어찌 말하겠습니까"라고 반복적으로 되뇐다. 물론 신도, 그리고 천지도, 우리에게 직접 말을 걸어 도의 세계를 전달해주지는 않는다. 설령 말을 한다 하더라도, 그것을 "무엇 하나 온전히 비출 수 없"는 부분적이고 불완전한 상태에 머물 뿐인 "사람의 말"로는 다 담아내기에 한계가 있다.

그러므로 말을 할 수 없는 것에 대해서는 마땅히 침묵할 줄도 알아야
한다. 이 침묵이 곧 "고요"다. 그러나 고요 속에서도 끊임없이 모든 것들
이 제 나름의 운행 원리에 따라 움직이고 변하는 것을 보면 그것들을 움
직이는 질서가 분명 있다는 것을 깨닫게 된다. 이 움직임의 질서가 바로
역易의 질서이며 원리이다. 신이라든가 천지의 도는 바로 이런 모습으로
우리에게 다가오는 것이 아닐까. 이처럼 도란 항상 움직이는 것이며, 변
화된 모습으로 드러나는 것이다. "꽃가지 그림자에 / 작은 벌레 한 마리
기어가"는 것에서도 신이 존재함을, 천지에 도가 충만해 있음을 느낄 수
있는 사람, 그가 바로 시인이다.

> 천지는 무심히
> 철따라 꽃 피우고 눈 내리고
> 쉼 없이 일을 하지만
> 사람은 제 한 마음 바장이어
> 눈서리에 잎 지는 걸 바라보며
> 근심할 뿐 아무 일도 못하네
> 천지는 마음이 텅 비어
> 없는 듯이 있고
> 사람은 마음이 가득 차
> 있는 듯이 없네.
>
> —「마음—고조 음영古調 吟詠」 전문, 『바람의 애벌레』

재차 강조하건대 도란 애써 찾는다고 해서 찾아지는 것이 아니요, 억
지로 얻으려고 해서 얻어지는 것도 아니다. 천지의 원리에 순응하고 그
운행 질서에 스스로를 맞춰나가는 것이야말로 도에 다가서려는 자가 갖
추어야 할 올바른 마음가짐이다. 그러기 위해서는 무엇보다도 그러한
질서와 흐름에 자기 자신을 내맡길 수 있어야 한다. 내맡길 수 있을 때에
우리는 그것의 일부로서 그것과 동화될 수 있으며, 이때 비로소 천지 조
화의 근본 원리에 한 걸음 다가설 수 있기 때문이다.

도에 다가서는 길 3 : '되돌아가기'

시는 경직된 사고의 틀로는 다 설명할 수 없는 도의 세계, 그 우주적 질서와 조화의 원리가 스스로 발현되어 모습을 드러내는 장이 된다. 이처럼 시가 도의 세계와 인접해 있다고 한다면, 시도 시인도 자연발생적으로 태어나는 것이지 인위적으로 제작하거나 조련하여 완성되는 것은 아니다. 소위 시와 시인의 '천득天得론'이란 이런 맥락에서 제출된 것이다.

눈앞에 보이는 현실만이 전부는 아니다. 이러한 사실을 깨닫지 못한다면 이는 시인이 아닌 것이다. 과학적이고 합리적인 사고만이 능사가 아니며, 논리 정연한 인과 관계의 증명에도 빈틈이 있음을 인정하는 자만이 시인이 될 수 있다. 그런 까닭에, 시인의 시선은 보다 깊은 곳을 향한다. 천지 자연의 조화와 질서, 그리고 그것을 가로지르는 우주적인 차원에서의 운행 원리가 언젠가 제 스스로 발현하기를 인내하며 기다릴 줄 아는 자만이 시인이 될 자격이 있다. 그에게 있어 현실이란 까마득히 잊혀진 과거 기억에 대한 회상과 더불어, 그리고 다가올 미래의 가능성에 대한 예감과 더불어 다가오는 것이기 때문이다.

> 무쇠 낫을 들고
> 숲길을 뒤덮은 푸나무를 쳐 낸다
> 길을 내며 나아갈수록
> 베어진 푸나무들이 피워 올리는
> 늪 같은 어둠 속으로 깊이 빠진다
> 오랜 세월 수많은 벌레와 새들이 죽어
> 마침내 이루어진 이 늪을 지나자
> 밤낮도 아닌 희미한 미명 속에
> 고인돌들이 끝없이 늘어서 있고
> 고인돌 속에는 아직 태어나지 않은
> 바람의 애벌레들이 꿈꾸고 있다
> 초승달 같은 낫을 들고

애벌레의 꿈을 들여다본다
어느 먼 숲을 흔드는 바람 소리뿐
꿈속은 텅 비어 있다
초승달 빛을 뿌리는 낫을 들고
텅 빈 꿈속에서
아직 태어나지 않은 바람 소리를
꿈 속의 한잎 귀가 듣는다.

　　　　　　　　　　－「바람의 애벌레」전문, 『바람의 애벌레』

위 텍스트에서 시인은 푸나무에서 늪 같은 어둠을, 그 어둠 속에서 오래전 죽은 벌레와 새들을, 그들의 죽음에서 고인돌을, 그리고 고인돌 속에서 아직 태어나지 않은 바람의 애벌레들을, 그리고 마침내는 그 애벌레들의 텅 빈 꿈을 연달아 기억해내거나 유추해내고 있다. 이와 같은 연쇄에는 어떤 일정한 질서나 법칙이 없어 보인다. 그런 점에서 위의 소재들은 단순히 자유로운 연상 작용의 결과물로 해석될 수도 있다.

기실 이들 소재어의 연쇄는 합리적인 사고의 장벽과 시공의 현재적 한계를 멀찌감치 뛰어넘는다. 눈에 보이는 사물과 현상의 관찰에만 그치지 않고, 한편으로는 그 이면에 놓인 기억의 흔적들을 캐내어 살피고 또 한편으로는 미래의 가능성들을 예견하고 선취하고자 한다. 과거는 미래와 통하며, 미래의 가능성들은 과거의 기억과 흔적들 속에 혼재되어 있다. 시인은 아직 "태어나지 않은" 것들의 "꿈"을 그 흔적들 속에서 발굴하여 깨워주는 존재이다. 그런 과정을 통해 시인은 현실의 부재 속에 내재하는 존재의 열린 가능성들을 포착해낸다.

이러한 이해는 시인으로서 갖추어야 할 혜안이 필연적으로 근원에 대한 통찰과 맞닿아 있다는 것을 의미한다. 다시 말해서 근원으로 되돌아가 사물과 현상의 이면을 꿰뚫어볼 수 있는 능력을 자연스럽게 체득할 수 있어야 한다는 것을 뜻한다. 여기서의 근원이란 생성과 변화를 포함한 모든 가능성의 근원이다.

한 톨 풀씨 속
푸른 들녘으로 나는 가고 싶다
그 푸른 지평선에
먼 옛날부터 나를 기다리는
오랜 내가 있으니
해와 달 따라 바람 데불고
그 푸른 잠 속으로 나는 가고 싶다.

— 「푸른 잠 속으로」 전문, 『모든 돌은 한때 새였다』

"먼 옛날부터 나를 기다리는 / 오랜 내"가 나 이전에 이미 있었다. 현재의 나는 그런 과거 나의 오랜 기다림의 결과이며, 과거의 내가 미리 예비해 놓았던 미래적 가능성의 현재화인 셈이다. 고로 지금의 나는 그런 기다림의 오랜 잠에서 깨어난 나이다. 따라서 현재의 내가 그런 과거의 아련한 옛 기억을 때로 그리워하며 되돌아가고 싶어 하는 것은 어찌 보면 당연한 귀결이다. 위 텍스트에서 시인은 "한 톨 풀씨 속 / 푸른 들녘으로 나는 가고 싶다"라고 말한다. 즉 우주적인 생성 원리의 근원이 되는 한 점 가능성의 상태로 귀환하고 싶은 것이다.

'씨앗'의 의미가 강조되는 것은 이 지점이다. 여기서 씨앗이란 모든 가능성의 중심이며 원점이다. 그런 만큼 그것은 이후 전개될 생성 변화의 잠재태에 해당된다.

하늘에 맞닿은 저 키큰 나무는
맨 처음 무엇이 자라나서
저리 키큰 나무가 되었을까요
그것이 아주 궁금하여
칸칸이 불을 밝힌 기차를 타고
나무 속 어둠을 한없이 달려가 보았더니
열심히 나무만을 생각하고 생각하는
생각의 씨앗 하나 있었습니다.

잔잔한 물결무늬 한없이 번지는
멀고도 가까운 저 한 송이 꽃은
맨 처음 무엇이 자라나서 된 것일까요
그것이 못내 궁금하여
꽃 속의 한없이 깊은 샘으로
한 줄기 두레박을 타고 내려가 보았더니
생각 속의 생각 속에
텅 빈 고요의 씨앗 하나 있었습니다.

　　　　　－「무엇이 자라나서」 부분,『모든 돌은 한때 새였다』

　천지 자연의 운행 원리, 우주 만물의 근본 질서로서의 도란 이미 "씨앗"의 형태로 처음부터 잉태되어 주어졌다고 본다. 그것은 생성과 변화의 '선험적인 결정인'이다. 다만 대다수의 사람들이 그것의 존재를 인지하지 못하는 까닭은 그런 가능성이 실제로 현실화하기까지는 겪어야 하는 과정이 만만치 않기 때문이다. 그리고 그 과정에서 전혀 예기치 않은 방식으로 변화하는 경우도 있기 때문이다.

　그러나 시인이라면 다르다. 그러한 가능성들을 그 근원까지 파고 들어가 통찰할 수 있는 능력을 지닌 사람이 시인이기 때문이다. 가능성의 씨앗을 포착하여 발견하기, 그리고 그 잠재적인 가능성들의 현실화를 선취하기. 시인이란 바로 이러한 통찰력과 예지의 능력을 지닌 사람이다. 그리고 이러한 그의 통찰력과 예지력은 마땅히 시 속에서, 나아가 시를 통해서만 표출될 수 있다.

길을 묻지 않는 나그네처럼

　　길은 없다
　　그래서
　　꽃은 길 위에서 피지 않고

참된 나그네는
저물녘 길을 묻지 않는다.

　　　　　　　　　　－「길」전문,『나는 거기에 없었다』

　도란 무엇인가. 적어도 사고의 측면에서 본다면 이 질문은 영원히 풀리지 않을 수수께끼일지 모른다. 그러나 이 말은 도를 고정 불변의 진리 개념으로 받아들일 때에 한해서 그러하다. 더 넓고 근원적인 시야에서 본다면 도에는 정해진 길도, 정해진 답도 주어져 있지 않다.
　우주 만물의 전체적인 조화와 질서 속에서 모든 것들이 각기 제몫을 유지하며 그들에 주어진 가능성을 실현할 수 있을 때 도는 발현되고 유지된다. 이렇게 본다면 천지에 일찍이 도 아닌 것이 없었으며, 이 세상은 도로 넘쳐난다 해도 과언이 아니다. 그럼에도 불구하고 이 모든 것들이 도인 줄 알아보는 이는 의외로 드물다.

귀가 얇아지는 가을
멀리 가까이
가랑잎 지는 소리
천지 가득
경전 책장 넘기는 소리.

　　　　　　　　　　－「가을」전문,『모든 돌은 한때 새였다』

　다시 근원으로 되돌아가 사물과 자연, 우주와 생명 현상을 새롭게 바라보고자 하는 시인의 바람은 이처럼 천지에 미만해 있는 도에 대한 새로운 눈뜸을 가능케 해준다. 그리하여, 이와 같은 혜안의 열림이야말로 시인을 정녕 시인일 수 있게 해주는 근본 조건에 해당되는 것이리라.

　　　　　　　　　　　　　　　　　　　　(문학청춘, 2012, 여름호)

의식의 연금술 : 환멸에서 깨달음으로

김 석 준

1. 글을 들어가며

"어디만-큼 왔"(「똑같은 그 이야기」 중, 『외눈이 마을 그 짐승』)을까. 생의 어디쯤에 당도했을까. "미지의 어둠"(「그림자」 중, 『외눈이 마을 그 짐승』)이 밀어닥친다. 앞으로 내달릴 수도 없고 뒤로도 물러설 수 없다. 갇힌다. 슬픔이 물밀 듯이 몰아닥치고 또 생 전체가 허무로 가득 차 있다는 사실을 직감하게 된다. 자연인 김영석에게 시인의 자리는 늘 고민의 연속이고 또 불안한 슬픔으로 점철되어 있다. 현실은 부조리했으며 생은 늘 그 부조리한 현실로 인해 존재의 심연에 고통을 아로새긴다. 회의가 일고 분노가 휘몰아친다. 방화가 자행되고 또 죽음이 의식된다.

시인에게 시 쓰기란 시간 속에 노정된 다양한 주름들과 상면하는 영혼의 표백작용이자 "아득한 벼랑" 위에서 "영혼의 숯"(「숯」 중, 『썩지 않는 슬픔』)을 굽거나 응결시키는 고결한 행위이다. 세계의 심연이 보이고 신묘한 태허도 보인다. 그러다 환멸이 몰아닥친다. 바람이 몹시도 심하게 부는 거리에서 방황했고 또 비상을 꿈꾸는 우화를 열망했었으며 마침내는 인간학이 어디로 휘어지는지를 정관하게 된다. 의식의 심연이

146 김영석 시의 세계

통찰된다. 김영석 시인에게 시 쓰기란 초지일관 하나의 지점으로 내달리는 일종의 구도행위인지도 모른다. 물론 언어라는 도구를 통해서 그 도道라는 것의 정체를 정확하게 지시하는 것이 불가능에 가깝기는 하다. 언어는 절대로 깨달음의 진리를 지시하지 못할 뿐만 아니라 일종의 불가항력적인 도구에 지나지 않는다.

문득 문득 시간이 의식된다. 의식은 시간의 무늬이고 시간은 의식들의 지층들로 이루어진 존재론적 사태이다. "골백번 쓰러지는 희망"(「감옥을 위하여」 중, 『썩지 않는 슬픔』)이 투시되고 현실이 투명하게 부조된다. 시간은 모노드라마처럼 서사화된 삶의 흔적들을 눈앞에 드러내 보여주는데, 그것이 바로 시인 김영석이 상면한 이 세계의 참모습이라 하겠다. "작은 고통"과 "큰 고통"(「새벽의 마음」 중, 『썩지 않는 슬픔』)이 점점이 교차하며 보인다. 이 세계는 환멸 가득한 감옥이다. 의식이 수인으로 갇힌다. 이 세계는 더 이상 꿈을 꿀 수 없다. 썩지 않는 슬픔이 세계의 심연에 도사리고 있으며, 의식은 불길한 그림자들로 침전된다.

도대체 생의 어디쯤에 당도했을 때, 허공이 만든 진여의 상태를 엿볼 수 있을까. 불후의 영원성을 꿈꾸었으나 모든 것은 부재했었고 슬픔의 무늬들로 직조되어 있다. 모든 것은 썩는다. 모든 것은 "무수한 가면"(「갈대」 중, 『썩지 않는 슬픔』)들의 유희였고, "적막한 모래의 시간"(「먼 감옥」 중, 『썩지 않는 슬픔』)을 유랑하는 수인의 삶이었다. "허공의 알몸"(「새」 중, 『나는 거기에 없었다』)을 보고 싶고 궁극에는 깨달음의 진여에 이르고 싶다. 다시 희망에 갇힌다. 시간에 갇히고 돌에 갇히다가 끝내는 "바람의 뼈" 속에서 새겨진 "적멸의 집"(「바람의 뼈」 중, 『나는 거기에 없었다』)을 몽상하게 된다. 거기에 썩지 않는 슬픔이 있고, 나는 부재했으며 궁극에는 시간의 절단면 내부가 하나의 허공이었다는 사실을 직감하게 된다. 분명 김영석 시인이 전개한 시말운동 전체는 모든 것들을 집어삼키는 허공으로 향하는 하나의 역동적인 운동이자 신묘한 깨달음의 향성의 육화과정이다.

어쩌면 김영석 시인에게 처녀 작품집 『썩지 않는 슬픔』은 시적 화두가 고스란히 노정된 운명의 목소리인지도 모른다. 분명 시인의 그것은 현재는 물론 미래의 시살이의 전모가 총체적으로 노정된 운명의 형식이라 하겠다. 때론 말과 세계 사이에 놓인 불협화음에 온 신경을 집중하면서 때론 여여如如로운 여율이 탄주되는 거대한 도의 세계를 연모하기도 하면서, 시인은 자신에게 허여된 시말운동을 심화 확대시켜 의식의 지층 내부를 주밀하게 살펴가고 있다. 수인에 갇힌 환멸의 세계상을 연금술사의 정신성으로 포월하면서 이 세계 전체가 숭고하고 여여로운 여율의 리듬으로 짜여져 있음을 증명해가고 있다 하겠다.

"밥티기꽃 같은/ 아주 작은 꿈을 혼자 꾼다."(「동생」 중, 『썩지 않는 슬픔』) 시간이 성찰되고 도가 궁구된다. 중세 연금술사의 그것처럼, 환멸의 세계상은 하나하나 사라지고 우담바라같이 맑고 투명한 깨달음의 기상氣像이 한 폭의 그림으로 재현된다. "마음 벼랑"(「수리」 중, 『외눈이 마을 그 짐승』)에 휩몰아쳤던 "무량한 슬픔과 눈물"(「넋건지기」 중, 『외눈이 마을 그 짐승』)도 이젠 다 사라지고 "하늘의 허공과 마음의 허공"(「종소리」 중, 『외눈이 마을 그 짐승』)이 동일한 것의 다른 이름이라는 사실을 깨닫게 된다. 도의 품에 안긴다. 적요했고 안온했으며, 또 이 세계 전체가 깨달음의 장이었다는 사실을 자인하게 된다. 환멸이 자행되는 슬픔의 세계에서 저 청명한 기상이 움트는 깨달음에의 연금술적인 도정이 김영석 시인이 지향하는 시말운동의 요체라 하겠다.

2. 환멸과 수인의 나날들

"아침의 아들로 태어"(「저녁」 중, 『썩지 않는 슬픔』)났지만, 생은 어둠을 응시했고 언제나 환멸이라는 수인에 갇힌 채 절망의 나락으로 추락중이다. 갇힌다. 감옥이다. 빠삐용처럼, "무기수"처럼 "탈옥"(「창」 중,

『썩지 않는 슬픔』)하고 싶다. 젊은 날의 초상이 맞이한 생은 그 자체로 환멸이고 수인이다. 저 하늘의 별을 바라보며 꿈과 이상을 키우고자 했으나, 그것은 이미 불가능한 현실이다. 탈출이 불가능하다. 이 세계는 이미 "무쇠 발굽"에 짓밟혔고 또 벼려진 "날카로운 칼날"(「침묵」 중, 『썩지 않는 슬픔』)에 베여 상처가 너무도 깊다. 가슴은 "금"(「기념비」 중, 『썩지 않는 슬픔』)이 간지 이미 오래고 더 이상 꿈을 꿀 수 없다. "눈시울"(「저녁」 중, 『나는 거기에 없었다』)이 붉어진다. 실금 간 가슴에 울혈이 쌓이고 또 심화가 불같이 일어나 주체할 수 없다. 눈시울이 붉어지고 펑펑 눈물이 난다.

짐작컨대 김영석 시인의 젊은 날의 초상이 그와 같았으리라. 불같은 성정으로 인해 늘 좌충우돌하기 일쑤였으며 꼭 그만큼 댓가를 지불한 채, 시대 앞에 절망의 나날들을 보냈으리라. 시인이 시대와 상면하여 자신에게 허여된 인간학적 열기를 온몸으로 시현하는 자로 평가받는 한, 환멸의 세계상을 그려내는 것은 너무도 당연하다. 기만적이고 거짓과 위선에 가득 찬 시대를 시인이라는 이름으로 살아가는 것은 그리 쉬운 일이 아니다. 아니 등단 22년만인 1992년에 첫 시집 『썩지 않는 슬픔』이 상재되었다는 것은 의미심장할 뿐만 아니라, 시사하는 바가 크다. 70~80년대의 암울했던 시대상을 반조하면서 시인은 환멸에 찬 수인의 나날들을 통과해가고 있다.

가슴 깊이
별을 지닌 사람들은
모두 감옥에 갇힌다
별 향한 창틀 하나 달린
감옥 속에

한번
푸른 하늘을 본 사람들은

모두 감옥에 갇힌다
하늘 향한 창틀 하나 달린
감옥 속에

…(중략)…

사람들은 누구나
제 키만한 감옥 속에
조만간 갇히게 된다
갇혀서 마침내 작은 감옥이 된다

― 「감옥」 부분, 『썩지 않는 슬픔』

시작詩作은 시작과 함께 불길했다. 산다는 것은 언제나 이율배반이 지배하고 있다. 그러한 까닭에 생은 늘 슬픈 동시에 아름답고, 밝고 투명한 동시에 뼈에 스미는 절망감이 짙게 배어 있다. 모순의 현실에 갇히고 또 "별"에 갇히다가 끝내는 꿈에 갇혀 질식하게 된다. 환멸이 일렁인다. 도대체 이 암울한 세계를 어떻게 살아야 하겠는가. 분명 1970~1980년대를 통과해야만 하는 김영석 시인에게 젊은 날의 초상은 암담했고 시를 쓴다는 행위 자체가 일종의 사치였을지도 모른다. 아우슈비츠 이후 서정시를 쓰는 것은 가능하지 않으며 또 야만적이라 언명한 아도르노의 그것처럼, 시인은 자신의 시말운동 전체를 어두운 "감옥"의 노래로 헌사하기에 이른다. 도대체 왜 시인은 자신에게 허여된 운명의 함수를 감옥이라는 밀폐된 공간에 스스로 갇힌 채 유폐되기를 자초하는가. 정녕 저 하늘을, "별"을 바라보며 꿈과 이상을 키운다는 것은 애초부터 불가능하단 말인가. 시인이 감옥을 노래하고 "썩지 않는 슬픔"을 노래하는 한, 미래는 없고 희망 또한 부재하다. 한 알의 밀알이 썩어야만 비로소 희망의 싹이 움터 찬란한 미래를 기약할 수 있지만, 결코 "썩지 않은 슬픔"이 인간학을 옥죄고 있다. 옴짝달싹하지 못한다. 미이라처럼 슬픔이 삶을 단단히 동여매고 있다.

시 「감옥」은 김영석의 시 쓰기의 출발점이자 시인이 바라본 이 세계의 적나라한 현실이다. 물론 모든 "사람들은 누구나/ 제 키만한 감옥"에 갇혀 사는 경우가 비일비재하지만, 시인의 현실인식은 자못 심각하다. 별은 있으나 꿈이 없고, 푸른 하늘을 바라다보지만 그곳이 바로 감옥인 그 지점에 시인이 위치하고 있다 할 때, 그것은 어떤 의미이며 왜 그러한 현실적 지평 위를 유랑해야 하는가. 별이 있어 행복하고 푸른 하늘을 바라다보는 것만으로 생은 안온한 몽상의 세계로 빠져드는 것이 아닌가. 시인의 시말운동 내부에 해결이 불가능한 존재론적 결핍이 자리하고 있기 때문인가. 아니면 생 전체가 아포리아로 휘어져 있기 때문인가. 시인이 스스로를 숲을 서성이는 한 마리의 "순한 짐승"으로 승인하는 한, 이 세계는 감옥이고 또 스스로가 "작은 감옥"이 된다. "한평생" "창틀 하나 달린" 작은 "감옥 속에"서 생을 마감할지도 모른다. 불안하고 불길하다.

> 별 하나 감옥 하나
>
> 별 둘 감옥 둘
> 별 셋 감옥 셋
> ………
>
> — 「먼 감옥」 부분, 『썩지 않는 슬픔』

> 다만 진실은
> 무사한 나날의 평화 속에
> 그 일상의 소란한 침묵 속에
> 감쪽같이 가려지고
>
> — 「증인」 부분, 『썩지 않는 슬픔』

> 어느덧 세상의 허공을 장악한 덫
> 덫의 관대한 품안에서
> 사람들은 몰래몰래 꿈을 꾸고

아이들은 새로 태어나고.

- 「덫」 전문, 『썩지 않는 슬픔』

꽃이 되고자 했으나 꽃이 될 수 없고, 푸른 하늘에 영롱히 떠있는 별의 이상을 꿈꾸고자 했으나 애초부터 그것은 차라리 불가능한 꿈이라 해야 마땅하다. "유현한 것"과 "안타까운 일"(「도덕－잠언 2」 중, 『썩지 않는 슬픔』)들이 이 세계를 가득 채우고 있었으며 또 썩지 않는 슬픔의 "서글픈 진화"(「잠자리－잠언 4」 중, 『썩지 않는 슬픔』)가 세상을 혼돈스럽게 뒤를 메워가고 있다. 별은 감옥이고 환멸이다. 그것도 아주 먼 감옥이 되어 "적막한 모래의 시간"을 홀로 방황하게 된다. "도달할 수 없는" 거리에 별이 있다. 까닭에 실현 불가능한 별에의 몽상은 일종의 수인이고 절망이다.

왜 그런가. 왜 그렇게도 시인 김영석은 등단 22년 만에 상재한 작품집 내부를 어둡고 칙칙한 감옥 속에 스스로를 유폐시키려 하는가. 승화되지 않는 그 무엇인가가 심연에 자리 잡고 있기 때문인가. 아니면 "진실"을 증언할 수 없는 "침묵"과 무관심이 이 세계를 지배하고 있기 때문인가. "감옥의 불빛만 아슬히 멀"리서 비춰올 뿐 이 세상을 증언해줄 "증인"은 하나도 없다. "상처투성이의 얼굴"과 "버림받은 쓰레기"(「꽃」 중, 『썩지 않는 슬픔』)만이 주검처럼 널브러져 있다. 말하자면 시인에게 "무사한 나날의 평화"는 기만이고 허위다. 그저 개 짖는 소리만 들릴 뿐 아무도 진실을 증언하지 않는다.

그렇다면 시인은 무엇으로 사는가. 이 광막하다 못해 허허로운 세상을 어떤 시말 문양으로 건널 때 가장 잘 살아낸 것이라 말할 수 있는가. "햇빛 밝은 빛나는 세상"의 투명함을 꿈꾸었으나 언제나 진실은 말해지지 않았고 또 삶－시간－세계가 하나의 보이지 않는 "덫"으로 둘러쳐져 있다는 사실을 직감하게 된 순간, 시인은 선택하는 자가 아니라 선택된 자라는 사실을 깨닫게 된다. 천망天網에 포위되어 옴짝달싹하지 못했으

며 또 인간이 이 세계의 주체가 아닌 것이라는 사실을 문득 감지하게 된
다. "덫"이다. 덫으로 둘러싸여 있다. 고작 시인이 할 수 있는 일이라고
는 감옥에 갇히는 일이다. 별의 감옥에 갇히고 빛의 감옥에 갇힌 채, 무
위도식하다가 마침내는 절망의 심연에 당도하는 것이 시대와 상면하여
시인이 할 수 있는 최선의 방책이다. 서사도 없고 주체도 없다. 그저 갇
힌 채 환멸의 나날들을 무책임하게 보내는 것만이 유일한 방도이다.

> 멍들거나
> 피흘리는 아픔은
> 이내 삭은 거름이 되어
> 단단한 삶의 옹이를 만들지만
> 슬픔은 결코 썩지 않는다
> 옛 고향집 뒤란
> 살구나무 밑에
> 썩지 않고 묻혀 있던
> 돌아가신 어머니의 흰 고무신처럼
> 그것은
> 어두운 마음 어느 구석에
> 초승달로 걸려
> 오래 오래 흐린 빛을 뿌린다.

> ─「썩지 않는 슬픔」 전문, 『썩지 않는 슬픔』

"밥"은 소"우주"이고 궁극에는 모든 인간학적 "노여움"(「밥」 중, 『썩
지 않는 슬픔』)의 원인이다. 삶은 가도 가도 항상 고행의 길이다. 썩지
않는 슬픔이 심연에 저며져 있다. "정신과 병동"(「흩어진 밥」 중, 『썩지
않는 슬픔』) 같은 이 세계의 감옥에 갇힌 채, "무덤"(「밥과 무덤」 중, 『썩
지 않는 슬픔』) 속으로 침강하는 것은 필연이고 자명하다. "아픔"이 투
시되었으며, 그것이 각질로 굳어져 슬픔으로 뿌리내린다. 어쩌란 말이
냐? 썩어 거름이 되지 않는 슬픔이 환멸의 세계상처럼 "옛 고향집 뒤란"

에 묻혀있을 때, 시인 김영석이 할 수 있는 최선의 방책은 무엇인가. 무엇을 하란 말이냐? 그저 혼자인 채로 슬픔의 심로에 잠겨 스스로를 위무하는 것이 최선이고 차선이다. 어쩌면 시인에게 썩지 않는 슬픔은 보다 근원적이고 해결이 불가능한 것인지도 모른다.

시인에게 "아픔"이 단단한 "삶의 옹이"를 만드는 지층이라면, 슬픔은 치유가 불가능한 선험적 가정이다. 응어리진 "어두운 마음"이 보이고 또 "돌아가신 어머니"의 잔영이 어른거린다. 뭐랄까? 아픔이 인간학적인 성숙을 위해 요구되는 통과제의라면, 슬픔은 그 어떠한 방법으로도 승화가 불가능한 "흐린 빛"이다. 슬픔이라는 불길한 그림자가 시말의 심연에 잠재해있고 존재를 이중으로 압박해올 때, 시인이 선택할 수 있는 것이라곤 아무것도 없다. 그저 무료하고 무기력한 일상을 살아가는 것 외에 별다른 방법이 없다. 시인에게 썩지 않는 슬픔은 치명적이다. 인간학적인 성장이 멈추었으며 또 무의식의 심연에 트라우마를 색인하여 자아를 불길한 그림자로 차폐시키기에 이른다.

> 길은
> 우리 모두의 낯짝들을 잃어버리게 하고
> 에미 애비도 까맣게 잊어버리게 하고
> 자꾸 꿈을 지우면서
> 바보같이 길에 갇혀
> 무작정 우리를 걷게 만든다
>
> — 「길」 부분, 『썩지 않는 슬픔』

> 가장 아픈 상처에서 열렬한 불꽃이여
> 오오 몸서리치는 나의 사랑을 삶을
> 어버이를 버리고 옛집을 불사른다
> 한밤중 뼈저린 불길은 어둠을 사르고
> 잿더미를 흩날리는 바람 속에서
> 아프게 일어서는 불굴의 깃털

무성한 겨울의 정수리, 도탄의 중심에서
나는 오늘
외롭게 죄를 저지른다.

— 「방화」 부분, 『썩지 않는 슬픔』

　환멸과 수인의 나날들을 보내온 시인에게 슬픔이라는 외길만이 놓여 있다. 혼자다. 소리 없이 울어도 보고 발길 닿는 대로 온 천하를 유랑도 했었다. 역시 길은 슬픔으로만 존재를 응결시켜 생 전체를 "절망"과 맞닿아 있게 만든다. 도주선을 그을 수도 없고 탈주를 꿈꾼다는 것은 더 이상 가능하지 않다. 꿈이 사라지고 궁극에는 "길에 갇"힌다. 밑도 끝도 없이 눈물이 주르르 흘러내리고 늘 혼자라는 생각에 고독한 방황의 길을 걷게 된다. 길에 들어섰으나 길 아닌 "미지의 곳"에 길이 당도해 늘 당황하기 일쑤다. 역시 또 혼자였고, 지독한 외로움과 슬픔으로 인해 영혼은 통곡하기에 이른다.

　꿈이 없는 시대를 살아가는 시인에게 미지의 슬픔은 궁핍한 현실보다 더 고통스러웠으리라. 이제 방화가 자행된다. "도탄의 중심"에 이르러 "단단한 아픔"의 정체가 무엇인지를 직시하게 된다. "실의의 눈발"이 보였으며, "하얗게 자빠진 시대의 등뼈"가 적나라하게 드러난다. 어두웠다. 미래를 내다보지 못하는 "근시안"만 있었고 진실이 엄폐되어 있었으며 "자유"가 "간음"당했다는 사실을 직시하게 된다. 김영석 시인에게 슬픔이 썩지 않고 승화되지 않았던 까닭은 바로 불의가 자행되는 시대와 상면하여 타협할 수 없었던 서글픈 시대의 자화상이 투영되었기 때문이다. "진실의 숯"을 얻기 위해 "천 년의 고목"을 번제하는 불의 제의가 자행된다. 물론 시인이 행한 것은 방화라는 범법행위이지만, 그것이 가닿는 지점은 "잃어버린 연대", 즉 시대의 불의와 맞서 싸우는 행위라 하겠다. 정의의 "불꽃"이 활활 타올라 이 세계가 정의사회가 되기를 열망하고 있다.

죽음 곁에서 물을 마신다
잠든 세상의 끝
마른 땅 위에
온몸의 어둠을 쓰러뜨리고
무구한 물을 마신다

너희들의 빵을 들지 않고
너희들의 옷을 입지 않고
너희들의 허망한 불빛에 눈뜨지 않고

주춧돌만 남은 자리
다 버린 뼈로 지켜 서서
피와 살을 말리고
그러나 끝내
빈 손이 쥐는 뿌리의 약

바람이 분다
무구한 물로 마르고
씨앗처럼
소금만 하얗게 남는다.

— 「단식」 전문, 『썩지 않는 슬픔』

　죽기로, 굶어 죽기로 작정을 했다. 하얀 소금이 되고자 했다. 불의가
자행되는 시대와 상면하여 시인이 취할 수 있는 최선은 정의의 불꽃을
피우는 "방화" 행위이고 차선은 "단식"이다. 죽고자 했다. 그것도 티끌
하나 없는 "무구한 물"만 마시다가 그 물조차 마르고 나면 순백의 소금
으로 영혼을 기화시키고자 했다. 고결한 죽음을 꿈꾸었다. 불의가 자행
되는 시대에, 희망이라고는 눈을 씻고 찾아봐도 없는 시대에, 가장 으뜸
은 백이숙제처럼 의롭게 살다 청렴결백하게 죽어가는 것이 아니겠는
가? 그런 의미로 볼 때 시 「단식」은 시인 김영석의 정갈한 자화상이 고

스란히 표백된 아름다운 작품인데, 그것은 바로 환멸의 세계와 마주선 일종의 정화의식의 죽음제의인 까닭에 그러하다. 길은 외길이고 선택은 단 하나만으로 열려져 있다. 스스로 죽음 곁에 다가가 "뼈로 지켜 서서/ 피"를 말리고 "살"을 정갈하게 말려 죽음 옆에 눕는 것 이외에 별다른 방법이 없다. 간디의 비폭력 저항주의처럼, 시인의 그것도 소극적인 듯하지만 가장 극렬한 저항의 몸짓으로 이 세계의 불의와 맞선다. 죽음으로 맞서 이 세계의 불의와 맞선다.

시「방화」가 폭력적인 불의 제의라면, 「단식」은 탐욕적인 욕망에 칼날을 벼리는 죽음 제의의 정화의식과 맞닿아 있다. "빈 손" 혹은 무소유. 죽어간다. 스스로 곡기를 끊고 "빵을 들지 않고" "옷을 입지 않고" "허망한 불빛"에 현혹되지도 않은 채, 시인 김영석은 욕망의 타자 편에, 죽음 곁에 스스로를 위치시킨다. 이 세계는 썩어있고 환멸이 가득 차 있으며 또 욕망에 굶주려 있다. 차라리 조용히 "잠든 세상의 끝"에 남아 그레고리 잠자처럼 굶기를 자초한다. 단식이다. 순환하지 않는다. 순환하기를 멈춘다. 스스로를 생의 저편에 위치시켜 생 이편에 존재하는 "너희들"이라는 욕망의 주체들을 마음껏 기롱한다. "바람"으로 살과 피를 말리고 뼈로 굳건히 지켜 죽음의 임계점에 당도하게 된다. 하얀 소금의 결정체로 남아 "어둠"을 밝히는 희망의 "씨앗"으로 거듭 태어나게 된다. 썩지 않는 슬픔의 심연에 승화의 씨앗을 심어 의식의 연금술에 당도하게 될 것이다. 허와 공의 원리를 응시하여 새로운 세계로의 비약을 꿈꿀 것이다.

3. 말과 세계의 심연 : 허공을 응시하다

김영석 시인에게 슬픔의 촉지법은 너무도 치명적이어서 환멸적인 죽음의 상과 맞닿아있다. 특히 썩지 않는 슬픔은 너무도 치명적이고 또 가장 극적인 전회를 준비하고 있기도 하다. 방화가 이루어졌고 또 죽음본능이 체현된 단식의 자리에 슬픔이 있다할 때, 시인은 그것을 어떻게 치유하고 승화시키는가. 의식의 연금술이다. 물론 의식의 연금술에 이르는 과정이 그리 쉬운 것만은 아니지만, 시인은 슬픔의 입자와 파동을 의식 내부에 응결시켜 존재론적 성찰에 당도하게 된다. 결코 썩지 않는 슬픔의 숭고한 결정체 밑에 흐르는 "끝없는 깊이"와 "고대古代의 꿈"(「무거운 돌」, 『썩지 않는 슬픔』)을 나란히 병치시키면서, 김영석 시인은 "생각의 씨앗"을 "텅 빈 고요의 씨앗"(「무엇이 자라나서」 중, 『나는 거기에 없었다』)으로 치환시킨다. "생각의 등불"(「등불 곁 벌레 하나」 중, 『나는 거기에 없었다』)이 켜진다. 말과 세계의 심연이 선명하게 부조되고 또 인간학을 가능케 했던 허공이 투시된다. 서기 스민 "맑은 눈물"이 하염없이 흐르고 "별빛"(「차돌」 중, 『썩지 않는 슬픔』)이 투명하게 비춘다. 허공이 반조된다. 시인 김영석에게 있어서 더 이상 썩지 않을 것 같았던 슬픔이 말랑말랑한 아픔으로 코드 변환시켜 한 알의 썩은 밀알 같은 승화를 이루어낸다는 것은 그야말로 일종의 정언명령이자 시적 화두라 하겠다.

> 정신은 말 속에 집을 짓고
> 말은 다시
> 정신 속에 집을 짓는데
>
> – 「개와 빗돌」 부분, 『썩지 않는 슬픔』

> 그러나 결국
> 이것도 헛된 일이 되고 만다
> 모두가 열심히 번식하면 할수록
> 무한히 텅 빈 저를 낳는
> 허공의 튼튼한 받침대가 되고
> 안식처가 될 뿐이므로

번식할 수도 없고
번식 안할 수도 없다.

― 「허공」 부분, 『썩지 않는 슬픔』

　"죽음"이, "죽은 이"가 생의 앞뒷면을 촘촘하게 옥죄어 올 때도 슬픔을 썩혀 삭히지 않겠는가. 존재의 집을 환멸 가득한 슬픔으로 채운다는 것은 그야말로 부질없는 짓이 아닌가. 시인이 말을 가지고 세계의 집과 존재의 집을 내밀하게 응시하는 자라 할 때도 슬픔에 침윤된 채 환멸의 거리에서 헤맬 것인가. 코페르니쿠스적 전회가 칸트에게 준비되어 있듯이, 김영석 시인도 허공과 말에 관한 담론적 사유를 통해서 새로운 시말길을 찾아 가기에 이른다. "허공"의 투시를 통해 세계의 심연을 응시하게 되고 또 "말"과 존재의 집을 통해 "정신"의 의미화작용을 깨닫게 된다. 김영석 시인에게 "정신"은 "말"이고, 말은 또 존재의 집을 투영하는 아름다운 용기이다. 물론 『썩지 않는 슬픔』의 지배적인 정서가 환멸이고 슬픔이지만, 시인은 저 "허공"이라는 마성적 공간 속에서 새로운 생의 참모습을 발견하게 된다.

　허공은 결코 "텅 빈" 공간이 아니다. 모든 소여가 이루어지는 꽉 찬 공간이고 또 모든 것을 "헛된 일"로 되돌려 보내 무화시키는 적멸의 공간이기도 하다. 말하자면 시인에게 허虛와 공空에 대한 의식의 개현은 인간학적 전회가 일어나는 연금술사의 그것과 너무도 적확하게 대응된다 하겠다. 절망과 슬픔의 심연에서 생산에의 열망이 생성되었으며 또 그것이 역설로 휘어진다는 사실을 깨닫게 된다. "꿈을 낳고/ 별을 낳고" "무한히 번식하는 일"만 생각하다가, 그 모든 인간학적 사태가 그저 부질없고 허망한 것임을 자각하게 된다. 말의 의미가 보이고 세계의 심연이 반조된다. 허공의 응시는 존재의 응시다. 허가 "만물"이 기거하는 공간적 지평이라면, 공은 생에의 여율呂律이 넘쳐나는 "안식처"이자 견고한 "받침대"이다. 말하자면 김영석 시인에게 허공은 시간과 공간이 한 데 어우러져 작용하는 마법의 지대이자, 의식이 굴절되는 변곡점이다. 정신이 투시되고 말의 본질이 새롭게 개현된다. 슬픔이 점점 사라져가고 있으며 또 새로운 인간학적 삶이 비로소 발견되기 시작한다.

> 살아있는 모든 것들은
> 벼랑 너머 별빛처럼 반짝입니다
>
> — 「벼랑」 부분, 『나는 거기에 없었다』

> 창을 통해
> 저 광대한 허공을 내다보는 것은
> 내 속의 허공을 들여다보는 일이다
> 허공은 나를 알처럼 품고 있고
> 나 또한 내 속의 허공을 품고 있으니
> 나는 구멍이 숭숭 뚫린 알껍질 같은 것이다
> 내 속의 허공 속에서 부화한
> 하얀 새들이 창을 통해 이따금
> 푸른 하늘 속으로 햇살처럼 날아 오르곤 한다.
>
> — 「알껍질」 전문, 『나는 거기에 없었다』

> 내 마음에는
> 바람도 흔들지 못하는
> 극지의 고요가 살고 있다.
>
> — 「극지極地」 부분, 『나는 거기에 없었다』

"거대한 적멸의 집"을 "삭지 않는" "바람의 뼈"(「바람의 뼈」 중, 『나는 거기에 없었다』)로 짓는다는 것은 가능한가. 우리가 어떤 의식의 상태에 이르렀을 때, 자성청정한 적멸의 거대한 본가를 이룰 수 있는가. 벼랑이고, 극지이고, 허공에서만 가능하다. 생이 약동하고 존재론적 비약이 이루어졌으며 마침내는 시련이 밀어닥친다. 참담한 고통과 시련만이 신생의 조건이고 생을 다시 생으로 기술할 수 있는 알파와 오메가다. 시인은 "벼랑"으로 간다. 시인은 벼랑 끝에서 이 세계를 좌망하게 된다. 시인은 "비바람 눈보라"치는 벼랑으로 가 떨어져 죽기를 자초한다. 아득하다. 생이 다시 반조返照된다. "살아있는 모든 것"이 아름답고 숭고하다. 죽음 너머로, 까마득한 "벼랑 너머"로 영롱하게 "반짝"이는 생에의 원리가 다시 투영된다.

의식의 연금술은 존재의 연금술이다. 부재가 생성의 토대가 되고 "허공"이 여여如如로운 여율이 존재하는 공간이듯이, 시인 김영석은 환멸과 슬픔에 침윤된 그 모든 절망의 흔적들을 가볍게 희석시키면서 자신에게 둘러쳐진 무명의 "알껍질"을 깨뜨리고 나와 "푸른 하늘"을 유영하게 된다. 새로운 세계가 펼쳐진다. 물론 말과 세계의 심연 사이를 부재의식으로 건너지만, 시인이 벼랑 같은 허공에 스스로를 투영한 순간 이 세계가 포월의 세계상이라는 사실을 직감하게 된다. 나는 너를 품고 너는 나를 품는다. 우리는 서로서로 품어 안고 또 안아 넘는 자이다. 포월이 이루어진다. 우리는 서로에게 "알"이었으며 또 서로가 서로에게 줄탁을 해줌으로써 새로운 세계로 나아가는 상생의 기운이다.

혼자만의 슬픔 속에서, 혹은 썩지 않는 슬픔 속에서 시인 김영석이 깨달았던 것은 자신만의 세계에 옹색하게 갇혔던 자화상이 아니었을까? 스스로 알껍질을 깨고 저 거대한 창공 위를, "허공" 위를 나는 장자의 붕鵬새의 비상처럼 현묘의 세계로 비행하기를 열망했던 것은 아닌지. 물론 아직 "마음"이 "아무도 모르는 극지"에서 헤매고 있는 것만은 분명하지만, 시인은 그 모진 바람 부는 극지에서 "고요"의 참모습을 정관하게 된다. "키를 낮추고/ 숨소리도 죽"여가면서 시인은 이 세계의 "살아있는 모든 것"들을 주밀하게 살펴가고 있다. 생명의 여율이 느껴진다. 살아있는 모든 것들이, 살아있다는 사실이 숭고하게 느껴진다. 생명의 신비로운 비의가 느껴진다. 온몸이 전율하게 된다.

말을 배우러 나는 이 세상에 왔네
말을 익히며 말을 따라
산과 바다와 들판을 알았네
…(중략)…
이제는 남김없이 들어야 하네
그 말을 배워야 하네
아이들에게 말을 가르치고
말을 배우러 나는 이 세상에 왔네.

　　　　　－「말을 배우러 세상에 왔네」 부분, 『나는 거기에 없었다』

저 별이 오래오래 빛나기 위해
그대는 더 많이 눈물을 흘려야 하고
새 봄 다시 피는 한 송이 꽃을 위해
그대 가슴은 더 짙게 피멍들어야 하리

　　　　　－「저 별이 빛나기 위해」 부분, 『나는 거기에 없었다』

내 마음의 밝음과 어둠
슬픔과 그리움과 쓸쓸함이
내 안의 길목을 지나가는
한갓 만물의 기척이었다고
다시 한번 조용히 깨닫는다.

　　　　　－「만물이 지나가는 길」 부분, 『외눈이 마을 그 짐승』

　말의 응시는 세계의 응시이고 또 말해질 수 없는 오묘한 진리가 거주하는 공간이다. 세계의 소리가 들린다. 발화된 의미의 기호들이 여기저기 산재해 있고, 시인은 그 말의 대리표상작용을 누덕누덕 덧대어 새로운 말의 진법을 설계한다. 시인은 "말을 배우러 세상"에 온 자이다. 시인은 "삶의 쓰라림과 희망" 사이를 말로 종주하면서 존재의 집이 언어의 집처럼 구조화되어 있다는 사실을 직감하게 된다. 웅얼거린다. 모든 것이 말이고 소리다. 김영석 시인에게 "말"은 이 세계와 그곳에 속한 "만물"들의 모양새를 알기 위한 최적의 장소이다. 말이 있는 곳에 인간학과 세계가 있고 또 그것의 의미구조로 있다. 때론 미처 배우지 못한 말들에게 다가가 "슬픔"과 "고요" 그리고 "희망"에 관한 전언들을 들으면서 때론 이미 "익힌 말"들에 새겨진 원형적 심급들을 새롭게 환치시키면서, 시인은 말과 세계의 심연 사이를 공空과 허虛라는 현묘한 미지의 깨달음에 당도하고 있는 듯하다.

세계는 미처 깨닫지 못한 말의 보고다. "저 별이 빛나기 위해"서는 더 많은 "눈물"이 필요하고 또 반복으로 굽이치는 고난에 찬 생에의 형식이 필요하다. 차이가 일렁였으며 "다시" "또 다시" 반복이 요동쳐야만 한다. "파도의 입술"에 새겨진 고통의 소리를 들어야 하며 또 "한 송이 꽃" 속에 얼룩진 "피멍" 자국을 들여다보아야만 한다. 방법이 모색된다. 이 세계는 무엇이 아니라 "어떻게"라는 방법적 전략에 의해 자신의 모습을 탈바꿈하게 되고 자신의 존재론적 위치를 결정하게 된다. 마치 환멸에서 깨달음에로의 이행이 가능한 의식의 연금술이 "어떻게"라는 방법적 모색에 의해서 결정되듯이, 시인 김영석은 생성과 소멸 사이를 결핍의 소리로 인지하면서 세계의 웅얼거림을 듣고 있다. 저 하늘의 빛나는 별이 보인다. 여여로운 여율의 리듬이 생 내부를 가득 채우고 있으며 마침내는 시인의 심연에 자리한 슬픔을 공과 허를 통해서 승화시키기에 이른다.

이제 "길"이 보인다. 말과 세계의 심연에 위치한 이치가 보이고 또 "만물이 지나가는 길"이 보인다. 선명하고 투명하다. 속이 훤히 들여다보인다. "내 안의 길"이 투시된다. 환멸 그득 했던 청춘의 슬픔이, 결코 썩지 않을 것 같았던 슬픔이 추억의 한 페이지로 시간의 저편을 건너 말끔하게 색인된다. 모든 것이 "만물의 기척"이고 그것들이 남긴 오묘한 흔적이다. "마음의 밝음과 어둠"이 동시에 투영된다. 생의 앞면이 늘 욕망하는 의식으로 인해 늘 불편한 현실이었다면, 그것의 뒷면은 "다시 한번 조용히" 스스로를 반조返照하는 성찰의 태도라 하겠다. 김영석 시인의 시말운동이 아름답고 숭고한 것은 시대 전체를 휘어지게 만들어 그것을 허와 공이라는 자연의 원리로 승화시켰다는 데에 있다. 내 안의 길도 "하늘의 길", 즉 천도天道이고 생의 뒤안길도 천도이다. 세상의 모든 길은 진리의 길이고 깨달음의 길이다.

> 지금은 땅 끝 하늘 끝까지
> 무선으로들 통화하고 있으니
> 더 멀고 아득한 곳까지
> 닿을 수 있다면 얼마나 좋을까
> …(중략)…
> 닿을 수 있다면
> 저리 오래 갈잎을 스적이는
> 바람의 속뜻에도 닿을 수 있다면
> 무선으로 닿아서 하나가 된다면
>
> —「멀고 아득한 곳」 부분, 『모든 돌은 한때 새였다』

> 광대한 벽공을 무연히 바라보면서
> 허공이 무한한 까닭을
> 이제야 비로소 조금 알 것 같다
>
> —「소공조」 부분, 『바람의 애벌레』

공과 허를 온몸으로 체현하는 것은 그리 쉬운 일이 아니다. "멀고 아득한 곳"에 깨달음이 위치해 있으며 이 세계는 늘 혼돈의 와중이다. 가상의 이미지가 의식을 현혹시켰으며 시뮬라크르 잔상들로 이 세계가 둘러쳐져 있음을 직감하게 된다. 즉흥적이고 몸이 너무 가볍다. 점점 더 감각적으로 변해갔으며 마침내 이 세계가 디스토피아라는 사실이 인지된다. 자본의 욕망이 이 세계를 대변하는 가장 극렬한 양식인 한, 우리는 공이나 허와 같은 근원을 사유하지 않는다. 김영석 시인의 시말운동이 의의가 있다면, 그것은 바로 시대이념의 대타존재를 자각하고 있다는 점이다. 말의 진법과 존재의 심연을 사유했으며, 또 저 심원한 "바람의 속뜻"과 맞닿기를 열망하다가 끝내는 광대한 "허공"의 비밀 같은 무엇인가를 내밀하게 촉지해낸 후 존재론적 전회라는 극적인 순간을 맞이하게 된다.

이제 시인에게 슬픔과 같은 근원감정은 그리 중차대한 사안이 아니다. 너무 "막막"해 가 닿을 수 없는 곳에 위치한 궁극의 모습을 궁구하는 것이 가장 요긴한 과제이다. 썩지 않는 슬픔이 뽀얗게 탄화되었으며 또 미적 승화의 경지에 다다르게 된다. 심연에 은거했던 절망이 사라진다. "땅끝 하늘 끝"에 가닿아 진정으로 소통하기를 열망하게 된다. "허공으로 둥지"를 삼고, "무한"이 "증식"된다. 이제 비로소 마침내 공안이 참구되기 시작했듯이 내밀한 이 세계의 심연이 무엇인지 어렴풋이나마 조금 알 것도 같다. "전설의 소공조巢空鳥"의 "환청 같은 그 소리"가 이 세계에 울려 퍼지고 있다. 산다는 것의 의미를 조금은 알 것 같다. 비로소 말의 의미와 세계의 심연이 무엇인지를 조금은 알 것도 같다. 아주 조금 말이다.

4. 아포리즘 : 심안의 성찰에서 의식의 연금술로

"바람은 세계의 몸이다."(「얼굴」 중, 『나는 거기에 없었다』) "속울음으로 애잔히 흐르는 일"과 "안타까이 햇살에 반짝이는 일"(「그리움」 중, 『나는 거기에 없었다』) 모두가 "마음의 숨결"(「바람이 일러 주는 말」 중, 『모든 돌은 한때 새였다』)이고 이 세계의 몸체를 구성하고 있다. 심안이 투시된다. 모든 것을 허비한 "빈털터리 거지"(「거지의 노래」 중, 『모든 돌은 한때 새였다』)가 추상되고 또 낭랑하게 "경전 책장 넘기는 소리"(「가을」 중, 『모든 돌은 한때 새였다』)가 들려온다. 시간의 경로는 마음의 경로와 적확하게 대응되고 또 인간학이 새롭게 정립되는 궁극의 길이다. "구멍의 허공"(「모든 구멍은 따뜻하다」 중, 『외눈이 마을 그 짐승』)이 보이기도 하고 "이 세상의 모든 길"(「재의 사상」 중, 『외눈이 마을 그 짐승』)이 "말씀의 빈 자취"(「꽃 말씀」중, 『외눈이 마을 그 짐승』)
로 휘어져 있다는 사실이 감지된다.

　모든 것이 바람의 문양이다. 생의 바람도, 바람의 바람도 존재론적 전
회의 순간들을 응결시켜 인간학적 진경에게 당도하게 된다. 어쩌면 썩
지 않는 슬픔의 행로가 심안에 이르는 여정이자 궁극에는 의식의 연금
술로 향하는 지름길인지도 모른다. 시간이 선험적 가정으로 세계의 배
후에 자리하고 있는 한, 욕망도 부질없고 슬픔 또한 부질없기는 마찬가
지이다. 생이 이 세계에 들어온 순간부터 승화는 조건이고 필연이다. 절
대가 사라지고 모든 것은 상대화된다. 길이 있는 곳에, 마음의 눈이 투시
하는 곳에 오오라가 황홀하게 빛을 산란시키지만, 그것은 한때 빛나는
아름다움에 지나지 않다.

　　　잊자
　　　뼛속에 뜬
　　　눈물의 소금 성에

　　　　　　　　　　　　　　　－「별」 전문, 『썩지 않는 슬픔』

　　　길은 없다
　　　그래서
　　　꽃은 길 위에서 피지 않고
　　　참된 나그네는
　　　저물녘 길을 묻지 않는다.

　　　　　　　　　　　　　　　－「길」 전문, 『나는 거기에 없었다』

　　　녹슨 철사줄
　　　내 마음
　　　붉게 녹슨 철사줄

　　　　　　　　　　　　　　　－「꽃」 전문, 『나는 거기에 없었다』

그러고도 한참은
내 하얀 두뇌 속에서
눈부신 사념을 깨고 있었다.

—「채석장」부분, 『썩지 않는 슬픔』

눈이 밝게 트이고 마음은 청정하다. 김영석 시인의 시말운동이 특이한 점은 고난과 슬픔에 찬 현실 옆에 항상 맑고 투명한 시혼을 병치시켜 말의 한계지평을 돌파해가고 있기 때문이다. 말이 겹치고 사유가 겹친다. 이때 겹침은 단순한 겹침이 아니라, 의식의 연금술을 얻기 위한 방법적 전략이자 시말이 통과해가는 의식의 지층이라 하겠다. 깊어지고 넓어진다. 이때 깊어진다 함은 말이 가닿는 지점을, 넓어진다 함은 말이 선택되는 지점을 의미하는데, 그것은 김영석 시인이 시말을 포착하는 언어의 지대이다. 말은 동시적이고 또 상호 이질적인 충위가 이종교배된다. 말의 한 면이 산문시 풍으로 거대한 서사적 열망을 총체적으로 노정하고 있다면, 그것의 다른 한 면은 선문답의 화두처럼 지극히 고밀도로 압축하여 말의 내부에 진리를 색인하게 된다. 말의 입자가 파동으로 변환되어 위치를 이동하고 또 새로운 의미의 공간을 창조하고 휘어져 새로운 시말의 입자가 구성된다.

조용하게 폭발한다. 빅뱅이 일어났으며 새로운 세계가 펼쳐진다. 담백한 듯하지만 심오하고, 심오한 듯하지만 이내 시말은 천진스러운 진경을 연출하게 된다. 가장 간결하게 아포리즘적 경구로 시말의 추이를 몰아가지만, 말이 가 닿는 지점은 넓고 깊어 말의 절대성을 응시하게 된다. 도대체 시인은 "별"과 "꽃"과 "길" 사이사이를 어떤 존재의 문양으로 건너는가. 마음의 구조가 성찰되고, 말과 세계 사이의 간극이 사라진다. 심안이 트인다. 마치 중세 연금술사의 그것처럼 고착된 의식에서 깨어나 자기 정련과정에 몰입하게 된다. 슬픔으로 굽이쳤던 꼭 그만큼의 욕망이 정화되고 순결해진다. "눈부신 사념"이 깨진다. 공안이 참구되었고 말의 논리가 아주 가볍게 논파된다. 가깝고도 먼 진리의 길을 에둘러 가면서 시인은 진정한 깨달음의 실체가 무엇인지를 직감하게 된다. 때론 길이 없는 길에 당도하여 하염없이 방황도 하면서 때론 녹슨 마음에 영롱한 꽃을 피워 아름다움을 완상도 하다가, 김영석 시인은 생에의 참모습을 깨닫게 된다. "소금 성에" 핀 짜디짠 "눈물" 같은 꽃들이 저 하늘에 찬란한 별이 되어 떠오른다. 아름답고 순결하다.

> 흰 눈雪도 깨끗이 씻어
> 마른 뼈로 좌정坐定하니
>
> 아슬히 허공 건너는
> 한 올 시린 물소리
>
> — 「좌정」 전문, 『모든 돌은 한때 새였다』

> 빈 마당귀 귀뚜라미 소리
> 만리 밖은 바람 부는 소리
> 그 만리를 등에 진 저 사람
> 오랜 옛적부터 어디로 가느냐.
>
> — 「저 사람」 전문, 『모든 돌은 한때 새였다』

> 사랑아
> 벙어리 속말로
> 허공에 묻어 둔 꽃씨 하나
> 그 넋이
> 서녘 하늘 붉게 물들이나니
>
> — 「노을」 전문, 『모든 돌은 한때 새였다』

> 길은
> 다시 길을 찾게 한다
> 길에 갇힌 나그네여

어디서나 푸르게 솟는
저 이름 없는 잡초를 보라
너의 온몸과 마음이
늘 푸른 길이 되어라

  －「길은 다시 길을 찾게 한다」 전문,『외눈이 마을 그 짐승』

  "바람"은 "몸"이고 "몸"은 떨어져 흩날리는 서러운 "꽃잎"(「낙화」 중,『모든 돌은 한때 새였다』)이다. 이제 비로소 몸이 반추되고 또 생이 제대로 성찰된다. 뭐랄까. "좌정坐定"하여 서러웠던 생의 오예汚穢를 말끔히 씻어내고 "뼈"를 새하얗게 말린다. 어차피 생이 탄화되는 과정이라면, 인간에게 허여 된 길이란 길은 죄다 그저 무기력한 것으로 표상되지 않는다. 우리는 "다시" "푸른 길"에 서서 이 사람이 아니라 "만리를 등진 저 사람"이 된다. 또 다시 길을 떠난다. 깨달음의 도정에 이르렀으며 존재의 비의를 성찰하게 된다. 의식이, 생에의 진경이 목도된다. 마치 '이'와 '저' 사이의 내밀한 의식적 거리 사이에 깨달음의 의미가 고밀도로 압축되거나 전치되어 있듯이, 생은 미지의 "사랑"으로 휘어져 "허공" 속을 홀로 헤매이게 된다. 생이 붉게 노을이 진다. 말하지 못했던 "벙어리 속말"들이 "넋"이 되어 넋두리로 발화되었으며 또 심연에 아직 남아 있던 울혈이 선명하게 투시된다.

  김영석 시인에게 심혼의 길찾기는 지상 과제이자, 시말이 가 닿을 수 있는 최종 기착지라 하겠다. 때론 "길에 갇힌 나그네"처럼 무명의 세계를 유랑하면서, 때론 "아슬히 허공"을 건너기도 하면서, 시인은 스스로가 연금술사라는 사실을 깨닫게 된다. 욕망의 화신은 고행의 화신이다. 수은이나 납을 한번도 금으로 만들지 못했던 연금술사는 금의 정련과정 전체를 의식의 정련과정으로 환치시켜 고행의 연금술사로 거듭 태어나게 된다. 이를테면 첫 번째 상재한 『썩지 않는 슬픔』에서 최근에 2011년에 상재한 『바람의 애벌레』에 이르기까지 시인이 초지일관 헌사한 아포

리듬에 가까운 단형시들은 자연인 김영석의 정신성이 변화해가는 과정들이 고스란히 노정된 숭고한 성과물이라 하겠다.

간결하고 정갈하게 진리의 문양을 투시하는 시적 태도는 속된 욕망들을 차근차근 내려놓는 동시에 비극적 생에의 형식 전체를 좌망하고 있기까지 하다. 눈시울이 붉어진다. 생이 시간 위를 아슬아슬하게 종주하는 것으로 짜여져 있는 한, 인간이란 한시도 자유로운 존재일 수 없다. 늘 무엇엔가 구속되어 있고, 또 미진한 그 무엇인가 잔여를 삶의 배후에 남겨놓는 경우가 비일비재하다. 김영석 시인의 경구에 가까운 짧은 단형시들은 교훈적이기까지 한데, 그것은 일종의 시간이 만든 존재의 문양이거나 시간과 상면한 시인의 존재론적 태도이다. 시간의 지층이 입체적으로 부조되고 새로운 삶의 구조가 모색된다. "온몸과 마음"이 다시 새로운 길에 접어들어 시간의 함수가 진리 함수임을 증명하게 된다. 허허로웠던 생의 단면도 내부에 "사랑"을 다시 저며 넣고 시간 전체를 긍정하게 된다.

> 한 말씀을 더 보태고
> 고요히 홀로 입적하였다
> 부처님이 지쳐버린 팔만대장경
> 그 경전 밖에서
> 봄 여름 가을 겨울
> 꽃은 피고 지고
> 새는 날고
> 송이송이 눈이 내린다.
>
> — 「경전 밖 눈은 내리고」 부분, 『외눈이 마을 그 짐승』

> 이승의 하늘은 얼마나 아름다운가
> 이쪽과 저쪽에
> 그 영원한 기다림을 세워놓고
> 아이들이 푸르게 자라는 걸 바라보며

저 못물에 아롱져 비치는
봄 여름 가을 겨울
그 새맑은 얼굴들을 두고두고 보다니
이승의 하늘은 얼마나 아름다운가.

－「이승의 하늘」부분,『외눈이 마을 그 짐승』

　의식의 높이는 세계를 바라보는 눈높이고 또 말과 세계 사이의 심연
을 헤아리는 정신의 맑고 드높은 경지에 적확하게 대응된다. 「경전 밖
눈은 내리고」와 「이승의 하늘」은 김영석 시인의 시살이의 진경이 육화
된 그야말로 시의 백미라 하지 않을 수 없는 수작이다. 물론 이 두 시가
짧은 단형시의 형태를 띠고 있지는 않지만, 견고한 연금술의 시적 경지
가 고스란히 발화되었으며 "세계의 참모습"과 상면하는 "미묘하고 그
윽"한 진리 법문에 도달해 있음을 드러내 보여준 작품이라 하겠다. 구도
자의 "침묵"이 이어지고 법문을 설법하고 마침내는 경전을 제작하기에
이른다. 경전 밖은 여전히 눈은 내리고, "봄 여름 가을 겨울" 계절은 끊
임없이 변하는데, 우리는 어떤 진리의 세계에 당도한 것인가. 문제의 심
각성은 경전도 아니고 진리의 문양도 아니다. 중요한 것은 이 세계를 바
라보는 시선이다. 사실 김영석 시인의 그것이 문제적인 이유는 심안의
눈트임과 순간의 향유를 통해서 가장 지고한 순간의 깨우침에 시말화했
다는 점이다. 말하자면 인간에게 의식의 연금술이 완성되는 진정한 깨
달음의 경지는 그리 높은 것이 아니라, 바로 지금 여기라는 현재를 긍정
하는 순간에 이룩되는 찰나의 시학이다. 새가 날고 눈꽃이 "송이송이"
내려앉는 너무도 아름다운 광경이 바로 진리가 드러나는 순간임에 틀림
없다.
　"수억 겁의 세월"의 "봉새알"에 관한 "먼 옛날 전설"이 연금술의 상상
적 지평에 의해 순간 이 공간 이 시간을 새롭게 일신시킨다. 기다림은 아
득히 멀기만 했고 또 간절했다. 또 기다리고 기다린다. "세세연년"의 세

월이 흐른다. 시간의 "이쪽"이 즉발적인 삶의 세계 공간이라면, 그것의 "저쪽"은 결코 시간이 가 닿지 못하는 불멸의 지대이다. "이쪽과 저쪽" 사이에 "영원한 기다림"이 놓여있고 "아이들이 푸르게 자"란다. 본다. 보인다. 이제 어렴풋하게나마 이 세계가 선명하게 투시되고 생이 무엇인지 알 것만도 같다. 다시 "봄 여름 가을 겨울"이라는 사계절의 순환이 시작되고 "새맑은 얼굴"들이 이 세계 공간 전체를 가득 메운다. 차이가 동일성으로 휘어지고 휘어진 동일성이 다시 반복으로 재차 구부러진다. 이 세계는 이중으로 휘어져 있다. "이승의 하늘"이 아름답다는 것은 저승의 세계도 아름답다는 것과 동일하다. 마치 끊임없이 구겨진 안주름이 결국에는 바깥으로 돌출하여 새로운 신화를 만들어가듯이, 시인 김영석은 우리가 피부 호흡하는 살아있는 "이승의 하늘"이 미적 현실성의 최적의 장소라고 지목하고 있다. 연금술이 놀랍고도 마술을 부리는 것은 금을 만들었다는 사실에서 비롯하는 것이 아니라, 한번도 금을 만들지 못했지만, 의식의 변이를 통해서 진정한 자아의 본질과 만난다는 사실이다. 김영석 시인이 행한 일련의 시말운동이 소중하고 아름다운 것은 희망이라고는 눈을 씻고 찾아봐도 없는 슬픔과 절망의 공간을 긍정이 넘쳐나는 미적 공간으로 승화시켰다는 점에서 그러하다.

> 적막한 귓속에도
> 푸른 하늘이 있습니다
> 그 푸른 고요 속을
> 한 마리 나비가 요요히 날아갑니다
> 오늘도
> 내일도.
>
> — 「나비」 전문, 『외눈이 마을 그 짐승』

> 막막한 세상의 끝
> 천지에 더 이상 갈 곳이 없고

더 이상 나아갈 길이 보이지 않을 때

나는 홀로

돌담을 마주하고 선다

조용히 돌거울을 들여다보면

거기 내가 길이 되어 누워 있다

지평선 너머로 사라지는 한 줄기

길이 되어 외롭게 누워 있다.

-「돌담」 전문, 『외눈이 마을 그 짐승』

인간에게 허여된 삶이란 항상 '그럼에도 불구하고'를 외칠 수밖에 없는 태생적인 운명성을 내포하고 있다. 심안의 투영도 의식의 연금술도, 그 모든 삶의 흔적들을 장자의 그것과 똑같은 알레고리적인 방식으로 시간의 퇴적층을 주밀하게 살피게 된다. 이것은 필연이고 더 이상의 대안이 없다. 그저 단지 생에의 흔적들을 "—도" 내부에 적층시킨다. 시간이 쌓이고 또 무연히 흐른다. 공간과 시간이 배후에 아득하고 막막한 "푸른 고요"가 은거해 있는 한, 우리는 너나할 것 없이 "한 마리 나비"가 된다. 하늘하늘 날아 무변無變한 세계를 열망하지만, 그것이 바로 "적막한 귓속"이라는 사실을 직감하게 된다. 삶—시간—세계를 소요하듯이 "요요히" 날고자 했으나, 생은 언제나 동일한 것의 반복을 의미하는 "—도"에 갇힌다. 무한히 반복된다. 의식의 연금술적 깨달음과 생의 반복적 굴레 사이에서, 우리는 언제나 "오늘도/ 내일도" 다시 외롭고 적막한 생에의 길에 필연적으로 들어서게 된다.

"막막한 세상의 끝"에 당도한다. 혼자 "홀로" 스스로를 보고 또 "돌거울"에 자아가 반조된다. "모든 것들이 거울"이 되고 또 서로가 서로에게 "온갖 거울"(「우리 모두 거울이 되어」 중, 『외눈이 마을 그 짐승』)이 되어 이 세계를 상면시킨다. 존재의 길이 보이고 존재의 의미 구조가 투시된다. 시인이라는 부류의 인간형이 시간의 산책자인 한, 김영석은 항상 꽉 막힌 "돌담"과 마주하게 되고 또 스스로가 길이 된다는 사실을 직감

하게 된다. 눕는다. 누워 길이 되어 소멸해 사라진다. 어쩌면 시인의 그
와 같은 결론은 너무도 당연한 것인지도 모른다. "지평선 너머로 사라지
는 한 줄기" 길로 누워 "더 이상" 존재이기를 멈춘 순간에 당도하게 될
것이다. 레테라는 망각의 강에 이르러 므네모시네의 모든 작용들이 덧
없고 허망하다는 사실을 깨닫게 된다. 조용히 존재한다는 것의 의미를
되새기며 표표히 하늘하늘 나비되어 날아가기를 염원도 해본다.

> 존재한다는 것은 참는다는 것이다
> 참지 않으면
> 꽃도 그 모양을 잃고
> 날아가던 새도
> 그만 흙먼지로 풀어지고 만다
> 보라, 저 돌멩이조차
> 굳게 뭉쳐 참고 있다.
>
> ─「존재한다는 것」 전문, 『바람의 애벌레』

> 흰 백지
> 그 깊은 속에서
> 이따금 꾀꼬리 소리 들리고
> 그 울음 사이로
> 모란꽃 뚝, 뚝, 지네.
>
> ─「모란」 전문, 『바람의 애벌레』

> 망각의 깊이에서
> 적막의 틈에서 돋는 풀이여
> 무지無知의 별빛이여.
>
> ─「풀」 전문, 『바람의 애벌레』

> 언제나 풍경은
> 늘 빈 곳을 새로 채운

비어 있는 풍경.

− 「풍경」 부분, 『바람의 애벌레』

　시의 길은 존재를 참구하는 숭고의 길이다. 너무도 커다란 깨달음의
지혜는 작은 것으로 휘어져 이 세계를 소립자라는 소우주를 통해서 직
관하게 된다. 한 극이 다른 극으로 치환되고 또 다른 극은 미진한 부분을
대리보충하게 된다. 『티벳사자의 서한』의 의미적 구조가 참구되고 선문
답의 화두가 이심과 전심 사이를 흐른다. 참아야 하느니라. "존재한다는
것"은 언제나 인내하지 않으면 제 "모양"을 잃고 매사를 그르치게 된다.
의식의 연금술이 시련과 고난을 인내함으로써 마침내 실현되는 것처럼,
김영석 시인의 시말운동은 환멸의 세계상에 비추어진 썩지 않는 슬픔을
발효 증류시켜 미적 절대성에 다다르기를 열망하고 있다 하겠다. 말의
내면이나 사물의 심연에 응결된 심상을 투명하게 부조시키면서 말해지
지 않았던 존재의 참모습을 시말화하고 있다.

　"존재"는 "풍경"의 밑그림이고 풍경은 존재의 전경이다. 이를테면 존
재와 풍경 사이에 내밀한 미지의 공간이 존재하는데, 그것이 바로 시인
이 깨달은 여여如如로운 여율의 존재론적 리듬이자, 이 세계가 존재하는
방식이다. 말하자면 김영석 시인에게 시 쓰기란 인내를 통해서 응시된
존재의 내밀한 공간적 지평이자, 현상의 배후에 숨겨진 미지의 존재들
을 드러내 보여주는 과정에 다름 아니다. 환멸은 치명적이고 깊었으며
깨달음에 이르는 의식의 연금술은 멀고도 험하다. "망각의 깊이"가 투시
되고 "적막의 틈"이 "무지無知의 별빛"처럼 선명하게 떠오른다. 풍경과
존재 사이에 허와 공이라는 장막이 둘러쳐져 있지만, 시인은 이 양자 사
이를 헤집어도 보고 또 거꾸로 들여다보기도 하면서 말의 절대성에 당
도하기를 염원하고 있다.

　때론 존재의 다층적인 문양을 안주름으로 압축 전치시키면서, 때론
저 허와 공이라는 빈 지대에 존재 전체를 투영하면서, 시인 김영석은 마

성적인 문학의 공간 전체를 좌망하고 있음에 틀림없다. "흰 백지" 위에 천변만화경이 펼쳐진다. 깊고 넓을 뿐만 아니라, 속 깊은 속내가 내밀하게 은거해 있다. "울음"소리가 들렸고 생에의 아름다운 꿈이 보였으며, 마침내는 의식의 연금술로 향하는 시인의 존재론적 의식의 지층들이 적층을 이루고 있다. 존재는 풍경을 통해서 삶-시간-세계의 내밀한 진법을 깨닫게 되고, 풍경은 존재의 응시 통찰을 통해서 세계 그 자체가 존재하는 목적을 완성하게 된다. 상보성의 원칙으로 존재와 풍경이 상호 밀접하게 응결되어 의식의 연금술, 즉 깨달음에 이르고 있다.

5. 몬과 몸의 언어 : 즉물성의 극대화 혹은 미적 전언

수구초심이라 했던가. 시인이란 그 문명의 표지이자 정신성을 대표하는 시금석이다. 시인이 어떤 언어적 지평과 상면했을 때, 자기Self를 가장 잘 표현한 것이며 또 인간학적 소임을 다한 것인가. 앞으로만 질주하는 시말운명의 정초인가, 시적 전통의 재건인가. 분명 우리가 살아가는 21세기는 언어가 격렬하다 못해 말의 참극이 자행되고 또 말의 잔혹극이 아무렇지도 않게 공공연하게 행해진다. 폭력이 난무한다. 더 이상 말은 지성의 보고도 아니고, 그렇다고 의미나 사고의 전유물도 아니다. 말이 제대로 말해질 본새가 사라졌고 또 자신의 적확한 상도 없어졌다. 말의 기氣가 어그러졌고 말의 순결한 상象이 훼손됐다. 말의 폭력은 상象이 상像으로 치환되어 모든 언어의 작용이 핍진화되었기 때문이다. 시말이 손상된다. 이미지의 유희가 자행되었으며, 마침내는 말의 그 정확한 본새를 왜곡 전도시키기에 이른다.

김영석 시인의 「기상도氣象圖」 연작 30편은 동양의 시정신에 기반하여 그 말의 본새를 몬物—몸身—마음心의 삼자관계에서 재조명한 것이라 하겠다. 의미 과잉이나 고도의 사유를 언어적 절차로 치장하는 것이 아니라, 말-자연을 실천하는 데 그 목적이 있다. 말은 직관적이다 못해 자연을 닮아 있다. 잃어버린 자연이 복원되었으며 또 시말이 상像이 아니라 상象으로 복귀하게 된다. '기상도 삼십편氣象圖三十篇이면 사무사思無邪라.' 몬이 마음에 투영되고 몸이 몬을 용납한다. 전일하다. 상호 소통되고 또 합일이 이루어진다. 상象들이 상像으로 치환되지 않았으며 결코 상傷하거나 상喪하는 경우가 없다.

어쩌면 「기상도氣象圖」 연작 30편을 통해서 시인은 『시경』의 시적 경지를 도모했는지도 모른다. 말이 정위되고 세계가 순치되고 정서가 말과 적확하게 대응되는 바로 그러한 미적 순간이 재현되기를 열망했을 것이다. 때론 최적의 언어를 공간적 지평과 조응시키면서, 때론 공간이 말의 지층들과 상호 매개되고 결합되기도 하면서, 몬物-몸身-마음心이 삼위일체가 되는 그러한 시적 경지를 염원하고 있었을 것이다. 아무것에게도 훼손되지 않을 뿐만 아니라 몸과 마음이 몬과 작용하는 그 즉발적인 바로 그 순간을 정확하게 포착하여 시말화하는 것이었으리라.

> 가을볕이 잘 드는 성터
> 여기저기 돌무더기가 보이고
> 더러는 띄엄띄엄 외톨이가 된
> 뭉우리돌 섭돌 너럭돌이 보이고
> 막돌들은 잡풀 그늘 밑에 흩어져 있다
> …(중략)…
> 생강나무도 겨드랑이에 매달고 있던
> 노란 꽃 대신 붉은 열매를 달고 있다
> 옛날에는 이 붉은 열매 기름으로
> 등잔불을 밝히기도 했다.
> …(중략)…
> 중도 성터 아래 암자로 돌아간 뒤
> 돌무덤 사이 생강나무 붉은 열매를
> 박새가 쪼아보곤

쪼아보곤 한다.

ㅡ「성터ㅡ기상도氣象圖 1」 부분, 『외눈이 마을 그 짐승』

　담담하다. 퇴락한 "성터"의 풍경이 눈앞에 선명하게 부조된다. 몬의
상태가 몸ㅡ감각에 촉지되고 또 마음이 그 감각에 화답한다. 상호 조응
이 이루어졌으며 상은 결코 상하는 경우가 없다. 상은 기를 상하지 않고
또 상 전체를 인륜성으로 고양시켜 상을 미적으로 고양시킨다. 연기적
자장이 자연스레 일어났으며 처연한 생의 흔적도 부조된다. 모든 현
상은 시간이 만든 골을 따라서 흩어졌다 모이는 바로 그 지점에 위치해
있다. 관조적 탐구가 이루어졌으며 또 심미안이 시말 내부를 여유롭게
가로지르다가 마침내는 그 모를 미적 진경에 당도하게 된다.

　시간에서 시작해서 시간으로 유유자적하게 흘러내려가 자연의 미가
재현된다. 이때 이 미의 자연은 단순한 의미의 시간의 흔적들을 재현하
는 것으로 종료하지 않는다. 이때 자연의 미는 미메시스, 즉 단순한 모방
이 이루어지는 그야말로 천근한 상像의 재현적 국면이 아니라 미가 발산
되는 자연의 상象이다. 미의 절대성이 탐구되었으며 칸트가 지향했던 숭
고의 경지에 다다르게 된다. 만약에 김영석 시인이 지향하는 시적 경지
가 숭고에 있지 않다면, 그것은 관상도 아니고 기상도 아니다. 아니 이미
기에 포착된 상은 숭고를 겨냥하고 있으며 또 알 수 없는 정감의 세계에
서 비롯하는 감동을 느끼게 된다. 빛바랜 아날로그적 서정의 세계가 생
의 지형도 내부를 관통해 우수 띤 정조가 도발된다. 마음이 가 닿았고 느
낌이 충만해진다. 관상이 이루어지고 기상이 형성된다.

　몬이 발화되고 상의 흔적들이 발산하는 풍경이란 이런 것이 아닐까.
점점 인공적인 이미지에 길들려지고 천연의 입맛을 잃어가는 21세기 시
단의 역겨운 풍조를 전통적인 관상의 기법으로 복원하려했던 것이 바로
「기상도氣象圖」 연작 30편의 정체가 아니었을까. 사악한 기운 넘쳐나는
그래서 점점 더 고약한 냄새만 풀풀 날리는 이 시단의 암울한 경향들을

순치된 감성의 전언으로 노래하고 싶었던 것은 아니었을까? 고즈넉하다 못해 모골이 송연해지는 "가을볕 잘 드는 성터"의 어디쯤을 배회하다가 죽음의 임계점을 응시하게 된다. 숙연해지고 무연해진다. 연속적이었던 세계 공간이 단속적이었다가 다시 한 지점에서 합체된다. 마음이 몬과 몸을 봉합한다. 마음이 해체되고 분열되었던 상과 상 사이의 간극들을 다시 모두어 세계를 하나의 완전한 그림으로 완성시킨다. 기상이 완성되고 마침내 관상이 이루어진다.

> 기러기떼 한 줄이
> 하늘의 빨래줄처럼
> 오래오래 조용히 걸려 있다.
>
>   ─「어느 저녁 풍경─기상도 2」 부분, 『외눈이 마을 그 짐승』

> 배롱나무 가지에 앉아 있는
> 이름 모를 산새 하나가
> 그림자처럼 움직이고 있는 산역꾼을
> 죽 지켜보고 있다
>
>   ─「면례緬禮─기상도 3」 부분, 『외눈이 마을 그 짐승』

> 탱자나무 울타리 사이로
> 흰 옷깃 어른어른
> 누군가 옛 노래를 부르며 간다.
>
>   ─「옛 노래─기상도 6」 부분, 『외눈이 마을 그 짐승』

「기상도氣象圖」 연작 30편을 그리 단순하게 읽어서는 안 되는 이유가 있다면, 이 시대가 무한히 날림의 세계인 까닭에 그러하다. 기의 상이 흩어졌고 또 상을 더 이상 관하지 않는다. 모든 것이 흩어졌다. 예의도 없고 무례하고 또 의는 더 이상 관심의 대상이 되지 않는다. 그저 과도하게 지껄이고 단순하게 탐닉하면 그만이고 그것으로 족하다. 21세기는 더 이상 인륜성을 믿지 않을 뿐만 아니라, 서로가 서로에게 고즈넉하지만 안온한 "저녁 풍경"으로 존재하지 않는다. 무관심하다.

관찰이 이루어진다. 관조도 이루진다. 유년의 화자가 보인다. "늦가을 해거름"이었다. 죽은 이를 "개쇠뜨기나 하늘지기가 가녀린 손"으로 위무하고 가슴을 쓸어내려준다. 상한 기가 치유된다. 조용히 저녁이 오고 "기러기떼 한 줄"로 열 맞추어 잠든다. 다음 날 "면례"가 엄숙하게 이루어진다. 죽은 이의 진혼이 이루어지고 또 엄숙하게 유골이 수습된다. "초가을 햇살"은 따사롭게 눈이 부셨다. 완전히 육탈이 이루어졌으며 또 흰 "뼈"는 탄화되어 흙으로 돌아가게 된다. 기상은 완전한 기의 흐름이자, 자연이 만든 길을 따라 움직이는 순치된 인간의 길이다.

초연히 사라지고 "옛 노래"가 무연히 흐른다. 다시 또 다른 풍경이 불연속적으로 이접되었다가 연속으로 봉합이 이루어지는데, 그것이 바로 「기상도氣象圖」 연작 30편에 내파된 시말운동의 정체라 하겠다. 표면적으로 볼 때, 이 세계는 상이한 기가 펼쳐내는 상들의 운동처럼 보이지만, 기실 그 상들의 면면을 내밀하게 살펴보면 상은 기가 변용된 산물일 뿐이다. "누군가 옛 노래를 부르며" 죽은 이의 혼백을 위무하고 있다. 모였다 흩어지고, 흩어졌다 재차 다시 모두어 기상을 오롯하게 세운다.

> 낮게 흐린 하늘
> 텅 빈 들판
> 흰 헝겊 조각처럼
> 여기저기 남은 잔설
> 연필로 희미하게 그린 듯
> 가물가물 이어진 길을
> 누군가 가고 있다
> 먼 옛날부터
> 거기 그렇게 가고 있었다는 듯
> 누군가 아득히 가고 있다

흐린 기억
하늘 저편으로
점점이 꺼지는
예닐곱 철새들.
      ―「누군가 가고 있다―기상도 13」 전문, 『외눈이 마을 그 짐승』

　가는 자는 저와 같고 오는 자는 또 이와 같다. 오고 감에 그 무슨 소회
가 있겠냐만 모든 것은 기가 상으로 코드 변환되는 그 지점에 존재한다.
기와 상의 상호작용이 삶이고 세계의 표정이다. "누군가 가고 있다." 기
가 펼쳐지고 상이 현시된다. 아주 "먼 옛날" 까마득한 태고의 시절부터
공이 있고 허가 있어, 음과 양을 만들고 또 만물이 공존하는 이치를 일깨
운다. 누군가가 가고 있었다. 미지의 누군가가 이 세계에 들어왔고 또 그
만큼 다른 누군가가 세계의 바깥으로 내달린다. 상이 사라지고 상이 또
나타난다. "흐린 기억"의 이편과 저편 사이를 "가물가물 이어진 길"로
가고 있다. 오고 감의 이치가 저와 같다.
　김영석 시인의 「기상도氣象圖」 연작이 소중하고 의미 있는 것은 단지
그것이 동양의 시정신을 육화시켰기 때문만은 아니다. 인간학적 체취가
물씬 풍겼으며 또 그 모든 것들이 인륜성으로 고양되어 있다. 기의 오고
감이, 상으로의 환치과정이 바로 생이고 삶의 흔적들인 까닭에 더욱 그
러하다. 점점 더 분주해지고 디지털코드에 길들여진 무감각한 현대의
기호 사이를 포근한 상생의 서정으로 건너는 관상시야말로 소중한 미적
가치를 온전하게 체현한 것이라 하겠다. 몬이 의미의 기호를 따스한 감
각의 전언으로 발화시키면, 몸은 그 감각의 전언들을 오감으로 느끼면
서, 마음이 몬과 몸을 동감同感의 시학으로 고양시키는 바로 그 지점에
기상이 웅비하고 관상의 미적 순간이 영롱하게 피어오른다.
　감이 느껴지고 또 옴이 촉지된다. 어느 저녁 답의 풍경이 불연속적으
로 떠오르고 면례의 장중한 모습이 상기된다. 또 다른 누군가가 아득히

먼 길을 떠나고 누군가는 기상이 늠연하여 이 세계로 들어온다. "예닐곱 철새"들 빛바랜 스냅처럼 "텅 빈 들판"을 가득 메운 채, "하늘 저편"으로 점점이 사라져가고 있다. 아득히 먼 곳으로 말이다.

> 산기슭 자귀나무 꽃가지에
> 나비 형상의
> 물고기 등뼈 하나 걸려 있다
> 새가 그런 것일까
> 탈화하여 날아간 것일까
>
> 나침반처럼 그것이 가리키는 곳
> 먼 하늘가에
> 흰 나비 떼가 분분하다
>
> — 「나침반—기상도 22」 전문, 『바람의 애벌레』

> 오뉴월 뙤약볕이
> 온 세상 소리들을 다 태워 버렸는지
> 산골 마을이 적막에 싸여 있다
> 외딴 빈집을 지나면서
> 울 너머 마당귀를 얼핏 보니
> 길 잃은 어린 귀신 하나가
> 두어 그루 패랭이꽃 뒤로
> 얼른 숨는다.
>
> — 「적막—기상도 28」 전문, 『바람의 애벌레』

이기론理氣論의 관점에 따라 조금 다르지만 기란 이 세계를 형성하고 표현하는 구체적인 매재媒材이다. 이합집산이 자유자재로 이루어지며 흐름이 단속적이다. 느린 듯 빠르게 흐르며 또 그 역을 성립시킨다. 천변만화경 같은 기의 다양한 흐름들이 상의 변화를 일으킨다. "탈화"가 일어나기도 하고 우화의 꿈이 시현되기도 한다. 기의 흐름이 "분분"하고 그에 따라 상이 펼쳐지는 모습 또한 다양하다. 입자였다가 파동으로 변환되고 아주 빠른 속도로 움직이는 듯하다 곡면 위를 아주 느리지만 정교하게 흘러 자신의 목적을 이루어낸다.

"적막"했다. "나침반"이 가리키는 남과 북의 방향이 음험했고 불길하다. 뒤숭숭한 꿈이 악몽처럼 나타나기도 하고, 요요한 나비의 날갯짓에 장주의 세계에 당도한다. 기의 흐름이란 늘 그렇듯이 그 형상形象이 너무도 현묘하여 동일한 시간과 공간을 비동일한 형식으로 위치를 변환시킨다. 현대 양자론의 상보성 이론처럼 기의 운동이란 늘 상보적이다. 공평하다. 모든 것은 변하고 흐른다. 세상에 영원한 것은 없고 오고 감의 이치에 따라 늘 저와 같이 기상의 모습을 탈바꿈하게 된다.

어쩌면 김영석 시인에게「기상도氣象圖」 연작은 천지조화가 참여하는 전일한 순간을 시말로 재현하는 가장 숭고한 미적 상태를 함의하고 있는지도 모른다. 평범한 듯 비범하고 비범한 듯하다가 이내 따스한 포월의 정신성을 함하고 있는 관상시의 시적 풍모는 신기神氣와 아날로그적 일상이 절묘하게 결합한 새로운 시말운동의 전초기지에 해당한다. 점점 더 신기神奇한 것만 추구하고 말의 모가지를 비트는 21세기의 시적 경향과는 대척점에 위치하면서, 시인 김영석은 진정한 시말의 위의가 무엇인지를 이 세계에 고지하고 있다. 때론 마음 속 남아 있는 울혈들을 하나하나 가라앉히면서, 때론 온몸에 열꽃이 핀 청춘의 슬픔을 건너기도 하면서, 시인은 자신만의 견고한 시말을 건설하고 있음에 틀림없다.

6. 결론을 대신하여 : 남는 문제

한 시인의 시의 궤적을 추적하는 데는 여러 가지 난제들이 산재해 있다. 전체의 틀거리 잡기가 그렇고, 미시적인 내면의 여율이 그렇다. 얼추 김영석 시인이 전개한 시말운동을 살펴보았지만, 딱 하나 살피지 못한 부분이 있다. 산문시이다. 시의 특성이나 성질이 전혀 달랐기 때문에 글 내부에 두지 못했다. 그것은 다음에 기회가 닿으면 산문시 따로 다루어 볼 요량이다.

말을 했으나 말을 다하지 못했다. 아직 심화가 남았고, 울혈이 인다. 글이란, 글을 쓰는 행위란 늘 그렇듯이 항상 잔여를 남겨 놓는다. 무엇인가 다 말하지 못했다는 느낌, 기상을 늠연히 펴지 못했다는 느낌, 항상 그런 느낌이 글을 쓰는 내내 괴롭힌다. 다음을 기약해본다.

> 천지가 어찌 말을 하리오
> 홍역으로 온몸에 열꽃이 피듯
> 봄이면 지천으로 피는 꽃들은
> 속으로만 심화心火를 끓이던 천지가
> 적막한 벙어리 몸짓으로
> 드디어 해열을 하는 거라
>
> ─「심화」 전문, 『바람의 애벌레』

(시와경계, 2012, 봄호)

제2부

시집론

삶의 슬픔과 뿌리의 약

─시집『썩지 않는 슬픔』

최 동 호

1.

김영석 시인을 처음 만난 것은 1981년 봄 경희대학교의 어느 휴게실이었던 것 같다. 이제 다시 공부를 새로 시작하였다고 하면서 그가 그동안 문학이나 공부와 관계없이 보냈던 시간들에 대해 약간은 자조적인 어투로 말하였던 것이 기억된다.

그의 웃음 속에는 삶의 허망함에 대한 나름의 깨달음이 깃들어 있었다. 그는 1970년 동아일보에 「방화」가, 그리고 1974년 한국일보에 「단식」이 당선된 바 어려운 관문을 두 번씩이나 통과한 당당한 시인이었음에도 불구하고 나의 시가 뭐 그리 대단하겠느냐는 태도였다.

우리는 쉽게 마음의 벽을 허물고 이야기를 나눌 기회를 갖지는 못하였다. 그와 함께 여러 차례 술을 마실 기회가 있었다. 때로는 단 두 사람이 만날 기회도 있었지만 그는 쉽게 자신의 문학이나 자신의 신변사를 말하지 않았다. 시에 대한 어떤 엄격성을 지니고 있다고 생각되었으므로 그가 얼마나 시를 쓰고 있는지도 물어보지 못했던 것 같다.

이번에 간행되는 그의 시집『썩지 않는 슬픔』의 원고뭉치를 받아들었을 때, 나에게 다가온 충격은 컸다. 아! 그가 정말로 시를 포기하고 살고 있었던 것은 아니구나 하는 느낌이 바로 그것이었다. 실로 그를 만난 지 10년이 지난 다음이고, 그가 문단에 등단한 지 20여 년 후의 첫 시집이 아닌가.

이번 시집은 모두 5부로 구성되어 있다. 이 구성에 특별한 이유는 없는 것 같다. 단순한 연대순의 배열도 아니다. 구태여 따지자면 소재나 주제상의 몇 가지 유사점을 몇 개의 덩어리로 나눈 것이라는 생각이 든다. 첫 번째 묶음은 밀폐된 자아의 굴복하지 않는 자세를, 두 번째는 비판정신을 기조로 한 시대사와 현실의 삶을, 세 번째는 잠언적인 언술로 밥에 얽힌 나날의 삶을, 네 번째는 전형적인 서정적 단시들로 절제된 서정을, 다섯 번째는 삶을 억누르는 현실의 질곡에 대한 시적 반응을 담고 있다.

두 번째 묶음에서 우선 두드러지는 것은 「두 개의 하늘」, 「지리산에서」, 「독백」, 「마음아, 너는 거름이 되어」 등이다. 이들은 해설적 이야기를 빌어 상황을 제시하고 이를 시로 축약한 작품들인데 극적인 상황 제시를 위한 그 나름의 새로운 시도로서 흥미롭다. 이는 서정시의 고착된 틀을 깨뜨리면서 그만큼 고정된 틀로써 표현되지 않는 압도적인 현실을 포용하겠다는 뜻으로 받아들여진다. 『삼국유사』의 「황조가黃鳥歌」, 「헌화가獻花歌」 등에서 그 단초를 볼 수 있는 이런 시적 변형은 그 현대적 호흡을 어떻게 전환시키느냐가 앞으로의 과제가 될 것이다.

김영석의 시를 논하는 데 있어서 아무래도 그 실마리가 되는 것은 그의 첫 등단작 「방화」이다. 25세 청년의 방장한 열정이 깃들어 있는 이 시는 그의 시적 전개와 더불어 단속적인 그의 시적 침묵을 밝혀주는 열쇠가 된다.

얼음 속에서 나는 불을 지른다
기침 멎은 밤
우리들의 도탄塗炭의 중심으로
전신全身의 눈을 밀어 보내며

가장 단단한 아픔을 캐어낸다
신기한 머리털이 무섭게 자라버린
겨울의 어두운 옷자락은 마을을 닫고
자욱한 실의의 눈발들이
철근의 팔뚝을 번득이며
하얗게 자빠진 시대의 등뼈에
캄캄한 노래를 묻고
천 길 눈구렁에 빠진 이웃들의 목소리
없는 길을 헤매이는
동상의 발은 돌아오지 않는다
미끄러운 경험
그 긴 시간의 골목길을
열 개의 더듬이로 기어간다
이웃들의 잠 속에서도 대리석의 웃음이 피고
질기고 질긴 밧줄이 석상石像을 묶는
숨막히는 우리들의 풍속을 넘어서
차갑게 빛나는 거대한 식기食器
몇 세기의 어둠을 캐어낸다
단순한 바람이 나뭇가지를 흔든다
안개처럼 지상을 내려 덮는 아편꽃
밀폐된 유리 안에서
사람들이 인조의 털옷을 두껍게 입고
견고한 의자에 앉아 근시안이 되고 있을 때
은빛 현弦이 끊어진 바다
눈물의 뿌리는 썩고
우리들은 어둠을 알았다

— 「방화」 부분

　　도처에서 신춘문예 투의 설익은 표현이 드러나 보이지만, 유장한 시
적 전개를 이끌어 나가는 저력은 만만한 것이 아니다. 그 속에는 얼음에
서 불을 일구어내려는 치열한 열정이 담겨 있다. "몇 세기의 어둠을 캐
어낸다/단순한 바람이 나뭇가지를 흔든다"와 같은 시행은 약간의 혼란

스러움을 가다듬는 그의 예사롭지 않은 시적 통찰을 드러내며 이는 한 걸음 나아가 "눈물의 뿌리는 썩고/우리들은 어둠을 알았다"에 귀착된다. 그렇다면 그의 방화가 무엇을 뜻하는지 알겠다. 그는 썩어버린 눈물의 뿌리에 불지르면서 어둠을 알았고, 그 어둠을 밝히겠다는 것이다.

그러나 그 어둠은 쉽게 밝혀지지 않는다. 그가 이 시의 후반부에서 "가장 아픈 상처에서 열렬한 불꽃이여"라고 말하고 있지만 얼음에서 불로의 변증법은 쉽게 성취되지 않는다. 그가 나아갈 길은 열려 있지만 닫혀 있는 길로 인식된다.

> 길은
> 우리 모두의 낯짝들을 잃어버리게 하고
> 에미 애비도 까맣게 잊어버리게 하고
> 자꾸 꿈을 지우면서
> 바보같이 길에 갇혀
> 무작정 우리를 걷게 만든다
>
> — 「길」 부분

전국의 어디에도 닿을 수 있지만 걸어도 걸어도 그는 어느 마을로도 닿지 못한다. 길은 우리를 나아가게 하는 것이 아니라 길에서 벗어나는 꿈을 깨뜨리기 위해서, 튼튼한 절망으로 더욱더 걷게 하기 위해서 열려 있다. 그에게 열려 있는 이 길은 삶의 현장이다. 현실의 모든 억압과 더불어 싸우며 살아가야 하는 현장에서 「밥」, 「밥과 무덤」, 「흩어진 밥」 등과 같은 밥의 시편들이 쓰여진다. 이 시편들은 노자나 장자와 같은 어법을 취한다.

> 밥이 처음 우주를 낳아
> 알처럼 포근히 품고 있으므로
> 우주 안에서 구물거리는 우리들의

뱁새눈으로는
밥을 볼 수가 없다

-「밥」부분

비록 달관적 어투로 쓰여지고 있다고 해도 그의 밥 시편에서 우리가 읽을 수 있는 것은 난장의 아우성이며 핏방울을 보고 노여움을 아는 아귀다툼의 현실이다. 밥을 보며 흉년에 굶어 죽은 이를 떠올리며 넋나간 사람들이 이 세상에 들끓는다고 보는 것이 그의 시적 통찰이다. 그가 한층 직설적인 화법을 취할 때 「증인」과 같은 시가 쓰여진다.

우리 모두가 증인이므로
아무도 증언하지 않는다

-「증인」부분

진실은 소란한 침묵 속에 가려지고, 새는 지저귀고 개는 짖어댈 뿐이다. 진실을 보고도 증언하지 않으므로 한 사람의 증인도 찾을 수 없는 말짱 개인 대명천지의 밝음이 그에게는 하나의 덫처럼 인식되기도 한다.

햇빛 밝은 빛나는 세상
어느 구석
어느 허공에
그림자도 드리우지 않고
소리없이 숨어 있는 덫

-「덫」부분

밝고 빛나는 세상 어느 곳에서 순식간에 덮칠지 모르는 덫이 그의 자의식을 옥죈다. 이 강박감은 진실과 거짓이 뒤엉키고 거짓이 오히려 진실을 억압하는 현실에 대한 인식에서 비롯된다.

이와 같은 현실인식이라면 앞에 말한 대로 길은 열려 있기는 하지만 그를 어느 곳으로도 나아가게 하지 못하는 속박임에 틀림없다. 오히려 더욱 절망하게 하고 끝없이 고통스러운 길을 걷도록 하기 위해서 마련된 운명적인 것이 아닐 수 없다.

> 육지의 모든 길
> 멸망시키고
> 모국어도 멸망시키고
> 허공 천 길
> 투명한 낭 세워놓고
> 너는 나를 보고
> 동서남북 어디로든
> 무조건 떠나라 하는구나
> 헛된 싸움이
> 이 세상 일등이라고
> 교과서는 믿지 말라고
> 사정없이
> 푸른 채찍으로 갈기는구나

─「바다는」 전문

떠나려 하지만 떠나지 못하는 반어적 상황은 모두가 증인이지만 아무도 증언하지 않는 멀뚱한 거짓 세계에서의 헛싸움으로 자신을 이끌어간다. 푸른 채찍으로 등을 얻어맞아도 그가 어느 곳으로 떠나갈 수 없는 현실이 얽어매고 있었던 것이다. 그가 밤의 시편에서 달관적 어투를 취하는 것은 바로 이 굶주림과 노여움과 그리움의 난장을 거리를 갖고 바라보고자 하는 힘든 노력의 일단을 드러내준다. 그럼에도 햇빛 밝은 세상의 어느 구석 어느 허공에서 어느 순간에 그를 덮칠지 모르는 덫이 드리워져 있는 까닭에 그의 삶은 감옥에 갇힌 것처럼 고통스러움으로 가득차 있었으리라. 그가,

가슴 깊이
별을 지닌 사람들은
모두 감옥에 갇힌다
별 향한 창틀 하나 달린
감옥 속에

- 「감옥」 부분

라고 노래하거나

무기수들이 창을 닦는다
탈옥을 꿈꾸며 창을 닦는다
…(중략)…
창이 있는 동안
창이 있으므로
하늘이 파랗게 창을 닦는다.

- 「창」 부분

　　라고 말하는 것은 모두가 갇힌 세계에서 탈출하고자 하는 의지를 나타낸다. 밝은 세상이 덫으로 인식되고 스스로에게 갇힌 자의식을 가진 그가 어디서 삶의 공간을, 자신의 지순한 세계를 지키면서 살 수 있는 공간을 찾아낼 수 있을까. 이 부분에서 그의 시적 독자성이 개진된다. 그는 자신의 존재 의의를 극기적 금욕에서 찾는다. 난장의 아우성에 던지는 것이 아니라 금욕적 절제를 빌어 새로운 각성을 갖는 것이다.

죽음 곁에서 물을 마신다
잠든 세상의 끝
마른 땅 위에
온 몸의 어둠을 쓰러뜨리고
무구한 물을 마신다

너희들의 **빵**을 들지 않고
너희들의 옷을 입지 않고
너희들의 허망한 불빛에 눈뜨지 않고

주춧돌만 남은 자리
다 버린 **뼈**로 지켜 서서
피와 살을 말리고
그러나 끝내
빈 손이 쥐는 뿌리의 약

바람이 분다
무구한 물도 마르고
씨앗처럼
소금만 하얗게 남는다.

                                            ―「단식」 전문

　이 시를 움켜쥐고 있는 정신적 악력은 그를 죽음 가까이 나아가게 만든다. 피와 살을 말리고 끝내 빈 손이 쥐는 뿌리의 약으로서 그는 자신의 모든 고통을 다스리고자 한다. 무구한 물로서 새롭게 탄생하고 싶은 절대의 소망을 이처럼 간결하게 표현한 시를 우리 시사에서 쉽게 찾아보기 힘들다.

　비교적 그의 초기작에 속하는 이 시에서 우리는 한편으로는 그의 깨달음이 조숙하지만 이미 상당한 깊이를 획득하고 있음을 엿볼 수 있으며, 다른 한편에서는 그가 뿌리깊이 지닌 염결한 자의식을 또한 확인할 수 있다. 세속의 모든 것을 거부함으로써 무구한 삶에 도달하고자 하는 것은 동양적 정신주의의 구경究竟의 이상이 아니던가.

　그러나, 그가 발딛고 있는 현실은 그의 염결성을 피비린내 나는 난장으로 끌어들이지 않을 수 없는 것이었다. 그에게 열려진 길은 결코 그를 앞으로 나아가게 하는 것이 아니라 푸른 채찍을 갈기며 떠나려 해도 속박으로 얽매이게 하였던 것이다. 그렇다면 그가 왜 밥의 시편들을 그리고 감옥의 시편들을 그리고 「증인」과 같은 시편들을 쓰게 되었는지 자명해진다.

살아갈수록 무구한 세계에 도달하는 것이 아니라 오히려 살아갈수록 난장의 아우성 속에 빠져드는 것과 같은 상황이 전개되었던 것이리라. 이런 그에게 하나의 좌표가 되었던 것은 다형茶兄선생이 보여주었던 빈 들판 하나의 가르침이다.

노여움의 검은 피
이 시퍼런 절망을 위하여
얼어붙은 들판의 한쪽 끝에서
이제는
패배의 따뜻한 손을 잡고
나는 홀로 일어선다
짐승이 제 상처를 스스로 핥듯
이 살 속의 부정과 치욕의 간을
이제는
고요히 바람의 혀로 핥는다
아무도 보이지 않게

– 「빈 들판 하나」 부분

그는 부정과 치욕의 간을 다스리며 스스로 일어선다. 다시는 그렇게 물들 수 없는 썰렁한 겨울 황혼녘 바람이 쓸고 가는 빈 들판을 가리키던 다형 선생의 손을 빌어 스스로 일어설 수 있는 심적 계기를 얻는다. 삶의 난장에서의 노여움의 검은 피를 다스리며 패배의 따뜻한 손을 잡는 것은 이기고 정복하는 논리가 아니라 패배하고 용서하는 정신이며 이를 통해 악착스럽게 아귀다툼하는 난장으로부터 한 걸음 물러서서 더 크게 삶을 껴안는 자세를 배우는 것이다.

「단식」에서 「빈 들판 하나」로 이어지는 시적 공간이야말로 마음의 감옥 속에 갇힌 자신을 구출하는 고통스러운 도정이라는 것이 필자의 판단이다. 그러기 위해 거의 20여 년의 세월이 필요했다면 지나치게 짧았던 것일까.

3.

　김영석이 쉽게 자신의 속내 이야기를 하지 않았던 것이 위의 경로를 통해 약간은 밝혀졌을 것이라 믿는다. 굳게 그 자신을 지킴으로써 마음의 감옥에서 별을 향하고, 창이 있으므로 하늘을 파랗게 닦는 마음을 머금고 있었을 것이다. 어쩌면 그는 탈옥을 꿈꾸는 무기수가 아니었을까 생각된다.

　그가 마음속에 지닌 개인사, 가족사, 그리고 사회사가 이 시집 전편에 서려 있다고 여겨지는데 그의 기질 그대로 담담한 어조로 말하고 있다고 해서 그 절박성이 낮게 평가되어서는 안 된다. 지나치게 과장된 언사들이 범람하고 있는 현 시단에서 엄격하게 언어를 다듬고 감정을 단련시키는 그의 시적 어법은 매우 모범적인 것으로 받아들여야 한다. 그의 아픔은 엄살이나 자학이 아니다. 그 자신의 세계관을 독자적으로 머금고 있는 시「썩지 않는 슬픔」에서 우리는 그 명쾌한 표현을 볼 수 있다.

　　　멍들거나
　　　피흘리는 아픔은
　　　이내 삭은 거름이 되어
　　　단단한 삶의 옹이를 만들지만
　　　슬픔은 결코 썩지 않는다
　　　옛 고향집 뒤란
　　　살구나무 밑에
　　　썩지 않고 묻혀 있던
　　　돌아가신 어머니의 흰 고무신처럼
　　　그것은

어두운 마음 어느 구석에
초승달로 걸려
오래 오래 흐린 빛을 뿌린다.

- 「썩지 않는 슬픔」 전문

이 슬픔은 감상적 슬픔이 아니다. 「단식」에서 말한 바 '무구한 물'과 같은 슬픔이다. 썩지 않고 우리들 마음에 살아있는 슬픔은 결코 썩는 것이 아니다. 삭여도 삭여도 그것이 슬픔의 원형질이며 시적 감성의 근원이 될 것이다. 이 썩지 않는 슬픔을 깨닫기 위해서 단단한 옹이가 되는 노여움의 검은 피를 삭이며 「방화」에서 「단식」으로, 그리고 「빈 들판 하나」로, 여기서 다시 「덫」과 「밥」의 시편들이 징검다리가 되어야 했던 것이다. 그의 슬픔이 정말 썩지 않는 것일 때 그의 시들은 진정으로 육화된 삶의 소리들을 전해줄 것이다.

흙은 소리가 없어 울지 못한다
제 자식들의 덧없는 주검을
가슴에 묻어두고 삭일 뿐
소리를 낼 수가 없다
그러나 흙은
제 몸을 떼어 빚은 사람을 시켜
살아있는 동안
하늘에 종을 걸고 치게 한다
소리없는 가슴들
흙덩이가 온몸으로 부서지는
소리를 낸다.

- 「종소리」 전문

흙과 인간은 하나이고 종소리와 흙도 또한 하나이다. 썩지 않는 슬픔을 가진 자가 치는 종소리는 은은하지만 강한 생명력으로 멀리 널리 퍼져나갈 것이다. 감옥에 갇힌 자를 해방시키고, 피멍 든 사람의 옹이도 풀어줄 것이다. 쓸쓸하고 황량한 빈 들판에서 패배자들을 따뜻한 손으로 일으켜 세울 것이다.

돌이켜보면 60년대 신동엽이

> 껍데기는 가라
> 한라에서 백두까지
> 향그런 흙가슴만 남고
> 그 모오든 쇠붙이는 가라
>
> ─「껍데기는 가라」 부분

고 말했던 향그런 흙가슴이 이제 김영석의 「종소리」 속에서 길게 울려퍼지고 있다고 하겠다. 김영석 자신의 개인사와 가족사 그리고 사회사가 소리없는 가슴들이 온몸으로 부서지는 종소리에 융해되어 하나가 된다는 것이다. 그는 첫 등단작 「방화」에서 "눈물의 뿌리는 썩고/ 우리들은 어둠을 알았다"고 말한 바 있다. 이제 우리는 그 눈물의 뿌리가 썩어 흙과 하나가 되어 소리없는 가슴들을 울리는 종소리가 되었다고 말할 수 있으리라. 가장 단단한 아픔을 캐어내어 시심에 불을 지르며 그가 보내온 지난 20여 년의 세월들은 썩지 않는 슬픔을 키워서 맑고 향그러운 종소리를 들려주고 있다는 것이다. 허망한 불빛에 눈뜨지 못하는 소비사회에서 횡행하는 온갖 허무적 시편들에게 그의 시가 보여주는 견인적 염결성은 귀중한 귀감이 될 것이라 믿는다.

그의 시들은 온갖 거짓이 난무하는 허황한 현실에서 손을 들어 빈 들판을 가리킬 터이고, 나아갈 수 없는 길을 나아가게 하는 패배의 절망감으로부터 더욱 굳건하게 살아가는 삶의 방법을 알려주는 뿌리의 약이 될 것이다.

(시집 『썩지 않는 슬픔』, 창작과비평사, 1992)

절제의 미학과 비극적 세계인식

─김영석 시집 『썩지 않는 슬픔』

이 숭 원

김영석 시인의 첫 시집 『썩지 않는 슬픔』은 우리에게 여러 가지 생각할 거리를 제공해 준다. 1970년에는 동아일보 신춘문예로, 1974년에는 한국일보 신춘문예에 시가 당선되어 상당히 화려하게 등단한 시인이 이십 년이 넘는 세월을 암중모색의 기간으로 보내다가 지천명의 문턱을 앞두고 첫 시집을 상재한 사실은 우리 시단의 관례를 깨뜨린 이채로운 일이 아닐 수 없다. 그동안 시작의 공백이 얼마나 있었는지는 알 수 없으나, 기회 있는 대로 평론을 쓰고 좋은 논문을 써서 대학원에서 박사 학위를 얻고 대학의 시학 교수로 취임하여 일해 왔으니 시에서 아주 멀어진 생활을 한 것은 아니었다.

그러나 이제 한 권의 시집을 정리하여 지난 날의 매듭을 짓고 새로운 출발을 기약하고자 하는 데에는 시인 나름대로의 깊은 뜻이 담겨 있음을 짐작하게 된다. 김 시인은 시집의 후기에서 시가 인생의 구원이 될 수 있다는 것이 무슨 뜻인지 이제 겨우 알게 되었다고 짤막하게 말하고 있다. 중년의 한 고비에 서자 비로소 삶의 적막함이, 인생살이의 외롭고 신산함이 온몸으로 느껴진 것일까. 그는 이제 시에 기대어 삶의 힘겨움을 이겨낼 수밖에 없다는 것을 영혼의 울림처럼 받아들이게 된 것이다.

우리는 또한 이 시집을 읽으며 그동안 시인이 시집의 간행을 늦춰 온 것이 게으름이라든가 외도 때문이 아니라 시에 대한 엄격성과 철저한 자기 절제의 정신 때문이라는 사실을 깨닫게 된다. 김 시인은 시를 꼭 써야겠다는 내적 필연성이 확인될 때 창작에 임하고 이 정도면 되겠다는 충족감을 느낄 때 한 편의 작품을 끝내는, 말하자면 시에 대한 일종의 결벽성을 소유한 시인으로 보인다. 그것은 이 시집의 시편들이 지닌 형식적 완결성, 이미지의 신선함, 시어의 정갈함 등에서 확인된다. 그는 하나의 조형물을 만들어내듯 언어의 칼로 한 편 한 편의 시를 새겨낸 것이다. 그뿐 아니라 이 시집에는 우리 시사의 귀중한 자양분으로 흡수되어야 할 정신의 높이와 새로운 형식의 탐구도 포함되어 있다. 이러한 사실들은 이 시집에서 압축된 이십 년의 세월이 창조의 동력으로 작동한 긴장의 기간이었음을 인식케 한다.

그의 시는 심상과 시어가 샘물처럼 깨끗하면서도 투명하고 아름답다. 거기에는 감정의 눅눅한 습기라든가 인생사의 끈적한 점액이 제거되어 있다. 일반적으로 인생살이의 신산함을 감정적으로 직접 처리할 때 시의 압축성이 상실되어 삶의 디테일도 제대로 드러내지 못하는 경우가 많다. 그의 시는 일단 그러한 한계에서 벗어나 있다. 그렇다고 그의 시가 우리의 삶과 동떨어진 내용을 전달하는 것은 아니다. 그는 현실의 일그러진 모습, 비정하고 삭막한 삶의 풍경들을 소재로 삼는다. 그러나 그러한 부정적 정황들이 정갈하고 신선한 어법으로 표현됨으로써 분노나 비탄의 정서는 절제되고 은폐된다. 우리는 여기서 다시 시인의 엄격한 절제의 정신을 만나게 되는데 이러한 표현방법은 부정적 정황을 아름다운 방법으로 드러냄으로써 오히려 우리들 삶의 아이러니와 비극성을 더 효과적으로 부각시키는 구실을 한다. 우리들이 대하는 세계는 부정적 추악함만 존재하는 것이 아니라 그 배면에 작은 아름다움도 도사리고 있는, 이중적 속성을 지닌 것이기 때문이다.

갈대가 흔들리는 사이
강물은 제 몸으로 길을 내며
스스로 길이 되어 흐르고
새는 작은 가슴 날개로
넓은 하늘 푸른 빛살이 된다
그러나 사람은
뜻으로 길을 내어
아직 닿지 못한 길 위를
홀로 떠도는 나그네로 남는다.

　　　　　　　　　　　　　　　　　－「갈대」부분

　　이 짧은 시행에도 시인의 정신과 방법이 잘 드러나 있다. 이 작품은 강물과 새와 사람의 세 위상을 대비하면서 자연과 인간의 존재방식이 어떻게 다르며 우리들 삶의 본질이 무엇인가를 조심스럽게 타진하고 있다. 그러한 탐색의 과정이 상상력과 표현의 아름다움에 용해되어 관념이 아니라 감성의 차원에서 우리에게 전달된다. 특히 새가 '작은 가슴 날개로/넓은 하늘 푸른 빛살이 된다'는 표현은 절묘한데, <작은 날개>와 <넓은 하늘>을 대비하면서 연약한 생명체가 광활한 천공을 비상하는 장면을 <푸른 빛살>의 이미지로 표현한 대목은 생명의 신비로운 힘을 영롱한 아름다움으로 우리에게 각인시킨다. 강물에 대한 상상 역시 대상에 대한 정확한 관찰과 사색의 결과 창출된 것으로 보인다. 강물은 흐르는 것 자체가 길이므로 스스로 길을 내어 갈 길을 가고, 새는 작은 날개를 저어 하늘에 푸른 빛살의 길을 낸다. 자연의 사물들은 거대한 자연의 섭리에 의해 운용되므로 모든 것이 아름답고 신비로우며 절망이라든가 비애의 표정은 있을 수 없다. 그러나 사람은 자신의 뜻에 의해 자기의 길을 만들어 가기 때문에 비탄에 잠기기도 하고 좌절을 겪기도 한다. 이것이 바로 인간이 '길 위를 떠도는 나그네'로 남을 수밖에 없는 이유이다. 이러한 우리들 세계의 실상을 이 시는 압축적으로 제시하고 있다.

그의 시가 삶의 모습을 추상적인 차원에서만 펼쳐 보이는 것은 아니다. 어떤 작품은 사회면 기사에서 볼 수 있는 구체적인 범죄의 현장을 그대로 담아낸 것도 있다. 「범인」같은 시가 대표적인 예인데 여기서는 범죄의 단면들이 시인의 절제된 시선에 포착되어 마치 영화의 정지된 한 장면처럼 연결된다. 범인은 손발이 묶인 계집아이를 파놓은 구덩이에 사납게 밀어 넣는다. 유괴 살인의 동기는 시에 나와 있지 않으나 돈 때문이라는 것을 우리는 짐작할 수 있다. 자기가 살기 위해 남을 죽이는 이 잔혹한 살해의 현장에 '하늘은 여전히 푸르고' 양지 밭에는 '흰 들국화가 오종종 몰려' 피어 있다. 사내는 일을 끝내고 산을 내려가는데 그의 손에는 딸에게 주려고 꺾은 빨간 열매가 들려 있다. 이러한 표현의 세목들은 범죄 현장의 비정함을 보여주는 데만 머무는 것이 아니라 그 일회적 사건을 통하여 인간 존재의 비극성을 부각시키는 구실을 한다. 요컨대 일상적 현실의 단순한 범죄현장을 인간의 비극성에 대한 보편적 인식의 공간으로 승화시키는 창조적 형상력을 그의 시는 지니고 있는 것이다.

버둥대는 어린애의 죽음 앞에 펼쳐진 푸른 하늘은 현장의 비정함을 대비적으로 강조하는 동시에 비정한 살육의 배면에 여전히 인간적 소중함이 잔존하고 있다는 암시를 던져준다. 후미진 곳에 오종종 피어 있는 흰 들국화는 끔찍한 장면에 질린듯한 표정을 나타내고 동시에 어린애의 연약한 모습을 상징하는 듯하다. 또한 계집애를 살해한 범인이 딸에게 주려고 빨간 열매를 꺾어 든 장면은 아무리 끔찍한 범죄를 저지른 인간이라도 인간의 본성을 완전히 저버린 것은 아니라는 사실을 암시한다. 그 범인도 자기가 아끼고 사랑하는 대상이 분명히 있는 것이다. 그런데 그러한 사랑의 한 측면을 껴안고 있는 사람이 자신의 삶을 위해 남의 어린애를 무참히 살해한다는 사실이 바로 우리가 사는 이 세계의 아이러니다. 이 시의 끝행은 '하늘이 푸르고 적막하다'로 되어 있거니와 이 마지막 시행은 인간 존재의 모순성을 상징한 것으로 읽힌다. 시집에 실린 시들의 상징의 체계에서 볼 때 푸른 하늘은 우리가 지향해야 할 소망스런 세

계로 제시되어 있다. 그런데 소망스런 세계의 표상인 '푸른'과 삶의 신산
함을 암시하는 '적막'이 함께 결합되어 있다는 사실은 바로 우리의 삶이,
그리고 우리의 존재가 이러한 이중성을 함유하고 있음을 드러낸다.

　여기서 우리는 김영석 시인이 세계 속에 놓인 인간의 비극적 정황이
라든가 존재의 아이러니를 드러내는데 관심을 갖고 있음을 감지하게 된
다. 말하자면 평화로운 삶의 모습이라든가 인간과 세계와의 공감의 영
역보다는 인간과 세계와의 불화, 인간들 사이의 고립을 그의 시는 주로
다룬다. 현실은 삭막하고 비정하며 인간은 그 속에 유폐되어 있다. 그래
서 그의 시에는 감옥이라든가 섬, 아슬히 먼 불빛, 적막한 모래의 시간
등의 심상이 자주 등장한다. 이러한 심상은 시인이 지니고 있는 일종의
유폐의식을 단적으로 드러낸다.

> 가슴 깊이
> 별을 지닌 사람들은
> 모두 감옥에 갇힌다
> 별 향한 창틀 하나 달린
> 감옥 속에
>
> 한번
> 푸른 하늘을 본 사람들은
> 모두 감옥에 갇힌다
> 하늘 향한 창틀 하나 달린
> 감옥 속에
>
> 타는 그리움으로
> 노래를 불러본 사람들은
> 모두 감옥에 갇힌다
> 귀를 향한 통로 하나 달린
> 감옥 속에
>
> 　　　　　　　　　　　　　　　－「감옥」부분

이 시에서 '별, 푸른 하늘, 그리움의 노래'는 서로 동질적이며 '감옥'과 대립적이다. 앞에서 말한 대로 푸른 하늘을 포함한 전자의 형상들은 소망스런 긍정적 세계를 표상하며, 감옥은 그 세계에 가고 싶으나 가지 못하는 우리의 존재론적 상황을 나타낸다. 우리들은 자신의 뜻으로 길을 만들어 계속 걷고 있지만 실상은 섬과 같은 감옥에 갇혀 가야 할 곳에 이르지 못한다. 그리하여 시간은 "적막한 모래"(「먼 감옥」)와 같고 공간에는 "가물가물 스러지는 실낱 같은 길들"(「탑을 보기 전에는」)만 비친다. 이러한 세계 속에서 가슴에 별을 지닌다는 것은 스스로 비극의 주인공이 됨을 의미한다.

이 시에서 말한 것처럼 감옥은 스스로가 만드는 것이다. 순수하고 아름다운 세계에 대한 열정을 지닌 사람은 그 열정 때문에 자신의 마음의 감옥에 갇혀 순수와 미의 세계를 추구하게 된다. 이것은 인간의 어찌할 수 없는 존재론적 조건이다. 사람은 자신의 순수함 때문에 감옥에 갇힌다. 그리고 그 감옥 속에서 순수함을 고집하지 않으면 감옥에 갇힐 이치가 없다. 개처럼 돼지처럼 우리에 갇혀서도 감옥인 줄 모르고 꿀꿀거리며 먹이만 탐할 뿐이다. 순수에 대한 지향을 포기하면 짐승이 되고 그것을 가슴에 품으면 감옥에 갇힐 수밖에 없다는 것, 이것이 인간 존재의 모순성이다. 이런 의미에서 감옥은 인간의 순수함을 유지케 하는 고립의 결벽성을 동시에 표상한다.

이러한 인간의 존재론적 상황은 사람으로 태어난 이상 떨칠 수 없는 것이기에 세계와의 접촉에서 얻어진 슬픔은 앙금처럼 마음속에 남는다. 우리는 이것을 보통 한恨이라고 부른다. 그의 시 「썩지 않는 슬픔」은 바로 이것을 다룬 것이다. 육신의 고통은 그것이 아무리 통렬하다해도 시간이 지나면 이내 삭아버리지만 마음의 슬픔은 가슴 깊이 묻혀 "돌아가신 어머니의 흰 고무신처럼" 오래도록 그 "흐린 빛"을 유지하게 되는 것이다. 썩지 않고 남아 있는 그 흐린 빛 역시 인간이 지닌 순수에의 갈망과 그것이 늘 좌절로 끝나는 인간 세계의 비극성을 함께 드러낸다.

결국 우리는 시인의 중요한 관심사가 인간 존재의 비극성에 대한 성찰에 있음을 확인하게 된다. 이 문제는 상당히 철학적인 영역에 속하기 때문에 깊은 사색이 요구된다. 사색을 요구하는 철학적 과제는 사실 단형의 서정시로는 감당하기 곤란하다. 이 점을 알아차린 시인은 독특한 형식의 창조를 통해 시에서의 사색의 영역을 넓히고자 했다. 그것은 바로이야기를 서술한 다음 그것을 다시 서정시의 형식으로 압축시키는 방법인데, 서사적인 것을 통하여 사색의 깊이를 확보하고 서정적인 것을 통하여 정서의 울림을 전달하려는 시도이다. 2부에 수록되어 있는 「두 개의 하늘」, 「지리산에서」, 「독백」, 「마음아, 너는 거름이 되어」 등 네 편의 작품에 그러한 방법이 사용되고 있거니와 이야기와 노래를 합치시킨그의 새로운 시도는 우리 시의 한 경지를 열어 보인 독창적인 성과라고판단된다.

「두 개의 하늘」은 '결벽증과 순수성이 강했던' 한 친구의 죽음을 다루고 있다. 소문난 수재로 남들이 부러워하는 국세청의 요직에 근무하던친구가 부양하던 아홉 식솔을 남겨둔 채 자살을 한다. 자살의 이유는 오리무중이고 남은 사람들은 그의 죽음을 놓고 억측만 무성하다. 이 이야기의 화자는 그가 남긴 독백체의 일기를 근거로 그의 생각을 시로 나타내 보인다. 시의 내용은 앞에서 우리가 보았던 것과 유사하다. 나는 순수의 세계에 가고 싶으나 지상적 현실에서는 그것이 쉽지 않다는 것, 인간의 세계에서는 하늘도 순수와 타락의 두 쪽으로 나뉠 수밖에 없다는 것,타락의 세계 속에 사는 나는 그 고통을 이기지 못하여 순수의 세계를 향해 목숨을 버린다는 것이 나타나 있다. 물론 이러한 전언은 산문으로 직설되어 있는 것이 아니라 시적 장치에 의해 은밀히 암시되어 있다. 이야기는 분명한 사실을 전달하려 하고 노래는 미묘한 울림으로 암시하려한다. 그가 죽은 사실은 분명한 것이지만 죽음의 이유는 모호하다. 따라서 사실은 서술체로 기술하고 사실의 배면은 시의 형식으로 드러낸 것이다. 이러한 방법적 장치는 인간의 비극적 존재양태를 우리의 일상적 삶의 일부로 받아들이게끔 우리를 유도한다. 삶의 비극성은 관념적인 문제가 아니라 우리가 살면서 당연히 직면하게 되는 인간 범사의 하나임을 이 시는 깨닫게 하는 것이다.

「지리산에서」는 지리산 등반 때 전선줄로 묶인 유골 한 구를 발견한 사실을 소재로 한 것이다. 앞의 서사 부분에서 유골을 보고 주고 받는 세 사람의 대화는 방언까지 사실적으로 구사하여 소설적 박진감을 자아낸다. 뒷부분은 그 죽음을 이념적 대립의 희생물로 규정하면서 분단의 모순을 뒤덮는 눈발과 혈육의 애정을 병치시키고 있다. 「독백」은 허균이 권필의 임종을 지켜본 역사적 사실을 바탕으로 허균의 심정을 재구성해 본 것이고 「마음아, 너는 거름이 되어」는 김시습이 죽을 때 똥통 속에 들어가 무슨 노래를 부르고 죽었다는 사실을 제시한 다음 그 노래의 내용을 시로 표현한 것이다.

이처럼 이 네 편의 시는 어떤 사건을 제시하면서 그 사건이 함축하고 있는 내용을 사색하도록 우리를 유도한다. 대체로 그 사건은 우리의 삶과 연맥된 것으로, 현재의 삶을 생각하게 하는 기능을 수행한다. 그런데 이러한 기능은 이야기나 노래만으로 가능한 것이 아니라 그 두 측면이 효과적으로 결합되었을 때 최상의 조건으로 작동한다. 김영석 시인이 시도한 독창적 스타일은 이러한 기능의 효율적 이행을 충분히 감당하고 있다. 그래서 나는, 이야기와 노래의 결합이 갈라진 두 개의 하늘을 하나로 합할 수 있는 방법은 아닐까, 혹은 그 속에 담긴 정신의 힘이 우리들 삶의 거름이 되거나 감옥을 비추는 별빛이 되지 않을까 생각해 보는 것이다. 그런 까닭에 이 시집에 선보인 김영석 시인의 시의 물줄기가 더욱 싱싱하게 솟아오르기를 간절히 기원하는 것이다.

(이숭원, 『현대시와 삶의 지평』, 시와시학사, 1993)

별과 감옥의 상상체계

─김영석의『썩지 않는 슬픔』

남 진 우

　　시간의 흐름과 함께 점차 성숙해 가는 시인이 있는가 하면 아예 처음부터 성숙한 모습으로 시단에 나오는 시인도 있다. 자연연령과 정신연령이 일치하지 않을 수 있는 것처럼 세월의 장벽을 뛰어넘어 일찌감치 그 독자적인 재능을 선보이는 시인도 있는 법이다. 그런 유형에 속하는 시인은 대개 시적 연륜의 축적과 함께 완만하게 변모 · 발전하는 포물선의 궤적을 그리기보다는 항상 일정 수준 이상의 높이를 유지한 채 자신의 세계를 꾸준히 확대시켜 나가는 방사형의 궤적을 그리는 것이 보통이다. 데뷔 후 20년이 지나서야 첫 시집『썩지 않는 슬픔』을 펴낸 김영석 시인은 바로 이러한 후자의 경우를 보여주는 전형적인 실례로 여겨진다. 그의 데뷔작 중의 하나인「단식」(74년 한국일보 신춘문예 당선작)은 이십대의 나이에 쓴 작품임에도 불구하고 이미 충분히 농익은 언어 구사력과 정신의 집중력을 과시하고 있는 수작으로서 이 시인의 향후 시 세계를 예측케 해주고 있다.

　　죽음 곁에서 물을 마신다

208　김영석 시의 세계

잠든 세상의 끝
마른 땅 위에
온몸의 어둠을 쓰러뜨리고
무구한 물을 마신다

너희들의 빵을 들지 않고
너희들의 옷을 입지 않고
너희들의 허망한 불빛에 눈뜨지 않고

주춧돌만 남은 자리
다 버린 뼈로 지켜 서서
피와 살을 말리고
그러나 끝내
빈 손이 쥐는 뿌리의 약

바람이 분다
무구한 물도 마르고
씨앗처럼
소금만 하얗게 남는다

— 「단식」 전문

　　문단에 갓 나온 신인의 작품이라고는 믿어지지 않을 만큼 이 시는 고도로 절제되고 응축된 언어－정신의 밀도를 함유하고 있다. 모든 비본질적인 잔가지를 단호히 떨쳐버린 정신의 냉엄함과 강밀함을 형상화한 이 시에서 우리가 만나게 되는 것은 화자와 <너희들>로 대별되는 가치의 선명한 이원화, 그리고 '주춧돌－뼈－씨앗－소금'으로 이어지는 결정結晶 이미지라고 할 수 있다. 삶의 허망함을 초극하고자 하는 화자의 의지는 무구한 물조차 마른 다음에 남는 하얀 소금을 주시토록 한다. 그것은 극도로 엄정한 자기 단련과 자기 부정 끝에 얻어지는 작은 소득이다. 이러한 금욕적인 준엄함은 위 시의 특성일 뿐만 아니라 이후 이 시인의

시 세계를 관류하는 기본 정조로 자리잡게 된다. 그에겐 현상의 다채로
움과 풍요로움은 일순간의 환영에 지나지 않으며 중요한 것은 어디까지
나 본질인 것이다. 그것은 시류와 세태에 대한 거부, 평준화되고 균질화
된 삶의 방식으로부터의 일탈이란 의미를 내포하고 있다.

그렇다면 시인은 어떻게 해서 외관의 현란함을 넘어서 영속적인 본
질, 사물의 핵심에 이를 수 있게 되는가. '너희들의 빵', '너희들의 옷', '너
희들의 허망한 불빛'을 거부하고 안으로 파고드는 내면의 굴착 작업 끝
에 시인이 궁극적으로 도달하고자 하는 지점은 어디인가. 먼저 우리는
이 시인의 상상공간에서 큰 비중을 차지하고 있는 광대한 공간의 입벌
림과 왜소한 개인의 대비를 주목하지 않을 수 없다. 예컨대 「아구—잠언
1」이라는 작품에서 시인은 매우 의미심장한 에피소드를 들려준다. "온
통 입뿐이어서/ 웃음이 절로 나는" 아구를 저녁거리 삼아 배를 가르자
"아주 작고 이쁜 입을 가진/ 통통하게 살오른 참조기 한 마리가/ 온전히
통째로 들어"있다. 두 마리 생선을 함께 끓여서 맛있는 저녁을 "아귀아
귀 먹어치우"다 "문득/ 저 텅 빈 허공의/ 주린 뱃속"에 생각이 미친다.

> 저 광대한 허기 속에서
> 우리들은 시원하게 숨쉴 수도 있고
> 모두가 공평하게
> 아주 서서히 소화되는 동안
> 이렇게 맛있는 저녁을 즐기면서
> 아직 살찔 수 있다니
> 얼마나 다행한 일인가
>
> — 「아구—잠언 1」에서

아구의 내장 속에 삼켜진 참조기처럼 아구를 먹고 있는 인간 역시 광
대한 공간 속에 갇혀 소화되고 있는 중이라는 시인의 전언은 평범한 일
상적 사실에서 예기치 않은 삶의 진실을 끄집어내 맞닥뜨리게 하는 이

시인의 범상치 않은 솜씨를 엿보게 해준다. 시인은 무사하게 보이는 일상의 평온이 감추고 있는 허위를 여지없이 발가벗기고 삶을 지탱하고 있는 비극적 조건에 눈 돌리도록 만든다. 거대한 먹이사슬의 틈바구니에 끼어 있는 왜소한 인간에게 행복이란 지극히 한시적인 것이고 착각과 망각을 통해서만 가능한 것일 따름이다. 그러나 시인은 삶의 비극성 앞에서 절망의 포즈를 취하기보다는 "이렇게 맛있는 것을 즐기면서/ 아직 살찔 수 있다니/ 얼마나 다행한 일인가"라고 짐짓 능청을 떤다. 시인의 이러한 냉소가 곁들인 통찰은 삶에 어느 정도 달관한 자만이 지닐 수 있는 여유와 성숙한 세계인식의 소산이라 할 수 있다.

광대한 공간에의 삼켜짐은 다시 다음 두 가지 방향으로 그 상상의 선로가 뻗어나간다. 그 하나가 허위와 기만으로 가득찬 소시민적 삶의 형태와 자아 매몰 현상에 대한 비판이라면 다른 하나는 현실 세계의 소란스러움에 대비되는 무한 공간의 평온과 적막이다. 한편에 이기적인 인간들의 자기소모적 아귀다툼이 있다면 다른 한편에 그런 인간의 삶에 일체 관여하지 않는 우주와 자연 질서의 초연함이 있는 것이다. 시인이 보기에 우리 시대 대다수 사람들은 자신과 자기 가족의 안위만을 생각할 뿐 공적인 대의에 대해 눈감고 있으며 그 결과 극히 살풍경하고 비인간적인 일들이 도처에서 벌어지고 있다고 진단한다. 「현장」이란 작품에서 출근길에 길가에 피투성이가 된 채 쓰러져 있는 여자를 보고도 지나는 차량이나 행인 가운데 누구 하나 나서서 손을 쓰지 않음으로써 끝내 그 여자를 죽게 만든 현상을 통해 원자화된 현대인의 메마른 심성과 현대사회의 삭막함을 드러낸 것은 그 대표적인 예라 할 수 있다.

그래서 시인은 우리 시대 소시민들을 물의 깊이는 외면한 채 "가볍게 떠서/ 물도 적시지 않고/ 하루라도 더 햇볕을 즐기"(「소금쟁이─잠언 3」)기 위해 애쓰는 소금쟁이, 혹은 오늘 하루는 "운좋게 살아 남았"지만 "내일을 몰라" 불안해하며 "밖에 들릴까 무서워/ 방구석에서/ 홀로 컹컹 짖어보"(「개죽음─잠언 5」)는 개에 비유하며 희화화하고 있다. 그러나 이처럼 자기 보신에만 여념이 없는 삶도 허망하긴 마찬가지이니 "눈이 거의 3만개나 되는 잠자리"도 "맥없이 거미줄에 걸"(「잠자리－잠언 4」)린 처지로 전락한다. 시인은 이처럼 시집 곳곳에서 정서적 일체감과 윤리감각이 마비된 우리 시대 삶의 양태를 단죄함과 아울러 인간 본성의 양면성을 들추어내 비판하고 있다.

> 손발이 묶인 어린 계집아이를
> 구덩이 속으로 사납게 밀어 넣는다
>
> …(중략)…
>
> 산길을 내려가는 사내의 손에
> **딸애한테 주려고 꺾은**
> **빨간 까치밥 열매가 들려 있다**
>
> — 「범인」에서

> 어린이 유괴범이 밤늦게 돌아와
> 제 어린 딸을 무릎에 앉히고
> 볼 부비며 밥을 먹고 있다
> 마약 밀조범이
> 노모의 보약을 지어들고 돌아와
> 식구들과 단란하게 밥을 먹고 있다
>
> — 「파도」에서

시인은 도덕적으로 지탄받는 존재들이 실은 다름 아닌 우리 이웃, 더 나아가 바로 우리 자신이라고 말한다. 끔찍한 범죄를 저지른 자들도 집에선 자상한 아버지요 효성스러운 아들인 것이다. 잘못을 보고도 묵인하고 지나치고 마는 우리 모두는 이들 범인과 공범의 처지에 놓여 있다. 과연 「증인」이란 작품에서 시인은 범인과 증인이 구분이 되지 않는 시대, 범인이 곧 증인이며 증인이 언제라도 범인이 될 수 있는 우리 시대의 속성에 대해 일침을 가하고 있다.

우리 모두가 증인이므로
아무도 증언하지 않는다
다만 진실은
무사한 나날의 평화 속에
그 일상의 소란한 침묵 속에
감쪽같이 가려지고
새는 새소리로 지저귀고
개는 개끼리 컹컹 짖어댈 뿐
말짱 개인 천지에
서로 멀거니 바라보며 지나칠 뿐
증인은 한 사람도 찾을 수 없다.

― 「증인」 전문

진실이 그 진정성을 상실하고 거짓이 화려한 가면으로 실체를 은폐하고 있는 시대에 증인이란 있을 수 없다. 시인은 파행적으로 뒤틀린 삶의 구조를 꿰뚫어 보면서 그것을 하나의 덫으로 인식한다.

햇빛 밝은 빛나는 세상
어느 구석
어느 허공에
그림자도 드리우지 않고
소리없이 숨어 있는 덫

― 「덫」에서

이 시인의 시 속에 종종 등장하는 덫이나 그물 그리고 감옥 이미지는 존재의 수인에 불과한 인간 실존의 비극성을 거듭 상기시켜 준다. 인간이 누리는 잠시의 평안과 행복은 덫 속에 갇혀 살면서도 덫을 인식하지 않으려 하는 기만 혹은 인식하지 못하는 무지에 의해 가능한 것이다. 삶 속에 도사리고 있는 위협 요소들에 대한 시인의 민감한 반응은 단순히 도덕적 불감증에 걸린 현대인을 향한 상투적 비판의 차원에 그치지 않고 모든 삶이 지닌 허망함과 부질없음에 시선이 미치도록 만든다. 사람들이 제아무리 아등바등하며 온갖 일을 꾸며보아도 그것은 결국 "세상의 허공을 장악한 덫 / 덫의 관대한 품 안에서"(「덫」)일어나는 것에 지나지 않는 것이다. 시인은 이를

> 사람들은 누구나
> 제 키만한 감옥 속에
> 조만간 갇히게 된다
> 갇혀서 마침내 작은 감옥이 된다
>
> ─「감옥」에서

라고 간명하게 표현하고 있다. 그래서 시인은 「범인」이란 시에서 어린 소녀를 유괴·살해하는 사내의 끔찍한 범행을 기술하면서 짐짓 그 현상과 무관한 듯이 자족적으로 펼쳐진, 여전히 '푸르고 적막한' 하늘을 대비시키고 있다. 인간이 하는 모든 행위와 사유, 그리고 꿈마저도 그것이 선한 것이든 악한 것이든 무한한 우주의 차원에서 보면 한갓 일과성의 거품에 지나지 않는 것들인 것이다. "우주 안에서 구물거리는 우리들의 / 뱁새눈으로는" 이 세상의 근원이자 삶의 근본 원리인 "밥을 볼 수가 없다."(「밥」) 시인은 노자나 장자의 어법을 빌려, 역사의 지평 바깥에서 움직이는 초시간적 우주의 질서는 인간의 능력으로는 범접할 수 없는 것이라고 말한다.

그러나 인간의 유약함과 삶의 불확실함에 대한 뼈저린 인식이 이 시인으로 하여금 허무주의에 침윤토록 하지는 않은 것으로 보인다. 오히

려 시인은 삶의 비극적 조건을 헤치고 나아가는 정신의 강인함에 더 많은 관심과 애정을 표시하고 있다. 인간은 무한한 우주 공간의 한편에 놓여 있는 왜소한 존재이긴 하지만 그 왜소함 속엔 결코 무시할 수 없는 가치와 의미를 숨겨 지니고 있다. 시인은 "멍들거나/ 피흘리는 아픔은/ 이내 삭은 거름이 되어/ 단단한 삶의 옹이를 만들지만/ 슬픔은 결코 썩지 않는다"(「썩지 않는 슬픔」)고 진술한다. 썩지 않는 슬픔은 그 인간의 내부에 자리 잡고서 오래오래 빛을 뿌린다. 이 빛에 의해 삶은 다시금 그 의미와 가치를 되찾는 것이다. 이 과정을 이해하기 위해서는 '작아지기 −내려가기', '갇힘−묻힘'에 대한 이 시인 특유의 상상체계를 더듬어볼 필요가 있다.

우리는 앞에서 이 시인의 시에서 쉽게 찾아볼 수 있는 무한한 우주공간과 대조되는 인간의 왜소함에 대해 논의한 바 있다. '왜소한' 인간은 무한한 우주와 가변적인 운명에 '갇혀'있는 존재이기도 했다. 그런데 흥미로운 것은 이 인간의 왜소함이 어쩔 수 없이 감내할 수밖에 없는 부정적 조건이 아니라 적극적인 지향점으로 나타날 수도 있다는 점이다. 이때 '작아짐−갇힘'은 인간이 이 세계 속에서 자신을 정립시키기 위해 선택 · 추구하는 가능성의 영역으로 떠오른다. '작아짐−갇힘'은 이제 광대한 세계 속에 던져진 인간으로 하여금 자신을 추스르고 거듭날 수 있도록 해주는 최소한의 바탕이 된다. 이번 시집에 실린 가장 감동적인 시 가운데 하나인 다음 작품에서 이점은 역력히 드러난다.

아주 작은 한 사내가
초겨울의 땅거미를 밟고
감옥소의 철문을 나온다
언제나 그랬듯이
외진 가로수 밑으로 걸어가
아주 작게 웅크리고 앉아서

그보다 더 작은 어머니가 내놓은
두부를 말없이 먹는다
거듭되는 징역살이에
몸은 이미 거덜난 지 오래지만
아직도 튼튼한 이빨 하나로
겨우 버티고 있는 그가
이빨은 소용없으니 세우지 말라고
조용 조용히 일러주는
물렁물렁한 두부를
고개 수그리고 묵묵히 먹는다
지상의 촘촘한 그물코에 갈앉은
초겨울의 어둠 속
달무리처럼
그의 이빨만 하얗게 남는다

—「이빨」전문

    처연하기 이를 데 없는 이 한 폭의 풍경화는 거센 세파에 시달리고 찌들린, 낙오된 인간 군상이 체현하는 마지막 생존의 양식을 보여준다. 화자는 객관적으로 풍경을 묘사할 뿐 시의 전면에 나서지 않고 숨어 있다. 감옥에서 막 풀려난 아주 작은 사내와 그를 맞이하는 그보다 더 작은 어머니가 웅크리고 앉아서 두부를 건네고 먹는 모습을 통해 시인은 삶의 고단함과 애틋함을 절실하게 육화시켜 표현해 놓고 있다. 일단 사내는 자유의 몸이 된 것 같이 보이지만 시의 후반부의 '지상의 촘촘한 그물코'란 표현이 암시해주듯 보다 광대한 감옥에 갇힌 신세에 지나지 않으며 따라서 비극성의 강도는 조금도 변치 않았다고 할 수 있다. 그런데 위 시에서 시인이 두 인물의 체구가 작다는 것을 유난히 강조한 것은 물리적 크기의 왜소함만을 지칭한 것이라기보다는 아마도 여유롭지 못한 이들의 삶의 조건을 환기시키고자 하기 위해서일 것이다. 그러나 다른 관점에서 보자면 이들의 작음은 정의롭지도 순순하지도 못한 이 세상에서 이들이 스스로를 지키기 위해 부득이 택할 수밖에 없었던 마지막 생존 방식을 의미할 수도 있다. 즉 이들은 작아짐으로써, 자신을 최소화함으로써 자신에게 주어진 불행한 조건을 최소화하려고 하는 몸짓을 보여주고 있는 것이다. 광대한 세상에 맞서기 위해 이들은 일반적으로 지향되는 욕망과 의지의 확장이 아니라 정반대로 '작아짐·줄어듦'의 방식을 택한 것이다. 작아짐으로써 이들은 세상과 타협치 않고 자기만의 삶을 살고 지킬 수 있게 된다. 작아짐은 당연히 내면적 응축을 가져오며 이는 다시 단단함의 이미지를 불러온다. 부피의 축소는 밀도의 상승을 가져오기 때문이다. 최대로 응축되어 단단해진 존재―「단식」에서의 소금과 같은 결정 혹은 「빈 들판 하나」에서의 '마른 흰 뼈 한 자루'―는 빛을 뿜는다. 과연 위 시는 거듭되는 징역살이로 몸이 거덜난 사내에게 남은 유일한 것이 튼튼한 이빨이라고 말하고 있다. 그 이빨은 초겨울의 어둠 속에서 하얀 빛을 내뿜는다. 적극적인 자기방어와 세계에 대한 적의를 표상하는 그 단단한 이빨 앞에 세태에의 순응을 의미하는 물렁물렁한 두부를 내놓는 어머니의 소박한 소망은 아마도 먹혀들지 않을 것이다.

이처럼 작아진다는 것은 광대한 세상의 감옥에 맞서 자기 스스로를 감옥화한다는 것에 다름 아니다. 최소한의 내면 공간만 남겨 놓고 작아짐으로써 그 존재는 역설적으로 자유를 획득한다. 내적 감금과 유폐는 이제 적극적인 선택의 대상이 된다. 작게 웅크린 존재가 내뿜는 빛, 이점을 가장 잘 구현해 보여주는 것이 바로 밤하늘에 떠 있는 별이다.

가슴 깊이
별을 지닌 사람들은
모두 감옥에 갇힌다
별 향한 창틀 하나 달린
감옥 속에

― 「감옥」에서

별 속에는 섬이 있다

아직 아무도 가보지 않은
섬 하나 떠 있다
꺼지지 않는 그 섬 하나 있기에
멀리 보는 눈빛마다
별들은 오래오래 반짝이리

—「섬」에서

우리들의 감옥은 너무나 멀리
서로 떨어져 있다
걸어도 걸어도 도달할 수 없는
적막한 모래의 시간
전화도 없고
별빛처럼
감옥의 불빛만 아슬히 멀다

—「먼 감옥」에서

무기수들이 창을 닦는다
탈옥을 꿈꾸며 창을 닦는다
밤하늘의 잔별만큼 많은
이 세상 낱말의 수만큼 많은
창문을 하나씩 붙들고
오늘도
무기수들이 창을 내다본다

—「창」에서

인용한 시편에 잘 드러나 있는 것처럼 이 시인의 시에서 지상의 감옥
이 어떻게 천상의 별과 연결될 수 있는지, 그 시적 비약을 따라잡기 위해
선 바로 '작아짐—간힘'의 긴밀한 상관성을 인식하지 않으면 안 된다. 외
적 무한과 내적 감금이란 상반된 요소는 별(무한)과 감옥의 통일 속에서
하나로 만난다. 작아져서 갇힌 존재가 내뿜는 빛은 눈부시게 밝지도 화

려하지도 않다. 오히려 그 빛은 안쓰럽고 가엾기까지 한 것이다. 그 빛은 '흐리'(「썩지 않는 슬픔」)고 "아슬히 멀다."(「먼 감옥」) 밤하늘에 별이 떠 있듯이 지상엔 감옥에 갇힌 죄수의 운명을 사는 사람들로 가득 차 있다. 그래서 시인은 "연약한 봄이/ 이 땅에 변함없이 세우고 있는 것은/ 오직 하나/ 끝내 무너지지 않는 감옥뿐이다"(「감옥을 위하여」), 혹은 "형벌처럼/ 봄은 다시 또/ 온통 천지를 쇠사슬로 묶는구나"(「봄」)라는 역설적인 영탄을 토하기도 한다. 이러한 '작아짐−갇힘'의 이미지는

동생은 오늘도
목발을 베고 누워 꿈을 꾼다
밥티기꽃 같은
아주 작은 꿈을 저 혼자 꾼다

− 「동생」에서

와 같은 축소 이미지나,

바다는 벙어리의
귓속에 잠들어 있고
바다는 벙어리의
붉은 가슴 속을 출렁이고 있고

− 「바다」에서

와 같은 묵언·침묵의 이미지로 변주되기도 한다. 아울러 우리는 이 시인의 시 속에서 '작아짐−갇힘'과 짝을 이루고 있는 이미지로 '내려감−묻힘'의 이미지를 지적하지 않을 수 없다. 안으로 응축해 들어가는 운동은 내밀한 심층으로의 하강과 이어질 수밖에 없는 것이다. 이 시인의 시 속에선 "어쩌지도 못하는 마음들이/ 끊임없이 내려쌓는다"(「비」)는 구절처럼 하강의 심상이 자주 등장한다.

눈을 감는다
무거운 돌 하나 떨어져 내린다
떨어져 내리는 돌이 무거워
눈을 뜨고
두 손이 책을 받든다
돌아앉은 산과 들이 빗장을 지른 채
아 에 이 오 우
자욱히 돌비를 맞고 서 있다

…(중략)…

너의 손 위에 쌓이는 돌
너의 가슴에 쌓이는 돌
쌓여서 무덤, 무덤, 이루는 고대古代의 꿈.

— 「무거운 돌」에서

　　위 시에서 돌의 광물성과 하강의 심상은 서로 밀접한 상관관계를 맺고 있다. 무거운 것은 떨어져 내리며 떨어져 내림으로써 점점 더 무거워진다. 떨어져 내리는 돌은 대지 위에 쌓여 무덤을 이룬다. 그 무덤의 다른 이름이 탑이다.

그 탑을 보기 전에는
마을을 지나고
들을 건너고
산을 넘어서
가물가물 스러지는 실낱 같은 길들이
어디서 끝나는지
해마다
왜 무덤을 찾아가 절을 하는지
나는 정말 몰랐다

— 「탑을 보기 전에는」에서

왜 시인은 이처럼 탑과 무덤을 관련짓는가. 그것은 이 시인의 상상 속에서 탑이 돌을 쌓아올려 이루어진 것이 아니라 돌이 떨어져 내려 쌓임으로써 형성된 것이기 때문이다. 떨어져 내리는 돌은 한 많은 인간이 흘리는 눈물에 다름 아니다. 아니 실은 그 눈물 속으로, 눈물을 흘리는 인간의 가슴 속으로 돌은 둔중하게 떨어져 내리는 것인지도 모른다. 이때의 탑은 인간의 밖에 자리 잡고 있는 객관적 실체가 아니라 인간의 내부에 자리 잡고 있는 가상의 그 무엇이다.

> 이제
> 주름진 빈 손등 위로 떨어지는
> 한 방울의 눈물 속에
> 그 무겁고 커다란 돌덩이들이
> 파문도 없이
> 모다 잠기는 것을
> 사람들의 가슴 속에
> 그렇게 많은 돌덩이들이 쌓여 있음을
> 나는 정말 몰랐다
> 그 탑을 보기 전에는
>
> ― 「탑을 보기 전에는」에서

한 방울 눈물 속에 커다란 돌덩이들이 떨어져 잠긴다는, 그래서 탑을 이룬다는 시인의 개성적인 발언은 삶의 곤핍함을 딛고 연면히 진행되는 삶에의 의지를 암시한다. 슬픔은 부질없이 소모되는 것이 아니라 밑으로 가라앉아 단련을 거듭한 끝에 부동의 광물성으로 응집되어 우뚝 서는 것이다. 슬픔은 인간의 '가슴=대지' 속에서 시간적 시련을 겪은 끝에 견고함의 가치를 획득한다. 천상의 돌(별)에 지상의 돌이 조응하는 셈이다. 이 시인의 시 속에서 높은 빈도로 등장하는 절벽, 벼랑, 빗돌, 기념비 등의 돌 이미지는 바로 이러한 신산한 삶의 조건에 뿌리박고서 그 삶 속

에서 끓어오르는 에너지를 집결시킨 견인주의적 상상력의 투사물이란
의미를 담고 있다.

> 새벽에 산에 올라
> 흰피톨처럼 아직 빛나고 있는
> 하늘의 별들을
> 땀 젖은 칼날의 이마에 비추어본 사람은
> 홀로이 깨달았으리라
> 지상의 척도로는 재어볼 수 없는
> 인간의 키를
> 발바닥과 이마의 그 절벽의 높이를
>
> — 「두 개의 하늘」에서

> 사시사철
> 차가운 빗돌 하나 서 있다
> 드넓은 하늘을
> 대담한 직선으로 생략한 이마
> 별이 떨어지는 날카로운 포물선에
> 금이 간 가슴
> 사시사철 빗돌 하나 서 있다
>
> — 「기념비」에서

> 절벽이 그리웠다
> 절벽을 찾아서 어머니는
> 마치 한줄기 감마선이 투과하듯
> 축대와 담벼락과 집들을 뚫고
> 산으로 올라갔다
> 얼음 덮인 강철 칼날의
> 절벽을 열고
> 그 중심 차돌의 고요 속으로
> 어머니는 스며들었다
>
> — 「차돌」에서

물론 이러한 단단한 광물의 경지가 저절로 얻어지는 것은 아니다. 광물의 단계에 이르기 위해서는 오랜 인고의 시간을 거쳐야만 한다. 대지에 묻혀 긴 잠을 자고 난 뒤에야 석화石化는 가능한 것이다. 그것은 "흙을 먹고 또 먹었다/ 북처럼 가슴을 두드려도/ 소리를 내지 않기 위하여"(「침묵」)에서의 흙으로 메워진 가슴이며, 전쟁이 스치고 지난 뒤 "호젓한 메깥 기슭에 있는/ 공터의 그 큰 입을 모두 메웠다/ 그 뒤 공터는 한쪽은 기름진 사래밭이 되어/ 남새들이 자라고/ 한쪽은 예대로/ 잡초만 무성하다"(「잡초」)에서 시체를 파묻고 난 뒤의 공터이며, "가슴마다 흙더미로 봉분한/ 울음의 무덤들도 덮어주면서/ 저리 큰 침묵으로 다독여주는"(「저녁」)에서의 저녁이다. 인간 세상의 온갖 비극이 파묻혀 긴 세월을 보낸 다음에야 그래서 밖으로 전혀 소리를 내지 않는 단계에 도달해서야 '돌-광물'은 완성되는 것이다. 이처럼 작아져 갇힌 것 혹은 내려가 묻힌 것들은 대지의 용광로 속에서 서서히 경성의 차고 맑고 단단한 광물성의 존재로 탈바꿈한다. 그 탈바꿈이 정점에 이를 때 이 시집의 서두를 장식하고 있으며 이 시인의 가장 아름다운 시이기도 한 「종소리」가 태어난다. 온 누리 가득 울려 퍼지는 청아한 금속성의 울림을 들어보라.

흙은 소리가 없어 울지 못한다.
제 자식들의 덧없는 주검을
가슴에 묻어두고 삭일 뿐
소리를 낼 수가 없다
그러나 흙은
제 몸을 떼어 빚은 사람을 시켜
살아있는 동안
하늘에 종을 걸고 치게 한다
소리 없는 가슴들
흙덩이가 온몸으로 부서지는
소리를 낸다.

― 「종소리」 전문

위 시에서 천상의 종소리를 가능케 하는 것은 다름 아닌 지상의 흙이다. 종을 치는 사람도 종을 이루는 광물질도 다 대지에서 나온 것들이다. 질곡과 수난으로 가득 찬 역사적 기억을 간직하고 있는 흙으로 빚은 종에서 나는 소리가 맑고 투명할 수만은 없을 것이다. 그 종소리엔 대지에 묻혀간 한 많은 인간들의 저주와 신음과 아우성이 고스란히 담겨 있는 것이다. 그렇다고 해서 그 종소리가 그러한 고통과 원한의 직접적 드러냄에 그치는 것은 아니다. 그러한 모든 부정적 요소들을 다 걸러내고 승화시킨 다음에야 나올 수 있는 소리인 것이다. 소리 없는 가슴들을 대신 울어주는 종소리는 그래서 아름다우면서도 슬프기 이를 데 없는 것인지도 모른다.

우리는 지금까지 감옥(돌)에서 별(종)에 이르는 김영석 시인의 시적 지형도를 답사해 보았다. '작아짐—간힘', '내려감—묻힘'의 상상력에 의해 축조된 그의 시 세계는 시 속에 등장하는 광물 이미지만큼이나 견고한 시적 완성도 또한 지니고 있다. 20여 년 만에 처음 시집을 펴낸 사실로도 알 수 있듯이 그는 과작의 시인이며, 이런 과작이 이 시인 특유의 절제와 극기의 소산이라는 점에서 그의 앞으로의 시 작업에 거는 우리의 기대는 한층 높아지고 가혹해질 수밖에 없다. 기대가 높아지는 것과 비례해서 평가는 보다 엄격해질 것이고 요구는 더 많아질 수밖에 없는 것이다. 이 시인은 우리가 그러한 평가와 요구를 해도 충분할 만큼의 시적 역량을 지니고 있음에도 불구하고 지금까지 자신의 작업 결과를 공개하는 데 지나치게 인색했다. 그의 앞으로의 시 작업이 질과 양에 걸쳐 새로운 비약을 맞기를 희망하며 이 글을 마치기로 하자.

(현대시, 1993, 12월호)

바람의 감각과 실재의 탐구

−시집『바람의 애벌레』

이 형 권

1.

이 시집은 "새를 찾으러 나갑시다"(「새에 관한 소문」)라는 문장으로 문을 닫는다. '새'에 관한 탐색을 청유하며 마무리되지만, 시집 전체는 그 '새'에 관한 수소문의 언어로 구성되었다고 해도 과언이 아니다. "새를 찾으러 나갑시다"라는 결구는 그러니까 이 시집의 모두에 연결되면서 시집 전체를 관류하는 테마가 된다. 문제는 탐색의 대상인 '새'의 정체성이 과연 무엇인가 하는 점이다. 같은 시에 의하면 '새'는 "바로 우리들 주위를 날아다니지만/ 다만 우리 눈이/ 볼 수 없을 뿐"이고 "입만 열면/ 제 말이 그만 새가 되어/ 눈 덮인 담장도 채 넘지 못하고/ 힘 없이 떨어져 죽는 것"이라고 한다. 그 '새'가 분명히 존재하지만 "볼 수 없"다는 진술로 미루어 볼 때 실재적이고 불가시적인 존재라는 것을 알 수 있다. '새'가 '소문'으로 존재한다는 표제의 내용도 그러한 사실을 암시한다. 그리고 그것이 '말'과 관련이 있으며 "담장도 채 넘지 못"한다는 점에서 일종의 세계 인식과 관련된 본질적 존재라고 할 수 있다.

이 본질적 존재는 현실의 기준으로 볼 때는 환상이지만, 현실 너머의 세계에서는 겉모습 이전의 실재에 해당한다. 이때의 실재는 라캉이 말하는 실재계와 유사하다. 그것은 현실 세계에서는 부재하지만 본질 세계에서는 실재하기 때문에 오히려 끝없는 욕망의 대상으로서 삶을 지탱해주는 일종의 환상인 것이다. 라캉에 의하면, 상상계는 언어의 세계인 상징계에 들어서면서 큰 타자인 '오브제a'를 만들어 삶의 욕망으로 대상화한다. 그 욕망은 인간의 삶을 견인하지만 환상의 투사물이기 때문에 포착하는 순간 아무것도 아닌 것이 된다. 이 '오브제a'의 경험이 삶의 충동을 유지시켜 준다. 마치 무지개를 바라보고 무지개를 향해 달려가지만, 무지개가 있던 곳에 가 보면 무지개가 헛것에 불과하다는 것을 깨닫게 되는 것과 비슷하다. 무지개와 같은 헛것을 쫓는 일은 그러나 허무하고 무의미한 일은 아니다. 그러한 행위의 반복은 비록 그것이 완성되는 일은 불가능할지라도 헛것을 넘어서기 위한 부단한 노력이라는 점에서 의의가 크다. 시인은 기본적으로 현실이나 현상에 안주할 수 없는 존재이므로 시인에게 실재를 향한 탐구는 매우 종요로운 일이 아닐 수 없다.

이 시집에서 실재의 세계에 대한 탐구는 탈의미의 언어를 기반으로 삼는다. 탈의미는 문자 그대로 의미를 벗어나는 것으로서 이때의 의미라는 것은 현실의 관념이나 이데올로기를 지시한다. 한때 김춘수가 무의미시를 내세워 비슷한 시도를 했었지만, 시(언어)라는 존재 자체가 의미의 진공 상태를 실현할 수 없는 것이기에 일종의 자기모순에 빠졌다. 탈의미의 시는 의미의 무화가 아니라 의미(현실)의 실체를 부정하지 않으면서 그 이전의 실재를 탐구한다는 점에서 무의미 시와는 다르다. 무의미시가 자의적 내면세계와 관련된 개인적 상징을 드러내는 데 치중한 반면, 탈의미의 시는 내면보다는 우주적 실재의 세계를 감각적으로 탐구하고 있다는 점에서도 서로 다르다. 방법적으로도 무의미시가 절대적 이미지를 활용했다면, 탈의미의 시는 직관적 이미지를 빈도 높게 활용한다. 김영석 시인이 스스로 명명하고 추구해 온 관상시觀象詩도 이러한 탈의미 시의 관점에서 파악해 볼 수 있다.

2.

    세상은 알 수 없는 것들로 가득하다. 인간의 문명이 아무리 발달해도, 인간의 지식이 아무리 심오해도 궁극적 세계는 불가지의 것으로 남아있다. 인간이 발견한 진리라는 것도 따지고 보면 절대적인 것은 아무것도 없다. 인간이 이미 발견한 진리는 시간과 공간의 변화에 따라서 새로 발견한 진리에 자리를 내주어야 하기 때문이다. 현상적인 가변의 진리가 가상이라면 본질적인 불변의 진리는 실재에 해당한다. 이 불변의 진리에 다가가는 출발점은 그것이 현실에서는 불가지의 대상이라는 점을 자각하는 것이다.

> 우리가 도무지 알 수 없는
> 보이지 않는 땅속 어둠 속에서
> 눈도 코도 귀도 지을 수 없고
> 모양도 지을 수 없는
> 지렁이가 꿈꾸고 있다
> …(중략)…
> 시작도 끝도 없는
> 지렁이의 꿈은 볼 수 있지만
> 꿈꾸는 지렁이를
> 우리는 볼 수가 없다
> 우리들의 눈과 코와 귀와 입으로
> 날빛에 몸이 드러난
> 온갖 모양은 알 수 있지만
> 어둠 속 지렁이는 모양이 없어
> 우리는 결코 알 수가 없다
> 꽃잎 지는 것을 바라보고
> 바람 부는 소리를 들을 뿐이다.

─「지렁이」부분

이 시는 가시적인 것과 비가시적인 것을 구분한다. '지렁이의 꿈'은 가시적인 것이지만, '꿈꾸는 지렁이'는 불가시적인 것이다. 둘의 차이는 전자가 '꿈'에 집중된 가상적인 것이라면 후자는 '지렁이'의 본질에 해당하는 실재라고 할 수 있다. 또한 이 시에서는 '알 수 있'는 것과 '알 수 없'는 것을 구분한다. 전자가 "날빛에 드러난/ 온갖 모양"이라면, 후자는 "어둠 속 지렁이"이다. 외형적인 '모양'은 현상적인 것이기 때문에 쉽게 알 수 있지만, 본질로서의 '지렁이'는 심연의 어둠 깊은 곳에 존재하는 것이어서 "우리가 도무지 알 수 없"다고 한다. 그럼에도 불구하고 시인은 그 본질에 대한 탐구를 포기할 수는 없다. 앞서도 말했듯이 궁극의 진리를 탐구하는 것은 시인의 사명이기 때문이다. 그런데 인간의 인지 능력이나 서툰 지식으로 알려고 하면 더 알 수 없는 것이 궁극적 진리의 세계이다. 오히려 직관에 의해 그 존재를 감각하는 일이 그 진리의 세계에 근접하는 일이다. 어차피 진정한 진리의 세계는 인간(능력) 너머에 존재하는 것이므로, "꽃잎 지는" 모습과 "바람 부는 소리"로써 그 진리의 세계를 어렴풋이 감각할 뿐이다. 진리 혹은 실재의 세계에 대한 감각적 인식은 이 시집의 중요한 목표이다.

진리의 세계를 알 수 없다는 것은 그것을 추구하는 시인의 지적인 능력 부족을 의미하지는 않는다. 시인은 현실적, 논리적 지식을 구하는 자가 아니라 궁극의 진리를 추구하는 존재이기 때문이다. 즉 "이 세상 어딘가에/ 알려지지 않은 사막이 살고 있다네/ 신기루에 가려져 보이지 않고/ 탐험가들은 영영 돌아오지 못한다네"(「사막」)의 '사막'처럼 궁극적 진리의 세계는 '탐험가들'이 부단히 탐색을 하지만 저의 존재 자체를 드러내지 않는다. 그것은 "보이지 않는 칡뿌리가 얼마나 깊고 먼 지/ 도대체 언제 어디서부터 시작되었는지/ 우리는 도무지 알 수가 없다 …(중략)… 아마도 그것은 태초에/ 우주를 낳고 만물 속에 숨어서/ 한없이 뻗어가고 있는 것인지 모른다"(「칡뿌리」)고 할 때의 '칡뿌리'의 세계이기도 하다. 이 불가지의 세계가 바로 시인의 시적 탐구 욕망을 자극한다.

그것은 "망각의 깊이에서/ 적막의 틈에서 돋는" "무지無知의 별빛"(「풀」)
과 같이 현실의 기억이 없는 '망각'과 현상의 소리가 없는 '적막' 속에서
만 발견할 수 있는 것이다. 현실의 세계에서는 실재에 대해서 "아직은
아무도 아는 사람이 없다"(「민들레」)고 말할 수밖에 없기 때문이다.

불가지의 세계에 대한 감각적 인식은 현상적인 것들에서 현실적 의미
(가식)를 벗겨내는 데서 이루어진다. 그 감각적 인식의 매개로서 이 시
집에서 자주 등장하는 시어 가운데 하나는 '바람'이다. 이 시집에서 '바
람'은 간혹 허무한 삶을 의미하기도 하지만, 대개는 현상 세계에서는 부
재하는 실재의 세계나 그 매개를 표상한다. '바람'은 눈에는 보이지 않지
만 피부 감각으로는 분명히 느낄 수 있는 실체이기 때문에, 현상이나 형
상으로는 존재하지 않지만 본질로서는 실재하는 대상을 드러내는 데 적
실하다. '바람'의 추구는 타자의 철학자인 레비나스가 말했던 무한에의
욕망, 즉 '보이지 않는 것에 대한 욕망'과도 유사하다.

> 무쇠 낫을 들고
> 숲길을 뒤덮은 푸나무를 쳐 낸다
> 길을 내며 나아갈수록
> 베어진 나무들이 피워 올리는
> 늪 같은 어둠 속으로 깊이 빠진다
> 오랜 세월 수많은 벌레와 새들이 죽어
> 마침내 이루어진 이 늪을 지나자
> 밤낮도 아닌 희미한 미명 속에
> 고인돌들이 끝없이 늘어서 있고
> 고인돌 속에는 아직 태어나지 않은
> 바람의 애벌레들이 꿈꾸고 있다
> 초승달 같은 낫을 들고
> 애벌레의 꿈을 들여다본다
> 어느 먼 숲을 흔드는 바람 소리뿐
> 꿈속은 텅 비어 있다
> 초승달 빛을 뿌리는 낫을 들고

텅 빈 꿈속에서
아직 태어나지 않은 바람 소리를
꿈속의 한 잎 귀가 듣는다

―「바람의 애벌레」 전문

"늪 같은 어둠"의 "숲길"을 경유한 시의 주인공이 "희미한 미명"의 시간에 만난 것은 "고인돌들"이다. "숲길을 뒤덮은 푸나무를 쳐내"는 일은 현실적 의미의 껍질을 벗겨내는 일이다. 그 껍질을 벗겨낸 뒤 "고인돌 속"에서 "아직 태어나지 않은/ 바람의 애벌레들이 꿈꾸고 있"는 광경을 발견한 것이다. 이때 '어둠'은 "오랜 세월 벌레와 새들이 죽어" 만들어진 것이므로 현실에서의 죽음 혹은 부재 상태와 연관된다. 그리고 '미명'의 시간은 어둠과 죽음을 넘어서 빛과 삶의 세계로 나아가는 시발점이라 할 수 있다. 그 시간에 발견한 '고인돌'은 시원적 세계를 표상하고, 그 '속'에서 발견한 '바람의 애벌레들'은 시간의 한계를 넘어선 실재의 세계를 상징한다. 그런데 '바람의 애벌레들'이 꾸는 "꿈속은 텅 비어 있"으며 그 속에 "아직 태어나지 않은 바람 소리"가 있다고 한다. '바람의 애벌레들'은 "어느 먼 숲"의 "바람 소리"로만 감각할 수 있는 미지의 것인 셈이다. 따라서 실재의 세계는 가까이 존재하지 않고, 현실적인 것을 비운 상태와 관련되고, 현실에서는 탄생 자체가 불가능하다는 것이기에 감각적인 인식의 대상일 뿐이다.

3.

'바람'은 또한 세상에 존재하는 온갖 사물과 인간을 상관적으로 아우르는 에너지를 표상한다. 세상에 존재하는 것들은 겉으로 보기에 저마다 독립적으로 존재하는 듯하지만, 깊이 생각해보면 모두가 전일적 일체를 이루고 있다는 사실을 부정하기 어렵다. 이는 만물은 하나와 같다 萬物一如는 동양적 생명 원리에 연결된 것으로 볼 수 있거니와, 또한 만물을 생성시키고 그것들을 하나로 연결시켜 주는 공통적 에너지는 기氣라고 할 수 있다. 김영석의 시에서 '바람'은 기가 만물을 만든다精氣爲物는 차원에서의 기와 아주 흡사하다.

하늘 가까이
이마를 대고 있는 산은
새들을 낳는 푸른 자궁이고
새들이 다시 돌아와 묻히는
큰 무덤이다
…(중략)…
오늘도 산은 바람이 불면
풀잎이나 나뭇잎을 부딪치며
땅 속에선가 하늘에선가
스빗시 스빗시르르르
기요로 키이키리리리
가늘고 슬픈 새소리를 낸다.

— 「산과 새」 부분

한 줄기 바람이 일자
온갖 푸나무 빛으로 털갈이를 한
노루 멧돼지 산짐승들이
뽕나무 줄기 줄기로 내달리고
소를 몰고 쟁기질하던 늙은이는
워낭소리 따라 뿌리 속으로 사라진다
어느덧 매화나무 가지마다
물고기들이 은비늘 반짝이며 열려있다
뽕나무에 잘 익은 거름을 주고 있으면
아득히 먼 옛날 바다도 보이고
물고기들이 은빛 날개 새가 되어

흰 구름 푸른 하늘 나는 것도 보인다

― 「거름을 내며」 부분

앞의 시에서 '산'은 생멸('자궁', '무덤')의 장소로서 '바람'과 함께 만물의 근원을 표상한다. '바람'은 '산'으로 하여금 "풀잎이나 나뭇잎"을 "부딪치"게 하여 "가늘고 슬픈 새소리"를 내게 한다. '산'과 '새'는 상이한 존재임에도 불구하고 '바람'의 작용으로 동일시되고 있는데, 그 결과를 "스빗시 스빗시르르르/ 기요로 키이키리리리"라는 음성상징어로 형상화하고 있다. 소리와 빛은 모두 기氣에 해당한다는 말도 있거니와, 새소리로써 만물의 조응 상태를 감각적으로 인식하고 있는 것이다. 뒤의 시에서도 '바람'은 "산짐승들"과 "뽕나무 줄기"와 "늙은이", 그리고 "물고기들"과 "먼 옛날 바다"와 "새"를 일체화시키는 매개이다. 수중과 지상과 '하늘'을 매개하는 '바람'은 그러므로 우주 만물을 생동하게 하는 에너지이다. 그것은 시간과 공간을 넘나든다. 다른 시에서도 "사람들은 문득 제 가슴 모래사장에/ 바람이 그려놓은 듯한/ 한 여자의 희미한 얼굴을 보게 됩니다/ 한 남자의 희미한 얼굴을 보게 됩니다."(「당신 가슴속 해안선을 따라가면」)에서처럼, '바람'은 인간의 내면세계에 지배하는 음양의 상관적 존재 원리를 표상한다. 또한 '바람'은 "바람이 성글게 집을 지은 대밭에/ 푸른 달빛이 댓잎을 타고 흐르면/ 그늘 속 돌멩이 하나 살아나와/ 오색영롱한 물거품을 피워 올린다."(「돌게」)에서는 '돌멩이'('돌게')로 표상된 단독자로서의 실존적 자각을 이끌어 준다. 이들은 기는 마음을 관장한다治氣養心는 차원에서의 기의 세계와 연관시켜 볼 수 있다.

'바람'은 나아가 우주의 존재 원리를 표상하기도 한다. 우주는 지상에 존재하는 인간을 비롯한 모든 생명들의 존재를 가능케 하는 절대적 시공간이다. 지상의 생명들은 지상에 발을 붙이고 살지만 실은 우주라는 시공간 전체의 영향을 받아서 존재하는 것이다. 그러한 우주적 원리는 자연과학의 힘으로 밝혀내는 데 한계가 있고, 우주의 원리를 밝혀낸다고 한들 그것이 불변의 진리라고 말할 수도 없다. 그래서 시인은 상상과 직관에 의지해 지상과 천상을 아우르는 우주의 기운을 감각하고자 하는데, '바람'은 그 매개 구실을 한다.

> 바람은 잡초 밭에서 일어나고
> 잡초는 바람 속에서 생기는 것
> 잡초와 바람이 한 몸으로 흔들리면서
> 밤낮으로 어둠을 낳고
> 이름 모를 수천 마리 짐승들이
> 그 어둠을 몰고 바다에 투신하여
> 흰 소금이 되면
> 소금이 제 살 속에
> 방울방울 진주처럼 키운 빛들이
> 하늘로 올라가 별이 되는 것
>
> — 「잡초와 소금」 부분

> 바람이 불어 갈대가 흔들리는가
> 갈대가 흔들려 바람을 보는가
> 눈과 귀로 보고 들으니
> 바람도 있고 갈대도 있는가
> 바람이 없으면
> 흔들리는 갈대도 없고
> 흔들리는 갈대가 없으면
> 바람도 없는가
>
> 달아 달아
> 거울 같은 호수에 비친 달아
> 거울 같은 허공에 비친 달아
>
> — 「달아 달아」 전문

앞의 시에서 '바람'은 '잡초'와 '별'과 계기적 관계를 형성하고 있다.

"잡초와 바람이 한 몸"이 되어 "어둠을 낳"을 뿐 아니라 그 '어둠'은 다시 '짐승들'과 하나가 되고 '바다'의 '소금'이 되기도 한다. 뿐만 아니라 '소금'이 머금은 '빛'은 "하늘로 올라가 별이" 된다고 한다. 마치 천지개벽의 한 장면을 연상케 하는 이러한 연쇄적 사건들의 단초가 되는 계기는 '바람'이다. 이때 '바람'은 지상과 천상을 아우르는 우주적 세계를 감각하게 한다. 뒤의 시에서 '바람'도 '갈대'와 상관적으로 존재한다. 중심 문장들이 의문의 형식을 취하고는 있음에도 불구하고 시상의 흐름으로 볼 때 진술 내용은 긍정적 인식을 함의한다. '바람'이 있으면 '갈대'도 있고, '바람'이 없으면 '갈대'도 없으니, 둘 사이에는 존재론적 인과 관계가 형성되고 있는 셈이다. 그리고 그들과 '달'도 상관적인 존재라고 할 수 있을 터, 시인은 결국 지상과 천상에 존재하는 만물은 모두 하나라는 우주에 대한 인식에 이른 것이다. 이는 원효의 불일불이론不一不二論, 즉 지구상에 존재하는 모든 생명들은 다르면서 같고 같으면서 다른 전일체라는 생각과 비슷하다. 이러한 상관적 존재론은 "땅 속 어둠을 벗고/ 막 나온 개구리들이/ 어린 새 새끼들 소리로 울어 쌓니/ 밤하늘 별빛이 총총하고 / 은하수 흰 깁에/ 배꽃도 눈부시다"(「입춘」)에서도 적실하게 드러난다.

4.

한편 우주의 궁극적 원리는 '허공'과 '고요'로 표상되기도 한다. '허공'과 '고요'는 현상계의 물질이나 소리가 없는 상태이기 때문에 오히려 본질적 세계를 표상하는 데 유용하다는 점에서 '바람'과 유사한 속성을 지닌다. 먼저 '허공'은 시작도 끝도 없는 무한의 세계로서 불교에서 말하는 색계色界 너머의 궁극적 세계이다. 무無 혹은 공空이라고 바꿔 부를 수 있는 '허공'은 현상계를 아우르는 무한하고 불변하는 우주의 근원적 원리를 표상한다.

비로소 그 새가
허공으로 둥지를 틀고
쉼 없이 알을 까 무한대로 증식한다는
옛날부터 눈 밝고 귀 밝은 이는
더러 보기도 하고 듣기도 한다는
전설의 소공조巢空鳥임을 깨달았다
<u>호르르르 호르르르</u>
광대한 벽공을 무연히 바라보면서
허공이 무한한 까닭을
이제야 비로소 조금 알 것 같다.

— 「소공조」 부분

투명한 가을 햇살을 등에 받으며
망연히 널 뒤주를 바라본다
문득 헛간 가득히
잘 썩은 거름 냄새가 피어오르고
길게 누운 내 그림자가
거름 냄새에 갈까마귀 떼로 흩어지더니
널 뒤주 속 광활한 허공으로 날아간다
길게 날아가던 갈까마귀 떼가
하늘의 지평선 같은
회색빛 오작교를 놓자
거기 한 뿌리 과일처럼
해와 달이 소슬히 달려 있다

— 「널 뒤주」 부분

앞의 시에서 '소공조'는 지상이 아니라 "허공으로 둥지를 틀고" "무한
대로 증식한다"고 한다. 우주는 부단히 팽창한다는 과학자들의 주장도
있거니와, '허공'에서 "무한대로 증식하"는 '소공조'를 상상하는 일은 우
주의 "광대한 벽공"을 상상하는 것과 다르지 않다. '소공조'가 현실의 새
가 아니라 전설의 새라는 점은 '허공'이 가상과 허상으로 가득한 현실 너

머의 근원적 세계임을 암시한다. 그래서 "허공이 무한한 까닭"을 짐작할
수 있는 것이다. 뒤의 시에서 "널 뒤주 속 광활한 허공"도 우주적 무한
세계를 암시한다. '나'의 '그림자'가 변한 "갈까마귀 떼"가 "회색빛 오작
교를 놓자" 그곳에 우주의 광경이 펼쳐지는 것은 그러한 점을 뒷받침한
다. 우주적 광경에서 "해와 달이" 마치 "한 뿌리 과일처럼" 달려 있다는
것은 '나'가 곧 우주라는 점을 의미한다. 이렇듯 무한한 우주, '나'와 일체
적인 우주를 표상하는 '허공'은 문자 그대로의 빈 공간이 아니다. 예컨대
"해질녘 보랏빛 허공 속으로/ 한 줄기 기러기 떼 잠겨가듯/ 언제나 풍경
은/ 늘 빈곳을 채운/ 비어 있는 풍경."(「풍경」)에서처럼, '허공'은 텅 비어
더 많은 것을 채우고 있는 우주적 실재를 표상한다. 다른 시구에 의하면
"천지는 텅 비어/ 없는 듯이 있고/ 사람은 마음이 가득 차/ 있는 듯이 없
네"(「마음」)의 세계이고, "망각의 깊이에서/ 적막의 틈에서 돋는 풀이여/
무지無知의 별빛이여"(「풀」 전문)에서처럼 '무지'가 오히려 '별빛'처럼 영
롱한 생의 감각을 울리는 세계이다.

　'바람'이나 '허공'처럼 불가지적, 불가시적 실재는 '고요'의 경지를 지
향한다. 주자朱子는 『근사록近思錄』의 첫머리에서 고요에 대해 이렇게 언
급한다. "극極이 없는 것이 태극太極이다. 태극이 움직여 양陽을 낳고 움
직임은 극에 이르러 음陰을 낳고 극에 이르러 다시 움직인다." 이때 '고
요'는 현실의 소리가 없는 무(음)의 세계로서 우주의 궁극적 원리에 해당
한다.

　　당신은 지금
　　길가에 뒹굴고 있는
　　돌멩이 하나를 보고 있습니까
　　돌멩이가 있다면
　　그것을 보고 있다면
　　거기 고요한 꽃이 피어 있습니다
　　…(중략)…

고요한 꽃이 없으면
해도 달도 뜨지 않고
바람조차 일지 않습니다
고요한 꽃은 없기에
언제나 거기 피어 있습니다.

—「거기 고요한 꽃이 피어 있습니다」 부분

큰 산 하나가 잠긴
고요 속에서
고즈너기 피어있는 산국을
누가 보고 있는가
보는 이가 보는 이를 보며
꽃잎과 함께
한 줄기 투명한 바람이 될 때

저 산국을 누가 보고 있는가

—「산국」 전문

앞의 시에서 '고요'는 존재의 근원을, 뒤의 시에서 '고요'는 내적 자아를 각각 성찰하는 매개이다. 앞의 시에서 "길가"의 "돌멩이 하나"에서 상상한 "고요한 꽃"은 잡스러운 것들이 제거된 존재의 근원적 모습이다. 소란한 겉모습 이전의 '고요'한 상태의 '꽃'은 '해'와 '달'과 '바람'의 존재를 가능케 하는 것이다. 그 '꽃'은 역설적 존재이다. "고요한 꽃은 없기에/ 언제나 거기 피어 있"는 '꽃'은 현상으로는 부재하지만 본질적으로는 실재한다는 것이다. 뒤의 시에서 "산국"은 "고요 속에서" 저의 진정한 모습을 성찰하는 존재이다. 누군가가 "보는 이가 보는 이를 보"는 자기 응시의 행위는 "고요 속"의 "산국"을 매개로 마음속에 내재한 존재의 근원을 찾아보려는 행위이다. 마음속에 부처가 있다는 말도 있거니와 우주의 삼라만상도 인간의 마음에 따라 생멸하는 것이다. "한 줄기 투명한 바람"은 '고요' 속의 '산국'으로 표상된 마음의 궁극을 성찰하는 매개 구실을 한다. 이때 시인은 "고요한 흰 백지 속에서" 마음의 궁극인 "내소사를 찾아 헤매는 나그네"(「내소사는 어디 있는가」)가 된다. 따라서 '고요'를 매개로 한 궁극 혹은 실재의 세계에 대한 탐구는 우주로 통하는 원심적 상상과 마음으로 이어지는 구심적 상상이라는 두 방향을 모두 포괄하는 것이다.

5.

경험 현상 너머의 그 어떤 세계도 알 수 없다는 것, 인간의 지적 능력은 유한적이어서 세계 그 자체가 무엇인지를 알 수 없다는 것은 불가지론agnosticism의 철학이다. 그런데 시인은 상상과 직관에 의존하는 존재이기 때문에 불가지론에 얽매이지 않는다. 알 수 없는 것은 말할 수 없는 것과 다르지 않을 터, 하이데거 식으로 말하면 '시인은 말해질 수 없는 것을 시로써 말하는 존재'이기 때문이다. 김영석 시인이 추구하는 불가지, 불가시의 세계에 대한 탐구는 가시적인 것, 현상적인 것에 지나치게 의존하는 요즈음의 시단에서 오롯이 빛나는 면모이다. 그가 심혈을 기울여 온 관상시는 그 절정에 해당한다. 앞서 살핀 시들은 대부분 정도의 차이는 있을지언정 시인이 주장하고 있는 "눈에 보이는 것 너머의 그리고 의미 이전의 보이지 않고 개념화되지 않는 움직임, 즉 상을 느껴보자는 것"이라는 관상시의 의도와 연관 지을 수 있다. 그 실상을 느껴보기 위해 관상시의 전형에 해당하는 작품을 하나 살펴본다.

> 산기슭 자귀나무 꽃가지에
> 나비 형상의
> 물고기 등뼈 하나 걸려 있다
> 새가 그런 것일까

탈화하여 날아간 것일까

나침반처럼 그것이 가리키는 곳
먼 하늘가에
흰 나비떼 분분하다

- 「나침반-기상도 22」 전문

이 시에서 산 속에서 만난 "나비 형상의/ 물고기 등뼈"가 일종의 현상이라면, 그것이 '탈화'한 것으로 상상되는 "먼 하늘가에/ 흰 나비떼"는 실재의 세계에 해당한다. 현상은 실재를 가리키는 '나침반'인 셈이니, 실상을 깨닫는 길은 현상에서 찾는 데에 있다. 이는 이 글의 모두에서 말했듯이 현상(현실)을 부정하지 않으면서 본질(실재)을 탐구하는 탈의미의 시학에 상응한다. 요컨대 이러한 관상시에는 시적 주체, 개인의 주관적 체험, 현실적 의미 등이 제거되어 있다는 점에 유의할 필요가 있다. 시적 주체가 없다는 것은 시의 구성 요소들이 즉자적으로 존재한다는 것이고, 개인 체험이 배제되었다는 것은 직관적 이미지를 지향한 결과이다. 또한 현실적 의미가 없다는 것은 현실 너머의 실재 세계를 추구한다는 것이다. 이제까지 살펴본 '바람', '허공', '고요'는 이런 차원에서 실재의 세계를 탐구하는 매개적 구실을 충실히 담당했다.

김영석 시인은 결국 자신의 존재마저 무화시킴으로써 무한실상無限實相을 탐구하고자 한다. 이때의 실상이란 공空이나 본체, 본성 등과 다르지 않은 것으로서, 현실에 남아있는 논리적 고리를 단절시킨 무자성無自性의 세계이다. 이제까지 우리는 그 세계를 실재라고 불렀거니와 아래의 시는 그가 얼마나 철저하게 자신을 둘러싸고 있는 관념(현실)을 버림으로써 실재를 탐구해 왔는지를 보여준다. 이 시집의 시편들에서 시인은 스스로 "녹아 없어졌기에" "목소리가 없으므로" 독자들은 알 수 없고 볼 수 없는 현상 너머의 실재를 감각해 볼 수 있었던 것이다.

왜냐고 끝없이 묻는 그대에게
그러나 내 목소리는 결코 들리지 않는다
그대의 모든 앎과 생각과 말 속에도
나는 이미 녹아 없어졌기에
그저 바라만 볼 뿐
목소리가 없으므로
목소리가 없으므로……

—「왜냐고 묻는 그대에게」부분

(시집『바람의 애벌레』, 시학, 2011)

허무에 이르지 않는 절망

－김영석 시집 『썩지 않는 슬픔』

1.

시인이란 어떤 사람인가. 그도 똑같이 이 세상 일을 보고 겪고 생각하는 사람이다. 김영석金榮錫의 이 시를 보라.

> 쇠죽 끓듯하는 출근길
> 여자 하나가 방금 치인 듯
> 마치 목 비틀린 풍뎅이처럼
> 사지를 따로따로 바둥거리며
> 피칠갑을 하고 길을 쓴다
> 그 여자가 다칠까 보아
> 차량들이 조심조심 우회하고
> 행인들은 재수없는 날이라고
> 너그럽게 자신의 일진을 탓하며
> 고이 비켜 간다
> 두어 시간 뒤
> 다행히 순찰차로 병원에 옮겨져
> 의사가 자세히 보는 앞에서

여자는 안심하고 죽는다
한 시간만 일렀다면 살 수 있었다고
의사는 전문가답게 말한다
그러나
한 시간을 당기고 늘이는 일은
인력으로 못하는 일이다

− 「현장」 전문

　이렇게 순탄하게 이어지는 진술을 읽으며 나는 하나의 평범한 ‘생각
하는 사람’으로서의 시인을 느낀다. 여기 나오는 상황과 사건은 실상 남
다른 안목으로 특별한 노력을 기울여야 발견될 수 있는 그런 것이 아니
며, 시인의 주관이 들어간 표현들 역시 범인凡人의 통찰을 뛰어넘는 것이
라고 볼 수 없을 터이다. 그럼에도 불구하고, 이 시는 평범하다거나 누구
나 할 수 있는 진술을 담은 작품으로 생각되지 않는다. 복잡한 출근길에
교통사고로 중상을 당한 사람이 두어 시간 만에 병원으로 옮겨져, 좀 더
일찍 응급치료를 받았으면 살았을 목숨이 죽어가는 이 시에 묘사된 끔
찍한 정황은 어쩌면 우리 사회에서 이제 별다른 충격이나 반성을 일으
킬 만한 상황이 아닐지 모른다. 한밤중 응급환자가 이 병원 저 병원을 전
전하다 죽어가는 일, 맞벌이 부부가 출근한 뒤 잠긴 방에서 빠져나오지
못하고 불에 타죽는 아이들, 백주에 수많은 사람이 목격하였으나 제지
되지 않는 범죄…… . 그리고, 찰나의 분노나 고발은 있을지언정 근본적
인 각성이나 변화는 일어나지 않는다. 시인들의 예민한 촉각은 때로 그
러한 사태와 그 사태를 있게 하고 근본적으로 개선하지 않는 문제점까
지를 포착하여 날카롭게 드러내고 비판을 가하기도 한다. 위의 시를 보
더라도 “재수없는 날이라고” “자신의 일진을 탓하며/ 고이 비켜 가”는
행인들과 “그 여자가 다칠가 보아” “조심조심 우회하”는 차량들 등 세태
에 대한 분노가 시니컬한 어조들 속에 응결되어 있는 것이지만, 시인의
생각이 궁극적으로 가 닿는 곳은 “그러나 한 시간을 당기고 늘이는 일은

/ 인력으로 못하는 일이다."라는 깨달음, 아니 절망이다. 어떻게 보면 아주 쉬워 보이는, 순찰차가 조금 더 빨리 왔거나 의협심 있는 운전수 혹은 행인이 나서서 사고를 당한 사람을 한 시간만 일찍 병원으로 데려갔더라면 — 그런 일은 있을 수 있고 실제로는 그것이 더 일반적인 상황일지 모르나, 그럼에도 불구하고 안타깝게도 살 수 있는 목숨이 죽어가는 이러한 비극은 엄연한 현실이며 그 "한 시간을 당기고 늘이는 일은/ 인력으로 못하는" 불가항력이다. 작품 말미에 제시된 이같은 깨달음 내지 선언 역시 범상한 사람이면 능히 이를 수 있는 통찰이라 하겠지만, 이 시의 흐름이 "피칠갑을 하고" "목 비틀린 풍뎅이처럼/ 사지를 따로따로 바둥거리"는 중상자를 뻔히 보며 비껴가는 냉혈한 세태에 대한 통탄 혹은 사회적 각성의 역설로 귀결하거나, 그 비극적 정황을 시적 형상으로 한층 뚜렷하게 조형함으로써 그와 같은 작의를 관철하는 방향으로 가지 않고 훨씬 산문적인, 혹은 잠언적인 진술에 도달하고 있음은 전혀 범상한 것이라 볼 수 없다.

　김광규의 시에 「강아지 아지랑이」가 있다.

　　　　산업도로 한가운데서 처참하게 터져
　　　　죽은 강아지 한 마리
　　　　그 시체를 하루종일 자동차
　　　　바퀴들이 수없이 밟고 지나간다
　　　　(…)
　　　　그리고 덤프트럭과 컨테이너 화물차들이
　　　　조그만 주검을 먼지로 만든다
　　　　고속화도로 중앙분리선 위에서
　　　　뽀얗게 피어오르는
　　　　강아지 아지랑이

　나는 우연히 눈에 띈 이 시가 김영석의 위 시와 한 묶음으로 읽혔고 (강아지나 사람이나 생명의 영역에서는 마찬가지 아닌가!), 사태의 처참함을 드러내려는 표현의지가 실상 문명과 인간의 내재적 잔인성을 충분히 고발하면서도 화자가 흥분해 버리지 않는 일정한 거리 두기의 태도 등이 비슷하게 느껴졌다. 김광규의 시는 "점심 때마다 사철탕집으로 달려가는/ 백전무의 외제 승용차"나 "고속화도로" 등을 굳이 내세움으로써 '문명한, 속물들의 세상'에 대한 현실비판 의도가 훨씬 두드러져 있으면서, 주검이 먼지가 되어 피어오르는 "강아지 아지랑이"를 발견해 냄으로써 시적으로 한층 '승화'된, 비극적 아름다움에 이르는 경지를 보인다 (초기 시 중 인상깊은 「어린 게의 죽음」(1978)에서, 트럭에 깔려 죽은 어린 게의 "먼지 속에 썩어가는 시체"가 발하는 "아무도 보지 않는 찬란한 빛"을 보았던 이 시인의 시선과 시적 방법이 여기서도 감지된다).

그러나 김영석은 이와 같은 비극 또는 비애의 '시적 승화'를 꾀하는 것이 아니라 오히려 그 사태를 인력으로 바꿀 수 없다는 불가항력을 진술하는 것으로 시를 마무리하고 있으며, 이러한 그의 인식지평의 밑뿌리에는 인간사와 삶에 대한 도저한 절망이 깊숙이 자리잡고 있는 것이 아닌가 느껴지는 것이다. 그 절망은 시인의 혹은 인간의 나약함이나 무력, 시인의 현실비판 의지나 인식의 부족으로부터 유래한 것이라기보다 그 전체를 짚어보는 사유思惟를 거친 절망이며, 그럼에도 불구하고 그것은 도덕적 절망이기보다 이 시인이 가진 독특한 세계인식으로 이어진 그러한 절망이 아닌가 하는 것이다.

2.

앞에서 나는 김영석의 시 한 편을 놓고 길게 얘기했는데 그 작품이 시인의 대표작 또는 가장 뛰어난 작품이어서가 아니라, 어찌 보면 나의 산문적 감성에 쉽게 와 닿을 수 있는 작품이기 때문이어서 인지도 모르겠다. 짧고 단정한 시행, 군더더기 없이 간명한 표현들, 한 개의 단어 한 마디 수사에도 심오함이 깃들인 진중한 시어들의 집중인 그의 시집은 결코 가벼이 다룰 수 없는 부담과 무게를 갖는다.

시집에 있는 간략한 소개를 보면 김영석 시인은 1970년 동아일보, 1974년 한국일보 신춘문예로 문단에 나왔으니, 저 70년대와 80년대를 이른바 '시인'으로서 이 땅에 산 터이다. 등단 20년이 넘어 내게 된 그의 첫 시집인 『썩지 않는 슬픔』(창작과비평사, 1992)에는 등단작 「방화」(1970년)에서부터 최근작으로 추정되는 시편들까지 69편의 작품이 실려 있다(크게는 20여 년의 시차를 두고 있는 작품들에 집필 연도가 전혀 밝혀져 있지 않음은 때로 곤혹스럽게 느껴진다).

이 시집에는 '감옥'이 등장하는 시들이 많다.

가슴 깊이

별을 지닌 사람들은
모두 감옥에 갇힌다
별 향한 창틀 하나 달린
감옥 속에

…(중략)…

순한 짐승들은 숲 속을 서성이고
꿈꾸는 사람들은
한평생 감옥 속을 종종이고

사람들은 누구나
제 키만한 감옥 속에
조만간 갇히게 된다
갇혀서 마침내 작은 감옥이 된다

— 「감옥」 1, 4, 5연

우리들의 감옥은 너무나 멀리
서로 떨어져 있다
…(중략)…
별 하나 감옥 하나
별 둘 감옥 둘

— 「먼 감옥」 부분

무기수들이 창을 닦는다
탈옥을 꿈꾸며 창을 닦는다
밤하늘의 잔별만큼 많은
이 세상 낱말의 수만큼 많은
창문을 하나씩 붙들고

— 「창」 부분

　실린 순서로 인용해 본 이 구절들에서 보듯이 그의 '감옥'은 손쉽게 연상할 수 있는, 범죄자나 체제에 대항하는 사람들을 가두는 현실의 교도소 내지 현실의 속박 혹은 징벌이 아니고, '별'과 '꿈'과 '창'에 연관된, "제 키만한 감옥", 궁극적으로 인간 자신이라는 감옥을 일컫는다. "푸른 하늘을 본 사람들" "타는 그리움으로/ 노래를 불러본 사람들" 곧 "꿈꾸는 사람들"은 "별(하늘)향한 창틀 하나 달린" 그 꿈의 감옥에 갇혀 스스로 감옥이 되고(「감옥」), 그 감옥들은 "전화도 없고/ 별빛처럼" 불빛만 아슬히 멀 뿐더러(「먼 감옥」), 수인囚人들은 "탈옥하자마자/ 이내 또 다른 감옥에" 다시 갇히겠지만 "창이 그려주는 지도를/ 이제는 완전히 믿지 않"으면서도 "창이 있는 동안/ 창이 있으므로/ 하늘이 파랗게 창을 닦"는 것이다(「창」). 그러나 이것이 우리 삶의 실제와 현실을 떠난 '꿈의 형이상학'일 뿐일 것일까.

터져나오는 함성을 위해서가 아니라
함성을 키우고 있는 감옥의

저 요지부동으로 튼튼한
벽을 더 높이 손질하기 위해서

…(중략)…

그리움 들떠 그렇게 봄은 찾아오지만

— 「감옥을 위하여」 부분

어찌하여 새벽이 한사코
네가 부숴야 할 벽마다
벽돌 하나 더 높이 쌓아놓고 가는지

— 「새벽의 마음」 부분

형벌처럼
봄은 다시 또
온통 천지를 쇠사슬로 묶는구나

청맹과니 두 눈을 뜨게 하고
귀머거리 두 귀를 열어놓고

…(중략)…

지상에 낮게 두 무릎 꺾인
남루한 우리들
투명한 봄볕 속에
겨우내 보지 못한 천만 겹 쇠사슬을
또 한번 똑똑히 보게 하는구나
징역살게 하는구나.

— 「봄」 1, 2, 4연

전체적으로 다소 난삽하게 느껴지는 「감옥을 위하여」와 기념시로 쓰인 듯한 「새벽의 마음」은 '봄'과 '새벽'의 도래를 말하면서 감옥의 튼튼한 벽을 더 높이 쌓아올림을 내세우고 있다는 점에서 일견 이채를 띤다. 그것이 앞에서 본 '별'과 '창'과 "골백번 쓰러지는 희망"(「감옥을 위하여」)의 다른 이름이더라도, "옷섶 풀어 헤쳐 속살도 내보인 채/ 그리움 들떠 그렇게" 찾아오는 봄의 이미지와 '벽의 강화'는 상충된다는 느낌을 받게 된다. 그런데 이와 같은 독특한 '봄'의 모티프를 중심으로 훨씬 간명하면서도 짜임새있는 시적 성취에 도달한 작품인 「봄」은 그의 인식구조의 원형을 잘 드러내고 있는 바, 그 '눈뜸과 묶임'의 상호규제 혹은 동일성의 인식은 지금 살펴본 감옥 시들이라든가 다른 시편들이 공통적으로 바탕에 깔고 있는 인식적 틀이 되고 있다. 흥미롭게도 이 시인은 '천지를 묶는 봄' → '눈을 뜨게 함(귀를 얾)' → '들녘으로 나아가라 소리침'(3연) → '쇠사슬(묶임)을 똑똑히 보게 함'이라는 시상 전개에서 잘 나타나는 것처럼, 눈뜸이나 개방 혹은 해방을 보고 노래할 때 그것을 그것대로 보지 않고 이미 그 '눈뜸'을 보는 순간 동시에 그 '묶음'을 하나로 인식하고 오히려 그 '묶임'에 무게중심이 더 쏠리고 있는 것이며, 이와 같은 묶음과 눈뜸 혹은 그 매개인 봄의 도래는 최초의 것이 아니라 "다시 또" "또 한번"인 '형벌'로, 그리하여 우리를 "징역살게 하"는 것으로 인식함으로써 특유의 세계관을 제시하고 있는 것이다.

이렇듯 여러 작품들에서 이 시인은 인생사의 자잘한 기미와 섬세한 감정의 기복을 건너뛰어 한결 추상된 사유를 위주로 인생과 세상의 진폭을 보고 있다고 할 수 있으며, 그 사유의 개진에는 인간의 꿈과 열망이 단선적 경로로 뻗어가는 것이 아님을, 또 그것은 포기될 수 없는, 포기되지 않는 운명적인 것이며 대칭적인 높이의 벽과 함께 가는 것임을 역설하는 시인의 뚜렷한 주관이 들어 있고, 세상의 작동 원리를 직선적이든 파상적이든 하나의 진보로 파악하지 않고, 순환적이지만 늘 길항하는, 멈추지 않는 '운동'으로 읽어내는 정관靜觀이 놓여 있음을 알 수 있다.

이러한 정관은 그리 단순치 않은 모순 내지 어긋나 있는 본질들을, 어쩌지 못할 모순의 병존들을 포착한다.

아득한 옛적부터 사람들은
곳곳에 수많은 탑을 세웠다

…(중략)…

사람들의 가슴속에
그렇게 많은 돌덩이들이 쌓여 있음을

                          —「탑을 보기 전에는」1, 3연 부분

발바닥과 이마의 그 절벽의 높이를

                          —「두 개의 하늘」 부분

그러나 끝내
아무도 놓여날 수 없었던 모순의 꿈

                          —「지리산에서」 부분

겨우 보이는 것만 가려서 보는
온통 눈뿐인

                          —「잠자리」 부분

어린이 유괴범이 밤늦게 돌아와
제 어린 딸을 무릎에 앉히고
볼 부비며 밥을 먹고 있다

                          —「파도」 부분

덫의 관대한 품안에서
사람들은 몰래몰래 꿈을 꾸고

                          —「덫」 부분

삼천리 방방곡곡 길은 뚫려서
우리들은 꼼짝없이 길에 갇혀 있을 뿐

                          —「길」 부분

밥은 그의 삶의 무덤인 양

– 「밥과 무덤」 부분

여러 군데서 뽑아보았지만, 실상 그의 시들에는 이와 같은 대칭적·
양가兩價적·대비적 사유들이 핵을 이루면서 그것이 작품의 부분들로부
터 전체에 이르기까지 다층적으로 시적 발상을 지배하는 경우가 대부분
이다. 어린이 유괴범을 등장시킨 「범인」이나 「파도」, 자살한 세무공무
원을 다룬 「두 개의 하늘」, 지리산자락에서 발견된 전선줄로 묶인 백골
을 두고 쓴 「지리산에서」, 그리고 「밥과 무덤」에서와 같이 구체적 현실
소재와 유추대상을 가지고 쓴 시들이든 그렇지 않은 시편이든 이 점에
서 마찬가지이며, "우리 모두가 증인이므로 / 아무도 증언하지 않는다"
는 「증인」이나 "온 세상이 부수고 망가뜨린 조각들을 / (…) / 이리저리
깁고 맞추어서" 비로소 새 얼굴로 태어나는 「꽃」에서와 같은 사유는 이
러한 반어적 발상을 대표적으로 보여준다. 통념이나 상투형을 거부하는
것이 문학적 사고의 기초이고 문학 창조의 중요한 방법임은 물론이지
만, 이 같은 발상법을 통하여 이 시인은 역사와 현실의 본질을 꿰뚫고 생
의 근원적 굴레를 드러내보고자 하는 것이다.

3.

그의 시가 현실에 대한, 좀 더 구체적으로 사회현실에 대한 고통스런
인식의 흔적을 갖고 있음은 충분히 감지되나, 그것이 통상적 의미에서 문
학의 '사회 참여'와는 상당한 거리가 있음은 가령 1970년대 이래의 이른
바 '참여문학' 혹은 '민중문학'의 흐름을 떠올려보면 더욱 뚜렷해진다. 그
러나 그러한 변별성을 가리는 것은 문학의 존재의의의 관건을 건드리는
일은 아니라고 생각되며 여러 면에서 유익한 일이 되지도 않을 성싶다.

이 시인의 내연內燃하는 정신은, 작열하는 가마에서 구워낸 아름다운 청자 화병이 너울너울 어른거리는 뜨거운 불꽃을 제 몸체 속에 응축하고 있듯 그의 뛰어난 작품 편편에 응결되어 있다.

> 흙은 소리가 없어 울지 못한다.
> 제 자식들의 덧없는 주검을
> 가슴에 묻어두고 삭일 뿐
> 소리를 낼 수가 없다
> 그러나 흙은
> 제 몸을 떼어 빚은 사람을 시켜
> 살아 있는 동안
> 하늘에 종을 걸고 치게 한다
> 소리없는 가슴들
> 흙덩이가 온몸으로 부서지는
> 소리를 낸다.
>
> — 「종소리」 전문

충실한 해설로 대신될 수 없는 이 빼어나고도 아름다운, 그리고 슬픈 시는 소리가 없어 울지 못하는 존재의, 덧없이 죽은 자식들을 가슴에 묻어야만 하는, 애끓는 아픔을, 타고 남은 재가 다시 기름이 되듯 새로운 차원으로 전환하여 우리의 온몸을 흔드는 뼈저린 울림으로 전해오고 있다. '흙'과 '가슴', '소리'로 이어지는 이러한 상상은 다른 작품 「침묵」에서도 읽어지는데, "북처럼 가슴을 두드려도/ 소리를 내지 않기 위하여" 흙을 먹고 또 먹은 가슴들이 김제 만경 평야로 하나가 되어 "너희들의 무쇠발굽"과 칼날에도 피를 흘리지 않으며, "네 칼날을 고요히 녹슬게 할 뿐/ 다시는 소리도 내지 않는다"는 그 '침묵'의 의지意志와 "흙의 넉넉한 힘"에의 관심은 시인의 자존과 민초들을 향한 나름의 지향을 보여주는 것이라 할 수 있다.

그렇지만 「종소리」의 세계는 '침묵에의 의지'를 지나 더 깊은 사유를 보여준다. "자식들의 덧없는" 죽음이란 생각건대 모든 '인간적인' 죽음이며, 구체적으로 광주 오월과 오월 이후의 죽음, 또 현실의 질곡에 허덕이고 대항하며 좌절하거나 죽은 모든 시대 이름 없는 혼들일 수 있고, 시인의 다른 작품들에 등장하는 여러 죽음일 수 있다. 그 죽음 내지 흙이 견디는 아픔은 앞에서 보아왔던, 인간에게 가로놓인 인생과 세상이 보여주는 원초적 모순, 존재의 허망함과 결부하여 확대 해석되어도 큰 무리는 없을 것이다. 이때 울리는 종소리는 뗑뗑 울리는 그러한 실제적 '소리'일 수 없다. 그런데 "하늘에 종을 건"다는 구절에서는 좀 다른 상징성을 더 구체적으로 갖는 표현이 왔어야 할 듯한 아쉬움이 있고, 후반부에서 '사람', '가슴', '흙'의 연관이 나로서는 다소 얽힌다고 느껴지기도 한다.

「종소리」의 소리 없는 소리에 담긴 정조는 슬픔일 것이다. 견고한 슬픔으로 통하는.

멍들거나
피흘리는 아픔은
이내 삭은 거름이 되어
단단한 삶의 옹이를 만들지만
슬픔은 결코 썩지 않는다
옛 고향집 뒤란
살구나무 밑에
썩지 않고 묻혀 있던
돌아가신 어머니의 흰 고무신처럼
그것은
어두운 마음 어느 구석에
초승달로 걸려
오래오래 흐린 빛을 뿌린다.

— 「썩지 않는 슬픔」 전문

견고하다는 말은 말랑말랑하지 않고, 축축하지 않다는 뜻이다. "이내 삭은 거름이 되어" 단단한 '삶의 옹이'를 만드는 '아픔' 그것과 다른 '썩지 않는' 슬픔'이란 과연 무엇인가. '아픔'이란 "멍들거나 피흘리는" 것, 그렇다면 슬픔은? 시인은 다만 그것이 우리에게 어떤 존재로 남아 있게 되는지를 말해 준다. 따라서 '멍들거나 피흘리는' 것과는 무언가 다르리라는 것을 짐작할 뿐, "돌아가신 어머니의 흰 고무신처럼" 썩지 않고 "어두운 마음" 구석에 "흐린 빛"(밝지도 않은, 그러나 '빛'인)을 뿌리는 존재라는 데서부터 거슬러 생각해 올라가야 하는 것이다.

그런데 「슬픔」을 제목으로 삼은 다른 작품에서 시인이 추구하는 바는 인간의 '단순한' 슬픔, 그 "동청冬靑 가지 하나"와의 짙은 대비이다. 흰눈이 내려 쌓인 광막한 대지에 떠오른 몇 개 "기하적 도형"과 사철나무 푸른 가지가 구성하는 아름답고 깨끗한 풍경 속에서 시인이 보고 있는 것은 다름 아니라 고요롭게 물들어가는 인간의 슬픔, 그것을 더 뚜렷하게 강화하는 소도구로서의 동청이다. 현실의 인간이 살아가며 받게 되는 수많은 상처들, 인간이면 피할 수 없는 자신과 이웃의 생로병사로 인한 고통, 또한 의지의 좌절과 꿈의 퇴색, 비인간적 사회체제와 문명이 주는 온갖 고뇌와 삶의 파괴 등등으로 이 땅의 사람들은 가슴에 멍이 들고 뜨거운 피를 흘리며 아픔의 눈물을 뿌리는 것이지만, 시인이 일컫는 '단순한 슬픔'은 그런 것이 아니다. 이 모든 아픔의 총화로부터 오는 어떤 것, 그 아픔들이 남기는 가녀린 흔적, 상처들이 맺은 삶의 옹이가 아니라 그 느껴움들이 분비한 지울 수 없는 감정의 축적, 아픔들이 남긴 어쩔 수 없는 깨달음들로부터 은은히 생겨나는 비애감 ―생의 본질에 대한 그 어떤 깊숙한 감웅이 바로 '슬픔'일 터이며, 시인이 그것을 읽어내는 정서 내지 인식이 또한 '슬픔'으로 표상될 터이다.

이러한 슬픔은 축축한 눈물일 리 없고 이내 삭거나 굳어지고 다른 무엇이 되는 그와 같은 존재일 수 없다. 이 슬픔이 동청 가지에 비낀 '단순한 슬픔'으로, 고향집 살구나무 밑에 묻혀 있다 어느 날 튀어나왔을 때 흙 속에서 신기하게 드러나는 어머니 흰 고무신처럼 '썩지 않는' 슬픔으로 인식되며 체념이나 허무와는 거리를 두게 되는 것은 생의 비애와 비극과 아픔까지 긍정하는 시인의 내연하는 정신의 밑받침이 없이는 불가능할 터이며, 마음 어두운 데 걸려 빛을 비춰 주는 초승달의 이미지도 거기에서 비로소 빚어질 수 있었을 것이다.

4.

이 시집에는 다소 색다르다면 색다른 형식적 특징을 보여 주는 작품이 네 편 눈에 띄는데, 산문체 서술을 동원하는 구성이 그것이다. 2부의 앞에 실린 「두 개의 하늘」, 「독백」, 「마음아, 너는 거름이 되어」는 각각 피간성, 허균, 김시습이라는 인물에 얽힌 상황 제시를 앞부분에 산문체로 두고, 이어서 그 등장인물을 화자로 하여 한결 '시적'인 운문을 배치하는 형식을 취한다. 「두 개의 하늘」의 피간성은 허균이나 김시습 같은 알려진 역사 인물은 아니고, 동창생의 시선으로 그려진 자살한 국세청 공무원이다. 주로 기업체 세무 감사를 맡고 있던 그는 동창생들에게 "아직도 세상의 때가 묻지 않은 듯해" 뒷구멍으로 "호박씨나 까는 위선자쯤으로" 여겨지다가, 작은 암자에 가서 파라치온을 마시고 자살한 뒤에 동창생들은 "네 명의 이복 동생을 포함한 아홉 식구"의 을씨년스런 살림 형편을 확인하고 그의 행동을 "젖비린내 나는 치졸한 것으로" 평가하지만 자살 이유는 더욱 '오리무중'이 되는 것이다. 이어서 피간성의 수첩에 적힌 일기 중에서 추렸다고 하는 말들이 운문으로 제시된다.

> 새벽에 산에 올라
> 흰피톨처럼 아직 빛나고 있는
> 하늘의 별들을
> 땀 젖은 칼날의 이마에 비추어본 사람은
> 홀로이 깨달았으리라

지상의 척도로는 재어볼 수 없는
인간의 키를
발바닥과 이마의 그 절벽의 높이를
그리고
왜 낮은 땅 위에서는
하늘이 둘로 나누어질 수밖에 없는가를

― 운문 4연 중 둘째 연

이와 같은 일종의 '유서'에 대해 화자는 "우연히 짐승들의 눈에 비친
흐린 하늘을 얼핏 보면서 야릇한 현기증을 느낀"다고 하면서 "진짜로 병
신 육갑을 떠는 것은 저쪽에 있는 그가 아니라 이쪽에 있는 우리들이 아
닌가" 하는 깨우침을 다시 산문체로 덧붙이는데, 똥통 속에서 입적한 매
월당의 "그 분뇨의 상징적 의미"의 "잘 이해되지 않는 구석"을 찾는 「마
음아, 너는 거름이 되어」나 "강개와 지절의 시인" 권필의 죽음에 부친
허균의 탄歎을 그린 「독백」에서도 시인은 말하자면 그와 같은 '지상의
척도'로는 재어볼 수 없는 '인간의 키'를 읽고 있는 것이다. 그것은 결국
"제 키만한 감옥"(「감옥」)이란 인식으로 귀결될 터이지만, 역시 산문체
상황 제시를 앞에 둔 또 한 작품이 "아직도 번들거리는 전선줄"로 묶인
백골을 두고 인간의 '비의秘義'를 말한다든가(「지리산에서」), 피간성의
죽음을 '오리무중'으로, 매월당의 일화를 '파천황'의 이야기로 말하는 것
은 인간성의 그 무한대의 깊이 혹은 또 하나의 하늘을 추구하는 인간 정
신에서 느끼는 시인의 신선한 감동과 충격을 반영하는 표현으로 다가온
다. 이 낙탁落魄한 혼魂이지만 꺾이지 않는 정신의 비밀 또한 그의 시의
한 초점일 것이며, 그 "더럽게 내어버린 오물"들을 "다툼없이 홀로 차지
하"고 거기 "감추인 뼈와 씨앗"과 "하늘과 흰구름"을 껴안음(「마음아,
너는 거름이 되어」)까지 추구해 내는 깊은 시선은 놀랄 만하다.

3부 앞에 실린 잠언이라는 부제가 붙은 「아구」, 「소금쟁이」 같은 풍
자적인 사물시도 재미있고, 4부에 주로 모인 짤막짤막한 시들도 단아하

고 명징하여 좋다. 「개와 빗돌」, 「기념비」, 「개죽음」 등에서 보게 되는 개와 빗돌의 비유도 읽는 재미가 있다.

김영석 시인의 시작의 특색은 어느 경우든 대개 깊은 사유를 바탕으로 해서 고도로 정련된 언어를 구사하는 것인데, 종종 그 사유 과정의 전개가 시의 형태적 특징을 이루며, 서정을 핵으로 한 작품에서조차 그 밑뿌리에는 "눈부신 사념"(「채석장」)이 숨 쉬고 있음을 보게 된다. 우리 삶의 과정과 인생 전체에 대한 통찰을 끌어안고자 하는 이러한 사유의 뿌리로 인하여 그 시는 설명조와 더불어 내용적으로는 상당히 관념적이 된다고 볼 수 있고, 사람의 구체적인 살림살이나 생활정서를 나타내는 시어들 대신 정련된 사념의 언어들이 많이 등장하는 만큼 이 시집에서 현실세계에의 즉자적 대응 혹은 개입의 욕구는 쉽사리 읽어낼 수 없다.

나는 이 글 앞 대목에서 이 시인의 '도저한 절망'을 얘기했고, 그의 '감옥'과 '별'과 '창' 등이 삶의 실제와 현실을 떠난 '꿈의 형이상학'이 아닐까 의문을 표하였다. 그렇다면 나는 지금까지 그런 점들을 충분히 해명해온 것일까, 아니면 전혀 그러지 못한 것일까. 전자는 분명히 아닐 터이며, 후자인지는 나 자신 시인과 더불어 의문을 가져도 좋다고 생각한다. 사실 제 소리를 내는 뜻있는 시집 속의 여러 시편들에 놓인 수많은 골골과 징검돌과 실핏줄을 제대로 충분히 짚고 보살피기란 한 독자의 선적線的인 감상으로는 불가능하리라. 더구나 나는 시집 이전에 문예지 등 발표 지면을 통해 이 시인의 작품을 전혀 접할 수 없었고 그런만큼 주체와 대상이 폭넓은 시공과 환경 속에 놓여 입체적 교섭의 긴장을 형성할 기회가 없었던 셈이며, 이로 인해 주관성에 빠지거나 평면적 검토에서 맴돌았는지 모른다. 하지만 지금의 내게 이 이상의 시간과 능력이 허여되어 있는 것도 아니지 않은가. 시를 아끼는 여러 독자들이 그 빈터를 더 충실하게 채워주리라 생각하며, 생의 근원적 굴레와 모순과 절망을 깊은 사유로 길어낸 이 시인이 다음과 같은 작품에서 보여준 따뜻하고 희망이 담긴 푸근한 시심을 더욱 풀어내주길 기다린다. "총상으로 병신

된" 동생이 어머니 무덤 옆에 목발을 베고 누워 꾸는 "밥티기꽃 같은/ 아주 작은 꿈"(「동생」)도 함께 올올이 풀어내주길 기다리며.

> 다시 저녁이 오는구나
> 질경이나 쑥부쟁이 같은
> 온갖 조선의 풀냄새를 풍기면서
> 다시 또 저녁이
> 술독처럼 우리를 감싸는구나
> 별처럼 총총히
> 가슴마다 흙더미로 봉분한
> 울음의 무덤들도 덮어주면서
> 저리 큰 침묵으로 다독여 주는구나
> 더 익고 썩어서
> 아침의 아들로 태어나라고
> 더 큰 목소리로 합창하라고
> 목이 쉰 고개 너머 별들을 보여주며
> 저녁은 그렇게 또 오는구나.

—「저녁」 전문

(오늘의 시, 10호, 1993)

삶의 비극성과 비장미*

−시집 『썩지 않는 슬픔』

이 만 교

1.

　고통은 사람으로 하여금 이상 세계에 대한 동경을 갖게 만든다. 그 세계는 사회적 유토피아의 건설일 수도 있고 종교적 피안이나 마음속 평화를 의미할 수도 있다. 혹은 이런 다양한 세계들이 혼재되어 있는 불투명한 상태로나마 현실의 아픔을 이겨나가고자 하는 경우도 있다. 아무튼 모든 사람이 보다 나은 삶을 꿈꾸되 개개인의 처한 상황과 성격에 따라 그 모색의 방향은 얼마든지 다양하게 변주되어 나타난다.

　시 쓰는 행위 또한 이러한 탐색 작업 중에 하나로 이해될 수 있다. 시가 삶의 고통을 표현한다는 명제는 부언이 필요치 않은 상식이다. 시인은 시를 통하여 현실의 고통을 드러내고 자신의 이상 세계를 노래한다. 혹은 꿈꾸는 이상과 주어진 현실과의 갈등 양상을 표현함으로써 자신이 추구하는 세계를 형상화함으로써 의지를 다진다. 김영석의 시 또한 이런 상식을 크게 벗어나지 않는다. 그러나 첫 시집 『썩지 않는 슬픔』을

---

* 이 글은 1993년에 쓴 것인데 미처 발표하지 못한 것임.

258 김영석 시의 세계

읽고 그가 겪는 고통이나 갈망하는 이상 세계가 무엇인지 발견하기란 쉽지 않다. 그는 섣불리 자신의 이상을 말하지 않는다.

그보다 먼저, 사람이 저마다 이상 세계를 추구해 나간다는 일반적 사실자체에 관심을 기울인다.

> 사람은
> 뜻으로 길을 내어
> 아직 닿지 못한 길 위를
> 홀로 떠도는 나그네로 남는다. (13)[1]

> 손짓하는 섬 하나 있기에
> 멀리서 그대와 나는
> 날마다 저물도록 헤메이리. (15)

사람의 삶이란 이상적 가치로 길을 내어가는 일인 동시에 그 가치에 아직 닿지 못하고 있으므로 길 위의 나그네로 남아 저물도록 헤매어야 하는 여정이라고, 그는 생각한다. 꿈꾸는 세계를 향해 삶은 나아가지만 그 세계는 아직 현실과는 거리를 두고 존재한다. 더구나 하나의 꿈을 선택하고 거기에 전념하자면 그 밖의 것에는 관심이 줄어들게 마련이다. 꿈과 현실 사이의 아득한 간격 못지않게, 나머지 것들에 대한 이 단절과 무관심 역시 쉽게 해소될 수 있는 것은 아니다. 이 때문에 이상적 가치를 상징하는 '별'은 고립의 이미지를 띤 '섬', '감옥' 등의 시어를 거느린다.

> 가슴 깊이
> 별을 지닌 사람들은
> 모두 감옥에 간힌다
> 별 향한 창틀 하나 달린
> 감옥 속에 (10)

---

1) 괄호 안의 숫자는 시집 쪽수를 가리키며 이하 같음.

그러나, 그래서 오히려 꿈은 꿈의 가치를 갖는 것이 아닌가. 꿈이 현실과 동떨어져 있는 만큼, 또 다른 꿈을 포기하는 만큼 삶에는 집중과 추진력이 생긴다. 시인이 우선 응시하는 곳은 이 부분이다.

> 별 속에는 섬이 있다.
> 아직 아무도 가보지 않은
> 섬 하나 떠 있다
> 꺼지지 않는 그 섬 하나 있기에
> 멀리 보는 눈빛마다
> 별들은 오래 오래 반짝이리 (14)

꿈꾸는 자는 도리어 섬 혹은 감옥에 갇히게 되지만 바로 그러한 섬 하나 있기에 별을 향하는 일에 몰두할 수 있다. 꿈과 현실의 관계를 이처럼 역설적으로 인식하는 시인에게 세상은, 사람들이 제각기 추구하는 이상만큼이나 다양한 감옥들이 들어찬 공간으로 비쳐지기도 한다. 세상 사람들은 "제 키만한 감옥 속에"(11) 갇혀 사는 수인에 다름 아닌 것이다.

> 이 세상 낱말의 수만큼 많은
> 창문을 하나씩 붙들고
> 오늘도
> 무기수들이 창을 내다본다. (20)

보다 바람직한 세상을 위한다면서 제 꿈만 고집할 때 그것은 자칫 이상을 추구한다기보다 자기 욕심과 독선을 키우는 일이 될 것이다. 이러한 꿈의 역설적 성격은 인간이면 누구나 갖는 삶의 기본 조건일 터이다. 어쩌면 시인은, 이런 인간적 한계를 의식하지 않은 채 자신의 이상 추구에만 맹넘하는 사람들의 태도야말로 타계해야 할 현실의 가장 중요한 문제라고 생각하는 것 같다.

2.

　이렇듯 시인은 자신의 꿈이나 의지를 노래하기 전에, 자신의 꿈이나
의지를 추구하는 사람이면 누구나 처하게 되는 일반적 상황을 관찰함으
로써 꿈의 역설적 성격을 포착하고, 그로 인해 드러나는 인간적 한계에
주목한다. 이 의식은 찬란히 열리는 '봄'의 세계를 체험하는 과정을 통해
시각적 이미지가 강화되면서 좀 더 뚜렷해진다. '별—감옥'의 관계가 여
기선 '봄—감옥'으로 변주된다.

> 형벌처럼
> 봄은 다시 또
> 온통 천지를 쇠사슬로 묶는구나 (124)

　만물이 소생하고 생명이 저마다 움츠린 사지를 펴는 따뜻한 봄이야말
로 해방감을 만끽하는 계절이 아닌가. 그러나 시인은 분명히 봄에서 '쇠
사슬'을, '감옥'의 폐쇄성을 거듭 느낀다. "봄이/ 이 땅에 변함없이 세우
고 있는 것은/ 오직 하나/ 끝내 무너지지 않는 감옥뿐이다."(47) 봄이 가
져다주는 해방감을 시인이 모르는 건 아니다. 오히려 시인은 봄날의 바
다같이 큰 자유와 해방을 누구보다도 절절히 경험한다. 「봄날에」 전문
을 보자.

> 넋살도 눈부신 이 봄볕 속
> 벙어리란 벙어리는 죄 나와서
> 떼로 몰려 꽃나무를 흔들어대고
> 억만 개 가슴들 모다 메이는
> 징소리에 꽃가지만 흔들어쌓고
>
> 하이얀 새 옷들을 꺼내 입고
> 벙어리의 새기들까지 죄 나와서

눈썹까지 차오른 바닷 밀물에
떼로 몰려 손을 흔들어대고
반짝이는 살 속의 사금파리들
견뎌낼 재간이 없어
해안선 내달리며
하얗게 아우성만 질러들쌓고

봄볕은 추위에 잔뜩 기어든 넋살 마저 깨우고 꽃과 바다 밀물은 그러한 봄볕을 받아 손을 흔들며 환호하고 있다. 이 생명의 환호성이 살 속 깊이 사금파리로 박혀온다. 그 속에서 솟구치는 생명의 충일감을 더 이상 견디지 못한 화자는, 아우성치며 해안선을 질주한다. 이 거칠 것 없는 봄날은 그러나 벙어리들의 봄날이다. 피어나는 생명의 눈부심에도 불구하고 꽃과 실록의 자연세계는 본래 아무런 말 없는 고요의 벙어리거니와 그것들을 바라보는 화자의 감회 또한 차마 표현할 마땅한 말을 찾지 못해 끓는 벙어리다. 힘껏 아우성치지만 그 열광마저 봄바다 가득 넘치는 저 볕살 앞에서는 얼마나 조용한(!) 외침일 뿐인가. 이렇듯 자연에 대한 경이감은 시인에게 인간의 왜소함을 깨닫게 만든다.

뿐만 아니라 봄을 맞아 만물이 활짝 열리는 만큼 시인은 그동안 속절없이 움츠러들던 자신의 모습을 뒤돌아본다. 참으로 역설적이게도 봄은 시인으로 하여금 "겨우내 보지 못한 천만 겹 쇠사슬을/ 또 한 번 똑똑히 보게"(124) 한다. 이런 발견은 물론 경이로운 자연의 가르침이지만 그 맞은편에는 시인의 반성적 자세가 자리하고 있다. 그리고 그 자세는 역사적 성찰에서 나오는 것 같다. 근대사의 봄은 억압을 깨고 보다 큰 자유를 갈구하는 민중적 힘의 분출과 함께 해왔다. '함성', '비겁' 등의 단어가 비유적으로 쓰였을 뿐, 이러한 사실을 지시하는 구체어는 보이지 않지만, 봄의 열린 세계마저 또 하나의 "좀 더 큰 감옥"으로 인식하는 시인의 태도는 끊임없이 완성을 갈구하는 역사의 지향성을, 그러나 결국 미완성일 수밖에 없는 인간 역사의 선험적 한계를 염두한 것이리라.

봄은
다시 한번 만물을 흔들어 깨워
한 치 더 벽을 높이고
밖에서 자꾸 부르는 호명 속에
또 한번 갇히게 할 뿐 (49)

생명과 인간, 자연과 역사를 함께 내포하는 시인의 '봄'은 과거(겨울)의 억압을 깨주는 것과 동시에 자신의 겨우내 남루함(폐쇄성)을 드러내는가 하면 생명의 충일을 만끽하게 해주면서도 그 해방감 역시 좀 더 여유로운, 다른 종류의 억압에 불과함을 추론토록 만드는 것이다.

3.

현실은 '감옥'같이 갑갑한 곳이다—라는 시인의 생각은, 이처럼 다면적 성찰을 통해 이루어진 인식이다. 꿈을 추구하다보면 처하게 되는 인간적 한계 상황을 관찰하고, 자연의 경이로움 속에서 인간 존재의 왜소함을 느끼며, 역사의 반성적 성찰을 통해 억압과 해방의 양면 속에 존재해야 하는 인간의 숙명을 깨닫는 과정에서 생겨난 중층적 메타포인 것이다. 이런 이유로 '감옥' 또한 꿈의 맹목성에 사로잡힌 인간의 모습이나 보잘 것 없는 육체조건, 또는 억압적인 사회구조 등을 복합적으로 내포하는 상징어다. 더불어 그 '감옥'은 갇힘의 현실과 열림의 가능성을 동시에 갖는다.

감옥 같은 현실이지만, 인간이 접하는 물리적 사회적 환경이나 개인적 역사적 가능성이 닫혀 있다는 뜻이 아니라 거기에 처한 인간들의 어떤 태도 때문에 감옥이라는 말이다. '어떤 태도'만 조심한다면 인간은 얼마든지 삶의 자유를 누릴 수 있을 것이다. 시집 속에선 다양한 형태로 그려져 있지만, 간단히 말해, '어떤 태도'란 제 욕심에 사로잡혀 세상을 보다 폭넓게 보지 못하는 자의 태도이다.

　시인은 이 점을 안타까워하고 있다.

> 밥이 처음 우주를 낳아
> 알처럼 포근히 품고 있으므로
> 우주 안에서 구물거리는 우리들의
> 뱁새눈으로는
> 밥을 볼 수가 없다. (80)
>
> 밥은 천지에 그득하되
> 볼 수도 없고 만질 수도 없다.
> 그릇에 담겨져 비로소 보이지만
> 그것은 이미
>
> 밥이 눈 똥에 불과하다
> 그것을 모르는 한 사내가
> 제 밥그릇을 움켜쥐고 날뛰다가 (82)

　우리가 여태 '밥'이라고 생각하던 것은 진짜 '밥'에 비하면 똥에 불과하다. '밥'은 천지에 그득하다. 무한한 삶의 가능성과 자유가 우주에 넘쳐난다. 그러나 욕망에 사로잡힌 뱁새눈으로는 보이지 않는다. 더 안타까운 것은 똥에 불과할지라도 하루 세 끼 먹어야 사는 인간의 비애다. 열세 살짜리 가장 소년이 처한 현실은 특히 그렇다. 그렇다고 똥인 줄 모르고 날뛰다가 '넋 나간 사람들'의 처지가 안타깝지 않은 것은 아니다. '볼 수도 없고 만질 수도 없'는 가능태로나마 저 우주에 널린 무한한 자유를 생각할 때, 그런 사람들의 인생이야말로 더 많은 안타까움을 자아낼 수밖에 없다.

　「파도」 전문을 읽어보자.

가장 먼 바다에서
흰 거품을 만들고 있다가도
밥은 결코 작은 불빛도 놓치는 법이 없다
열세 살짜리 가장 소년이
기름때 묻은 손으로 상을 차려
병든 할머니와 쬐끄만 계집애 동생과
식은 밥을 먹고 있다
어린이 유괴범이 밤늦게 돌아와
제 어린 딸을 무릎에 앉히고
볼 부미며 밥을 먹고 있다
마약 밀조범이
노모의 보약을 지어 들고 돌아와
식구들과 단란하게 밥을 먹고 있다
정부와 짜고 남편을 살해한 여자가
생명보험금을 받아 들고 돌아와
정부와 다정하게 밥을 먹고 있다
멀고도 가까운 바다에서
어머니의 다 아픈 열 손가락 갈퀴로
흰 거품을 만들며
밥은 결코 파도를 죽이지 않는다.

위 시에서 시인은 '파도' 혹은 '밥'을 주어의 위치에 올려놓는 시적 파격을 통해 인식 주체를 확장하고 있다. 인간적 바람이나 정서를 표현하기보다 인간 전반의 애환을 관조하는 것이다. 이러한 관조적 초월을 통해 먹어야 사는 인간의 비애뿐 아니라, 사람을 살해하면서까지 가짜 밥에 매달리는 인간들에 대해서까지 똑같이 안타까움을 느낀다.

이러한 감정은 보다 큰 가치로서의 '밥'이 우주 가득히 널려있다는 시인의 생각 때문에 생겨나는 것이면서도 인간들이 죄를 범하면서까지 그러한 '밥'에 눈뜨지 못하는 이유가 다름 아닌 어린 딸, 노모, 정부에 대한 인간적 애정에서 비롯된다는 사실로 인해 더욱 절실한 것이 된다. 안타까움을 자아내는 이러한 양면적인 이유 때문에 「파도」는 여러 개의 액자소설과 같은 다층 구조를 갖는다.

생물학적 조건이나 개인의 편협한 애정 때문에 우주에 널린 '밥'을 보지 못하는 것은 분명 애석한 일이지만, 사랑하는 사람과 함께 밥 먹고 잠자는 일이야말로 인간이면 최소한 누리고 싶은 행복이자 생존의 이유이기도 하다. 만약 이러한 인간의 가장 근원적인 욕구마저 박탈당하고 말아야 한다면 삶이란 안타까움을 넘어 좀처럼 회복되기 어려운 비극에 다름 아닐 것이다. 「잡초」, 「동생」, 「비」, 「차돌」 등의 시편들은 역사적 사회적 제약으로 인해 삶의 자유가 일그러진 사람들의 아픔을 이야기하고 있다. 더구나 이렇게 비뚤어진 시대의 사회적 억압으로 인한 희생은 법과 상식조차 올바른 판단과 동정을 기대하기 어렵다. 억울하고 치욕스런 일이 닥쳐도 그저 돌아앉아 울지도 못하는 "먼 산"(22)이나 붙들고 홀로 슬픔을 달래야 할 뿐이다. "총상으로 병신"이 된 동생은 "작은 무덤 옆에서" "밥티기꽃 같은/ 아주 작은 꿈을 혼자"(62) 꿀 뿐이다. 벙어리 냉가슴 앓는 격이다. 위로해주는 사람도 토로할 만한 대상도 없다. 그야말로 슬프고 적막할 뿐이다.

이 슬픔은, 그래서인지 벙어리 같은 고요함과 함께 진술된다.

> 이 살 속의 부정과 치욕의 간을
> 이제는
> 고요히 바람의 혀로 핥는다. (53)

> 네 칼날을 녹슬게 할 뿐
> 다시는 소리도 내지 않는다. (55)

> 얼음 같은 강철 칼날의
> 절벽을 열고
> 그 중심 차돌의 고요 속으로
> 어머니는 스며 들었다. (127)

그러나 슬픔은 쉽게 삭혀지지 않는다. "멍들거나/ 피흘리는 아픔은/이 내 거름이 되어/ 단단한 삶의 옹이를 만들지만/ 슬픔은 결코 썩지 않는 다"고 시인은 말한다. "돌아가신 어머니의 흰 고무신처럼/ 그것은"(16) 오래오래 남아서 "차가운 빗돌"(57)로 서거나 묵묵히 "탑"으로 서 있을 뿐이다. 슬픔과 고요함은 깊고 아프게 엉켜서 '돌'의 이미지를 낳는다. 이처럼 시인의 '돌'은 홀로 삭힐 수밖에 없는 개인적 진실이나 아픔을 내 재한 고요의 이미지를 뜻한다. 크든 작든 법과 상식 따위로는 결코 규명 되지 않는 개인적 진실이 우리의 삶 속에는 얼마나 비일비재한가. 인생 은 이러한 개인의 진실을 슬프게 끌어안고 고요히 '돌' 속으로 들어가는 숙명을 받아들여야 하는 일에 다름 아니다.

> 이 돌 속으로
> 누가 또 걸어 들어갔는가 (97)

> 사람들의 가슴속에
> 그렇게 많은 돌덩이들이 쌓여 있음을
> 나는 정말 몰랐다
> 그 탑을 보기 전에는 (28)

사람들 가슴마다 쌓인 그렇게 많은 돌덩이들은 역사의 길목마다 돌, 탑, 기념비 등의 형태로 남아 있다. 시인이 궁극적으로 말하고자 하는 바 는 이렇게 '돌'이 되어버리는 인간의 비극적 삶이다. 시인의 표현을 빌 면, 그의 시는 자신의 삶에 대한 이야기보다는 개인적 진실(혹은, 양심이 나 우주의 무한한 가능성을 깨달은 자의 순수한 자유정신)을 껴안고 죽 어간 사람들의 주검을 기리는 '종소리'에 가깝다.

> 흙은 소리가 없어 울지 못한다
> 제 자식들의 덧없는 주검을

가슴에 묻어두고 삭일 뿐
소리를 낼 수가 없다
그러나 흙은
제 몸을 떼어 빚은 사람을 시켜
살아있는 동안
하늘에 종을 걸고 치게 한다. (8)

4.

이와 같이 몇몇 상징적인 시어를 중심으로 살펴볼 때, 그 시어들은 그 밖에도 '그물', '벙어리', '허공', '개' 등으로 다양하게 변주되어 나타나긴 하지만, 대부분 '열림의 이미지'와 '닫힘의 이미지'로 나뉘고 있다. '별', '봄', '밥', '허공' 등이 전자에 속한다면 '섬', '감옥', '돌', '그물', '개' 등은 닫힘의 이미지를 환기시킨다. 사람들은 저마다 이상적 삶을 추구한다는 아주 평범한 사실에 주목했던 시인은, 이처럼 열림과 닫힘의 삼투 작용을 통해, 어떠한 고통과 좌절에도 불구하고 저 홀로 기꺼이 진실을 짊어지고 나가야 하는 삶의 비극적 숙명에까지 잇닿아 있다.

이때 무한한 자유와 가능성이 인간 자신들로 인하여 닫혀버리는 상황에 대한 안타까움과 슬픔은 시의 주된 감정을 이룬다. 시인은 그러나 이 안타까움과 슬픔의 감정을 직접적으로 토로하지 않고 정확한 성찰로 얻어진 아포리즘의 진술로 포착하거나, 일정한 거리를 두고 냉정하게 서술하는 아이러니나 풍자의 기법을 즐겨 사용한다.

주지하듯 서정시란 개인의 정서와 감정이입이라고 하는 동일시 원리로 이루어지는 장르이다. 그에 반해 시인의 반성적 성찰과 초월적 관조의 태도는 시에서 화자가 주관 속에 몰입되는 것을 예방하고 보다 넓은 시야를 확보하도록 도와주지만 자칫 성찰적 관조적 자세로 인해 서정성이 약화될 위험이 있다.

하지만 「두 개의 하늘」, 「지리산에서」, 「독백」, 「마음아, 너는 거름이 되어」는 이러한 우려를 씻고, 인간 존재에 대한 시인의 복잡다단한 성찰을 총체적으로 표현해낸 작품들로 읽힌다. 이 작품들은 한결같이 사건 및 정황에 대한 산문적 설명과 그 설명을 압축한 서정적 독백의 결합이라고 하는 독특한 형식으로 이루어져 있는데, 각 시편들은 시의 주제에 걸맞은 (관념적 설명이 아니라) 구체적 사건을 제시하고 (그 사건을 거리를 두고 바라보지 않고) 거기에 합당한 전형적 인물을 등장시킴으로써 총체성과 구체성, 그리고 서정성을 동시에 획득하는 데 성공하고 있는 것이다.

먼저 「두 개의 하늘」은 유난히 결벽증과 순수성이 강했던 한 친구의 죽음을 다룬다. 국세청의 요직에 근무하던 그는 아홉 식솔을 남겨둔 채 이유가 불분명한 자살을 한다. 주변 사람들은 이를 두고 여러 억측을 일삼는다. 자살의 이유는 그의 일기를 추려서 만든 시를 통해서 어렴풋하게나마 드러난다. 「지리산에서」는 전선줄로 묶인 채 발견된 유골 한 구를 소재로 하고 있다. 친구들은 저마다 그 유골의 사연에 대한 나름대로의 견해를 말하고 끝으로 화자가 자신의 심정을 간결하게 노래한다. 「독백」은 "강개와 지절의 시인 권필의" 임종을 소재로 이를 지켜보는 허균의 심정을 형상화하고 있다. 마지막으로 「마음아, 너는 거름이 되어」는 매월당의 죽음을 소재로 그가 똥통에 빠져 죽었다는 세간에 떠도는 소문에 대한 이야기와 그 속에서 불렀음직한 주인공의 노래를 제시한다.

각기 다른 소재를 다루고 있는 이 네 편의 시는 어떤 인물의 죽음을 소재로 한다는 점에서 공통적이다. 그리고 그 죽음은, 사실 여부를 파악할 수 없는 「두 개의 하늘」을 제외하고, 그러나 분단전쟁을 배경으로 하고 있다는 점에서 이 시 또한 포함하여, 모두 역사적 사실을 바탕으로 한 것이며, 각 작품의 주인공은 그 역사의 희생자로 등장한다는 점에서 정확히 일치한다. 이런 일치점 때문에 이상의 시편들이 주인공들에게 가해진 역사적 사회적 억압을 비판한 시로 읽힐 수 있다. 그러나 이러한 억압

못지않게 시의 전면에 드러나는 것은(역사적 사실은 오히려 소재나 배경으로 머물고 있을 뿐이다) 주인공의 죽음 이후에 벌어지는 산 자들의 편견이다. 「지리산에서」와 「두 개의 하늘」에서 보여지는 억측들은 특히 그렇다. 이런 점을 감안하면 역사적 사실에 대한 비판 못지않게 역사 속에 늘 내재되어 있는 '인간세속의 편벽된 사고구조'를 비판한 시로 읽혀진다. 나아가 자신들이 갖는 사고구조의 편협함을 인식하지 못하는 인간들의 독선과 오만에 대한 우려와 경고를 담고 있다. 각 시의 서정시 형태의 노래 부분은 이 점을 명확히 보여준다.

    지상의 척도로는 재어볼 수 없는
    인간의 키를
    발바닥과 이마의 그 절벽의 높이를
    그리고
    왜 낮은 땅 위에서는
    하늘이 둘로 나뉘어질 수밖에 없는가를 (32)

    교과서에서 익힌 우리들 얄팍한 삽질로
    더 파낼 수 없는 지리산

    네 몸의 칫수에 꼭 끼던
    옷을 버리고
    네 팔다리의 자유를 주던
    법을 버리고
    네 흐린 눈에 초점을 지켜주던
    깃발도 버리고
    네 키의 한 뼘 위에서
    빛나던 별도 버리고 (36)

    너희들이 내어버린 세상을
    내가 가지마
    너무 커서 손아귀로 움켜잡지 못한 것들

너무 작아 육신의 눈으로는
볼 수 없었던 것들 (44)

　일정한 범위 내의 것들만을 감각하고 영위해야 하는 우리의 신체적 조건은 인간이 갖는 가장 본질적인 한계일 것이다. 이런 한계는 생물학적 차원에서만 그치는 것이 아니라 개개인의 정신영역과 사회의 규범과 역사 속에 그대로 투영되어 나타난다. 인간이 곧 만물의 척도가 되어 너무 크거나 작은 것, 너무 높거나 낮은 가치는 내어버리고, 자신들의 욕심에 알맞은 법과 논리 속에 갇혀 세상을 재단하려 든다. 이렇게 닫힌 사고 구조로는 개인의 진실이 정확히 읽혀지지 못하고 늘 세속의 이분법적 속단에 가위질당할 염려가 내재한다. 인간의 땅위에서는 '두 개의 하늘'로 나누어질 수밖에 없는 것이다. 시 속의 주인공들은 이렇게 가위질당한 개인적 진실을 부여안고 살아가는, 살던 사람들이다. 우리에게 가장 큰 감동의 울림을 주는 김영석 시의 비장미는, 이처럼 역사적 비극과 인간 본래의 인식적 비극을 중층적으로 서술하는 형상화 솜씨와 더불어, 이같은 인간 존재의 비극성을 번연히 알면서도 거기에 적당히 영합하지 않고 자신의 양심을 끝끝내 지켜나가려 할 때 생겨나는 아름다움에서 비롯된다.
　이처럼 새로운 형식을 시도하고 있는 네 편의 시가 보여주는 시적 성과는 산문과 운문의 적절한 결합이라는 단순한 형식 실험에 기인하기보다는 불완전한 인간존재에 대한 시인의 깊은 사색과 여기서 얻어진 인간 존재의 비극성의 다층적 측면을 하나의 작품에 집약적으로 보여주는 언어 솜씨와 상상력, 그리고 그 비극성마저 감수하고 나가려는 자세에서 생겨나는 비장미를 통해 구현되고 있는 것이다.

5.

시인의 시선을 쫓아오면서, 우리는 그 시선이 다양한 각도로 세계를 응시하고 있음에도 불구하고 결국 인간에게로 초점이 모아져 있음을 보았다. 그에게 포착된 인간의 모습은 신체적으로 사회적으로 역사적으로 열림과 닫힘의 양의적 가능성 속에 존재하고 있으면서 개개인의 욕심과 독선, 꿈의 맹목성과 경직된 이념 등으로 인해 열림의 무한한 가능성을 보지 못하는 비극성을 띤다.

이러한 인간의 비극성은 시인의 개인적 경험에서 나오지 않고 인간 일반의 보편적 삶을 다층적으로 성찰함으로써야 비로소 얻어진다(이때 시인 개인의 경험은 그 뒤에 은폐되어 독자에게 쉽게 포착되지 않는다). 그는 경험과 사물의 구체적 묘사 재현에 치중하기보다는 일반적 삶에 대한 객관적 성찰과 거기서 얻어진 깨달음에 대한 상징적 표현, 그리고 전형적 인물을 창출하는 데 힘을 기울인다. 서정시의 기본 성격이라 할 수 있는 개인적 주관적 감정의 표출을 극히 억제하는 시인의 태도는 서사적 자아를 도입하는 동시에 전통적인 설화 양식을 빌어 장르를 혼종시키는 새로운 형식을 탐색하도록 만드는 것이다.

이러한 탐색과 실험의 괴로움은 인간 존재의 중층적 비극성을 깨달은 자가 짊어져야 할 무게이다. 인간 능력의 본질적 한계와 개개인의 욕심과 독선, 경직된 이념에서 삶의 비극이 빚어지고 있음을 분명히 인식한 이상, 시인은 개인적 주장이나 꿈을 드러내는 데 있어서 신중해질 수밖에 없는 것이다. 이러한 신중함과 관조적인 견인주의야말로 김영석의 시가 갖는 특징이자 미덕이다. 하지만 이 같은 미덕을 시인이 지켜나가는 일은 결코 쉽지 않다. 그것은 개인적 발언과 감정을 억제해야 한다는 점에서 또 새롭고 적절한 형식을 부단히 모색해야 한다는 점에서 그러하다. 동시에, 인간의 불완전한 한계와 그로 인한 삶의 고통을 각오하면서까지 개인적 진실을 끝끝내 지켜내는 자세를(적어도 시 속에서) 유지해야 한다는 점에서 특히 그러하다.

일반적으로 생각하면, 시인이 이러한 고통의 질곡에서 벗어나는 방법은 두 방향에서 가능할 것이다. 초월자의 구원에 의탁하거나, 또는 현실에 대해 체념 달관하여 마음의 안정을 찾는 길이 그것이다. 기독교적 구원이 인간의 어리석음(죄의식)과 유한성을 전제하고 있음은 누구나 아는 사실이다. 동양에서는 백가쟁명에서 인간의 한계와 우매를 느낀 이들이 노장적 달관과 체념에 기울기도 했다. 실제로 「도덕」, 「허공」 등의 작품에서 우리는 시인 특유의 노장적 세계관을 엿볼 수 있다. 특히 세속의 이분법적 사고를 풍자하는 시편에서는 노자의 포일抱一사상을, 그리고 「밥」, 「흩어진 밥」에서 "우주를 낳는 밥"은 곤이나 붕을 노래하던 장자의 우주적 상상력을 환기시킨다. 하지만 이 말은 그의 시세계가 두 방법 중 전자에 비해 보다 친숙하다는 것일 뿐, 그는 노장적 달관과도 일정한 차별을 갖는다. 종당엔 노장적 달관과 해탈로 기울지 않고 비장한 견인적 자세를 지켜나가는 것이다.

6.

자본주의의 견제 없는 발전은 개인의 욕망을 무한히 증폭시키고 있다. 모든 가치는 일종의 상품으로 변질되어 버렸고 이기주의는 질적 평가를 유보한 채 대중문화 속에 숨어들어가 천박한 상대주의를 낳는다. 소비자본주의의 매커니즘에 포획된 소비자들은 더 이상 진지한 사색과 토론을 통해 보다 가치 있는 삶을 지향하려 하지 않고 상대주의라는 명목으로 각자의 소비 패턴을 강화하는 데 급급해진다.

이런 시대적 분위기 속에서 시집조차 독자가 소비하고자 하는 다소 고급한 정서와 감정이입의 대리물에 지나지 않을 수 있다. 이러한 시대 풍조를 감안할 때 욕망과 꿈을 절제하지 못하는 개인과 사회가 갖는 비극성을 다층적으로 성찰하고 경고하는 김영석의 시세계는, 우리에게 낯설면서도 새로운 인식과 시점을 제시해준다.

이제까지 살펴본 대로 시인은 섣불리 자신의 이상을 말하지 않는다. 인간적 정서와 꿈을 노래하기 전에 인간주의 자체를 경계하고 비판하고 있다. 자연적 초자연적 침해를 어느 정도 극복한 오늘날, 고통은 다름 아닌 인간들 자신에게서 비롯되고 있다. 이상세계로 나아가는 길은 저마다 자신의 욕망과 독선을, 나아가 인간의 본질적 한계를 인식하는 데서 출발해야 한다. 인간 개개인의 이기주의를 극복하기 위해서나, 인간중심주의로 인한 환경파괴의 위험을 극복하기 위해서나 이제 한 개인의 의식은 가치의 주관성과 다양성을, 진리의 절대성과 상대성을 적절히 조화시킬 줄 아는 힘이 요구된다.

김영석의 시세계는, 특히 그의 '사설시'는 이러한 다층적 성찰을 견지하는 과정에서 생성된 시적 실험이다. 그의 시는 독선과 편견에 빠지기 쉬운 인간정신의 한계를 명확히 보여준다는 면에서 상대주의적이지만, 그러한 인간적 한계를 우리의 역사와 사회현실로 재구성한다는 점에서 천박한 상대주의가 갖는 객관적 현실에 대한 극단의 부정과 허무를 극복하고 있다. 상대주의로 기우는 시인들에게 흔히 보이는 몰역사관과 사회의식의 소멸을 생각할 때 이러한 시적 성취는 한국 시사에 있어서도 무척이나 특별하고 값진 것이 아닐 수 없다.

(문예비전 51호, 2008)

꿈 알레고리와 여율呂律의 변증법

─시집 『바람의 애벌레』

김 석 준

  그대 아직도 꿈을 꾸고 있는가. 생이 "널 뒤주 속 광활한 허공"(「널 뒤
주」 중)으로 산입되도록 예정된 순간에도, 그대 아직도 이 세계에 꿈이
남아 있다고 생각하는가. 생명이 존재하는 한, 인간에게 꿈은 선험적 가
정이나 진배없다. 꿈은 존재의 앞면이다. 아니 더 정확하게 말해서 꿈은
미래로의 휨 작용을 설계하는 존재론적 실재인데, 그것은 존재를 존재
이게 만드는 인간학적 심급이다. 꿈이 있어 이 세계는 풍요롭고 행복하
다. 따라서 인간에게 꿈이란 "불가사의한 마술"(「사라진 마술사」 중)의
공간이거나 생에의 여율이 펼쳐지는 내밀한 의식의 공간이라고 말하는
것이 타당하다. 왜냐하면 꿈이란 그 자체로 가능태이지 현실태가 아니
기 때문이다.
  금번 상재한 김영석 시인의 『바람의 애벌레』는 그 꿈에 관한 다양한
양상들을 존재론적 사태로 응결시켜 시말화하고 있는데, 그것은 바로 여
율이라는 존재의 바탕 악기를 꿈이라는 리듬으로 탄주한 것이라 하겠다.
때론 "늪 같은 어둠" 속을 헤매기도 하면서 때론 "꿈속의 한 잎 귀"(「바람
의 애벌레」 중)와 같은 안온한 공간을 몽상하면서 김영석 시인은 이 세

계 전체를 "고요한 꽃"(「거기 고요한 꽃이 피어 있습니다」 중)의 전언으로 가득 채우기를 열망하고 있다. 설령 인간학이라는 것 자체가 "지도에 없는/ 거대한 사막"(「사막」 중)을 종주하도록 예정되어 있지만, 따라서 "존재한다는 것은 참는다는 것"(「존재한다는 것」 중) 그 자체 이외에는 별반 뾰족한 수가 없는 것처럼 느껴지기도 하지만, 시인의 시살이 전체는 하늘 가득히 "무지無知의 별빛"(「풀」 중)들이 영롱하게 수놓아진 "동화의 나라"(「물리物理 1」 중)를 몽상하는 것이라 하겠다.

다시 말해서 김영석 시인이 행한 일련의 시말운동은 여율이라는 거대한 자연의 리듬 악기를 순백의 정신성으로 연탄하면서, 혹은 삶-시간-세계가 펼쳐내는 그 모든 존재론적 문양들을 투명하게 채색한 후 궁극에는 이 세계 전체를 전폭적으로 긍정하는 평화의 전언이라 하겠다. 비록 생애의 형식 내부 여기저기에 미지의 기호가 산일해 어수선하게 보이는 것은 분명하지만, 따라서 인간학 내부를 유동하는 그 모든 사태들이 일정치 않아 곤혹스럽게 만들기도 하지만, 시인의 시말길 전체는 세계의 표정을 "무심히 굽어보"(「봄 하늘 낮달-기상도氣象圖 27」 중)면서 삶의 실질을 차근차근 정리해가고 있다 하겠다. 저 거대한 도道의 세계 위에 인간학적인 길을 겹쳐놓으면서, 김영석 시인은 자신에게 속했던 모든 것들을 순백의 전언으로 갈무리하고 있고, 그것이 바로 금번 상재한 『바람의 애벌레』의 정체임에 틀림없다.

> 광대한 벽공을 무연히 바라보면서
> 허공이 무한한 까닭을
> 이제야 비로소 조금 알 것 같다.
>
> -「소공조」 부분

> 저 하얀 허공에
> 내소사도 내소사 가는 길도
> 그 길을 가는 사람도 없음을

꿈에도 모르는 나그네여
내소사는 어디 있는가.

─「내소사來蘇寺는 어디 있는가」 부분

저 민들레가 도대체 어디서 왔는지
아직은 아무도 모른다
어느 혹성에서 왔다고도 하고
멀고 먼 어느 별에서 왔다고도 하고
태초에 바람이 낳았다고도 한다

─「민들레」 부분

생명의 형식으로 존재하는 인간에게 꿈이란 하나의 가상의 실체인지도 모른다. 꿈이 가상인 이유는 그것이 언제나 도달 불가능한 지대에 위치해 있기 때문이고, 그것이 실체인 이유는 꿈이 없다면 존재는 그 자체로 무의미한 것으로 판명 나기 때문이다. 꿈의 위치가 그와 같다면, 우리는 도대체 무엇으로 존재하는가. 꿈의 본질이 양가성으로 표현되는 한, 인간은 가상과 실체 사이에서 헤매는 반어적 존재가 아닌가. 분명 꿈이란 반어이고 역설이다. 인간에게 흘러 소진되면서 미래에 당도하는 시간이 그 자체로 반어이고 역설이듯이, 시간의 실재적 본성과 정면으로 맞닿아있는 꿈 역시 역설이나 반어로 스스로를 현상시킨다.

꿈의 존재방식은 시간의 존재방식이다. 분명 꿈의 말들은 시간의 말들인데, 김영석 시인은 그 꿈의 본성을 "이제"라는 현재성과 모든 것을 완료시킨 것을 암시하는 동시에 시작을 지칭하는 "비로소" 내부에 응고시켜 시말운동을 전개하고 있다. "이제야 비로소 조금 알 것 같다." 도대체 무엇을 알고 왜 알아야 하는가. 물론 시인의 그것이 태극일 수도 태허일 수도 있는 "허공"이라는 공간에 대한 진술의 태도이지만, 우리는 그 "조금"이라는 겸사의 전언으로 인간학적인 비원秘願을 알아냈다고 말할 수 있는가.

보이지도 들리지도 않는다. 그저 "환청"이나 신기루 같은 환영만이 인간학의 앞면에 가로놓일 뿐이다. 분명 시간의 분할면을 부지런히 질주하는 인간의 꿈은 "이따금"이나 "더러"라는 부사어로 현상하게 되는데, 그것이 바로 꿈의 실체이자 꿈이 가상의 실체인 이유이다. 우리는 이따금 더러 이제 비로소 그 꿈의 실체에 조금 접근하다가 소멸에 당도하게 될 것이다. 다시 길을 잃고 헤맨다. 다시 꿈을 꾸고 알레고리적 환상에 당도한다.

분명 인간이 시간의 선분 위를 질주하는 한, 혹은 시간 여행이 인간학의 앞뒷면에 자리하여 꿈 알레고리를 꾸도록 강요한다면, 우리는 진정 "어디"에 당도하는가. 물론 길 끝이고 시간의 끝에 당도하게 된다. 어디가 어딘지도 모른다. 차원이 변이되고 초공간에 이입되어 모든 것이 "한장 백지"로 코드 변환된다. 그러나 역시 어디가 어딘지 정확하게 모른다. 그저 "하얀 허공"과 같은 화이트홀을 통과하면서 "기억"도 지우고 시간의 흔적도 지워버린다. 모든 것은 타불라 라사로 환원되거나 의식의 신기원에 당도하게 된다.

그러나 "아직은 아무도 모르"고, "아무도 아는 사람이 없다." 아직은 그렇다는 말이다. 만약에 아직 도래하지 않은 시간이 도래하게 된다면, 우리는 그 모든 모름을 앎으로 치환시킬 수 있을까. 대저 우리는 너무도 자명한 것으로 인지되는 "민들레"의 정체를 정확하게 안다고 말할 수 있는가.

김영석 시인의 시말운동 전체가 거대한 여율의 악기 위에 탄주된다고 가정할 때, 그것이 지향하는 궁극의 지점은 어디이고 무엇을 말하고 있는가. "태초"와 "아직"이라는 가까운 미래 사이에 진정 무엇이 가로놓여 있는가. 앎이 놓여 있는가. 모름이 놓여 있는가. 이도저도 아니면 "아직은"이 놓여 있는가. 앎과 모름 사이에 혹은 현상과 실재 사이에 가정이 놓여 있다. 어쩌면 시인의 이러한 가정적 태도가 옳은지도 모른다. 왜냐하면 인간학이란 가정적 사실들의 확정을 통해서 그 외연을 확장하기 때문이다.

따라서 앎과 모름 사이를 가정의 태도를 견지한 채 물자체를 탐문한다는 것은 너무도 당연한 것이라 하겠다. "민들레"에 대한 앎에의 의지는 세계에 대한 앎에의 의지이자, 모든 앎이 모름을 자인하는 과정이라는 사실을 암시하고 있다. 비록 시인의 그것이 현재 완료된 앎에의 의지가 모름을 확인하는 시간 부사 "아직은"에 고착되어 있을지라도, 그 "아직은" 재차 시간의 형식으로 휘어져 미래에 완료될 앎에의 의지로 자신의 모양을 변이시킨다.

> 별들이 왜 아슬히 먼지
> 눈물은 왜 짠지
> 사람들은 모른다.
>
> 　　　　　　　　　　　　　　　　－「잡초와 소금」 부분

> 자신의 꿈을 삽질하면서
> 제 꿈을 좇고 있음을
> 정녕 까맣게 몰랐으리라
>
> 　　　　　　　　　　　　　　　　－「도굴꾼」 부분

> 산새도 돌멩이도 산천초목도
> 모두 가난한 한식구가 되어
> 노을빛에 하염없이 바라보고 있는 것이다
>
> 　　　　　　　　　　　－「썰물 때－기상도氣象圖 24」 부분

> 찾아오는 사람도 없이
> 풀꽃과 염소와 노파가
> 그림자처럼 조용히 살고 있다
>
> 　　　　　　　　　　　－「그 집－기상도氣象圖 26」 부분

　　"동그란 불빛"(「시래기」 중)과 "고요한 모습"(「거름을 내며」 중)을 몽

상하는 "꿈꾸는 지렁이"(「지렁이」 중)의 정체는 무엇인가. "삶이 곧 병이고 병이 곧 물결"(「오갈피를 자르며」 중)로 변성되는 과정 내부에 무엇이 작용하는가. 인과율이다. 모든 것은 연기적 자장이 만든 인과율에 의해 생성 변화과정을 겪게 되는데, 그것이 바로 자연이 만든 여율의 숭고한 리듬이라 하겠다. 바람이 잡초를 거쳐 빛과 어둠을 뚫고 "흰 소금"이 되는 과정 전체가 하나의 리듬이고 음률이다. 여율의 여여如如로운 음률이 서로 잘 조화를 이루는 곳에 은일한 생성의 원리가 작용하고 있듯이, 시인은 "왜"라는 의문의 태도를 통해서 "별"과 "눈물" 사이의 의미적 거리를 신비한 생성의 작용으로 치환시키고 있다. 그것이 왜 그렇고, "별"이 "아슬히" 멀고, "눈물"이 "짠지" 그 이유를 전혀 알 길이 없다. 모든 것은 여율의 공리대로 적용되어 그렇게 현상하고 있을 뿐이다.

그렇다면 꿈은 어디에 위치하는가. 만약에 여율이 인간학을 옥죄는 자연의 리듬 전체를 주관하는 물리력의 벡터라고 가정할 때, 꿈은 대저 무엇을 위한 꿈—사실로 그 실체를 구체화시키는가. 꿈의 실체는 "도굴"이고 파열이고 해체다. 만약에 꿈이 그와 같지 않다면, 꿈은 인간학의 기만이고 거짓현실이다. 본성상 꿈은 죽음본능이다. 아니 꿈이 죽음을 꿈꾸지 않는다면, 그것은 꿈이 아니라 기만적 현실이다. "제 꿈속에서 삽질"하고 자신의 꿈을 삽질하는 그곳에 꿈이 있고 현실이 있다. 장자의 꿈이 그렇고, 에른스트 블로흐의 꿈이 그렇다. 우리는 꿈과 현실 사이를 삽질하면서 종주하게 되는데, 그것이 바로 인간학이 위치한 존재의 자리이자, 꿈이 현실화되는 방식이다. 그냥 "일평생의 꿈이/ 흙빛으로 변색되어 있"는 바로 그 경계지대에 꿈 알레고리가 삶을 지시하고 있다.

꿈이 일상의 알레고리로 퇴화될 때, 우리는 그 일상 내부를 어떠한 시선으로 바라보며, 그 일상을 또 무엇으로 채우는가. 「기상도」 연작은 그것에 대한 해답을 제시하고 있는데, 그것은 세계에 대한 표정 읽기이자, 세계가 현상하는 방식에 대한 의미적 고찰이라 하겠다. 물론 시인의 그것이 자연이 내어놓은 다양한 문양들 투명하게 부조시켜 삶—시간—세계를 유미적으로 승화시키고 있지만, 따라서 「기상도」 연작에 언표된 시말운동은 세계가 발하는 의미적 기호들을 언어의 지층 내부에 적층시키는 것으로까지 읽혀지지만, 그 언어의 표상작용이 궁극에 도달하는 지점은 언어의 인륜화이다. 말은 따스하고 풍경은 한가롭다. 거기에 갈등은 없고, 화육의 기운만이 생에의 여율을 감싸면서 인간학 전체를 인륜성으로 고양시키고 있을 따름이다. 다시 말해서 말의 사상寫象은 자연의 사상寫象이자 존재가 작용하는 실재의 지층을 지시하고 있는데, 그것이 바로 「기상도」 연작의 시적 정체라 하겠다.

> 흰 백지
> 그 깊은 속에서
> 이따금 꾀꼬리 소리 들리고
> 그 울음 사이로
> 모란꽃 뚝, 뚝, 지네.
>
> — 「모란」 전문

> 고인돌 속에는 아직 태어나지 않은
> 바람의 애벌레들이 꿈꾸고 있다
> 초승달 같은 낫을 들고
> 애벌레의 꿈을 들여다본다
> 어느 먼 숲을 흔드는 바람 소리뿐
> 꿈속은 텅 비어 있다
>
> — 「바람의 애벌레」 부분

> 꿈을 부수고 세우고 부수고 세웠다
> 누에처럼 있는 허물 없는 허물 다 벗고서
> 드디어 맑고 하얀 실을 토해 고치를 짓고
> 그는 인간 번데기로 굳어 버렸다
>
> — 「고치의 눈물」 부분

꿈이 알레고리인 이유는 그 꿈이 실현되더라도 항상 그 결과는 항상 같은 것을 지시하도록 예정되어 있기 때문이다. 꿈의 단층대는 눈물이다. 생명의 여율이 죽음의 여율로 그 모양이나 리듬이 형질 전환된 순간, 꿈은 산산이 조각나 파열하게 된다. "울음"이 쏟아진다. 모든 것은 "흰 백지" 상태로 환원되어 꿈이 곧 하나의 가상이었음을 직감하게 된다. "뚝, 뚝, 지"는 "모란꽃"처럼, 인간학 전체는 "흉터의 그늘 같은 발자국"(「눈밭」 중)을 시간의 뒷면에 남겨 놓고 장렬히 산화하게 된다.

꿈의 현실태가 이와 같다면, 우리는 무엇으로 사는가. "바람"으로 기화하고, "고치"로 탄화하는 것이 생의 형식임이 증명된 순간에, 우리는 정녕 무엇을 믿고 의지하며 살아가야 하는가. 바람이 바람으로 그저 가볍게 풍화되는 순간에도 우리는 바람의 전언 내부에 희망이 기입되어 있기를 바라야만 하는가. 바람의 전언은 "외로움의 뼈"이자 "슬픔의 옛목"(「그대에게」 중)이다. 마치 시간의 주상절리 저편에 고밀도로 압축된 생명의 흔적들이 화석으로 산재해 있듯이, 김영석 시인은 생명으로 분화되지 못한 "애벌레의 꿈"을 연민의 시선으로 응시하고 있다. "텅 빈 꿈 속" 혹은 "바람 소리." 어둠 속에 신음하는 "벌레"도 보이고 "새"도 보인다. 꿈은 "고인돌" 내부에서 산 채로 응고되는데, 그게 바로 덧없는 우화의 꿈이다.

"나방"이 되지 못한 "고치"는 눈물이다. "돌 속의 에움길"(「그 여자를 찾아서」 중)에 꿈도 갇히고 인간학도 갇힌다. 나방이 되고 싶었으나 나방이 될 수 없는 그 꿈이 항상 문제를 불러일으켜 미망의 덫에 빠지게 된다. 여기도 함정이고 저기도 함정이다. 꿈에 가 닿는 거리 내부에 허방이 즐비하다. 우리는 꿈에 당도하지도 못한 채 장렬하게 소멸하거나 "인간 번데기"로 탄화하게 된다. 비록 "맑고 하얀 실을 토해 고치"지어 나방이 되고자 하나, 그것은 애초에 불능의 사태이거나 차라리 실현 불가능한 꿈이라고 언명해야 마땅하다. 왜냐하면 본성상 꿈은 그런 것으로 스스로를 증명하기 때문이다. 물론 우화를 꿈꾸는 "무명 시인"의 소망은 그 자체로 소중하고 아름다운 것이기는 하나, "눈물"에 갇히고 "저승의 이슬"에 갇혀 "고치의 눈물"이 되어 "자연사박물관의 화석 같은 풍경"이 된다. 꿈이 갇힌다.

> 사람들이 당집을 잊고 사는 동안
> 그래서 아이들은 하나같이
> 그 섬에 가는 꿈을 꾸고 있다고 한다.
>
> ─「당집」 부분

> 가뭇없이 내리는 눈발 속에서
> 늙은이가 된 아이가
> 돌아오지 않는 그 아이를
> 아직도 기다리고 있다.
>
> ─「흰 눈 내릴 때」 부분

"언제나 풍경은/늘 빈 곳을 새로 채운/비어 있는 풍경"(「풍경」 중)이라는 기묘한 공간의 역설이 김영석 시인의 시적 공간일 때, 혹은 뫼비우스의 띠와 같이 안과 밖이 서로 엇물려있는 불가해한 공간 속을 배회하게 될 때, 우리는 이 세계 공간 내부에서 어떠한 꿈을 꾸어야만 하는가. 시간과 공간 내부를 인간학적 욕망으로 주파하는 꿈이란 그저 한낱 허망한 신기루에 지나지 않는다. "이상한 일"이 꿈이고 실현 불가능한 환상이 인간학적 열망으로 간주되는 꿈을 대리 표상하게 된다. 분명 "산모퉁이 낡은 당집"에 관한 "기억"은 일종의 불가사의한 체험이자, 실현 불가능한 꿈, 즉 환상이라 하겠다. 비록 시인의 그것이 공간과 공간 사이를 미지의 상상력으로 넘나들지만, 따라서 "무너진 돌탑의 돌 속"에 앨리스의 토끼굴과 같은 차원변이가 가능한 입출구가 존재하지만, 시 「당집」은 꿈과 현실 사이의 불연속적 층위를 환상으로 이접시켜 "별"이 주는 상징의 심급으로 삶─시간─세계를 포월하고 있다.

시간은 꿈이고 환상이다. 왜냐하면 우리에겐 "아이"의 동심이, "섬으로 가는 꿈"이 아직도 남아있기 때문이다. 물론 김영석 시인의 그것이 인생 물굽이를 굽이굽이 돌아 깨달은 숭고한 정신성을 함의하고 있지만, 시간의 여울은 존재의 리듬을 삐거덕거리게 만들어 젊음을 늙음으로 치환시킨다. 시 「흰 눈 내릴 때」가 그러한데, 우리는 "별빛"(「종이배」중) 그득했던 꿈 많은 시절의 몽상 속에 되돌릴 수 없는 시간의 흔적이 기입되어 있음을 직감하게 된다. 그리곤 이렇게 "스스로 조용히 대답한다."(「왜냐고 묻는 그대에게」중) "사람들은 아직도 볼 줄 모른다."(「푸른 멧돼지 떼가 해일처럼」중) 사람들은 미망에 갇혀있다. 사람들은 "돌아갈 길을 잊는다." 어쩌면 김영석 시인이 꿈 알레고리를 통해서 깨달은 생에의 운명적 여울이 옳을지도 모른다. 왜냐하면 인간에게 허여된 시간이란 "늙은이가 된 아이가/ 돌아오지 않는 그 아이"의 기다림의 시간으로 역전되기 때문이다. 마치 엔트로피 공식의 진정한 주체가 시간이듯이, 시인 김영석은 생에의 여울 어디쯤을 헤매는 "토끼"를 통해서 자신에게 허여된 시간의 본성을 꿈의 형식으로 그려내고 있다.

> 천지는 무심히
> 철 따라 꽃 피우고 눈 내리고
> 쉼 없이 일을 하지만
> 사람은 제 한 마음 바장이어
> 눈서리에 잎 지는 걸 바라보며
> 근심할 뿐 아무 일도 못하네
> 천지는 마음이 텅 비어
> 없는 듯이 있고
> 사람은 마음이 가득 차
> 있는 듯이 없네.

– 「마음−고조 음영古調 吟詠」 전문

생에의 악기를 조율하는 것은 여울도 아니고 꿈도 아니다. 여울이 생을 운용하는 거대한 밑그림이라면, 꿈은 그 밑그림에서 현동하는 생에의 열도다. 그런데 김영석 시인은 다양한 알레고리적 사태들 내부를 "마음"의 심급으로 들여다보면서 인간학 전체를 거시적인 안목으로 통찰하고 있다. 특히 시「마음-고조 음영古調 吟詠」이 그러한 경우의 적확한 예인데, 그것은 바로 "천지"를 지칭하는 자연과 그 공간을 활보하는 "사람" 사이의 의식적 기울기를 마음으로 가늠하고 있다. 이때 이 마음은 인간의 마음을 지칭하는 것이 아니라 보다 근원적인 실재를 암시하고 있다. 말하자면 김영석 시인에게 마음은 천지운행의 법리法理인 도道를 표상하거나 이 세계가 세계로 존재하는 소이연所以然이다. 따라서 마음은 노자『도덕경』의 도법자연道法自然의 그것처럼, "무심"하게 "쉼 없이 일"하는 자연의 순환적인 운동에 다름 아니다.

그러므로 김영석 시인이 언표한 마음은 "한 마음"에 담긴 "근심"의 깊이를 헤아리는 너무도 인간적인 인간의 것을 의미하는 미시적 마음인 동시에 천지와 사람을 통어하는 마음의 그릇, 즉 천지만물을 주재하는 거대한 여율의 리듬 또한 함의하고 있다 하겠다. 가득 차 있는 듯 비어 있는 사람의 마음과 텅 비어 있는 듯 꽉 찬 자연의 마음을 헤아리면서 시인은 마음이 세계의 심급임을 증명하고 있다. 자연의 여율에 안긴 시인은 이제 평화롭고 여유롭다. 더 이상 꿈의 세계를 추상하지 않아도 된다.

> 큰 산 하나가 잠긴
> 고요 속에서
> 고즈넉이 피어 있는 산국을
> 누가 보고 있는가
> 보는 이가 보는 이를 보며
> 꽃잎과 함께
> 한 줄기 투명한 바람이 될 때
> 저 산국을 누가 보고 있는가.
>
> ―「산국」전문

시인이란 운명적으로 조화의 포즈로 그 언어의 추이를 변이시키는 자이다. 그게 바로 시인이 시인된 소이연所以然이다. 마치 금번 상재한 『바람의 애벌레』가 꿈 알레고리의 다양한 변주를 통해서 깨달음의 영역에 당도하는 것처럼, 시인이란 언제나 깨달음을 육화시키는 자라 하겠다. 특히 시 「산국」은 동사 '보다'에 모든 시선이 응고되는데, 그것은 바로 대자연이라는 주체와 그것이 현상하는 감각의 문제에 대한 의미적 탐구라 하겠다. 마치 스피노자의 『에티카』가 능산자와 소산자의 관계 규명을 통해서 보다 완벽한 세계의 의미구조를 밝혀내려 했던 것처럼, 김영석 시인의 『바람의 애벌레』도 자연이 빚어내는 소소한 일상적 사건들을 꿈의 형식으로 재건하면서 인간학 전체를 도의 심급 밑으로 가라앉히고 있다.

도대체 누가 "저 산국"을 보고 있을까? "보는 이"는 누구이고, 또 "보는 이"를 보는 "보는 이"는 누구인가. 동사 '보다'는 대타자와 소타자의 관계를 암시하는 것 같은데, 그것은 바로 능산과 소산의 관계이거나 이 세계 전체를 관장하는 보이지 않는 실재를 동사 '보다'에 응고시켜 간접적으로 드러낸 것이다. 사실 시 「산국」과 앞서 언급한 「마음」은 김영석 시인이 도달한 시적 경지를 함축해서 보여준 작품에 해당한다. 때론 유유자적한 관조의 세계를 자유자재로 유랑하면서 때론 저 거대한 자연의 리듬을 여율이라는 악기로 탄주하면서, 자연과 세계와 인간 사이의 간극을 차근차근 해소시켜 가는 바로 그 지점에 김영석 시인의 시말이 위치하고 있다. 편안했고, 안온했고, 여유로웠다. 치열하다 못해 강렬한 이미지에 중독된 21세기의 시적 자화상을 반조할 수 있는 그 지점에 『바람의 애벌레』가 꿈틀거리고 있다 하겠다.

(문학마당, 2011, 겨울호)

선禪 · 성찰 · 상처의 풍경

—시집『모든 돌은 한때 새였다』

김 홍 진

1. 마음의 저쪽 어디에

시는 정신의 산물이다. 모든 게 정신의 산물이겠지만 특히나 시는 주관적 직관의 힘에 의해 생산된다는 점에서 더욱 그러하다. 그렇다면 직관이란 도대체 어떻게 오는 것일까? 생산된다는 표현을 했지만, 아마도 그것은 만든다는 인위적 개념이라기보다는 문득 찾아오는 것이며, '순간의 포착'에 의해 발현되는 것일 것이다. 밀란 쿤데라의 '시인은 시를 창조하는 것이 아니라 저 뒤쪽 어디에 있는 것'을 찾아낸다는 요지의 말이 머리를 친다. 곧 어떤 지식이나 목적을 드러내기 위한 시는 시의 본원과 책무를 벗어났다는 말로 들린다.

밀란 쿤데라의 이러한 전언은 '무언가를 전달해주겠다', '무언가를 모던하게 표현해보겠다'는 당위성을 강조한 부류의 시에 대한 충고로 들린다. 이번에 새로 나온 김영석 시인의『모든 돌은 한때 새였다』(시와시학), 박명용 시인의『낯선 만년필로 글을 쓰다가』(모아드림), 그리고 이덕수 시인의『붉은여우의 겨울나기』(시와사람) 등 세 권의 시집은 이러한 혐의로부터 자유로운 포즈를 취하고 있다. 언뜻 인생을 뉘우치고 사물과 현상의 이치를 깨달아버린 듯한 포즈와 지나친 애상조의 느낌을 떨쳐버릴 수는 없지만, 이들의 시적 역량을 볼 때 이러한 혐의는 호의로 받아들여진다. 그것은 구태여 무언가를 전도하려는 의식에서 벗어나 있으며, 모던한 기교와 시적 소재로부터 자유롭고, 외적으로는 이들의 시적 이력이 만만치 않기 때문이다. 그것은 이미 상투적이고 시류에 편승하지 않고 쿤데라의 말처럼 '저쪽 어디에'서 와 닿는 마음을 진솔하게 드러내고 있기 때문이다.

그런 의미에서 시는 이름 붙여진 것은 이미 도가 아니라는 노자의 말과 통한다. 시는 우리가 마주하는 사물과 현상, 도처에 가득 차 있다. 우리 근방에 산재한 시는 그렇지만 그것을 우리 몸의 떨림과 혼의 울림으로 느끼려 하지 않고 머리로, 어떤 목적을 상정해 놓고 그것을 알려 하는 순간 그것은 이미 시가 아니다. 진정한 시의 힘은 이로부터 나오는 것이 아닐까? 그것이 언어의 불가사의한 힘이고 비의가 아닐까?

세 시인의 시집은 자기 삶과 마음의 고유한 언어를 획득하려는 고요한 시간의 언어를 느끼게 하는 시집이다. 이 세 시인의 시적 세계와 양상, 그리고 그들의 정신이 다다르고 싶은 지향처, 현실을 마주한 자세 등은 크게 다르다. 다만 이들에게 공통점이 있다면 삶과 시를 알 수 없는 무엇, 내 마음의 저편 어디에 있는 근원, 어떤 신을 찾아 대하듯 시를 향해 응당한 삶을 지불해 얻는 내면의 응축된 목소리라는 점이다. 이러한 것들은 요즘 우리가 경험하고 목도하는 문명의 질서와 현상에 대척한 지점에서 깨달은 자기 성찰과 침잠의 목소리라는 점이다. 이들은 세계와 마주하여 불화를 일으키거나 갈등하지 않는다. 그들은 조용히 낮은 자세로 담담하게 세계와 마주하며, 삶과 세계의 비의를 나직한 어조로 들려줄 뿐이다.

2. 선적 직관의 언어

김영석 시인의 『모든 돌은 한때 새였다』의 시적 발상은 허구적 전설에 기초하고 있다. 허구적이지만 실재 같은 "세설암 전설"을 이 시집의 각 시편의 밑변에 깔아 놓고 있다. 세설암 전설이 전하는 이야기의 골자는 지금의 법주사가 세워지기 오래 전에는 동관음사라는 큰 절이 있었고 세설대사의 법력에 의해 이 절이 크게 융성했다는 내용이다. 지금은 잡초에 묻혀 흔적으로만 남아 있는 절터가 법주사 이전의 동관음사 터로, 시인은 알 수 없는 힘에 이끌려 그곳을 찾았지만 그곳이 동관음사라는 것 밖에 더 이상 아무 것도 알 수 없었다. 그 뒤 십여 년의 시간의 지난 어느 날부턴가 매일 밤마다 시인의 꿈에 그 세설대사가 나타나 자신의 이름을 불렀다는 것이다. 이러한 세설대사와의 인연으로 이 시집을 기획하게 되었으며, 그의 힘에 의해서 이 시집이 쓰여지게 되었다는 것이다.

시인이 시집 첫머리의 산문에서 들려주는 이와 같은 세설암 전설의 이야기가 암시하듯이, 이 시집의 내용은 불교적인 범우주적 원리와 내용을 포함하고 있으며, 그런 만큼 신비적인 언어의 아우라에 휩싸여 있다.

선적 직관의 세계는 영혼이 깨끗한 사람의 몫이며 우리 시단에 중요한 흐름으로 자리 잡아 왔다. 불교적 선 사상은 외래적인 것이라기보다 천년의 세월이 증명하듯이 우리의 한국적 고유성을 지니는 토착적인 것이다. 이러한 가운데 현대 시인들 각자 개인적 선 사상과 득오의 문제는 다르지만 김영석 시인의 불교적 색채는 김달진이나 이성선, 그리고 조정권의 세계와 그 계보를 같이 한다. 은둔주의적이며 소승적이고 노장적인 측면에 김영석은 이들과 시적 계보를 같이 한다. 그것은 거칠게 말해서 생에 대한 근원적인 물음과 자연 친화감 때문이다.

김영석의 세 번째 시집 『모든 돌은 한때 새였다』는 표제 언표가 암시하듯 모든 새는 돌이고 돌은 새라는 선문답으로 읽힌다. 이것은 곧 '새'

와 '돌'은 우주 삼라만상이 경계가 없음을 받아들이는 궁극의 형식과 삶에 대한 통찰인 듯싶다. 그는 생과 자연의 비밀에 대해 끊임없이 의문을 품고 질문을 던지며 그 비밀을 풀고 깨닫기 위해 노력한다. 그의 시는 자아와 세계에 던져진 화두를 끊임없이 깨달아 가는 과정에 있는 수도승의 그것이다. 따라서 그가 보여주는 시적 통찰은 많은 여백과 여운, 어떤 선적 깨달음으로 가득하다. 선승의 깨달음 혹은 문답 같은 짤막한 시편들로 구성된 이 시집은 그래서 행간의 여백에 가득 찬 어떤 의미를 머리로 읽지 말고 존재의 떨림과 울림으로 느끼며 깨닫도록 요구한다.

존재의 경계가 없음을 드러내는 궁극의 형식에서 '새'와 '돌'은 연기緣起를 이루는 무자성無自性의 형식이 아닐까? 땅에 위치해 불변 부동의 정적인 바위가 하늘을 나는 역동적이며 생동하는 초월적 비상의 자유로운 새라니! 그런 의미에서 이 시집은 불교적 선사상에 다가 서 있다. 특히 지식 중심 혹은 인간 중심이 아니라 우주와 함께 교섭하고 교감하는 지혜의 미덕을 모순어법으로 들려주고 있다.

불교의 모태인 베다의 우파니샤드가 가르치는 철학은 앉은 자리에서 명상하고 깨닫고 화합하는 것을 미덕으로 삼는다. 우주의 섭리와 어울리는 자에게는 '세계도 없고 나도 없다'는 가르침은 이 시집을 깨달음으로 받아들이는 데 있어서 매우 유효하다. 이러한 생각에 도달하게 된 배경은 이 시집의 탄생 비밀을 말하는 시인의 자상한 서문의 '세설암 전설'에서도 드러나거니와 이 시집의 시편들 대부분이 이 시인이 서문에서 언급한 내용의 시적 형상화이기 때문이다.

이 시집의 시편들을 연결하고 또 독자가 받아들이는 실마리는 하나의 길이지만 수 만 갈래의 길처럼 얽혀 있는데, 그것은 결국 표제 언표에서 암시되듯 '돌'과 '새'라는 이미지가 함축하는 의미 자질로 만난다. '돌'은 움직이지 않는 항구 불변의 정적인 진리인 무엇을, '새'는 끊임없이 움직이는 동적 흐름을 상징한다. 하지만 이 두 이미지는 서로 다르지만 궁극적으로 하나이다. '돌'과 '새'는 무변과 가변, 무동과 역동 속의 순환, 혹은 빈 것으로 가득 찬 노자의 그릇과 비슷하다. '돌'과 '새'는 이러한 관점에서 갱신을 향해 혹은 근원을 향해 무한히 순환하는 자기 정립 과정의 은유로 보인다.

돌처럼 시간을 초월해 존재하는 것도 아니며 새처럼 공간을 초월하고자 하는 것이 아니라 항상 순환하는 윤회의 형식으로 세계와 존재를 바라본 결과이다. 그래서 '새'와 '돌'이 지닌 연기의 무자성 혹은 사물과 존재의 경계 없음은 "돌 속에는 지금 새가 물고 있던 한 올 지평선과 푸른 하늘이/ 흰 구름 곁을 스치던/ 은빛 바람의 날개가 잠들어 있다"(「모든 돌은 한때 새였다」)고 말하게 된다.

> 첩천산중에서 이따금 만나게 되는
> 전생부터 나를 기다리고 있었다는 듯한
> 그 서늘한 염주나무
> 산길을 가던 중이 때가 되어
> 그만 가부좌한 채로 입적한 뒤
> 들고 있던 염주가 싹이 터 자란다는
> 그 영검스런 나무가
> 황금빛 꽃송이마다 입이 되어 묻는다
> 그대는 누구인가
> 어디로 가고 있는가
>
> ─「황금빛 꽃」부분

『모든 돌은 한때 새였다』에는 이미지의 비약이 심하다. 이미지나 어법의 비약이야 시가 갖는 특성이겠지만, 이 시집은 특히나 이미지의 급격한 변화와 비약이 특히 심하다. 다만 이러한 이미지의 비약은 선적 화두를 던지는듯 모순의 어법과 이미지의 충돌에 의해 직조되고 있다. 시적 화두는 대번 그에 대한 어떤 깨달음으로 귀결된다. 그 깨달음은 모두 화엄적 인식에 기초한 것이다. "영검스런 나무가/ 황금빛 꽃송이마다 입이 되어" "그대는 누구인가" "어디로 가고 있는가"에 대한 물음은 선적 문맥에서 볼 때 그 발상법은 전혀 새로운 것이 아니다. 모든 생명은 죽음의 현존성을 감추고 있는 존재의 변전을 통해 스스로의 근원으로 돌아간다는 대답이다. 그 근원적 세계는 "먼 옛날부터 나를 기다리는/ 오랜 내가 있으니/ 해와 달 따라 바람 데불고/ 그 푸른 잠 속으로 나는 가고 싶다"(「푸른 잠 속으로」)든가 "바람은 꽃잎을 나부껴/ 제 몸을 짓고/ 꽃잎은 제 몸이 서러워/ 바람이 되"(「낙화」)는 존재의 경계가 순환 변전하는 화엄의 세계이다.

선적 직관의 문답에 의한 행간의 막막한 여백은 우리를 아득한 존재의 시원을 생각하게 한다. 그러나 그 신성한 존재의 시원은 까마득히 먼 곳, 우리가 다다를 수 없는 어떤 곳, 이상의 높은 곳에 있지 않다. 그것은 오히려 우리가 깨닫는 장소마다, 그 순간마다 장소와 시간을 불문하고 도처에 존재해 있다. 산속 숲에서 길을 가다 때가 되어 가부좌한 채로 입적한 중이 들고 있던 '염주'가 어쩌면 염주 알의 근원이었을 '염주나무'의 숲으로 돌아간 것처럼 어쩌면 우리의 마음과 생명이란 "굽이 굽이 흐르는 강물도/ 푸른 하늘을 나는 새들도/ 먼 옛날/ 내 마음이 아기자기 자라난 것"(「바람이 일러 주는 말」)이고, "염주가 싹이 터 자"라고 "마침내 흙으로 돌아"(「무덤」)가는 무엇이다. 따라서 죽음이란 생의 한 부분이며 소멸이 아니라 새로운 세계, 근원으로 돌아가는 부활이며 재생의 순환이다.

> 뜨락을 가꾸지 않은 지 여러 해
> 온갖 잡초와 들꽃들이
> 절로 깊어졌다
> 풀숲 여기저기 흩어진 돌들은
> 깊은 생각에 잠겼다
> 이제 내 마음대로
> 저 돌들을 치우고

잡초를 뽑을 수 없다는 것을
조용히 깨닫는다.

—「버려 둔 뜨락」 전문

시인은 이미 사라져 없어진 절터의 흔적에서 소멸을 본다. 이 시집의
모티프가 되었다고 서문에서 제시한 '세설암'은 없고 "풀숲 여기저기에
흩어진" 주춧돌과 잡초 더미, 전설 속의 절터만 남은 흔적에서 존재의
변전과 순환을 "조용히 깨닫는다." 그곳에서 시인은 금부처의 대웅전이
아니라, 잡초와 들꽃들 사이에 "여기저기 흩어진 돌들"을 본다. 웅장한
대웅전의 빛나는 금빛 부처가 아닌, 그것이 무너진 자리에서 풀숲에 흩
어진 돌을 본다. 참 나를 드러내는 것이 부처라면, 부처라는 존재 또한
환상이며 궁극적 깨달음의 실체는 "풀숲 여기저기 흩어진 돌들" 혹은 그
돌의 마음에 새겨진 새의 기억과 같은 것이다. 그리하여 우리의 진리는
초월적 세계에 있는 것이 아니라 바로 자신의 마음 안에 있다는 것을
"조용히 깨"달을 뿐이다. 그 깨달음은 곧 나 밖의 어떤 것이 아니라 내
안의 마음에 있다는 나와 우주의 근원을 바라보는 보편적 인식 상태를
일컫는다.

　수많은 생명 속에 진리의 씨는 하나하나에 모두 주어져 있다. 시인은
그것을 찾아서 깨닫고자 하는데, 그것은 돈오頓悟와도 같은 직관적 인식
에 의해서 포착된다. 새도 아니고 돌도 아닌, 돌이며 새인 언어도단적인
비약에 의해 포착된다. "거울을 깨고 보라/ 꽃같이 잠든/ 이름 모를/ 한
마리 짐승/ 그 짐승의 잠 위에 내려 쌓이는/ 흰 눈을 보라"(「꽃」)와 같은
표현은 직관적 언어 표현의 한 예이다. 이러한 논리의 비약들은 어쩌면
시가 지닌 본연의 속성과 같다. 헤겔이 직관에 의한 순간의 포착을 말했
을 때의 예술적 영감과 비견되는 것이다.

　그래서 시집 전편은 모두 선문답 같으며 따라서 메울 수 없는 행간의
여백들로 넘쳐나고 있다. 그 넘쳐나는 여백들은 모두 존재의 근원에 대

한 거대한 흐름에 합류한다. 그 거대한 흐름을, 시인은 '풀, 꽃, 나무, 물, 물고기, 새, 돌, 벌레, 땅, 하늘' 등 삼라만상의 자연과 우주 속에서의 깨달음을 나지막이 들려준다. 거대한 흐름 속에서 소멸의 죽음과 변전은 거룩한 것이다.

존재라는 경계와 한계성을 넘어, 더욱 큰 자연의 섭리에 조우한 김영석은 순리에 몸을 맡기고 떠내려가는 삶, 모든 것이 순환 · 변전하여 하나가 되는 흐름을 타고 있다. 어쩌면 우리의 삶이 그러한 흐름을 타고 있기에 문득문득 물비늘처럼 반짝이는 그 흐름의 물결이 삶이라는 것을 드러내 보이기 위해 시인은 '모든 돌은 새'라 하지 않았을까? 그것은 존재라는 소우주를 이해하기 위해, 내가 없지 않고 있으며, 있으며 또한 없다는, 사라짐은 궁극적 생성이라는 불교적 인식에 기초한 것이다. 다만 이러한 선적인 시적 지향과 추구가 애매한 초월이요, 모든 것은 죽어 흙이 된다는 식의 존재의 궁극적 환원이라는 종교적 정신주의의 소산이라는 생각이 들기도 하지만, 그러나 이러한 정신주의와 심미성의 추구는 근대적 욕망과 물질문명의 부정이라는 차원에서 다시 한 번 숙고해야 한다.

3. 내면의 응축된 목소리

시는 문득 찾아오는 것이며, 생의 순간의 포착에 의해 발견되는 것이다. 그것은 찰나의 순간이지만 여기에는 생의 비의를 품어내는 직관이 있다. 밀란 쿤데라의 말처럼 '시인은 시를 창조하는 것이 아니라 저 뒤쪽 어디에 있는 것'을 찾아낸다. 찾아낸다기보다는 차라리 직관을 통해 통찰해 낸다. 우리는 쉽게 눈에 보이고 손으로 만지고 귀로 듣는 감각들을 통해서 세계를 사유하려 든다. 우리의 앞이 아닌 저 뒤쪽 어디에 있을지도 모르는 것들에 대해서는 우리의 사유에서 제거하려 든다. 그러나 가

시적인 것과 감각적인 것들만이 이 세계를 이루는 것은 아니며 불가시적이며 부재하는 것들도 엄연히 우리를 구성하는 요소이다. 지금까지 살펴본 세 시인의 시는 우리의 눈앞이 아닌 저 뒤쪽 어디에 있어서 눈에 보이지 않는 대상을 성찰함으로써, 삶과 세계에 대한 비의를 깨닫게 해주었다.

세 시인의 시집은 자기 삶과 마음의 고유한 언어를 획득하려는 고요한 시간의 언어를 느끼게 하는 시집이다. 이들의 시는 삶과 시를 알 수 없는 무엇, 내 마음의 저편 어디에 있는 근원을 찾아 대하듯 내면의 응축된 목소리로 그것을 우리에게 들려준다. 이러한 것들은 요즘 우리가 경험하고 목도하는 문명의 질서와 현상에 대척한 지점에서 깨달은 자기 성찰과 침잠의 목소리이다. 이들은 세계와 마주하여 불화를 일으키거나 갈등하지 않는다. 그들은 조용히 낮은 자세로 담담하게 세계와 마주하며, 삶과 세계의 비의를 나직한 어조로 들려준다.

세 시인은 자연과 사물, 인연과 시간, 상처와 죽음 등 인간을 둘러싸고 있지만 쉽게 풀릴 수 없는 문제들을 각기 다양한 시적 방법을 통해 형상해 내었다. 그들의 시는 저 뒤쪽 어디에 있으며 그래서 미지에서 발견한 가치로운 것이었다. 그들은 미지에서 시를 찾아 발견하려 애쓴다. 그래서 그들의 시는 결코 시에 앞서 있지 않다. 시보다 먼저 앞서서 자신들이 알고 있는 무언가를 시에 표현하려는 것이 아닌 미지의 세계에서 어떤 진실을 찾아 발견하려는 고투의 산물이었다. 그래서 우리 곁에 가까이 있으면서도 쉽게 찾아지지 않아 지나쳐 버리는 관념적인 형이상학적 의문들을 풀어 보여 주었다. 그리하여 우리의 일상화되고 고착된 사유 방식을 재고하게끔 하므로 깊이 반추 해보아야 할 작품들이다.

(『부정과 전복의 시학』, 역락, 2006)

허정虛靜의 상상력

−시집『모든 돌은 한때 새였다』

안 현 심

1. 들어가면서

1990년대의 문학은 탈식민주의, 해체주의를 근간으로 성차별의 극복과 인간해방을 추구하고, 사회구조에 만연해 있는 식민성을 극복하는 데 그 목적을 두었다. 이러한 문학적 흐름은 이전의 논제들과 변별성을 보이면서 인간정신의 각성에 이바지하였고, 그에 상응하는 성과를 이룬 것이 사실이다. 그러나 첨단의 과학과 기술문명이 그 우월성에 고조되어 자제력을 잃어갈 때, 사회구조를 비판하고 자유로운 인간성 실현을 위한 문학 행위만으로는 무언가 부족함을 절감하지 않을 수 없다.

이에 대한 각성으로 출현한 것이 생태주의, 생태페미니즘 문학이다. 생태주의는 산업화, 문명화로부터 야기되는 폐해를 고발하고, 지구 생태계를 보존하기 위해 학문 영역으로부터 시작되었으나 차츰 예술 전반으로 확산되면서 문학 부문에도 활발하게 접목되고 있다. 생태페미니즘 문학은 파괴되는 자연을 가부장제 사회문화에서 사회적 약자의 위치에 놓여 있는 여성, 노동자 등과 동등하게 인식함으로써 상정되는 문학행위이다.

산업주의가 도래하기 전 사람들은 자연에 순응하는 삶을 살았고, 자연에 대해 결코 오만하지 않았다. 그러나 차츰 편리함과 안락함만을 추구하면서 개발과 발전이라는 미명하에 자연을 변형시켜 나갔다. 인간들의 무분별한 자연 개발은 생태계 파괴로 이어지고, 생태계 파괴는 지구 온난화와 폭우, 폭설 등의 재앙을 불러오고 말았다. 이러한 문제들이 야기되는 시점에서 김영석의 시를 주목해보지 않을 수 없다. 현대문학이 추구하는 생태주의, 자연주의는 '도道의 시학'에서 김영석이 천착하는 노장사상과 동일한 궁극을 지향한다. 결국 생태주의는 노장사상이라는 거대한 바다로 진입하기 위한 한 지류인 것이다.

기계문명을 만들어내고 영위하는 인간은 어떠한 정신의 소유자여야 하는가. 김영석은 그에 대한 해답을 작품에 구현함으로써 문제의 실마리를 풀고자 한다. 그가 『모든 돌은 한때 새였다』에서 구현하는 세계는 인간 본질에 대해 성찰해볼 수 있는 일말의 계기를 마련해준다.

김영석은 등단한 지 20여 년이 지난 후에야 『썩지 않는 슬픔』(창작과비평사, 1992)을 펴내고, 『나는 거기에 없었다』(시와시학사, 1999), 『모든 돌은 한때 새였다』(시와시학사, 2003), 『외눈이 마을 그 짐승』(문학동네, 2007)을 출간한 시인이다. 첫 시집부터 "정확한 조사措辭와 강인한 시정신으로 엄격하고 절제된 시세계"를 구축한 것으로 평가받은 그는 "일회용의 상품 문화와 경박한 속물주의에 합류하지 않는 모습"으로서 시적 태도를 견지해 오고 있다.

김영석은 시집을 상재할 때마다 '사설시'라고 명명되는 '이야기' 형식의 실험시에 페이지의 일정 부분을 할애해 왔다. 사설시는 한 작품이 몇 페이지에 걸쳐 이어지기 때문에 설화나 민담을 옮겨놓은 것으로 자칫 오해할 수도 있다. 『모든 돌은 한때 새였다』의 서문인 「세설암洗雪庵을 찾아서」 또한 사설시의 연장선상에 놓인다.

현묘한 '도道'는 시간과 공간의 경계를 허물고, 있음과 없음의 경계도 무너뜨린다. 김영석이 도의 시학을 탐구한 학자라는 사실은 그의 시가 '도'와 무관하지 않으리라는 추측을 낳고, 이러한 추측은 그가 '몰자풍沒字風' 혹은 '무현풍無絃風'의 시세계를 추구한다고 고백함으로써 사실로 확인된다. 김영석은 몰자풍 혹은 무현풍의 시어를 도입함으로써, 말이 지닌 의미의 틀을 넘어서는 높은 경지의 시세계를 보여줄 수 있다고 믿은 것이다.

> 沒字豊碑   비바람에 깎여 사라진 글자들은
> (몰자풍비) 오히려 빗돌에 깊은 뜻을 더하고
>
> 古調無絃   그윽하고 현묘한 옛 가락이야
> (고조무현) 끊어진 거문고 줄에서 울려오나니
>
>   ―「세설암洗雪庵을 찾아서」 부분

2. 허정虛靜의 세계

『모든 돌은 한때 새였다』는 '세설암'이라는 상상 속의 암자와 그 암자의 주인 '세설대사'와의 비현실적 만남으로부터 시작된다. 김영석은 애초에 이 희한한 인연의 몫을 다해야겠다는 책임감으로 「세설암시초洗雪庵詩抄」 연작시를 쓰기 시작했다고 한다. 그러다가 연작시의 틀을 깨고 재구성하여 시집 『모든 돌은 한때 새였다』로 묶은 것이다.

> 거울을 깨고 보라
> 꽃같이 잠든
> 이름 모를 한 마리 짐승
> 그 짐승의 잠 위에 내려 쌓이는
> 흰 눈을 보라
>
>   ―「꽃」 전문

인용시 「꽃」을 이해하려면 세설대사가 지었다는 게송을 숙지해야 한다. 그러나 세설대사가 지었다는 게송은 김영석이 사설시 속에 자신의

도를 구현해놓은 것일 뿐이다. 때문에 게송에는 김영석이 추구하는 도
가 함축되어 나타난다.

心鏡隨萬境(심경수만경) 온갖 이름과 모양을 따라
　　　　　　　　　　　늘 새로 태어나는 마음의 거울이여

鏡境實一幽(경경실일유) 거울도 거울 속 세상도
　　　　　　　　　　　다 같이 고요의 결인 것을

隨流見花開(수류견화개) 만 가지 흐름을 따라
　　　　　　　　　　　꽃 피는 걸 보건만은

元無幽無花(원무유무화) 처음부터 고요는 볼 수 없나니
　　　　　　　　　　　어드메 그 꽃 찾아볼 수 있으리

　　　　　　　　　　　　　－「세설암洗雪庵을 찾아서」 부분

　마음을 비우고 맑게 두면 허虛와 정靜의 상태에 들게 되고, 허정은 순
수의식, 순수지각으로 미적 관조의 근원이 된다. 우주적 직관이나 심미
적 관조의 근원이 되는 허정은 물, 고요, 거울 등에 비유되기도 하는데
인용시「꽃」에서는 거울로 비유되고 있다.「꽃」에 형상화되는 '거울'은
게송의 "온갖 이름과 모양을 따라/ 늘 새로 태어나는 마음의 거울"에서
의 '거울'과 같은 의미를 내포한다. "온갖 이름과 모양을 따라" 마음의 거
울이 태어난다고 하는 것은, 허정의 상태에서 내 마음에 새겨지는 결
(상)에 따라 사물의 이름이 지어지고 형상이 지어지는 것을 의미한다.
그 마음의 거울을 깨고 들여다보면 "꽃같이 잠든/ 이름 모를 한 마리 짐
승"이 보이고, "그 짐승의 잠 위에 내려 쌓이는/ 흰 눈"이 보인다. 여기에
서 "꽃같이 잠든/ 이름 모를 한 마리 짐승"이나, "그 짐승의 잠 위에 내려
쌓이는/ 흰 눈"은 물리적인 현상이 아니라 시인의 마음속에 생성되는 상
상력의 소산이다.

"꽃같이 잠든/ 이름 모를 한 마리 짐승"은 시인이 허구로써 지은 암자의 유적을 의미한다. 세설암의 유적들은 시공을 뛰어넘어 한 마리 짐승처럼 잠들어 있다. '짐승'의 이미지를 짚어보면 계산이 틈입하지 않은 순진무구를 상정할 수 있다. 인간의 행동이 많은 생각을 기반으로 가공되었다면, 짐승은 생각과 행동이 즉시적이며 단일적이다. 더구나 그런 짐승이 잠들어 있다면 그 천진함은 비할 바가 없을 것이다. 잠들어 있는 시공간은 비시간의 영역으로서 '영원'의 의미와도 맥락이 닿는다. 김영석은 허물어져 제멋대로 흩어진 세설암의 유적들을 영원 속의 상징물, 순정한 자연물로서 상정한 것이다.

그런데 그 유적 "위에 내려 쌓이는 흰 눈"에서 '흰 눈'을 주목해야 한다. '흰 눈'은 '세설洗雪'의 의미와 시적 상상력이 맞닿아 있다. 김영석에 의하면, "설백雪白이 있기 위해서는 설현雪玄이 있어야 하고, 설현 또한 설백이 없으면 있을 수 없다. 그것은 음양의 이치와 같이 상의호근相依互根의 관계로서, 사사무애事事無碍의 이치와도, 반야적 즉비即非의 논리에도 맞는다. 그러할 때 '세설'의 속뜻은 설현을 씻는다는 말이 되고, 현玄은 검다는 뜻과 함께 현묘한 도를 나타내기도 하므로, 결국 세설은 염착染着을 여의고 도를 닦는다는 말이 된다."(「세설암을 찾아서」)고 하였다.

이러한 논거로써 '흰 눈'은 자연 현상으로서의 '흰 눈'이 아니라, 염착을 여의고 닦아야 하는 도를 의미한다는 것을 알 수 있다. '꽃'에 형상화되는 '흰 눈'은 시 「좌정」에서 "흰 눈도 깨끗이 씻어/ 마른 뼈로 좌정하니"의 '흰 눈'의 의미와도 상통한다. 우주적 직관력을 지니게 되는 허정의 상태, 즉 허정의 상태에서 그윽이 보니 천년의 유적 위에 깨끗이 씻어야 할 염착으로서의 '흰 눈'이 쌓이고 있는 것이다.

> 사람인 내가 신을 생각하면
> 아주 크고 온전한 하나의 고요
> 그것 말고는 아무 것도 생각할 수 없습니다

사람의 말이란 하면 할수록
자디잘게 깨어지는 거울 조각 같아서
무엇 하나 온전히 비출 수 없어
매양 서로 부딪치며 시끄럽기 때문입니다
그러나 또한 사람의 말은
어느 결 덧없이 녹고 마는 눈송이 같아
고요의 거울은 늘 씻은 듯 온전합니다
신이 어찌 말하겠습니까
고요가 더는 어찌할 수 없는 지경에서
싹으로 트고 꽃봉오리로 벙글고
더러는 바람으로 갈꽃을 그려 내지만
봄 여름 가을 겨울
천지가 어찌 말하겠습니까
바로 지금 조용히 바라보세요
고요의 거울 속
꽃가지 그림자에
작은 벌레 한 마리 기어갑니다.

－「고요의 거울」 전문

언어는 상호 소통의 구실을 하지만, 한편으로는 마음을 어지럽히고 혼란을 일으키는 매체가 되기도 한다. 그래서 수행승들이 수행하는 동안 묵언하기도 하는 것이다. 마음을 무념무상의 상태에 두고 우주 만상을 들여다보면 맑은 거울에 그 본체가 드러난다. 말이 많을수록 마음의 거울은 잘게 부서지고, 마음결 따라 생성되는 만상은 흐트러진다. 그러나 사람의 말은 "덧없이 녹고 마는 눈송이 같아/ 고요의 거울은 늘 씻은 듯 온전"(「고요의 거울」)하기도 해서 다행스러울 뿐이다.

「고요의 거울」에서 "사람인 내가 신을 생각"하려면 우선 겸허한 마음을 지녀야 하는데, 이는 곧 허정의 상태로 들기 위한 마음가짐이라고 할 수 있다. 마음을 닦고 숙연하게 구도하면 크고 온전한 마음의 고요가 오고, 고요가 무르익으면 "더는 어찌할 수 없는 지경에서/ 싹으로 트고 꽃봉오리"가 벙그는 것처럼, 고요에서만 생성되는 삼라만상이 보인다. 이 것은 생각을 바로 하고 세상을 여유롭게 관조觀照하라는 주문일 것이다. 그리하면 고요한 마음결 따라 연민어린 눈이 열리게 되고, "꽃가지 그림 자에/ 작은 벌레 한 마리"가 기어가는 것까지도 보일 것이다.

시끄러운 언어에 둘러싸여 우리는 관조할 시간이 없고, 언어 너머에 존재하는 생각들을 잡을 수가 없다. 그러나 숙연하게 신을 생각하면 온 전한 고요 속에서 미세한 사물들까지도 관찰할 수 있는 눈이 열린다. 여 기서 '작은 벌레'는 미세한 자연의 이치를 비유한 것이라고 할 수 있다.

시「바람이 일러 주는 말」을 보면, "맨 처음에 길은/ 내 마음의 실마리 에서 시작"되었고, "맨 처음에 꽃은/ 내 마음의 빛깔을 풀어놓은 것"이 며, 강물도 새도 "먼 옛날/ 내 마음이 아기자기 자라난 것이라고" 형상화 하고 있다. 우주의 현상을 바람이 일러준 것이라고 형상화한 것은 마음 의 숨결에 따라 이름과 모양, 색깔이 생성되는 심원한 도의 세계를 비유 적으로 표현한 것이라고 할 수 있다. 그것은 "내 귀에 속삭이는 바람이/ 바로 내 마음의 숨결"이라는 시구가 증명한다. 내 마음의 결에 따라 길 이 생기고 꽃이 피어나고 새들도 날 수 있으며, 강물이 생성된다는 시적 형상화는 도의 현묘한 상상력의 표현이 될 것이다.

장자는 「각의」에서 "정신은 사방으로 트이고 흘러서 이르지 않는 곳이 없다. 위로는 하늘에 닿고 아래로는 땅에 도사린다"고 했다. 그와 같은 원 리로 "멀고 가까운 온 누리 돌아서/ 아득한 별까지 두루" 돌아다닐 수 있 는 것이 인간의 정신이다. 마음을 허정의 상태에 두면 우주 현상을 직관 할 수 있으며, 우주적인 직관력을 지닐 때 닿지 못하는 곳이 없을 것이다.

3. 생멸하는 우주의 원리

모든 돌은 한때 새였다.

하늘에서 오래는 머물지 못하고
새는 제 몸무게로 떨어져
돌 속에 깊이 잠든다

풀잎에 머물던 이슬이
이내 하늘로 돌아가듯
흰 구름이 이윽고 빗물 되어 돌아오듯

어두운 새의 형상
돌 속에는 지금
새가 물고 있던 한 올 지평선과 푸른 하늘이
흰 구름 곁을 스치던
은빛 바람의 날개가 잠들어 있다.

- 「모든 돌은 한때 새였다」 전문

김영석은 "세설대사의 법력으로 이곳 동관음사가 생기고 없어졌다는 말이 마치 모든 것들이 세설대사의 일대 환작幻作이었다는 말로 들렸다."(「세설암을 찾아서」)라고 고백한다. 그러한 인식은 인간이 나고 죽는 것과, 꽃이 피고 지는 현상 또한 환작의 산물이 아닐까 하는 데까지 미치게 된다. 그리하여 아득한 세월 너머 생성되고 소멸해간 현상을 바탕으로 시인은 「모든 돌은 한때 새였다」라고 단정하기에 이른다. 돌과 새의 이미지는 아주 낯설고 멀다. 낯설고 먼 이미지의 병치일수록 시적 긴장감이 팽팽해진다는 것은 익히 아는 사실이다.

러시아 형식주의자들의 '낯설게 하기' 기법을 들지 않더라도 돌이 새일 수 있는 근거는 다분히 존재한다. 우주의 모든 사물은 물水과 불火과 흙土과 기氣의 합성체로서 생성과 소멸을 반복한다. 인간이 죽으면 흙이 되고 물이 되고, 바람과 불이 되어 다른 사물의 생성에 원자를 보태준다. 태어나는 모든 생명체들은 우주의 네 원자를 받아들여 형상을 이루는 것이다. 이처럼 우주 만물은 서로에게 원자를 주고받으며 끊임없이 몸을 바꾸어간다. 따라서 돌과 새의 형질 속에는 새의 요소와 돌의 요소가 공존한다고 하겠다. 새의 요소가 99퍼센트를 차지할 때 새로서 형상지어질 것이며, 돌의 요소가 99퍼센트일 때 돌의 형상이 될 것이다.

이러한 맥락으로써 시「버려둔 뜨락」의 해석도 가능하다.「버려둔 뜨락」이 상정하고 있는 공간 역시 승려들이 한때 기거하며 도를 닦았던 세설암 터이다. 김영석은 온갖 잡초가 우거진 세설암 터를 "절로 깊어졌다", "깊은 생각에 잠겼다"라고 표현함으로써 숙연하고도 적막한 우주의 현상을 형상화하고 있다.

'버려둔 뜨락'에서 '버려둔'이라는 말 속에는 의도적으로 방치해 놓았다는 의미가 함의된다. 뜨락을 의도적으로 방치한 행위의 이면에는 천년 인연의 현장을 인위적으로 바꾸어 놓고 싶지 않은 시인의 의지가 숨어 있다. 김영석은 세설암 터에 흩어진 돌과 잡초들이 제멋대로 누워서도 인연의 몫을 충분히 해낸다는 것을 인식한 것이다. 그리하여 "마음대로/ 저 돌들을 치우고/ 잡초를 뽑을 수 없다는 것을/ 조용히 깨"닫는다.

인간은 '있다'와 '없다', '깨끗하다'와 '더럽다', '거칠다'와 '부드럽다'로 규정하는 상대적 인식에 길들여져 있다. 그러나 영원히 깨끗한 것이 없으며 영원히 더러운 것이 없고, 일관적으로 거친 것도 없다. 더러운 것은 깨끗해지려고 하고, 거친 것은 부드러워지려고 노력한다. 우주 현상은 끊임없이 변화하며 모자람을 보충하고, 과한 것을 덜어내려는 전일성의 세계를 추구한다.

이러한 논거에 따라 모든 돌은 한때 새였을 수도 있고, 바람이었을 수도 있다는 가설이 가능하다. 또한 인간의 가슴속에 새가 잠들고 호랑이가 잠들고, 돌이 잠들 수 있다는 가설도 세울 수 있다. "풀잎에 머물던 이슬이/ 이내 하늘로 돌아가듯/ 흰 구름이 이윽고 빗물 되어 돌아오듯" "돌 속에는 지금" "은빛 바람의 날개가 잠들어" 있다는 형상화는 이러한 우주 순환의 원리가 바탕이 되었다고 할 수 있다.

4. 무위자연의 삶

노장사상은 자연주의에 깊은 뿌리를 두고 있다. 자연주의 철학을 대표하는 사상으로 '무위자연無爲自然'을 들 수 있으며, 무위자연은 사람의 힘을 더하지 않은 그대로의 자연 또는 그러한 이상적인 경지를 의미한다. 무위無爲를 글자 그대로 해석하면 '아무 일도 하지 않는다'라는 뜻이 되지만, 그 속뜻은 새삼스럽게 아무 흔적도 남기지 않는다는 의미이다. 동양의 선종禪宗은 아무 것에도 매이지 않고, 아무것도 구하지 않는 이상적인 경지를 무위라고도 하였다.

> 나는 거지라네
> 몸도 마음도 다 거지라네
> 천지의 밥을 빌어다가
> 다시 말하면
> 햇빛과 공기와 물과 낟알을 빌어다가
> 세상에서 보고 겪은
> 온갖 잡동사니를 빌어다가
> 마른 수수깡으로 성글게 엮듯
> 잠시 나를 지었다네
> 달이 뜨면 달빛이 새어 들고
> 마파람 하늬바람 거침없이 지나간다네
> 그래도 거지는
> 빌어 온 것들로 날마다 꿈을 꾸고
> 빌어 온 물과 소금으로 눈물을 만든다네
> 나는 처음부터 빈털터리 거지였다네.

- 「거지의 노래」 전문

「세설암을 찾아서」에 나오는 학초學樵 노인의 이야기를 간취하면 다음과 같다.

"아주 먼 옛날, 맨발에 성한 곳이 없는 누더기를 걸치고, 누더기 걸망을 멘 거지 하나가 이 마을로 들어왔다. 그 거지는 형제봉 중 제일 높은 영설봉靈雪峰 밑 어딘가에 바람막이 암자를 짓고 살았는데 그 이름이 세설암이었다. 나중에야 사람들은 그 거지가 평생 아무것도 지니지 않고 살아가면서 두타행頭陀行하는 선사라는 것을 알았다. 그리고 그가 묵언默言 수행하고 있다는 것도 알게 되었다. 그 뒤로 사람들은 그를 세설대사라고 불렀다."

거지의 개념을 국어사전에서 찾아보면, '남에게 빌어서 얻어먹고 사는 사람'이라고 되어 있다. 남에게 빌어먹고 사는 이유는 가진 것이 없어서일 것이고, 가진 것이 없는 사람은 두 유형으로 나눌 수 있다. 하나는 게으르거나 능력이 없어서 물질을 얻지 못한 사람이고, 다른 하나는 자의적으로 물질을 멀리한 사람인데 세설대사는 후자에 속한다고 하겠다.

물질에 대한 욕망은 더 큰 욕망을 잉태한다. 따라서 물질은 속세의 번뇌를 버리고 불도를 닦는 두타행에는 방해가 될 뿐이다. 마음의 거울 또한 산만해져 만물의 본체를 보지 못하고 자연과 소통할 수도 없다. 그래서 두타행하는 선사들은 빈털터리로 떠돌며 괴로운 가운데 깨달음을 얻고자 하는 것이다.

학초 노인의 이야기를 들은 김영석은 시 「거지의 노래」에서 "햇빛과 공기와 물과 낟알을 빌어다가/ 세상에서 보고 겪은/ 온갖 잡동사니를 빌어다가/ 마른 수수깡으로 성글게 엮듯/ 잠시 나를 지었"다고 노래하기에 이른다. 자신의 몸뚱이를 짓는 데는 물질뿐만 아니라 "세상에서 보고 겪은/ 온갖 잡동사니"까지도 필요했던 것이다.

온갖 동물과 식물, 광물은 네 요소의 합성체이며 분해되었다가 합성되는 순환을 거듭한다고 했다. 그러고 보면 우리의 몸도 거지였던 것이 분명하다. 우주에서 필요한 원자를 빌어다가 잠시 몸의 형상을 지었을 뿐이기 때문이다. 우주적 시간 속에서 우리의 삶은 찰나에 불과하므로 그야말로 "잠시 나를 지"었을 뿐이다. 그렇게 해서 지은 몸은 성글어서

"달이 뜨면 달빛이 새어 들고/ 마파람 하늬바람"이 "거침없이 지나"간다. 몸속으로 달빛이 새어들고 마파람이 통과한다는 것은 욕심 없는 몸뚱이를 담보할 때만이 가능할 것이다.

"그래도 거지는/ 빌어 온 것들로 날마다 꿈을 꾸고/ 빌어 온 물과 소금으로 눈물을 만"들기도 한다. 눈물을 만드는 행위는 지극히 인간적이다. 김영석은 이 시에서 우주적인 존재임과 동시에 감정을 지닌 인간을 형상화하고자 한 것이다.

> 첩첩산중에서 이따금 만나게 되는
> 전생부터 나를 기다리고 있었다는 듯한
> 그 서늘한 염주나무
> 산길을 가던 중이 때가 되어
> 그만 가부좌한 채 입적한 뒤
> 들고 있던 염주가 싹이 터 자란다는
> 그 영검스런 나무가
> 황금빛 꽃송이마다 입이 되어 묻는다
> 그대는 누구인가
> 어디로 가고 있는가
>
> ― 「황금빛 꽃」 부분

스님들이 산속에서 좌선한 채 열반하면 지니고 있던 염주가 싹을 틔워 자란 것이 염주나무라고 한다. 영설봉에 그 나무가 유난히 많은 것은 세설대사와 들어왔던 선사들이 모두 그 산에서 열반하였음을 추측케 한다. 마을 사람들에게 선사들이 들어오는 것은 목격되었어도 나가는 모습은 보이지 않았기 때문이다. 두타승들은 거지로 떠돌며 수행하다가 죽음조차 풍장으로 마무리하는 것이다.

주검을 자연에 돌려주는 대표적인 예로 티베트 사람들이 행하는 조장鳥葬이 있다. 조장은 사람이 죽으면 육신을 조각내어 독수리에게 먹이로 주는 장례 의식이다. 그들에 의하면, 영혼이 떠나버린 육신을 새들에게 주는 것은 최후의 친절이라는 것이다. 죽은 자의 영혼은 자신을 먹은 독수리와 함께 하늘로 올라가 자유를 누린다고 믿는다. 그들은 가지지 않은 자의 자유로움을 인식하고 실천하면서 무위자연의 삶을 살아간 것이다.

시 「황금빛 꽃」을 보면, 세설암과 세설대사의 흔적을 찾아 산속을 헤맸으나 그들은 보이지 않고 염주나무만 무성하다. 김영석은 염주나무를 열반한 두타승으로서 인식한다. 그리하여 염주나무 아래서 눈을 감자 황금빛 꽃들이 입을 모아 묻는다. "그대는 누구인가/ 어디로 가고 있는가." 그러나 이것은 염주나무 꽃들이 묻는 것이 아니라 김영석이 자신에게 던지는 물음이라고 할 수 있다. '나는 누구인가. 그리고 어디로 가고 있는가.' 이 물음은 김영석의 화두이자 우리 모두의 화두라고 하겠다.

5. 나가면서

첨단과학과 가상현실의 세계에서 인문정신은 고리타분한 관념에 지나지 않을 뿐더러 기술 발달에 일말의 기여가치가 없는 정신세계로 치부되어 왔다. 그러나 인문정신이 부재한 기술발달은 기계들의 원리로 움직이는 기계들의 세상을 만들 뿐이다. 그러한 세상에서 인간은 기계의 노예로 전락할 수밖에 없다.

21세기의 문학은 인간의 평등과 자율성을 실현하기 위해 페미니즘, 탈식민주의, 해체주의를 거쳐 생태주의까지 제고해왔다. 더 이상 통쾌한 대안으로서의 이데올로기가 출현하지 않는 지금, 우리는 다시 오래된 사상을 거슬러보지 않을 수 없다. 그것은 '오래된 것에서 찾는 새로움'이 될 것이며, 벼랑까지 달려온 현대인에게 참신한 정신세계를 제시해줄 것이기 때문이다.

노장사상은 자연의 이법을 거스르지 않는 공존의 삶을 최고의 이상으로 상정함으로써 인간을 자연의 일부로서 인식하였다. 이것은 인간을 만물의 영장으로, 자연의 지배자로 인식한 서양의 인간중심주의와 반대되는 입장으로 유·불·선 삼교와 어울려 '도道'라는 형이상학을 낳았다. 마음을 맑게 하여 허정의 상태에 들면 순수의식, 순수지각을 하게 되고, 그것은 곧 미적 관조로 이어지며, 미적 관조로써 우주 만물을 들여다보면 연민과 사랑의 마음을 지니게 될 것이다. 금속성 이미지가 난무하는 현실에서 연민과 사랑으로 참다운 인간미를 고양할 수 있다면 그보다 바람직한 일은 없을 것이다.

생태주의 문학이 지향하는 지구 생태계 보존의 문제는 우주 전일성의 회복과 동일한 맥락을 지닌다. 손상된 자연은 전일성이 깨짐으로써 재앙으로 환원된다는 논리를 공통적으로 함의하기 때문이다. 이러한 측면에서 김영석의 시세계는 김지하의 생명사상과도 맥이 닿아 있다. 김지하의 생명사상은 만물에 생명이 깃들어 있음을 강조하는데, 이 역시 노장사상에 닿기 위한 한 방법론이라는 판단이다.

김영석은 '도'라는 형이상학을 현대시에 구현하고자 노력하였다. 그 결과 그의 시들은 관념적이며 현실과 동떨어져 있다고 비난받기도 하였다. 삶은 지고한 정신만이 토대가 되지 않으며 형이하학적인 요소를 자양분 삼아 영위해가는 측면도 있다고 본 때문이다. 이것은 곧 애환 어린 삶의 모습이 더욱 시적일 수 있다는 말로 환원할 수 있겠다. 하지만 "요가의 행자는 일단 해탈에 이르면 돌아오지 않지만, 남을 섬길 뜻이 있는 사람은 이런 식의 탈출은 하지 않는다. 구도의 궁극적인 과녁은 자기만을 위한 해탈이나 몰아沒我가 아닌, 동아리를 섬기기 위한 지혜와 권능을 얻는 것"이라고 한 조셉 캠벨의 말을 빌린다면, 김영석의 시를 옹호할 수 있는 근거는 충분하다고 하겠다.

(진안문학, 2010년)

작품론

종말론적 상상력과 현대적 감수성

이 형 기

　후기 산업사회를 거쳐 정보사회로 접어든 현대의 고도문명은 역사상 일찍이 유례가 없는 번영을 이룩하고 있다. 물질적 풍요가 넘친다고 할 수 있는 그러한 번영의 영화 속에서 그러나 현대인은 결코 행복만을 구가하고 있는 것이 아니다. 행복은커녕 오히려 반대로 까닭 모를 불안과 공포감이 사람들의 의식을 날로 무겁게 짓누르고 있는 것이 현대의 상황이다. 그렇기 때문에 세계의 도처에선 종말론적 위기감이 고조되고 있음을 우리는 누구도 부인하지 못한다.

　너무나도 아이러니컬한 이러한 현상이 의미하고 있는 것은 고도화된 현대문명이 안고 있는 모순의 심화이다. 그 모순은 문명의 물질성이 인간의 생명성을 극단적으로 소외시킨 것이라고 그렇게 요약할 수 있다. 바꾸어 말하면 오늘날 인간은 자기네가 건설한 거대한 테크노피아의 없는 것이 없는 물질적 풍요와 자동화된 메커니즘의 냉혹한 작동 속에서 생명적 존재 아닌 사물적 존재로 전락해버린 것이다.

　많은 사람들이 오래 전부터 지적하고 있는 이러한 문명의 모순에 대해서는 시인들도 다양한 응전을 계속하고 있다. 몇 달 전에『썩지 않는 슬픔』이라는 시집을 내서 나의 관심을 끌었던 김영석의 「매사니와 게사니」(현대문학, 6월호)는 그러한 시적 응전의 근래에 보기 드문 역작의 하나이다.

원고지로 대충 25장은 넘을 듯한 이 장문의 산문시에서 그는 참으로 기이한, 그리고 기이하기 때문에 우스꽝스럽기도 하지만 본질적으로는 무섭기 그지없는 상황을 제시한다. 그것은 인간에게서 그림자가 없어지고, 그리하여 인간과 분리된 임자 없는 그림자, 즉 게사니가 떼를 지어 몰려다니면서 사람을 죽이고 또 그림자 없는 인간, 즉 매사니도 매사에 흥미와 의욕을 느끼지 못하는 심각한 무기력증에 빠져 있다가 죽어버리는 상황이다.

게사니의 수와 그들에 의한 살인의 피해자는 날로 늘어간다. 그러나 게사니가 발생하는 이유를 아는 사람은 아무도 없다. 시의 본문을 빌리면 "병원에서 정밀검사를 수없이 해보고 저명한 과학자들이 모여서 온갖 검사와 실험을 다 해보았지만 그림자가 없어진 원인이 밝혀지기는커녕 점점 더 혼란스러운 미궁에 빠져버린 나머지 이제는 모두가 제 자신의 정신이 혹 어떻게 잘못된 것은 아닌가 하고 의심하는 지경"이 되어버린 것이다. 그리고 그러한 상황 속에서 사람들은 또 게사니의 피해를 막기 위해 여러 가지 웃지 못할 희극적 방법을 동원한다. 게사니가 좋아하는 단맛 나는 음식은 모두 버리고 소태같이 쓰디쓴 음식만 먹는다거나, 게사니가 무서워하는 철없는 어린애들을 가까이 한다거나, 역시 게사니가 무서워하는 흰 토끼를 기르느라고 사람들이 모두 야단법석을 떨거나 하는 방법이 그것이다. 그러나 그 어떤 방법도 문제의 근본적인 해결책이 되지는 못한다. 왜냐하면 그러한 방법을 통해 "게사니의 횡포는 피할 수 있어도 스스로 매사니가 되는 것은 끝내 막을 수 없는 노릇"이기 때문이다. 그러니까 이제 사람들은 게사니한테 죽임을 당하거나, 아니면 어느 날 자기가 갑자기 매사니가 되어 죽거나 할밖에 없다.

그야말로 아무런 까닭도 없이 세상을 온통 죽음의 공포로 가득 채운이 해괴한 사태는 무엇을 뜻하는가. 시인은 이러한 물음에 대해 직접적으로든 간접적으로든 해명의 단서가 될 만한 말을 한마디도 하고 있지 않다. 그러나 한 가지 분명한 것은 그러한 사태가 시인의 종말론적 상상력에 의해 그려진 소름끼치는 말세의 예상도라는 사실이다. 그리고 실제로 오늘날 인류는 앞에서 말한 대로 세계 도처에서 고조되는 종말론적 위기감에 휩싸여 떨고 있다. 과학의 힘을 빌린 인간의 탐욕스런 자연 수탈이 생태계의 파괴를 가속화시켜 지구의 멸망을 재촉하고 있다는 소리가 높은 것도 그러한 사례의 하나가 될 것이다.

김영석의 시 「매사니와 게사니」는 바로 그 종말론적 위기감을 특이한 상상력으로 형상화하고 있다. 임자 없는 그림자 게사니가 사람을 죽이고, 또 그림자 없는 사람 매사니는 그들대로 무기력증에 빠져서 죽는다는, A. 포우나 카프카의 전율적인 소설을 연상케 하는 그 기발한 상황 설정부터가 그의 상상력의 특이함을 웅변하고 있다. 다른 점은 다 무시해 버리고 상상력의 이 기발함과 특이함 하나만 보더라도 김영석은 충분히 주목에 값하는 시인이다.

(현대문학, 1993.7)

존재의 확인, 존재의 부정

이 숭 원

　김영석의 장시 「거울 속 모래나라」를 이해하기 위하여 다섯 번 이상 이 작품을 읽었다. 그리고 시인의 시화 「말에 대한 단상」도 세 번 읽었다. 작품의 이해를 돕기 위해 현대시학사에서 보내 준 김영석의 근간 시집 『나는 거기에 없었다』(시와시학사, 1999.9.30)의 2부에 수록된 유사한 경향의 작품도 통독해 보았다. 그러한 노력을 기울였는데도 나는 아직 완전한 이해에 도달하지 못하였다.

　나는 매우 당황스럽다. 신작 소시집을 읽고 15매 정도의 평을 써 달라는 말에 가볍게 응수한 것이 잘못이었다. 몇 년 전에 나온 김영석 시인의 첫 시집은 정독한 바가 있고 그것에 대해 간단한 서평도 쓴 적이 있었기에 옛날 생각만 하고 청탁을 수락한 것이 잘못이었다. 어렴풋이 짐작하건대 이 작품은 인간의 존재 방식이 어떠하며 인간이라는 존재를 우리가 어떻게 인식해야 하는가 하는 문제를 다루고 있는 듯하다. 그런데 솔직히 말하면 나는 인간의 존재 문제에 대해 깊이 생각해 본 적이 없다. 사춘기 때 잠시 인간이란 무엇이며 어떻게 살아가는 존재인가 고민한 적이 있을 뿐 그 후에는 그냥 하루하루를 살아가는 데 급급해서 이렇게 허겁지겁 살아왔을 뿐이다. 그리고 최근에는 인간의 사랑 문제를 골똘히 생각하고 있는 중이어서 그 외의 다른 문제에 관심을 기울일 여유도 사실은 별로 없다. 그런 처지이기 때문에 악몽의 형식을 빈 우화적 서술방식으로 존재의 문제를 제기한 이 작품은 나에게는 매우 낯설게 느껴졌다. 낯선 그만큼 이 작품은 계속적인 사색으로 나를 유도하였다.

이 작품은 서사적 구조를 가지고 있다. 그렇다고 해서 소설과 같은 갈등이나 대결의 구조를 지니고 있는 것은 아니다. 일종의 악몽과도 같은 이야기의 흐름을 보여주고 있는데 그것이 세계와의 대결이라든가 다른 인물과의 갈등으로 전개되지는 않는다. 이야기의 전개방식은 일인칭 화자의 사색에 의존하고 있으며 그런 점에서 전체의 분위기는 다분히 사변적이고 시적이다. 따라서 서사시나 서술시라는 명칭보다는 그냥 장시라는 명칭이 잘 어울린다. 나는 이 작품을 읽으며 화자가 어떤 부분을 특히 의미 있게 기술하는가를 찾아서 그러한 특징적 서술의 배면에 놓여 있는 시인의 사유방식이라든가 세계관을 포착하려고 했다.

우선 이야기 줄거리를 요약해 보면 이렇다. 이야기 주인공 격인 나는 40을 바라보는 대학 강사인데 거울을 보다가 갑자기 심한 두통을 느끼며 상반신을 숙이는 찰나 거울 속의 세계로 들어가게 된다. 거울 속에는 낯설고 이상한 세계가 있었는데 단색의 옷을 입은 똑같은 얼굴의 사람들이 공허하고 무표정한 모습으로 걸어 다니고 있었고 가끔 그들은 이상야릇하고 기분 나쁜 소리를 냈다. 그 세계의 두드러진 특징은 모래가 많다는 것이다. 주인공의 관찰 결과 모래는 그곳 사람들의 시체였다. 사람만이 아니라 열매나 꽃이나 풀도 손만 대면 모두 모래로 변해 버리고 계곡의 물도 손으로 움켜쥐면 환영처럼 사라지고 만다. 요컨대 거울 속 모래나라는 헛것이고 환영인 것이다. 주인공은 거울 속의 세계에서 현실의 세계로 복귀하려고 노력하지만 거울의 벽에 부딪혀 번번히 실패한다. 그러다 자기와 똑같은 처지의 한 여자를 발견한다. 그 여자와 대화를 나누며 자신이 그 여자와 유사한 점이 있다는 것을 느끼고 자신의 말투가 어느새 모래나라 헛것들의 말소리와 유사해진 것을 느끼며 전율한다. 이제 주인공은 거울을 매개로 한 <나>라는 존재의 실상에 대해 총체적인 점검과 사색을 벌인다. 그 결과 거울의 환영에 속지 말고 거울에 들어올 때와 같은 포즈를 취해야 거울에서 나갈 수 있음을 추론한다. 그의 가설은 맞아 떨어졌고 그는 거울에서 빠져나와 현실로 돌아온다. 그는 거울 속에서 만났던 여자 생각이 나서 그 여자가 운영한다는 근처의 서점에 들른다. 서점에 똑같은 모습의 여자가 앉아 있지만 그 여자는 자신을 전혀 알아보지 못한다. 그는 혼란에 사로잡히며 현실 자체가 곧 모래나라가 아닌가 하는 의구심을 갖는다.

대략 이러한 줄거리가 산문 형식으로 펼쳐진 다음에 끝부분에 시행이 구분된 노래체의 형식이 제시된다. 산문 형식의 서술 부분에서 주목되는 것은 자신의 모습에 대해 낯선 느낌을 갖는 대목이 반복된다는 점이다. 처음에 주인공이 거울로 들어오게 될 때 거울에 비친 자신의 모습이 처음 보는 사람처럼 생소하다고 느끼는 순간 두통이 일어나며 거울 속으로 들어오게 된다. 거울 속에 들어가 거울에 비친 자기의 모습을 볼 때도 <얼빠진 듯이 큰 눈을 껌벅이는 사내의 얼굴>, <놀라서 흡뜬 눈을 한 낯선 타인>, <도무지 나라고 믿어지지 않는 시체같은 몰골>, <생면부지의 타인> 등으로 자신의 모습이 묘사된다.

거울 속에서 보았을 때 자신의 아내와 통정을 한 남자가 있었는데, 거울 밖으로 나와 자신의 얼굴을 거울에 비쳐보자 자신의 무표정한 얼굴 위로 <아내와 그 짓을 하던 남자의 얼굴이 물결무늬처럼 그림자를 지으며 어른거리는> 것을 보게 된다. 요컨대 인간은 자신을 명확히 이해하고 있다고 믿지만 사실은 자신을 늘 낯선 타인처럼 대하게 된다는 것을 암시하고 있다. 내가 분명히 있다고 믿지만 사실은 없으며 내가 없다고 생각한 그곳에 정작 내가 존재하는 것이다. 그렇다면 내 실존의 본체는 어디에 있으며 나의 본 모습은 무엇인가 하는 의문이 제기된다. 이 작품은 바로 이 질문의 답을 찾기 위한 암중모색의 도정을 드러낸 것이다.

거울 속에서 여자와 만나 이야기를 나눌 때 두 가지 점이 주목된다. 하나는 남자 여자 둘 다 결혼해서 십여 년이 지났는데 아이를 갖지 못한 공통점이 있다. 이 비생산성은 모래로 상징되는 불모성과 통한다. 즉 거울 속 모래나라에 두 사람이 들어와 있지만 거울 밖의 세계도 비생산성과 불모성으로 표상되는 모래나라임을 암시한다. 또 하나는 두 사람의 말투가 동일하다는 것이다. 그것은 1인칭과 3인칭을 혼용한다는 것인데 자기 자신을 <저>라고 지칭했다가 <그 여자> 혹은 <그 남자>로 지칭한다는 사실이다. 이것은 바로 <나>라는 주관적 인식의 대상이 <그>라는 객체적 인식의 대상으로 언제든 전도될 수 있으며 그 역도 가능하다는 것을 의미한다. 즉 거울 밖의 나는 거울 속의 그와 동일화될 수 있으며 지금 여기 있는 나는 다른 시간 저쪽에 있는 그와 동일화될 수 있다는 이야기다.

이러한 존재의 교차, 전위, 동일화는 <거울 밖의 나>와 <거울 속의 나>가 어느 것이 선행하며 실체적인가를 사색하는 대목에서 절정에 달한다. 그 두 나 중 어느 하나는 다른 것보다 선행하며 실체적이기도 하고 그렇지 않기도 하다. 그렇다면 결론은 무엇인가. 존재의 양태에 있어 실체와 비실체를 구분할 수 없으며 있음과 없음을 구분할 수 없다는 것이다. 따라서 있음과 없음, 존재와 무, 의미와 무의미, 자아와 세계를 이분법적 대립구도로 구분하는 것은 잘못이다. 현실은 참되고 거울 속의 세계는 헛되다든가 참된 내가 있고 거짓된 내가 있다든가 하는 이분법적 사고에서 우리는 벗어날 필요가 있다. 이분법적 사고를 벗어나서 양자를 상호 순환적이고 상호 생성적으로 인식하는 것이 필요하다고 시인은 말하고 있다.

말하자면 우리가 현실에 실존하고 있고 우리의 삶이 가시적으로 전개된다고 믿으면서도 그것을 다시 부정할 수 있는 사색의 유연성을 가져야 한다. 이 세계는 헛것이고 우리는 모래 나라의 신기루를 헤매고 있을지 모른다는 생각도 할 수 있어야 한다. 장자가 꿈에 나비가 되어 날아다니다 깨어난 후 과연 장자가 나비의 꿈을 꾼 것인가, 나비가 장자의 꿈을 꾸고 있는 것인가 탄식했던 것처럼 우리의 실체를 부정하는 사유의 모험을 진지하게 수행해야 할지 모른다.

이렇게 전체적인 대의는 파악을 했는데 세부적으로 들어가면 아직 이해하지 못한 것이 너무 많다. 특히 나중에 붙인 노래체의 시에서 두 개의 옛 거울을 잃어버린 채 남은 한 개의 거울만을 들고 있다고 했는데 그 두 개의 거울은 도대체 무엇이며 남은 한 개의 거울은 무엇인지, 그리고 세 개의 거울이 서로 되비치게 하라고 염원하였는데 그 세 개의 거울은 허공과 천지만물과 말씀을 지칭하는 것인지, 그렇다면 그 세 개의 거울이 서로 되비치는 것은 구체적으로 무엇을 의미하는지, 그렇게 될 때 세계에는 어떠한 변화가 오는지 나는 알지 못하겠다. 이렇게 시를 여러 번 읽고도 그 뜻을 알지 못하니 평론가라는 직함도 이제 그만 거둘 때가 되었나 보다.

(현대시학, 1999.10)

해체적 감각과 사물의 재인식

송 기 한

1. 들어가며

90년대를 지나오면서 우리는 다양한 시의 해체를 겪었다. 시적 언어의 파괴와 유희, 시 장르의 실험, 영화 등 다른 장르들과의 혼성 등 이러한 현상들을 해체시라는 이름으로 분류하였다. 그러나 무수한 양상으로 전개되던 이러한 해체시들이 90년대 문화 현실을 반영했을지라도, 그리고 해체시의 몸뚱이가 양적으로 부풀려졌을지라도 정작 시들어가는 해체시를 바라보는 우리는 시의 가멸찬 성취와 만족을 느끼지 못하는 것이 사실이다. 이는 시의 생산보다 말과 생각이 앞섰기 때문이다.

우리의 해체시는 시의 이론과 주장을 구호처럼 내세우고 그에 맞추어 시 속에서 말의 뒤섞기를 시행해 왔다. 말하자면 해체를 위한 해체, 혼란을 위한 혼란이 만들어진 격이다. 그러므로 당시의 해체시들은 일정한 틀에서 갓 구워진 듯한 인상 이상을 남기지 못하였다. 온 정신을 던진, 진정 자신의 사유를 버리고 실험하고 다시 지우고 하는 모험을 당시 해체주의자들은 감행한 적이 과연 있는가.

김영석의 시집 『나는 거기에 없었다』에서 우리는 일견 1980~1990년대에 성행했던 '해체'를 떠올린다. 그러나 그의 시는 이전의 해체적 성향들의 시가 보여주었던 면면들과 사뭇 다르다는 것이 필자의 판단이다. 시인은 "자아와 세계, 음성주의와 문자주의, 책과 텍스트 등의 대립항들이 동양의 사유 전통에 따라 일여적—如的인 것이라 생각한다. 그것들은 하나이면서 둘이고 둘이면서 하나가 되기도 한다. 그것들은 상호 순환적이고 상호 생성적이다"라고 시인은 말하고 있기 때문이다. 이러한 사유는 동양적 사유구조이면서 서양의 해체주의 철학과 맥이 닿아 있다고 할 수 있을 것이다.

그러나 기존의 해체시들이 보인, 의도적으로 충격을 주기 위한 어떠한 노력들과도 다른 시적 시도들을 우리는 김영석의 시에서 만날 수 있다. 그의 시는 성찰과 여백이 수반된 단정하고 고요한 시이다. 이러한 그의 시를 따라가게 되면 우리는 서서히 새로운 사유 역시 경험하게 된다. 자연스럽게 그의 시와 하나가 되면서 곧 다른 사유의 방식, 다른 출구로 빠져나오는 것이다. 여기에는 충격이나 혼돈, 그에 따른 낯설음과 분노가 없다. 대신 사물을 다른 식으로 보기, 따라서 눈앞에 놓이는 다른 현실을 보게 된다. 즉 독자는 별반 노력을 기울이지 않아도 새로운 세계를 접하게 되는 것이다. 그것은 시인이 '세상을 다르게 보기'를 실행하고 있기 때문이다.

김영석은 90년대 현실이 경험했던 경계들의 중첩을 충격으로 받아들이지 않는다. 그것은 극히 고정된 '현실'이기 때문이다. 대신 그는 이러한 현실을 '다른 관점'에서 보려 한다. 열려진 공간(허공)과 상상력의 미로와 사물이 주는 느낌을 총동원하면서 말이다. 마치 그가 서문에서 밝힌 어릴 때의 놀이, 허리를 구부리고 가랑이 사이로 사물을 바라보는 것처럼 다른 방식으로 세상을 보자는 것이다. 그의 시를 좇다 보면 결과적으로 다른 각도로 다른 느낌의 현실을 대하게 된다.

이러한 현상은 우리에겐 매우 소중하지 않을 수 없다. 기존의 해체시들은 아무리 충격을 주고자 하여도 그저 그대로의 현실에 머물러 있게 했지만 김영석의 시는 그와 다른 맥락에 서 있기 때문이다. 그의 시는 오히려 시의 본령에 닿아 있다고 할 수 있을 것이다. 사물을 새로이 봄으로써 사물의 존재성과 조우하기, 상상력의 역동성을 체험하기, 시의 언어가 주는 여백의 편안함을 느끼기 등 시 본령의 미덕을 그는 버리지 않고 있기 때문이다. 시의 본령을 지키기 위해서 시인에게는 에둘러가는 사유가, 즉 '해체적 사유'가 필요했던 것이고, 이러한 그의 시적 작업들은 우리에게 매우 특이한 경험으로 다가오게 되는 것이다.

2. 허공의 말하기

시인의 어릴 적 놀이인 가랑이 사이로 세상보기를 해보면 그의 표현대로 '사물의 배후에 있는 공간이 압도할 듯이 다가온다.' 바로 서서 사물을 바라볼 때엔 감각이 사물에 사로잡히지만 허리를 구부려 볼 때, 자신은 땅에서 위태롭게 풀려나고 사물은 고정성을 잃는다. 즉 나와 사물을 둘러싼 공간이 살아나기 시작하는 것이다. 나와 사물, 세상에 가장 확고한 주체인 '나'와 내가 인식하는 '대상'이 그 집요한 연결고리를 잃고 허공에 둥둥 뜨듯이 존재한다. 그것이야말로 살아있는 공간이 빚어내는 무결정성, 즉 자유인 바, 우주 속에 존재하는 모든 것들은, 그것이 사물이건 인간이건 그러한 무결정성을 존재양식으로 하고 있는 것이다.

시인은 여기서 아이디어를 얻는다. 그의 시각에 되살아난 공간을 끌어들이는 것, 그리하여 사물의 무결정성을 고스란히 드러내어 사물을 다르게 보이도록 하는 것이다. 이러한 시인에게 주체와 대상의 구별이나 혹은 주체 그 자체가 의미 있을 턱이 없다. 김영석의 이러한 사유는 시집의 제목이기도 한 「나는 거기에 없었다」의 작품에 상징적으로 잘 드러나 있다.

가을걷이 끝난 텅 빈 들판에
이따금 지푸라기가 바람에 날리고
지금은 아무도 살지 않는
외딴 빈 집
이따금 낡은 문이 바람에 덜컹거린다.
바람에 날리는 지푸라기와
바람에 낡은 문이 덜컹거리는 소리는
누가 보고 들었는가?
시를 쓰는 내가?

나는 거기에 없었다.

                   – 「나는 거기에 없었다」 전문

    시에서 감각하는 주체와 대상의 틈은 없다. 소리를 '듣고' 사물을 '보는' '내'가 거기에 없었기 때문이다. 그것들이 비어있는 자리엔 덜컹거림과 날려다님만이 있다. 단지 바람이 만들어내는 현상만이 있는 것이다.
    주체는 그것을 감각하고 인식하기 이전에 그 속에 있다. 즉 '바람'에 속해 있는 것이다. 주체와 대상의 구별이 의미를 지니기 전 주체와 대상 모두는 바람에 들려 있게 된다. 이것을 살아있는 공간의 힘으로 볼 수도 있을 것이다. '바람'은 대상과 하나가 되고 모든 것을 압도한다.
    시 「바람의 뼈」에서 "단청이 다 날아간 내소사 대웅전/ 앙상히 결만 남은 목재"는 곧 '허공 속에 거대한 적멸의 집을 짓고 선 바람의 뼈'에 다름 아니다. '바람'이 '목재를 앙상하게' 만들었을 뿐 아니라 '앙상히 남은 목재'는 곧 '바람'이기 때문이다. 결국 '목재'와 '바람'의 가르기는 무의미하다. 그 둘은 곧 하나인 까닭이다.
    그의 시 곳곳에서 등장하는 '허공' 또한 주체와 대상의 구별을 지우면서 공간을 살아나게 하는 힘을 상징한다.

    창을 통해

저 광대한 허공을 내다보는 것은
내 속의 허공을 들여다보는 일이다
허공은 나를 알처럼 품고 있고
나 또한 내 속의 허공을 품고 있으니
나는 구멍이 숭숭 뚫린 알껍질 같은 것이다
내 속의 허공 속에서 부화한
하얀 새들이 창을 통해 이따금
푸른 하늘 속으로 햇살처럼 날아오르곤 한다

– 「알껍질」 전문

'허공'은 사물을 향해 힘껏 그 존재를 열어 보이고 있다. 사물은 공간에 자신을 내맡기고 그 속으로 피어오른다. 사물과 공간의 구별은 없어져 둘은 하나가 된다. '바람'과 '허공'의 이러한 힘을 받아들인다면 대상에 집착하며 자신의 인식이 확고 불변의 진리라 여기는 일이 다시없는 오만이자 착각임을 깨달을 것이다. 따라서 시인은 "내 마음에는/ 아무도 모르는 극지가 있다// 극지에 이를수록 살아있는 모든 것들은/ 한껏 키를 낮추고/ 숨소리도 죽이고/ 작아질 대로 작아져서/ 마침내 푸른 하늘만 드넓다"(「극지極地」)라고 말한다. 허공 속에서 작아지는 생명이란 곧 고요를 체험하는 시인 자신이 된다. 즉 인간은 시인이 되어 고요를 체험할 때 생명의 신비와 우주의 순환을 느낄 수 있게 된다.

시인은 드디어 생명이 숨쉬는 작은 세계로 들어간다.

우리가 오랫동안 잃어버리고
까마득히 잊고 있었던
옛 절터나 집터를 찾아가 보라
우리가 돌아보지 않고 살지 않는 동안
그 곳은 그냥 버려진 빈 터가 아니다
온갖 푸나무와 이름모를 들꽃들이
오가는 바람에 두런거리며

작은 벌레들과 함께 옛이야기처럼 살고 있다
밤이 되면
이슬과 별들도 살을 섞는다.

-「그 빈 터」 부분

시인 자신이 말하는 하나이면서 둘이고 둘이면서 하나인 상호 순환하고 상호 생성적인 세계를, 그는 열린 공간을 한껏 받아들임으로써 체험하고 있는 것이다. 이를 시인은 '생명과 존재를 자유롭게 하는 일'이라고 했으니, 이러한 일여적一如的 사유야말로 현대 이성의 일방적 사유에 대립하는 것이라 하겠다.

3. 거울의 반사각이 만들어내는 무의미

열린 공간을 받아들여 사물을 새롭게 하는 것에서 그치지 않고 시인은 거울을 통해 또 다른 무의미를 찾아낸다. 여기에서 무의미란 거울이 사물을 반사하며 만들어내는 빈 공간이다. 시「거울 속 모래나라」는 사물을 거울로 비춰보았을 때 느껴지는 틈을 상상적으로 알레고리화하고 있다. 거울에 자신의 얼굴을 비춰보다가 문득 생소함을 느낀 순간 거울 속으로 빨려 들어가 전혀 낯선 세계를 경험한다는 줄거리의 이 시는 낯선 세계 속에서 느끼는 당혹스러움을 형상화하고 있다.

이러한 간격을 30년대 시인 이상李箱이 "거울 속에는 소리가 없소. 내 말을 못알아 듣는 딱한 귀가 두 개나 있소. 악수를 모르는 왼손잽이오" 라고 했다면, 김영석은 "거울은 나보다 먼저 나를 바라본다"고 말한다. "내가 거울 속의 '보여진 나'를 바라보고 구성하기 전에 거울은 처음부터 '보여지는 나'를 바라보고 구성한다"는 것이다. 궤변 같지만 거울의 이러한 속성을 깨달은 뒤에야 거울이 만들어내는 생소함에 대처할 수가 있게 된다. 주인공은 거울 속 모래나라의 공포를 등지고 거울 밖으로 빠져나오게 되기 때문이다. 즉 주인공은 또 다른 세계를 형성하고 있는 거울이 나를 바라보고 나를 구성할 기회를 주지 말아야 한다는 인식, 거울이 나를 계속 구성하는 동안 통일된 나란 없을 것이므로 거울과 마주보지 말고 거울에 등을 돌려야 한다는 인식을 한 연후에 자신을 집어삼키려는 거울나라로부터 탈출할 수가 있게 되는 것이다.

  짧은 알레고리적 단편소설과 같은 이 시를 통해 시인은 역시 거울의 반사각이 만들어내는 사물의 '차이'를 말하고 있다. 거울 앞에 서면서 주인공은 꿈인지 현실인지 분간하기 힘든 환각을 경험해야 한다. 자아의 도플갱어(Doppleganger, 이중의 보행자) 현상을 겪는 것이다. 현실과 환상의 경계가 해체되는 것인 바, 김영석의 시에서 문제가 되는 것은 주인공이 왜 거울을 바라보며 두려움과 당혹스러움을 느끼는가일 것이다. 같은 형식의 시 「바람과 그늘」에서도 끊임없이 반복되는 육신의 변신을 제일 먼저 알아차리게 해주는 것은 '거울'이다. 「바람과 그늘」에서 주인공은 동일한 영혼을 가지고 있지만 아침에 눈을 뜨자 자신이 낯선 육신에 담겨 있음을 보고 소스라치게 놀란다. 카프카의 「변신」을 연상시키는 이러한 분열 현상은 인간이 자신에게 느끼는 이중성, 다중성을 형상화하는 것이다. 거울을 자주 볼수록 느껴지는 각도의 차이, 배반감 혹은 매혹과 환상, 어쩌면 인간의 삶은 거울에 비춰지는 자신의 모습에 따라 구성되는 것일 수 있겠기에 인간의 다중성은 거울을 통해 형상된다고 볼 수 있다.

  극단적으로 말하면 거울은 인간의 성격을 반영하는 것이 아니고 거울에 따라 인간의 성격이 형성될 수 있다는 인식이 놓여 있다. 우리에게 이러한 인식은 매우 실험적이다. 거울에 들려 거울에 따라 구성된 모습에 따라 살아갈 때 삶은 매우 두렵고 음험하겠기에 말이다. 곧 거울은 그를 배반할 수 있다는 것이다.

  시집 『나는 거기에 없었다』에서 2부를 구성하고 있는 시들은 장르를 규정짓기 힘들다. 형식상 산문시라고 해야 할 것이지만 시인의 인식을 가장 적절하게 전달하기 위해 빚어진 그릇 그 이상도 이하도 아니겠기에 시다 혹은 그렇지 않다고 논하는 것이 무의미하다. 「매사니와 게사니」는 끔찍한 동화처럼 느껴지고 「길에 갇혀서」는 일인칭 체험에 바탕한 수기와 같다. 또한 「바람과 그늘」, 「거울 속 모래나라」도 알레고리적 단편소설과 유사하다. 이를 두고 영화적 상상력이라고도 말할 수 있을 것이다. 현실 체험을 앞서는 가상체험, 가상체험의 매혹적인 이미지에 빠져들기를 통해 영화와 시의 경계 중첩을 말할 수 있다.

그러나 시인은 이러한 글쓰기를 통해 시에 있어서 의도적인 형식 실험을 했다기보다 낯선 세계를 상상하기, 새로운 인식이 주는 생소함과 당혹스러움을 상상적으로 형상화해 보기를 시행한 듯하다. 현실 속에 환각이 겹쳐져 현실이 다른 모습으로 변화할 때 공허한 주체는 어떤 느낌을 갖게 되며 어떻게 살아가야 하는가. 시인은 친절하게도 이 복잡한 미로 속에서의 길찾기에 대해 말해주고 있다. 곧 시인은 90년대를 혼돈 속에서 살아왔던 우리들에게 환각에서 벗어나가는 길을 보여주는 것이 아닐까.

    ……'나'는 일테면 미분되어 흐몽한 존재 가능성으로 남아 있었다고 해
  야 옳을 것 같다. 그러니까 그 존재 가능성은 부재와 존재의 경계에서 아
  지랑이처럼 파동치고 있는 것이다. 그 파동은 부단히 부재의 영역으로 잠
  기기도 하고 존재의 영역으로 솟아오르기도 한다. ……거울은 바로 그 부
  재와 존재가 맞닿아 있는 경계에 있으면서 그 한없는 주고 받음의 생성 관
  계를 드러내고 맺어주는 것이리라. 거울을 바라볼 때 그래서 비로소 거울
  속의 '나'를 볼 수 있을 때 그 흐몽한 존재 가능성은 존재의 영역으로 현상
  되어 나온다. 따라서 거울 속의 '나'를 보기 전에 나는 '나'를 알 수 없을뿐
  더러 '나'는 존재하지 않는다.……'나'는 거울 속에 있는 '그 사람'으로부터
  파생되었음이 분명하다. ……거울이 나를 바라보고 '나'를 구성한다면 거
  울을 보고 있는 동안 나는 계속 구성될 것이므로 나는 순일하게 나를 통일
  시킬 수 없고 내가 통일되지 않으면 실제적으로 아무 일도 할 수가 없고,
  그러니까 거울을 바라보는 동안은 아무일도 일어나지 않으니까, 내가 진

실로 무슨 일을 하려면 거울에 등을 돌려야……거울을 바라보면서 앞으로 나왔더니 거울 속이었으니까 이번에는 거울을 등지고 뒤로 나가야만 저쪽의 본래 세계로 돌아갈 수 있습니다.……만일 거울을 바라보면서 저쪽으로 나가려고 한다면 영원히 어긋나고 맙니다. 그래서는 이 모래나라에서 벗어날 수가 없어요.……

—「거울 속 모래나라」 부분

시각은 환상을 만들어낸다. 열린 공간이 새로운 사물의 세계를 만들어내듯이 새로운 각도가 형성해내는 새로운 공간은 다른 세계를 만든다. 그러나 시인이 허공 속에서 존재의 자유를 체험한다면 거울의 반사각 앞에서는 공포를 체험한다. 말하자면 공간에 속함으로써 주체가 무화되는 현상을 공통적으로 말하고 있지만 이럴 때의 주체의 체험을 자유로 받아들일 것인가 공포로 받아들일 것인가 하는 것은 상황에 따라 가변적인 것이며 이에 따라 주체는 다른 행동 양식을 보일 수 있음을 보여주고 있다. 공간이 만들어내는 틈에 따라 사물에 대한 새로운 체험이 가능하며 또 그러한 사실을 알고 있을 경우에 환상의 미로로부터 벗어날 수 있음은 삶을 살아나가는 지혜에 속할 것이다.

시인은 이러한 인식을 확장하여 시적 의미를 찾아내고 있는 바, "가랑이 사이로 세상 보기나 거울 보기에서 텅 빈 공간이 사물을 생동하게 하듯이 말 또한 마찬가지이므로 의미의 굴절과 반사를 만들어 내는 무의미를 함께 보는 일이 필요하다"고 말하고 있다. 시 쓰기란 바로 말이 자기 주장을 하면서 사물을 담아내는 것이라는 것이다.

시 쓰기란, 물론 다 그렇다는 것은 아니지만, 말과 사물이 미묘하게 어긋난 그 틈으로 들어가는 일, 그 틈을 가능한 한 넓게 벌리는 일, 그 틈으로 무한대의 공간과 무량한 고요를 체험하는 일, 그래서 눈에 보이는 사물이나 말의 의미에만 매달리지 않고 자유롭게 살게 하는 일, 일종의 그런 것일 수도 있지 않을까.

—『나는 거기에 없었다』 서문 부분

따라서 시인은 이러한 시 쓰기를 통해 있음과 없음을 대립시키고, 의미와 무의미를 분열시키며, 자아와 세계를 분리시키는 현대 이성의 고질적 병폐를 극복하는 계기를 찾을 수 있다고 보는 것이다.

4. 비의미적 시 쓰기

시집 『나는 거기에 없었다』는 3부로 구성된다. 1부가 열린 공간이 주는 새로운 인식에 대해 말하고 있고 2부가 거울의 반사각이 주는 환영에 대해 말하고 있다면 3부에서는 일종의 선시적禪詩的 감각에 이른다. 즉 시 쓰기가 품게 되는 무의미의 공간을 보여준 것이다. 그것은 어떠한 과정으로 새로운 시 쓰기에 도달할 수 있는가를 제시하는 대신 그 모든 과정과 주장을 생략한 채 시 쓰기가 분열된 인식과 세상을 어떤 모습으로 껴안을 수 있는가를 일깨워준다. 자아와 세계의 영역, 의미와 무의미의 영역, 있음과 없음의 영역이 모두 구별을 잊은 채 서로 어우러져 던져진다. 3부에 이르기 위해 1부와 2부의 어렵고 험난한 환영을 거듭한 것처럼, 즉 1부와 2부의 과정을 거쳐서야 비로소 선시의 고요한 상태를 맞이할 수 있다는 듯이 보인다.

> 고요가 쌓이고 쌓이면
> 산이 되느니
> 초승달 같은
> 흰 뼈 하나 속에 품고
> 풀잎이 무거워서
> 지그시 내려감은 눈이여.

―「산」 전문

시집 3부의 첫 페이지의 시 「산」에는 어떠한 역동성이나 의미의 대립이 존재하지 않는다. 선문답 같이 담담한 어조로 고요의 세계를 보이고 있는 것이다. 마치 노승이 산사에 머물며 명상하는 듯한 느낌을 주는 이러한 시적 양상은 「길」, 「저녁」, 「바다」, 「전설」, 「꽃」 등으로 이어진다. 이제 시인에게는 분열과 대립 구도가 문제되지 않는다. 그러한 구도 자체를 와해시키려는 노력은 이제 그의 주제가 아니다. 그는 이미 무의미를 끌어안을 수 있기 때문이다. 생명의 신비를 체험할 수 있는 작고도 큰 세계에서 시인은 그가 말하는 일여적一如的 사유를 행하고 있다. 즉 해체를 진행하는 사유가 아닌 해체가 이루어진 사유로 그의 마지막 시는 이루어지고 있는 것이다.

길은 없다
그래서
꽃은 길 위에서 피지 않고
참된 나그네는
저물녘 길을 묻지 않는다.

　　　　　　　　　　　　　　　　　　－「길」 전문

옛날 옛날 한 옛날에
어디선가 아무개 포수가 살았답니다
그 포수는 매양 구멍 없는 총을 가지고
날개도 없이 날아가는
아주 작은 새 한 마리를 잡아서는
타지 않는 불에 맛있게 구워서
열도 넘는 식구와 함께 먹고 살았답니다
먼산바라기나 하면서 살았답니다
지금도 먼 산 이쪽 아니면 저쪽에서
그렇게 사는 포수는 아주 많다고 합니다.

　　　　　　　　　　　　　　　　　　－「전설」 전문

이 시들 역시 고요함 속에서의 작은 세계를 구축하고 있다. 이들은 의미가 없는 빈 부분을 반사각의 헛 공간을 담듯 담은 무의미의 시이다. 의미를 헛짚고 있다는 점에서 이를 비의미의 시라고 부를 수도 있을 것이다. 시인은 말을 통해 매우 정교하게 비논리, 비의미의 길을 걸어가고 있다. 그는 우주에 흩어져 있는 한없이 작은 숨결의 사물들, 봄풀, 들꽃, 목숨, 돌멩이 등을 시의 말로 거둘 뿐만 아니라 그것들이 만들어내는 무의미한 몸짓들을 포착하고 있다. 그러한 시도는 흡사 가랑이 구부려 거꾸로 세상보기, 거울을 통한 낯선 느낌으로 대상 바라보기와 같다. 나아가 본격적으로 말을 통해 그것을 해내고 있는 것이다.

김영석의 무의미 시가 독특하게 보이는 것은 그것이 무의식적 자유연상기법을 사용하듯 하면서도 그것들과 역시 다른 위치에 서 있기 때문일 것인데, 그는 여전히 시다운 정제미를 버리지 않으며 사유 역시 풀어헤쳐 놓고 있지 않다. 대신 조심스럽게 사물이 지니는 의미 이외의 영역을 조금씩 열어가고 있다. 거꾸로 본 세상이 우주의 낯선 공간을 열어 사물을 생동감 있게 보여준다면 비의미의 말 역시 의미로부터 소외된 의미의 낯선 영역을 열어젖힘으로써 사물을 신비롭게 하는 것이다. 그는 이미 작고 고요한 숨결을 가지고 있으므로 의미와 무의미를 대립구도 속에 놓고 이들을 대결시키는 만용을 부리지 않는다.

그의 시에서 우리는 티격태격하는 소란스러움을 읽을 수가 없다. 무의미는 의미 옆에 소리없이 다가와 앉아 자신의 무의미를 주장하고 의미와 화해한다. 그러나 이러한 동양적 사유가 갖는 기획은 매우 큰 것이라 하지 않을 수 없다. 이러한 일여적 사유야말로 현대 이성의 잘못된 대립구도 자체를 무화시키고 그것을 넘어서는 새로운 사유를 제시하기 때문이다.

5. 맺으며

해체시 이후의 시를 우리는 어떠한 양상으로 상정할 수 있을까. 정작 김영석의 시에서 우리는 해체철학이 의도했던 낯선 사유를 경험한다. 그러나 기존의 시와는 다른 방식으로 시를 전개하는데, 여타의 해체시가 시의 언어에 집중했다면 그는 사유의 방식 자체에 몰두하고 있기 때문이다. 따라서 그의 시는 조용히 이루어지는 해체이다. 아무것도 다른 것이 없었지만 그의 시를 읽은 후의 느낌은 매우 낯선 곳에 와 있는 듯하다는 것이다. 입구와 출구가 달라진 것이다.

이렇게 둘러가는 사유를 함으로써 그는 사물과 의미의 낯선 영역을 자신의 시 속에 담아낸다. 따라서 그의 시는 생동감이 있고 신비롭다. 그의 시의 여정을 따라가다 보면 우리는 결코 서두름 없이 새롭게 사물 바라보는 법, 다르게 사유하는 법을 배운다. 그러한 기도를 시인은 어릴 적 놀이와 거울의 반사, 그리고 시의 말하기를 통해 행한다. 이들 방법이 지향하는 것은 일정하다. 그것은 사물의 존재를 드러내어 우주와 일치시키는 것이다. 그것에 도달하기 위해 이성이 상정할 수 있는 여러 대립들은 힘을 잃고 서로 어우러져 하나가 된다. 따라서 우리는 김영석의 시에서 대립과 투쟁의 사유가 아닌 고요와 화해의 사유를 만나게 되는 것이다.

(시와시학, 1999, 겨울호)

언어와 인식의 형상으로서의 세계

박 주 택

이 이상하고도 한정없이 긴 시를 누가 읽는다는 말인가? 설령 읽는다 해도 그 의미를 얼마나 쉽게 이해하면서 끝까지 읽어 낸다는 말인가? 그러나, 혹 이 글을 읽을지도 모를 독자는 다시 한 번 지난 호 김영석 시인의 신작 소시집을 펼치고 좀이 쑤시더라도 꼼꼼히 몇 장을 넘겨 보라! 다음 순간 꿈틀거리는 문장이 광휘로운 느낌으로 휘몰아치면서 진기하면서도 감동적인 세계로 어이없이 나를 이끌리라. 거기에는 추리와 트릭이 있고 논리와 풍유가 있으며 혹독한 비판과 풍요로운 정서가 있을 것이며 허술하게 보이는 문맥 속에는 고도의 은유가 숨어 우리를 한없이 비웃으리라.

「거울 속 모래나라」는 소설의 형식을 띠면서 '이야기 시narrative poem' 형태를 지닌 매우 이례적이고 독특한 구조의 시다. 3인칭 전지시점을 취하며 전개되는 이 시는 소설로 분류해도 괜찮을 만큼 완벽한 서사 구조를 지니고 있다. 인물, 사건, 배경은 물론 발단에서 결말까지 치밀하게 구성이 짜여져 있는 것 하며 일상 어법으로만 일관하고 있는 것이 바로 그것이다. 따라서 시라고 보기에는 시적 담화가 지나치게 외연적이며 소설이라고 보기에는 지나치게 기의적記意的이다. 이미 그의 첫 시집 『썩지 않는 슬픔』의「두 개의 하늘」,「지리산에서」,「마음아, 너는 거름이 되어」에서와 같은 작품에서 이 같은 징후를 보여준 그는 그의 두 번째 시집 『나는 거기에 없었다』의「매사니와 게사니」,「바람과 그늘」,「길에 갇혀서」와 같은 작품에서도 시적 문법을 위반한 새로운 글쓰기의 모습을 보여 주고 있다. 보들레르의『빠리의 우울』이나 뚜르게네프의 산문 시에서 볼 수 있었던 이 같은 구조는 장르의 문제와 더불어 앞으로 더욱 깊이 있게 논의되리라 본다.

이 시의 이야기는 책벌레로 살아와 세상 물정을 모르는 대학 강사인 P가 몇 달 째 끝을 맺지 못하고 고심하고 있던「언어와 인식의 형상으로서의 세계」라는 논문에 매달려 있다가 벽에 걸려 있는 <거울>에 자신을 비추어 보는 데에서부터 시작된다. 그는 갑자기 밀려오는 두통으로 머리를 감싸쥔 채 비틀거리며 거울에 이마를 기대게 되고 그 바람에 그는 아무런 저항도 받지 않고 <거울>속으로 들어가 버린다.

그가 처음으로 들어 간 곳은 극장의 분장실로 그곳에는 가발과 분장 용구들이 놓여 있으며 그 거울을 통해 자신이 방금까지 논문을 쓰던 자신의 방이 훤하게 보인다. 그리고 복도로 통하는 문 밖에는 대낮처럼 밝은 불빛과 거리의 소음이 쏟아지는 이상한 도시가 펼쳐진다. 그곳의 상점 간판들은 기하학적인 도형들의 나열이거나 조합처럼 되어 있고 사람들은 똑같은 단색의 옷을 입은 채 <ㅂㅅㅅㅅㅈㄹㄹㅊ>과 같이 자음들만 연결되는 해괴한 말을 한다.

그가 처음으로 목격한 것은 죽은 사람들의 시체가 모래로 변하는 장례식이다. 그리고 그가 극도의 배고픔 속에서 깨달은 것은 열매나 꽃이나 풀잎이거나 모두가 만지면 모래로 변한다는 사실이다. 그가 이 모래 무덤의 도시에서 자신의 방으로 탈출하기 위해 거울 앞에 섰을 때 거기에는 아주 낯선 타인이 그를 바라본다. 그것은 시체 같은 몰골의 자신이다. 그러다 그는 똑같은 경로로 <모래나라>로 들어온 K를 만난다. 그녀는 책을 좋아하여 십여 년을 넘게 서점을 경영해 온 여자이다. 이 기이한 인연과 충격으로 바닥모를 침묵의 수렁 속으로 빠져든 그가 생각해낸 것은 <거울>의 의미이다. 그리하여 그가 이 <거울>의 의미를 통해 비밀을 깨닫고 결국 그 <모래나라>를 탈출하게 된다.

짧은 이 글에서 이처럼 길게 이 시의 내용을 요약하는 것은 지레 겁먹어 미처 읽지 못한 독자를 위함이며 이 스토리에 내재되어 있는 시적 의미를 산출해 내기 위함이다.

이 시의 중심 화소話素는 <거울>과 <모래나라>이다. 그러나 이 시가 말하고자 하는 것은 중심 인물인 P가 쓰는 논문 「언어와 인식의 형상으로서의 세계」와 관련한 <언어>와 <인식>에 기울어져 있다. 따라서 이 시의 주제적 문맥은 <언어>(랑그와 빠롤을 포함한)와 사물을 바르게 인지하는 <인식의 방법>에 있다. 그러나 이 같은 논의에 도달하기 위해서는 다음과 같은 기본적인 해석이 필요하다.

이 시의 공간적 구조는 등장 인물의 행동에 따라 현실(거울 밖)—가상(거울 속)—현실(거울 밖)의 이동 구조를 취하면서 현실과 가상이라는 대립 구조를 취한다. 이 대립 구조가 서로 소통하게 되고 왕래하게 되는 것은 <거울>을 통해서이다. 이 <거울>의 의미가 잘 나타나는 것은 P가 <모래나라>에서 탈출하기 위해 <거울>을 곰곰이 생각하는 다음과 같은 구절에서 발견된다.

> …(상략)… 이제 <나>는 거울 속에 있는 <그 사람>으로부터 파생되었음이 분명하다. 거울이 없으면 나는 <나>를 알 수가 없고 거울 속의 <그 사람>이 없으면 <나>는 결코 태어날 수가 없다. 그러므로 거울과 <그 사람>은 언제나 <나>보다 선행하며 실체적이다.

이 말의 문맥적 의미는 <거울>이 "존재와 부재가 맞닿아 있는 경계에 있으면서 그 한없는 주고받음의 생성관계를 드러내고 맺어주는 것"임과 동시에 "거울은 나보다 먼저 나를 바라본다. 그렇다. 거울은 분명히 바라본다. 내가 거울 속의 <보여진 나>를 바라보고 구성하기 전에 거울은 처음부터 <보여지는 나>를 바라보고 구성한다. 거울이 최초로 보여주는 것은 <보여진 나>가 아니라 거울이 스스로 바라보고 규정한 <구성된 나>이다"라는 P의 말과 같이 <거울>은 나를 인식하게 하는 정신의 본질일 수도 있다.

이는 베르그송이 실재를 바르게 파악하기 위해서는 <비상한 노력을 통하여 자신이 습관적으로 사유하던 작용의 의미를 역전시켜, 자신의 범주를 끊임없이 뒤집고 다시 만들어야> 한다는 말처럼 인식의 상대성을 가져야한다는 말을 의미하기도 하며, 인간이 주체가 됨으로써 사물과 본질이 훼손되고 가치가 소멸된다는 것을 의미하는 말일 수도 있다. <모래나라>는 잘못 인식된 가상의 세계를 의미한다. 이 가상의 세계에서는 인간과 사물들이 제 빛을 잃고 제도와 독단에 갇혀 한낱 모래와 같이 부서지고 만다. 여기서 벗어나는 방법은 P가 거울 속 모래나라를 탈출하는 방법을 깨닫고 K에게 말하는 것에서 전달 받을 수 있다.

> 「자 그러니까 좀 들어 보세요. 우리는 분명히 거울을 바라보다가 거울
> 속으로 들어 왔지요? 그렇지요? 그런데 이 거울 속에서 다시 반대로 저쪽
> 세계로 되돌아가려면 거울을 등지고 뒤로 걸어나가야만 됩니다. 그래야
> 만 내가 하나로 일치될 수 있습니다.」

결국 사물의 본질을 인식하는 방법은 P가 <거울> 속 <모래나라>를 탈출하는 방법처럼 사물이나 상相의 본래적 속성과 일치시키는 것이다. 이 시가 숨기고 있는 중요한 문맥인 <언어> 역시 스스로 자신의 존재를 드러내며 스스로를 말하는 존재이다. 따라서 <언어>에 내재된 본

질적 가치를 바르게 <인식>할 때만이 말이나 시로서의 진정한 의미를 확보할 수 있을 것이다.

「거울 속 모래나라」는 사회, 문화적인 의미에서 현실에서 일어나고 있는 것이 <헛것>이고 <환영>이라는 비판을 제기하면서도 <언어>와 <인식>의 문제를 다루고 있다는 점에서 중층적이며 철학적이다. 시가 가지고 있는 비유나 직관을 위반하면서 소설적 형식의 치밀함을 간직하고 있는 이 시는 그런 만큼 무궁한 논의가 도사리고 있다. 다만 이시의 마지막 부분, 지식의 창백함, 인간적 관계의 소멸 그리고 진보나 진화에 대한 정적 의미를 드러내고자 하는 끝에 신화적 의미를 담고 있는 바리데기를 등장시키고 있는 장면은 다소 현실감이 떨어지는 아쉬움이 있다. 그러나 철학적 사유가 부족한 채 언어를 왜곡시키면서까지 본질에 접근하고자 하는 우리들의 사물 인식 방법을 반성시키며 시의 한 변경을 새롭게 개척하고 있다는 점에서 우리 시에 있어 하나의 새로운 시적 방법으로 자리 잡으리라는 것을 믿어 의심치 않는다.

(현대시학, 1999.10)

삶을 묻는 나그네의 길

박 윤 우

1.

　시인이 자기만의 시학을 가지고 시를 쓴다는 것은 그리 쉽지 않은 일이다. 이 말은 뒤집어놓고 보면 어떤 시학의 굴레 속에서 시를 쓴다는 것이야말로 자유로운 상상의 가능성이나 그 현실적 가치를 무력하게 만든다는 뜻으로도 이해될 수 있다. 그러나 이러한 시 쓰기의 딜레마는 사실상 쓰는 사람보다는 읽는 사람에게 던져지는 문제일지 모른다. 시에 대한 시인의 말이 시를 대신하도록 함으로써 시 읽기의 직무유기를 범할 수 있기 때문이다.

　김영석 시인의 최근 시들은 동양적인 도道의 사상에서 우러나온 내면적 사유의 시학을 기반으로 해서 쓰여지고 있다. 이번에 '시와 시학상'을 수상하게 된 시집 『나는 거기에 없었다』 역시 책머리에 쓰여진 시인의 술회가 그만의 독자적인 시 세계를 찾아나가는 데 필요한 안내역을 충실히 하고 있음으로 해서, 시인의 내밀한 사유의 깊이를 헤아리는 데 주저할 이유를 달지 못하도록 하고 있다.

　시집 서문에 의하면 우선 시 쓰기란 말과 사물이 미묘하게 어긋난 그 틈으로 들어가는 일, 그 틈을 가능한 한 넓게 벌리는 일, 그 틈으로 무한대의 공간과 무량한 고요를 체험하는 일, 그 결과 자유를 획득하는 일로 요약된다. 이러한 관점은 대상과 존재에 대한 시인 고유의 동양적 사유 체계에 입각한 것으로, 상호 순환적이며 상호 생성적인 세계 이해, 즉 생명과 존재와 자유가 하나가 되는 시의 경지를 지향하고 있다는 것이다. 이런 의미에서 그의 시는 "공空과 존재와 언어의 일여적 순환과 생성 속에서 태어나고 존재한다"는 표현에 걸맞게 존재와 언어 사이, 그 벌어진 틈바구니 사이를 들여다보는 시인의 눈을 통해 끊임없이 '생성'되고 있다.

말하자면 김영석 시인의 시는 '길에서 쉬지 않는 나그네'의 뒷모습처럼 허허로우며, 또한 이 '허허로움'의 구현에 모든 사유의 과정이 정밀하게 집약되어 있다는 점에서 무척이나 견고하다. 그렇지만 그의 시의 의미는 결코 이러한 외장을 통해 드러나는 것은 아니다. 시인이 추구하는 세계가 단순한 '공空'의 발현태로서 만족하고 있지 않으며, 그러한 세계 이해의 과정에서 자유로운 존재의 구현을 꿈꾸는 시인의 목소리를 창조해내고 있기 때문이다. 그러기에 그의 시를 읽는 것은 허허로움과 견고함의 양가성 밑에 켜켜이 담겨 있는 언어의 은근한 흐름을 발견하는 일과도 같다.

2.

이런 의미에서 김영석 시인의 시집 전체는 어떻게 보면 삶을 묻는 한 사람이 쓴 논리 정연한 진술문처럼 읽힌다. 즉 1부에 실린 내성적인 어조의 시편들은 존재의 내면을 들여다본다는 시적 명제를 풀어나가기 위한 문제제기처럼 던져지며, 2부의 산문적 시편들은 그 이야기들만큼이나 삶의 현실적 과정과 세계에 대한 진득한 논의로 전개되고, 마침내 3부의 시편들에서 비로소 선언적인 어조를 빌어 존재의 밖을 내다보는 결론이 도출된다. 그리고 이 전 과정을 꿰뚫고 있는 힘은 생명성 혹은 생성력에 대한 인식이다.

우선 시집 전편에서 시인은 존재 탐구의 길에 나선 나그네로 형상화되어 있다. 이것은 "말을 배우러 세상에 왔다."(「말을 배우러 세상에 왔네」)는 진술에서부터 비롯된다. 그만큼 시인에게 존재란, 혹은 존재의 본질이란 언어적 앎의 대상인 것이다. 그런데 이 깨달음은 '저녁 못물만큼 무거워지는 슬픔'이나 '안개처럼 유리창에 피고 지는 삶의 쓰라림과 희망' 따위로 실현되면서도, 또 한편 "말 떨군 고요의 틈"에서 들어야 하는 것으로 제시된다. 그만큼 시인에게 언어는 말을 통한 있음의 구현과 말의 없음에 대한 자각 사이에서 논리의 '빈터'에 쌓이는 무형의 견고한 논리가 될 것이다.

그렇다면 시인은 어떻게 존재에 대한 자기인식을 드러내고 있는가. 시인은 우선 대상과 자아, 그리고 세계내 존재로서 자아의 대상과의 교섭관계로 이르는 삼각구도의 탐구과정을 분명한 의미로 정립해 놓고 있음을 볼 수 있다.

> (a) 단청이 다 날아간 내소사 대웅전
> 앙상히 결만 남은 목재를 보라.
> 바람의 뼈가 허공 속에
> 거대한 적멸의 집 짓고 서 있다.
>
> — 「바람의 뼈」 부분

> (b) 허공은 나를 알처럼 품고 있고
> 나 또한 내 속의 허공을 품고 있으니
> 나는 구멍이 숭숭 뚫린 알껍질 같은 것이다
>
> — 「알껍질」 부분

(c) 바람에 날리는 지푸라기와
    바람에 낡은 문이 덜컹거리는 소리는
    누가 보고 들었는가?
    시를 쓰는 내가?

    나는 거기에 없었다.

                                    - 「나는 거기에 없었다」 부분

　이들 세 편의 인용시는 각각 (a)가 대상에 대한 사유를, (b)가 존재의
본질에 대한 인식을, (c)가 대상과 존재의 상호교섭에 대한 시적 자아의
의미부여를 그 중심내용으로 하면서 하나의 관념 틀 안에서 서로 긴밀
하게 연결되어 의미화되어 있다. 그 시적 경지를 '공空의 세계'라 명명한
다면, 이는 '바람의 뼈'와 '적멸의 집'으로 형상된 무화와 소멸의 극한적
심상과 통할 것이며, 이때 시인의 말은 '허공 속에 안긴 나'와 '내 속에 담
긴 허공'이 하나일 뿐이라는 상념으로 구체화된다. 그러기에 시인의 존
재 탐구는 오히려 자신의 존재성을 부정함으로써 가능해진다.
　그렇다면 자신의 존재성을 부정한다는 것은 무슨 의미를 가지고 있는
가? 여기서 시인은 극한의 경지라는 또다른 상념을 떠올린다. 그것은
"내 마음에는/ 아무도 모르는 극지가 있다"(「극지極地」)라든지, "살아있
는 모든 것들은/ 벼랑 너머 별빛처럼 반짝입니다"(「벼랑」)와 같이 삶의
막다름으로 제시되기도 하고, "우리가 오랫동안 잃어버리고/ 까마득히
잊고 있었던/ 옛 절터나 집터를 찾아가 보라."(「그 빈터」)는 식의 상실감
으로 표현되기도 한다. 문제는 그 어느 쪽이든 바로 그 극한의 경지, 죽
음을 불사하는 그곳에서 시인은 광활한, 또는 풍성한 삶의 새 지평을 발
견한다는 데 있다. 왜 그런가? 그 해답은 물론 '세상을 거꾸로 보기'에 있
다. 극지일수록 푸른 하늘만이 더 넓게 보이고, 벼랑 너머에 비로소 맑고
투명한 세계가 존재한다는 것을 아는 일이야말로 대립의 통일이라는 일
여적인 세계상을 그려볼 수 있는 굳건한 토대가 되며, 이때의 세상은 마

음의 빈 터에서 어느 날 갑자기 무성히 자란 풀과 들꽃을 발견하면서 느끼는 그런 아름다움의 세계인 것이다. 자기 존재에 대한 시인의 자유로운 사유는 여기서부터 펼쳐진다.

시인의 존재 사유를 규정짓고 있는 작품이 「무엇이 자라나서」이다. "하늘에 맞닿은 저 키 큰 나무는/ 맨 처음 무엇이 자라나서/ 저리 키 큰 나무가 되었을까요."라는 순진무구한 존재에의 질문이 그의 화두이다. 여기서 탐구의 주체로서 시인은 발견을 위해 '한없이' 달려가는데, 그 과정은 '생각의 씨앗 → 고요의 씨앗 → 한 마리 새'의 관념으로 연결되며 발전한다. 즉 존재 사유의 본령으로서 존재 탐구의 궁극은 비어 있음의 체험 내지 인식이며, 그렇게 하는 것 자체가 자유로운 존재의 본질을 획득하는 일이 된다는 것이다. 여기서도 우리는 시인의 단순하면서도 명료한, 그리고 진지한 언어적 사유를 엿보게 된다.

그렇다면 다시금 나그네로서 사유하는 시인의 모습으로 돌아와 볼 필요가 있겠다. 그가 허무와 소멸을 딛고 그렇게 극한의 경지를 탐구해야만 하는 이유가 무엇인지, 그래서 도달하는 '공空'의 경지가 무엇을 의미하는지 알아야 하겠기 때문이다.

> 아주 먼 옛날
> 가슴이 너무나 무겁고 답답하여
> 더는 참을 수 없게 된 사내가
> 밤낮으로 길을 내달려
> 마침내 더는 나아갈 수 없는
> 길 끝에 이르렀습니다
> 그 길 끝에
> 사내는 무거운 짐을 모두 부렸습니다.
> 그 뒤로 사람들은 길 끝에 이르러
> 저마다 지니고 있던 짐을 부리기 시작하고
> 짐은 무겁게 쌓이고 쌓여
> 산이 되었습니다

이 세상 모든 길 끝에
높고 낮은 산들이 되었습니다

- 「산」 전문

그 옛날 삶의 짐을 내린 위의 사내는 자유로와졌는가? 그를 따라온 다른 모든 사람들도 자유로와졌는가? 그 짐이 세상의 '극지'에 움직일 수 없는 거대한 또 다른 짐을 만들어 놓고 말았는데, 이때의 세상 끝은 허허로운 바람만 불고 파란 하늘만이 가슴 벅차게 펼쳐지는 가벼운, 또는 고요하기 이를 데 없는 자유로운 비상飛上의 공간이 될 수 있겠는가? 생각이 여기까지 이르면 우리는 시인이 말하는 '공空'의 사유가 단지 삶의 초월적 의지만을 뜻하는 것이 결코 아님을 알 수 있다. 문제는 존재 현실의 경계지움이 불가능하다는 것, 그래서 삶의 고뇌는 잊어버림으로써 문제가 해결되는 것이 아니며, 그 극한에서 새롭게 바라볼 수 있을 때 비로소 그에 대해 자유로울 수 있다는 것일 따름이다.

3.

이처럼 김영석 시인의 존재 탐구는 스스로의 문제제기와 해답풀이의 끊임없는 순환의 고리로 묘파되어 있다. 이제 그 탐구의 현실적 대상과 삶의 구체적 인식, 즉 시인이 쓴 진술의 본론에 대해 살펴볼 차례다. 시집 2부에 실린 작품은 「매사니와 게사니」, 「바람과 그늘」, 「거울 속 모래나라」, 「길에 갇혀서」의 단 네 편뿐이다. 그럼에도 불구하고 이 작품들은 시집의 거의 대부분을 차지하고 있을 만큼 장편의 산문적 형태를 취하고 있다.

시집 2부의 작품들에서 볼 수 있는 공통된 형태란 이야기 서술자가 기술한 현실적 사건을 제시한 뒤, 그것을 보고 들은 입장에서 시적 화자가 일종의 사건에 대한 소감을 피력하는 기분으로 시를 쓰는 방식을 말한다. 이때 시적 화자의 존재는 서사문의 에필로그로 진술되는 "이러매 내가 보고 들은 대로 노래한다"는 문장을 통해 자연스럽게 부각된다. 이들 시편은 언뜻 보기에 일종의 '이야기시'와도 같이 읽히며, 더 자세히 보면 장르 개념을 떨쳐버리고 쓴 풍자적인 산문시처럼 여겨지기도 한다. 그러나 사실상 이것은 시인이 엄밀한 장르 의식을 가지고 새롭게 만들어낸 일종의 현대적 악부시樂府詩에 해당한다고 보는 것이 옳을 것이다.

악부시란 본디 한시漢詩의 전통에서 형성된 양식으로, 민간에 전래되는 이야기를 채록하고 그 소회를 읊조리는 시를 가리켰다. 우리의 시가 문학에서도 이러한 동양적 전통은 민요의 양식에 도입되어 『고려사』의 <악지樂志>에 수록된 고려속요와 관련된 내용들은 기존의 전래되던 가사歌詞와 함께 그 배경적 이야기를 적는 형태로 변형되었을지언정 우리 고유의 악부시 양식으로 정립되었던 것이다.

이런 의미에서 시인이 우리 고유의 시가 형식에 기반한 형태를 만들어 보인 데는 분명 그 형식적 외장이 머금고 있는 시적 의미에 대한 고려가 있었을 법하다. 그것은 어쩌면 "내가 보고 들은 대로 노래한다"라는 진술문이 한 편의 시 속에서 다시금 패러프레이즈될 때 형성되는 새로운 의미와 관련이 있을지도 모른다. 즉 '사실에 대한 엄정하고 객관적인 기술'이라는 뜻의 문장이 시적 화자의 목소리로 바뀌면서, 현실을 관찰하는 시인의 눈과 마음이 말하고자 하는 바 그 현실적 삶의 군상들에 대한 비판적 발언이라는 의미로 전이될 수 있다는 것이다.

실제로 시인이 다루고 있는 작품상의 이야기를 보면, 「매사니와 게사니」의 경우 임자없는 그림자(게사니)의 횡포로 세상은 그림자 없는 사람(매사니)의 절망으로 가득찬다는 우화적인 것이며, 「바람과 그늘」은 한 사람이 자신의 존재를 잃어버리고 다른 사람이 되어버리는 가상적 이야기다. 「거울 속 모래나라」는 이처럼 실제와 환상이 넘나드는 이야기 속 현실의 상황을 '거울을 바라보는 나'와 '거울 속의 나'의 대비를 통해 극단적으로 제시한다. 「길에 갇혀서」는 주인공이 신문을 보다가 지나간 과거의 기억을 되살린다는 이야기이다.

이들 네 편의 이야기가 말하는 바는 무엇인가? 그것이 시인의 존재탐구와 어떤 관련이 있는가? 시인은 이 이야기들을 그저 산만하게 벌여 놓지만은 않은 것 같다. 그는 우선 현대인의 존재 상실의 상황을 우의적으로 제시해 놓았으며, 그 고통과 절망의 원인은 기실 존재의 불확정성에 있음을 밝혔다. 그리고 삶의 과정에서 자기 존재를 찾는 일이란 거울을 들여다보는 것처럼 본질이 전도되거나 가리워진 것이므로 '거꾸로 보기'가 필요함을 역설했으며, 궁극적으로 존재의 빈 터에는 자기도 모르는 사이에 형성된 아름다운 가치가 존재함을 깨닫고 있는 것이다.

시인은 이러한 인식의 연쇄고리를 1인칭 관찰자적 시점에서부터 3인칭 시점을 거쳐 1인칭 주인공 시점으로 이르는 서술 시각의 변화를 통해 보여주고 있는 바, 이 역시 김영석 시인의 존재 탐구가 기반하고 있는 언어적 사유의 진폭이 단순한 시적 어휘의 차원을 넘어서는 것임을 말해주는 것이라 할 수 있다. 말하자면 이 인식적 연쇄고리란 곧 '내가 바라보는 세상은 그 어떤 타인들의 삶의 과정일 수 있지만, 결국 세상은 내 안에 존재한다.'는 인식 구도와도 통하기 때문이다. 그러기에 세상은 실제와 환상이 경계지을 수 없도록 된 한 편의 드라마인 것이다.

그러나 진정한 시인의 말은 이들 이야기에 있는 것이 아니라, 그것을 보고 들은 대로 노래한 '후기시後記詩'들에 담겨 있다. 여기서 비로소 시인은 삶의 과정과 내용에 대한 자신의 구체적인 상념들을 펼쳐 내고 있는 것이다.

> 아침이 되면
> 감싸고 감싸이는 꽃잎의 중심
> 그 돌 속에서
> 온갖 물생物生들은 다시 태어나지만
> 그러나 보라

돌 밭 에움길의 어지러운 발자국 속에
휴지처럼 구겨진 깃털과 함께
사람들은 늘 시체로 남는다

―「매사니와 게사니」부분

움직이지도 변하지도 않는 잔인한 공간이여
잠시도 쉬지 않고 변하는 나를 보라
샘물의 깊이에서 옷 벗는 나를 보라
창고에 쌓인 보석들이 네 영혼의 밥이 되지 않으니
고향의 샘으로 서둘러 돌아가야 하리
한 줄기 맑은 바람으로 떠나야 하리
그러나 고향은 되돌아 가는 곳이 아니라
날마다 꿈꾸는 미지의 땅이리니
과거는 언제나 미래의 따뜻한 품 속에
알을 품고 있으므로

―「바람과 그늘」부분

유리구슬 눈알을 반짝이며 까마귀들이
색지를 오린 해와 달을 번갈아 걸어 놓는 곳
죽어도 넋이 남지 않으니
죽어도 죽음이 없는 이 곳은 어디인가
마른 강바닥에 나무뿌리처럼 제 몸을 내리고
두 개의 옛 거울은 잃어버린 채
남은 한 개의 거울만을 오른손에 들고서
늙은 무녀가 댓잎 서걱이는 소리로
헛되이 헛되이 넋을 부르는
천지사방 모래바람 날리는 이 곳은 어디인가

―「거울 속 모래나라」부분

눈썹 끝 타오르는 노을 속에서
수많은 새떼들이 부화하여 날개를 치는

서해 바다 뻘밭으로 우리는 가자
여기저기 막혀서 끝내 더는 갈 수 없을 때
세상의 모든 길 다 죽어버린 곳
세상에서 어찌할 수 없는 것들만 모여 사는 곳
온갖 징역살이의 시커먼 머리채가
바람결로 풀려서 일렁이는 곳
서해 바다 뻘밭으로 우리는 가자

― 「길에 갇혀서」 부분

　여기서 우리는 다시금 현실과 인간, 그리고 존재의 본질에 대한 깨달음 혹은 열망이라는 주제로 돌아오게 된다. 시인에게 현실은 헛된 넋들이 떠돌고(「거울 속 모래나라」), 누더기를 펄럭이며 밤새 날갯짓하는 꿈을 꾸는(「매사니와 게사니」) 허망한 곳이며, 모래바람만이 황량하게 부는 무화된 공간이다. 이러한 현실 속에서 존재의 표상으로서 '꽃'의 생명성은 '하나이면서 여럿인 모순의 얼굴'이자, '한 방울 투명한 물의 육체', 혹은 '허공을 태우며 살을 빚는 영원한 불꽃'(「거울 속 모래나라」)처럼 현실의 규정성을 배반하고 미끄러져 가고 있다.
　그럼에도 불구하고 시인은 그러한 존재 현실을 새로운 자아의 규정을 위한 토대로 삼는다. 따라서 그가 말하는 '고향'이란 회상을 통한 이상적 자아 구성의 자의적이고 관념적인 공간이 아니라, 이러한 현실을 새롭게 바라볼 수 있는 마음의 본류를 뜻하며, 그것이야말로 '천지사방 모래바람 날리는 이곳'의 끝에서 찾을 수 있는 맑고 투명한 세계라는 것이다. 그런 의미에서 「길에 갇혀서」에서 제시된 이야기 주인공의 '기억'과 그에 따라 '마음의 고향'에의 인식은 '미지의 땅에 대한 꿈'인 동시에, 세상의 끝인 '서해바다 뻘밭'에 해당하는 것이다. 이곳에 이르러 시인은 강렬한 서해의 낙조의 이미지를 배경으로 '갇힌 길'에서 벗어나고자 하는 욕망을 한껏 부풀린다. 길을 내는 것이 길에 갇히는 것이며, 죽는 것이 사는 것이라는 역설이 이제는 더 이상 역설로 머물지 않고, 새로운 생명 창조의 자유로운 존재 공간으로 부상하는 경지야말로 시인이 말하고자 탐구한 '세상의 끝'이다.

4.

이제 김영석 시인의 시집에 피력된 '존재론'의 결론을 내려야 할 때다. 시집 3부에 묶인 시편들은 외양상 세상을 향한 단언의 어조를 드러낸 작품도 있지만 「그리움」, 「풀과 별」 등 서정소곡 풍의 작품도 함께 보인다. 이것은 그만큼 시인의 존재 탐구가 단지 메마른 논리의 성이 아니라, 생명과 사랑이 흘러넘치는 삶의 풍성한 교향곡임을 말해주는 것이기도 하다.

시인은 이를 통해 아주 살며시, 그러나 단호하게 생명의 의미와 자유의 의미에 대해 정리한다. 그것은 「말씀」에서 삶의 무상감을 떨치고 자신의 존재를 다시 돌아보게끔 하는 위안과 빛의 '말씀'으로 제시된다. 즉 짓밟힌 봄풀이나 바람에 찢긴 들꽃의 생명성을 '차마 볼 수 없는 아름다움'으로 미화하고, 덧없는 인생을 '노을과도 같은 꽃'으로 가치화하면서 시인은 자연적인 존재로서 인간의 본원적 삶에 대한 희구의 목소리를 외화시키고 있는 것이다.

그렇다면 시인이 말하는 삶이란 무엇인가? 그러나 이에 대한 속 시원한 대답을 듣고자 하는 것은 어쩌면 어리석은 일인지도 모른다. 시인은 단지 마음의 빈 터를 들여다보고, 그 빈 터의 비어있지 않음을 찾고, 그것을 위한 끝없는 나그네길에서 쉬지 않을 따름이기 때문이다.

> 고요가 쌓이고 쌓이면
> 산이 되느니
> 초승달 같은
> 흰 뼈 하나 속에 품고
> 풀잎이 무거워서

지긋이 내리감은 눈이여.

- 「산」 전문

　시인은 존재 탐구의 결론에서 왜 '어느 사내의 짐부리기'를 다시 말하고 있을까? 시인에게 명료한 언어적 사유가 그 바탕임을 앞서 밝혔듯이, 이 대목에서 '산'의 본질은 이제 '고요'로 단정지워지고 있다. 그리고 그것은 '가슴 속에 품은 흰 뼈 하나'와도 같이 삶의 신산과 고뇌 속에 스러져가는 힘겨운 짐이기도 하다. 그것이 존재의 본질이거니와, 이제 그 힘겨움은 모든 것이 없어지고 끝간 데에서 비로소 다시금 그 자체로 자유로운 존재에의 인식을 기약한다. 이 모든 것은 길의 끝에 간직되어 있을 뿐 그 이상도 그 이하도 아니다.

　이렇듯 김영석 시인의 시편들에 일관해 있는 존재에의 이해는 순수한 철학적 사유의 토대 위에 선 것이면서도, 우리의 곁에서 인생론의 편린들을 담고 있는 현실적인 사유에 의거한 것이다. 보다 정확히 말하면 비본질적 사유에 침윤되어 있는 우리에게 시인이 던지는 각성의 언어라 하는 것이 옳을 것이다. 왜 사냐고 물을 때 웃을 수 있는 경지가 저 대륙의 땅에 있었지만, 김영석 시인에게 삶을 묻는 것은 다음 시에서처럼 '길에서도 쉬지 않고', 또한 '길을 묻지 않는' 나그네의 뒷모습을 보는 것으로 충분한 것일는지 모른다. 참된 존재는 존재하는 곳에 없기 때문이다.

길은 없다
그래서
꽃은 길 위에서 피지 않고
참된 나그네는
저물녘 길을 묻지 않는다

- 「길」 전문

(시와시학, 1999, 겨울호)

이야기에 들린 시인의 노래

−시집 『거울 속 모래나라』

오 홍 진

　애매모호한 문제를 생각하는 것으로 글을 시작하자. 거울 속으로 순식간에 빨려 들어간 사람이 있다. 「언어와 인식의 형상으로서의 세계」라는 묵직하지만 정말 어려운, 그래서 재미없는 논문에 매달린 것으로 보아, 그는 소위 말하는 인문학자(지식인)일 것이다. 갑작스레 벌어진 일이기에 그는 당혹스러움과 호기심이 뒤섞인 얼굴을 한 채, 거울 밖으로 나갈 방법만 곰곰이 생각한다. 자, 이것이 문제이다. 당신이 이런 상황에 처해 있다면, 어떻게 거울 밖으로 나갈 것인가?

　김영석의 『거울 속 모래나라』(황금알, 2011)의 표제작인 「거울 속 모래나라」는 독자에게 대뜸 거울 속에서 빠져나갈 방법을 생각해보라고 제안한다. 물론 환상이다. 거울 속으로 들어가는 건 인간의 상상력일 뿐 실제 그렇게 하는 것은 불가능한 것이다. 하지만 상상이라고 해서 그 질문을 의미 없는 질문이라고 내던져버릴 수는 없다. 상상은 현실이 아니지만, 그 현실을 낳게 한, 그래서 그 현실의 밑바탕에 스며들어 있는 잠재적 공간이기 때문이다. 김영석의 이 질문 속에는 상상(환상)과 현실을 가로지르는 경계에 대한 인문학적 사유가 숨어 있다. 상상은 현실 속에서는 볼 수 없는 세계를 꿈꾼다는 점에서 비현실적이지만, 항상 현실 속에서 새로운 현실을 만들어낸다는 점에서 현실적이다.

얼핏 모순된 듯싶은 이 논리를 김영석은 산문(이야기)과 운문(시)의 낯선 결합을 통해 보여준다. 이를테면, 「거울 속 모래나라」는 거울 속에 빠진 사내가 거울 밖으로 다시 나오는 환상적 이야기가 앞에 나오고, 그 이야기에 들린 시인의 노래가 뒤를 따르는 구성방식을 취한다. 이 시만 그런 게 아니라 이 시집에 실린 12편의 이야기/시가 공통적으로 이렇게 짜여 있다. 이야기/시를 읽는 독자는 거울에 빠진 사내가 거울 밖으로 나오는 과정을 흥미롭게 읽다가, 시인의 시를 접하고는 이야기(산문)와는 다른 감흥을 느낀다.

흥미와 감흥이라는 말로 이야기와 시를 구분했지만, 실제 그 두 가지 특성은 이야기와 시가 교묘하게 이어지는 지점에서 생성되는 하나의 감정이라고 해도 무방하다. 모두冒頭에서 제기한 질문으로 돌아가 이 문제를 좀 더 생각해 보자. 거울 속으로 들어간 사내는 어떻게 거울 밖으로 나올 수 있는가? 시인은 거울을 보지 않음으로써 거울 속 세계에서 벗어날 수 있다는 역설의 논리를 제시한다. 시인의 말을 직접 들어보자.

> 이제 <나>는 거울 속에 잇는 <그 사람>으로부터 파생되었음이 분명하다. 거울이 없으면 나는 <나>를 알 수가 없고 거울 속의 <그 사람>이 없으면 <나>는 결코 태어날 수가 없다. 그러므로 거울과 <그 사람은 언제니 <나>보다 선행하여 실체적이다. <그 사람>은 <나>보다 몸뚱이가 크고 나이가 많다. ……그렇다면 …… 거울이 나를 바라보고 <나>를 구성한다면 거울을 보고 있는 동안 나는 계속 구성될 것이므로 나는 순일하게 나를 통일시킬 수 없고 내가 통일되지 않으면 실제적으로 아무 일도 할 수가 없고…… 그러니까 거울을 바라보는 동안은 아무 일도 일어나지 않으니까…… 내가 진실로 무슨 일을 하려면 거울에 등을 돌려야……
>
> ―「거울 속 모래나라」

언어를 사유하는 인문학자인 사내가 <나>와 거울의 관계를 집요하게 천착하는 것도 무리는 아니다. 인간(주체)을 언어구조의 결과로 파악한 (후)구조주의적 사유에 바탕하여 시인은 거울을 통해 새롭게 '구성되는 나(주체)'의 문제를 이야기의 전면에 내세운다. 거울에 의해 '구성되는 나'라면 거울을 보는 한 '구성되는 나'는 끊임없이 재구성되는 한계에 직면할 수밖에 없다. 그렇다면, '구성되는 나'를 벗어나야 거울 속 세계를 빠져 나올 수 있다는 인식이 자연스럽게 따른다. 그런데 어떻게? 거울을 정면으로 보면 안 되지만 거울 앞을 벗어날 수 없다는 전제 아래 시인은 거울에 등을 돌리는 모험을 선택한다. 과연 시인의 예상대로 사내는 거울 밖의 세상(원래 있던 공간)으로 빠져나온다.

이야기는 물로 여기서 끝나지 않는다. 거울 밖의 세상으로 나온 사내가 거울 속의 세계에 존재하는 '헛것들'처럼 제대로 된 말을 사용하지 못하기 때문이다. 모음이 제거된 자음만의 언어가 거울 속의 언어였다면, 거울 밖으로 나온 사내의 언어는 거울 밖과 거울 안을 구분할 수 없는 데서 오는 실어증의 언어라고 말할 수 있다. 시인은 거울 밖의 세계를 구성하는 "거대한 허공의 거울"을 제시함으로써 거울 밖에는 또 다른 거울이 있음을. 그리하여 마치 매트릭스처럼 펼쳐지는 타자의 세계를 이야기한다. 그러니까 우리가 글을 시작하면서 던진 질문에 대한 답변은 정확히, 사내는 거울 속 공간을 빠져나올 수 없다는 것으로 정리된다. 그러면 이 지점에서 이야기/시는 끝나야 하는가? 아니다. 시인은 이야기가 끝나는 지점에서 새로운 노래를 시작한다. "이러매 내가 노래한다."는 선언은 돌려 말하면 이야기의 끝에서 생성되는 시의 탄생을 선언하는 것과 다르지 않은 셈이다.

> 소리를 지르면 소리가 모래되어 쌓이는 곳
> 고요한 모래나라 이 곳은 어디인가
> 아랫녘 왕대나무 왼갖 곧은 낭구낭구가

웃녘 머구나무 왼갖 굽은 낭구낭구가
햇빛 달빛 곱게 걸러 피를 가른 아이
왼갖 길짐승과 날짐승에 젖을 주고 고이 품어
마침내 알을 깨고 나온 아이, 바리데기여
이 땅은 두 개의 거울과 함께
그대를 버리고 오래오래 버림받았도다
바리데기여, 영원한 죽음의 여성이여
칼산지옥 불산지옥 넘어서 어디만큼 오고 있는가
무장승의 일곱 아기를 데불고
무명화無名花 꽃술에 가둔 한 방울의 이슬을 데불고
유황천 건너 약천弱川을 건너 어서어서 돌아오라
한 방울 이슬로 불꽃을 당겨물고
세 개의 거울이 서서로 되비치게 하여라

                                      ─「거울 속 모래나라」

  거대한 허공의 거울이 소리 없이 우리를 바라보는 곳, 소리를 지르면
그 소리가 모래가 되어 쌓이는 곳에서 시인은 바리데기를 부르고 있다.
바리데기가 누구인가? 무조巫祖로 한국인들의 무의식 속에 새겨져 있는
신성神性이 바로 바리데기이다. 그녀는 허공과 천지만물이라는 두 개의
거울은 사라지고 오로지 말씀(언어)이라는 하나의 거울만 남은 이 세상
의 외부로 쫓겨난 존재이다. 태어나자마자 부모(아버지)에게 버림받은
신화적 인물은 말씀의 뼈다귀를 신봉하는 이성의 주체들에게 또 다시
버림을 받았다. 거울 속의 세계로 들어갔다가 '이성의 힘'을 통해 거울
속에서 빠져나왔지만 궁극적으로는 세상의 거울에 갇힌 사내처럼, 이성
의 주체들은 이성의 성채를 쌓고 스스로 그 성채 속에 갇혀 버린다.

  바리데기는 바로 이성의 주체들이 갈라놓은 "세 개의 거울이 서서로
되비치게" 하기 위해 이 세상으로 오는 존재이다. 언뜻 기독교의 메시아
를 연상할 수 있지만, 그녀는 그러한 메시아가 아니라 온갖 골고 굽은 나
무와 길짐승, 날짐승의 젖을 먹고 자라난 자연 속의 존재를 가리킨다. 그

뿐인가? 햇빛 달빛이 곱게 걸러낸 피를 품고 태어나 칼산지옥 불산지옥을 넘어 바리데기는 끝내 이곳으로 온다. 거울들 사이에 금사다리를 놓고, 그 위에서 "저 늙은 무녀로 하여금 / 은하몽두리를 휘날리며 춤추게 하라"는 거센 외침은 그러므로 '시적'이라고 말할 수 있다. 산문(이야기)으로 담아내기에는 너무나 격렬한 메시지를 시인은 운문의 리듬을 타며 전달한다. 이야기꾼(산문을 쓰는 사람)이 무당의 춤을 끊임없이 말로 풀어낸다면, 노래하는 이(시인)는 무당의 춤을 그대로 재현한다. 바리데기에 들려 춤을 추는 늙은 무녀는 이야기에 들려 노래를 부르는 시인과 다르지 않다. '거울 속 모래나라'를 세 개의 거울이 서로 되비추는 눈부신 세계로 되돌리기 위해서는 시인 스스로 무당이 되는 처절한 '무아無我'의 과정을 동반해야 하는 것이다.

> 소금기 눈부신 햇살을 거두고
> 날이 저문다
> 잿빛 낮은 목소리로
> 하늘에는 구구구 모이도 흩뿌리며
> 밤이 맨가슴 품을 열자
> 비로소 참나무는 참나무 속으로
> 옻나무는 옻나무 속으로 어두워져
> 문득 잊은 새를 깨운다
> 멀고 먼 돌 속에서
> 속눈썹 사이로 날아오는 흰 새
>
> (......)
>
> 아침이 되면
> 감싸고 감싸이는 꽃잎의 중심
> 그 돌 속에서
> 온갖 물생物生들은 다시 태어나지만
> 그러나 보라

돌 밖 에움길의 어지러운 발자국 속에
휴지처럼 구겨진 깃털과 함께
사람들은 늘 시체로 남는다

― 「매사니와 게사니」 1연과 3연

그림자가 사라진 사람들의 이야기가 위 시에 앞에 제시되어 있다. 그림자가 사라진 것 자체로도 문제지만, 그림자가 자기를 만든 존재를 공격한다는 데 더 심각한 문제가 있다. "어린이만 빼놓고는 남녀와 직업과 연령을 가리지 않고 그 말도 안 되는 재앙의 희생자가 되었다." 제목에 나타난 매사니는 그림자가 없는 사람이며, 게사니는 임자 없는 그림자를 말한다. 어린이에게는 이런 현상이 일어나지 않는다는 전언이 말해주듯, 그림자는 이성을 신봉하는 주체들이 억압한 '무의식의 세계'라고 말할 수 있다. 앞서 살펴본 거울 속 모래나라를 참조한다면, 두 개의 거울(허공―천지만물)이 사라지고 한 개의 거울(말씀)만 남은 세계의 존재를 그것은 나타낸다고도 볼 수 있다. 어쨌든 매사니와 게사니는 결코 구분(분석)될 수 없는 존재를 어떻게 분석(구분)하려는 분석적 이성(주체)의 비극적 알레고리로 읽을 수 있는 셈이다.

위에 인용한 시에 드러나는 대로, 매사니와 게사니는 원래부터 하나로 존재했다. 요컨대, 날이 저물어 밤이 맨가슴 품을 열면, 참나무와 옻나무는 그 품속으로 들어가 자연히 어두워진다. 허공과 천지만물과 말씀이 하나가 되는 세상은 인격화된 신(인간)의 말씀으로 세상(자연)을 나누지 않으려는 마음을 전제한다. 시각이 지배하는 낮의 세계가 청각이 지배하는 밤의 세계("문득 잊은 새를 깨운다")로 전환되는 것도 자연스럽다. "멀고 먼 돌 속에서 / 속눈썹으로 날아오는 흰 새"의 이미지는 이러한 '자연自然'의 이미지를 그대로 반영하다고 하겠다. 그리하여 3연에 표현되는 바, 자연의 흐름을 뒤따르는 온갖 물생들은 아침이 되면 생명의 중심인 '돌' 속에서 다시 태어난다. 하지만 말씀에 치우친, 그래서 세 개의 거울이 만들어낸 조화의 세계를 깨뜨린 인간은 아침이 되면 시체로 변할 수밖에 없다. 환생과 시체(죽음)의 거리가 물생과 인간의 차이를 낳고, 그 차이는 생명의 원초적 흐름을 거부한 인간(성)자체의 생명성 박탈로 이어진다. 매사니와 게사니의 분리는 그러므로 천재天災가 아니라 인재人災라고 말할 수 있다. 인간의 인식이 빚어낸 비극의 중심에는 바로 인간 자신이 있다는 역설을 「매사니와 게사니」는 시적으로 표현하고 있는 것이다.

이런 맥락에서, 시집의 마지막 편으로 실린 「길을 찾아서」란 이야기 / 시를 새삼 주목할 필요가 있다. "사람들의 투쟁은 이미 생명의 실현이라는 목적에서 거의 이탈되었다"는 말에 드러나듯, 시인은 추상적인 이념에 경도되어 정작 '생명의 실현'과는 무관한 방향으로 흘러버린 사람들의 문명(문화/언어)에 대해 이야기한다. 추상적으로 이어지던 이야기는 1961년 5월의 경험이 제시되면서 구체성을 띤다. 당시 전주고 2학년 학생이었던 나(편의상 시인이라고 하자)는 "신문에 보도될 정도로 떠들썩했던 학생들 사이의 한 폭력사건의 주범으로 지명 수배되어 달포 남짓이나 서울 등지로 피신해 다니다가 종내는 체포 수감되었고, 며칠 뒤 전주형무소로 이감될 날을 기다리고 있었다."

다소 위악적인 한 청년의 이야기는 5·16 쿠데타 이후 청년의 스승들이 감옥으로 잡혀 들어오면서 역사적인 차원으로 변주되기 시작한다. 그들은 군인들의 총(폭력)이 시퍼렇게 살아 있던 시대에 교원노동조합을 주도적으로 결성한 인물들이었다. 쿠데타 세력이 그 단체를 용공단체로 지목함으로써 그들은 일시에 검거되어 감방에 들어온 것이었다. 시인은 그들 중에서 특히 일반사회를 가르치던 정일곤 선생의 "익살스럽고 괴벽스러운 언행"에 주목한다. 버릇처럼 상스러운 말을 내뱉고 학생에게 담배를 빌리는 등 그는 파격적인 행동을 일삼았지만, 학생들의 존경과 신뢰를 하나 몸에 받은 사람이었다. 감옥에서도 온갖 해괴한 음담패설로 사람들을 웃기던 그가 어느 일요일, 역사에 길이 남을 기행을 보여준다. 전주 성결교회의 목사가 예닐곱 명의 성가대 아가씨들을 데리고 예배행사를 벌였다. 목사의 지루한 설교가 끝나고 사람들이 그토록 목을 빼고 쳐다보던 성가대 아가씨들이 고운 목소리로 찬송가를 부르는데……

> 그때였다.
> 어디선가 감방을 온통 들었다가 내팽개치는듯하는 소리가, 마치 무슨 상처받은 짐승이 마지막 숨을 거두면서 포효하듯 울부짖는 소리가 갑자기 터져나왔다.
> 「으으윽, 좆꼴립니다……」
> 그 소리는 그야말로 날벼락 치는 소리였다.

'좆꼴린다'는 말은 여러 가지 의미로 해석될 수 있을 것이다. 감옥에 들어온 목사의 애기야 뻔한 것이니, 그리고 권력자들이 감옥에 목사를 집어넣는 것이야 뻔한 것이니, 신성모독 자체가 곧 권력에 대한 저항이라는 맥으로 일단 읽을 수 있다. 물론 그 자체 원초적인 욕망을 표현하는 것으로 해석해도 무방하다. 감옥에 갇혀 있으니 몸이 얼마나 답답하겠는가? 남자에게 여성에 대한 욕망은 자연스러운 것이니 오랜만에 아가씨들을 본 정일곤 선생이 '좆꼴리는' 것은 당연할 것이다. 죽지 않고 살아있으니까 좆이 꼴릴 수 있는 셈이다. 시인은 이 살아있음의 맥락을 통해 '좆꼴림'의 정치성을 표현한다. 이를테면,

> 아무리 너희들이 수많은 감옥들을 세우고
> 그림자도 없는 무쇠같은 벽들을 높이 세워도
> 저 봄풀의 무성한 성욕으로
> 그 연약한 실뿌리 하나로 벽돌은 금이 가는 것
>
> —「길에 갇혀서」

이라고 표현하고 있는데, 갇히면 갇힐수록 더 무섭게 살아 오르는 것이 "저 봄풀의 무성한 성욕"임을 시인은 분명하게 주장하고 있는 것이다. 좆이 꼴리면 몸에는 더운 피가 돌고, 그 더운 피를 받은 연약한 실뿌리는 권력의 벽들을 한없이 뒤흔드는 힘으로 내뻗는다. 현실에서 환상으로, 환상에서 다시 현실로 돌아오는 김영석 시의 여정은 그러므로 차갑게 메말라버린 이성의 땅에 좆이 꼴리도록 더운 피를 공급하려는 시인의 욕망으로 들끓고 있다. 거울 속의 세계에서 나왔지만, "거대한 허공의 거울"에 절망할 수밖에 없는 사내의 심정을 시인은 "저 봄풀의 무성한 성욕"으로 뒤바꾸려는 디오니소스적 발상을 내보이고 있는 셈이다. 좆이 꼴리는 사내는 어떻게 해야 할까? 들린 목소리로 "으으윽, 좆꼴립니다"를 서슴없이 외치는 정일곤 선생처럼 그렇게 울부짖어야 하지 않을까? 자신들이 만든 길에 갇혀 그 외부를 인정하지 않는 권력자의 가슴에 비수를 꽂는 소리를, 좆이 꼴리니 길을 내달라는 소리를 우리는 열심히 외쳐야 하지 않을까?

(시와환상, 2011, 여름호)

깨달음의 높이와 심연

─문자의 안과 밖

김 석 준

부처님은 보리수 아래서 크게 깨닫고 난 뒤
몇 달 동안 침묵 속에 그대로 앉아 있었다
자신이 똑똑히 보고 깨달은 이 세계의 참모습이
너무나 미묘하고 그윽하여
도무지 말로는 전하기 어렵거니와
아무리 말한다 해도 사람들이 알 수가 없어
자신만 지칠 뿐이라고 생각했기 때문이다
그런데 범천왕이 하도 조르는 바람에
드디어 침묵을 깨고 설법한 지 사십구 년
갠지스강의 모래알보다 몇 배나 많은
팔만대장경의 말씀들을 하고 말았다
그리고 맨 마지막으로
말귀가 좀 트인 몇 제자들에게
자신은 사십구 년 동안 쉬지 않고 설법을 했지만
사실은 한 마디도 하지 않았노라고
한 말씀을 더 보태고
고요히 홀로 입적하였다
부처님이 지쳐버린 팔만대장경
그 경전 밖에서

봄 여름 가을 겨울
꽃은 피고 지고
새는 날고
송이송이 눈이 내린다

—「경전 밖 눈은 내리고」 전문

　세계는 늘 의미를 분출하고 있다. 이러저러한 사건들의 더미, 분주한 인간들의 움직임, 그리고 그것을 해석하고 분석하는 사람들로 채워진 세계. 이러한 것들이 한 데 어우러져 하나의 우주가 운행이 된다. 그러나 인간의 작은 지혜로는 우주의 신비로운 본질에 다가갈 수 없다. 만약 우주를 일목요연하게 정의 내릴 수 있다면, 인간은 행복할 수 있는데 인간의 말은 항상 늘어지고 중언부언하거나 동어반복만을 되풀이한다. 인간의 말(언어)이 진리에 다가갈수록 진리는 인간이 말한 만큼의 거리를 두고 더 멀리 달아난다.

　모든 문자는 진리의 참모습을 미궁에 빠뜨린다. 왜냐하면 문자는 이중의 임무를 수행하기 때문이다. 문자는 진리해석의 도구인 동시에 문자 자체의 해석을 요구한다. 그러므로 문자가 진리의 세계를 표현하기 위해서는 이중의 과정을 경유해야만 한다. 이 이중의 과정 속에서 문자는 행복과 불행을 동시에 체험하게 된다. 해석을 요구하는 문자의 당당한 권리는 문자를 하나의 도그마로 경전으로 진리 자체로 격상시킨다. 그래서 문자는 신이 되거나 신의 화신처럼 받들어진다. 그러나 문자가 해석되자마자 문자의 신적인 특권적 지위를 포기하고 비극적 운명을 승인하지 않을 수 없다.

　문자는 신 앞에 진리 앞에 자신의 초라한 초상을 확인하게 된다. 문자가 해석되어진 순간 문자는 진리의 불완전한 대리자이거나 거짓문자로 전락하고 만다. 그래서 문자는 자신의 특권을 잃지 않기 위하여 아이러니와 패러독스 더 나아가 수많은 상징들로 무장하여 인간의 논리적 사유를 비껴간다.

세계는 온통 말들의 천지이고, 인간들은 말들의 유희에 **빠져** 가짜 진리를 진짜 진리로 알고 살고 있다. 세계는 말들의 유희에 기롱당하고 있다. 말들의 유희를 탐닉하는 인간은 말의 노예로 전락하거나 문자를 물신으로 숭배하게 된다. 그것이 바로 문자가 지향하는 카리스마적 권위이자 문자의 불행한 의식 운명이다.

이제 세계를 지배하는 것은 진리가 아니라, 문자의 교묘한 마력이다. 문자가 진리, 깨달음, 신의 권좌에 오른다. 문자가 만들어진 이후 오천년 동안 문자(말)의 교묘한 술책에 가려져 진리는 한 번도 현존한 적이 없다. 문자 안에서 진리는 죽고, 신과 깨달음은 유폐되어 있다. 문자는 우주의 종말 순간까지 자신의 권위를 유지하기 위하여 문자를 우상으로 숭배하게 만들고 찬란한 진리를 보게 되면 눈이 먼다고 협박을 한다.

문자의 내면을 지배하는 기만적인 전략은 담론의 욕망으로 무장한 인간의 세계에 차용된다. 문자는 담론이고 권력이고 자본이다. 더 나아가 문자는 명예와 권위로 외화된다. 인간의 욕망은 문자의 욕망하는 의식과 공모하여 겉으로는 문자의 현학성으로 치장한 후 자신의 부와 명예와 권력을 하나하나 획득해간다. 엄밀히 말해서 문자의 욕망은 세계 해석에 관한 욕망이요, 끊임없이 세계-내-존재물들을 문자로 명료하게 지시하는 것이다. 그러므로 문자의 욕망은 가장 순수한 욕망인데, 문자 위에 겹쳐지는 불온한 인간의 욕망 때문에 문자는 순수한 자신의 기능을 발휘하지 못한다. 인간의 욕망이 문자를 전유하면서 문자의 고결한 의식은 훼손당하고 난도질당한다.

시인 김영석의 시 「경전 밖 눈은 내리고」는 문자가 지닌 기만적인 술책을 문자로 폭로하고 있다. 그러나 폭로의 시적 태도는 격렬하거나 천박하지 않다. 아주 순결한 의식으로, 불립문자의 정신성으로, 문자의 허와 실을 아름답게 비판하고 있다.

진정 문자의 내부에 진리를 담을 수 없는가. 진리란, 깨달음이란 문자(말) 안의 세계에서는 불가능한 것인가. 시인은 그렇다고 인식하고 있다. 시인은 분명 진리를 대변하거나 깨달을 수 없는 문자의 허위성을 비판하고 즉자적으로 존재하는 자연의 아름다움을 노래하고 있다.

이러한 김영석의 진리에 관한, 깨달음에 관한, 더 나아가 문자에 관한 의식은 하나의 아이러니이다. 시인이란 문자라는 재료 위에 음악적인 결과 정신성을 입혀 세계를 아름답게 노래하는 것이다. 그렇다면 문자성을 부정하는 시인 김영석이라는 존재는 시인이 아니라 불립문자의 깨달음을 지향하는 선승이 되어야 마땅하다.

그러나 삶이란 아이러니가 아닌가. 위의 시에서 주목해야할 점은 문자의 허구성을 문자로 비판한다는 사실이 아니라 물신화된 문자와 그것을 맹신하는 인간의 의식, 더 나아가 진리를 올바로 지시 전달하지 못하는 문자의 역할이다. 시인이 지향하는 정신성은 문자의 세계가 아니다. 김영석의 시적 언어는 문자에 관한 정신의 언어이다. 시인은 번다한 경전의 언어를 통해서 인간이 깨달음에 이르지 못한다고 인식하고 있다. 그래서 시인은 경전의 언어를 '지친 언어'이자 깨달음의 주체인 부처님도 지치게 만드는 문자라고 인식하고 있다. 물리학의 학문적 목표는 간명한 도식으로 우주의 신비로운 본질을 의식하는 것이다. 시인의 의식은 물리학의 그것처럼 고차원의 직관적 의식세계를 시적으로 형상화하고 있다. 세계에 존재하면서 세계 밖에 있는 듯한 탈속의 경지가 시인이 지향하는 가치이다.

문자 안의 진리의 번잡함을 피해 문자의 밖, 눈 내리는 세계의 소박한 아름다움 속에 진리와 깨달음이 내재되어있음을 알아채고 있다. 그러므로 진리의 자리는 형이상학적이거나 멀리 있는 것이 아니다. '바로 지금 여기'를 긍정할 때 진리는 눈앞에 현시된다. 자연의 천변만화를 온몸으로 느끼면서 자연의 신비로운 운행에 시인이 참여하고 있다고 느낄 수 있을 때, 진리와 깨달음의 세계에 도달할 수 있다고 시인 김영석은 인식하고 있다.

(문학마당, 2005, 겨울호)

선적 상상력과 정신의 높이

김 홍 진

1. 머리말

시는 경험의 산물이다. 그러나 경험은 빈약한 것이다. 우리가 현실에서 구체적으로 경험할 수 있는 영역은 극히 제한적이다. 누구나 모든 것을 다 경험할 수 있는 능력은 없으며, 그리고 그것의 현실적 실현 가능성에 있어서는 항상 현실원칙의 감시를 받고 있기 때문에 그것의 실현 가능성은 제한적일 수밖에 없다. 시인은 다만 협소한 과거 경험을 창조적 상상력을 통해 변형함으로써 제한된 경험의 협소함으로부터 벗어날 수 있다. 말하자면 창조성의 회복과 상상력의 극대화를 통해 시인은 현실원칙의 규제와 경험의 협소함을 돌파한다. 시인은 과거의 경험을 바탕으로 창조적 상상력을 통해 미지 혹은 미래로 비상한다. 시인은 알 수 없는 미지의 불확실한 미래와 직면하여 창조성을 극대화하고 상상력의 빛으로 미지의 어둠을 탐사한다. 시인은 제한된 경험을 바탕으로 창조적 상상력을 통해 현실을 넘어설 수 있는 초월을 꿈꾼다.

현실을 초월하고자 하는 시적 상상력은 인간의 이성과 물질문명의 굴레로부터 인간을 해방시키고자 하는 노력과 연관되어 있다. 초월적 상상력을 추구하는 시인들은 위대한 정신의 자유를 지향한다. 이들은 메마른 지성과 억압적 현실원칙을 거부하고 약동하는 생명의 힘과 자유를 되찾고자 한다. 초월적 상상력은 따라서 인간의 한계를 벗어나고 싶어 하는 예술가들이 근원적으로 지닌 생명의 약동인 동시에 예술이 존재하는 한 계속될 정신의 모험으로 볼 수 있다. 이와 같은 극단의 형태가 초현실주의라는 이름을 달고 나타났던 것을 우리는 기억할 수 있으며, 운동의 형태로서는 마감되었다고는 하나 그 정신은 현대시에서 아직도 면면히 흐르고 있음을 부인할 수 없다. 모든 시는 현실을 부정하고 그와는 다른 세계를 지향하는 초월적 요소를 얼마간 지니고 있다.

현대시에서 초월적 상상력을 논의하는 까닭은 현실원칙에 의해 제한된 상상력의 폭을 넓혀 새로운 서정의 가능성을 탐구해보자는 태도와 연관되어 있다. 이 같은 태도는 새로운 서정의 가능성을 통해 언제나 미지와 대면하고 있는 인간 조건의 가능성을 모색해보자는 것에 다름 아니다. 초월적 상상력은 김수영의 말대로 '기정사실에서 벗어나 미지인 내일에 눈을 돌리는 행위이다.'[1] 미지를 꿈꾸는 초월적 상상력은 과거의 지배와 현실에 발목 잡힌 상상력이 아니라, 경험을 창조적으로 변형하고 현실의 왜소함을 넘어서서 새로운 세계와 부단히 접촉하려는 모험의 정신이다. 한국 현대시에서 이러한 시적 초월의 여러 흐름 가운데 한 지류를 형성하는 것이 불교적 상상력이다.

과거 경험의 협소함과 왜소함, 현실원칙의 규제와 횡포를 직시하면서 그것을 넘어서려는 시적 기도는 우리 현대시에서 꾸준히 나타나고 있는 현상이다. 그 가운데 불교적 상상력을 발휘하는 시인들의 시정신에서 주체와 대상이 갖는 경계의 구분은 사라진다. 시적 초월의 상상력은 주체의 대상에 대한 신비적 참여 내지는 주체와 대상 간의 서정적 융화로서 대상을 새로운 차원으로 변화시키는 일이다. 거기에는 불가사의한

---

1) 김수영, 「시인의 정신은 미지」, 『김수영 전집 2 · 산문』, 민음사, 1981, 187쪽.

영적 신비감과 무한한 인간 정신의 자유, 관념적 사유의 초월 정신이 들어있다. 여기에는 새로운 존재로의 변화와 이행을 이룩하는 첨예한 정신의 사유가 내재해 있다. 이러한 정신적 사유의 중심에는 초월적 상상력의 극대화를 통한 인간 정신의 위대한 자유가 자리한다. 불교적 상상력에 의한 시적초월과 그에 관계된 상상력의 개발은 본질적 우주성과 광활한 정신의 영역을 탐험하고 인간 정신의 자유를 극대화하는 일에 연관되어 있다.

모든 시에는 초월적이며 초현실적 요소가 다소간 내재해 있다. 그러나 본고는 이러한 시적 초월의 여러 양상 가운데 동양정신의 정관靜觀적 태도를 보이는 세 시인을 주목한다. 본고는 서정주, 김영석, 최승호의 시를 통해 불교적인 정신주의의 초월적 세계관을 살펴보고자 한다. 불교가 중국을 거쳐 우리나라에 들어온 지 대략 1600여 년이 된 만큼 우리에게 불교는 중심적 종교사상이다. 그런 만큼 한국인들의 정신과 정서에 깊은 영향을 미쳤음은 주지의 사실이다. 향가시대 이후의 시가문학에 나타나는 불교적 세계관은 20세기를 넘어선 지금까지도 한국 현대시의 상상력에 젖줄을 대어주는 중요한 요소이다. 한국 현대시가 출발하는 근대의 만해 이후 이와 같은 영향은 지속적으로 나타나고 있는 현상이다.[2]

이들 세 시인의 초월적 상상력과 시정신은 현실원칙의 횡포, 현실과 경험의 왜소함을 넘어서 미지의 세계와 접촉하고 자아와 세계의 근원적 본질을 탐구하려는 부단한 모험의 정신이 자리하고 있다. 미지의 세계와 접촉하고 존재의 근원에 물음을 던지는 이들 시인은 정신의 첨예화를 시적 방법으로 삼는 태도를 지니고 있다. 이들 시인에게 있어서 시적

---

2) 만해에게서 출발한 불교시는 본고에서 논의하는 세 시인 외에도 조지훈, 김달진, 고은, 이성선, 홍신선, 황지우, 최동호, 정현종, 오세영 등등의 시인을 대표적으로 꼽을 수 있다. 이들은 각기 개성적인 상상력으로 불교적 세계관에 시적 연원을 두고 불교적 특수성과 보편성을 담아내고 있는 시인으로 평가받고 있다.

초월의 문제는 이들 시인의 시를 내용과 기법의 측면에서 규제하는 정신적이며 전략적인 중요한 국면으로 기능한다. 이들 시인의 시정신은 불교적 세계관에 뿌리를 두고 있다. 이들의 문학적 실천은 현실이 우리의 벽인 동시에 희망이라는 인식에 기초한 것이며, 그를 통해서 새로운 세계의 피안에 도달하고자 하는 시적 모험이기도 하다.

2. 연기緣起와 선적 직관

선적 직관의 세계는 영혼이 깨끗한 사람들의 몫이며 우리 시단에 중요한 흐름으로 자리 잡아 왔다. 불교적 선사상은 외래적인 것이라기보다 천년의 세월이 증명하듯이 우리의 한국적 고유성을 지닌 토착적인 것이다. 이러한 가운데 현대 시인들은 각자 개인적 선사상과 득오의 문제는 다르지만 김영석 시인의 불교적 세계는 김달진이나 이성선, 그리고 조정권의 세계와 그 계보를 같이 한다. 은둔주의적이며 소승적이고 노장적인 측면에 김영석은 이들과 시적 계보를 같이 한다. 그것은 거칠게 말해서 생에 대한 근원적인 물음과 자연 친화감 때문이다. 이들의 시는 인간 욕망을 부정하고 정신의 높이를 추구하며, 물질적 문명을 거부하고 심미성의 깊이를 지향한다.

김영석은 그의 세 번째 시집 『모든 돌은 한때 새였다』에서 불교적 세계관과 선적 상상력을 보여준다. 이 시집에서 그의 시적 발상은 허구적 전설에 기초하고 있다. 허구적이지만 실재 같은 "세설암 전설"을 이 시집의 각 시편의 밑변에 깔아 놓고 있다. 세설암 전설이 전하는 이야기의 골자는 지금의 법주사가 세워지기 오래 전에는 동관음사라는 큰 절이 있었고 세설대사의 법력에 의해 이 절이 크게 융성했다는 내용이다. 지금은 잡초에 묻혀 흔적으로만 남아 있는 절터가 법주사 이전의 동관음사 터로, 시인은 알 수 없는 힘에 이끌려 그곳을 찾았지만 그곳이 동관음

사라는 것밖에 더 이상 아무것도 알 수 없었다. 그 뒤 십여 년의 시간이 지난 어느 날부턴가 매일 밤마다 시인의 꿈에 그 세설대사가 나타나 자신의 이름을 불렀다는 것이다. 이러한 세설대사와의 인연으로 이 시집을 기획하게 되었으며, 그의 힘에 의해서 이 시집이 쓰여지게 되었다는 것이다. 시인이 시집 첫머리의 산문에서 들려주는 이와 같은 세설암 전설의 이야기가 암시하듯이, 이 시집의 내용은 불교적인 범우주적 원리와 내용을 포함하고 있으며, 그런 만큼 신비적인 언어의 아우라에 휩싸여 있다.

김영석의 시집 『모든 돌은 한때 새였다』는 표제 언표가 암시하듯 모든 새는 돌이고 돌은 새라는 선문답으로 읽힌다. 이것은 곧 '새'와 '돌'은 우주 삼라만상이 경계가 없음을 받아들이는 궁극의 형식과 삶에 대한 통찰인 듯싶다. 그는 생과 자연의 비밀에 대해 끊임없이 의문을 품고 질문을 던지며 그 비밀을 풀고 깨닫기 위해 노력한다. 그의 시는 자아와 세계에 던져진 화두를 끊임없이 깨달아 가는 과정에 있는 수도승의 것이다. 따라서 그가 보여주는 시적 통찰은 많은 여백과 여운, 어떤 선적 깨달음으로 가득하다. 선승의 깨달음 혹은 문답 같은 짤막한 시편들로 구성된 이 시집은 그래서 행간의 여백에 가득 찬 어떤 의미를 머리로 읽지 말고 존재의 떨림과 울림으로 느끼며 깨닫도록 요구한다.

> 돌 속에는 지금
> 새가 물고 있던 한 올 지평선과 푸른 하늘이
> 흰 구름 곁을 스치던
> 은빛 바람의 날개가 잠들어 있다.
>
> ─ 「모든 돌은 한때 새였다」 중에서

존재의 경계가 없음을 드러내는 궁극의 형식에서 '새'와 '돌'은 연기緣起를 이루는 무자성無自性의 형식을 말한다. 땅에 위치해 무변 부동의 정적인 바위가 하늘을 나는 역동적이며 생동하는 초월적 비상의 자유로운 새로의 의미의 비약은 그대로 연기설에서 말하는 사물의 경계 없음을 나타낸다. 그런 의미에서 이 시집은 불교적 선사상에 다가서 있다. 특히 시인은 선적 통찰력을 통해 지식 중심 혹은 인간 중심이 아니라 우주와 함께 교섭하고 교감하는 지혜의 미덕을 모순어법으로 들려주고 있다. 우주의 섭리와 어울리는 자에게는 세계도 없고 나도 없다. 이러한 가르침은 이 시집을 깨달음으로 받아들이는 데 있어서 매우 유효하다. 이러한 판단에 도달하게 된 배경은 이 시집 탄생 비밀을 말하는 시인의 자상한 서문 '세설암 전설'에서도 드러나거니와 이 시집의 시편들 대부분이 이 시인이 서문에서 언급한 내용의 시적 형상화이기 때문이다.

이 시집의 시편들을 연결하고 또 독자가 받아들이는 실마리는 하나의 길이지만 수만 갈래의 길처럼 얽혀 있는데, 그것은 결국 표제 언표에서 암시되듯 '돌'과 '새'라는 이미지가 함축하는 의미 자질로 만난다. '돌'은 움직이지 않는 항구 불변의 정적인 진리인 무엇을, '새'는 끊임없이 움직이는 동적 흐름을 상징한다. 하지만 이 두 이미지는 서로 다르지만 궁극적으로 하나이다. '돌'과 '새'는 무변과 가변, 부동과 역동 속의 순환, 혹은 빈 것으로 가득 찬 노자의 그릇과 비슷하다. '돌'과 '새'는 이러한 관점에서 갱신을 향해 혹은 근원을 향해 무한히 순환하는 자기 정립 과정의 은유로 보인다. 돌처럼 시간을 초월해 존재하는 것도 아니며 새처럼 공간을 초월하고자 하는 것이 아니라 항상 순환하는 윤회의 형식으로 연기되는 세계와 존재를 바라본 결과이다. 그래서 '새'와 '돌'이 지닌 연기의 무자성 혹은 사물과 존재의 경계 없음은 "돌 속에는" "새가 물고 있던 한 올 지평선과 푸른 하늘" "흰 구름 곁을 스치던" "은빛 바람의 날개가 잠들어 있다."고 말하게 된다.

첩첩산중에서 이따금 만나게 되는
전생부터 나를 기다리고 있었다는 듯한

그 서늘한 염주나무
산길을 가던 중이 때가 되어
그만 가부좌한 채로 입적한 뒤
들고 있던 염주가 싹이 터 자란다는
그 영검스런 나무가
황금빛 꽃송이마다 입이 되어 묻는다
그대는 누구인가
어디로 가고 있는가

　　　　　　　　　　　　　－「황금빛 꽃」중에서

　『모든 돌은 한때 새였다』에는 이미지의 비약이 심하다. 이미지나 어법의 비약이 시가 갖는 특성이겠지만, 이 시집은 특히나 이미지의 급격한 변화와 비약이 특히 심하다. 다만 이러한 이미지의 비약은 선적 화두를 던지는 듯 모순의 어법과 이미지의 충돌에 의해 직조되고 있다. 비약과 역설로 이루어진 비일상적 어법과 논리를 초월하는 양상은 불립문자를 내세우는 불교의 교리와 상통한다. 불립문자는 언어를 부정하는 태도이지만 그것은 언어의 분별성에 집착하지 않는다는 뜻으로 들린다. 그것은 언어를 뛰어넘는 초월적 언어이며 무분별의 분별이란 역설로 언표화 된다. 이러한 관점은 "시가 언어 중에는 가장 선지禪旨에 통하는 살아 있는 형식이요, 압축·요약된 형식이며 비약과 함축의 최대 가능성의 언어3)이기 때문이다.

　김영석은 "그대는 누구인가" "어디로 가고 있는가" 끊임없이 의문을 제기한다. 생에 대한 근원적인 의문을 끝없이 던지는 이러한 질문은 생의 비밀을 깨닫기 위한 것이다. 따라서 시적 화두는 대번 그에 대한 어떤 깨달음으로 귀결된다. 그 깨달음은 모든 우주를 직관함으로써 얻어지는 화엄적 인식에 기초한 것이다. 그것은 밖을 향한다기보다는 안으로 응축되어 자아의 내면을 투시하려는 열정으로 이루어져 있다. 위의 시에

---

3) 조지훈, 「현대시와 선의 미학」, 『조지훈 전집 2·시의 원리』, 나남출판사, 1996, 222쪽.

서 "영검스런 나무가 / 황금빛 꽃송이마다 입이 되어" "그대는 누구인가 / 어디로 가고 있는가" 하는 물음은 선적 문맥에서 볼 때 그 발상법은 전혀 새로운 것이 아니다. 모든 생명은 죽음의 현존성을 감추고 있는 존재의 변전을 통해 스스로의 근원으로 돌아간다는 대답이다. 시인은 끊임없이 존재에 대한 물음을 화두처럼 제기한다. 그리고 그 궁극적인 대답은 우주성 안에서 이루어진다. 그 근원적 세계는 존재의 경계가 순환 변천하는 화엄의 세계이다. 김영석은 이러한 선적 인식과 어법, 그리고 비유 체계를 통해 무명의 미혹한 삶을 살아가는 자아의 내면을 응시하면서 반성적 깨달음을 얻고자 한다.

> 바람은 꽃잎을 나부껴
> 제 몸을 짓고
> 꽃잎은 제 몸이 서러워
> 바람이 되네.

- 「낙화」 전문

불교적 세계관에서 이것과 저것이 다르며 이것이 저것보다 우월하다는 차이와 분별은 인정하지 않는다. 자아와 세계의 관계론에서 연기만이 있을 뿐이다. 자아와 세계, 나와 중생의 관계가 서로 다르지 않다. 만물은 한 뿌리에서 나온 것이며 주체와 타자를 구별하지 않는 인식은 절대적 평등관계를 지향한다. 그것은 '바람'이 '꽃잎'이며 '꽃잎'이 '바람'이 되는 제행무상諸行無常과 제법무아諸法無我의 세계이다. 바람과 꽃잎이 한 몸이라는 인식은 삼라만상의 본성이 연기에 의해 이루어졌다는 인식과 같다. 곧 이것이 있으므로 저것이 있고, 이것이 없으면 따라서 저것도 없어지는 물아동근物我同根이라는 생각은 자아와 세계가 한 뿌리에서 나온 것이라는 인식과 상통한다. 결국 나와 세계는 고정적이고 독립적인 존재가 아니라는 생각은 주체와 대상의 절대적 평등의 세계를 말한다.

선적 직관의 문답에 의한 행간의 막막한 여백은 우리에게 아득한 존재의 시원을 생각하게 한다. 그러나 그 신성한 존재의 시원은 까마득히 먼 곳, 우리가 다다를 수 없는 어떤 곳, 이상의 높은 곳에 있지 않다. 그것은 오히려 우리가 깨닫는 장소마다, 그 순간마다 장소와 시간을 불문하고 도처에 존재해 있다. 산 속 숲에서 길을 가다 때가 되어 가부좌한 채로 입적한 중이 들고 있던 '염주'가 어쩌면 염주 알의 근원이었을 '염주나무'의 숲으로 돌아간 것처럼 어쩌면 우리의 마음과 생명이란 "굽이굽이 흐르는 강물도 / 푸른 하늘을 나는 새들도/ 먼 옛날 / 내 마음이 아기자기 자라난 것"(「바람이 일러 주는 말」)이고 "염주가 싹이 터 자라" "마침내 흙으로 돌아"(「무덤」)가는 무엇이다. 따라서 죽음이란 생의 한 부분이며 소멸이 아니라 새로운 세계, 근원으로 돌아가는 부활이며 재생의 끊임없는 순환의 과정이다.

　　　뜨락을 가꾸지 않은 지 여러해
　　　온갖 잡초와 들꽃들이
　　　절로 깊어졌다
　　　풀숲 여기저기 흩어진 돌들은
　　　깊은 생각에 잠겼다
　　　이제 내 마음대로
　　　저 돌들을 치우고
　　　잡초를 뽑을 수 없다는 것을
　　　조용히 깨닫는다.

　　　　　　　　　　　　　　　　－「버려둔 뜨락」 전문

　시인은 이미 사라져 없어진 절터의 흔적에서 소멸을 본다. 이 시집의 모티프가 되었다고 서문에서 제시한 '세설암'은 없고 "풀숲 여기저기에 흩어진" 주춧돌과 잡초 더미, 전설 속의 절터만 남은 흔적에서 존재의 변전과 순환을 "조용히 깨닫는다." 그곳에서 시인은 금부처의 대웅전이 아니라, 잡초와 들꽃들 사이에 "여기저기 흩어진" 돌들을 본다. 웅장한 대웅전의 빛나는 금빛 부처가 아닌, 그것이 무너진 자리에서 풀숲에 흩어진 돌을 본다. 참 나를 드러내는 것이 부처라면, 부처라는 존재 또한 환상이며 궁극적 깨달음의 실체는 "풀숲 여기저기 흩어진 돌을" 혹은 그 돌의 마음에 새겨진 새의 기억과 같은 것이다. 그리하여 우리의 진리는 초월적 세계에 있는 것이 아니라 바로 자신의 마음 안에 있다는 것을 "조용히 깨"달을 뿐이다. 그 깨달음은 곧 내 밖의 어떤 것이 아니라 내 안의 마음에 있다는, 나와 우주의 근원을 바라보는 보편적 인식 상태를 일컫는다.

수많은 생명 속에 진리의 씨는 하나하나에 모두 주어져 있다. 시인은 그것을 찾아서 깨닫고자 하는데, 그것은 돈오頓悟와도 같은 직관적 인식에 의해서 포착된다. 새도 아니고 돌도 아닌, 돌이며 새인 언어도단적인 비약에 의해 포착된다.

> 거울을 깨고 보라
> 꽃같이 잠든
> 이름 모를 한 마리 짐승
> 그 짐승의 잠 위에 내려 쌓이는
> 흰 눈을 보라
>
> — 「꽃」 전문

위의 시와 같은 표현은 직관적 언어 표현의 한 예이다. 이러한 논리의 비약들은 어쩌면 시가 지닌 본연의 속성과 같다. 헤겔이 직관에 의한 순간의 포착을 말했을 때의 예술적 영감과 비견되는 것이다. 그래서 시집 전편은 모두 선문답 같으며 따라서 메울 수 없는 행간의 여백들로 넘쳐나고 있다. 그 넘쳐나는 여백들은 모두 존재의 근원에 대한 거대한 흐름에 합류한다. 그 거대한 흐름을 시인은 '풀, 꽃, 나무, 물, 물고기, 새, 돌,

벌레, 땅, 하늘' 등 삼라만상의 자연과 우주 속에서의 깨달음을 통해 그것을 나지막히 들려준다. 순환하고 변전하는 자연의 거대한 흐름 속에서 소멸의 죽음과 변전은 시인에게 거룩한 것이며 존재의 본성인 것이다.

존재라는 경계와 한계성을 넘어, 더욱 큰 자연의 섭리에 조우한 김영석은 순리에 몸을 맡기고 떠내려가는 삶, 모든 것이 순환, 변전하여 하나가 되는 흐름을 타고 있다. 어쩌면 우리의 삶이 그러한 흐름을 타고 있기에 문득문득 물비늘처럼 반짝이는 그 흐름의 물결이 삶이라는 것을 드러내 보이기 위해 시인은 '모든 돌은 새'라 하였다고 판단된다. 그것은 존재라는 소우주를 이해하기 위해, 내가 없지 않고 있으며, 있으며 또한 없다는, 사라짐은 궁극적 생성이라는 불교적 인식에 기초한 것이다. 그것은 자아와 세계를 구분하지도 경계를 긋지도 않고 우주와 하나가 되는 웅혼한 상상력이다. 그렇기 때문에 김영석의 선적 감각은 자아와 자연이 하나가 되지 않고서는 이를 수 없는 정신적 체험의 높이를 보여준다. 그는 세계내의 모든 사물을 통해 그 안에 깃든 신성한 생명력을 전일적으로 통찰하며 우주적 생명의 신비를 깨닫는다. 타자인 자연 사물에 대한 이와 같은 선적 인식은 '우주를 전일적 생명으로 직관하고 그 속에 나를 기투함으로써 무아의 자연'[4]이 되는 것을 의미하기도 한다.

3. 맺음말

지금까지 살펴본 것처럼 불교적 세계관에 기초한 시적 상상력은 한국 현대시에서 주요하게 나타나는 현상이다. 불교적 상상력과 현대시는 상호 밀접한 상관관계를 맺고 있다. 그것은 불교가 우리나라에 전파된 이후 우리 민족의 사상과 정서에 깊은 영향을 미쳤고, 그렇기 때문에 우리 민족의 보편적 정서로써 불교적 세계관이 집단무의식화된 측면이 작용

---

4) 김용정, 「생태학과 불교의 '공생' 윤리」, 『종교연구』 10집, 한국종교학회, 1994, 19쪽.

하고 있기 때문이다. 특히 1990년대 이후 한국 시단에서 불교적 상상력과 불교적 세계관을 바탕으로 하는 시적 태도는 매우 적극적으로 나타나는 현상이다. 그것은 서구 근대의 인간중심주의에서 비롯한 이성중심적인 사유 체계를 해체하고 탈인간중심주의와 탈이성중심주의로의 패러다임의 변화 속에서 불교의 사유체계가 상당 부분 유효한 패러다임을 제공하고 있기 때문이다. 말하자면 만물이 서로 차별 없이 평등하다는 생명과 자연에 대한 존중은 서구의 도구주의적 자연관과 인간중심적 가치관을 대체 할 수 있는 새로운 패러다임으로 인식되며, 이것을 대체할 수 있는 유력한 방법론적 토대를 제공하고 있기 때문이다. 이런 문맥에서 선시나 불교적 상상력에 의한 시들의 초월적 정신주의와 심미성의 추구는, 즉 근대적 욕망과 물질문명의 부정이라는 의미는 다시 한 번 깊게 숙고해야 한다.

천년 이상 한국인의 의식에 토착화된 불교정신은 이제 외래적인 것이라기보다는 한국적 고유성을 지니게 되었으며, 정신적 무의식이 되었다고 해도 과언이 아니다. 이러한 불교의 정신세계나 선전 인식의 세계를 단순히 정리할 수는 없다. 그러나 불교의 근본 이념이 자아와 세계의 절대적 평등이나 화해, 그리고 상생의 정신이라는 것은 최근 부각되고 있는 생태학적 관점과 많은 부분에서 서로 부합한다. 생태적 사유가 증가할수록 이러한 불교적 사유 또한 증가할 것이다. 문명의 유토피아보다는 그동안 문명의 이면에 잠복해 있던 디스토피아적 현상이 점차 부각되고 있는 현대 문명사회에서 불교적 세계관과 상상력은 새로운 대안적 전망을 생태적 사유에 제공해 줄 것이다. 이러한 전망은 생태시학적 전망을 반영하는 문학에서도 마찬가지이다. 이는 근대적 문명의 욕망에 대한 반성의 자리를 마련해 준다.

인간은 물질적 존재이면서 동시에 우주적 존재이다. 그런데 이 둘의 관계성에 있어서 인간의 물질적 존재로서의 가치에 집중하고 우주적 존재로서의 가치의 무시는 자연스러운 것이 되어 버렸다. 이러한 시점에서 우주적 사유는 대안적 사유의 틀을 제공해준다. 불교나 선적 상상력의 초문명적이고 초이성적인 우주적 사유는 전지구화된 문명과 인간 이성의 도구화에 대한 반성적 성찰을 가능하게 해준다. 그리하여 우리가 꿈꾸어야 할 참다운 자아와 참다운 세계, 참다운 삶이 어떠한 것이어야 하는가를 반성하게 하는 주요한 대안 사유이다. 따라서 신성이 사라지고 물질문명의 가혹한 횡포가 서슴없이 자행되는 이 시점에서 불교적 사유 체계는 또한 유효한 대안적 사유를 제공해준다. 이 같은 전망은 역시 전지구화된 자본주의의 세계관과 물화된 가치, 어두운 욕망의 터널에서 길을 잃은 인간성 회복을 추구하는 문명비판적 문학에게도 유효한 대안을 제공해 줄 것이다.

불교의 선적이며 초월적 세계관과 상상력에 의한 수사학은 현대시가 추구하는 기법에도 시사하는 바가 상당하다. 선적인 직관과 통찰, 성찰과 각성, 구도와 탐구 등은 현대시가 지닌 본질적 요소와 부합하는 바가 크다. 이러한 선적 요소들은 현대시의 정신적 내용뿐만 아니라 기법적 측면에서도 그것을 새롭게 하는 데에 일정 부분 유효하게 작용할 것이다. 선적 직관과 통찰은 시적 직관과 통찰에 다를 바 없기 때문이며, 선적 성찰과 각성은 시적 반성과 전망에 상응하고, 시인이 세계 혹은 자아와 마주하며 삶의 비의와 세계성을 탐구해 나가는 과정은 구도의 과정과 유사하기 때문이다.

모든 유정물과 무정물, 우주의 모든 존재는 연기적 존재이므로 타자와 더불어 자아가 존재한다. 이것은 주체와 세계를 구분하고 전자가 후자보다 더 우월하다는 인식을 갖는 서구적 근대의 인간중심주의적 윤리관과는 근본적인 차이를 지닌다. 자연의 모든 존재는 하나의 개체이면서 전체로서의 우주와 관련되어 있다는 인식은 인간과 인간, 인간과 자연과의 관계를 대립과 투쟁의 관계가 아니라 상생과 화해의 관계로 이해하는 것이다. 그런 점에서 현대시와 불교적 세계관 혹은 불교적 상상력과의 접점은 앞서 논의 했듯이 폭넓고 깊은 것이다. 하지만 이러한 선적인 시적 지향과 추구가 애매한 초월이 되거나, 모든 것은 죽어 흙이 된다는 식의 존재의 궁극적 환원과 같은 관념이 되는 것은 경계해야 할 것이다. 또한 그것이 단순히 소재주의에 그치거나 선구禪句의 동어반복으로서 상투적이며 타성적인 무의미한 모방에 머무르지 않나 항상 반성해야 한다. 선적 인식이 관념일 때 그것은 환각이거나 환상일 수 있다. 선적 인식과 깨달음이 초월적인 것이라 해도 그것은 우리의 현실에 뿌리내린 것이어야 하며, 그런 측면에서 막연한 초월적 관념주의는 배격되어야 한다.

(한남어문학, 30집, 2006)

결여를 획득하는 시어

- '나'라는 존재의 무의미

박 선 경

1.

하루 종일 쏟아지는 빗줄기를 바라본다. 나는 쉴 새 없이 바람에 흔들리고 있는 무엇을 바라보고 있는가. 내가 보고 있는 것은 빗방울이 흘러가는 방향이고, 오늘의 날씨이고, 가물었던 대기이고, 바람인지도 모르겠다. 김영석 시인의 기상도처럼 바라보고 있는 나의 상념의 지도를 펼쳐 본다. 그의 시를 이해하는 방식대로라면 창밖을 바라보고 있는 주체와 보이는 대상 사이에 '나'라는 존재는 어디에도 없다. 관상시觀象詩에 대한 그의 생각처럼 사고의 지적인 조작으로부터 자연적인 본능으로 회귀하고자 하는 '직관'만이 이 순간의 주체가 될 것이다. 감관의 작용으로 대상을 느끼는 직관은 공空의 세계라 할 수 있다. 아직 분명하게 정리되거나 체계화되지 않은 상태, 즉 자성自性이 없는 무한의 상태이기 때문이다. 이렇듯 김영석 시인의 시적 주체는 익숙한 '몸'의 주체에서 '직관'의 주체로 이동한다. '나'라는 존재는 무의미해지고, 무의미해진 시적 의미들은 스스로 상像을 이루며 발화한다. 이것이 그가 말하는 공空의 세계이다.

김영석 시인에게 있어 공空은 시적 대상들을 생동하게 한다. 공空이란 분명하지 않은 상태, 즉 익숙한 연상이나 판단, 지적 사유에 의한 '앎'이 아닌, 불분명한 '앎 이전'의 마음인 것이다. 그래서 공空의 질서는 생성/소멸하는 자연의 순환운동과 닮아 있다. 이 과정에서 김영석 시인의 시세계는 끊임없이 공空으로서 결여를 채운다. 이 상반되고 아이러니한 논리는 마치 주먹을 쥐면 손 안에 아무 것도 가질 수 없지만 손을 열면 나는 세상의 모든 것이 될 수 있는 이유와 같다. 즉, 결여된 사물과 합일의 상태가 되기 위해 시인은 대상을 직관한다. 다시 말해 그의 시세계는 대상과의 동일시를 통해 얻어낸 '결여의 직관'이다. 시인은 우리에게 익숙해진 대상과 직관을 통해 바라본 낯선 대상들이 어긋나버린 틈을 들여다본다. 그의 신작시 「까치집－기상도氣象圖 23」에서는 그 틈의 무한 공간을 형성하는 대립적 구조의 시어들을 찾아볼 수 있다.

> 미루나무 가장 높은 우듬지에
> 까치가 집을 짓는다
> 버릴 것을 다 버리고
> 거의 다 삭은 뼈가 된
> 삭정이를 하나씩 물어다가
> 숭숭 뚫린 빈 구멍에 기대어
> 얼기설기 엮는다
> 빈 구멍 구멍마다
> 하늘이 더 가까이 넓게 보이고
> 보이지 않는 잿가루를 날리는
> 마른 바람이
> 더 잘 매끄러이 드나든다
> 가녀린 뼈 몇 개로
> 성글게 엮은 새끼들이
> 이윽고 둥지를 벗어나
> 흔적도 남지 않는 저 창공을
> 바람처럼 날아가리라.

— 「까치집－기상도氣象圖 23」 전문

위의 시에서 "짓는다" "엮는다" "얽은(다)"은 까치집이 완성되기 위한 상승의 이미지이다. "미루나무 가장 높은 우듬지"에 집을 짓는 모습을 표현하기 위한 동사들은 자세히 살펴보면 집을 짓기 위해 "버릴 것을 다 버리"고 "삭은 뼈가 된/ 삭정이를 하나씩" 모으고 "숭숭 뚫린 빈 구멍"에 기댄 채, 상승하는 이미지이다. 이런 상반된 이미지로 인해 시는 까치집을 묘사하는 풍경시와 거리를 둔다. 즉 이미 퇴화되었거나 소멸하고 있는 하강의 이미지인 "삭은 뼈", "삭정이", "빈 구멍"의 시어들은 '집을 짓기' 위한 행위에 앞서게 되면서 동사들을 새로운 의미로 재탄생시킨다. 주체가 바라보는 '까치집'은 "성글게 얽은 새끼들"이 생명을 얻은 '허공'에 지은 공간이 되어 "둥지를 벗어"난 "창공"이 된다. 주체는 새처럼 날아가는 공空에 대한 직관이다. 김영석 시인의 절제된 시어가 새로운 점은 바로 이 점이다. 상승하던 동사들은 새의 이미지이자 사고와 직관의 틈을 향하는 시어가 되어 '까치집'이라는 시적 대상을 확장시키고, 나아가 시간과 공간을 획득한 '창공'이라는 시적 이미지를 함축하게 된다. 이렇듯 시인에게 있어 '허공'은 그가 바라보는 시적 대상들을 품고 있는 '자궁'과도 같다(「모든 구멍은 따뜻하다」, 『외눈이 마을 그 짐승』, 문학동네, 2007). 그 곳에서 소멸하고, 탄생하는 자연처럼 김영석 시인의 직관이 그려내는 시세계는 주체를 여는 길이자, 그의 말처럼 가장 확실한 '앎'이다. 이런 의미에서 그의 시에서 주체와 직관은 동일하다.

2.

김영석 시인의 시에서 대상과 동일시된 시적 주체는 자연의 흐름처럼 순환한다. 「봄 하늘 낮달―기상도氣象圖 24」에서처럼 사윈 낮달의 이미지와 탄생하는 봄의 이미지는 연속성을 갖는다. 울음소리 선명한 새싹의 기운이 움트고, 밭고랑 사이를 꼼지락거리며 바장이는 사람들의 모습은 봄의 이미지이다. 시에서 선택된 봄의 기운이 느껴지는 풍경의 시어들은 "무심히 굽어"보는 "낮달"의 이미지를 통해 생명을 탄생시킨 어머니라는 자연의 상징적인 존재를 부각시킨다. 또한 시인의 명료한 시어가 그려내는 감각은 보이는 것 너머, '앎 이전'의 상태로 되돌아가려는 역동적인 움직임을 내포하고 있다. 이런 자연의 역동성 앞에서 그의 시 세계는 언제나 결여를 인식하지만 그것을 관조하는 것으로 끝나지 않는다. 채우기 위해 비워야하는 자연의 역동성 안에서 결여를 인식한 주체는 대상과 합일된 상태가 된다. 다음의 두 시편 「썰물 때」와 「염전 풍경 −기상도氣象圖 25」에는 자연의 상호 순환적인 흐름과 시적 주체의 연관성이 잘 드러나 있다.

> 옛날에 이 마을은
> 조석으로 갯물이 드나들고
> 변산 골짜기 골짜기에서
> 바다 구경을 나온 돌들이 많아
> 돌개라 부르는 곳
> 오늘도 북산의 닭바위에 쫓겨
> 남산의 지네바위가 능선을 따라
> 한사코 바다를 향해 기어가는데
> 수억 년을 쉬임없이 쫓고 쫓기는데
> 참 이상한 일이다
> 해질녘 괭이질을 잠시 멈추고
> 멀리 썰물 지는 바다를
> 허전한 마음에 넋놓고 바라보다가
> 문득 돌아보면
> 지는 햇살을 눈물처럼 반짝이며
> 텅 빈 뻘밭 가슴 드러내는 썰물을
> 닭바위도 지네바위도 하던 짓을 멈추고
> 참으로 망연히 바라보고 있는 것이다
> 산새도 돌멩이도 산천초목도

모두 가난한 한 식구가 되어
노을빛에 하염없이 바라보고 있는 것이다.

-「썰물 때」 전문

봄이 더디 오는 염전
허름한 소금 창고 양달받이에
한 노인이 늙은 누렁개와 함께
해바라기를 하고 있다
노인이 일어서면 개도 일어서고
노인이 바다를 바라보면
개도 바다를 바라본다
썰렁한 염전을 파수 보듯 지키는
낡은 무자위에
갈매기가 이따금 앉았다 가고
수퉁게가 기어다니던 고랑은
아직 치운 바람이
마른 바닥을 핥으며 지나간다
노인이 한 손을 누렁이의 어깨에 얹고
나란히 바라보는 뻘밭에는
노랗게 허기진 봄을 채워주던
나문재 숲이 바람에 흔들린다
머지 않아 여름 뙤약볕에
누른 풀빛 이삭들을 달고
제 정강이까지 밀물을 부를 것이다.

-「염전 풍경-기상도氣象圖 25」

밀물과 썰물은 서로 연속성을 지닌다. 생의 차고 기움이 상호연관성을 갖는 이 두 시는 각각 '기우는' 시간(「썰물 때」)과 '차오르는' 공간적 이미지(「염전 풍경-기상도氣象圖 25」)를 보여준다. 순환적인 자연의 모습을 보여주는 시인의 시적 구조를 살펴보면, 시적 대상들은 "쫓고 쫓기"거나 "텅 빈 뻘밭 가슴"을 드러낸 채 "노인"의 모습으로 늙어간다. 하지만 "누른 풀빛 이삭들"은 "제 정강이까지 밀물"을 부르며 순환의 진리 만큼은 변하지 않는다는 것을 보여준다. 시인은 소멸과 동시에 생성하는 역동적인 자연의 순환 법칙을 보여주며 시공간을 확장시키고 있는 것이다.

한편, 골짜기에서 "바다 구경을 나온" 돌들이 많아 "돌개"라 부르는 마을은 "쫓겨―쫓기고―능선 따라―한사코 바다를 향해" 지나가버린 썰물의 풍경이다. "썰물 지는" 바다에 남은 것은 바닥이 다 드러난 채 텅 비어 있는 "가난한" 것들이다. 시인의 직관은 바닷가 작은 마을의 썰물 지는 마을을 통해 지는 시간을 보여준다. 가슴이 드러나도록 다 비운 썰물은 말의 비움, 사고의 비움과 같다. 썰물이 지면 차오를 밀물을 위해 '썰물'은 최대한 '결여'를 획득하는 것이다. 이렇듯 그의 시는 대부분 '결여'로서 공空을 채운다. 이 '비움'은 질그릇의 텅 빔과 같다. 썰물이라는 언어의 틀을 벗어난 의미 확장이라고 볼 수 있다. 질그릇은 그 안에 텅 비어 있는 곳이 있어서 쓸모가 있다고 말한 노자의 말처럼 말이다(『모든 돌은 한때 새였다』, 시와시학사, 2003, 서문 중에서).

그 '비움'의 의미를 「염전 풍경―기상도氣象圖 25」의 시는 잘 보여 주고 있다. "봄이 더디 오는 염전"을 지키는 "노인"과 주인을 지키는 "늙은 누렁개"는 "고랑"과 "마른 바닥"뿐인 염전에서 "밀물"을 기다리고 있다. 더 이상 비울 것이 없는 텅 빈 공간에 차오를 "밀물"을 보여주기 위한 것이다. "노랗게 허기진 봄을 채워주던" 밀물을 부르기 위해 모든 것을 다 비워야하는 자연의 모습을 그는 사물을 통해 바라본다. 또한 "노인"과 "늙은 개" "누른 풀빛"이라는 소멸의 하강하는 시적 이미지들을 통해 시간은 기울고 채워지는 영속성을 지니고 있음을 느끼고 있는 것이다. 여름이 오기 전 염전 풍경은 "양달받이"에 앉아 "해바라기" 하며 바다를 바라보는 노인과 늙은 개의 기다림이다. 이런 '비움'이 "밀물을 부를 것이다"라고 시인은 말하고 있다.

그의 시는 호명된 시적언어가 대상을 지칭하는 의미로서만 작용하지 않는다. 그는 그가 말하려고 하는 것들과 대립되는 시적 정황들을 포착하여 드러난 대상들의 결여를 획득하게 된다. 그의 시가 보여지는 것으로만 작용하지 않고 새로운 감각의 이미지들을 떠오르게 하는 이유이다.

3.

그 새로운 감각의 이미지들은 시인이 대상을 바라보는 동안 보이는 것 너머에서 우리가 믿고 있는 '몸'의 주체가 자연과 합일된 '직관'의 주체에게 던져오는 질문과 같은 것이다. 이것은 대상을 포착하는 순간에 오는 동시적이고 찰나적인 시간의 틈이다. 시인은 그 순간의 틈을 파고든다.

> 그대는 왜 꽃이 지느냐고
> 내게 묻는다
> 그리고 속말로는
> 푸른 산빛이 무거워서 진다고
> 지는 꽃이 눈부셔 산 빛이 짙다고
> 바람이 불어 꽃이 진다고
> 꽃 지니 한숨 같은 바람이 인다고
> 그대 눈빛이 닿아서 진다고
> 지는 꽃 기척에 비로소 보았다고
> 스스로 대답한다
> 지구와 해와 달이 마주보니
> 밀물과 썰물이 저리 설레인다고
> 밀물이 밀고 썰물이 써니
> 지구와 해와 달이 마주본다고
> 스스로 대답한다
> 그리고 또 이윽고
> 그대의 마음과 말이

그렇다고 그렇다고 하니
꽃이 피고 지고 새가 날고
칼날도 혁명도 무지개처럼 핀다고
스스로 조용히 대답한다

왜냐고 끝없이 묻는 그대에게
그러나 내 목소리는 결코 들리지 않는다
그대의 모든 앎과 생각과 말 속에도
나는 이미 녹아 없어졌기에
그저 바라만 볼 뿐
목소리가 없으므로
목소리가 없으므로……

− 「왜냐고 묻는 그대에게」 전문

　시의 주체는 '그대'의 질문을 받고 있는 '화자'이다. 하지만 질문을 받고 있는 대상은 "푸른 산빛이 무거워서" "꽃이 눈부셔" "그대 눈빛이 닿아서"라고 말하고 있는 '지고 있는 것'들이다. 즉 화자는 "그대"의 눈빛에 닿아 있는 자연의 시간 속에 있으며 그것들은 "스스로 대답"하고 있는 그대이자, 바라보고 있는 대상들을 지칭한다. 결국 반복되는 "스스로 대답한다"의 주체는 묻고 있는 자이자 대답하고 있는 자이며, 존재하는 대상이다. 즉 '그대−그대의 시선을 받고 있는 대상'과의 합일이다. "그대의 마음과 말"이 머무는 곳에 "스스로 조용히 대답"하는 주체가 있는 것이다.
　'몸의 주체'는 '직관의 주체'로 변화하며 새로운 '앎의 주체'가 된다. 두 번째 연에서 "왜냐고 끝없이 묻는 그대"에게 "내 목소리"가 들리지 않는 이유는 대상과 그것을 인식하는 주체가 "모든 앎과 생각과 말" 너머의 상태에 닿아 있기 때문이다. 김영석 시인의 말처럼 그 상태는 곧 대상과 합일된 더 이상의 말로써 표현되지 않는, 일여적一如的 사유이다. 따라서 이 시의 마지막 행에 반복적으로 사용된 "목소리가 없으므로"는 존재의 의미를 알고자 하는 주체에게 던지는 답이라고 할 수 있다. "더 깊고 더 깊은 말을 배우기 위해/ 이제는 익힌 말을 다시금 버려야 하네"(「말을 배우러 세상에 왔네」, 『나는 거기에 없었다』, 시와시학사, 1999)라고 말했던 시인의 마음처럼 말을 배우러 이곳에 온 우리는 대상을 바라보는 직관과 일여적一如的 사유로 언어를 새롭게 익혀야하는 것이다. 그것이 새로운 앎의 길이자 나라는 존재의 무의미를 깨닫고, 진정한 주체로서 거듭나는 방법인 것이다.

김영석 시는 감각이나 경험, 판단 추리 등의 사고를 거치지 않고 대상을 보아야, 진정한 공空을 이룬다고 말한다. 이것이 곧 '직관의 주체'이다. '직관의 주체'와 합일된 대상은 그동안 '몸의 주체'로서 익숙해져 있는 사고의 지적 연상으로부터 어긋나는 결여를 인식한다. 온전히 시공을 차지할 수 없는 사고의 방식으로부터 어긋나는 직관이 김영석 시의 우주만상을 내고 있는 것이다. 그의 시적 이미지는 허공의 기상에 잠시 뒤척이는 마음의 한 자락이며, 이렇게 잠시 머무는 마음의 동요가 곧 그의 시 전체이기도 한 것이다. 따라서 그의 시가 보여주고 있는 '주체의 직관'은 곧 영원한 시간 속에 머물지 못하는 그리움이기도 하다. 시인은 그 순간의 존재를 소유하려 하지 않고, 그것의 일부가 주체임을 자각한다.

어쩌면 이 순간에도 멈추지 않고 쏟아지는 저 창밖의 빗줄기, 그곳에 닿은 내 마음만이 오롯이 이 순간의 '나'라는 존재인 것처럼.

(시에티카, 2009, 창간호)

낯설고 생생한 사물의 빛을 보다

─김영석의 시

조 해 옥

1. 사물의 배경을 보는 감각

김영석 시인의 시에서 두드러지게 나타나는 특징은 시적 자아가 경험하는 일상들이 몽환적이고 신비로운 시간과 공간 속의 것들로 전환된다는 점이다. 이는 그의 시를 특이하게 만드는데, 사물을 '거꾸로 보려는' 그의 의식적 선택의 결과일 것이다. "이상하게도 가랑이 사이로 사물을 바라보면 낯설고도 생생하게 빛나는 사물의 배후에 있는 공간이 압도할 듯이 다가오는 것이었다. (……) 거꾸로 보기에서 나는 사물들이 새롭게 보일 뿐만 아니라 그동안 볼 수 없었던 허공을 '볼' 수 있다는 것을 깨달았다. 그리고 사물의 배후에 있는 그 공간이 바로 그 사물들을 낯설고도 생생한 빛으로 치장한다는 것도 함께 알았다."(「서문」, 『나는 거기에 없었다』, 1999)

사물과 현상을 보이는 그대로 본다면, 그것들이 지시하는 의미 이상을 발견할 수는 없을 것이다. 마찬가지로 시인이 남들과 전혀 다르지 않은 방법으로 사물을 인식한다면, 그가 언어로 담아낼 수 있는 의미 역시 평범함에서 전혀 벗어날 수 없다. 김영석 시인이 사물을 인식하는 방법을 달리함으로써 사물과 현상이 지닌 다른 측면들을 찾고자 하는 의식

은 그대로 그의 창작 과정에 적용되며, 이는 그의 시를 독특하게 만드는
바탕이 된다.

　김영석 시인은 그의 작품들에서 일상의 소재나 일상에서 일어난 사건
들을 다루고 있다. 그러나 그의 시들은 일상의 평범함에서 멀리 일탈해
있는 기묘함을 가지고 있다. 이는 죽음과 소멸에 대한 시인의 예민한 감
각에서 비롯된 것으로 보인다.

　　　늦가을 해거름
　　　작은 시골 마을 호젓한 방죽가에
　　　스스로 몸을 던져 빠져 죽은
　　　한 여자의 시신을 둘러싸고
　　　사람들이 웅성웅성 모여 서 있다.
　　　어른들 틈에 머리를 디밀고 구경하는
　　　아이들은 저희들끼리 무어라 떠들어 대고
　　　자전거를 타고 온 순경은
　　　사람들에게 무언가를 연신 묻고는
　　　고개를 끄덕이며 수첩에 적고 있다
　　　여자의 머리칼은 개구리밥 장구말 같은 것들이
　　　물이끼와 함께 뒤얽혀 있고
　　　물에 허옇게 불어버린 얼굴 위로
　　　소금쟁이 한 마리가 천천히 기어간다
　　　간간이 들려오는 뉘 집 개 짖는 소리
　　　빈들판에 막 쌓이기 시작하는
　　　연푸른 저녁 빛을
　　　개쇠뜨기나 하늘지기가 가녀린 손으로
　　　자꾸 쓸고 또 쓸어 쌓는다

　　　기러기 떼 한 줄이
　　　하늘의 빨랫줄처럼
　　　오래오래 조용히 걸려 있다.
　　　　　　　　　　－「어느 저녁 풍경－기상도氣象圖 2」전문

위 시에서 화자가 주시하고 있는 것은 죽은 여자의 시신과 그것을 둘러싸고 있는 사람들의 풍경이 아니다. 그 사건은 죽은 여자가 사람들로부터 격리된 존재라는 사실에 머물러 있다. 사람들은 죽은 여자를 구경하는데, 그녀는 사람들에게 관찰되는 사물에 지나지 않는다. 그녀를 죽음으로 이끌었던 그녀만이 알고 있는 슬픔은 오로지 물에 불어 있는 자신의 주검에만 고여 있다. 사람들은 그녀의 죽음과 슬픔으로부터 멀리 떨어져 있으며, 그녀의 주검과 함께 있는 것들은 개구리밥과 장구말과 소금쟁이 등이다.

여자의 죽음을 바라보는 화자는 구경하는 사람들보다 작은 자연물들과 훨씬 가까운 심리적 일치감을 갖는다. 여자의 주검이 저녁 하늘에 던지고 있는 슬픔을 화자는 기러기 떼가 저녁 하늘에 "하늘의 빨랫줄처럼/ 오래오래 조용히 걸려 있"는 것처럼, 오래 기억하고자 한다. 여자의 주검을 바라보는 화자의 안타까움은 쉽게 버려지지 않을 것이다. 소금쟁이의 가는 다리, 개쇠뜨기의 가늘고 뾰족한 잎들, 하늘지기의 연약하고도 가는 팔 같은 줄기는 죽은 여자의 외로운 격리와 그것이 지니는 슬픔을 선명하게 드러내준다.

「어느 저녁 풍경－기상도氣象圖 2」와 유사한 「현장 검증－기상도氣象圖 5」에서 "어디선가 높은 나무 가지 위에서/ 떠돌이 때까치 하나가/ 몹시도 울어댄다/ 고무 인형의 머리께에/ 쓴풀 흰 꽃 줄기가 꺾여진 채/ 조용히 흔들리고 있다" 같은 표현은 김영석 시인의 시선의 예민함이 잘 드러나 있다. 시인은 죽음을 당한 자의 슬픈 영혼을 꺾인 채로 흔들리는 흰 꽃 줄기에서 찾아낸다.

산역꾼 몇이 초가을 햇살을 받으며
그림자처럼 조용히 움직이고 있다
파 놓은 생땅 흙이 선홍색이다
모두 흰 장갑을 끼고

한쪽에서는 낱낱이 백지에 곱게 싼
유골을 조심스레 풀어서 늘어 놓고
한 중늙은이는 구덩이에 들어가
흙바닥에 여러 겹 백지를 깔아 놓는다
뼈를 가까스로 다 맞추어 놓았는데
완전히 삭아서 없어진 곳이
군데군데 비어 있다
하얗게 빈 곳에 햇살이 눈부시다

배롱나무 가지에 앉아 있는
이름 모를 산새 하나가
그림자처럼 움직이고 있는 산역꾼들을
죽 지켜보고 있다.

— 「면례緬禮 – 기상도氣象圖 3」 전문

　　"완전히 삭아서 없어진 곳이/ 군데군데 비어 있다/ 하얗게 빈 곳에 햇살이 분부시다"에서 '하얗게 빈 곳'은 역설적으로 앙금처럼 가라앉은, 단단한 결정체처럼 그 형태를 드러낸다. 여기에서 죽은 사람이나, 그의 무덤을 옮겨 장사를 다시 지내기 위해 유해를 수습하는 산역꾼이나 모두 특정한 개인으로 존재하지 않는다. 그들은 무인칭의 존재들로서 "그림자처럼 조용히 움직"인다. 산역꾼들도 죽은 자도 그들을 지켜보는 "이름 모를 산새 하나"도 모두 완전히 삭아서 이 세상에서 사라져버린 유골의 빈 곳처럼 무無의 존재들, 실재하지 않는 존재들이다.

2. 결정체로 남는 과거의 시간

　　김영석 시인은 현재에 발생하거나 실재하는 소재들 대신에 지금, 여기와는 멀리 떨어진 과거의 풍경들을 시에서 다루고 있다. 그의 시적 자아

의 기억에 의지하여 과거의 시간은 현재에 다시 재생된다. 시인이 현재
에 불러내 온 과거의 것들은 소멸이 완료된 상태의 것으로 사라지지 않
고, 오히려 현재의 것들보다도 단단한 결정체를 지닌 것으로 나타난다.

> 파장이 되자
> 쇠전거리의 횅한 공터에
> 말뚝들만 남았다
> 말뚝에 묻어 있는 쇠털이
> 남은 햇볕을 받고
> 가늘게 떨리며 반짝이고
> 말뚝의 그림자가
> 소리없이 점점 길어진다
> 쇠전 귀퉁이에 노점을 벌인
> 노파 하나가 아직도 주저앉아
> 말뚝만 남은 공터를
> 멍하니 바라보고 있다
> 가지나 호박 등 자잘한 고지말랭이들이
> 모닥모닥 쌓여있고
> 먹다만 고구마를 손에 든 채
> 어린 손자 애는 잠들어 있다
>
> 한 아이가 세 발 자전거를 타고
> 쇠전거리 끝으로 사라지고 난 뒤에도
> 국밥집 유리창에 되비친
> 동그란 노을 빛 속에
> 노파는 고지말랭이와 함께
> 그대로 남아 있었다.

－「고지말랭이－기상도氣象圖 4」 전문

위 시에서도 시인은 과거 속으로 사라져 버린 것들에 대해 노래한다.
파장이 되고 시장거리에 남아 있는 것은 공터이다. 비어 있는 쇠전거리

에는 소를 매놓았던 말뚝만 남아서 남겨진 것의 비루함을 햇볕에 드러 낸다. 고지말랭이를 못 다 팔아 아직도 자리를 지키고 앉아 있는 노파 역 시 파장한 공터의 풍경과 다르지 않다.

그러나 '동그란 노을 빛 속에/ 노파는 고지말랭이와 함께/ 그대로 남 아 있었다.'를 보면 공터와 다르지 않은 노파는 영원히 사라지지 않을 것 처럼 파장의 풍경에 응결되어 있다. 노파는 사라질 것들이 모두 소멸하 고 난 뒤에 남은 풍경에 응결되어 있다. 노파는 사라질 것들이 모두 소멸 하고 난 뒤에 남은 앙금이나 결정체처럼 보인다. 노을은 사라지는 것이 지만, 사물을 비추는 순간에 그 빛의 붉음이 영원히 지속될 것 같은 색채 감을 우리에게 각인시킨다. 노파도 곧 사라질 노을처럼, 그러나 강력한 색채처럼 공터에 앉아 있다. 노파를 "그대로 남아 있"도록 만드는 곳이 화자의 기억인 것이다. 노파는 세상에서 가장 단단한 존재, 화장 뒤에 남 는 육신의 결정체인 사리처럼 화자의 시각적 기억 속에 존재한다.

혼자 집을 보고 있는 아이가
거울 조각을 가지고 놀고 있다
텃밭은 파꽃이 환하다
어디서 지빵나무 향내가 풍겨 온다
아이가 기둥의 벌어진 틈마다
거울 조각으로 햇볕을 비추어 보는데
탱자나무 울타리 사이로
흰 옷 깃 어른어른
누군가 옛노래를 부르며 간다.

－「옛노래－기상도氣象圖 6」전문

김영석 시인의 시에는 실재하는 공간이 없다. 일상이 소재로 쓰였을 경우도 일상의 생활적 요소들은 사라지고, 신비적 시간과 장소로 바뀐 다. 「옛노래－기상도氣象圖 6」에서 아이가 등장하고 있기는 하지만, 아이는 화자의 과거 속의 존재처럼 보인다. "파꽃이 환하다"에서도 환한 빛은 현재에 감각하는 생생한 빛이 아니다.

파꽃이 핀 텃밭은 현재적 공간이 아닌 것처럼 나타나며, 지빵나무(측백나무) 향내가 풍겨오는 곳도 화자는 알지 못한다. 다만 그 향내만은 지각할 수 있을 뿐이다. 텃밭에 핀 환한 파꽃의 빛과 알 수 없는 곳에서 풍겨오는 측백나무 향내와 울타리 사이로 어른거리며 지나가는 흰 옷의 "누군가"는 모두 이 작품의 몽환적인 분위기를 형성한다.

김영석 시인은 그가 경험하는 일상들에 감춰져 있는 배경에 대해 예민하게 감각한다. 이러한 그의 감각은 평이하게 드러나 있는 일상에 낯설고 생생한 빛을 던지고 있는 지점들을 시인이 발견하도록 만든다. 그렇기 때문에 그가 일상적 소재와 사건들을 시에서 다루고 있어도 일상은 신비롭고 몽환적인 분위기로 바뀌게 된다. 또한 과거를 시에서 재현하는 일은 다른 시인들의 창작 과정과 다를 바 없지만, 김영석 시인의 시가 달라지는 지점은 그의 시적 자아의 기억에 의해 환기되는 과거가 현재에 속한 것보다도 단단한 결정체로서 나타난다는 점이다. 그가 불러낸 과거의 것들은 그의 시에서 현재에 속한 것들이 지니는 생생함을 뛰어 넘는다. 과거에 속한 것들은 시인의 의식 속에서 소멸하거나 사라지지 않는다.

(서정시학, 2007, 여름호)

진정성에 관한 포즈

김 석 준

진정성이란 무엇인가. 도대체 참된 것과 바른 것의 실체는 어디에 있는가. 그것은 인간의 마음속에 있는 형이상학적인 어휘인가. 아니면 현실에서 구현될 수 있는 가치체계인가. 인간은 무엇을 진정한 것으로 믿고 의지하는가. 진정성이라고는 찾아 볼 수 없는 현대의 기호 앞에 진정 진정성이란 존재하기는 하는 걸까. 인간의 말들 속에 자주 회자되지만 진정성이라는 용어를 대할 때, 막연하다는 느낌이 들고 때론 당혹스럽기까지 하다.

엄밀히 말해서 우리가 살아가는 현실의 공간은 감각적이거나 즉물적인 것을 최고의 가치로 인식하고 있다. 모든 가치는 시뮬라시옹화되어 있다. 가상이 진실이고 진실은 뒷전에 물러나 아무런 의미도 발하지 못하고 있다. 그럼에도 불구하고 그 물질에 올바른 쓰임새를 규정하면서 세계를 아름다운 영혼의 기호로 승화시키는 힘이다. 그것은 진리가 실현될 수 있는 토대이고 인간의 올곧은 마음이다.

　태안사 입구에는

작은 연못 하나가 있고
못가 돌탑 위에는
돌로 깎은 커다란 봉새 알이 있다
먼 훗날 언젠가는
저 알을 품으러 어미 봉새가 온다는
아주 먼 옛날 전설을 따른 것이다
저 돌탑 위에 봉새 알을 두고서
우리가 세세년년 어미 봉새를 기다리듯
봉새 또한
마침내 한번은 품어야 할 알을
천지 밖 어느 오동나무 위에서
한없이 기다리고 있는지도 모른다
그러니 보아라
수억겁의 세월이 켜켜이 쌓인
이쪽의 저 돌덩이 알과
천지 밖 저쪽의 봉새 사이
이승의 하늘은 얼마나 아름다운가
이쪽과 저쪽에
그 영원한 기다림을 세워 놓고
아이들이 푸르게 자라는 걸 바라보며
저 못물에 아롱져 비치는
봄 여름 가을 겨울
그 새맑은 얼굴들을 두고두고 보다니
이승의 하늘은 얼마나 아름다운가.

— 「이승의 하늘」 전문

　　신화나 전설은 주술적인 사유로 무장한 기기묘묘한 허구가 아니다.
신화는 살아 있는 인간의 꿈이다. 이루고 싶지만 이루어지지 않는 유예
된 꿈이 바로 신화나 전설의 참 모습이다. 신화는 현재적이지만, 신화의
꿈은 미래적 현재이다. 그렇기 때문에 신화는 과거의 기록이 아니라, 언
제나 미래지향적인 소망의식을 인간에게 심어준다. 그러나 그 소망은

결코 이루어져서는 안 되는 꿈이다. 신화의 세계는 불가능한 것을 가능하게 만드는 신기의 세계이고, 그것은 잠재된 인간의 욕망이자, 꿈의 현실태이다. 그러므로 신화적 사유는 영원한 기다림이다. 그러나 그 기다림은 언제나 즐겁고 흥이 나며 생을 풍요롭고 아름답게 만든다.

시 「이승의 하늘」은 신화적 소망의식을 표나게 내세운 것 같지만, 결코 그렇지 않다. 시인 김영석이 지향하는 것은 신화적 사유를 표면화시켜 놓고 신화적 사유의 간극을 헤집으면서 우리가 존재하는 공간을 유미화시키는 데에 있다. 엄밀한 의미에서 신화는 시간의 이쪽이 아니라 저쪽이다. 신화적 시간은 무시간성이 지배하고 있다.

그런데 시인은 신화적 시간의 이쪽과 저쪽을 넘나들면서 인간의 원초적인 꿈과 이상을 이야기하고 있다. 신화의 저쪽을 몽상하면서 시인은 신화의 이쪽 공간을 순수한 세계로, 인륜성이 실현되는 아름다운 공간으로 만들어 놓는다. 시인은 신화의 이쪽과 저쪽의 경계에 서서 양쪽 세계를 매개하는 메신저 역할을 하고 있다.

이쪽과 저쪽 사이에 선 시인의 포즈는 유년의 해맑은 미소를 지으면서 신화의 저쪽 세계가 현실의 공간에 이루어지기를 기다리고 있다. 경계에 서있는 시인의 두 눈은 서로 다른 세계를 응시하고 있다. 한 눈은 수억겹의 신화의 세계를 투시하고 있고, 다른 한 눈으로는 이승의 하늘과 푸르게 자라는 아이들의 얼굴을 응시하고 있다. 신화의 비밀을 알아채고 있기나 한 것처럼 시인은 초연히 우리가 살아가는 이승의 하늘과 자연의 천변만화를 완상하고 있다. 신화의 이쪽과 저쪽을 공시적으로 사유하면서 세상을 아름다운 시선으로 바라본다는 것 자체만으로도 시인의 의식은 진정성이 실현되는 세계를 지향하고 있음이 분명하다.

(시와정신, 2005, 겨울호)

제4부

서 평

사람다운 삶의 쟁취를 위한 시

—시집『썩지 않는 슬픔』

이 가 림

    허울뿐인 수사의 조잡스러움과 얄팍한 기교의 경박스러움으로 독자의 눈을 홀리는 말장난이 오늘의 우리 시단을 요란스레 어지럽히고 있음을 본다. 이 같은 시단의 수상쩍은 기류에 아랑곳하지 않은 채 자신이 체험한 삶의 진실을 차분하고 건강한 목소리로 노래하는 시인을 보면 반갑기조차 하다.

    설익은 과일을 서둘러 시장에 내다 팔듯이 겉치장만 번드레한 시집을 묶어 스스로 시인임을 과시하려는 허영과는 달리, 40대 후반의 지긋한 나이에 첫 시집을 선보인 김영석金榮錫은 우선 그 출발의 모습에서부터 듬직한 신뢰감을 갖게 한다. 요즘의 들떠있는 소비지향적 물거품 문화의 흐름 속에서 올곧고 성실한 자세로 자신만의 시의 길을 열어간다는 것, 그것은 그 자체만으로도 하나의 정신적인 미덕일 수 있을 것이다.

    김영석의『썩지 않는 슬픔』은 독특한 개성적인 어조를 지니고 있다. 김영석은 시적 언어의 긴장미와 탄력성을 최대한 살리려고 애쓰면서 견인주의적 인간의지와 참다운 순정성의 가치를 끈질기게 추구하고 있다.

    김영석은 1970년「동아일보」신춘문예에「방화」가, 1974년「한국일보」신춘문예에 「단식」이 당선됨으로써 일찌감치 문단에의 입사식을 마친 시인이다. 그럼에도 이십 수년의 세월이 흘러간 오늘에야 비로소 한 권의 시집을 내놓게 된 것은 그의 말마따나 "시 없이도 이러구러 살 만한 힘이 있었기 때문"이기도 했겠지만, 시의 얼개를 빈틈없이 짜고, 언어를 단단하게 갈고 다듬어서 완벽에 가까운 작품을 빚어내고자 하는 장인적인 태도에서 그 원인이 있었을 것으로 보인다. 그의 초기작중의 하나인 「단식」은 그러한 시적 특징을 계시적으로 드러내 주는 전형적 예라 하겠다.

> 죽음 곁에서 물을 마신다.
> 잠든 세상의 끝
> 마른 땅 위에
> 온몸의 어둠을 쓰러뜨리고
> 무구한 물을 마신다
>
> 너희들의 빵을 들지 않고
> 너희들의 옷을 입지 않고
> 너희들의 허망한 불빛에 눈뜨지 않고
>
> 주춧돌만 남은 자리
> 다 버린 뼈로 지켜 서서
> 피와 살을 말리고
> 그러나 끝내
> 빈 손이 쥐는 뿌리의 약
>
> 바람이 분다
> 무구한 물도 마르고
> 씨앗처럼
> 소금만 하얗게 남는다

―「단식」 전문

여기서 우리는 일상의 세계 저 너머에 있는 절대에 다다르고자 꿈꾸는 시인의 불타는 '존재론적 갈등'을 읽을 수 있다. 이 갈증은 아무데서나 마구 퍼 마실 수 있는 불순한 물로서는 해소되지 않는다. 그것은 뼈아픈 극기의 과정을 거쳐서 얻은 '무구한 물'을 마심으로써만 가라앉게 된다. 온갖 거짓과 협잡이 판을 치는 싸움터로서의 세상에서 먹는 빵, 입는 옷, '허망의 불빛'의 유혹에 견디는 무서운 극기(단식), 즉 '피와 살을 말리는' 정신적 구도를 통해서 절대고독의 경지에 도달하게 된다. 일체의 짐승스런 욕망을 완전히 버렸을 때 가장 근원적인 것, '소금만 하얗게 남는' 가장 순수한 것이 되는 것이다.

김영석이 보이는 이러한 금욕적 정신주의는 그의 시를 관통하는 기본적인 축이 되고 있다. 비교적 최근작에 속하는 일련의 시편들, 특히 「종소리」, 「감옥」, 「갈대」, 「숯」, 「두 개의 하늘」, 「빈 들판 하나」 등에서도 깨끗하고 바른 삶에 대한 철저한 갈망이 나타난다. 그러나 김영석의 견인주의적 염결성은 알프레드 드 비니의 「늑대의 죽음」이 보여주는 것 같은, 주어진 운명을 인간다운 존엄성을 잃지 않으면서 받아들이는 체념적인 것과는 다르다. 그것은 '제 얼굴 맨살을/ 손으로 가리지도 못하는' 갈대(「갈대」), '탈옥을 꿈꾸며 창을 닦는' 감옥의 무기수(「창」), '지렁이의 막막한 울음'을 울다가 쓰러진 친구(「두 개의 하늘」), '똥통 속에 들어가 큰 소리로 우는' 김시습(「마음아 너는 거름이 되어」)처럼, 현실과 역사의 한복판에서 뒹굴며 강인하게 견디는 매우 저항적인 것이다.

그의 시가 광채를 발하는 것은 바로 이러한 '피투성이 싸움으로 깨지고 죽은 것들' 속에서 눈부신 아름다움을 포착해낼 때이다. 「꽃」이라는 시에서 보듯이, 그는 삶과의 치열한 대결 속에서 형편없이 부서졌다가 다시 살아나는 끈질긴 생명의 힘을 즐겨 노래한다.

꽃은
온 세상이 부수고 망가뜨린 조각들을

피투성이 싸움으로 깨지고 죽은 것들을
온갖 욕지기로 버려진 것들을
밤새워 주워 모은다
남김없이 한 몸에 끌어 모으고
이리저리 깁고 맞추어서
늘 아침이 되면
비로소 온전한 새 얼굴로 태어난다.

차마 볼 수 없어라
상처투성이의 얼굴이여
버림받은 쓰레기의 간절한 편지여,

―「꽃」 전문

　그가 그리는 꽃은 종래의 시인들이 흔히 묘사하는 꽃과는 다른, 세상과의 싸움에서 찢겨지고 망가진 상처투성이의 꽃이다. 그러나 그 꽃은 삶의 온갖 시련을 딛고 새로이 피어난 고통의 꽃이기에 더욱 아름답고 찬연하다.

　이렇듯 김영석은 한탄조의 애가에 빈번히 나오는 슬픔을 독창적인 은유의 연금술을 통해 새로운 의미로 승화시키는데 성공하고 있다. 이 시집의 표제시이기도 한 「썩지 않는 슬픔」에서 '멍들거나 피흘리는 아픔'이 단단한 옹이로서 시인의 삶을 지탱해주는 뿌리가 되며 '돌아가신 어머니의 흰 고무신처럼' 그 슬픔은 결코 썩지 않는 영상으로 오래오래 허전한 마음의 하늘에 걸려 있다고 묘사하고 있다. 이것은 단순한 센티멘탈리즘의 차원을 뛰어넘어 슬픔이 갖는 역동적인 힘을 새롭게 살려낸 뛰어난 예라 할 수 있다.

　그뿐만 아니라 그의 최근작들이 보여주고 있는, 노장老莊사상에 기대어 있음에 틀림없는 '도道의 시학'의 세계(이 시집의 제3부에 수록되어 있는 잠언시의 경우)와 흙의 정서(특히 「종소리」의 경우)를 담고 있는 깊은 생명긍정의 세계를 주목할 필요가 있을 것이다. 우주적 질서에 자연스럽게 적응함으로써 사람다운 삶의 이치를 터득하고자 하는 그의 시적 지향은 알게 모르게 서구적 방법에 길들어 있는 우리 시단의 진로에 또 하나의 뜻있는 길의 개척이라 할 만하다.

(녹색평론, 1993.3)

내려다 보는 세상, 그 스산함과 적막함

─시집『썩지 않는 슬픔』

한 무

스무 해 넘게 써 온 시들이 한 권의 시집 안에 도사리고 있다. 읽는 사람에게는 꽤 까다롭다. 왜냐하면 한 편 한 편이 그만큼 다른 나이와 색깔을 지니고 있으면서도 겉으로는 이를 가리고 있기 때문이다. 이러한 압축과 배열은 시에 대한 시인 자신의 신념과 신뢰의 표시라고 생각된다. 대단한 자신감이다.

그는 세상을 내려다보고 있다. 지상에 발붙인 자의 시선이 아니다. 자기 키만큼 수평적으로 보는 것이 아니라 자기 키보다 훨씬 큰 키로 하향적으로 보고 있으므로 이는 인간의 시선이 아니라 이를테면 신의 시선이다. 신의 눈에 비칠 때 원근이나 시공의 차이, 애증의 깊이조차 무관할 터이므로 투명한 무중력의 세상이 될 것이다.

만사가 소리조차 멈추고 그저 전신을 드러낼 뿐이다. 흙은 "제 자식들의 덧없는 주검을 가슴에 묻어 두고 삭일 뿐"(「종소리」)이고, "눈멀고 귀먹은 논바닥이 등신같은 어깨의 저 어둑한 산맥들을 더 높이 세워 놓고"(「길」) 있다. 바다조차도 소리내지 않는다. "벙어리의 귀 속에 잠들어 있고" "육지 하나 끝없이 누워있다."(「바다」) 집도 뜰도 고적하다. 빈 집 마당에 아무도 거두지 않은 흰 빨래는 "깨인 넋처럼 빈 집을 지키고"(「흰 빨래」) 하얗게 빛난다. 봄날에 떼로 몰려 다니는 사람들도 벙어리다. "떼로 몰려 꽃나무를 흔들어 대고" 있다(「봄날에」). 죄 나와서 손들을 흔들고 아우성을 지르지만 모두 벙어리이며 벙어리 새끼들이다.

이러한 시선의 투명성은 인간의 죄악과 어리석음, 그 분별없음을 보게 한다. 「범인」은 이러한 시선이 가장 잘 드러나 있다.

> 삽질하던 손을 멈추고
> 사내는 주위를 둘러본다
> 여전히 하늘은 푸르고
> 골짜기는 바람만 살랑인다
> 손발이 묶인 어린 계집아이를
> 구덩이 속으로 사납게 밀어 넣는다
> 버둥대는 계집애의 질린 얼굴이
> 파놓은 흙빛과 하나다
> 후미진 양지밭에
> 흰 들국화가 오종종 몰려 서 있다
> 사내는 냄새를 맡아보고
> 꽃잎을 손으로 짓이겨본다
> 가랑잎 소리에 주위를 둘러보고
> 거칠게 수음을 하기 시작한다
> 산길을 내려가는 사내의 손에
> 딸애한테 주려고 꺾은
> 빨간 까치밥 열매가 들려 있다
> 하늘이 푸르고 적막하다.

> – 「범인」 전문

여자애를 생매장하고, 수음을 하고, 자기 딸애를 위해 까치밥 열매를 들고 산을 내려가는 사내. 마치 가축을 보는 것 같은 시선이다. 하늘이 푸른 것, 후미진 양지밭에 흰 들국화가 오종종 몰려 서 있는 것을 보지만, 그것은 인간에 대한 희망이나 위안이 아니라 혐오감의 표시이다. 하늘에서 볼 때 사람은 하찮고 무지한 존재이다. 그러므로 "생명 보험금을 받아 들고 돌아와/ 정부와 다정하게 밥을 먹고 있다."(「파도」) 세상이 쇠죽 끓듯 하지만 이를 보는 시인의 감정은 극도로 절제되어 있다. 오히려 스산함과 적막함이 감도는 것은 그의 시선이 허공에 떠 있기 때문이다.

허공은 참으로 잔혹한 존재이다. 간혹 종도 걸어 치게 하고(「종소리」) 매 한 마리를 맴돌게 하지만(「매」) 본질은 푸르고 적막하고(「범인」) 무덤처럼 고요하다(「채석장」). 투명한 거미줄과 한 빛이 되기도 하고(「잠자리」) 덫이 숨겨진 곳이기도 하다(「덫」). 허공은 투명한 빛과 함께 있으므로 사람들은 그 품안이 관대하다고 믿고 있지만 사실은 다르다.

허공은 일어설 힘이 없어
겨우 만물에 기대어
누워 있다
청맹과니 눈을 뜬 채
골똘히 저를 생각하고 있다
골똘히 저를 생각하면 할수록
텅 빈 생각이
텅 빈 생각을 낳고
텅 빈 제가
텅 빈 저를 낳을 뿐이다.

이런 허공에 복수하는 길은
시간이 무한히 새끼를 치듯
모두가 골똘히 저를 생각하여
무한히 번식하는 일밖에 없다
장미는 장미를 낳고
모래는 모래를 낳고
도시는 도시를 낳고

도깨비는 도깨비를 낳고
전쟁을 낳고
꿈을 낳고
별을 낳고

그러나 결국
이것도 헛된 일이 되고 만다
모두가 열심히 번식하면 할수록
무한히 텅 빈 저를 낳는
허공의 튼튼한 받침대가 되고
안식처가 될 뿐이므로
번식할 수도 없고
번식 안할 수도 없다.

─「허공」 전문

허공은 스스로는 "일어설 힘이 없어/ 겨우 만물에 기대어/ 누워 있다/ 청맹과니 눈을 뜬 채/ 골똘히 저를 생각하고 있다." 인간과는 무관한 존재, 비정한 존재이다. 그 무한으로, 인간 존재의 필연성, 삶의 잔혹을 더욱 드러나게 한다. 그것은 인간의 삶을 먹고 사는 것이다.

아구를 끓여 먹다가 허공을 보고 시인은 문득 그 사실을 확인한다. "문득/ 저 텅 빈 허공의 주린 뱃속을 둘러보면서"(「아구」) 허공을 본다. 허공에서 뜬 눈이라면, 우리의 육체, 한정된 수명이야말로 일종의 감옥으로 보일 것이다. 허공에 먹히지 않기 위하여 지상에 쌓는 것이 감옥이며 그 감옥 안에서만 허공으로부터 온전할 수가 있다. 그러므로 삶 자체가 죄를 짓는 일이고 삶을 가능하게 하는 일이다. 죄가 어떠한 것이든 누구나 범인이다(「현장」, 「파도」). 그러므로 누구나 누구도 증인을 설 수가 없다. "우리 모두가 증인이므로" "증인은 한 사람도 찾을 수 없다."(「증인」) 삶의 필연성, 존재의 조건 자체가 감옥이 되는 것이다. 죄수란 "가슴 깊이 별을 지닌 사람들"이고, "타는 그리움으로 노래를 불러본 사람들"(「감옥」)이다. 벽을 허물고 싶어 하지만 그것은 존재 자체를 허무는 일이므로 단지 꿈꿀 뿐이다(「창」).

이 시집의 몇 부분에서 그가 세상의 적막함과 스산함을 내려다 보는 존재로서 멈추고 있지 않음을 보여 주고 있다. 이것은 최근의 변화인지 조금 더 전부터 시작되고 있는 것인지 확실치 않다. 그는 어느새 지상에 두 발로 선 채(「빈 들판 하나」) 얼어붙은 어둠 속에서 눈을 부릅뜨고 불을 낳고 있다(「방화」). 다음의 작업을 지켜보고 싶다. 왜냐하면 품격 있는 고결한 시를 읽는 것은 보기 드문 경험, 희귀한 기쁨에 속하기 때문이다.

(배재신문, 1993.3.23)

오랜 시간 속 신神이 된 자리에서 흔적 찾기

―김영석 시집『모든 돌은 한때 새였다』

송 기 한

김영석의『모든 돌은 한때 새였다』는 매우 독특하게 기획된 시집이다. 시인은 '세설암 전설'을 알고 있는 유일한 사람으로서 그 내막을 기록해야 한다는 어느 정도의 의무감을 지닌 채 이 시집을 엮게 되었다고 말하고 있다.

'세설암 전설'은 지금의 법주사가 세워지기 훨씬 전 그 자리에 동관음사라는 큰 절이 있었는데 이 절의 융성이 결국은 그보다 더 이전의 세설대사라고 하는 전설적인 인물의 법력法力에 따른 것이었음을 골자로 한다. 지금까지 유적으로 남아있으며 세월의 신비한 모습을 전해주는 그 절터에서 시인은 알 수 없는 이끌림을 느꼈지만 그곳이 동관음사 절터라는 것 이상의 어떤 것도 알아낼 수는 없었다. 그 후 십여 년의 세월이 지난 뒤 시인의 꿈에 세설대사가 나타나 시인의 이름을 부르는데 그러한 꿈을 거의 매일 꾸다시피 하였다고 한다. 이쯤 되자 시인은 세설대사와의 인연을 생각지 않을 수 없게 되고 그 힘에 의해 이 시집을 쓰게 된 것이다.

말하자면 이 시집은 실재 같기도 하고 허구 같기도 한 전설에 의거하여 시인 자신의 대단히 내밀하고 개인적인 이야기이면서 또 대단히 우주적이고 보편적인 이야기가 서로 구분없이 뒤엉켜 있는 지점에서 탄생한 매우 신비스런 말의 기록임을 알 수 있다. 그리고 그 영묘함을 증명이라도 하듯 시는 그 내용과 형태가 깊은 진리의 형상을 띄듯 빚어지고 있다.

> 뜨락을 가꾸지 않은 지 여러 해
> 온갖 잡초와 들꽃들이
> 절로 깊어졌다
> 풀숲 여기저기 흩어진 돌들은
> 깊은 생각에 잠겼다
> 이제 내 마음대로
> 저 돌들을 치우고
> 잡초를 뽑을 수 없다는 것을
> 조용히 깨닫는다.
>
> ─「버려둔 뜨락」 전문

> 사람인 내가 신을 생각하면
> 아주 크고 온전한 하나의 고요
> 그것 말고는 아무것도 생각할 수 없습니다
> 사람의 말이란 하면 할수록
> 자디잘게 깨어지는 거울 조각 같아서
> 무엇 하나 온전히 비출 수 없어
> 매양 서로 부딪치며 시끄럽기 때문입니다
> 그러나 또한 사람의 말은
> 어느 결 덧없이 녹고 마는 눈송이 같아
> 고요의 거울은 늘 씻은 듯 온전합니다
> 신이 어찌 말하겠습니까
> 고요가 더는 어찌할 수 없는 지경에서
> 싹으로 트고 꽃봉오리로 벙글고
> 더러는 바람으로 갈꽃을 그려 내지만
> 봄 여름 가을 겨울

천지가 어찌 말하겠습니까
바로 지금 조용히 바라보세요
고요의 거울 속
꽃가지 그림자에
작은 벌레 한 마리 기어갑니다.

-「고요의 거울」 전문

　오랜 세월 동안 사람의 손이 닿지 않았던 곳에서 느낄 수 있는 처연함
과 고요함은 누구의 몸부림이고 무엇의 흔적인가? "바람은 꽃잎을 나부
껴/ 제 몸을 짓고/ 꽃잎은 제 몸이 서러워/ 바람이 되"(「낙화」)는 길고 긴
순환을 거쳐 지금 피어 있는 '들꽃'과 '잡초', 그리고 '돌'들은 사람과 무
연無緣한 곳에서 저들의 역사를 만들어 왔다. 그 흩어져 있는 모양새가
너무도 그윽하고 잔잔해서 시인은 마치 사람 아닌 누군가에 의해 가꾸
어지고 길들여진 듯한 착각에 사로잡힌다. 그것이 아니라면 들꽃과 풀
들과 돌들이 저마다의 힘으로 자기의 자리를 지켜오고 있었다는 부정할
수 없는 사실을 인정해야 한다. 그러한 힘들은 '나'와는 아무 상관이 없
는 독자적인 영역이므로 그들을 함부로 침범할 수 없다. 그곳은 인간과
무구한 시간과 공간의 간격 속에 놓여있는 것이다.
　영겁의 시간 동안 사람의 손길이 닿지 않는 곳을 여전히 생명이 깃들
어 있는 곳으로 지킬 수 있었던 힘은 어디에서 비롯된 것일까? 시인은
그 자리에 '신'을 가져다 놓는다. '신'은 '아주 크고 온전한 고요'로서 신
이 '고요로 더 이상 어찌할 수 없는' 때에 '싹이 트고 꽃이 피고 바람으로
갈꽃을 그리고' 한다는 것이다. 다시 말해 지금 여기에 서 있는 '나'와 이
곳의 자연 사이의 거리는 '사람'과 '신' 사이의 거리이기도 하며, 따라서
이곳 자연을 그 자체로 인정하고 존중하는 것은 신에 대한 경외감에 의
한 것이라 할 수 있다.
　사람은 알 수 없되 범접할 수 없는 신 앞에서 적어도 말을 아끼고 행동

을 삼가야 어리석음을 면할 수 있을 터, '사람의 말이란 하면 할수록 자디잘게 깨어지는 거울 조각 같아서 무엇 하나 온전히 비출 수 없'기 때문이다. 대신 자연은 침묵 속에서 모든 일들을 행한다. '풀잎에 머물던 이슬이 이내 하늘로 돌아가고 흰 구름이 이윽고 빗물 되어 돌아오'(「모든 돌은 한때 새였다」)는 것이나 봄 여름 가을 겨울에 걸친 깊고 찬란한 이야기를 만들어내는 것도 모두 자연의 고요가 빚어낸 거대한 역사役事가 아닐 수 없다.

어찌 보면 이 '나'도 나도 모르는 오랜 세월이 깃들어 만들어진 신의 작품이라고 말하지 못할 것인가?

> 어느 봄 물 오르는 갈매나무 아래서
> 나는 문득 깨달았네
> 내 마음이 아주 오래된 물이란 것을
> 맨 처음 한 방울의 물에서 생명이 움트던
> 그 아득한 날부터
> 높고 낮은 온 세상을 돌고 돌아
> 내게 흘러와 고인 한 줌 물이란 것을
> 내 마음도 물 비늘을 반짝이며
> 갈매나무 푸른 잎사귀와 함께 찰랑거릴 때
> 나는 문득 깨달았네
> 아직 가보지 않은 미지의 산과 바다
> 그리고 먼 나라 낯선 땅이 그리운 것은
> 아주 오래된 내 마음의 뒤안
> 그 깊고 먼 곳이 알고 싶기 때문인 것을
> 홀로 걷는 숲길이
> 바로 내 안으로 가는 길인 것을
> 갈매나무 곁에서 나무가 되어
> 나는 문득 깨달았네
>
> ─「오래된 물이여 마음이여」 부분

'나'는 비록 지금 이곳에서 이와 같은 형상을 하고 이 순간에 촉발된 의식과 사유를 하고 있지만, '내가 아직 가보지 않은 미지의 산과 바다 먼 나라 낯선 땅을 그리워' 하는 것을 볼 때 실은 이 '나의 마음'은 이 순간에 한정된 것이 아니라 오랜 세월에 의해 흐르고 흘러 '내게 흘러와 고인' 것이 아닐까 하는 예감이 든다. 내가 지금 여기에 전후 없이 존재하는 것이 아니라 기나긴 시간과 거대한 자연의 역사役事 속에서 이루어진 '한 줌 물'이라는 예감은 '갈매나무 푸른 잎사귀 찰랑거림과 함께 내 마음도 물비늘을 반짝'일 때, 나도 '갈매나무 곁에서 나무가 될 때' 확고해지는 것이었다. 아무런 연관도 없이 긴 세월 자기의 자리를 지녀왔던 이곳의 자연에서 문득 일체감을 느끼게 되는 것은 시인으로선 매우 뜻밖이고 당혹스러운 일이라 할 것이다. 이곳에 대해 시인이 알고 있는 것이라거나 앞으로 알 수 있는 것은 지금 눈으로 보고 들은 것 이외에는 없기 때문이다. 그럼에도 불구하고 이곳을 계속해서 헤매고 떠돌고 싶은 까닭은 무엇으로 설명할 수 있을 것인가?

시인은 그것을 인연因緣이라고 설명한다. 시인 자신이 어쩌면 전설로 전해오는 '세설대사'의 분신이거나 환작幻作이 아닐까하고도 생각해본다. 시인이 세설암의 절터를 소요하게 된 것이나 세설대사의 부름을 들었던 것, 그리고 그에 얽힌 시를 쓰게 된 것도 시인에 의하면 모두 깊고 깊은 인연에 따른 필연적인 것이었다는 점이다. 시인은 세설대사의 꿈을 꾸고 나서 못내 그리던 세설암 터가 결국 자신의 마음속에 있었음을 깨닫게 된다. 위의 시에서 '홀로 걷는 숲길이 바로 내 안으로 가는 길인 것'이라고 말한 이유도 여기에 있다.

지금까지 살펴본 시들을 통해 우리는 일반인들이 쉽게 지나쳐 버리되 깊은 진리를 담고 있는 형이상학적 질문들을 풀어나갈 수 있었다. 그들은 사물이나 자연, 세월, 죽음, 인연 등 인간이 질기고도 강력하게 묶여 있으면서도 쉽게 해명할 수 없는 문제들을 독특한 시적 방법들을 통해 형상화 하고 있었다. 시인의 사유는 어느 정도 공통적인 유대 속에 놓여 있으면서 그 형상화 지점은 각기 조금씩의 차이를 보였다. 그러나 이러한 지점들은 모두 긴요하며 우리들의 일상화된 사유의 폭을 확장시킨다는 점에서 깊이 반추해 보아야 하는 부분들이 아닐 수 없다.

(시와정신, 2004, 가을호)

'사이'의 시학

—시집『외눈이 마을 그 짐승』

고 인 환

　김영석 시인은 "의미의 지적 조작이 도를 넘"은 시단에 경종을 고하
며, 동양의 전통적 시정신의 한 핵심에 닿아 있는 '관상시觀象詩'와 이야
기를 배경으로 한 '사설시辭說詩'를 실험하며 '새로운 시적 영역'을 개척
하고 있다. 그 젊음의 열정이 후끈하다.
　김영석 시인은 이번 시집 도처에서 '사이'의 시학을 펼쳐 보인다. '사
이'는 '빈 곳', '구멍의 허공', '경전 밖', '빈 자리' 등으로 변주되고 있는데,
'현실과 현실 너머 사이'를 의미한다. 이를 매개하는 이미지가 시이고,
더 구체적으로는 느낌과 직관을 중시하는 '관상시'이다. 이를테면 다음
과 같은 식이다.

　　　길은
　　　다시 길을 찾게 한다
　　　길에 갇힌 나그네여
　　　어디서나 푸르게 솟는
　　　저 이름 없는 잡초를 보라
　　　너의 온 몸과 마음이

늘 푸른 길이 되어라.

－「길은 다시 길을 찾게 한다」 전문

이 작품에서 '길'은 일차적으로 어떤 목적을 향해 나가가는 수단, 방법, 방식(현실) 등을 지시한다. 따라서 근대인들은 '길에 갇힌 나그네'라 할 수 있다. 한편 뚜렷한 방향성이나 구속이 없이 "어디서나 푸르게 솟"은 "저 이름 없는 잡초"는 '길 너머(현실 너머)'에 존재한다. 이 길(나그네)과 길 너머(잡초)를 매개하는 이미지가 "푸른 길"이다. 시인은 "온 몸과 마음"이 "늘 푸른 길"이 되는 이 세계를 지향한다.

이 세계는 시집 도처에서 살아 숨쉬며 다양하게 변주되는데, 시인은 '관상시'라는 형식을 통해 이 '사이'에 집을 짓는다. 시인이 구축하는 집의 이미지는 초월과 세속의 무늬로 직조된다. 이 현실과 현실 너머를 매개하는 이미지는 "보이지 않는 옛 사원"(「꽃과 꽃 사이」), "이승의 하늘"(「이승의 하늘」), "빛 속에 드러난 제 얼굴"(「그림자」), "허공 같은 큰 무덤"(「무덤에 대하여」) 등이다. 이러한 이미지는 구체와 추상, 현실과 전설, 어둠과 빛, 이름과 무명 등으로 변주되며 '지금 여기'와 '지평선 너머'를 소통시키고 있다.

시인은 이를 포착하기 위해 "비급秘笈"을 찾아 헤매는 "은자隱者"가 되기를 자처한다.

진실로 이 세상에 은자가 없다면
저잣거리의 난장판 어느 구석에서
햇살에 조용히 몸 덥히는 맨 흙살을
우리는 영 볼 수도 없고
들판의 말뚝에 매여 되새김질하는 황소의
큰 눈 속 푸른 하늘로 점점이 날아가는
작은 새들이 있다는 이야기를
우리는 영 알 수도 없을 것이다.

－「은자隱者에 대하여」 부분

하지만 은자가 포착하는 현상, 즉 "햇살에 조용히 몸 덥히는 맨 흙살"
이나 "황소의/ 큰 눈 속 푸른 하늘로 점점이 날아가는/ 작은 새들이 있다
는 이야기"가 '지금 여기'의 현실과 구체적으로 접목되지 않는 것은 아
닐까? 이러한 사실을 구체적 일상, 즉 비급이 존재하는 '지금 여기'에서
탐색하면 어떨까? 다시 말해, "저잣거리의 난장판 어느 구석"이나 "들판
의 말뚝에 매여 되새김질하는 황소"에 강조점을 두면 어떨까? 여기에서
"비급"이 '지금 여기'에서 어떻게 존재하며, 이를 어떻게 포착할 것인가
의 방법론이 제기된다.

　이를 살펴보기 전에, 김영석이 지향하는 시적 방법론, 즉 전통 서정의
정수를 음미해보자.

　　　서리 낀 저녁하늘
　　　줄지어 철새들이 날아간다
　　　어느덧 내 안의 길을 지나
　　　하늘의 길 따라 날아간다
　　　강물이 내 안 어딘가 물길을 지나
　　　굽이굽이 벌 끝으로 흐르고
　　　노루 사슴이 내 안의 오솔길을 벗어나
　　　어드메 깊고 깊은 산길을 달린다
　　　가랑잎도 바람에 불려
　　　내 안 어느 공터를 구르다가
　　　이슥한 뒤안으로 돌아간다

　　　오늘도 돌탑에 기대어 서서
　　　내가 바로 하나의 길이었다고
　　　다시 한번 조용히 깨닫는다
　　　내 마음의 밝음과 어둠
　　　슬픔과 그리움과 쓸쓸함이
　　　내 안의 길목을 지나가는
　　　한갓 만물의 기척이었다고

다시 한 번 조용히 깨닫는다.

— 「만물이 지나가는 길」 전문

"철새", "강물", "노루 사슴", "가랑잎" 등이 "내 안의 오솔길"을 지나 "날아간다(흐른다, 달린다, 돌아간다)." 이를 통해 시인은 스스로가 "하나의 길이었다고", "마음의 밝음과 어둠/ 슬픔과 그리움과 쓸쓸함"이 내면의 "길목을 지나 가는/ 한갓 만물의 기척이었다고/ 다시 한 번 조용히 깨닫는다." 세계(자연) → 자아(내 안의 길) → 세계(자연/자아)로 이어지는 전통 서정의 진수를 보여주는 작품이다. 이러한 전통 서정의 세계는 "눈", "귀", "코"(감각기관)에 매혹, 현혹되었던 세계에서 "쓰레기", "새소리", "거름" 등 감각기관 너머의 세계에 대한 발견으로 이어지기도 하고(「나의 삼매三昧」) 자아와 세계의 이분법을 넘어선 새로운 서정을 펼쳐 보이기도 한다.

억새가 바람에 흔들린다
흔들리는 억새의 그림자와
나란히 흔들리는 내 여윈 그림자를
가만히 내려다보는
나를 거울 들여다보듯
내가 또 보고 있을 때

누구인가
이 모양을 또 고요히 응시하는 이

돌아보면 그림자는 허공에 져
그 누구는 늘 보이지 않고

어디인가
흐르는 물소리만 아득하다.

— 「응시」 전문

"억새"와 "나란히 흔들리는" "나", 그리고 이를 "가만히 내려다보는/나"는, '바라보는 나'와 '보여지는 나'로 분리되는 서구 중심의 이분법적 시선을 연상시킨다. 그런데 시인은 여기에 이를 "또 보고" 있는 나와 이 모두를 고요히 응시하는 "그 누구"를 설정한다. 김영석 시인의 서정은 서구의 이성 중심주의를 넘어선 곳에 설정된, 이 "나"와 "그 누구" 사이의 관계에서 직조된다. 여기에서 "그 누구"는 "절대자/어머니/동양의 시학" 등으로 표상되는데 이성 너머의 시선을 상징한다. 김영석 시인의 "우리"를 통해 포착한 세계는 바로 여기에서 나온다. 이를 통해 자아와 세계의 억압적(종속적) 관계가 해소된 아득히 "흐르는 물소리"의 서정이 포착된다. 여기에서 "아지랑이"가 피어오른다.

> 먼 산에 아지랑이가 있어
> 눈으로 그것을 보는 것이 아니다
> 우리의 눈빛이 닿는 곳에서
> 비로소 아지랑이는 피어오른다
> 우리의 눈빛으로 피어나는
> 저 꿈결 같은 아지랑이 속에서
> 푸른 산색이 돋아나고
> 별들은 이슬 속에서 반짝인다
> 아지랑이는 살갗처럼 따뜻하고 부드러워
> 단단한 바위의 가슴도 열고
> 감추인 바다를 보여주느니
> 아득한 물이랑의 어느 섬에서
> 오늘도 내 눈빛을 기다리고 있는 그대여
> 너와 나의 눈빛 끝에서
> 아지랑이가 피어나고
> 바람이 인다.

> ―「아지랑이」 전문

"먼 산에 아지랑이가 있어/ 눈으로 그것을 보는 것이 아니"라, "우리의 눈빛이 닿는 곳에서/ 비로소 아지랑이는" "우리의 눈빛으로 피어"난다. 이 "살갗처럼 따뜻하고 부드러"운 "아지랑이"를 통해 시인은 "단단한 바위의 가슴"을 열고 "감추인 바다"의 속살을 벗긴다. "아지랑이"의 시선은 다음의 시에서 눈물겹도록 아름다운 풍경을 길어 올리고 있다.

> 공원의 벚꽃길이
> 하얗게 꽃잎으로 덮여 있다
> 한 노숙자가 모로 쓰러져 잔다
> 빈 소주병 하나가
> 엎질러진 새우깡 봉지 옆에 누워 있고
> 반쯤 남은 소주병 속에는
> 꽃잎 하나 떠 있다
> 띄엄띄엄 지나가는 사람들이
> 한 번씩 눈을 주고는
> 날리는 꽃잎 속으로 멀어진다
> 어머니의 손을 잡고 가던 아이가
> 자꾸 돌아보고 돌아보곤 하는데
> 문득 자욱한 꽃보라에 싸여
> 어머니와 아이가 둥실둥실 떠올랐다
> 애벌레처럼 웅크린 노숙자 위로
> 한 떼의 꽃잎들이
> 아주 천천히 내려앉고 있었다.

> ─「노숙자─기상도氣象圖 21」 전문

"모로 쓰러져" 자고 있는 "한 노숙자"를 "자꾸 돌아보"는 "아이"가 "자욱한 꽃보라에 싸여" "둥실둥실" 떠오르는 장면을 포착하고 있는 작품이다. "꽃잎으로 덮여 있"는 "공원"의 풍경과 노숙자의 삶이 "애벌레처럼 웅크린 노숙자 위로/ 한 떼의 꽃잎들이/ 아주 천천히 내려앉고 있"는 장면으로 포개진다. 더 이상 무슨 말이 필요하겠는가?

끝으로 산문과 운문을 결합시킨 사설시를 감상하는 즐거움 또한 이번 시집의 **빼놓을** 수 없는 보너스다. 신화(설화/전설)의 세계와 '지금 여기'의 현실을 매개하는 시인의 통찰력이 돋보인다. 다만 산문이 너무나 인상적이어서 그 꼬리에 붙은 노래가 사족 같은 느낌이 들기도 했다.

(불교문예, 2008, 봄호)

존재와 소속 사이의 갈등

―시집『거울 속 모래나라』

호 병 탁

몬드리안piet Mondrian이라는 네덜란드 화가가 있었다. 다른 사람처럼 그도 초기에는 자연적 사실주의 그림을 그렸다. 이후 아르 누보, 야수파 등의 영향을 수용하고 발전시키며 독자적인 조형성을 개척하였다. 어느 날 전시회에서 피카소와 브라크의 큐비즘 작품들을 보고 그는 새로운 경향을 경험했다기보다는 신의 계시를 받은 것처럼 충격에 휩싸였다. 그는 큐비즘의 조형성을 더 잘 터득하기 위해 파리로 간다. 그곳에서 화가는 이 양식을 독자적으로 해석해 낸 작품들을 발표하여 호평을 받는다. 브라크와 피카소에게 큐비즘은 조형적 탐구의 결론이었지만 몬드리안에게는 그것이 시작이었다. 그는 일종의 종교의 신지학神智學에 심취하였다. 극단적으로 대립하는 수평과 수직이 직각으로 만나 영구적인 균형을 얻고 완전한 미를 이룬다는 그의 신조형주의 이론은 신지학이 그 밑바탕이었다. 그는 마침내 자연을 단순화하는 단계를 넘어 수평과 수직의 대비로 우주와 자연의 모든 법칙을 요약하였다.

김영석이라는 시인이 있다. 다른 유명 시인처럼 그는 문단의 최고 등용문인 신춘문예에 당선되었다. 이후 수년간 독자적인 문학수업을 하다

다시, 다른 신문의 신춘문예에 당선해 시단의 주목을 받는다. 이 작품은 당시 신춘문예의 장시 경향을 불식시키고 새롭게 선보인 단시 형식이었다. 그는 등단 23년 만에 첫 시집인 『썩지 않는 슬픔』을 출간한다. 이때부터 시인은 새로운 시 형식을 모색한다. 사물을 보이는 모습이 아닌 관념과 철학의 본질로 해석하는 '관상시觀象詩'라는 분야를 개척했고 또 1984년 발간된 『도道의 시학』을 통해 우리의 정서, 우리의 시각에서 시를 써야 한다는 문학이론을 이미 확립한 바 있다. 그는 마침내 올해 봄 시와 산문이 하나의 구조로 결합된 새로운 형식의 시를 묶은 『거울 속 모래나라』를 세상에 밀어낸다. 몬드리안의 수직과 수평이 대립하는 것처럼 산문과 운문은 대립한다. 그에게 산문은 몬드리안의 수직이며 시는 수평이라 할 수 있다. 그러나 이 대립은 직각으로 만나 사각형을 만들고 영구적인 균형을 이루게 된다.

시인은 이 새로운 형식의 시를 편의상 '사설시辭說詩'라고 부른다고 말한다. 사설시라는 장르는 아직은 공식적으로 사용되는 것도 아니며 사전이든 관련문학 서적 어느 곳에도 찾아볼 수 없는, 시인이 스스로 만든 조어造語라고 할 수 있다. 따라서 중견 평론가이기도 한 시인은 '편의상'이라는 수식어를 앞에 달았다. 편의상이란 말이 있는 것과 없는 것은 그 의미가 천양지판으로 다르다. 그러나 이미 언론들은 편의상이란 말은 본 기억도 없는 것처럼 사설시를 정의한다. 예로 한국일보 문학단신은 이 시집의 발간을 보도하며 "사설시는 시와 산문이 하나의 구조로 결합된 시를 뜻한다"고 명쾌하게 그 정의를 독자들에게 알려주고 있다.

말 그대로 신과 지혜라는 말에서 유래한 신지학의 뿌리는 동양철학과 종교에 두고 있다. 그래서인지 몬드리안의 추상은 그 불멸의 사각형에 삼원색과 무채색만을 사용한다. 바로 목, 화, 토, 금, 수의 오행에 상응하는 청, 적, 백, 흑이자 한국의 오방색이다. 그의 사각은 한국의 조각보와 놀랍게 닮아있다. 그의 회화에서 사각 면들이 그림의 배경인지 혹은 형태인지 알 수 없다. 그의 공간은 특별한 형태 때문에 부차적으로 생기는 것이 아니라 형태와 등가의 비중을 가진다. 공간이 형태가 되고 공간이 되는, 즉 공간과 형태가 같은 가치를 지니는 구성이다.

이것은 김영석 시인의 사설시에도 들어맞는다. 동양의 고전을 섭렵하고 또 그것을 번역하기도 했던 시인은 산문과 운문의 어느 한쪽에 더 큰 비중을 두고 싶지 않다. 그는 이 두 가지가 한 작품에 공존하기를 원한다. 그리하여 '좀 더 높은 수준의 새로운 시적 영역'을 기대하는 것이다. 사실 그가 번역했던 『삼국유사』에는 물론 동서양 옛 문헌들에는 운문과 산문이 구분되지 않고 공존하고 있다. 판소리에서도 사설은 창자가 노래 사이사이에 엮어 넣는 이야기다. 이는 노랫말과 이야기가 한 작품에 공존하고 있다는 말이다.

시인은 산문으로 이야기한 후 "이러매 내가 노래한다"라는 서술을 사용하며 운문으로 넘어가는 독특한 구성으로 두 가지를 결합하는 형식을 보이고 있다. 이런 장치는 『삼국유사』의 저자 일연이 같은 방식으로 산문과 운문 사이에 삽입했던 "이에 찬한다"는 서술과 흡사하다. 또한 불경의 첫머리에 한결같이 붙는 "여시아문"이라는 서술과도 연결된다. 이처럼 평론가이기도 한 시인은 옛 문헌의 산, 운문의 결합 방식을 견인함으로써 사설시라는 새로운 형식에 그 논거를 제시하는 한편 설득력을 제고하고 있다.

시집에 수록된 12편의 작품들은 역사, 신화, 설화, 개인사, 철학적 우화 등이 주요 소재가 되고 있다. 특히 대부분 글에서 모든 현상이 생기소멸하며 원인인 인과 조건인 연이 상호 관계한다는 연기설화적 사유가 짙게 깔렸다. 『삼국유사』에서 향가와 산문을 연결하는 '찬왈' 또한 '연기'가 아니고 무엇이겠는가.

12편의 작품 중 「매사니와 게사니」부터 「바람과 그늘」까지의 다섯 편은 사설의 길이도 길고 나름대로 이야기 구조로 되어 있다.

표제작 「거울 속 모래나라」를 중심으로 읽어보자. 기승전결이 분명한 서사를 가진 이 시는 오히려 소설에 가깝다. 도입부에 한 마디 아포리즘까지 곁들여 있다. 막말로 소설은 사건에 대한 서술 이외에 아무것도 아니다. 의미의 보유체인 문장이 모여 하나의 단위 사건이 되고 이러한 단위 사건이 모여 이야기의 줄거리를 구성하게 되는데, 사건은 주인공이 부딪치는 상황과 그에 대한 주인공의 반응이 될 것이고 이 반응은 사유, 독백, 느낌, 대화 등을 포함하게 될 것이다. 이런 모든 것이 「거울 속 모래나라」에 들어 있다. 특별한 것은 이 작품—다른 네 작품도 마찬가지지만—의 서사가 매우 환상적이라는 것이다. 이런 환상적 특징은 상징성으로 자연히 연결된다.

이러한 환상과 상징성은 다의적인 해석의 가능성을 열어 놓는다. 앞으로 다양한 해석 시도가 이루어지겠지만 모든 접근을 가능하게 하면서도, 어떤 확실한 일의적인 해석은 불가능하게 하는 것이 이 작품이 될 것 같다.

우리는 내부세계를 의미하는 존재와, 외부세계를 의미하는 소속과의 두 세계에서 살고 있다. 그런데 두 세계는 언제나 화합 대신 갈등의 형태로 다가오기 마련이다. 「거울 속 모래나라」의 주인공 P는 바로 양쪽 세계를 상징하는 거울 밖과 거울 안에서 극단적인 갈등을 겪는, 그리고 상반된 두 방향에서 정신적 방황을 하다가 결국 좌절하고 마는 대학강사이다.

주인공은 거울 속에 들어가기 전 「언어와 인식의 형상으로서의 세계」라는 논문에 매달려 고심하고 있다. 갑자기 '수천 마리의 불개미가 뇌수를 파먹'는 두통을 느끼고 거울에 이마를 기댔는데 주인공은 거울 안의 세계로 들어가고 만다. 여기서 P라는 호칭과, 골 때리는 논문제목과 대학강사라는 직업은 우리가 보기에도 주인공이 세계의 소속에서 벗어나려 하는 당위성을 보여준다. 거울 안의 세계라고 그에게 안식을 주는 곳은 아니다. 그곳은 사람들이 「ㅂㅅㅅㅅㅈㄹㄹㄹㅊ」이라는 '자음들만 연결되는 듯'한 해괴한 말을 쓰는 사람, 아니 사람의 탈을 뒤집어 쓴 '헛것'들이 사는 곳이다. 꽃, 풀, 산, 들 보이는 모든 것이 '모래의 신기루에 불과한 모래나라'였다.

그는 다시 세계소속 의지를 보이며 복귀를 희망하지만 그것도 여의치
못하다. 소속의식의 가장 명시적인 현상은 살을 맞부딪치는 성애다. 그
러나 주인공에게는 여자 역시 순수세계를 배신하는 외부세계의 일원으
로 쟁취할 수 없는 속성을 띠게 된다. 주인공이 거울 밖으로 내다본 아내
는 '벌건 대낮에' 주인공의 방에서 '생전 처음 보는 어떤 사내놈하고' '땀
으로 번들거리는 알몸뚱이'로 '엉겨 붙은 채 꿈틀대고' 있다. '개 같은 연
놈들은 아주 날을 받아 뿌리를 뽑기로 작정하였는지 지친 기색도 없이
질기게 그 짓을 계속하고 있었다.'

그러나 세계의 소속에 있어 에로스는 가장 강렬한 본능적 표현이고
물론 그 대상은 여자다. 주인공은 모래나라에서 주인공과 같은 도시에
서 서점을 경영하는 K라는 여자를 만났다. 곡절 끝에 거울을 등지고 몸
을 던져 거울 밖으로 탈출한 주인공은 거울 속에서 헤어진 K라는 여자
를 찾아본다. 놀랍게도 서점도 그녀도 그곳에 있었다. 그러나 그녀는 그
를 몰라볼 뿐 아니라 도대체 무슨 말을 하는 거냐고 황당하다는 눈빛으
로 주인공을 바라본다. 주인공은 세계탈출 의지와 세계소속 의지를 지
향하는 이중의 움직임을 보여준다. 그러나 이 두 세계는 합일할 수 없는
것이고 이러한 인식은 출구 부재의 환경으로 작품의 곳곳에서 확인되고
있다. 구원에 대한 방법도 대안도 없는 주인공은 존재와 소속 사이의 미
로에서 방황하다 끝내 좌절하고 만다. 작가는 미문으로 주인공의 좌절
을 가슴 아프게 쓴다.

> 그럼 이 여자와 거울속의 여자 중에 어느 하나가 <그 여자>라는 말인
> 가 … 그의 풀죽은 말들은 자음과 모음이 제각각 뿔뿔이 흩어진 채 부실부
> 실 모래알처럼 떨어져 내렸다. … 그의 눈에서 일순 잔물결의 불씨처럼 눈
> 물이 반짝였다.

위에서 인용한 문장처럼 작품의 내용은 비현실적이며 몽환적이지만 그 내용을 묘사하는 작가의 문장은 유려하며 예리하고 정확하다. 이는 우리의 의식에 아직 자리 잡지 않은 미래의 현실에 대한 리얼리티라고 할 수 있다. '예술은 때로 고장 난 시계처럼 현실보다 앞서 간다' 하지 않는가. 카프카나 최상규의 소설을 읽는 것 같은 김영석의 이런 독특한 초사실에 대한 사실주의는 미래의, 혹은 사차원의 리얼리즘이라 칭해야 적절할 것 같다. 작가의 문장이 얼마나 차가운 객관성을 가지고 있는지, 얼마나 논리적으로 정치한지 이 작품의 백미라 할 수 있는 철학적 관념의 표출을 보자. 주인공의 독백으로 나타나는 거울 안에서의 사유다.

> 애초에 거울이 없었다면 나는 <나>를 알 수도 없고 볼 수도 없었으리라. 알 수도 없고 볼 수도 없는 것은 존재하지 않는 것이나 마찬가지다. …… 따라서 거울속의 <나>를 보기 전에 나는 <나>를 알 수가 없을 뿐더러 <나>는 존재하지 않는다. 그러니까 내가 있은 다음에 <거울 속의 나>가 있는 것이 아니라 <거울 속의 나>가 먼저 있고 나서야 그것을 바라보는 <나>가 파생한다. 달리 말하면 거울이 <나>를 생산하기 때문에 거울은 언제가 <나>에 선행하고 <거울 속의 나>는 그것을 바라보는 <나>에 언제나 선행한다.
> …거울을 보지 않는다면 어떻게 되는가. 거울이 없거나 그것을 보지 않는다면 선후의 논리가 발생하지 않고 선후의 논리가 없으면 <나>는 파생하지 않는다. 일단 거울을 통해서 <거울 속의 나>로부터 내가 파생되고 나면 <거울 속의 나>는 실상에 가까운 것이 되고 파생된 <나>는 가상에 가까운 것이 되고 만다. 그러나 거울을 보지 않는다면 거울은 논리적 허구의 가상에 가까운 것으로 전락하고 <거울 속의 나>로부터 파생되기 이전의 <나>는 오히려 존재의 실상에 가까운 것이 되어 버린다. 이렇게 되면 존재와 부재의 주고 받음처럼 실상 즉 가상이고 가상 즉 실상이라는 모순과 역설이 만들어 질 수밖에 없다.

'실상이 가상'이고 '가상이 실상'이라는 역설이 만들어지기까지의 사유가 냉정한 논리로 전개되고 있다. 그의 엄정한 글은 20세기 최고의 추상화가인 몬드리안의 사각형 회화를 보는 것 같다. 수직과 수평의 직각으로 이루어진 불멸의 사각형은 또한 사각의 평면일 뿐이기도 하다. 그의 초사실에 대한 사실주의 글쓰기는 주인공 P뿐 아니라 독자에게도 출구 부재의 환경을 만든다. 초사실의 돌발은 계속 다음 장을 넘기게 하지만 상황의 해명은 없다. 처음부터 다시 독서해보지만 의문의 순환 고리는 계속된다. '나'와 '거울 속의 나'처럼. 그러나 결국 '실상이 가상'이고 '가상이 실상'이라는 작가의 역설에 동의한다. 작가는 나를 존재와 소속의 두 세계 사이에서 맴돌게 하고 있다. '중심에 접근하지 못하는 원운동'의 반복이다.

지금 김영석 시인의 시평을 쓰고 있는 것인가. 그런 것 같기도 하고 아닌 것 같기도 하다.

(문학청춘, 2011, 여름호)

환상성의 체험과 두타행頭陀行, 그리고 바람

김 교 식

　　김영석의 시집『모든 돌은 한때 새였다』는 시간과 공간의 경계를 허물고 있어 독자로 하여금 마치 타임머신을 타고 과거와 현재 혹은 미래를 넘나드는 묘한 환상성을 체험하게 한다. 그것은 시인이 "세설암을 찾아서"라는 시집의 서문에서 밝힌 것처럼『모든 돌은 한때 새였다』에 실린 시편들이 "세설암이라는 전설 속의 암자와 그 암주 세설대사와의 다소 기이하고 비현실적인 만남으로부터 비롯된 것들이"기 때문이다. 그는 시집의 서문에서 다음과 같이 시 창작 동기를 밝히고 있다.

> 　십여 년의 세월 동안 세설암의 전설은 내 의식의 밑바닥에 집을 짓고 있었던 것이다. 영설봉에서 찾지 못한 세설암을 나는 마침내 내 마음 속에서 찾게 된 셈이었다.
> 　세설 대사의 환영은 내 온 정신을 사로잡고 놓아주지 않았다.
> 　세설암이 새롭게 내 마음 속에 자리 잡고 나서 나는 어떤 식으로 든지 세설 대사의 전설과 그의 게송을 알려야 하고, 또한 그 전설과 게송에서 받은 감동을 거름 삼아 내 시를 써야 한다는 묘한 책무와 강한 의욕을 갖게 되었다.
> 　　　　　　　　　　　　　　　　　－『모든 돌은 한때 새였다』, 34~35쪽

이번 시집은 서문에 해당하는 "세설암을 찾아서"를 포함하여 모두 3부로 구성되어 있다. 여기에 실린 34편의 시들은 거추장한 형식적 치장과 현란한 수사를 거부하고 있다. 이는 "시의 어법은 몰자풍沒字風이 되어야 한다고" 생각하는 시인의 문학관과 직결된다고 하겠다.

「버려 둔 뜨락」에서, "뜨락을 가꾸지 않은 지 여러 해/ 온갖 잡초와 들꽃들이/ 절로 깊어졌다/ 풀숲 여기저기 흩어진 돌들은/ 깊은 생각에 잠겼다/ 이제 내 마음대로/ 저 돌들을 치우고/ 잡초를 뽑을 수 없다는 것을/ 조용히 깨닫는다"고 말하고 있듯, 이 시집은 세설암 전설을 모티브로 하고 있다. 화자는 '법주사'의 전신인 '동관음사東觀音寺'가 폐사된 후 무성하게 자란 "풀숲의 여기저기 흩어진 돌들"에서 흘러 온 세월을 보고 있다. 화자는 '버려 둔 뜨락'에서 조용히 흘러온 세월의 깊이를 깨닫는다.

시인에 있어 깨달음은 바로 생명성에 있다.

모든 돌은 한때 새였다

하늘에서 오래는 머물지 못하고
새는 제 몸무게로 떨어져
돌 속에 깊이 잠든다

풀잎에 머물던 이슬이
이내 하늘로 돌아가듯
흰 구름이 이윽고 빗물 되어 돌아오듯

어두운 새의 형상
돌 속에는 지금
새가 물고 있던 한 올 지평선과 푸른 하늘이
흰 구름 곁을 스치던
은빛 바람의 날개가 잠들어 있다

― 「모든 돌은 한때 새였다」 전문

시집의 제목이기도 한 「모든 돌은 한때 새였다」에서 보여주는 무생물인 '돌'과 생물인 '새'의 합일은 생명성과 영원성을 담보로 하고 있다. 즉, '돌'이라는 무생물에다가 "한 올 지평선과 푸른 하늘"을 물고 있는 '새'의 형상을 환치시킴으로써 시의 의미를 한층 돋보이게 하고 있다.

나는 거지라네
몸도 마음도 다 거지라네
천지의 밥을 빌어다가
다시 말하면
햇빛과 공기와 물과 낟알을 빌어다가
세상에서 보고 겪은
온갖 잡동사니를 빌어다가
마른 수수깡으로 성글게 엮듯
잠시 나를 지었다네
달이 뜨면 달빛이 새어 들고
마파람 하늬바람 거침없이 지나간다네
그래도 거지는
빌어 온 것들로 날마다 꿈을 꾸고
빌어 온 물과 소금으로 눈물을 만든다네
나는 처음부터 빈털터리 거지였다네.

— 「거지의 노래」 전문

인간은 태어나면서 빈 손이었던 것처럼 죽을 때도 빈 손이다. 어쩌면 인간은 '거지'처럼 모든 물욕에서 해탈할 수 있어야만 참 자아를 확인할 수 있는 지도 모른다. 거지는 빌어 온 것들로 날마다 꿈을 꾸고 "빌어 온 물과 소금으로 눈물을" 만든다는 것, 그러므로 인간은 누구나 "빈털터리 거지"이다. "햇빛과 공기와 물과 낟알을 빌어다가" 사는 '거지'의 삶은 결국 세설대사가 평생 아무것도 지니지 않고 거지로 살아가면서 수행하는 이른바 두타행頭陀行을 통해 참 자아를 확인하는 해탈의 경로이다.

사람인 내가 신을 생각하면
아주 크고 온전한 하나의 고요
그것 말고는 아무것도 생각할 수 없습니다.
사람의 말이란 하면 할수록
자디잘게 깨어지는 거울 조각 같아서
무엇 하나 온전히 비출 수 없어
매양 서로 부딪치며 시끄럽기 때문입니다
그러나 또한 사람의 말은
어느 결 덧없이 녹고 마는 눈송이 같아
고요의 거울은 늘 씻은 듯 온전합니다.
신이 어찌 말하겠습니까
고요가 더는 어찌할 수 없는 지경에서
싹으로 트고 꽃봉오리로 벙글고
더러는 바람으로 갈꽃을 그려 내지만
봄 여름 가을 겨울
천지가 어찌 말하겠습니까
바로 지금 조용히 바라보세요
고요의 거울 속
꽃가지 그림자에
작은 벌레 한 마리 기어갑니다

– 「고요의 거울」 전문

　신의 세계에 침입할 수 없는 나약한 인간의 '말'은 경건하다. 그러므로 '고요의 거울'이란 내 마음 속의 '신'이며 '신'='나'='작은 벌레 한 마리'의 간극에 '사람의 말'이 존재하는 것이 아니라 존재 그 자체에 있다. 그래서 그 존재에 대하여 말할 필요가 없으며 "고요의 거울 속/ 꽃가지 그림자에/ 작은 벌레 한 마리 기어"가듯 "조용히 바라"보는 것이다.

　또한 '세설암 전설'을 통해 나타난 '환영'은 시인의 시적 상상력과 결부하여 신선함을 더해 준다. 예를 들면, "허공에서/ 고요히 헤엄치는 물고기"(「허공의 물고기」에서)라는 구절에서 시인은 '물고기'가 '허공'에 존재하고 있다고 말한다. 시인은 물고기가 허공에 존재하는 것이 아니라 하늘에서 헤엄치는 것으로 설정하여 그 물고기로 하여금 '나'를 내려다 보게 한다. 결국 시인은 '물'과 '공기'를 동일한 요소로 파악하고 있는데 이것은 두 대상의 '투명성'에서 비롯된 것으로 보인다. 이러한 대상의 '투명성'은 종국에는 '바람'으로 귀결된다.

"바람은 꽃잎을 나부껴/ 제 몸을 짓고/ 꽃잎은 제 몸이 서러워/ 바람이 되네"(「낙화」전문)에서 '바람'과 '꽃잎'은 하나가 되었다. 시인은 '바람'과 '꽃잎'의 관계를 부정적이고 대립적인 시각으로 바라보는 것이 아니라 '바람'과 '꽃잎'이 하나로 어우러짐으로써 '낙화'의 결실을 도출하고 있다. 시인에 있어 '바람'은 끝없는 '움직임'이고 재생이며 새로움의 추구이다. '바람'은 무색무취의 유동적 존재이다. 시인에게 '바람'은 '굽이굽이' 흘러온 간극을 동행한 역사다. 그러므로 전설로만 존재하는 '세설암'과 '세설 대사' 및 '동관음사'에 관한 증인은 오직 '바람'뿐이다. 그러한 '바람'이 화자에게 "내 마음의 숨결이라고"(「바람이 일러주는 말」에서) 일러준다. 즉, '바람'만이 그 무수한 세월의 비밀을 간직하고 있다고 귀띔하고 있다.

그가 폐사된 '동관음사東觀音寺' 절터의 확인과 더불어 흘러온 세월 속에 갇혀있는 '전설'을 현실로 이끌고 있다는 것은 '과거'와 '현재'를 연결하고자 함이다. 이것은 결국 과거와 현재 그리고 미래를 넘나드는 시간의 역전현상을 형상화하여 독자로 하여금 환상성을 체험하게 하기 위한 장치이다.

또한 시인은 '돌'과 '새'라는 이질적인 대상의 합일을 통해 생명성과 영원성을 획득하고 있다. 그리고 '세설 대사'의 '두타행頭陀行'에서 알 수 있듯 '비움'을 바라보고 있다. 이처럼 '비움'에 대한 깨달음은 결국 그의 '마음'에 존재한다. 이것은 '바람'이라는 시적 대상의 '투명성'과 결부되어 나타난다. 그러므로 그에게 무색무취, '비움'의 '바람'은 끝없이 살아 움직이는 것이고 재생이며 새 삶에 대한 끊임없는 갈망이라는 점에서 이 시집이 주목되는 까닭이다.

(시와상상, 2004, 상반기)

위기를 넘어서는 운명의 언어

-시집 『나는 거기에 없었다』

고 봉 준

1. 문학의 운명

시인은 전대前代의 영향으로부터 결코 자유로울 수 없다. 헤럴드 블룸 Harold Bloom의 이 명제는 역설적으로 끊임없이 세계와 언어를 새롭게 재구성하고 창조해야 하는 문학의 운명을 암시한다. 세계를 자기의 언어로 재구성한다는 것은 새로운 세계를 창조하는 행위이다. 숨가쁘게 한 세기를 뛰어 넘은 지금, 이제 세기말의 우울한 종말 서사들, 특히 문학의 위기를 예언하는 담론들은 새롭게 구성되어야 한다. 왜냐하면 진정한 문학이란 언제나 위기 속에서만 가능하기 때문이다.

문학의 존재성에 대한 질문들은 논리적인 서술로 해명되는 것이 아니라 시인의 고유한 개성과 참신한 언어를 통해 답변되어야 한다. 시적 언어는 인간의 지식 구성이 '아이스테지스', 즉 심미성과 인식을 통해 가능함을 보여준다. 또한 그것은 감성과 이성의 매개로 작용함으로써 새로운 패러다임의 존재론적 기반을 형성한다. 낯섬과 익숙함이라는 이중주 속에서 긴장력을 잃지 않는 언어, 그것은 언제나 위기 저편에서 창조된다.

2. 굴절과 반사의 구도

시와 소설의 아스라한 경계에 위치하고 있는 김영석의 『나는 거기에 없었다』는 새로운 공간의 발견에 대한 탐구이다. 그리고 이 새로운 공간의 발견을 뒷받침하는 시적 장치가 바로 '가랑이 사이로 세상보기'와 '거울보기'이다. 총 3부로 구성된 이 시집은 1부에서 가랑이 사이로 세계를 봄으로써 '허공'이라는 사물의 배후를 드러낸다.

> 창을 통해
> 저 광대한 허공을 내다보는 것은
> 내 속의 허공을 들여다보는 일이다
> 허공은 나를 알처럼 품고 있고
> 나 또한 내 속의 허공을 품고 있으니
> 나는 구멍이 숭숭 뚫린 알껍질 같은 것이다.
>
> —「알껍질」 부분

인간의 지각작용이 사물에 집중될 때 그 사물의 배경은 인식되지 않는다. 이는 사물을 사물이게 하는 공간, 의미를 의미로 형성시키는 무의미의 세계를 놓치는 것이다. 사물이란 특정한 공간 속에 놓여질 때 구체성으로 지각되며, 또한 의미란 '무의미가 빛을 내게 한 것'에 지나지 않는다. 가랑이 사이로 세계를 바라본다는 것은 공간과 사물, 의미와 무의미라는 기존의 관계를 해체하는 행위이다. 가랑이 사이로 세상보기란 <상하의 전도>라는 새로운 구도를 전제로 해서만 성립되는 것이 아닌가.

가랑이 사이의 '창'을 통해 사물을 바라볼 때 인간의 시선은 사물에 매몰되지 않고 '사물의 배후에 있는 공간'을 보다 생생하게 인식한다. 시인은 이 사물의 배후가 되는 공간을 '허공', '푸른 하늘', '텅 빈 들판' 등으로 다양하게 변주시킨다. 그러나 여기에서 중요한 것은 의미와 무의미, 공간과 사물의 관계가 대립적이면서 상호 순환적이고 상호 생성적이라는 인식론적 통찰이다. '없음의 있음'이나 '있음의 없음'이라는 진술은 의미와 무의미의 관계가 일여적—如的이라는 사실을 단적으로 보여준다.

1부가 가랑이 사이라는 <상하 전도>의 구도로 세상보기라면, 2부는 거울이라는 <좌우 전도>의 구도로 세상보기이다. 이 행위 역시 굴절과 반사를 통해 새로운 공간의 창조와 발견이라는 문제의식을 담고 있다. 「매사니와 게사니」는 합리성으로 표상되는 근대적 과학 장치의 무능함을 드러내는 일종의 알레고리적 해석이다. 여기에서 매사니란 '그림자가 없는 사람'을 그리고 게사니란 '임자 없는 그림자'를 일컫는다. 그림자와 육체의 분리, 이것은 곧 현대인의 삶이 물신화의 단계에 이르렀음에 대한 비판이다.

『바람과 그늘』에서 시인은 한 인물이 '오달삼—박구열—최지민'으로 변신하면서 정체성 상실의 위기에 노출되어 있음을 보여준다. 카프카의 「변신」과 유사한 이 작품은 현대인의 삶이 극심한 정체성의 혼란을 겪고 있음을 상징적으로 드러낸다. 「변신」이 그레고리 잠자라는 인물을 통해 자본주의라는 합리적 사고를 바탕으로 하는 제도가 어떤 방식으로 폭력이 되어 한 인간을 죽음으로 몰고 가는가라는 문제의식에서 발로한 예술 데카당스적인 작품이라면, 「바람과 그늘」은 '페히너의 심리물리학'으로 대표되는 근대적 담론과 근대성이 어떻게 인간을 파편화시키는가를 보여주는 한편으로 인간의 자기정체성이 '고향'과 '자연'을 통해 통합될 수 있다는 대안적 인식을 제공한다. 물론 여기서 고향과 자연이 주체의 퇴행적 의지를 의미하는 것은 아니다. "고향은 되돌아 가는 곳이 아니라/ 날마다 꿈꾸는 미지의 땅이리니/ 과거는 언제나 미래의 따뜻한 품 속에/ 알을 품고 있으므로"라는 구절은 과거와 미래가 시간성 속에서 일여적인 관계에 있음을 보여줌으로써 과거—현재—미래를 시간의 한 계기를 통해 통합시킨다. 따라서 여기서의 고향과 자연이란 과거적인 의미가 아니라 어디까지나 과거이면서 동시에 미래일 수 있는 시간성의 지평을 의미한다.

「거울 속 모래나라」는 '구성하는 주체'와 '구성되는 주체'의 관계라는 현상학적 아이디어를 바탕으로 환상과 현실의 공존가능성을 보여주는 알레고리적 작품이다. 여기서 시적 자아인 '나'는 '미분되어 홍몽한 존재 가능성'으로 인식되는데, 이는 곧 인간을 비롯한 모든 사물이 이미 완료된 상태로서의 '존재'가 아니라 일종의 '생성'적 과정에 있는 주체임을 보여준다. 이는 있음과 없음이 대립적인 동시에 일여적인 관계 속에서 끊임없이 일종의 파동을 만들어냄으로써 상호 생성적이고 상호 순환적인 관계에 있음을 보여주는 것이다.

한편 2부가 다변多辯의 산문적 세계라면 3부는 절제와 압축을 통한 극서정의 세계이다. 또한 전자가 파동이 '존재'의 영역으로 솟아오른 상태를 보여준다면, 후자는 그것이 '부재'의 영역으로 가라앉은 상태를 보여준다. 부재의 영역에 놓여 있는 언어는 「산」, 「길」, 「저녁」처럼 말없음의 무의미로 의미를 생성시킨다. 그 세계에서 모든 사물은 일체의 대립과 반목을 넘어 일여적이고 상호 생성적인 모습을 띤다.

> 그대 보아라
> 숲이 몸을 바꾸며
> 어떻게 다시 죽고 또 태어나는지
> 소나무숲은 참나무숲이 되고
> 참나무숲은 서어나무숲이 되어 저리 드높다
> 그대 보아라
> 돌맹이가 어떻게 파도의 입술이 되고
> 북소리가 마침내는 어떻게 꽝꽝나무 옹이가 되는지
>
> ─「저 별이 빛나기 위해」부분

소나무숲이 참나무숲 되기란 곧 죽음과 삶, 의미와 무의미, 존재와 부재가 끊임없이 상호 생성적이고 상호 순환적인 세계임을 보여준다. 즉 삶이 곧 죽음이고, 죽음이 곧 삶인 세계. 그리하여 있음이 곧 없음이고,

없음이 곧 있음이 되는 세계. 그 세계 속에서 무의미는 진정한 하나의 의미로 상승할 수 있다. 물론 그것이 가능하기 위해서는 많은 '눈물'과 '피멍'이 필요하다. 따라서 3부의 극서정적인 세계는 필연적으로 2부의 다변적인 세계를 가로질러 통과한 후에야 비로소 성취될 수 있다.

(시와시학, 2000, 봄호)

관상觀象과 직관의 미학

—시집『외눈이 마을 그 짐승』

김 현 정

1. 존재론적 시선으로 바라보기

'지금−이곳'을 사는 현대인들이 '근대'의 틀에서 탈피하기란 쉽지 않다. 도시뿐만 아니라 농촌 심지어는 벽지에 이르기까지 근대의 손길이 미치지 않은 곳이 거의 없기 때문이다. 이는 우리가 크든 작든 원했든 원하지 않았든 간에 자본주의의 세례를 직 · 간접적으로 받고 있음을 반증하는 것이다. 이러한 '근대적 사유'에서 탈피하기 위해 어떤 이들은 '탈근대'를 시도하기도 하지만 이들의 작업 역시 '근대'적 사유에서 그다지 자유롭지 못하다. '근대'의 자장 속에서 사는 우리는, 때문에 '존재론적인' 인간보다는 '근대적인' 인간으로 살아가게 된다. 즉 자신을 성찰하고 자신의 욕망을 들여다보는 삶보다는 타인을 바라보고 타인의 욕망을 욕망하는 삶에 치중하고 있는 것이다.

우리의 삶 속에 깊숙이 스며있는 이러한 근대적 사유방식은 시에서도 그대로 나타난다. "상을 직관하는 것을 중시하는" 동양의 시적 전통이 짙게 깔린 우리의 시문학에 이성을 중시하고 의미의 사고를 강조하는 서구의 전통이 수용된 것이다. 이에 따라 우리 시는 '직관' 위주의 시에서 점차 '의미' 위주의 시로 나아가게 되었다. 서양문학이 이 땅에 들어온 지 백년이 지났음을 감안할 때, 이제 우리 시의 이러한 모습은 더 이상 낯설지 않다. 그런데 문제는 이러한 "의미의 사고를 중시하는" 시에는 대부분 근대의 기획에 의해 파생된 '획일성'과 '인위성'이 내재해 있다는 점이다. 시적 대상을 이성적 사유와 결부시켜 명징한 해석을 도출하려는 이러한 시적 태도는 감성적 사유와 맞물리는 개성과 무위성無爲性을 놓칠 수 있다. 소쉬르의 용어인 빠롤(기표)로 표출되기 이전의 랑그(기의)의 의미를 간과할 수 있다는 것이다.

오늘날 '근대로서의 시'가 내포하고 있는, 이성과 의미를 중시하는 것에서 탈피하려는 움직임은 다양한 양태로 나타난다. 그것은 '존재로서의 시'가 함의하고 있는 감성과 무위를 보여주려는 모습에서 다름 아니다. '생명'을 중시하는 생태주의적 관점에 의한 시, 인간의 '무의식'적 층위를 보여주는 정신분석학적 관점에 의한 시, 그리고 '물아일체'나 '무위자연'을 강조하는 동양적 관점에 의한 시 등이 모두 여기에 해당된다. 이 중 세 번째에 해당되는 시인으로 김영석을 들 수 있다. 김영석은 동양의 시정신이라 할 수 있는 '관상시'를 통해 그만의 시세계를 구축하고 있다. 최근에 나온 김영석의 시집 『외눈이 마을 그 짐승』(문학동네, 2007)에 이러한 면이 고스란히 담겨 있다.

2. 관상을 통한 경계 넘나들기

주지하다시피 시인 김영석은 '관상시觀象詩'를 추구한다. 그가 말하는 관상시는 "상을 직관하는 뜻"으로 동양의 전통적 시정신의 핵심에 해당한다. 그리고 이는 "의미 위주의 시가 아니라 느낌 위주의 시"를 말한다. 시인은 오늘날 "사고의 힘이 일방적으로 지배하는 상황"이 됨에 따라 "의미의 지적 조작에 의한 무수한 이데올로기가 생산되어 세상은 갈등과 투쟁이 그치지 않게 되고 과실재와 과공간이라는 유희적 세계"가 난무하고 있다고 진단한다. 이러한 상황에서 "참다운 현실 혹은 자연으로 되돌아가고, 사고의 인위적이고 지적인 조작으로부터 직관의 자연적인 본능으로 회귀"하고자 하는 욕망을 담아낼 수 있는 것이 바로 '관상시'라는 것이다. 따라서 시인은 관상시를 통해 "눈에 보이는 것이나 의미만을 가지고 너무 생각하지 말고 눈에 보이는 것 너머의 그리고 의미 이전의 보이지 않고 개념화되지 않는 움직임 즉 상을 느껴보자"고 한다. 즉, "신화나 이데올로기를 가능한 한 걷어내고 자연과 현실을 있는 그대로 보자"고 말이다.

먼저 시인이 경계의 의미를 어떻게 부여하고 있는지를 다음 시를 통해 보기로 한다.

> 길은
> 다시 길을 찾게 한다
> 길에 갇힌 나그네여
> 어디서나 푸르게 솟는
> 저 이름 없는 잡초를 보라
> 너의 온몸과 마음이
> 늘 푸른 길이 되어라.
>
>   – 「길은 다시 길을 찾게 한다」 전문

위 시는 '길'에 갇히지 말고 '길'을 만들어가라는 의미를 담고 있는 작품이다. 대부분의 사람들은 아직 검증되지 않은 낯설고 험한 길보다는 많은 사람들에 의해 다져진, 편안한 길을 선호한다. 때문에 길을 가다 길이 단절되었거나 없어졌을 때 우리는 적잖게 당황하게 된다. 이는 이미 만들어진 길에 길들여지고 익숙해진 결과라 할 수 있다. 또한 길/비非길의 경계를 명확히 구분한 데서 파생된 것이라 할 수 있다. 그러나 처음에 만들어진 길 역시 원래 길이 아니었음을 상기한다면, 길과 길이 아닌 것

의 경계 또한 들뢰즈가 말하는 잠재적인 것이 우발적으로 나타나는 '우발성'과 같은 것이라 하겠다.

그래서 시인은 "길에 갇힌 나그네"에게 "어디서나 푸르게 솟는" "이름 없는 잡초"를 보라고 한다. 즉 언제든 어느 곳에서든 잘 자라는 '잡초'처럼, 인간도 '길'에 얽매이거나 갇히지 말고 언제, 어느 곳에서든 길을 개척하라는 의미를 담고 있는 것이다. 사회적 질서와 규율에 종속된 '길'이 아닌, "온몸과 마음"이 "늘 푸른 길"을 말이다.

그리고 이러한 경계의 무화는 시「나의 삼매三昧」에서도 보인다. 시적 화자는 예전과 지금의 자신의 모습을 비교해 보며 많이 달라졌음을 느낀다. 이전의 '나'는 눈을 통해 "아름다운 풍경"을 읽어내고 귀를 통해 "맑은 솔바람 소리"를 듣고, 코를 통해 "과일"의 향기를 맡았다. 그런데 지금의 '나'는 '쓰레기'를 통해 "눈부신 장미꽃"을 보고, '새소리'를 통해 "막막한 바닷소리"를 듣고 '거름'을 통해 "쓰디쓴 씨앗"을 본다. 즉, 이전의 '나'가 눈과 귀 그리고 코와 같은 감각기관을 통해 미美, 청淸, 향香을 느꼈다면, 지금의 '나'는 '쓰레기', '새', '거름' 등과 같은 사물을 통해 미美뿐만 아니라 정靜과 고苦도 느끼고 있는 것이다. 전자가 보통 사람들이 일상적으로 느끼는 감각이라면, 후자는 사물의 본질과 이치를 통찰해야만, 그리고 사물에 집착하는 것에서 벗어나야만 가능한 감각이다.

나아가 그는 "더러는/ 참말 속으로 들어가서/ 거짓말에서 일어나고/ 거짓말 속으로 들어가서/ 참말에서 일어난다."(「나의 삼매三昧」)라고 하여 참말과 거짓말이 혼재되어 있음을 보여줌으로써 참/거짓의 경계를 넘어서고 있다. 이렇듯 시인은 '길'의 경계를 무화시켜 또 다른 '푸른 길'을 생성해 내는가 하면, 오감五感에 의한 미/추의 경계와 현실 속에서의 참/거짓의 경계를 뛰어 넘어 그것이 '하나'임을 깨닫기도 한다.

시인은 미/추, 참/거짓의 경계를 무화시킬 뿐만 아니라 '바람'과 같은 '무형상'의 대상에서도 '형상'을 해독해 내기도 한다.

샛바람 하늬바람 속에는
샛바람 하늬바람 짐승들이 달려가고
마파람 높새바람 속에는
마파람 높새바람 짐승들이 달려갑니다.
실상 바람이 부는 소리는
그 많은 짐승들의 숨소리요
그 어린 새끼들이 칭얼대며 우는 소리입니다
바람 속에는 바람 속에는
아직 모양도 이름도 없어
우리가 영 알 수 없는 짐승들이
먼 숲을 꿈꾸며 살고 있습니다.

- 「바람 속에는」부분

　'바람'이 무형상의 대상일지라도 그곳에는 무언가가 존재한다는 것을
보여주고 있는 작품이다. 시인은 그 바람 속에 '수많은 짐승들'이 존재하
는 것으로 보고 바람 부는 소리를 "짐승들의 숨소리"나 "어린 새끼들이
칭얼대며 우는 소리"로 듣는다. 그리고 바람 속에는 "아직 모양도 이름
도 없어/ 우리가 영 알 수 없는 짐승들이/ 먼 숲을 꿈꾸며 살고 있"다고
본다. 그의 시선으로 볼 때 '바람'은 짐승들의 집이기도 하고, 짐승들이
꿈을 꾸는 공간이기도 하다. 우리는 '바람'을 눈으로 볼 수는 없지만, 바
람에 의해 어떤 대상이 흔들리는 것을 보고 바람의 존재를 느낀다. 시인
은 우리들이 바람에 대해 단순히 느끼는 것을 뛰어 넘어 바람의 형상은
어떻고, 그 속에 무엇이 살고 있는지를 상상력을 동원하여 살피고 있다.
　그런데 시인이 말하는, 그의 시집에 자주 등장하는 '짐승'의 의미는 무
엇일까. 그것은 인위성이 배제된 자연과 친화적인 동물을 망라한 것으
로 보인다. 인간에 의해 길들여진 동물이 아니라 자연에 의해 길들여진
동물들을 말이다. 그리하여 시인은 '바람'에 이러한 자연스런 짐승들의
숨소리와 울음소리 그리고 꿈꾸는 모습을 담아내고 있다. 유동적인 속
성을 지닌 '바람'에 짐승들의 영혼의 목소리를 담아 멀리 유포시키려는

욕망을 함축하고 있는 것이다.

신동엽의 시「담배 연기처럼」에서 "그대의 소맷 속/ 향기로운 바람 드나들거든/ 아퍼 못 다 한/ 어느 사내의 숨결이라고/ 가벼운 눈인사나/ 보내다오."라고 노래한 것과 유사하다. 이 시의 '바람'이 '짐승'을 담아낸 바람이 아니라 혁명을 꿈꾸던 어느 사내의 숨결을 담아낸 '바람'이라는 점은 다르지만 무형상의 대상인 바람에서 '바람의 형상'을 읽어내려 한 점은 비슷하다. '바람'을 노래한 다른 시에서 "골짜기마다 봉우리마다/ 짐승들의 죽음이 쌓여/ 짐승들의 무량한 말씀이 쌓이고 쌓여/ 알 수 없는 한 무덤을 이루었나니/ 그 무덤에서 일어난 한 줄기 바람이여"(「바람」)라고 한 것을 보면 시인은 분명 인위성이 내포된 빠롤보다는 '무위성'이 담지된 랑그를 더 드러내려 한 것으로 보인다.

이처럼 시인은 '바람'은 비록 무형상이지만, 그 이면에는 '짐승'들의 소리와 꿈 등 많은 것이 담겨 있음을 "짐승들의 무량한 말씀"이 켜켜이 쌓여 있음을 보여주고 있는 것이다. 무형상 속의 형상이 존재하고 있음을 시사하고 있다.

이렇듯 시인은 의미적 사고가 주는 경계를 그어 획일적으로 사유하는 것에서 탈피하여 경계를 넘나드는 노마드적인 사유를 보여주고 있다. 따라서 그의 시선에 포착된 모든 대상들은 우리의 상식을 깨뜨리는 선禪적인 사유방식에 의해 새로운 의미로 창출된다. 즉 어떤 사물에 인간의 이성이 개입되고 감정이 이입되는 방식이 아닌 사물 그 자체를 꿰뚫어 보는 직관의 방식에 의해 참신한 것이 발출되는 것이다.

김영석 시의 미덕은 그 새로운 의미가 고정되거나 한 곳에 머무르는 것이 아니라 '강물'이나 '종소리'처럼 끊임없이 흐른다는 데에 있다. 깊은 강이 "우리가 잃어버린 미지의 땅"(「깊은 강」)을 향해 끊임없이 소리 없이 멀리 흐르는 것처럼, 종이 "간절한 속뜻으로" "날마다 새롭게 태어나라고/ 동트는 새벽 노을 진 저녁"(「종소리」)에 울리는 것처럼 새롭게 거듭나려고 자태변환하고 있는 것이다. 시집 4부에 나오는 사설시도 일

종의 파격을 통해 새로움을 추구하려는 시인의 의지에서 발출된 것이라
할 수 있다.

(시에, 2008, 여름호)

환상 소설과 시의 실험적 결합

─시집『거울 속 모래나라』

김 옥 성

　김영석의 『거울 속 모래나라』는 시인이 그동안 창작하여온 실험적 형식의 작품들을 담고 있다. 김영석은 이 새로운 형식에 스스로 "사설시"라는 명칭을 부여하고 있다. 그는 '사설시'에 대하여 "산문으로 된 이야기를 배경으로 두고 쓴 시로서, 시와 산문이 하나의 구조로 결합되면서 좀 더 높은 수준의 새로운 시적 영역이 열릴 수 있도록 시도해 본 것이다"라고 말한다.

　결국 '사설시'는 시와 산문의 결합체이다. 시와 결합된 산문은 내용과 형식이 다양하지만, 중요한 작품들은 대부분 짧은 소설의 형식을 취하고 있다. '사설시'는 시와 짧은 소설의 결합체로 볼 수 있다는 점에서 '시설詩說'이라 고쳐 부를 수 있다.

　『거울 속 모래나라』에는 총 12편의 '시설'이 수록되어 있다. 12편의 작품들 사이에는 다양한 편차가 존재하지만, 내용 · 형식 면에서 대표적인 작품들인 「매사니와 게사니」, 「거울 속 모래나라」, 「외눈이 마을」, 「그 짐승」, 「바람과 그늘」 등의 5편은 여러 면에서 유사한 양상을 보여준다.

　이 작품들을 읽으면서 보르헤스와 마르케스의 영향을 감지할 수 있었다. 가령, 「그 짐승」을 마르케스의 「날개달린 노인」과 겹쳐서 읽어보면 영향관계는 구체적으로 드러난다. 그러나 그런 구체적인 영향관계보다 중요한 것은 환상 문학이라는 장르적 성격이다. 익히 알려진 것처럼 환상 문학의 중요한 특성으로 '단절과 공포감', '애매성과 의혹' 등이 있다. 5편의 작품들은 그러한 환상 문학의 특성을 충실하게 반영하고 있다.

「매사니와 게사니」는 인간과 그림자의 분리와 투쟁을 다루고 있다. "매사니"는 그림자를 잃어버린 사람들이며, "게사니"는 인간에게서 분리되어 독립적으로 활동하는 그림자들이다. "게사니"는 사람을 죽이는 등 세상의 질서를 어지럽히고 다닌다. "매사니"는 얼마 살지 못하고 죽어버리고, 그에 따라서 "게사니"도 하나씩 사라진다.

「거울 속 모래나라」는 거울 속의 '다른' 세계로의 환상적 모험이 줄거리를 이루고 있다. 거울 속의 "모래나라"는 모든 것이 "모래"로 만들어진 "헛것"의 세계이다. 이 작품은 거울 속의 "나"와 거울 밖의 "나", 그리고 거울 속의 세계와 거울 밖의 세계에 대한 존재론적 질문을 통해 본질과 현상, 자아와 세계에 의문을 제기한다.

「외눈이 마을」은 고대 타림 분지를 무대로 펼쳐지는 전설을 소개하고 있다. "옴비라 신"을 섬기는 괴승은 보석을 만들어내는 마술로 주민들을 현혹한다. 마술과 보석에 사로잡힌 주민들은 "옴비라 신"에게 스스로 자신들의 한 쪽 눈을 빼내어 바친다. 괴승은 석화되어 바위가 되고, 주민들은 괴승이 가르쳐준 주문을 바로잡고 외우기에 여념이 없다. 주문의 한 구절에 대한 사소한 의견 차이에 따라 주민들은 두 부류로 나뉘어 살육전을 벌이게 된다. 자체적인 도륙에 의해 마을은 사막이 된다.

「그 짐승」에는 기이한 "짐승"이 나온다. "짐승"을 본 사람들은 하나둘 미쳐가게 된다. "짐승"으로 인하여 미쳐간 사람들을 "언둔갑이"라고 하는데, "언둔갑이"들이 유행병처럼 늘어난다.

「바람과 그늘」에는 "오달삼"에서 "박구열"로, "박구열"에서 "최지민"으로 정체가 바뀌어 가는 인물을 주인공으로 설정하여 인간의 자아 정체성에 대한 의문을 제기하고 있다.

5편의 작품 모두 일상성의 단절, 그로 인한 공포심이 서사의 근간을 이루고 있다. 환상적인 서사들은 일상과 외부의 단절과 교섭을 다루면서 자아와 타자와 세계의 실재성 자체를 의문시한다. 확실한 것이 아무것도 없는 상태에서 사물과 정황이 모두 애매해지면서 갈수록 답은 멀어지고 의혹만이 증폭된다.

주지하듯이 시에서 중요한 요소 중의 하나가 애매성이다. 『거울 속 모래나라』에서 환상적인 서사와 결합한 시편들은 애매성과 의혹을 더욱 증폭시킨다. 그리하여 독자를 자아와 세계, 실재와 가상, 주체와 객체에 대한 깊은 의문의 수렁으로 몰아넣는다. 그 의문은 본질과 현상에 대한 성찰과 맞물려 있다.

우리가 거주하는 세계는 표면적으로는 질서정연하다. 그러나 우리는 이따금 질서의 귀퉁이에서 미세한 균열과 조우하곤 한다. 작은 틈새 사이로 새어나오는 혼돈의 불빛은 일상의 질서에 짓눌린 주체를 흔들어 깨우면서 자아와 세계에 대한 성찰의 계기를 마련해준다. 김영석의 환상 시설에서 우리는 일상과는 '다른' 세계를 엿볼 수 있는 틈새를 찾아낼 수 있다.

(시와경계, 2011, 여름호)

텅 빈 고독과 우주적 전일성

―시집『바람의 애벌레』

안 현 심

1.

　음과 양이 합일하여 완전한 형상을 짓고자 하는 것처럼 전일성全一性
이란 우주의 현상과 사물이 대립적 부분, 즉 결핍을 채워 완전한 하나의
전체를 이룬 그 초월적 미분성을 말한다. 전일성이 실현된 전일의 세계
는 도道의 세계이며 태극의 세계이기도 하고, 어느 한 쪽에 치우치지 않
는 중中의 자리이기도 하다. 태극론의 입장에서 보면 태극으로부터 음양
이기陰陽二氣가 생겨나오고, 그로부터 무수한 대립적 사물과 현상의 분
화가 일어나 천지만물이 이루어졌다고 한다. 따라서 세계는 음양이기로
수렴되는 수많은 대립과 분열과 갈등이 존재할 수밖에 없다. 인간의 욕
망 또한 전일성의 상실을 회복하고자 하는 의지로부터 출발한 것이라고
볼 수 있다.
　시집『바람의 애벌레』를 출간한 김영석 시인은 '도의 시학'을 주창한
학자이기도 하다. 한국의 현대문학이 서양의 이론에 의지하여 문학을
논의해나갈 때 김영석은 동양의 '도 · 역리 · 태극 · 음양오행'의 개념과
논리를 원용하여 작품의 해석을 시도하였다. 이러한 시도는 문학작품

논의에 새로운 길을 제시한 것이었지만, 서양 이론의 도입과 그 적용에만 타성적으로 젖어있던 학자들은 생경한 사건으로 받아들이기도 했다.

김영석의 여섯 번째 시집을 정독하면서 동양사상의 바다에서 무화되는 자아를 발견할 수 있었다. 시인의 쓸쓸한 어깨에 한 마리 울새가 되어 앉아보기도 하고, 눈밭에서 시퍼렇게 날을 세운 파가 되어보기도 하면서 무수한 형이상形而上의 존재를 생성한 시간이었다.

2.

시의 지향점이 전일의 세계라고 한다면 모든 시적 언술의 본질은 전동성全同性의 표현일 수밖에 없으며, 시가 전동성을 추구하는 한 그것은 역설이 될 수밖에 없다. 시가 상상력에 의해 창조된다는 사실은 시적 언술의 본질이 전동성의 표현이며 역설의 형상화라는 점을 확인시켜 주는 셈이다. 상상력이란 사물과 사물 사이의 대립과 차별을 극복하고, 개념과 개념을 하나로 통합하고 운용하는 힘이기 때문이다.

시가 추구하는 역설적인 세계는 힌두신화에서 시바신이 구현하는 생성과 소멸이라는 극단적인 양면성과도 맥락이 닿아 있다. 시바는 선잠이 든 상태로 대양에 비스듬히 누운 채 들숨과 날숨으로써 우주의 생성과 소멸을 관장하였다. 시바가 관장하는 생성과 소멸은 상호 대립·보완적 개념으로서, 이러한 실체는 도道와 태극, 중中의 자리와도 동궤에서 이해할 수 있다. 힌두신화 혹은 힌두사상의 핵심이 대립적인 양면성의 상호작용이라고 한다면, 궁극적으로 도와 태극, 중의 자리에서 만나게 된다는 사실을 인지할 수 있다.

> 무쇠 낫을 들고
> 숲길을 뒤덮은 푸나무를 쳐 낸다

길을 내며 나아갈수록
베어진 푸나무들이 피워 올리는
늪 같은 어둠 속으로 깊이 빠진다
오랜 세월 수많은 벌레와 새들이 죽어
마침내 이루어진 이 늪을 지나자
밤낮도 아닌 희미한 미명 속에
고인돌들이 끝없이 늘어서 있고
고인돌 속에는 아직 태어나지 않은
바람의 애벌레들이 꿈꾸고 있다
초승달 같은 낫을 들고
애벌레의 꿈을 들여다본다
어느 먼 숲을 흔드는 바람 소리뿐
꿈속은 텅 비어 있다
초승달 빛을 뿌리는 낫을 들고
텅 빈 꿈속에서
아직 태어나지 않은 바람 소리를
꿈속의 한 잎 귀가 듣는다

– 「바람의 애벌레」 전문

　　시인은 무쇠 낫을 들고 숲길을 뒤덮은 푸나무를 쳐내다가 그들이 내뿜는 풋내를 통해 다른 차원의 공간으로 들어간다. 그 세계는 "오랜 세월 수많은 벌레와 새들이 죽어" 형성된 어둠 같은 늪으로서 영혼의 세계, 불가시不可視의 세계라고 할 수 있다. 마침내 "밤낮도 아닌 희미한 미명 속에/ 고인돌들이 끝없이 늘어서 있"는 곳에 이르게 되는데, '밤낮도 아닌'이라는 형상화는 전일의 세계를 암시하고 있다. 이러한 세계는 밤과 낮이 분화되기 이전의 도 혹은 태극과 동일한 맥락에서 이해할 수 있기 때문이다.

　　"고인돌 속에는 아직 태어나지 않은/ 바람의 애벌레들이 꿈꾸고 있다"라는 형상화 역시 전일의 세계를 암시한다. 고인돌은 죽은 이의 무덤인데도 불구하고 아직 태어나지 않은 바람의 애벌레들이 존재하는 공간으로 상정되었기 때문이다. 죽음은 존재의 종말을 의미하지만 바람은 존재의 시원을 의미한다. 따라서 고인돌은 '시작'과 '끝'을 동시에 함의하는 공간인 동시에 전일성이 실현된 자리이기도 하다.

시인은 "초승달 같은 낫을 들고/ 애벌레의 꿈을 들여다"보지만 "어느 먼 숲을 흔드는 바람 소리뿐/ 꿈속은 텅 비어 있다." 초승달은 달의 주기에서 만월이 되기 위한 시작점에 자리잡고 있다. 따라서 애벌레의 꿈을 들여다보는 화자가 지니기에 적합한 형상이었을 것이다. 그런데 시인은 왜 꿈속이 텅 비어 있다고 형상화하고 있을까.

『장자』의 「제물론」은 사람의 피리소리인 인뢰人籟와 땅의 피리소리인 지뢰地籟, 하늘의 피리소리인 천뢰天籟에 대해 말하고 있다. 인뢰는 인간이 만든 음악으로서 누구나 들을 수 있고, 지뢰는 천지만물이 내는 자연의 음악으로 예술적 경지에 이른 자만이 들을 수 있으며, 천뢰는 최고의 경지에 이른 자만이 들을 수 있다. 여기서 인뢰는 피리에서 나는 소리로, 지뢰는 천지만물의 여러 구멍에서 나는 소리로 구체화하고 있지만, 천뢰는 어떻게 나는 소리인지 제시되지 않고 있다. 다만 천뢰는 지뢰와 인뢰의 근원이요 생성원리일 뿐 그 자체로는 형상도 소리도 없는 형이상자形而上者라고 짐작될 뿐이다.

인뢰와 지뢰는 예술작품 혹은 문학작품으로 비유될 수도 있다. 따라서 "아직 태어나지 않은 바람소리"의 의미를 유추하면, 채 형상이 지어지지 않은 사물 혹은 예술작품으로 해독할 수 있다. 이들에 대한 참다운 감상은 그것들의 원천인 천뢰의 체험이 근간이 되어야 하는데, 천뢰의 체험은 주객합일의 경지, 즉 상아喪我의 경지에서 이루어진다. 따라서 마음을 텅 비우고 상아에 이른 시인은 천뢰의 경지에서 아직 태어나지 않은 바람 소리, 채 분화되지 않은 사물과 현상을 "꿈속의 한 잎 귀"로 감지할 수 있었던 것이다.

『장자』의 「달생」 편에는 '재경'이라고 하는 사람의 북틀 이야기가 나온다. 재경이 북틀을 만들었는데 그 형상이 신기에 가까워 사람들이 묻자, 북틀을 만들기 전에 재계齋戒하고 마음을 비운 후 나무의 천성과 자신의 천성을 합일하도록 만들었을 뿐이라고 한다. 이 이야기는 예술작품을 창조할 때도 일자一者의 세계가 본질로서 작용한다는 사실이 확인된 사례이다. 따라서 마음이 텅 빈 경지, 주객합일의 경지는 예술작품을 창조할 때도, 예술작품을 감상할 때도 닿아야만 하는 경지인 것이다.

3.

이번 시집에 수록된 작품들은 도의 상상력이 근간을 이루지만 그러한 기법 이면에는 존재의 고독이 농밀하게 형상화된 것을 확인할 수 있었다. 그와 같은 현상은 시인의 연륜과도 무관하지 않을 것이다. 일자인 도에서 분화된 인간은 도 혹은 자연으로의 귀의심을 지니기 마련인데, 삶의 연륜이 깊어갈수록 그러한 현상은 증폭될 수밖에 없다. 자연에 가까워지고자 하는 것은 도에 가까워지고자 하는 인간 본연의 욕망이다. 그렇기 때문에 현실의 자아와 욕망의 틈새에서 생성되는 고독감은 해결할 수 없는 인간의 숙명이라 하겠다.

> 하늘 가까이
> 이마를 대고 있는 산은
> 새들을 낳는 푸른 자궁이고
> 새들이 다시 돌아와 묻히는
> 큰 무덤이다
>
> 나그넷길에서 홀로 떨어져
> 쓰러진 나무 우듬지에 앉아 있는
> 울새 한 마리
> 노을빛이 물든 갈색 등이
> 한 장 단풍잎처럼 곱다

남은 저녁 빛이 눈동자에서 꺼지면
울새는 흙 속으로 낙하하여
지친 날개를 되돌려줄 것이다

오늘도 산은 바람이 불면
풀잎이나 나뭇잎을 부딪치며
땅속에선가 하늘에선가
스빗시 스비시르르르
기요로 키이키리리리리
가늘고 슬픈 새소리를 낸다.

– 「산과 새」 전문

상기 인용시에서 '산'으로 형상화된 자연은 도의 세계이다. 새들이 하늘을 날다가 돌아와 잠드는 산은 "새들을 낳는 푸른 자궁이고/ 새들이 다시 돌아와 묻히는/ 큰 무덤"이기도 하지만, 비로소 그들을 완전하게 품어주는 일자의 세계이다. 유한한 인간은 숙명적으로 도에의 귀의심을 지니는데 그러한 향수가 새들이 잠드는 산을 영원한 모성의 공간, 도의 공간으로 형상화하기에 이른 것이다.

"나그넷길에서 홀로 떨어져/ 쓰러진 나무 우듬지에 앉아 있는/ 울새 한 마리"는 인간 세상에서 소외된 시인 자신이다. 고독한 시인의 눈에 "노을빛이 물든 갈색 등이/ 한 장 단풍잎처럼 곱"게 보인 것은 당연한 귀결이라고 하겠다. 하지만 이와 같은 형상화에는 강한 역설이 함의되어 있다. 노을과 단풍잎의 이미지는 하강과 소멸의 정서인 바, 그 모습이 마냥 아름다울 수만은 없을 것이기 때문이다. "남은 저녁 빛이 눈동자에서 꺼지면/ 울새는 흙 속으로 낙하하여/ 지친 날개를 되돌려줄 것이다." '흙'은 '산'과 마찬가지로 자연을 의미하며 전일의 세계이기도 하다.

새를 품은 "산은 바람이 불면/ 풀잎이나 나뭇잎을 부딪치며/ 땅속에선가 하늘에선가" "가늘고 슬픈 새소리를 낸다." '땅속에선가 하늘에선가'

라는 표현은 하늘과 땅이 모두 일자의 세계이므로 어느 곳이든 전일성
이 실현된 공간이라는 의미를 함축한다. 새는 비로소 죽음으로써 자연
과 합일을 이룬 것이다. 죽음은 자연과의 완전한 합일, 도에 이르는 길인
데도 쓸쓸함을 동반하는 것은 무슨 이유일까.

　김영석의 시에서 존재의 쓸쓸함은 「돌에 앉아」, 「존재한다는 것」, 「종
이배」, 「그대에게」 등등에서도 농밀하게 나타난다. 숲속 빈터의 너럭돌
에 앉아 "긴 그림자를 끌고 와서/ 여기 앉았다 홀로" 떠났을 쓸쓸한 존재
로서의 자아를 인식하기도 하고(「돌에 앉아」), 존재한다는 것은 굳게 참
는 것이며, 참지 않으면 산화되고 말 것이라고 형상화한 부분에서는 비
장미까지 느껴진다(「존재한다는 것」). 영원을 욕망하면서도 유한한 존재
를 지켜내기 위해서는 참아야 하는 역설적인 존재가 인간인 것이다.

　4.

　전일성과 전동성을 직관하기 위해서는 육근眼·耳·鼻·舌·身·意을 열
어놓고 텅 비어 있어야 한다. 그래야만 사방으로 트인 자유에 이르게 되
고, 완전한 자유인이 되었을 때 비로소 우주 현상과 실체를 직관하게 되
는 것이다. 여기서 직관은 천뢰를 획득한 상태로서 창조와 감상의 두 영
역을 포괄한다.

　김영석의 시적 사유는 사방으로 트이고 합일하고 휘어지면서 이르지
못할 곳이 없다. 시 「눈물」을 보면 흰옷 입은 여인의 몸이 지평선까지
닿은 들판을 가로질러 흰 띠 같은 길이 되고, 그 길 끝에 서 있는 아이의
가슴은 맑은 창으로서 푸르디푸른 바다를 담고 있다. 천지사방으로 길
이 열리고 사물과 사물이 합일하고 변화하는 시적 사유는 육근이 열리
지 않은 상태에서는 향유할 수 없는 경지이다.

　시 「모란」은 "흰 백지/ 그 깊은 속에서/ 이따금 꾀꼬리 소리 들리고/

그 울음 사이로/ 모란꽃 뚝, 뚝, 지네."라고 형상화하고 있다. 흰 백지는 전일의 세계이므로 이 시는 전일의 세계에 합일된 온갖 현상을 직관하는 형식으로 형상화되었다고 할 수 있다. 그러나 상상력을 논의하는 데서 비껴 나와 작품의 전체적인 분위기를 피력하라면 쓸쓸함과 고독함이라고 말할 수 있겠다. 영원성과 유한성의 틈바구니에 놓인 존재의 쓸쓸함은 해결할 수 없는 인간의 숙명인지도 모른다. 따라서 나그넷길에서 홀로 떨어져 나와 쓰러진 나무 우듬지에 앉아 있는 울새는 고독한 시인인 동시에 우리 모두의 자화상인 것이다.

(다층, 2011, 겨울호)

깊이와 높이의 시학

—시집『외눈이 마을 그 짐승』

2007년도에 출간된 네 권의 시집을 욕심 없이 읽었다. 이들만큼 겨울의 찬 바닥을 주저 없이 걷는 시인들이 있을까. 오늘날은 김영석 시인의 말마따나 무엇이 현실이고 초현실인지, 무엇이 참이고 거짓인지 신조차 알 수 없는 시대이다. 그러나 우리가 알 수 있는 것은 이 시인들은 짧게는 34년, 길게는 60년이란 길고 긴 시작 활동 속에서 모질고 거친 삶의 바닥을 견디며 걸어왔다. 오늘날까지 시를 놓치지 않으려는 생의 진정성이 시인의 발끝을 간절히 붙들고 있다.

시인은 인간의 잣대로 헤집어 놓은 지적인 조작으로부터 벗어나 자연적인 본능으로 회귀하려는 마음을 가진 이다. 다시 김영석 시인의 말을 빌어 이는 기氣의 움직임, 즉 '짓'의 기운에서 밝게 피어나는 것이다. 연어가 산란기에 자신이 태어난 곳으로 강을 거슬러 올라 알을 낳고 죽듯 인간 역시 본래 순수한 기운으로 삶을 이끌어 나가려는 생태적 욕망이 있다. 이러한 '짓'의 기운은 우리가 알지 못하는 사이에 직관적으로 다가온다.

삶은 홀로 가는 쓸쓸한 길이다. 오늘도 여기 시인들은 삶이 자연스레

제4부 서 평 457

이끄는 힘으로 걷고 또 걷는다. 이들은 현대시 100주년을 앞두고 시는 시리고 서글픈 삶을 온몸으로 불 피워내 녹여 쓰는 거라 일러준다. 나는 참으로 따스한 시인의 발자취를 자꾸 따라 걷고 싶다.

인간은 사물에 이름붙이기 놀이를 좋아한다. 그런데 이것은 놀이를 위한 놀이가 아닌 놀이를 통한 놀이다. 인간은 이름붙이기를 통해 사물에 의미를 부여한다. 의미는 온몸의 직관과는 달리 기계적이고 조작적이다. 김영석은 『외눈이 마을 그 짐승』에서 사고만능주의에 빠져 지적 조작에 여념이 없는 창백한 현실을 일깨우고자 한다. 시인이 자연과 현실을 그 자체로 느끼고자 하는 것은 직접적이고 전체적이고 생명적인 현상에 닿으려는 자각에서 연유한다.

시인은 온몸에서 일어나는 생명적이고 자연적인 현상의 모호함에 집중한다. 그리하여 시인은 자연 혹은 생명과 직접 교감하고자 한다. 이것은 인간의 삶이 가진 참다운 뜻을 깨닫게 해주는 힘으로 작용한다. 명료한 앎이 아닌 모호한 느낌으로 자연적 본능에 충실하고자 한다. 결국 이것은 생명의 꽃인 사랑을 피워내려는 시인의 시정신이다.

특히 이 시집은 동양의 전통적 시정신의 한 핵심인 '관상시觀象詩'에 닿아 있다. 관상시는 의미 위주의 시가 아닌 느낌 위주의 시다. 시인은 시의 느낌 자체를 중시한다. 즉 시인의 새로운 시적 영역이 직관의 차원과 접촉하고자 한다.

> 바람 속에는 바람 속에는
> 아직 먼 숲을 향해 달려가는
> 수많은 짐승들이 살고 있습니다
> 샛바람 하늬바람 속에는
> 샛바람 하늬바람 짐승들이 달려가고
> 마파람 높새바람 속에는
> 마파람 높새바람 짐승들이 달려갑니다

실상 바람이 부는 소리는
그 많은 짐승들의 숨소리요
그 어린 새끼들이 칭얼대며 우는 소리입니다
바람 속에는 바람 속에는
아직 모양도 이름도 없어
우리가 영 알 수 없는 짐승들이
먼 숲을 꿈꾸며 살고 있습니다.

-「바람 속에는」 전문

　서로 간에 생긴 거리는 마음이 낳은 자식이라는 말이 있다. 우리가 만들어 놓은 서로 간의 거리는 실상은 마음이 만들어 놓은 간격이다. 그러기에 우리는 간격의 틈바구니에 살고 있는 무수한 바람 소리를 들어야 한다. 바람과 바람 사이에는 "아직 먼 숲을 향해 달려가는 / 수많은 짐승들이 살고 있"기 때문이다.

　시인은 '바람 속'을 원시적 생명의 터로 발견한다. 그 속에 살고 있는 '수많은 짐승'들은 눈에 보이는 것 너머의 움직임이다. 시인은 감각과 직관을 수평적 넓이에서 바라보고 느껴보고자 말한다. 알 수 없는 이러한 모호한 감정들이 가장 확실한 앎이라고 자부하는 것이다.

　시인에게 감동感動이란 감각과 직관의 느낌과 섞여져 있는 아직 나뉘지 않은 원시의 감정에 불과하다. 그러나 시인의 말대로 "하늘 아래 있는 것 치고 새로운 것은 하나도 없으며 동시에 예대로 있는 것 또한 하나도 없다고 하니, 과연 그 짐승과 언둔갑 병 또한 예대로 있기도 하고 다시 새롭게 나타나기도 할 것이었다."

어둠이 낳고 기른 그 짐승을
실은 없는 그 짐승을
어둠 속에서 나는 보았다
없으므로 더욱 힘이 세고
온갖 형상으로 있게 되는 그 짐승을

인생의 황혼녘에 나는 만났다
돌아보니 길고긴 세월을 헤매었구나
어두운 가시덤불 숲길에서
눈먼 세월 온몸에 담금질하고
눈비 내리는 들판길 수렁에 빠지면서
맨몸 네 발로 예까지 기어왔구나
어찌하여 나는 어둠 속에서 눈을 뜨고
말의 창틀로 세상을 내다보기 시작했던가
촘촘한 말의 그물에 갇혀
평생을 청맹과니로 떠돌아야 했던가
눈에 보이고 귀에 들리는 것 모두가
스스로 번식하는 저 말의 그물조차
그 짐승의 꿈같은 장난이었고
나 또한 그 짐승의 충직한 노예였구나

— 「그 짐승」 부분

　시인은 시집 4부에서 "대낮에 난데없이 낮도깨비가 튀어나와" 어처구니가 없는 별 희한한 '사설시'를 재미있게 들려준다. 4부는 산문으로 된 이야기를 배경으로 두고 쓴 시로, 시와 산문을 하나의 구조로 결합하고 있다. 「그 짐승」은 사슴농장 주인이 산에 올라갔다가 이상하게 생긴 짐승 한 마리를 잡은 것이 발단이 된다. 사슴농장 주인이 그 짐승을 순간순간 볼 때마다 그것은 신통한 둔갑술이나 하는 듯이 갖가지로 달리 보인다. 소문은 금세 퍼져 사람들이 그 짐승을 보기 위해 몰려드는데, 그야말로 제 눈에 비치는 대로 거품이 꺼지는 소리들을 해댄다. 이 무슨 해괴한 사태란 말인가.
　시인이 그리는 '조용한 짐승'은 "실물이 아니라 무슨 그림자이거나 사람들이 그런 것이거니 하고 믿고 보는 헛것"이다. 시인 자신은 물론이고 "눈에 보이고 귀에 들리는 것 모두가" "촘촘한 말의 그물"이라는 분절된 의미에 갇혀 있으며 그 '말의 그물조차' '그 짐승'의 장난이다. 시인은 불가의 말을 빌어 "제 허망한 욕망에 따라 있지도 않은 것을 마음속에서 말로 만들어 사랑하고 분별하며 마치 있는 것처럼 집착하는 것을 계명자상計名字相이라 한다더니 바로 이런 것을 두고 이르는 것일지" 모를 일이라 말한다.

우리는 어찌하여 "어둠 속에서 눈을 뜨고/ 말의 창틀로 세상을 내다보기 시작했던가." 시인은 신화와 이데올로기가 난무하는 갈등과 투쟁의 현실을 걷어내고 자연과 현실을 조용히 관상하기를 바란다. 시인은 "인생의 황혼녘에"서 모든 것이 '어둠'이 낳은 '그 짐승'의 "꿈같은 장난이었고", "나 또한 그 짐승의 충직한 노예"였음을 고백한다. 우리는 얼마나 많은 시간 '말'을 담보로 "눈먼 세월"을 보내는가. 시인에게 시는 직관의 자연적인 본능, 즉 삶의 초심으로 회귀하여 유희적 세계가 난무하는 이 세대가 되짚어야 할 하나의 '짓'이다.

언 땅이 녹는다. 겨울이 무심히 물러나고 있나 보다. 곧 꽃이 피고 새가 날아오를 것이다. 보지 않아도, 듣지 않아도 아는 게 시의 마음이다.

(시와정신, 2008, 봄호)

시적 현상학의 세 층위

―시집 『거울 속 모래나라』

임 지 연

김영석, 최종천, 박정대의 시집을 한 자리에서 논하는 데에는 여러 난점이 있을 수 있다. 이들의 시적 포지션이 상이할 뿐만 아니라, 서로 대척점에 있는 것처럼 보이기 때문이다. 김영석의 시는 역사 상관적이고, 최종천의 시는 계급 상관적이며, 박정대의 시는 음악 상관적이다. 김영석의 시는 의미를 중심으로 한 소통의 언어를 지향하면서도 노래와 이야기를 동시에 구조화하고, 최종천의 시는 계급적 언어를 통해 계급을 넘어서는 언어를 지향하며, 박정대의 시는 음악을 통하여 휘발되려 하면서도 의미를 위반하지 않는다.

그럼에도 이 상이한 시적 포지션을 갖는 세 시집은 어떤 공통적 항에 정박되어 있다. 언어적 태도는 분명한 개성(차이)을 갖지만, 이들 시의 관심은 어떤 항들을 공유한다. 가령, 이런 것들이다. 형식의 새로움, 화법의 새로움, 전복의 에너지, 형식과 화법의 새로움은 언어와 시 장르라는 형식에 대하여 민감한 관심과 동시에 실험을 이행하고 있다는 점이며, 또한 현실에 대한 전복의 에너지로 가득 차 있다. 전복에 대한 에너지는 단순히 현실 비판이라는 내용적 단순함 이상이며, 시적 현실의 새로움을 통해 실제 현실을 전복하고자 한다. 이들의 현실이란 실제 현실이면서 동시에 시적(허구적) 현실로 구성된다. 그러므로 이들 시는 내용에 한정되었던 기왕의 리얼리즘을 위반하며, 형식적 순수에 한정되었던 기왕의 모더니즘미학의 예견된 기대와도 서로 다르다.

동시에 이들 시집의 공통적 항은 현상학적 태도에 있다고 할 수 있다. 현상학이란 '사태 자체로'라는 구호로 집약될 수 있는데, 언어나 관념으로 영토화된 의미를 해방하여 그것 본래의 것으로 살아있게 하자는 것이다. 형이상학적 관념 이전에 존재하는 어떤 본질들에 다가서려는 이들 태도는 대단히 역동적인 언어 현상으로 나타난다. 김영석은 과거의 역사적 진실을 과거적 사건에 고정되지 않고 지금 막 일어나는 눈앞의 사건으로 개인화한다. 최종천의 시에서 사물은 언어나 관념에 한정되는 의미가 아니라 실물적實物的 물질로 다시 태어나고자 하고, 박정대의 언어는 음악과 함께 휘발되면서 혁명이라는 관념적 사건을 감정이라는 실제 사건으로 변환시키고자 한다.

1. 역사의 존재론적 현상학

김영석의 시가 지향하는 바는 역사적 진실 같은 거대 가치지만, 그의 시는 독자가 예견하는 거대를 곧바로 뒤집는 전복의 에너지를 곳곳에 내장하고 있다. 그의 시집을 보면 기왕의 리얼리즘 시가 갖는 클리쉐를 갖고 있을 것 같지만 놀랍게도 클리쉐를 조곤조곤 조롱하는 것 같다. 시적 주체들의 면모는 역사적이거나 신화적 인물인데도 이들은 영웅적이지 않고, 깨달음을 전달하려는 스승의 엄숙한 목소리를 내지 않으며, 현실의 부정성을 자동적으로 발생시키지 않는다. 그는 되려 역사적이거나 신화적인 주체를 철저한 개인, 고독한 개인으로 탈신화하며, 깨달음이 아니라 은유적 방식의 진실을 드러내고, 비판이라는 낯익은 메커니즘 대신 현실을 구원하고자 하는 따뜻한 에너지를 기저에 매설하고 있다. 역사에 대한 관심이 비역사적 장식, 존재론적 방식으로 드러난다는 점에서 시집의 표층을 가볍게 뒤엎는다. 즉 그의 시집은 독자의 예견된 기대를 전복한다는 점에서 주목할 만하다. 새로움의 또 다른 전형을 산출하고 있다는 얘기이다. 이 점이 그의 역사의식이 현상학적 방법으로 현실화되는 방식이기도 하다.

먼저 김영석 시의 시적 주체는 역사적이고 시대적이면서 동시에 사인화된 개인으로 설정되어 있다. 그의 역사의식이 날것의 현상학적 의미로 생성될 수 있는 시적 장치는 여기에 있다. 가령, 시집의 처음에 배치된 「두 개의 하늘」은 자살한 피간성이라는 친구에 대한 이야기이다. '피간성'이라는 인물은 시대의 전형성을 보여주고 있음에도 자살이라는 의외적 사건, 일기에 나타나는 모호하고 알 수 없는 내면 기록을 통해 그 전형성을 무너뜨린다. 그러므로 전형이라는 고정성이 개인이라는 모호성에 의해 변형을 겪는다. 물론 그 역도 가능하다. 김영석의 시가 시대와 역사라는 무거운 현실을 담지하면서도 시적 언어가 그 무게에 짓눌리지 않을 수 있는 이유가 여기에 있다. 무참히 패산된 동학군 전봉준의 고독한 걸음걸이를 보라(「아무도 없느냐」). 거기에는 민중, 영웅, 역사라는 항이 거세된 고독한 개인의 얼굴이 있다. 물론 전봉준이라는 개인의 얼굴에서 민중, 영웅, 역사라는 무게는 결코 지울 수 없을 것이다. 그러나 그것을 닦아낸 전봉준의 고독한 얼굴 밑바닥에서는 또 다른 방식의 민중, 영웅, 역사의 무게를 읽어낼 수 있다.

김영석 시의 가장 뚜렷한 특성은 그가 말한 것처럼 '사설시辭說詩'라는 형식에 있다. 시집의 자서自序격인 「시인의 말」에서 "산문으로 된 이야기를 배경으로 두고 쓴 시로서, 시와 산문이 하나의 구조로 결합되면서 좀 더 높은 수준의 새로운 시적 영역이 열릴 수 있도록 시도"한 실험적 형식이다. 여기서 주목할 곳은 "시와 산문이 하나의 구조로 결합"되어 있다는 데 있다. 시와 산문의 단순한 결합이 아니라 하나의 구조로 결합되어 있는 상태란 도대체 무엇일 수 있을까?

김영석의 이 시집은 기 발표작 중 '사설시'만을 모아 시집으로 엮은 것이다. 이러한 형식적 실험은 70년대부터 시도되었으며, 불연속적으로 지속된 형식이다. 뒷시대로 올수록 실험성은 더 두드러지는데, 가령 초기 시에서는 이야기와 시를 함께 시 형식 안에 가지런히 병치시켜 놓았다면, 시간이 지나면서 이야기성이 보다 강해진다. 「거울 속 모래나라」의 경우는 카프카의 소설처럼 괴기스럽고, 사르트르의 소설처럼 존재론적인 이야기를 바탕으로 한다. 「외눈이 마을」은 영화 '베트맨'처럼 알레고리적이면서 홍콩영화처럼 이국적이고, 「바람과 그늘」은 추리소설처럼 구성되어 소설적 속도감과 호기심을 자극한다. 시집 뒤쪽으로 갈수록 언어의 투자량은 많아지지만 이야기의 재미는 밀도감이 높아진다. 마치 시적 언어를 전혀 염두에 두지 않은 것처럼 적확하고 사실적인 언어를 사용하지만, 그럼에도 이 텍스트는 시임이 분명하다. 특히 "이러매 내가 노래한다"라는 구절 다음 이야기에 대한 시적 해석, 혹은 시적 구성을 덧붙임으로써 시라는 장르를 은폐하지 않고 떳떳하게 드러낸다.

대개 시와 산문이 결합된 산문시들은 시적 특성을 표면에 드러내지 않고 숨김으로써 그 미학적 특성을 발현하려는 경향이 있는데, 김영석의 시는 이야기와 시의 특성을 숨김없이 솔직하게 드러냄으로써 새로운 미학적 특이성을 산출한다. 이는 이야기와 시가 분기되기 이전, 즉 시와 산문이 구별될 수 없었던 근대 이전의 문화적 형태를 상상할 때 더 잘 이해된다. 그의 시에 나타나는 "이러매 내가 노래한다"라는 언사는 알려진 대로 『삼국유사』에서 일연이 설화와 역사와 시를 한 데 엉겨붙게 하는 화법과 연관된다. "찬왈讚曰"이라는 일연 식 화법을 차용함으로써 시와 이야기, 설화와 역사를 비구분하는 독특한 화법을 탄생시킨 것이다.

그의 언어가 지향하는 궁극적 방향은 '소통'에 있지만, 거기에 이르기 이전의 언어사용 방식은 다채롭다. 유서처럼 쓰인 내면 기록은 갈피를 알 수 없는 모호함으로 가득 차 있지만 김영석은 그 자살자의 "애매하고 불완전한" 기록을 이해하고(「두 개의 하늘」), "1인칭과 3인칭을 아무렇지 않게 혼용"하는 거울나라의 인물을 설정하며(「모래 속 거울나라」), "천지여아동일체天地與我同一體"라는 말의 반복을 통해 무섬증을 떨쳐버리는 주술적 언어를 사용하고(「포탄과 종소리」), "으으윽, 좆꼴립니다"라는 성적 언어를 통해 비본질적이고 거짓인 세계를 조롱하고 건강한 '성욕의 언어'를 제시하기도 한다(「길에 갇혀서」).

본질적으로 김영석의 언어관은 언어를 신뢰하지 않는 데 있다. 왜냐하면 인간의 언어가 진정한 소통으로 나아가지 못하기 때문이다. 소통되지 못하는 언어들은 완전한 소통에 대한 욕망에 의해 발현된다.

> "해라 돌도 하고 바람 불어"
> 아내는 무슨 소리인지 잘 알아듣지도 못한 채 남편이 이제 왔나보다 하고 하던 일을 계속했다. 그가 사슴 우리에 푸나무 짐을 흩뿌려 준 다음 집으로 들어오면서 다시 큰소리로 아내에게 말을 하였다.
> "나무 해가 울지 마라고 흙이 흙이 푸니 애들이야"
> 그제서야 아내가 밖을 내다보면서 물었다.
> "뭐라고요? 내가 어쨌다고요?"
>
> ─「그 짐승」 부분

이 시에서 중요한 언어는 "언둔갑"이다. "무엇인가 딱 잡히지 않는 오리무중"의 말을 하는 자를 "언둔갑言遁甲"이라고 지칭한다. 허망한 욕망에 따른 인간의 언어, 소통되지 않는 짐승의 언어, 자기 욕망에 갇힌 개인의 언어를 비판하는 김영석만의 명명법이다. 그러나 흥미로운 것은 그가 "촘촘한 말의 그물에 갇혀/ 평생을 청맹과니"로 떠도는 이 시대의 언어를 신뢰하지 않는다는 데 있다. 진정한 소통의 언어가 무엇인지는 분명하지 않다. 그 분명하지 않은, 소통되지 않는, 짐승과 같은 언어는 낯설다. 김영석의 언의의식은 분명 진정한 소통의 언어를 지향하고 있지만, 언어를 신뢰하지 않기 때문에 다양한 언어적 실험을 생성시킬 수 있다. 진정한 소통을 위해 소통되지 않는 '언둔갑'의 언어를 사용하는 김영석의 언어의식은 역설적 힘을 보여준다. 그러한 방식을 통해 새로운 세계를 꿈꾸는 것이다.

(미네르바, 2011, 가을호)

제5부

시인의 면모

산이라면 넘어주고 강이라면 건너주마

이 윤 기*

한 사람을 그리워한다는 것은
갈꽃이 바람에
애타게 몸 비비는 일이다
저물녘 강물이
풀뿌리를 잡으며 놓치며
속울음으로 애잔히 흐르는 일이다
정녕 누구를 그리워하는 것은
산등성이 위의 잔설이
여윈 제 몸의 안간힘으로
안타까이 햇살에 반짝이는 일이다.

  김영석 시인의 시집 『나는 거기에 없었다』에 실려 있는 「그리움」의
온마디. 이 「그리움」을 두고, 중앙일보에 연재하고 있는 「시詩가 있는
아침」 마당에다, 고은 시인은 미국에서 이렇게 써 보내고 있다.

    요즘 20, 30대 시인들의 상당한 부분이 자기최면을 거는 내면의 유희 또

---

* 소설가, 번역가.

는 현학취미가 두루 걱정이 될 때 이렇게 그리움 하나를 그 진부한 소재에
도 불구하고 의젓하게 그리고 충실하게 그려낼 수 있는 힘은 실로 놀랍다.

　　시다운 시이고 노래다운 노래다. 시가 감정에 푹 빠져 버리지 않고 감
정의 겉을 맴돌지 않으면서 그 안창의 감동을 이끌어내기란 쉽지 않다. 오
래 기억될 작품인즉 입안에 외워 속삭여주고 싶다.

　　빛바랜 나의 창작 노트에는 그가 만년필 가지고 내리닫이로 쓴 시 두
수가 남아 있다. 25년 전, 전주 가는 고속버스에서 그가 나의 노트를 빼
앗아 휘갈겨 썼던 것으로 기억한다. 그 하나인 「별」의 전문.

> 물레 잣는 소리
> 홀로 듣다
> 이제 뼈 속에도 눈물의
> 소금만 남아
> 안경알을 닦고 닦다

　　그의 언어는 이와 같았다. 시라기보다는 게송 같았다. 그런데 7년 전에
낸 첫 시집 『썩지 않는 슬픔』을 펴고 나는 다시 한번 참담해지고 말았다.
다섯 줄의 「별」은 석 줄로 줄어들어 있었다. 드디어 언어를 통한 사량분
별이 끊어진 언어도단言語道斷, 절언절려絕言絕慮의 경지인가 싶었다.

> 잊자
> 뼛속에 뜬
> 눈물의 소금 성에*

　　　　　　　　　　　　　　*눈꽃 모양으로 얼어붙은 서릿장

　　최근 들어 그의 시어가 압축 파일을 풀기 시작한 것 같다. 그에게는 전
화통에다 대고 시를 읊어주는 고약한 버릇이 있다. 근작시 몇 편을 듣고
나는 가까운 문우들에게 '그의 시어가 임신했다. 그가 실행 파일을 돌리

기 시작했다'고 주장한다. '말을 배우러 세상에' 온 그가 '더 깊고 더 많은 말을 배우기 위해/ 이제는 익힌 말을 다시금 버려야' 한다고 노래한다. 말로써 노래한다. '가을 산이 잎 떨군 빈 가지 사이로/ 아주 먼 길을 보여 주듯이/ 말 떨군 고요의 틈으로 돌아가서', '쪽동백이 날빛에 흰꼬리새 부르는 소리'(「말을 배우러 세상에 왔네」)를 듣고자 한다. 말로써 배우고 말로써 버리고자 한다. 그는 대수롭지 않은 구절이라고 주장하지만 나는 '가을 산이 잎 떨군 빈 가지 사이로/ 아주 먼 길을 보여주듯이'라는 구절이, <도의 시학>적 절창이라서 좋다. 에이, 하수下手인 내가 주제 넘게 그의 시를 말하다니, 안 되겠다. 유행가 얘기라면 할만 하겠다.

그는 글만 잘 쓰는 것이 아니라 노래도 굉장히 잘 부르고 또 많이 안다. 어느 정도로 많이 아는가 하면 우리나라의 흘러간 유행가는 물론이고 「에 루체 반 레스텔레(별은 빛나건만)」, 「우나 프루티봐 라 그리마(남몰래 흘리는 눈물)」 같은 오페라 아리아, 「블루라이트 요꼬하마」 아류의 곰삭은 일본 유행가 정도는 거의 기본기에 속한다. 최근에는 「쑥대머리」를 비롯한 판소리 여남은 대목, 「육자배기」, 「홍타령」에다 이선희, 김건모 노래까지 아울러 구사하니 바야흐로 가히 종횡무진이라고 할 만하다. 하지만 그가 잘 부르는 노래는 역시 「봄날은 간다」, 「목포는 항구다」 같은 우리나라의 흘러간 유행가다. 그 중에서도 특히 잘 부르는 노래는 '흐르는 것은 강물이 아니라 우연히 찾아든 정만이 흐르더라'로 시작되는 70년대 유행가다. 좋은 자리에서 술 한잔 거나하게 오르면 우리는 이런 말로 그에게 노래를 채근하고는 한다.

"형, 한번 흐릅시다."

노래라면 나도, 격은 빠져도 공매는 맞지 않으려고 한다. 하지만 정면대결로는 불리하니까 나는 그의 전공분야를 살짝 비켜서서 물 타는 전략을 구사한다. 그가 이탈리아 가곡을 들고 나오면 나는 미국 팝송으로 빠지고, 그가 남도 민요를 구사하면 나는 서도 민요로 초를 친다. 우리나라의 흘러간 옛노래는 레퍼터리를 공유하지만 나에게는 통기타 시대의 포크송이라는 비밀병기가 하나 더 있어서, 불리하다 싶으면 분위기를 그쪽으로 몰아가 버리고는 한다.

여럿이 함께 어울려 노래를 부를 때마다 확인되고는 했거니와 우리에게는 노래 가사 잘 외는 괴상한 재주가 있었(!)다. 흘러간 옛노래는 거의 3절까지, 웬만한 노래는 2절까지, 대부분의 노래 1절 가사는 시작만 해놓으면 술술 풀려나오고는 했다.

하지만 가라오케 기계가 나오고부터 우리는 망하고 말았다. 가사 잘 외는 강점을 살려낼 기회가 도무지 없어서, 말하자면 가사 외기에 관한 한 하향평준화가 되어 버려서 망한 것이다. 이상한 일도 다 있지. 노래방 생기고 나서 화면의 가사 읽으면서 노래 몇 번 부른 뒤부터 우리의 그 빛나던 기억력도 맥을 못 춘다.

그래서 우리는 노래 부르는 것은 좋아하지만 노래방 같은 데는 잘 가지 않는다. 노래 부르고 싶어 온몸이 근질거리는 손위 동서가 노래 부르라고 손아래 동서를 찔벅거리는 그런 엇박자스러운 분위기가 노래방에는 없다. 오래 잊고 있던 노래 가사가, 그 노래 한창 부르고 다니던 시절의 기묘한 정조 상태를 촉발하면서 희한하게 되살아나는 재미도 없다. 화면에 떠오르는 가사 보아가면서 그냥 기계적으로 따라 부를 뿐이다. 정말 질색인 것은, 남의 노래는 안 듣고 다음으로 이어질 제 노래의 번호를 입력시키느라고 부산을 떠는 짓거리다. 남의 노래 들을 생각은 않고 내 노래 부를 생각만 하는 데, 내 노래가 있을 뿐 남의 노래는 존재하는 않는 데, 들은 인상보다는 부른 기억을 미화하는 데가 노래방이다. 그래서 우리는 일요일이면 청계산 자락 조용한 골짜기를 찾아 앉아 노래를 질펀하게 부르고는 한다. '세월아 가지 마라, 세월아 가지 말아라, 아까운 청춘들이 다 늙어간다' 하면서……. 에이, 격이 빠져도 한참 빠지는 하수 주제에, 주제넘게 그의 노래를 말하다니. 유행가 얘기도 안 되겠다.

요즘 그는 박정만 시인의 고향 정읍에다 시비 세우는 일로 동분서주하고 있다. 기금 모금에서부터 부지 선정에 이르기까지, 넘어야 할 산과 건너야 할 강이 무수했다. 나는 그에게 쾌도난마의 비책을 건의했다. 그와 박정만 시인이 함께 소속해 있는 동창회 인맥을 가동, 일사불란하게 밀고 내려갑시다……. 그러나 그는 나의 건의를 받아들이지 않았다.

　나는 그가 나의 건의를 묵살한 까닭을 짐작하고, 여지없이 부끄러워하면서 반성한다. 나의 발상이 경상도식, 대구식, 그리고 무엇보다도 박정희식이기 때문일 터이다. 그는, 박정만이 시인이었고 그 자신이 시인이니까 이 일을 시적으로 마무리짓고 싶어한다. 우리가 즐겨 부르는 한 노래의 노랫말처럼 '산이라면 넘어주고 강이라면 건너주'고 싶어한다. 먹 가까이 있으면 검어지고 도장밥 가까이 있으면 붉어진다近墨者黑 近朱者赤니 누가 알리, 나도 옆에 오래 머물면 그에게는 이미 육화가 끝난 듯한 시의 묘리, 노래의 운치, 처세의 격조를 시늉이라도 하면서 함께 흐를 수 있을지.

(시와시학, 1999, 겨울호)

23년만에 첫 시집 펴낸 시인 김영석 씨

이 문 재*

1970년 <동아일보> 신춘문예에 시 「방화」가, 74년 <한국일보> 신춘문예에 시 「단식」이 당선되면서 문단에 나온 시인 김영석씨가 작품활동을 시작한 지 23년만에 첫 시집 『썩지 않는 슬픔』을 창작과비평사에서 펴냈다. 금욕적 정신주의의 기풍이 배어나는 그의 첫 시집은 작품성의 높이는 물론이고 글쓰기에 대한 '고전적 자세' 때문에 한층 빛난다.

"시는 정신문화의 꽃"이라는 그의 발언은 상품논리에 휩쓸리고 있는 젊은 문단의 경박성을 두고 하는 충고로 들린다. 수요 공급의 법칙이 무너지고 생산이 수요를 창출하는 시대에, 시, 시인만은 끊임없는 반성과 성찰을 통해 제 자리, 저 '꽃의 자리'를 지켜야 한다는 것이다.

그는 과작인 데다가, 그간 문예지에 발표도 제대로 하지 않았다. 이번 시집에 실린 시의 3분의 2가 미발표작이다. "시 쓰는 행위가 너무 고독하고 고통스러워" 시로부터 줄곧 도피하려 했다. 도피처는 생활이었다. "시 없이도 이러구러 살 만한 힘이 있었기 때문"(시집 후기 부분)에 시집 묶기를 미뤄온 것이었다. 시 쓰기가 왜 두려웠는지, 그 공포스러움을 어

---

* 시인. 경희대 교수.

떻게 뛰어넘었는지에 대해 그는 구체적인 언급을 피했다. 시인은 시로만 말한다는, 역시 '고전적인 자세'이다.

『썩지 않는 슬픔』은 23년이 지났지만 '썩지 않고 살아 있는' 관념의 미학에서부터 감옥으로 표상되는 자아와, 그 자아와 시대와의 격절감을 거쳐, 역사 인식과 당대의 일상을 파헤치는 '잠언' 등에 이르기까지를 폭넓게, 그러나 절제된 견인주의로 아우른다. '기침이 멎은 밤/ 우리들의 도탄塗炭의 중심'에서 얼음에다 불을 지르던 데뷔 시 「방화」는 썩어버린 눈물의 뿌리를 확인하는 데서 맺어지고, 바로 그 지점에서 다시 출발한다. 시대의 가운데로 난 길을 찾는 것이다.

그 길은 「단식」에서처럼 도저한 금욕주의로 개화한다. "죽음 곁에서 물을 마신다/ 잠든 세상의 끝/ 마른 땅 위에"서 그는 "씨앗처럼/ 소금만 하얗게" 남을 때까지 세상의 빵과 옷, 허망한 불빛을 거부한다. 이 같은 올곧음은 단순한 거부가 아니다. "네 칼날을 고요히 녹슬게" 하는 '흙의 넉넉한 힘'에 두발을 디딘 강고한 믿음이다. 이때의 슬픔을 썩지 않게 하는 공간이 흙이다.

그렇지만 믿음의 길은 순탄치 않다. 그의 시는 수시로 "골백번 쓰러지는 희망뿐"인 감옥을 이야기한다. 실제의 감옥이거나 추상적인 감옥들은 제 키만한 사회의 감옥이기도 하고, 별만 바라보이는 적막한 실존의 공간이기도 하다. "초등학교 때부터 시작된 하숙생활이 감옥의 이미지를 무의식 속에 형성시킨 것 같다. 나는 늘 홀로 있었다"고 그는 말했다.

이 시집의 또 다른 성과는 「두 개의 하늘」과 같은 형식의 실험이다. "새로움이 없으면 시가 아니다"라는 그의 시론이 투영된 이 시편들은 산문과 운문의 결합으로, 「제망매가」와 같은 향가나 판소리의 형식을 변용한 것이다. 현실성/이상성, 유장함/긴장감 등이 한 작품에서 화해롭게 만난다. 그는 앞으로 이 같은 형태의 시로, 시의 영역을 넓혀갈 참이다.

(시사저널, 1993.1.21)

엄격한 자유인의 초상

— 김영석 시인의 시적 편력을 찾아서

강 희 안*

　김영석 시인의 생과 시를 펼쳐보면, 아주 자연스럽게 '자유인', '엄격성', '따뜻함', '악동', '도인', '천재성', '새로움' 등의 이미지가 겹쳐지며 넘나든다. 그만큼 그는 일상의 삶을 주유할 땐 거리낄 것 없이 자유자재롭지만, 글에 대해서는 가히 병적이라 여겨질 정도로 엄격하게 응축되어 있다. 하지만 인간적인 측면에서는 다정다감하고 아주 감성적인 내면의 무늬를 지닌 따뜻한 사람이다. 술자리에서는 그가 지니고 있는 끼와 만화경적 상상력, 서늘한 비판의 칼날로 좌중을 압도하는 악동이자 주역에 관통하여 도에 이른 사상가이기도 하다.

　나아가 동양 사상에 관통한 까닭이겠지만, 서양 이론가들의 책도 한두 권 읽고 장점과 단점 한계까지도 한 순간에 간파해 내는 천재성과 책을 상재할 때마다 누구도 가 닿지 못한 새로운 길을 개척하는 도발적인 상상력의 소유자이기도 하다. 그에 관한 수사는 아주 이질적인 단어들의 병치에서도 느껴지듯이, 그야말로 다양하면서도 굴곡진 스펙트럼을 형성하고 있다. 따라서 그의 삶과 문학은 정진규 시인이 평가한 바대로

---

* 시인, 배재대 강사.

'무섭다'란 한 단어로 집약해 볼 밖에 별다른 묘안이 떠오르지 않는다.

한마디로 요약할 때 그의 시가 무섭다면, 그것의 이면을 관여하는 말의 진원지를 가늠해보는 절차를 거쳐야 한다. 감히 추측컨대 그는 일찍이 고교 시절부터 고독과 폭력에 굴절된 그리 간단치 않은 내면의 삶을 살았던 듯싶다. 이미 청소년 시절부터 질긴 질풍노도와 홍역을 치르는 통과의례의 시기를 누구보다도 엄혹하게 치러낸 것으로 보인다.

1961년 전주고교 2년 시절에 학생들 사이의 폭력사건에 연루되어 도피 생활을 하다가 붙잡혀 전주형무소에 미결수로 입감되기도 한다. 거기서 그는, 교원의 인권과 권익을 보호하기 위한 투쟁을 빌미로 피포된 당시 전주고 은사인 신석정 선생을 상면한다. 그 차디찬 감옥에서 무릎을 꿇고 1주일 간 그분을 모시면서 자신의 내부를 들여다보았으리라. 폭력의 기제를 사이에 둔 사적 가해자와 공적 피해자의 이 운명적인 만남, 이것은 이미 예정된 시인으로서의 길을 튼 숙명적인 표지는 아니었을까?

감옥에서 불기소 출소 후 그는 전북 부안군 마포 앞 바다의 원불교 수양소인 하도에서 이듬해 복학할 때까지 독거 생활에 들어간다. 섬에 기거하는 사람이라곤 스님 한 분과 보살님이라 부르는 할머니와 아주머니, 그리고 밭일을 거두는 젊은 처사 한 분밖에는 없는 곳이었다. 그리하여 그의 생활도 자연히 세차게 몰려드는 자기 고독과 대면하며 내면 성찰로 이어지는 수도자의 길로 접어들게 된다. 문학에 관심을 두기 시작한 것도 바로 이 무렵부터의 일이었다고 그는 술회한다.

그로부터 8년 뒤, 경희대 문과대학 국문과를 졸업한 이듬해에 그는 동아일보 신춘문예를 통하여 시「방화放火」로 데뷔하게 되는데, 그때 그의 시를 적극 밀었던 김현승과 처음 인연을 맺게 된다. 그리고 다시 한 번 그는, 1974년 한국일보 신춘문예에 각기 두 사람의 가명으로 「단식斷食」과 「숯」을 동시에 응모하여 본인의 작품끼리 최종심에서 겨루는 헤프닝을 자아낸다.

결국 「숯」을 밀었던 서정주가 양보하여 최종적으로 「단식斷食」이 당선의 영예를 차지하는데, 이 당선작을 밀었던 사람이 바로 김현승이었기에 다시 한번 기이한 인연의 굴레를 체감한다. 그 뒤에 다시 『월간문학』(1981)에 평론 「도덕의식의 사물화」가 당선되어 본격적인 비평가로서의 절차도 밟는다. 그런데 그 작품론 대상 시인이 바로 다형 김현승이었으니, 이는 아무래도 운명적 기연이랄 밖에 달리 표현할 방도가 없다.

> 죽음 곁에서 물을 마신다
> 잠든 세상의 끝
> 마른 땅 위에
> 전신全身의 어둠을 쓰러뜨리고
> 무구無垢한 물을 마신다
>
> 너희들의 빵을 들지 않고
> 너희들의 옷을 입지 않고
> 너희들의 허망한 불빛에 눈 뜨지 않고
>
> 주춧돌만 남은 자리
> 다 버린 뼈로 지켜 서서
> 피와 살을 말리고
> 그러나 끝내
> 빈 손이 쥐는 뿌리의 약藥
>
> 바람이 분다
> 무구한 물도 마르고
> 씨앗처럼
> 소금만 하얗게 남는다

— 「단식」 전문

이 시는 신춘문예 본심 대상 작품 중에서 "시적 박력과 간결과 정선에 있어 이론의 여지없이 단연 뛰어났다"는 김현승의 평가에서도 알 수 있듯이, 아주 의지적인 정신의 핵核만을 하얗게 드러내고 있어 소름이 끼칠 정도다. 무거운 소재 자체에 짓눌리지 않고 아주 상징적으로 독자를 압도하면서 강렬한 시적 형상을 구축해 내고 있다. 이렇게 지나치게 짧은 단시가 신춘문예에 당선을 한 것도, 당시에는 화려한 수사와 장광의 포즈를 취한 상투적인 신춘문예류의 관념을 깬 최초의 사건으로 회자되기도 했다.

경희대 대학원에서 박사 학위를 취득하고 배재대 교수로 부임한 뒤 등단 23년 만에 상재한 그의 처녀 시집 『썩지 않는 슬픔』(창작과비평사, 1992)에는 역설적인 감옥의 이미지가 주류를 형성한다. 이 시집은 '무섭다'는 시단의 평가처럼 그로테스크한 상상력으로 누구도 범접할 수 없는 언어의 진경과, 누구나 기억할 만한 새로운 의식의 지평을 열어 보여 주고 있다. 고교 시절에 겪은 굴절 과정의 파장에서였는지 그는, 수십여 년 동안 각고의 창작 과정을 겪은 어느 시인도 쉽게 추출할 수 없는 사리와도 같은 시정신의 결정結晶을 전취한다.

너무도 젊은 나이에, 그것도 "가볍게 분노하거나 서투르게 절규하지 않"고 "강인한 시정신으로 읽는 자를 압도"(김현, 「극기와 훈련」 부분)하는 절제의 미학을 통해 구현해 내고 있었다니 가히 놀랄 만한 대목이다. 정호승도 그의 시를 읽으면 마치 "사리舍利를 보거나 만지는 것 같다"고 비유한다. 그리고 그만큼 그의 시는 "정련된 시정신의 결정체로만 이루어진 시"라고 긍정적인 평가를 아끼지 않으며 부러운 수사를 덧붙이기도 한다.

> 가슴 깊이
> 별을 지닌 사람들은
> 모두 감옥에 갇힌다
> 별 향한 창틀 하나 달린
> 감옥 속에
>
> — 「감옥」 부분

무기수들이 창을 닦는다
탈옥을 꿈꾸며 창을 닦는다
밤하늘 잔별만큼 많은
이 세상 낱말의 수만큼 많은
창문을 하나씩 붙들고
오늘도 무기수들이 창을 내다본다

─「창」 부분

그의 시에서 특징적인 감옥의 이미지는 여타의 시와는 다르게 대부분 별과 짝을 이루면서 비약적인 개인 상징으로 등장한다. 감옥이라는 내적 억압에서 별이라는 외적 자유의 이미지로 나아가는 것이 아니라 그의 시적 화자는 오히려 이 비정한 실존 조건의 양 극단을 가감 없이 보여주려는 데 초점이 있다. 아이러니하게도 "가슴 깊이/ 별을 지닌 사람들"만이 갇히는 감옥과 탈옥을 꿈꾸는 무기수들이 "밤하늘 잔별만큼 많"은 "창문을 하나씩 붙"든 채 가는 인생이란 기실 얼마나 비정하고 참혹한 운명의 형식인가. 여기서 비장미를 전경화한 그의 강인한 시정신이 어떤 현실에서 배태되었는가에 대한 그 일단을 엿볼 수 있다.

그가 사는 세계에서 그의 몸은 "이미 거덜난지 오래지만/ 아직도 튼튼한 이빨 하나로/ 겨우버티고 있는 그가/ 이빨은 소용없으니 세우지 말라고/ 조용 조용히 일러주는/ 물렁물렁한 두부를/ 고개 수그리고 묵묵히 먹"(「이빨」 부분)는 깨달음이 환기하는 세계, 이 한 컷의 장면에서 자발적이고도 적극적인 자기방어기제마저도 무력한 세계의 냉혹함과 비정함을 그는 이미 고교 시절에 몸소 체득했던 것을 확인할 수 있다. 남진우의 평가에서도 알 수 있듯이, 그는 이미 젊은 나이에 "세월의 장벽을 뛰어넘어 일찌감치 출발의 순간부터 완숙한 기량을 선보이는 시인"(남진우, 「별과 감옥의 상상체계」 부분)이었던 것이다.

한 걸음 더 나아가 그는 여기에서 머무르지 않고 「두 개의 하늘」, 「지리산에서」, 「독백」, 「마음아, 너는 거름이 되어」 등에서 원고지 20~30

매 내외의 형이상학적인 이야기 구조와 시를 결합하여 드러낸 독특한 시 형식을 조심스럽게 선보이며 두 번째 시집의 궤적을 가늠해 보게 한다. 그의 사유의 크기와 넓이를 감안할 때, 기존의 형식으로써는 담아낼 수 없는 곤혹스러움에 의한 자연스런 귀결로서 새로운 세계를 향한 가열한 행보라 여겨진다. 그리고 이러한 형식을 어느 글에서 밝힌 것이 아니라 사담하는 자리에서 '사설시辭說詩'라 명명한다고 들은 적이 있는데, 두 번째 시집 『나는 거기에 없었다』(시와시학사, 1999)에서는 이 원고 분량도 30~120매 내외로 확대된 사설시의 양식이 본격화되기 시작한다.

현행 시단에서 시와 소설이 결합된 양식이라 하여 '시설詩說'이라고 부르기도 하는데, 그것은 비로소 2000년도 중반에 들어서야 개진된 일이다. 90년대 초에 시발된 그의 작업은, 불행하게도 문학사적으로 볼 때 최초의 시도이면서도 그 평가를 정확하게 받고 있지 못하는 실정이다. 그의 사설시는 기존의 시를 극대화하기 위한 장치의 하나로서 삼국유사의 향가나 고려가요, 서사무가 등은 물론 가장 오래된 문헌인 수메르 신화나 전설에서 그 모티프를 얻어낸 것으로 짐작된다.

그의 시세계가 폭이 넓은 점을 감안해볼 때, 이야기와 시가가 통합된 양식의 구축이 무엇보다도 그에게는 급선무였을 것이다. 자신의 시세계를 자유롭게 펼칠 만한 구조를 이미 그 시절에 섭수하고 실행에 옮겼던 것이다. 그러나 월간 『현대시』에서 다룬 '시설 특집'에서는 시설의 구조에 감히 근접도 못한 어느 시인의 산문시가 시설이라고 거명되는 촌극을 연출하기도 한다. 그러면서도 정작 김영석의 '사설시'는 거론조차 하지 않고 있으니, 개인사적으로나 우리 시단의 차원에서 볼 때에도 지극히 불행한 일이다.

그는 "저 광대한 허공을 내다보는 것은/ 내 속의 허공을 들여다보는 일"(「알껍질」 부분)이라고 말하면서 "바람도 흔들지 못하는/ 극지의 고요"(「극지極地」 부분)를 찾아 누구도 넘볼 수 없는 자신만의 "거대한 적멸의 집"(「바람의 뼈」 부분)을 짓고 있었던 것이다. 그가 세상의 어떤 시류와 시단의 흐름에도 무감하고 초연했던 만큼 고전 전통시가의 전거를 고도의 형이상학적 상징 이미지로 끌어올리는 개가를 올린다. 따라서 그의 사설시는 염결의 정신에서 출발하여 고독한 자기 갱신의 몸부림으로 구획된 아무도 쉽게 흉내낼 수 없는 자신만의 고유한 양식인 셈이다.

> 애초에 거울이 없었다면 나는 <나>를 알 수도 없고 볼 수도 없었으리라. 알 수도 없고 볼 수도 없는 것은 존재하지 않는 것이나 마찬가지다. 그렇다면 거울을 보기 전에는 <내>가 존재하지 않았다는 말인가. 꼭 그렇다고만은 말할 수 없을 것 같다. 거울을 통해서 <나>를 분명히 보고 알 수 있을 때까지 <나>는 일테면 미분되어 혼몽한 존재 가능성으로 남아 있었다고 해야 옳을 것 같다. 그러니까 그 존재 가능성은 부재와 존재의 경계에서 아지랑이처럼 파동치고 있는 것이다. 그 파동은 부단히 부재의 영역으로 잠기기도 하고 존재의 영역으로 솟아오르기도 한다. 즉 파동은 존재와 부재가 서로 마주보면서 한없이 은밀하게 주고받음의 관계를 지속하고 있는 모습이라 할 것이다. 거울은 바로 존재와 부재가 맞닿아 있는 경계에 있으면서 그 주고받음의 생성 관계를 드러내고 맺어주는 것이리라. 거울을 바라볼 때 그래서 비로소 거울 속의 <나>를 볼 수 있을 때 그 혼몽한 존재 가능성은 존재의 영역으로 현상되어 나온다. 따라서 거울 속의 <나>를 보기 전에 나는 나를 알 수가 없을 뿐더러 <나>는 존재하지 않는다. 그러니까 내가 있은 다음에 <거울 속의 나>가 있는 게 아니라 <거울 속의 나>가 먼저 있고 나서야 그것을 바라보는 <나>가 파생한다.

─「거울 속 모래나라」 부분

무작위적으로 뽑아놓은 이 사설시의 단락에서도 볼 수 있듯이, 시인은 '존재론적 형이상학'이라 불릴 만한 세계에 깊이 천착해 있다. 나와 타자, 자아와 세계, 존재와 언어의 분열과 대립, 존재의 이면과 실체를 궁구하는 시인의 인식이 '거울'이라는 이미지를 통해 모호한 세계의 모습이 실상의 몸으로 현상되고 있다. 이 시집의 서문에서 시인은 시 쓰기를 "말과 사물이 미묘하게 어긋난 틈으로 들어가는 일"이며 "말의 의미에만 매달리지 않고 자유롭게 살게 하는 일"이라고 말하면서, "있음의 없음"의 영역을 정관하는 것이 현대 사회가 대립적으로 구축한 이성의 의미망으로부터 벗어날 수 있는 유일한 방식이라고 조심스럽게 언급한다.

이와 같은 인식 위에서 창작된 사설시는 존재와 부재, 그리고 이데아를 파헤치는 해부학적 사유의 이미지들이 거미줄처럼 얽혀 있어 기존의 비평적 안목으로는 재단할 수 없는 새로운 해석을 요구한다. 이 사설시의 마지막 부분에서, 화자가 첨예한 사유의 결과를 통해 거울의 이면을 등지고 거울 밖으로 나와 거울 속에서 만났던 여자를 다시 목도하는 형이상학적 고뇌만 놓고 보더라도 카프카의 「변신」을 능가하는 위치를 점유한다. 「매사니와 게사니」에서도 '그림자'의 허상이 주체가 되어 '실상'의 세계를 위협하고 전복하는 현상들을 전면화해서 보여주고 있다. 실체와 허상을 뒤집어 놓는 역발상적인 추론 사유는, 그간 철학에서 개진했던 사유의 틀을 해체해야만 가 닿을 수 있는 새로운 판짜기를 요구한다.

두 번째 시집과 같은 해에 그의 학위 논문이자 필생의 역저인 「한국 현대시의 생성이론 연구」(1984)가 『도道의 시학』(민음사, 1998)이란 제명으로 빛을 보게 된다. 그 후 학계의 관심의 대상이 되었다가 품절이 되었는데, 독자들의 구입 문의가 조금씩 늘어가는 추이에 맞추어 다시 증보판을 계획하게 된다. 몇 가지 성글고 매끄럽지 못한 부분들을 수정·보완하여 『새로운 道의 시학(증보판)』(국학자료원, 2006)으로 거듭나게 된 것이다. 이 책의 서문에서 그는 "무엇에 대하여 내가 쓴 것이라기보다 정체를 알 수 없는 거대한 그 무엇과 운명적으로 맞닥뜨려 싸우면서 얻은 내 상처의 기록"이라고 밝히고 있다.

시 창작에만 뜻을 두고 있다가 뒤늦게 학문의 길에 들어선 그의 곤혹스런 회의는, 선학들이 바로 우리의 논리를 정립하지 못했다는 철저한 자각에서 비롯된다. 그는 그간 우리 학계가 관행적으로 서구 이론을 무차별적으로 수용·적용하는 과정에서 빚어진 문맥의 간극을 감지하기에 이른다. 이러한 차이는 자신이나 저자의 우둔함과 미욱함이 아닌 문학적 전통과 토양의 차이 때문이란 사실을 그는 몸소 체득했던 것이다.

따라서 그는 정체불명인 미지의 대상과 싸우면서 "한국적 보편성으로 서구적 보편성을 포괄"할 수 있는 새로운 문학이론을 정립해야 하는 난제에 스스로 봉착한다.

마침내 그는 이미 20여 년 전에 역경易經을 근간으로 도道, 태극, 역리, 음양오행 등의 원리를 이론적인 토대와 분석의 틀까지 만들어 서구의 문학 방법론과 대비하면서 현대시를 조명하는 전대미문의 파격적인 학위 논문을 발표하게 된다. 처음 이 논문이 발표되었을 때, 이 논문의 심사위원 중 한 사람이었던 정한모의 난감한 충격에 저촉된 에피소드를 여기에 그대로 옮겨본다.

> 김 선생, 솔직히 말하면 나는 이 글을 읽기도 전에 목차에 나오는 '도 태극 음양오행' 등의 용어를 보고, 참 별 미친놈도 다 있구나, 하고 생각하면서 그만 덮어버렸습니다. 그런데 며칠 뒤 논문을 읽어보다가 시를 분석하면서 전개하는 논리가 아주 합당할 뿐만 아니라 참신하다는 생각을 여러 번 하면서 끝까지 읽을 수 있었습니다. 미개지를 개척하는 큰 일을 해냈습니다.
>
> ─『새로운 道의 시학』'서문' 부분

그가 증보판 서문에서 밝힌 이와 같은 정한모의 충격적인 발언과 고무적인 격려의 메시지를 상기할 때, 그때는 공부가 얕든 깊든 아무도 밟아보지 못했던 미개지를 질러간 그의 모습이 타성에 젖은 학계에 실로 소중한 귀감으로 작용한 듯하다. 오늘날 논문에서나 평문에서 동양사상의 여러 개념들이 자연스럽게 학제 간의 벽을 허물며 동서 철학을 하나로 아우르려는 여러 논의들이 개진되고 있는 것은 그의 선구적인 발자취가 있었기에 가능했을 것이다. 그러나 근자에 이르도록 국문학계보다 철학계에서 오히려 본격적인 연구 성과가 나오고 있으니 실로 안타까운 일이다.

그 후 그는 이례적으로 불과 4년 만에 『모든 돌은 한때 새였다』(시와

시학사, 2003)라는 두 번째 시집을 세상에 내어 놓는다. 여기에서도 그의 도발적인 상상력과 세계의 통념을 조롱하며 뒤집는 기인의 기질이 유감없이 발현된다. 시집의 첫 장을 펼치면, 독자들은 관념의 벽이 깨지는 것을 느끼며 사상 초유로 여겨질 만한 80매 분량의 저자 '서문'과 직면하게 된다. 「세설암을 찾아서」라는 제목이 달린 이 서문은 사설시의 형식을 갖추고 있는데, 유의할 사항은 글에 찔리지 않도록 독자들은 어떤 형태로든 미적 거리를 유지해야 한다는 점이다.

누구나 익히 알고 있듯이, 서문 형식이라면 자신이 직접 체험한 것이나 자신의 세계관, 그리고 여타의 창작 과정의 소회를 진실하게 밝히는 것으로 되어 있으나, 여기에서 그것을 적용해서는 낭패를 보기 십상이다. 100퍼센트 허구로 이루어져 있으며, 실재하는 지명(경북 상주군 화남면 동관리 절골)이 나오기는 하지만, 그 서문의 세설대사의 전설도 그 지방에 떠도는 가설항담이 아니라 시인이 오롯이 꾸며낸 허구였다는 사실이다. 그 글을 읽은 몇몇 고전문학자들은 그 이야기를 채록하기 위해 직접 현지까지 방문했다니 이 얼마나 유쾌한 예술적 농락인가.

필자도 그런 사실을 스승인 시인에게 직접 귀동냥하고 나서는 둔기에 뒤통수를 맞은 듯 한동안 멍한 느낌이었다. 나아가 세설대사가 지었다는 게송도 정작 본인이 직접 창작했다는 말인데, 이 노래는 기존의 선시 풍을 뒤집는 인식론적 전환을 야기한다. 서문 형식으로 쓴 「세설암을 찾아서」에 나오는 이 게송에는, 어처구니없게도 자신이 번역했다는 각주도 붙어 있다. 그 게송의 전문을 옮겨보면 다음과 같다.

> 온갖 이름과 모양을 따라
> 늘 새로 태어나는 마음의 거울이여
>
> 거울도 거울 속 세상도
> 다 같이 고요의 결인 것을

만 가지 흐름을 따라
꽃 피는 걸 보건마는

처음부터 고요는 볼 수 없나니
어드메 그 꽃 찾아볼 수 있으리

　　그는 본문에서 이 게송의 기구와 승구는 "다른 선사들의 게송에서 흔히 볼 수 있는 발상과 표현"이지만, 전구와 결구는 "흔히 볼 수 없는 멋들어진 표현"이라고 감탄하면서 "깨달음의 미묘한 향기를 숨결 따라 느끼게 해 주는 그런 것"이라고 서술한다. 이 같은 인식은 최근에 발간된 제4시집 『외눈이 마을 그 짐승』(문학동네, 2007)의 3부에 나오는 관상시觀象詩의 영역으로 확장되어 드러난다. 이 시집에는 1, 2부는 전통적인 서정시, 3부는 관상시, 4부는 사설시 등 그간 그가 했던 작업들에다 새로운 관상시의 영역까지 창작의 전 과정이 총체적으로 망라되어 있다.
　　관상시는 '직관直觀'의 觀과 '기상氣象'의 象이 결합된 조어로서 '상을 직관한다'는 뜻인데, 주역周易의 방법론이기도 하다. 흔히 주역 철학을 관상 철학이라고도 하며, 이는 동양의 시적 전통과 그 맥락의 궤를 함께 한다. 동양 선인들은 시를 평가할 때 긍정적인 차원에서는 '기상氣象이 늠연하다'고 하지만, 부정적으로 평가할 때는 '기상이 보이지 않는다'고 한 데서도 이를 직·간접적으로 확인할 수 있다. 즉 기상이란 것은 동양에서 시는 의미 위주의 맥락에서 벗어난 느낌 위주의 시적 전통을 가리키는 핵심적인 개념이 되었다. 그는 시집 말미에 '부록'으로 달린 「관상시에 대하여」에서 이를 다음과 같이 간명하고 명쾌하게 풀어놓고 있다.

　　관상시란 눈에 보이는 것이나 의미만을 가지고 너무 생각하지 말고 눈에 보이는 것 너머의 그리고 의미 이전의 보이지 않고 개념화되지 않는 움직임, 즉 상을 느껴보자는 것이다. 상은 느낄 수밖에 없는 것이고 느낌이야말로 개념과 달리 모호하지만 가장 확실한 앎이기 때문이다. 또한 동시에 인식론적 측면을 떠나서라도 시적 감동은 물론이고 모든 예술적 감동에 있어서 그 <감동感動>이란 결국 감각─직관의 느낌과 섞여져 있는 미분된 감정에 불과하기 때문이다.

　동양의 철학과 시가 상을 직관하는 언어로, 미분되기 이전의 느낌의 세계를 중시하는 전통이 있다면 서양의 철학과 시는 조작적으로 의미를 생산하는 경향이 농후하다. 전자는 직관이라는 원형의 길을 택하고 후자는 상상력이라는 사고의 길을 중시한다. 상과 직관은 일차적이고 자연적인 본성의 뿌리를 드러낸 것인 데 비해 의미와 사고는 이차적이고 문화적인 이데올로기를 생산한다. 이러한 맥락은 성과 속의 세계처럼 일여적으로 우리의 삶에 관여를 하는데, 외화된 지적 사유가 앞설 경우 의미의 시(은유隱喩)가 되고, 직관이 앞설 경우 의미를 버린 내감의 언어(기상氣象)가 그 위치를 점유하게 된다. 이러한 시적 전통은 왕유나 도연명, 이백의 시나 당시, 한시에서도 얼마든지 체현된다.

　　　나지막한 돌담 너머
　　　낡은 기와집 한 채가
　　　인기척 없이 고즈넉하다

　　　가을볕이 잘 드는 툇마루에
　　　보자기만하게 널려서
　　　고실고실 마르는 산나물
　　　그리고 노오란 탱자 몇 알

　　　아무도 없는데

　　　마당귀에선 듯
　　　잎 떨군 오동나무 가지에선 듯
　　　맑고 투명한 햇살에 실려 오는
　　　자꾸 비질하는 소리

돌아서면 문득
장독대께에서 들려오는
신발 끄으는
적막한 소리

아무도 없는데

－「비질 소리－기상도氣象圖 14」 전문

기존의 시 형식이 아니라 조금 의아해 보일 수도 있는 이 관상시에서
가장 먼저 느껴지는 건 시적 화자가 상당히 수동적이고도 소극적인 자
세를 취한다는 점이다. 언어 의미의 뿌리가 상象이기 때문에 사고의 움
직임이 거의 보이지 않는다. 가치 평가 이전의 순수한 상, 저절로 그렇게
된 느낌의 결만이 조요롭게 묘사되고 있는 것이다. 의미 위주의 해석에
명민한 독자라면 고요한 명상을 통해 직관하고 느끼는 힘을 길러야 할
것이다. 구체적 언어 의미로 정착하기 이전으로 돌아간 순백의 세계를
가감 없이 보여주기 때문이다. 지나치게 생각하지 말고 "아무도 없는데"
도 살아서 "투명하게 실려오"는 '부재의 존재 영역'을 소리의 이미지로
써 감각하는 것만이 이 시의 숨결과 바로 대면하는 길이리라.
　생각은 조작operation을 근본으로 하는 사유 개념으로서 인위적이고 기
계적이다. 이에 비해 느낌은 자연발생적spontaneously 기氣로써 이루어진
생명 현상이다. 인간이 생각하는 한 치밀한 사유 구조로써 구축한 문화
나 이데올로기도 필요하지만, 때때로 순수한 자연의 상태, 생명의 상태
로 돌아가 다시 생신生新하는 법도 알아야 한다. 인간은 우주와 현실, 자
연을 직관하여 무엇보다도 행복한 안락의 에너지를 얻어냈을 때 "순수
한 마음의 고향"으로 돌아갈 수 있기 때문이다.
　지금까지 큰 산과도 같은 높이와 깊이를 내장한 김영석 시인의 시와
학문적 세계의 지평을 어눌하고 조악한 글로써 얼기설기 가늠하고 조감
해 보느라 참으로 힘에 부쳤다. 자신이 우러르며 두려워하는 스승의 글

을 평가하고 진단해 본다는 것이 얼마나 힘들고 고통스러운 일인지를 이번 작업을 통해서야 비로소 깨달았다. 더구나 너른 지평과 심층을 포괄하는 글쓰기였기에 그 고통과 진통은 더더욱 배가될 수밖에 없었다. 위대한 문학 작품은 언제나 그렇듯이, 그 예술적 가치가 빼어나면 빼어날수록 해석의 잣대를 거부하는 성향이 농후하기 때문이다. 앞으로 이 글이 그의 시세계를 조망하거나 학문적 성취도를 평가할 때 어떠한 걸림돌이 되지 않기만을 간절히 바랄 뿐이다.

(현대시, 2007.11)

허공에 집 짓기, 아니 맨땅에 헤딩하기

─김영석의 시 「이슬 속에는」

고 찬 규*

'황'이라는 말이 있다. 노름에서 나온 말로 짝이 맞지 않는 골패짝에서 유래됐다고 한다. 어떤 일을 이루는 데 있어 잘 들어맞지 않는 경우 혹은 부합되지 않는 사물을 일컬을 때 쓰는 말이다. 그 황이 그 황인지는 잘 모르겠는데, 이 '황'이라는 말을 잘 쓰는 입이 아주 걸은 시인이 있다. 간혹 그런 시인들이 있긴 하지만 그야말로 걸쭉한 막걸리 막잔과도 같은 시인이다.

"알어? 인생은 말짱 황여!"

이 시인이 잘 쓰는 말 하나 더. 그것은 '좆'이다. 간혹 시, 문학, 연애, 인생 이런 것에도 대입을 하곤 하는데, 다 아다시피 이 물건(?)은 어디에 갖다 붙여도 붙이는 족족 말이 되는 성질을 가지고 있다. 그야말로 X같이 잘 들어맞는다. 그래서 세상을 이렇게 둘로 나눌 수도 있나 보다.

"세상은 점점 더 X 같은 것과 X도 아닌 것으로 양분되고 있다."

일 년 남짓 됐을까? 이 김영석 시인이 사무실에 서정춘, 김형영, 송수권 시인들과 함께 들른 적이 있다. 물론 한 잔 걸치고. 사무실 문 앞에서

---

* 시인.

담배를 피는 한 시인에게 하는 말.

"왜 날도 춘디 여그서 담배를 피고 있어?"

"요즘 사무실은 대개 금연 아닌가?"

"그려? 그러믄 X팔 X또 나도 교수고 형게, 교양 있게 여그서 피고 들어가야 쓰것고만!"

김영석 시인은 머리가 좋다. 내가 시인이라는 것을 아는 사람도 드문데, 내가 전북 부안 출신이라는 것까지도 아는 그야말로 몇 안 되는 시인 중의 하나이다. 지역 분파주의 이런 것 다 버려야 한다고 하면서도, 간혹 농담으로 "김형영 시인을 비롯해서 또 많이 있으니까 부안 출신 시인으로 정당 하나 만들자……." 이것이었던가. 김영석 시인과 나와의 첫 번째 인연이라면, 너른 호남평야·산(변산반도)·강(동진강)·서해바다가 조화를 이룬 부안 땅에서 24년 간극을 두고 태어난 것. 물론 여기에는 24년이라는 틈과 사이를 전혀 인식하지 못하게 만드는 그의 마력魔力이 우선하고 있기 때문일 것이다.

어쭙잖은 소견을 피력하자면, 그는 음양오행의 이치를 터득한 지 오래, 수많은 경계를 허물어뜨리고 이미 마음 한 구석에는 「극지極地」(김영석 시집, 『나는 거기에 없었다』, 시와시학사, 1999)를 가지고 있다. 아니 푸른 하늘만 드넓은 극지의 고요가 그의 마음속에서 평화롭게 둥지를 틀고 살고 있는 것이다. 다시 말하면 그는 어느 경지에 다다른 느낌이다. 나는 그가 한 발짝도 앞으로 나아가기를 희망하지 않는다. 그곳은 벼랑이거나 낭떠러지이거나 그런 저런 모든 것들을 넘어서는 초월의 경지일 것이다. 시도 언어도 철학도 종교도 그 어떤 것도 의미를 가질 수 없는 상태에 다다를 것이기 때문이다. 아직은 전적으로 믿음을 주는 시인이지만 시인이 아닌 그는 상상할 수 없다. 그러나 어쩌랴. 한 방울 이슬로나 남을 것만 같은 그리하여 이따금 찌르레기 소리로나 반짝일 것 같은 이 아슬아슬한 예감.

그는 일찍이 한 젊은 문학청년의 가슴에 불을 지핀 바가 있는 「방화」(1970년 동아일보 신춘문예 당선시)범이다. 문단에 데뷔한 지 이십 수년 만에 발간한 첫 시집 『썩지 않는 슬픔』(창작과비평사, 1992)이 그것으로, 잔잔한 파문(독자에게 이것은 얼마나 행복한 시 읽기인가)을 넘어서 하나의 충격이었다. 이제 와서 생각해 보면, 그는 그때 이미 「바람의 骨」(『나는 거기에 없었다』에서)로 허공에 적멸寂滅의 집짓기를 시작하고 있었던 듯하다.

「종소리」로 시작되어 「범인」, 「감옥」을 거쳐 「썩지 않는 슬픔」, 「단식」에 이르면 서늘함이, 단단함이, 아득함이, 숨가쁨이 밀려온다. 영랑도 미당도 청마도 아니면서, 그렇다고 김지하나 김남주, 박노해와는 또 다른 의미로 다가온 젊은 날의 시의 의미. 당시 진실로 이 시편들은 육체에, 집 안에, 세상에, 허공에, 눈물에, 내 안에 갇혀본 자만이 쓸 수 있는 시라고 생각했던 것 같다.

> 가슴 깊이
> 별을 지닌 사람들은
> 모두 감옥에 갇힌다
> 별 향한 창틀 하나 달린 감옥 속에
>
> 한번
> 푸른 하늘을 본 사람들은
> 모두 감옥에 갇힌다
> …(중략)…
> 순한 짐승들은 숲 속을 서성이고
> 꿈꾸는 사람들은
> 한평생 감옥 속을 종종이고
>
> 사람들은 누구나
> 제 키만한 감옥 속에
> 조만간 갇히게 된다

갇혀서 마침내 작은 감옥이 된다.

－「감옥」부분

그 후로 7년여가 지나 발표한 문제의(?) 두 번째 시집 『나는 거기에 없었다』는 또 어떤가. 소설가 이윤기 님의 말마따나 그는 한마디로 고수다. 초식만 봐도 알 수 있는 그의 내공은 육십갑자가 훨씬 넘어 보인다. 밀레니엄이니 새천년이니 세상이 시끄러워도 그의 보폭은 흔들림이 없다. 서문을 보면 스스로의 시가 공空과 존재와 언어의 일여적一如的 순환과 생성 속에서 태어나 생명과 존재와 자유와 하나이기를 희망한다고 밝히고 있다.

「두 개의 하늘」, 「지리산에서」, 「마음아, 너는 거름이 되어」가 더 한층 강화된(?) 「매사니와 게사니」, 「바람과 그늘」, 「거울 속 모래나라」 등의 시들이 아무렇지도 않게 세상에 던져지고 있다. 그렇게 또 시인은 적잖은 침묵을 깨고, 감옥을 열고 나와 푸른 하늘 아래 너무나 자연스럽게 한 시인의 어깨를 껴안는다. 여기에 오기까지 그는 얼마나 많은 마음의 창을 닦고 또 닦았을 것인가.

창을 통해
저 광대한 허공을 내다보는 것은
내 속의 허공을 들여다보는 일이다
허공은 나를 알처럼 품고 있고
나 또한 내 속의 허공을 품고 있으니
나는 구멍이 숭숭 뚫린 알껍질 같은 것이다
내 속의 허공 속에서 부화한
하얀 새들이 창을 통해 이따금
푸른 하늘 속으로 햇살처럼 날아 오르곤 한다.

－「알껍질」전문

그래서일까? 그가 건져 올린 언어는 울림이 있다. 맑고 깨끗하며 은은하다. 그럼에도 불구하고 여간 귀 기울이지 않으면 그 소리를 듣기 어렵다. 내가 먼저 "한껏 키를 낮추고 / 숨소리도 죽이고 / 작아질대로 작아져"야 한다는 것을 깨우쳐주고 있는 대목이다. 그가 엮어내는 정갈하고 단아한 소릿결들은 깊은 사색과 내적 성찰이 아니고는 불가능하리라. 그는 여기에서 한 걸음 더 나아가 "더 깊고 더 많은 말을 배우기 위해 / 이제는 익힌 말을 다시금 버려야" 한다고까지 노래한다. "가을산이 잎 떨군 빈 가지 사이로 / 아주 먼 길을 보여주듯 / 말 떨군 고요의 틈으로 돌아가"기를 희망하고 있는 것이다.

내게 김영석 시인의 두 번째 시집은 영광스럽게도 출판에 앞서 미리 볼 수 있는 편집자의 역할이 주어졌다. 한 경지를 보여주는 듯한 시집에서 특히 잠 못 이루게 하는 시들이 있었으니, 「그리움」이라거나 「배롱나무꽃 그늘」, 「푸른 비자나무 숲 하얀 옷깃 한 조각」과 같은 연시(?)다. 그 중 하나 「이슬 속에는」이라는 시를 본다.

> 한 방울 이슬 속에는
> 어디론가 끝없이 떠나는 사람들의
> 뒷모습이 어른거린다
> 콩꽃 같은 흰 옷고름이
> 안쓰럽게 얼비치고
> 가슴에 묻은 날카로운 칼날도
> 눈물에 삭고 휘어
> 이따금 찌르레기 소리에 반짝인다.
>
> － 「이슬 속에는」 전문

"한 방울의 이슬에 나를 비춰본다 / 그러다 어쩌다 아침 햇살에 휩쓸려 / 가뭇없이 사라진들 / 어느 하나 아쉬울 것 없다."라고 적어본 적이 있다. 부드러운 것이 강한 것을 이기는 것이 세상의 이치. 이 시는 뭔가 모를 심금을 울리는 게 있다. 여기서 한 방울 이슬은 새벽녘 그대 눈썹 같은 풀잎 위에 얹혀 있는 한 방울의 눈물일 수도 있겠다. 그 눈물에 어른거리는 떠나는 사람들의 뒷모습을 보여주는 한 방울의 이슬은 또한 당신의 거울일 수도 있으리라. 온갖 애증과 연민이 교차하지만 눈물은 마침내 가슴속 날카로운 칼날조차도 삭게 만들고 새벽 이슬을 잉태한다. 그렇다면 이 시는 용서와 화해를 노래하는 것인가? 지독한 휴머니스트의 면모를 보여주는 것인가? 그럴 수도 아닐 수도 있다. 그렇다고 내 성격처럼 물에 물탄 듯 술에 술탄 듯 혹은 우유부단한 시는 더욱 아닌 것 같고……. 이쯤에서 "에라 잘 모르겠다"라고 나와야 정석인지도 모르겠다. 내가 전문 비평가도 아니고, 사실 이 원고는 서정춘, 김형영, 정호승, 박해석 같은 내공이 탄탄한 시인에게서 나와야 된다고 생각한다. 다들 절정의 고수들이지만 초절정의 시와 일전을 겨루기란 좀처럼 힘겨운 것이었던가. 그래서 내가 한 초식에 내상을 입게 된 것인가. 아무튼 좋다.

솜씨 있게 다루는 언어는 평범한 듯 보이면서도 한 번 더 음미하게 만든다. 각박하게만 느껴지는 삶이어도 여유를 가지고 그의 시 속에 있는 마음의 「그 빈 터」를 찾아가 보라. 그곳에는 "온갖 푸나무와 이름 모를 들꽃들이" 살아가고 있다. 그것은 우리가 오랫동안 까마득히 잊고 살던 "소중한 이름과 얼굴"인 것이다. 살아가면서 잊고 있던 것이다. "그 드넓은 풀밭과 들꽃들 위로 지는 노을은 / 아름답다 / 참 아릅답다."

* * * * * *

사족을 단다.

올 겨울은 유난히 눈이 많이 내렸다. 그 가운데도 지난 12월 19일 정읍 내장산에 내린 눈은 그 포근함을 이루 말할 수 없다. 그는 어느 누구 하나 발 벗고 나서는 사람이 없어 미뤄지고 미뤄지던 박정만 시인 시비를 정읍 내장산 입구 호수 공원에 번듯하게 세웠다. "죽은 후배 놈이 산

선배를 부려먹는다"고 어이없어 하면서도 놀라운 추진력을 보여 주었다. 정이라고나 할까. 가장 볕 좋은 겨울 하루가 그렇게 반짝였다.

(시와시학, 1999, 겨울호)

외로운 시작의 따뜻함

─시집 『썩지 않는 슬픔』

*임 순 만

"이제 나이만큼 철이 들고 나서, 외롭고 신산한 인생살이를 시에 의지하여 산다는 것이 무엇인지, 시가 인생의 구원이 될 수 있다는 것이 무슨 뜻인지 겨우 알 것 같다. 삶의 적막함도 조금은 알게 됐다."

92년 말 첫 시집 『썩지 않는 슬픔』(창작과비평사)을 낸 시인 김영석金榮錫씨(배재대 교수)는 시의 먼 거리를 돌아온 그간의 세월을 그렇게 얘기했다. 지난 70년과 74년 두 차례에 걸쳐 신춘문예에 당선했고 "죽음 곁에서 물을 마신다"로 시작되는 그의 데뷔 시 「단식」은 아직도 시를 사랑하는 사람들이 더러 애송하고 있지만 그는 좀처럼 문예지에도 시 한 편 발표하지 않았고, 그의 이름은 잊혀 왔다. 시의 어떤 것이 사람들을 다시 돌아오게 하는지, 무엇이 이십 수 년 만에 시집을 내게 하는지.

"시의 고통스럽고 외로운 작업이 무서웠다. 그렇게 이십 몇 년이 지나면서 그 외로움이 자기 위안이 된다는 것을 알았다. 이제야 그 외로움의 따뜻함을 알았고 비로소 시를 더욱 가까이 할 수 있을 것 같다."

그는 젊은 날 시를 떠나 생활의 여기저기를 헤매면서, 그러나 내심으

＊국민일보 문화부 기자.

로는 꾸준히 시를 탐색했지만, 늦게 다시 공부를 시작했고 문학을 강의하는 사람이 됐다. 시는 그의 오랜 주제였지만 그의 부인조차 초기에는 그가 시인이었는지 모를 정도로 그는 시를 노출하지 않았다. 그러나 무언가를 갈고 닦으면서 내색하지 않는 사람들의 그것이 대개 그렇듯 그의 첫 시집이 담고 있는 시들은 정녕 막돼 있지 않다는 것을 보여준다.

> 흙은 소리가 없어 울지 못한다
> 제 자식들의 덧없는 주검을
> 가슴에 묻어두고 삭일 뿐
> 소리를 낼 수가 없다
> 그러나 흙은
> 제 몸을 떼어 빚은 사람을 시켜
> 살아있는 동안
> 하늘에 종을 걸고 치게 한다
> 소리없는 가슴들
> 흙덩이가 온몸으로 부서지는
> 소리를 낸다
>
> — 「종소리」 전문

그의 시 「종소리」는 언어와 감성을 연마, 이제는 저 빈 들판을 외롭지 않게 가는 사람의 투명한 모습을 보여준다. 아무 설명이 필요치 않고 다만 언어와 마음이 만나서 울림을 빚어내는 시편들.

> 멍들거나
> 피흘리는 아픔은
> 이내 삭은 거름이 되어
> 단단한 삶의 옹이를 만들지만
> 슬픔은 결코 썩지 않는다
> 고향집 뒤란
> 살구나무 밑에

썩지 않고 묻혀 있던
돌아가신 어머니의 흰 고무신처럼
그것은
어두운 마음 어느 구석에
초승달로 걸려
오래오래 흐린 빛을 뿌린다.

　　　　　　　　　　　　　　　－「썩지 않는 슬픔」 전문

　그의 시의 감성은 젊다. 젊어서 하나의 푸른 그림을 만든다. 그는 세상 여러 모습에서 사금파리처럼 박혀 있는 시적인 것들을 찾는 것, 그것은 생명의 에너지를 찾는 것과 같다고도 했다.

　　　　　　　　　　　　　　　　　　(『문학 이야기』, 세계사, 1994)

시인 김영석

조 희 봉[*]

멍들거나
피흘리는 아픔은
이내 삭은 거름이 되어
단단한 삶의 옹이를 만들지만
슬픔은 결코 썩지 않는다
옛 고향집 뒤란
살구나무 밑에
썩지 않고 묻혀 있던
돌아가신 어머니의 흰 고무신처럼
그것은
어두운 마음 어느 구석에
초승달로 걸려
오래 오래 흐린 빛을 뿌린다.

— 「썩지 않는 슬픔」 전문

---

[*] 『전작주의자의 꿈』(함께 읽는 책, 2002) 저자.

1.

김영석 선생님을 개인적으로 두 번 뵐 기회가 있었다.

두 번 다 이윤기 선생님을 통해서였는데 선생님을 처음 뵌 것은 우리가 결혼하고 나서 얼마 후 찾아뵌 이윤기 선생님 과천집 집들이 때였다. 그날 많은 손님들이 이윤기 선생님의 '과인재過人齋'를 가득 채웠었는데 그 많은 분들 가운데 김영석 선생님을 처음 만났다.

나는 그전에 이윤기 선생님 창작집에 실린 사진을 통해 김영석 선생님의 얼굴도 알고 있었고, 이윤기 선생님과 가장 친한 친구분이라는 것도 이미 알고 있었지만 막상 처음 얼굴을 뵙곤 속으로 깜짝 놀랐다. 실제 모습이 내가 책에서 본 사진보다 너무 늙은 모습이셨기 때문이다. 나로서는 미처 사진과 실제의 얼굴 사이의 세월이 빚어내는 흔적의 격차를 따져볼 겨를이 없었던 것이다.

그날 김영석 선생님은 술을 많이 드셨고 결국 마지막에는 사모님께 끌려 나가다시피 하셨다. 난 그전까지 김영석 선생님의 시를 한편도 읽은 적이 없었고 내가 본 그날의 첫인상도 당연히 부정적인 것이었다. 별로 유명하지도 않은 시인이면서 괜히 시인입네 하고 술이나 마시고, 사실 이윤기 선생님의 친한 친구라니까 대접을 받는 것 아냐 하는 식의 속좁은 몹쓸 비아냥이 내 속에 있었다.

선생님을 두 번째 뵌 것은 올해 봄 양평에 있는 이윤기 선생님 작업실에서였다.

이윤기 선생님 부부, 김영석 선생님 부부, 우리 부부가 함께였던 자리였다.

'어라연'이 곱게 핀 연못가에서 대낮부터 하루 종일 술잔을 기울였는데 그 자리에서 난 시인 김영석 선생님을 다시 만났다. 다들 강가에서 손에 흙과 물을 묻혀가며 일을 할 때도 시인은 손에 흙을 묻히는 게 아니라시며 농담 삼아 "시인 풀 뽑는 소리 하고 있네"라는 명언을 남기신 선생님은 정말이지 고고한 학처럼 보였다. 바리톤에 가까운 굵은 목소리에 걸쭉한 전라도 사투리를 구사하시는 선생님께서는 너무나 재미있게 말씀을 이어가셨지만 쉬운 말 속에는 굵은 뼈가 담겨 있었고, 선하게 웃으시는 눈매에서는 순간순간 매섭고 날카로운 빛이 스쳐 지나갔다.

대낮부터 너른 자연의 품 안에서 간간이 이어지던 술자리가 저녁에는 쌀쌀한 날씨와 어두움 때문에 작업실 안으로 이어졌고, 찻수로만 따지자면 3차쯤 되는 그날 밤의 술자리가 그날의 하일라이트였다. 소주잔과 간소한 안주를 사이에 두고 앉은 조촐한 술자리였지만 그날 내가 본 것은 문자 그대로 말과 문학과 노래의 향연饗宴이었다.

한 치의 양보도 없는 두 분의 입담과 구라는 줄곧 배꼽을 쥐게 했고, 말발의 약효가 조금 떨어진다 싶으면 두 분은 번갈아 일어나 노래를 부르셨다.

마치 노래자랑에 나간 초등학생처럼 진지하게 일어서서 관객이라곤 딱 둘뿐인 우리 부부의 조촐하지만 열광적인 박수소리에 신명을 실어가면서 '목포는 항구다'부터 '봄날은 간다'까지 때론 독창으로 때론 이중창으로 두 분은 정말 멋들어지게 노래를 하셨다. 한분이 '어'하고 운을 띄우면 다른 한 분이 바로 '어'하고 받는 자연스러운 분위기였다.

그전까지 직장생활에서 내가 겪은 술자리는 늘 구토가 날 정도로 더럽고 후회스러운 것이었다. 즐거운 술자리라는 것이 기껏해야 단란주점에서 여자를 옆에 끼고 돌면서 양주를 마시는 것이었고, 그런 자리에서 나누는 얘기라곤 차마 입에 올리기도 어려운 더럽고 치욕적인 언사들 뿐이었다. 어쩔 수 없이, 아니 나도 모르게 그 분위기에 젖어들었다가도 뒤돌아서면 난 언제나 얼굴이 달아오를 정도로 내 자신이 부끄러웠다.

하지만 양평에서의 그날 술자리는 아마도 지금까지 내가 본 가장 아름다운 술자리 중 하나였을 것이다.

"이보게, 조 서방. 과인過人이 어련히 잘 가르치겠는가만은……."

하시면서 구수하게 말씀을 꺼내시면 그 말 속에는 깊은 물에 담긴 커다란 돌덩이같이 무겁고 깊은 의미가 담겨 있었다. 그날 두 분 선생님은 박재삼에서 시작해 박목월, 김현승을 거쳐 슈테판 츠바이크에 이르기까지 너무나 자연스럽게 문학을, 삶을 온 몸으로 말씀하시고 가르치시는 최고의 교사였고, 미처 받아 적지도 알아먹지도 못한 채 연신 술잔이나 비우고 앉아있는 나는 최고로 우둔한 학생이었다.

줄줄이 소설 구절을, 시를 읊어 내시기도 했지만 두 분이 부르는 유행가 가사도 그대로 한편의 시였다. 괜히 잰체하는 겉멋이 아니라 오랜 동안 두 분 사이에 자연스럽게 몸에 밴 문학과 노래와 삶이 부러웠고, 그렇게 머리가 다 빠지고 하얗게 새도록 아름답게 지켜온 그 우정과 깊은 주름이 한없이 부러운 날이었다. 저렇게 살아가는 삶도 있구나 싶었고 비록 내가 그렇게 살 수는 없더라도 그런 삶을 볼 수 있었으니 난 이제부턴 그때까지처럼 절망하며 살아가지 않아도 될 것 같았다. 그때까지 내가 보고 살았던 겉은 번드르하지만 실상은 한없이 초라한 거죽뿐인 삶을 더 이상 부러워하지 않아도 될 것 같았다. 그 자리에 있다는 것만으로 내가 스스로 높아지는 순간이었다.

나도 할 수만 있다면 그렇게 늙어가고 싶었고, 가질 수만 있다면 그런 우정을, 그런 친구를 갖고 싶었다.

난 아마 이후로도 오래도록 그날 금방이라도 눈물이 글썽해지실 것처럼 감정을 담아 가사를 읊어주시고, 잇달아 정말 멋지게 부르시던 박목월 작시의 가곡 '이별의 노래'의 3절 가사와 그 멋진 김영석 선생님의 노래를 잊지 못할 것이다.

산촌에 눈이 쌓인 어느 날 밤에
촛불을 밝혀 두고 홀로 울리라
아~ 아~ 너도 가고 나도 가야지

2.

이윤기 선생님 댁에서 돌아오고 한참이 지나서야 나는 뒤늦게 김영석 선생님의 시집 『썩지 않는 슬픔』(창작과비평사, 1992)을 구해 읽을 수 있었다.

그리고 그제야 시인 김영석을 만났다.

이 시집은 문단 데뷔 20여 년 만에 내놓은 선생님의 첫 시집이다. 선생님은 지금까지 이 시집과 『나는 거기에 없었다』(시와시학사, 1999) 단 두 권의 시집만을 상재했다.

시를 많이 쓴다고 해서 시인은 아니다.

선생님은 1970년에 동아일보, 1974년 한국일보의 두 군데 신춘문예에 당선되었던 뛰어난 시재였다. 쓰려고만 하면 많은 시편들을 쓸 수 있었을 것이다. 나는 그제야 사람이 책 한 권 내고 나면 재미삼아 또 책 한 권 내게 되고, 또 쉽게 책 한 권 내고 하면 절대 안 된다고 내게 농담 삼아 하시던 말씀의 깊은 의미를 뒤늦게 이해했다.

이 시집은 한마디로 놀라운 시집이다.

이 시집은 처음부터 끝까지 팽팽한 긴장을 놓지 않고 끊임없이 삶과 존재에 대해 묻고 있다. 전문을 모두 옮길 수는 없지만 선생님 나이 스물다섯이던 1970년 데뷔작으로 동아일보 신춘문예에 당선된 시 「방화」를 읽으면서 이미 그로부터 30년이라는 세월이 지났고, 지금의 내 나이는 그때의 선생님 나이보다 더 먹었는데도 지금 절대 그런 글을 쓸 수 없으리란 생각에 절망했다.

내게 과연 지금까지 그렇게 치열하고 절실하게 자신과 문학에 대한 한없는 치기와 열정으로 불면의 밤을 지새우면서 자신의 머릿칼에, 그동안의 사랑과 삶과 어버이와 옛집에 불을 질러본 적이 있었던가. 난 한없이 부끄러워졌다.

난 한없이 부끄러워졌다.

역시 내 나이를 부끄럽게 만든 선생님 나이 스물 아홉에 쓴 한국일보 신춘문예 당선작 「단식」의 전문은 이렇다.

죽음 곁에서 물을 마신다
잠든 세상의 끝
마른 땅 위에
온 몸의 어둠을 쓰러뜨리고
무구한 물을 마신다

너희들의 빵을 들지 않고
너희들의 옷을 입지 않고
너희들의 허망한 불빛에 눈뜨지 않고

주춧돌만 남은 자리
다 버린 뼈로 지켜 서서
피와 살을 말리고
그러나 끝내
빈 손이 쥐는 뿌리의 약

바람이 분다
무구한 물도 마르고
씨앗처럼
소금만 하얗게 남는다.

– 「단식」 전문

하는 일 없이 나이만 먹은 나는 아직도 멀었다.
『시와시학』(1999, 겨울호)에 쓰신 이윤기 선생님의 글을 읽으면 더 비참하고 참담해진다.

빛바랜 나의 창작 노트에는 그가 만년필 가지고 내리닫이로 쓴 시 두 수가 남아 있다. 25년 전, 전주 가는 고속버스에서 그가 나의 노트를 빼앗아 휘갈겨 썼던 것으로 기억한다. 그 하나인 「별」의 전문.

　　물레 잣는 소리
　　홀로 듣다
　　이제 뼈 속에도 눈물의
　　소금만 남아
　　안경알을 닦고 닦다

그의 언어는 이와 같았다. 시라기보다는 게송 같았다. 그런데 7년 전에
낸 첫 시집 『썩지 않는 슬픔』을 펴고 나는 다시 한 번 참담해지고 말았다.
다섯 줄의 「별」은 석 줄로 줄어들어 있었다. 드디어 언어를 통한 사량 분
별이 끊어진 언어도단言語道斷, 절언절려絶言絶慮의 경지인가 싶었다.

　　잊자
　　뼛속에 뜬
　　눈물의 소금 성에*

　　　　　　　　　　　　　*눈꽃 모양으로 얼어붙은 서릿장

　　　　　　　　　　　　　 － 이윤기, 「산이라면 넘어주고 강이라면 건너주마」,
　　　　　　　　　　　　　　　　　　『시와시학』(1999, 겨울호) 중에서

　지난번 뵈었을 때 김영석 선생님은 심장 수술을 받으신 지 얼마 되지
않으셔서 몸도 안 좋으셨고, 이제 그 좋아하시던 술도 줄여야 한다는 진
단을 받으신 후였다.
　부디 선생님께서 오래오래 건강하시길 바랄 뿐이다.

　　　　　　　　　　　　　　　　　　　(cafe.daum.net/ecocafe, 2003.11)

제6부

기 타

시어의 통계적 분석

-시집『썩지 않는 슬픔』의 어휘 조사

조 재 윤[*]

1. 서론

이 연구는 시집『썩지 않는 슬픔』에 사용된 어휘를 조사 · 분석하여, 시어의 객관적 가치를 규명하고 국어의 기본어휘와 학습어휘를 선정하는 자료를 축적하는 데 목적이 있다.

어휘조사란 어떤 언중에 의해 사용되고 있는 어휘에 대한 계량적인 방법을 통하여 사용빈도와 사용범위를 조사하는 것이다. 어떠한 어휘가 얼마나 자주 그리고 얼마나 많은 분야에서 쓰이고 있느냐에 따라 개개 어휘의 가치가 결정되며, 이러한 어휘가치의 명시는 특히 응용언어학 분야에서는 매우 유용한 것이다. 어휘의 사용률relative frequency 빈도에 의하여 선정되는 기본어휘 및 어휘의 가치 순위는 언어교육, 언어정책, 교과서와 사서의 편찬, 작가 및 작품 연구 실증적 증빙자료로서 이용될 수 있다.

이 연구에서 시도하는 시어의 통계적 분석은 시를 평가함에 있어 주

* 배재대 교수.

관적 인상주의 비평을 지양하고, 객관적 · 종합적 평가를 할 수 있는 기본자료로 이용될 수 있을 것이다. 어떤 작품을 문체론적으로 기술할 때에는 그 작가의 언어습관 및 작품의 경향을 그가 사용하는 어휘의 빈도수에 근거하여 실증적인 평가를 해야 한다. 그리고 어휘 연구 분야에서는 어휘조사의 한 방법론을 실험하며, 분야별 어휘의 특성을 비교 연구하는 기초자료로 이용될 수 있겠다. 시詩라는 특정 분야에서 어휘의 쓰임이 소설, 수필 등 산문 분야에서 쓰이고 있는 어휘와의 차별성을 규명하는 자료로서의 가치를 갖게 될 것이다. 더 나아가 일상어휘와 '문학'이라는 어느 특정 분야에서 사용되는 어휘와의 비교를 통해 기본어휘 및 학습어휘 선정에 도움을 주고자 하는 것이 이 연구의 목적이다.

2. 자료 및 조사방법

1) 조사 방법

어휘조사의 방법은 객관적 방법을 채택, 어휘가치의 기준으로 빈도수 Frequency를 중시한 몰간Morgan의 방법을 취한다. 전수조사로 계량된 연어延語 및 이어異語를 각 항목별로 분류하여 통계적으로 처리한다.

이 연구에서 종래의 낱말카드에 의한 어휘조사 방법은 번거로움을 피하고 조사방법의 효율성을 꾀하고, '자료의 정보화'를 통한 연구의 연계성을 강화하기 위해 시도되는 것이다. 개인용 컴퓨터와 기존의 응용프로그램을 이용하여 어휘의 빈도 및 출현 환경을 측정하여 어휘의 객관적 가치를 규명하고 이를 토대로 국어의 기본어휘 및 학습용 어휘를 선정하려는 궁극적인 목표에 따라 진행되는 일련의 작업중의 하나이다.

조재윤(1993)에서 소개했던 '어휘조사에 이용할 수 있는 소프트웨어들'은 그 동안 컴퓨터 업계의 빠른 발전과 또 다른 응용프로그램의 발전으로 그 효율성이 제고되어야 한다. 흔글(HWP)의 기능 향상은 Sort와

File Cut Program들이 달리 필요 없게 되었다. 따라서 '어절 빈도 조사 프로그램'(Words.exe; 김홍규)과 HWP25/30만으로도 웬만한 분량의 자료는 처리할 수 있게 되었다. 특별히 방대한 자료의 처리는 '국어 자료 처리를 위한 지능형 순차배열Sort프로그램, 한솔HanSort'을 이용할 수 있겠다.

그 외 자료화일의 작성과 프로그램의 실제 이용 방법과 그에 따른 문제점은 조재윤(1993)과 동일하다.

2) 자료의 성격

분석자료로 선정한 시집『썩지 않는 슬픔』은 창작과비평사에서 창비시선108호로 1992년에 발간한 150여 쪽의 단행본이다. 지은이 김영석 시인은 1970년 동아일보에 '방화' 그리고 1974년 한국일보에「단식」이 당선되어 문단에 등단하였다. 그는 어려운 관문을 두 번씩이나 통과했음에도 개인 시집을 출간하는데 서두르지 않았다. 창작과 아울러 이론에도 심혈을 기울여 학위를 받고 대학에서 시론을 강의하고 있다. 이론과 창작을 겸비한 그는 문단에 나온 지 20여 년 만에 비로소 자신의 첫시집을 내놓은 것이다. 이러한 그의 태도는 일회용 상품문화와 경박한속물주의가 판을 치고 있는 이 시대에 어떠한 시류에도 곁눈을 주거나타협하지 않고 자기 길을 걸으려는 성실한 모습을 보여주는 것이다.

시인의 이러한 생활태도와 가치관은 그대로 시에 반영되어 절제된 언어와 정확한 조사措辭로 응축된 시심詩心을 토로하고 있다. 따라서 그의시어는 숱한 선광 끝에 얻어진 보석 같은 존재들이다.

3. 어휘분석

1) 어절의 분포

시집『썩지 않는 슬픔』은 모두 5부로 나누어 총 69편의 시를 싣고 있다. 그 구성에 특별한 이유는 없는 것 같으며 다만 소재나 주제상의 몇 가지 유사성을 중심으로 5개의 덩어리로 묶어 놓았을 뿐이다. 목차와 발문을 제외한 129쪽에 실려 있는 69편의 시 가운데에는 제2부에 있는 4편의 시 '두 개의 하늘', '지리산에서', '독백', '마음아, 너는 거름이 되어'가 실험적인 독특한 형식을 취하고 있다. 이들은 해설적인 이야기를 빌어 상황을 제시하고 이를 시로 축약한 것인데 극적인 상황 제시를 위한 그 나름의 새로운 시도로서 흥미롭다. 그러나 이들 해설적인 이야기 즉 산문 시어를 분석의 대상에서 제외할 것인가 포함할 것인가가 망설여지는 부문이다. 자료의 동질성을 고려한다면 응당 제외되어야 하겠으나, 작가의 뜻을 살려 분석 자료에 포함하기로 한다. 즉 시화로써 따로 기록한 것도 아니고 여타의 본문과 동등하게 싣고 있는 시적 변형으로 보았기 때문이다.

69편의 시는 모두 1,516개의 시행(제목 포함), 3,549개의 이어절異語節, 6,047개의 연어절延語節로 조사 되었다. 유사한 다른 시집을 조사한 결과를 함께 표로 제시하면 다음과 같다.

<표 1> 세 시집의 어절 비교

시집명	시행 수	이어절	연어절	행당평균어절	연 · 이어절
썩지않는	1,516	3,549	6,047	3.99	1.70
슬픔*	(1,374)	(2,949)	(5,037)	(3.67)	(1.71)
홀로 서기	1,492	2,770	5,186	3.48	1.87
접시꽃 당신	1,414	3,995	7,524	5.32	1.88

* 썩지 않는 슬픔의 ( ) 속 숫자는 해설적인 이야기 즉 산문을 제외한 경우임.

어절의 조사는 띄어쓰기를 지표로 계산된 것이므로 다소의 오차를 인정해야 한다. 주지하는 바와 같이 맞춤법의 띄어쓰기 규정에는 허용조항, 예외조항이 있으며, '각 단어는 띄어 쓴다'고 했으나 단어의 정의 특히 복합어의 경우 임의성이 많이 개재될 수 있기에 어절 또는 단어를 계량할 때 이 문제가 선결되지 않는 한 약간의 오차는 어쩔 수 없는 상황이다. 논의의 초점을 벗어나지 않기 위해 원문에 충실하면서 분명한 오류만을 시정하면서 자료를 입력하여 조사한 것이다.

위 표에 나타난 수치를 살펴보면 시행의 수에서 세 권의 시집이 모두 비슷한 분량임을 알 수 있다. 어절 수에서 『접시꽃 당신』이 두드러지게 많은 것은 시의 내용과 관련이 있다. 즉 이 시집은 서간체의 서술형으로 쉽게 읽힐 수 있도록 쓰여진 시 형식을 택했다는 뜻이다. 따라서 해당 평균 어절도 5.3어절로 다른 두 시집보다 월등 많다. 『썩지 않는 슬픔』의 행당 평균어절이 3.67어절인 것은 『홀로 서기』의 3.48어절과 함께 우리의 전통 산문인 지소의 한 행이 4어절로 되어있는 것과 비교하면 또 다른 측면에서의 논의가 가능하겠다.

어절의 수효는 단어의 수효와는 다른 의미를 갖는다. 우리말의 특성이 활용과 곡용을 위주로 하는 첨가어이기 때문에 단어의 어형변화에 따른 이어절화가 심하다. 따라서 어절은 자료의 개략적인 모습만을 보여줄 뿐이다. 따라서 어휘의 의미기능에 대한 정밀한 분석은 어절이 아닌 어휘의 분석에서 기대할 수 있겠다. 시집 상호간의 본격적인 비교 · 연구는 다른 두 시집의 개별적 분석이 끝난 뒤에나 가능하겠기에 다음으로 미룬다. 소위 장안의 지가를 올리는, 잘 읽히는 몇몇 시집과의 비교는 사용된 어휘 면에서 더욱 흥미로울 것이다. 앞으로 계속되는 작업에서 이를 규명할 것이다.

<표 2> 어절의 빈도별 분포도

빈도	1	2	3	4	5	6	7	8	9	10
이어절	2,670	458	143	94	62	30	21	15	9	7
연어절	2,670	916	429	376	310	180	147	120	81	70

빈도	11	12	13	14	15	16	17	18	19	20~62	합계
이어절	7	6	6	2	3	2	-	2	-	12	3,549
연어절	77	72	78	28	45	32	-	36	-	380	6,047

위 표는 어휘의 분석을 위한 절차에서 어절의 통계가 산출되기에 이를 먼저 일별한 것이다. 어절의 가지 수異語節와 어절의 사용회수延語節를 살려보면 단 한번만 사용된 어절이 2,670개로 전체의 75.2%에 이르고 있다. 이는 전술한 대로 첨가어의 특성상 어형번화가 심하기 때문이다. 즉 다음의 예에서 보는 바와 같이 같은 어휘라도 서로 다른 어절로 분석·계량되어 나타난다.

1	흔든다	8	무덤
1	흔들	1	무덤들도
1	흔들고	1	무덤은
1	흔들리고	3	무덤을
4	흔들리는	1	무덤이
3	흔들리면서	1	무덤이고
1	흔들리지	1	무덤이었다
1	흔들린다	1	무덤인
4	흔들어	2	무덤처럼

이들이 "7 흔들다, 10 흔들리다, 19 무덤"과 같이 나타날 수 있다면, 또는 그런 프로그램이 개발된다면 우리의 어휘조사 작업은 훨씬 쉬워질 것이다. '컴퓨터는 깡통이다. 기계는 역시 기계다'라는 말처럼 우리의 작업이 카드에서 PC로 바뀌었다고 해서 모든 작업과정을 기계가 대신할 수는 없다. 동철이의어同綴異意語, 동음어同音語, 다의어多義語 등을 구별하지 못하므로 이러한 작업은 결국 연구자가 직접 수작업으로 하는 수밖에 없다.

다빈도 상위의 어절을 보면 다음과 같다.

```
10 감옥, 그가, 않는다, 위에, 채, 하고, 홀로,
11 꿈을, 눈을, 돌, 먼, 사람들은, 큰, 흰,
12 그러나, 낳고, 네, 아무도, 없다, 우리들의,
13 가슴, 볼, 뿐, 손으로, 작은, 제,
15 그의, 두, 또
16 더, 않는,  18 다, 속에서,
20 저,  22 없는, 있다,  23 빈,  26 나는,
26 속에,  27 수,  29 하나,  32 이,
33 있는,  58 그,  62 한
```

편의상 빈도 10 이상의 어절들만을 들어 보였지만, 이들은 대부분 기초어휘에 속하는 것들이다. '감옥, 홀로, 돌, 낳고扯, 빈虛' 등이 일반어휘에서와는 달리 상대적으로 높은 빈도를 보이고 있다. 빈도가 높을수록 관형사 수사 대명사 등의 일반어휘가 많다. 이것은 어절이 아닌 語의 분석에서 다시 논의되겠다.

2) 어휘의 분포

① 어휘의 빈도별 분포

전술한 대로 우리말의 특성상 어절의 분포는 자료에 대한 설명력이 부족하다. 따라서 각 어휘에 대한 품사정보와 어형의 정리가 필요하다. 더 나아가 동음어 및 다의어에 대한 정보를 개별 낱말에 표기한 후에 자료를 처리해야 한다. 동일한 어휘가 문맥에 따라 품사를 달리하는 경우가 있기 때문이다. 이러한 작업은 기계가 할 수 없는 일이므로, 연구자가 자료 전체를 일일이 검토하면서 하나하나 분석 처리하는 지리하고도 힘든 작업이다. 체언의 조사를 분리하고 용언의 기본형으로 바꾸어 표기해야 한다. 특히 단음절의 불변화사는 품사정보와 함께 의미정보까지도 표지

해야 한다. 이때 표지되는 기호는 빈도조사(Words.exe)와 소트Sort 과정에서 자료 본문과 혼동이 되지 않도록 특별한 기호를 사용해야 한다.

이와 같은 일련의 선행 작업을 마친 뒤 어절 빈도조사 프로그램(Words. exe)을 이용하여 빈도조사를 하게 된다.

시집『썩지 않는 슬픔』의 빈도별 어휘 분포는 다음과 같다.

<표 3> 빈도별 어휘의 분포

빈도	이어	연어	빈도	이어	연어
1	1,552	1,552	9	15	135
2	367	734	10	10	100
3	142	426	11~15	55	694
4	90	360	16~20	18	336
5	62	310	21~30	14	349
6	48	288	31~99	20	1,126
7	16	112	100~	9	1,485
8	19	152	합계	2,437	8,159

빈도 1의 어휘 즉 단 한번만 사용된 어휘가 1,552어로 전체 이어(2,436)의 63.7%를 차지하고 있다. 평균 상대빈도(3.34)를 상회하는 빈도 4 이상의 어휘는 376어로 15.4%가 된다. 그 가운데 최고위 반도에는 대부분 조사가 차지하고 있으며, 빈도 21 이상의 어휘 43어(1.8%)도 대부분 조사, 형식명사 보조용언 등의 문법적 기능을 나타내는 어휘(function word; 기능어)들이 차지하고 있다. 이들 외의 고빈도 어휘들은 이른바 기초어휘들로서 우리말의 다른 일반 자료에서도 같은 비율로 나타나므로 자료의 특성을 설명해 주지 못한다. 따라서 자료의 의미특성을 살피기 위해서는 다빈도 어휘 가운데서 이러한 기능어function word와 기초어휘basic vocabulary들을 제거하고 살펴야 한다.

먼저 빈도 21 이상의 어휘들을 제시하면 다음과 같다.

21 밥 21 위(上) 23 비다(虛) 23 못하다 24 감옥 25 −들은 25 −들의
25 가슴 25 소리 26 −들은 26 −처럼 27 사람 29 −과 29 −들이
29 눈(目) 31 하늘 32 나(我) 32 길 33 우리 40 것(형명) 40 수(형명)
40 되다 42 하나(一) 46 않다 53 보다(見) 56 한(一) 67 없다 70 −으로
72 −에서 75 −로 82 속(內) 90 하다 91 그(대명사) 93 −도 103 −가
106 −은 109 있다 116 −는 124 −를 183 −에 191 −이 259 −의 294 −을

이상의 43개의 어휘 중에서 문법적 기능을 갖는 어휘(허사; function word)와 기초 어휘에 해당되는 것들을 빼고 나면, '밥, 비다虛, 감옥, 가슴, 사람, 눈, 하늘, 길, 속' 등의 어휘만이 본 자료상의 특성이라 하겠다. 이러한 어휘들의 의미기능에 대해서는 뒤에서 다시 논의한다.

②어휘의 품사별 분포

품사분류에서 우선은 학교문법에 따라 9품사로 분류하였다. 조사의 자립성이 품사분류의 문제점으로 대두되었으나 본고에서는 천착하지 않으며, 더구나 본고의 목적에 따라 작업하는 과정에서 조사는 따로 처리하지 않아도 자동 계량된다. 다시 말해 어휘의 빈도를 계량하기 위해 체언의 곡용에 따른 어형변화를 고려하지 않은 독립된 형태의 원형을 추출하기 위해 조사를 분리해야만 한다. 다음으로 수사와 대명사가 기능과 형태에서 품사분류의 기준에서 문제점으로 제기되겠으나, 본고의 주안점이 의미이므로 품사분류의 기준에서 큰 의의가 없다고 하는 '의미'에 따른 분류도 중요하다고 본다.

『썩지 않는 슬픔』의 품사별 통계는 다음과 같이 집계되었다.

<表 4> 품사별 어휘의 분포

품사	연어	이어	평균빈도
명사	2,837	1,221	2.32
대명사	272	30	9.07
수사	67	18	3.72
동사	1,734	613	2.83
형용사	520	217	2.40
관형사	159	33	4.82
부사	437	188	2.32
조사	2,130	114	14.79
감탄사	3	3	1.0
합계	8,159	2,437	

*전체 평균상대빈도······ 3.35

먼저 위 표에 나타난 바를 보면 명사가 1,221어로 전체 어휘의 50.1%를 차지하며, 동사와 형용사가 각각 25.2%와 8.9%를 차지하고 있다. 통계상으로는 체언 52.1%, 용언 34.1%, 수식언 9.1% 등으로 나타나고 있어 품사별 구성비에서는 시(운문)라는 특수한 분야의 어휘로서의 특성을 보여주지 않고 있다. 품사별 평균빈도에서 조사(14.8)와 대명사(9.1)가 높게 나타나고, 감탄사의 쓰임이 극소수인 것도 국어 어휘의 일반적인 분포와 크게 다른 점은 없다.

다음으로 품사별 어휘의 내용 면을 살펴본다.

(1) 9종류의 품사가 모두 나타나고 있으나, 감탄사는 '아, 아아, 오오' 등 세 종류가 단 한 번씩만 쓰였다.

아아 호명할 이름이 없어
지상의 모든 길은 사라지고
만리 밖

ー「물의 꿈」

저녁에 집에 돌아와서야

아 오늘은 운 좋게 살아 남았어
하고 교미를 하지만

―「개죽음―잠언 5」

가장 아픈 상처에서 열렬한 불꽃이여
오오 몸서리치는 나의 사랑을 삶을
어버이를 버리고 옛집을 불사른다

―「방화」

　(2) 대명사는 종류가 많지 않음으로 상대빈도가 높다. 인칭대명사가 압도적으로 많이 쓰였으며, 일인칭 대명사(84)가 이인칭 대명사(45)보다 상대적으로 많이 쓰여 시인의 관심이 자신의 내부에 있음을 보여준다고 해석할 수 있겠다.

　　3 그것　4 그분　5 어디　5 당신　6 내　6 그대　6 이　8 너희　9 저
　　12 너　12 네　12 아무　13 제　32 나　33 우리　91 그

　(3) 수사는 18 가지가 67회 쓰이고 있으나 '하나'(一)가 42회 쓰이고 나머지는 한두 번 쓰이고 있어, '하나'만이 관형사의 '한'(一, 56회)과 함께 의미기능이 있다고 보겠다. 그러나 여기서 그 의미는 숫자 '1'의 의미보다는 '독獨, 홀로, 부정不定 외로움' 등을 나타내는 기호로 쓰이고 있다.

아직 아무도 가 보지 않은
섬 **하나** 떠 있다

―「섬」

별 **하나** 감옥 **하나**
별 둘 감옥 둘

―「먼 감옥」

아무도 흔들 수 없는
지평선 **하나** 걸어 놓았다

—「침묵」

단풍이 물든 공원 한 켠에
말없이 서 있는 빗돌 **하나**

—「개와 빗돌」

(4) 관형사도 수사와 마찬가지로 어휘에서 차지하는 비중이 높지 않으며 특히 수량관형사를 제외하면 기초어휘에 속하는 것들이다.

3 온갖 4 이런 7 모든 7 은 9 어느
13 두 15 저 19 이 56 한

(5) 부사의 쓰임도 관형사와 대동소이하다.

5 겨우 5 더러 5 마침내 5 마치 5 어디 5 결코 5 한사코
6 텅 6 끝내 7 아주 7 그리고 8 비로소 8 더욱 10 홀로
11 다시 12 그러나 12 다 12 또 13 이제 13 모두 13 아직
16 더

(6) 형용사에서는 보조용언으로도 사용되는 '없다'의 빈도(67)가 가장 많은 것은 일반 어휘에 나타나는 바와 같다. 그러나 다음으로 높은 빈도를 보이고 있는 '비다(虛, 23)'는 본 자료에서만 높게 나타나고 있는바 이것은 이 시집의 시적 기조를 이루고 있는 어휘라고 할 수 있겠다. 그 외에 "멀다(15) 희다(白, 12) 하얗다(白, 10) 깊다(6)" 등이 상대적으로 많이 쓰였다. 전체 평균상대빈도(3.35) 이상인 빈도 4 이상의 어휘들은 다음과 같다.

67 없다 23 비다 16 작다 15 크다 15 멀다 12 희다 10 하얗다
10 푸르다 10 고요하다 9 무겁다 8 끝없다 7 많다 7 낮다
6 캄캄하다 6 어둡다 6 소리없다 6 맑다 6 말없다 6 깊다
5 튼튼하다 5 마르다 4 투명하다 4 질기다 4 적막하다 4 낯설다
4 그립다

  형용사 가운데서 본 자료의 특성을 잘 보여주고 있는 '바다'의 대표적
인 사용 예는 다음과 같다. 특별히 "빈 들판", "텅 빈"이 애용된 것은 이
시인의 어떤 시 의식과 관련이 있지 않을까 추단하는 것은 지나친 논리
의 비약일지도 모른다.

      빈 손이 쥐는 뿌리의 약藥
      주름진 **빈** 손등 위로 떨어지는
      홀어미는 **빈** 집으로 남아
      왼 가 **빈** 창살 다 밝혀
      빈 마당 그득 넋놓고 듣게 하는
      빈 둥지를 안고 홀로 서 있는
      그 **빈** 가슴 성긴 틈새로
      빈 그네 제 그림자만 홀로 남는다
      그 **빈** 자리

      성큼성큼 **빈** 들판을 건너가는
      빈 들판 하나
      빈 들판 하나를 가리켰다
      빈 들판 하나를 가리키고 있지만
      김제 만경 **빈** 벌판을 이루고
      저녁의 **빈** 들녘에

      저 **텅 빈** 허공의
      텅 빈 생각이
      텅 빈 생각을 낳고
      텅 빈 제가

텅 빈 저를 낳을 뿐이다
무한히 **텅 빈** 저를 낳는

(7) 동사에서 '있다, 하다, 보다, 않다, 되다' 등 보조용언으로 쓰이는
어휘들이 월등히 높은 빈도를 보이는 것은 이들이 문법적 기능을 갖는
어휘이기 때문에, 고려의 대상은 아니다. 또한 '오다, 가다, 서다, 앉다,
먹다, 살다.'등은 기초어휘로서 어떤 자료의 특성을 설명해 주지 못한다.
다빈도 어휘 가운데 위와 같은 기준에 따라 제외시키고 남은 어휘들 즉
다음의 어휘들은 자료의 특성을 나타낸다고 보여진다.

> 19 낳다 17 놓다 15 뜨다 14 버리다 13 쌓이다 11 남다 11 갇히다
> 10 흔들리다 10 세우다
> 9 달리다 8 썩다 7 울다 6 흐르다 6 찾다
> 6 짓다 6 저물다 6 번식하다

참고로 동사에서 높은 빈도를 보이는 어휘들은 다빈도순으로 나열한다.

> 109 있다 86 하다 53 보다 46 않다 40 되다 23 못하다 20 내리다
> 19 죽다 19 낳다 17 알다 17 놓다 15 모르다 15 뜨다 15 가다
> 14 버리다 13 쌓이다 13 내다 12 주다 12 서다 12 살다 12 먹다
> 11 위하다 11 오다 11 들다 11 남다 11 갇히다 10 흔들리다 10 세우다
> 10 말다 9 떨어지다 9 달리다 9 걷다 8 흔들다 8 앉다 8 썩다
> 8 보이다 8 벗다 8 바라보다 7 울다 6 흐르다 6 찾다 6 짓다
> 6 지다 6 저물다 6 열다 6 아니다 6 생각하다 6 부르다 6 번식하다
> 6 묻다 6 들어가다 6 들리다 6 닿다 6 나오다 6 나다 6 꾸다

단순히 빈도가 높은 어휘가 아닌, 자료의 특성을 보여주는 어휘 몇의
실용 예를 알아본다. 우선 詩集의 책명으로 사용하여 전체의 주제를 상
징하는 '썩다(8)'의 사용례를 본다. '썩는다'는 것은 '좌절, 패배'의 부정적

의미를 나타내고, 그에 대한 부정은 곧 부정의 부정은 긍정이 되듯 패배하지 않는 '불굴의 정신'을 나타내고 있다. 따라서 '썩다'는 책 제목(썩지 않는)과 같이 긍정형으로 사용되었고, 그렇지 않는 경우에도 '썩어서 아침의 아들로 태어나라'고 하여 마치 한 알의 보리가 썩어서 더 큰 수확을 기대하는 표현으로 쓰이고 있다.

> 단단한 삶의 옹이를 만들지만
> 슬픔은 결코 **썩**지 않는다
>
> — 「썩지 않는 슬픔」

> **썩**지 않고 묻혀 있던
> 돌아가신 어머니의 흰 고무신처럼
>
> — 「썩지 않는 슬픔」

> **썩**지 않는 뼈로 남아
> 길이 껴안은 숯을 아시나요
>
> — 「숯」

> 더 익고 **썩**어서
> 아침의 아들로 태어나라고
>
> — 「저녁」

> 쓰디 쓴 누룩으로 속 **썩**은 여뀌야
> 앉은뱅이 걸음으로 한숨이나 쉬는
>
> — 「여뀌풀」

> 모든 것이 **썩**고 얼어 붙은 주위에
> 저 혼자 살아 있는 것처럼
>
> — 「차돌」

눈물의 뿌리는 **썩고**
우리들은 어둠을 알았다

― 「방화」

썩어버린 법정法廷의 기둥도
이웃들의 소심한 울타리도 태워 버린다

― 「방화」

다음으로 '낳다, 번식하다'는 동어반복으로 사용횟수는 많으나 시집 전반적인 현상은 아니며, 몇 편의 詩에서만 집중적으로 쓰였다.

생각이 끝없이 생각을 **낳고**
말이 끝없이 말을 **낳듯이**
사람들은 거울을 볼 때마다
모래는 천지사방 무섭게 **번식하여**
드디어 온 세상을 점령하고

― 「모래 이야기」

질긴 교미로 **번식하**면서
결코 죽지 않는 개가
정신없이 바쁘게 지나는 행인을 보고

― 「개와 빗돌」

모두가 골똘히 저를 생각하여
무한히 **번식하는** 일밖에 없다
장미는 장미를 **낳고**
모래는 모래는 **낳고**
도시는 도시를 **낳고**
도깨비는 도깨비를 **낳고**
전쟁을 **낳고**
꿈을 **낳고**

별을 **낳고**

—「허공」

밥은 그리움을 **낳고**
그리움은 꿈을 **낳고**
요지경인 꿈 속에서
사람들은 중산하고 **번식하고**

—「밥」

(8) 명사는 전체 어휘에서 차지하는 비중이 높아(이어의 50.1%를, 연어의 34.8%를 차지하고 있다) 의미의 핵심을 이루고 있다. 명사의 평균 빈도(2.32) 이하로 사용된 어휘가 87.6%나 된다는 것은 다양한 종류의 어휘가 동원되는 가운데 집중적으로 쓰인 어휘는 그만큼 상대적으로 적다는 뜻이 된다.

고빈도의 명사들을 열거하면 아래와 같다.

82 속 32 길 31 하늘 29 눈目 27 사람 25 가슴 24 감옥
21 위 21 밥 19 무덤 18 손 18 세상 18 바람 18 말言 18 때
18 꿈 16 돌 15 허공 15 별 15 물 13 저녁 13 일事 12 창 12 집
12 어머니 12 뼈 12 몸 12 끝 12 개犬 11 살 11 산 11 봄
11 바다 11 모래 11 마음 10 이야기 10 섬 10 생각 10 땅 9 흙
9 해 9 짐승 9 입 9 오늘 9 사이 9 눈물 9 날 9 그림자
8 얼굴 8 밤 8 밖 8 똥통 8 들판 7 전 7 이미 7 울음 6 어둠
7 안 7 새벽 7 뒤 6 침묵 6 천지 6 차돌 6 죽음 6 아래
6 식구 6 시간 6 빗돌 6 벽 6 벙어리 6 마을 6 고개 6 겨울

명사가 어휘의 수효도 많고 또 의미의 핵심을 이루고 있으므로 명사류만을 따로 분류하여 의미역에 따른 의미기능을 논해야 하겠으나, 우

선은 위의 다빈도 어휘만을 살핀다. 가슴, 손, 입, 눈 등의 인체관련 어휘군이 많다. 하늘, 바람, 별, 바다, 흙 등의 자연현상과 관련된 어휘군이 많다. 친척 호칭어 중에는 '어머니'만이, 가축을 포함한 동물들에서는 '개'만이 쓰였다. 이 시집의 특성을 명징적으로 드러내고 있는 어휘로는 '속, 감옥, 무덤, 뼈, 밥'들이 되겠다. 일반적으로 잘 쓰이지 않는 어휘이면서도 본 자료에서는 높은 빈도를 보이고 있는 '똥통'은 시가 아닌 해설적 이야기 속에서 반복적으로 쓰였기에 별다른 가치가 없다.

전체 어휘 가운데 최고의 빈도를 보인 쓰인 '속內'은 그 다음의 고빈도 어휘들에 비해서도 특별히 애용되고 있음을 볼 수 있다. 이제 그 대표적인 쓰임을 열거한다. 특히 '살 속'이 의미하는 속뜻은 문학적 측면에서 논의 되어야 할 것이다.

> 감옥 **속**에
> 꽃 **속**에는 섬이 있다
> 눈물 **속**에는 섬이 있다
> 넋살도 눈부신 이 봄볕 **속**
> 구덩이 **속**으로 사납게 밀어 넣는다
> 고요 **속**의 검은 뼈를 아시나요
> 붉은 가슴 **속**을 출렁이고 있고
> 울음 **속**에 빠뜨린 그물은
> 입 **속**에 돌맹이로 굳어 있고
> 캄캄한 무쇠 **속**에 불지르고
> 칙칙한 어둠과 추위 **속**에서 아무도
> 고요히 흙 **속**으로 떨구는 눈물의 끝에
> 진달래 불꽃의 함성 **속**으로
> 그 어둡고 답답한 내장 **속**에
> 유현 **속**에서 헤엄치나니
> 무한대의 허공 **속**에서
> 초겨울의 어둠 **속**

요지경인 꿈 **속**에서
무사한 나날의 **평화 속**에

반짝이는 살 **속**의 사금파리들
살 **속**의 불길에 주어 버리고
살 **속**의 수천 마리 지렁이들을
이 살 **속**의 부정과 치욕의 간을
온 몸 살 **속**에서 새어나는 울음소리가
기어이 살 **속**으로 뜨는 달아
살 **속**으로 가랑잎이 지고 깊은

108 조 가	6 대 그대	4 형 낯설다
15 동 가다	12 부 그러나	19 동 낳다
5 명 가랑잎	4 부 그렇게	6 대 내
5 동 가리다	4 명 그릇	13 동 내다
25 명 가슴	7 부 그리고	20 동 내리다
11 동 갇히다	4 명 그리움	12 대 너
4 동 감다	9 명 그림자	4 명 너머
24 명 감옥	4 형 그립다	8 대 너희
4 조 같은	5 명 그물	5 동 넘다
5 명 개(犬)	4 대 그분	12 대 네
12 형명 개	32 명 길	8 형명 년
4 명 거울	6 형 깊다	4 명 노래
9 동 걷다	7 조 까지	4 명 높이
4 동 걸어가다	5 동 깨다	17 동 놓다
40 형명 것	4 명 꽃	29 명 눈(目)
5 부 겨우	6 동 꾸다	9 명 눈물
6 명 겨울	18 명 꿈	4 동 눕다
5 부 결코	12 명 끝	116 조 는
8 조 고	6 부 끝내	4 조 다
6 명 고개	8 형 끝없다	12 부 다(皆)
5 명 고요	8 조 나	4 조 다만
10 형 고요하다	32 대 나	11 부 다시
4 명 곳	6 동 나다	4 동 닦다
29 조 과	4 동 나아가다	9 동 달리다
4 명 구석	6 동 나오다	5 명 달빛
5 명 귀	9 명 날	5 대 당신
91 대 그	11 동 남다	6 동 닿다
5 명 그네	7 형 낮다	16 부 더

5 튀 더러
8 튀 더욱
5 몡 덫
5 동 덮다
93 조 도
16 몡 돌
5 동 돌아오다
4 몡 동생
5 몡 동안
40 동 되다
13 관 두
4 동 두다
7 몡 뒤
4 튀 드디어
4 동 듣다
16 조 들
4 조 들과
4 몡 들녘
11 동 들다
6 동 들리다
6 동 들어가다
26 조 들은
25 조 들을
25 조 들의
29 조 들이
8 몡 들판
11 휑몡 듯
4 동 딛다
10 몡 땅
18 몡 때
4 동 떠나다
9 동 떨어지다
12 튀 또

8 몡 똥통
15 동 뜨다
4 몡 뜻
75 조 로
124 조 를
5 휑몡 리
15 조 마다
5 휑 마르다
4 몡 마리
6 휑몡 마리
6 몡 마을
11 몡 마음
5 튀 마치
5 튀 마침내
18 조 만
5 동 만들다
7 휑 많다
18 몡 말
10 동 말다
6 휑 말없다
4 동 말하다
6 휑 맑다
4 동 맞다
12 동 먹다
15 휑 멀다
13 튀 모두
7 관 모든
11 몡 모래
15 동 모르다
4 몡 목
4 몡 목소리
12 몡 몸
23 동 못하다

9 휑 무겁다
4 동 무너지다
19 몡 무덤
5 몡 무릎
4 튀 문득
6 동 묻다
15 몡 물
4 동 물들다
4 동 믿다
4 동 밀다
11 몡 바다
8 동 바라보다
18 몡 바람
8 몡 밖
4 동 반짝이다
8 몡 밤
21 몡 밥
4 몡 밥알
14 동 버리다
5 휑몡 번
6 동 번식하다
4 몡 벌판
8 동 벗다
6 몡 벙어리
6 몡 벽
15 몡 별
53 동 보다
8 동 보이다
11 몡 봄
6 동 부르다
4 조 부터
5 몡 불
4 몡 비닐

23 형 비다 5 동 숨다 67 형 없다
8 부 비로소 5 명 숯 183 조 에
6 명 빗돌 4 부 스스로 16 조 에는
5 명 빛 5 명 슬픔 72 조 에서
4 동 빛나다 6 명 시간 5 명 여뀌
4 동 빠지다 4 동 시작하다 4 명 여자
4 명 빨래 6 명 식구 6 동 열다
12 명 뼈 13 동 쌓이다 4 부 영
5 명 뿌리 8 동 썩다 5 명 옆
16 형명 뿐 5 동 쓰다 4 명 옛날
5 명 사내 4 동 쓸다 9 명 오늘
4 동 사라지다 8 조 아 11 동 오다
27 명 사람 6 동 아니다 4 동 오르다
9 명 사이 5 명 아들 7 관 온
11 명 산 6 명 아래 5 명 옷
11 명 살 12 대 아무 15 조 와
12 동 살다 7 부 아주 33 대 우리
5 명 새 13 부 아직 7 동 울다
7 명 새벽 4 동 아프다 7 명 울음
10 명 생각 7 명 안 21 명 위
6 동 생각하다 8 동 앉다 11 동 위하다
4 명 생전 46 동 않다 70 조 으로
5 조 서 17 동 알다 6 조 으로는
12 동 서다 5 명 앞 106 조 은
4 부 서로 6 조 야 294 조 을
10 명 섬 9 관 어느 259 조 의
18 명 세상 7 명 어둠 4 명 의사
10 동 세우다 6 형 어둡다 6 대 이
25 명 소리 5 부 어디 191 조 이
6 형 소리없다 5 대 어디 19 관 이
82 명 속 12 명 어머니 4 명 이
18 명 손 8 명 얼굴 7 조 이나
40 형명 수 4 동 얼다 4 부 이내

294	조 을	29	조 들이	17	동 알다
259	조 의	29	명 눈(目)	16	부 더
191	조 이	29	조 과	16	명 돌
183	조 에	27	명 사람	16	조 들
124	조 를	26	조 처럼	16	조 에는
116	조 는	26	조 들은	16	형 작다
109	동 있다	25	명 소리	15	동 가다
106	조 은	25	조 들의	15	동 뜨다
103	조 가	25	조 들을	15	조 마다
93	조 도	25	명 가슴	15	형 멀다
91	대 그	24	명 감옥	15	동 모르다
86	동 하다	23	형 비다	15	명 물
82	명 속	23	동 못하다	15	명 별
75	조 로	21	명 위	15	조 와
72	조 에서	21	명 밥	15	관 저
70	조 으로	20	동 내리다	15	형 크다
67	형 없다	19	명 무덤	15	명 허공
56	관 한	19	동 죽다	14	동 버리다
53	동 보다	19	동 낳다	14	조 이다
46	동 않다	19	관 이	13	동 내다
42	수 하나	18	명 꿈	13	관 두
40	형명 수	18	명 때	13	부 모두
40	동 되다	18	조 만	13	동 쌓이다
40	형명 것	18	명 말	13	부 아직
33	대 우리	18	명 바람	13	부 이제
32	대 나	18	명 세상	13	명 일
32	명 길	18	명 손	13	명 저녁
31	명 하늘	17	동 놓다	13	대 제

13 형명 채	10 명 땅	8 동 바라보다
12 형명 개	10 동 말다	8 명 밖
12 부 그러나	10 명 생각	8 명 밤
12 명 끝	10 명 섬	8 동 벗다
12 대 너	10 동 세우다	8 동 보이다
12 대 네	10 명 이야기	8 부 비로소
12 부 다(皆)	10 형 푸르다	8 동 썩다
12 부 또	10 형 하얗다	8 조 아
12 동 먹다	10 부 홀로	8 동 앉다
12 명 몸	10 동 흔들리다	8 명 얼굴
12 명 뼈	9 동 걷다	7 동 흔들다
12 형명 뿐	9 명 그림자	7 부 그리고
12 동 살다	9 명 날	7 조 까지
12 동 서다	9 명 눈물	7 형 낮다
12 대 아무	9 동 달리다	7 명 뒤
12 명 어머니	9 동 떨어지다	7 형 많다
12 동 주다	9 형 무겁다	7 관 모든
12 명 집	9 명 사이	7 명 새벽
12 명 창	9 관 어느	7 부 아주
12 형 희다	9 명 오늘	7 명 안
11 동 갇히다	9 명 입	7 명 어둠
11 동 남다	9 대 저	7 관 온
11 부 다시	9 명 짐승	7 동 울다
11 동 들다	9 명 해	7 명 울음
11 형명 듯	9 명 흙	7 조 이나
11 명 마음	8 조 고	7 명 이마
11 명 모래	8 형 끝없다	7 명 전
11 명 바다	8 조 나	6 명 겨울
11 명 봄	8 대 너희	6 명 고개
11 명 산	8 형명 년	6 형 고요하다
11 명 살	8 부 더욱	6 대 그대
11 동 오다	8 명 들판	6 형 깊다
11 동 위하다	8 명 똥통	6 동 꾸다

6 🖳 끝내	6 🖳 지다	5 🖳 무릎
6 🖳 나다	6 🖳 짓다	5 🖳🖳 번
6 🖳 나오다	6 🖳 차돌	5 🖳 불
6 🖳 내	6 🖳 찾다	5 🖳 빛
6 🖳 닿다	6 🖳 천지	5 🖳 뿌리
6 🖳 들리다	6 🖳 침묵	5 🖳 사내
6 🖳 들어가다	6 🖳 캄캄하다	5 🖳 새
6 🖳🖳 마리	6 🖳 텅	5 🖳 서
6 🖳 마을	6 🖳 흐르다	5 🖳 숨다
6 🖳 말없다	5 🖳 가	5 🖳 숯
6 🖳 맑다	5 🖳 가랑잎	5 🖳 슬픔
6 🖳 묻다	5 🖳 가리다	5 🖳 쓰다
6 🖳 번식하다	5 🖳 개	5 🖳 아들
6 🖳 벙어리	5 🖳 겨우	5 🖳 앞
6 🖳 벽	5 🖳 결코	5 🖳 어디
6 🖳 부르다	5 🖳 고요	5 🖳 어디
6 🖳 빗돌	5 🖳 귀	5 🖳 여뀌
6 🖳 생각하다	5 🖳 그네	5 🖳 옆
6 🖳 소리없다	5 🖳 그물	5 🖳 옷
6 🖳 시간	5 🖳 깨다	5 🖳 이었다
6 🖳 식구	5 🖳 넘다	5 🖳 이웃
6 🖳 아니다	5 🖳 달빛	5 🖳 일어서다
6 🖳 아래	5 🖳 당신	5 🖳 잊어버리다
6 🖳 야	5 🖳 더러	5 🖳 잠
6 🖳 어둡다	5 🖳 덫	5 🖳 잠언
6 🖳 열다	5 🖳 덮다	5 🖳 지상
6 🖳 으로는	5 🖳 돌아오다	5 🖳 지우다
6 🖳 이	5 🖳 동안	5 🖳 지평선
6 🖳 이여	5 🖳🖳 리	5 🖳 쪽
6 🖳 이제	5 🖳 마르다	5 🖳 키
6 🖳 인	5 🖳 마치	5 🖳 탑
6 🖳 저물다	5 🖳 마침내	5 🖳 튼튼하다
6 🖳 죽음	5 🖳 만들다	5 🖳 피

5 뷘 한사코	4 몡 들녘	4 몡 여자
5 몡 햇빛	4 동 딛다	4 뷘 영
5 몡 혼자	4 동 떠나다	4 몡 옛날
5 동 흩어지다	4 몡 뜻	4 동 오르다
4 동 감다	4 몡 마리	4 몡 의사
4 조 같은	4 동 말하다	4 몡 이
4 몡 거울	4 동 맞다	4 뷘 이내
4 동 걸어가다	4 몡 목	4 조 이라고
4 동 고요하다	4 몡 목소리	4 괜 이런
4 몡 곳	4 동 무너지다	4 동 이루다
4 몡 구석	4 뷘 문득	4 몡 이름
4 뷘 그렇게	4 동 물들다	4 조 이므로
4 몡 그릇	4 동 믿다	4 뷘 이미
4 몡 그리움	4 동 밀다	4 몡 자유
4 혱 그립다	4 동 반짝이다	4 동 잡다
4 대 그분	4 몡 밥알	4 몡 잡초
4 몡 꽃	4 몡 벌판	4 혱 적막하다
4 동 나아가다	4 조 부터	4 몡 절벽
4 혱 낯설다	4 몡 비닐	4 뷘 정말
4 몡 너머	4 동 빛나다	4 동 줍다
4 몡 노래	4 동 빠지다	4 동 지나다
4 몡 높이	4 몡 빨래	4 동 지르다
4 동 눕다	4 혱몡 뿐	4 몡 지리산
4 조 다	4 동 사라지다	4 혱 질기다
4 뷘 다만	4 몡 생전	4 동 짖다
4 동 닦다	4 뷘 서로	4 동 치다
4 몡 동생	4 뷘 스스로	4 몡 칼날
4 동 두다	4 동 시작하다	4 혱 투명하다
4 뷘 드디어	4 동 쓸다	4 몡 파도
4 동 듣다	4 동 아프다	
4 조 들과	4 동 얼다	

5. 결론

어휘에 대한 빈도수 조사는 어휘 연구의 기본이 된다. 어휘의 실증적 객관적 가치는 사용빈도를 기본으로 논의 되어야 한다. 그럼에도 빈도 조사의 번거로움에 밀려 그 중요성이 크게 부각되지 못하였다. 첨가어 적 특질을 갖는 국어의 형태적 특성 때문에 빈도 조사는 매우 지난한 작업이 된다. 종래의 카드에 의한 작업은 한 개인의 힘으로는 착수조차 하기 어려웠던 것이다. 컴퓨터의 발달과 관련 소프트웨어의 개발은 이러한 어려움을 다소나마 덜어줄 수 있게 되었다. 그러나 기계는 기계적인 작업만을 하기 때문에 개별 어휘의 의미적, 형태적 선별 작업은 역시 연구자의 몫으로 남아 있다.

어휘의 빈도 조사에 PC를 이용하는 방안을 모색하기 위하여, 시집『썩지 않는 슬픔』을 텍스트로 삼아 어휘의 통계적 분석을 시도하였다.

시집『썩지 않는 슬픔』의 어휘 조사 결과는 다음과 같다.

1) 시집에 실린 총 69편의 시에 사용된 어절은 이어절 3,549어절, 연어절 6,047어절이다.

2) 다빈도 어절에는 한(一, 62회) 그(지시대명사, 58회) 있는(存, 33회) 등의 관형어 보조용언과 같은 문법적 기능을 담당하는 어휘function word 들이 대부분이다. 이는 일반 어휘조사에 나타나는 일반적인 형상으로 시어라 해서 예외적인 일은 아니다. 문법성 어휘, 기초어휘 등 일반어휘로 분류될 수 있는 것들을 제외하면 '감옥, 홀로, 돌石, 낳고出, 빈虛' 등의 어절이 자주 쓰였다.

3) 69편의 詩에는 모두 2,437개의 어휘가 8,159회 사용되었고, 전체 평균상대빈도는 3.35이다.

4) 상위 빈도를 갖는 어휘는 조사, 보조용언, 기초어휘 등이다.

5) 상위 빈도로서 자료의 특성을 보여주는 어휘로 '밥, 비다虛, 감옥,

소리, 사람, 눈目, 하늘, 속內' 등을 추출할 수 있다.

　6) 실사content word로서 최고의 빈도를 보이고 있는 어휘는 제언의 '속(內; 89회)', 용언의 '비다'(虛; 23회)이며 이 두 어휘는 본 자료를 대표하는 상징적 어휘라고 하겠다.

　7) 품사별 분포는 <표 4>와 같다.

　8) 전체 평균빈도 이상의 어휘들은 어휘목록에 제시했다.

* 참고문헌

　김영석, 『썩지 않는 슬픔』, 창작과비평사, 창비시선 108, 1992.

　도종환, 『접시꽃 당신』, 실천문학사, 실천문학의 시집 37, 1993.

　서정윤, 『홀로서기』, 청하, 청하시선 2, 1989.

　조재윤, "<조선속담>의 어휘분석", 『인문논총』 7, 배재대학, 1993.

우주 · 생명 · 시를 찾아서

−김영석, 『도의 시학』(민음사, 1999)

채 진 홍*

1. 현관에 들어서며

육년 전이던가, 저자를 처음 뵈었을 때 나는 여러 가지 은혜를 입었다. 그 분의 연구실에서였다. 그 때 과분하게도 『썩지 않는 슬픔』이라는 당신의 시집을 그 자리에서 받았다. 자연 내가 잘 알지도 못하는 시 이야기가 나올 수밖에 없었고, 그러다 보니 학창시절 수업을 받으면서 마음 속 깊이 존경하게 되었던 다형 김현승 선생님 얘기를 꺼내게 되었다. 그런데 이야기를 하다 보니 저자께서도 다형 선생님과 각별한 인연을 맺었던 터였다. 다형 선생님의 깊고 또렷한 음성과 저자의 굵직하게 울려 퍼지는 맑은 음성이 한꺼번에 들려오는 순간이 한동안 이어졌다. 외모도 목소리만큼 대조적이었던 지라 한층 선명한 심상이 그려졌다. 지금 우리의 관심사인 『도의 시학』에서 사용된 어법대로라면, 금金과 목木의 상생 조화 형국이었다. 흔히들 금과 목은 상극이라 하지만, 『도의 시학』에서는 그러한 상투성이 이미 제쳐진 상태였고, '음양오행의 시적 형상'이

---

* 소설가, 고려대 강사.

'생성 변화의 가동성'이라는 전제에서 이루어진다는 판이니, 그러한 심상이 가히 '환원적還元的 시간'의 기억을 더듬는 대상으로서 손색이 없는 일이었다.

일이 그렇게 벌어진 이상 '원환적圓環的 시간' 쪽으로 이야기가 가는 게 그 분과 나의 만남의 한 성격이었다. 그 분은 기어코 똥통 이야기를 꺼내시고야 말았다. 내가 강릉 김씨 후손이라면, 길이 가문의 자랑으로 내세웠을 김시습이 똥통에 빠져 열반했다는 사실을 어찌 그렇게 진지하게 말씀하시는지, 실로 향기로울 일이었다. 수, 목, 화, 금, 토의 상호 생성 작용이 결국 '무극이태극'으로 수렴되는 형국이었다. 이 자리는 그 분의 시집 『썩지 않는 슬픔』에 나오는 김시습의 이야기가 아니라, 『도의 시학』 얘기를 하는 마당이므로 이제 그런 회고담은 그 쯤 해두겠다.

얘기가 벌써 난삽해지는 경향이 있는데, 이는 내 투박하기 이를 데 없는 어투가 『도의 시학』의 진중한 어법을 쫓고, 더듬고, 소개하고, 그러다 보면 몇 번 따져 보기도 해야만 하는 이 글의 성격상 어쩔 수 없는 일이니, 내 잘못만은 아닐 것 같다. 하지만, 내가 아는 것이 별로 없다는 사실은 전적으로 내 탓이다. 그래도 저자께서 이 책에 대해 하신 말씀들 중 한 대목이 날 덜 쑥스럽게 한다. 이 책을 읽은 어떤 유명한 교수 분을 어느 차부에서 우연히 만났는데, 그 교수 분 말씀이 '그 쪽으로 가긴 가야 하는데 난삽하다'라고 했다는 말씀이 그 한 이유를 제공한 셈이다. 나로서는 본격 논의에 앞서 난삽하다는 이유를 생각하게 해 볼 만한 대목이다. 저자는 "이 글은 동양과 서양의 인식 구조 혹은 사유 구조가 서로 다르다는 점에서 입론의 출발점을 찾았다"(389쪽) 했는데, 책의 전체 내용 면에서 보면, 동서양의 비교도 비교지만 어떤 면에서는 고대와 현대의 인식 구조에 대한 비교라고 할 수도 있을 터이다. 이는 저자가 『도의 시학』에서 중요하게 전거한 장자의 천하편에서도 뒷받침된다. "후세의 학자들은 불행히도 천지 자연의 순일한 모습이나 옛 사람들의 전체적인 모습을 보지 못하고 있으니, 천하의 학자들에 의해서 하나의 도가 분열

되려 하는 것이다"라는 장자의 지적이『도의 시학』의 주 논리 궤의 밑거름이 되고 있다. 장자 시대에도 그랬으니, 근세 이후 실제 삶을 추상과 관념이 통제하는 시대에야 더 말해 무엇하랴. 그런 큰 흐름 차원에서는 동서양이 다를 바 없다. 세부 논리의 틀이 다를 뿐이다. 저자가 분석 대상으로 삼은 서양 사상가들, 즉 흄, 베르그송, 후설, 하이데거, 퐁티, 가다머 등 현대 지식인들도 실은 관념이나 추상을, 그에 관계된 실증 논리들을 거부한 사람들이다. 그렇다고 이들이 플라톤, 아리스토텔레스, 피타고라스 등 '옛 사람들의 전체적인 모습을 보지 못하고 있'는 점도 사실이 아닌 게 아니다. 그것은 고대에서 현대로 이어지는 인간 삶의 양상과, 그와 연계된 사유 체계의 미분화 흐름상 어쩔 수 없는 일이다. 그 점은 저자가 분석 대상으로 삼은 동양 지식인의 경우도 마찬가지다. 다른 점은 저자가 동양의 경우 공자에서 홍만종까지 이어지는 흐름으로 파악한 반면, 서양의 경우 위 예의 현대 지식인들에 한정했다는 사실이다.

그러므로,『역경易經』을 전범으로 삼은 "이 글" 전체의 흐름상 공자, 노자, 장자, 회남자 등 중국 옛 지성들에서 이규보, 남효온, 이율곡, 김만중, 홍만종 등 중세 한국 지식인들로 이어진 사상 체계를, 19세기 말 20세기 초 관념적이고 추상적인 형이상학에 대한 거부 경향을 보인 흄, 베르그송, 후설, 하이데거, 퐁티, 가다머 등의 체계와 비교해서 "동양과 서양의 인식 구조 혹은 사유 구조가 서로 다르다"라는 것을 보여준다는 일은 여간 어려운 일이 아니었을 것이다. 서양에서도 플라톤, 아리스토텔레스 이전과 동시대 지성들의 생각이 저자가 언급한 위 옛 중국 지성들의 생각과 틀 면에서 큰 차이가 없다. 그리고 주자주의가 조선조로 넘어오면서 형이상학의 이념을 지배 계급의 기득권 유지를 위해 형식 윤리화시킨 흐름이나, 서양에서 중세 기독 윤리가 그렇게 된 것, 근세 이후 물질 이념이 그것을 대신한 것은 동서양의 경우가 크게 차이가 나지 않는 것도 사실이다.

이러한 어려움은 동양의 사상체계를 설명하는 작업으로 이어진다. 역시 주역이 어렵긴 어려운 모양이다. 공자, 노자, 장자 등 원용해야 할 지성들이 너무 많을 수밖에 없는 것이다.『도의 시학』전체 문맥에서 보면, 이들의 사상과 분명 일치를 이룰 시정신이 '어떻게' 설명되는가 하는 방법론에 문제 제기를 하게 한다. 저자의 입장이 "도 자체가 예술 정신이요 시 정신이라"(116쪽)는 명제 위에 서있는 게 확실하다면, 이들의 사상 체계는 어디까지나 '시 정신'을 명징하게 해주는 논거 자료에 그쳐야 될 것이 아닌가 하는 생각이 들었던 터다. 그런데, 무거운 주제와 난해한 논거 자료들을 설명할 수밖에 없었던 탓인지 '시 정신'이 이들의 사상이나 그에 관한 자료들에 시달리는 감이 들 정도이다. 그러니, "한국 시는 시간적 인식 구조 위에 중심을 두고 논의되어야 한다"(52쪽)는 저자의 논의 방향이『도의 시학』에 숨은 진짜 의도를 이해하는 데 '난삽한' 요소가 된다 할 것이다. 그러나 어쨌든 내용 전체 문맥상 고대와 현대가 비교되고 있다고 볼 수도 있다는 점은 숨은 의도를 밝히는 일에 오히려 좋은 결과를 낳게 한 밑거름이 되었던 터도 틀림없는 사실이다.

이제, 어렵다는 얘기는 그쯤 해두고, 그 진짜 의도, 위 어법대로 말하자면 원환적 시간의 경지를 찾아가기로 한다. '그 쪽으로 가야한다'는, 내가 바라고 바라던 정통 시학에 대한 업적이 나와, 이렇게 무딘 눈으로나마 그 '현묘한 곳'을 더듬어 볼 기회를 맞았으니, 나로서는 가슴 설레는 일이다. 그리고 저자의 우리 고전에 대한 해박한 지식에 고개 숙일 따름이다. 이러쿵저러쿵 내가 끼어드는 일은 별 의미가 없을 것이다. 다만 저자의 생각을 충실히 읽어낼 수 있을까가 두려울 뿐이다. "여러 가지 의미의 틈을 통해서 의미화될 수 없는 자신의 모습을 드러"(221쪽)낸다는 '현관'의 경지에 내가 제대로 들어설 지 의심스럽다. 기왕에 들어선 길, 독자 제현께서는 앞으로 내 실족을 꾸짖어 주시길 바란다.

2. 우주적 인식 구조 위에 서서

『도의 시학』에서 제기된 기본 물음은 "첫째 도는 한국 현대 시 속에서 어떻게 형상화되고 있는가, 둘째 한국 현대 시 속에서 형상화되고 있는 도의 의미를 어떻게 드러낼 것인가, 셋째 한국 시를 어떤 관점에서 어떻게 논의해야 하는가"(12쪽)이다. 저자는 이 문제들을 풀기 위해 우리의 전통 문학관인 재도문학관載道文學觀을 내놓는다. 저자의 눈길은 유불선儒佛仙 삼교회통三敎會通의 결과인 풍류도風流道의 세계를 거슬러 앞서 말한 대로 『역경』으로 '환원'되어 있는데, 이 길을 더듬는 과정을 통해 재도문학관이 한국 현대시에 어떤 맥락으로 이어지는가를 짚어 본다는 것이다. 그 점은 "방법론 자체가 이미 도의 현시라고 할 수 있으므로 방법론의 체계를 세워 가면서 그 체계가 한국 시의 원리적 측면에서 지닐 수 있는 의의와 관련 양상을 검색해 보고자 하는 것이 이 글의 핵심적 의도"(27쪽)라는 저자의 의도에 직결되는 터이다.

그 '방법론의 모색'의 한 방법으로 '시간적 인식과 공간적 인식'을 구분해 앞서 제시한 대로 '한국 시는 시간적 인식 구조 위에 중심을 두고 논의되어야 한다' 했는데, 『도의 시학』 전체 논리 면에서 볼 때, 이러한 시간 개념에는 이미 공간 개념까지 포함된 것으로 판단된다. "한국 문학의 연구에 있어서 서구의 문학 이론을 일방적으로 적용할 수 없다는 주장은 동양과 서양의 전통적인 사고방식의 차이, 그리고 인식론적인 태도의 차이 등을 명확히 밝혀낼 때 비로소 합당한 설득력을 얻을 수 있다고 본다"(29~31쪽)라는 저자의 입장을 따르자면, 이 '시간적 인식 구조'는 우주宇宙라는 원환적 개념에 다 포함되는 것이다. "우宇는 무한한 공간을 뜻하고, 주宙는 영원한 시간을 뜻한다"라는 회남자의 생각을 저자가 인용한 것은 '합당한' 일이다. 저자의 생각대로 '오도일이관지吾道一以貫之'나 '격물치지格物致知'의 경지가 시간이 도체라는 원리에 있다면, 이는 이미 공간 개념까지 포함한 것이다. 저자의 연구 목적이 이를 뒷받침한다. "이 연구의 목적은 도를 해명하는 동시에 그 도를 통하여 한국 시를 바르게 이해하기 위한 생성 이론의 체계를 세우는 것이고, 그 방법론은 역의 본체론을 통해서 이루어지는 것이므로, 서술의 방향은 태극, 즉 도의 생성을 그 줄기로 삼는다. 그리고 도의 생성을 드러내는 데 있어서는 동양의 전통적인 사물 관찰법이요 서술 방법인 체體와 용用의 양면적 방법을 택하기로 한다"(73쪽)가 그것이다. 시간과 공간이, 주와 우가 구분된 상태에서 '도의 생성'이 진행될 수 없는 일이다. 그러니까, 저자가 한국 시를 논의하는 데 역설한 시간적 인식 구조는 곧 우주적 인식 구조인 것이다. 이는 『도의 시학』에서 뒤에 이어지는 논의에 그대로 적용되는 터다.

3. 마음의 변화 원리와 우주의 변화 원리를
   일여적一如的으로 보며

저자는 태극의 개념을 "초월적이면서 초월적인 것이 아니고, 무이면서 무가 아니라고"(80쪽) 파악하고 있다. 저자가 논거로 인용한 『근사록』의 일부를 살피다 보면, 그에 대해 어렴풋이 짐작이 가는 것 같기도 하다. "무극이면서 태극이다. 태극이 움직여 양을 낳는데 움직임이 지극하면 고요해지고 고요해지면 음을 낳는다. 고요함이 지극하면 다시 움직이게 된다. 한 번 움직이고 한 번 고요해짐이 서로 그 뿌리가 되어 음양으로 나뉘고 양의가 세워진다. 양이 변하고 음이 합하여 수, 목, 화, 금, 토를 낳는데, 이 오기五氣가 순차로 퍼져 네 계절이 돌아가게 된다. 오행은 하나의 음양이고 음양은 하나의 태극이며 태극은 본래 무극이다. 오행이 생길 때에 각기 그 성性을 하나씩 가져서 무극의 진眞과 이기二氣 오행의 정精이 묘하게 합하여 응결되면 건도乾道는 남성을 이루고 곤도坤道는 여성을 이룬다. 두 가지의 기가 서로 교감하여 만물을 낳고 만물이 계속 생성됨으로써 변화가 무궁하게 된다"가 그 부분이다. 태극의 운동 원리가 우주의 변화 원리일 뿐만 아니라 인간의 심성론이라는 점을 염두에 두어야 한다는 것이다. 인간의 마음의 변화 원리와 우주의 변화 원리를 일여적으로 파악하고 있다는 논리이다.

이렇게 볼 때, 역리易理에서 유추할 수 있는 시론의 전제는 "글은 도가 드러난 것이고 역은 그 도와 나란히 가는 도의 원리"(96쪽)이다. 즉, <도道=역易=문文>의 등식이 성립한다는 것이다. 저자는 이러한 도문 일체의 사상이 후대로 내려오면서 점차 이원화되어 도가 내용이나 목적이 되고 글은 단순한 수단으로 변질되고 마는 점을 지적하며, 시의 정서와 사고의 결속에 스며있는 심미적인 도의 양상을 파악하기 위해서는 위 등식의 원리로 돌아가야 함을 강조한 터다. 저자가 인용한 남효온의 생각이 그 점을 적확하게 정리해 준다. "천지의 바른 기운을 얻은 것이 사람이요, 한 사람의 몸을 맡아 다스리는 것이 마음이며, 사람의 마음이 밖으로 펴나온 것이 말이요, 사람의 말이 가장 알차고 맑은 것이 시이다"가 그 정리 내용이다. 이를 다시 저자의 말로 바꾸면, "시는 도를 통해서 가장 알차고 맑은 말씀에 이를 수 있고, 가장 알차고 맑은 말씀에 이를 수 있으므로 사람의 마음의 중심에 이르러 감동시킬 수 있으며, 감동시킬 수 있으므로 마침내는 천하의 움직임을 고무할 수 있게 되는 것이다"(109쪽)이다. 위의 등식이 <천지의 도=사람의 도=마음의 도=말씀의 도=시의 도>라는 일여적인 차원의 등식으로 생성된 것이다.

4. 도와 시정신과 아름다움을 그리워하며

도와 시정신에 관한 저자의 기본 입장은 앞서 제시한 대로 '도 자체가 예술 정신이요 시정신이라면 도는 또한 반드시 미, 즉 아름다움 자체가 되어야만 할 것이다'에 서있다. 여기에서 저자는 미의 원상原象을 도의 순수한 전일성全一性에 두고 있다. 이를 <흰 바탕>에 비유하고, 그것을 허정虛靜이라 하여 예술적 창조와 체험이 비롯되는 세계로 상정한 터다. 저자는 이 허정의 세계를 "시학 이론의 부동의 출발점이고 시 연구 방법론의 근본적인 바탕"(125쪽)으로 삼고 있다. 이 세계에서 "도의 초월적 전일성과 내재적 전동성全同性이 시작품에 어떤 양상으로 드러나고 있는지 구체적으로 살펴보는"(125쪽) 일이 가능하다는 것이기 때문이다.

저자는 이러한 도와 시정신과 아름다움에 대한 그리움의 원천을 미래가 아니라, 태초의 시간에 두고 있다. 저자는 이를 '전일성에의 지향'이라 했는데, 그것은 "자아와 세계가 순일하게 통합되어 완전한 전체를 이루었던 태초의 시간, 즉 태극의 전일성을 회복하고자 하는 근원적 갈망을 선험적으로 지니게"(127쪽) 되기 때문이라는 것이다. 특히 우리 시의 경우 그리움은 "한恨의 정서로 굴절되면서 연면히 지속되어 왔다"(128쪽)는 것이다.

이 태극의 전일성은 바꾸어 생각해도 도와 시정신과 아름다움의 생성력의 원천이다. 저자가 전거로 삼은 도덕경 제4장에서 이를 확인할 수 있다. "도는 빈 그릇이다. 거기에서 얼마든지 퍼내서 사용할 수 있다. 또 언제나 넘치는 일이 없다. 깊고 멀어서 천지 만물의 근원을 이루고 있다"가 그 부분이다. 이렇게 보면 미래와 과거를 구태여 구분할 필요가 없다. 이미 미래와 과거가 맞닿아 있는 순환적 시간의 궤적을 그린다는 것이다. "이렇게 거꾸로 가는 길을 주역 철학에서는 <역반지로逆反之路>라고 하는데, 우리는 여기서 주역이 왜 <역逆>, <반反>, <복復>, <래來> 등의 관념을 불변의 율칙으로 삼고 있는가 하는 까닭을 알 수 있다"(144쪽)라는 게 그에 대한 저자의 설명이다.

이러한 그리움이 시에서 '영원한 모성', 즉 본원성과 중심 상징을 '생성'한다는 게 저자의 시를 겨냥한 논지이다. 도의 역설적 양상과 마찬가지로 시에서도 <극소한 거대성>이라는 역설적 개념이 적용된다는 것이다. "시적 상상력 속에서는 지극히 작은 것과 지극히 큰 것은 양가적兩

價的인 표리의 관계로서 동일한 상징작용을 하게 된다"(167~168쪽)가 그 점을 말해 준다.

시 고유의 본질인 이러한 역설성을 저자는 '전동성全同性의 역설'이라는 개념으로 설정한다. 전동성의 역설이란 "대략 그 원리만을 본다면 초월성 즉 내재성, 현상 즉 본체, 상별 즉 상동相別卽相同, 시즉종, 유즉무有卽無, 내외상반內外相反 등으로 요약될 수 있을 것이다"(184쪽)라는 원리가 그 바탕이다. 그래서, "시가 전일성을 지향하는 한 시적 언술의 본질은 전동성의 표현일 수밖에 없고, 시가 전동성을 드러내고자 하는 한 모든 시적 언술은 근본적으로 역설이 될 수밖에 없다"는 것이다. 이는 "인간의 삶이 비극적이면 비극적일수록 원초적 고향이라 할 수 있는 전일성의 세계에 대한 인간의 동경과 갈망은 커지기 마련이다"(191쪽)라는 삶의 역설 논리와 병행한다. 인간 삶에서 이러한 동경은 곧 허정의 세계에 대한 그리움이라 할 수 있다. 그러니, 시적 표현은 위에서 언급한 본원성의 경지를 '병생並生'할 수밖에 없고, 그런 만큼 역설 구조에 의존할 수밖에 없다. "전동성의 세계에서는 진실이 곧 미이고, 인생이 곧 예술이 된다"(215쪽)는 것이다.

그렇다면, 그러한 자기 일체적인 시적 표현의 역설성의 의미는 무엇일까. 저자는 이를 한마디로 '전어적 요해前言語的 了解'라 한다. 저자가 깊이 감화를 받은 김시습의 시관에서 추출한 용어이다. "객은 <시는 가히 배울 수 있다>고 말한다. 나는 이에 대답한다. <능히 전할 수는 없노라. 다만 그 묘한 곳妙處를 볼 따름이다. 성聲과 연聯이 있느냐고 묻지 마라. 산은 고요한데 들은 구름이 걷히고, 강은 맑은데 하늘에는 달이 오른다. 이 때 만일 뜻을 얻는다면 나의 시구에서 선仙을 찾아라.>"(219쪽)가 그 시관이다. 저자가 여기에서 문제 삼은 것은 <능히 전할 수 없노라>인데, 이는 "시의 시다운 본질이 언어화 혹은 의미를 거부하는 실재 세계에 대한 요해성을 드러내는 데에 있다고 믿고 있기 때문이"(220쪽)라 한다. 시의 언어는 의미가 아니라, 무의미를 지향한다는 논리이다. 그런 차원에서 저자는 시의 언어를 "무의미의 바다에 간신히 떠있는 부표와 같다"(221쪽)라고 한 터다. 이 무의미론에서도 장자의 <근본으로 돌아가자請循其本>라는 명제가 시정신의 생성 원리를 뒷받침한다. "의미는 무의미를 알려주는 표지로서 겨우 존재하고 있"(226쪽)고, "의미의 빈 틈, 즉 그 깊고 어두운 무의미를 통해서 우리는 현관을 체험한다. 현관에서 실재 세계는 나의 내부에 존재하는 명징한 심상이 된다. 바로 그 체험이 전어적 요해감"(227쪽)이라는 것이다. 그러므로, 시인은 "의미의 빈터를 활성화하여 실재 세계와 상상력이 천연의 모습으로 움직이고 숨 쉬게 하는 기법"(229쪽)에 몰입한다. 우리를 "공자가 말하는 묵이식지黙而識之의 세계로"(237쪽) 이끈다는 것이다.

그러기 위해 시인은 시 창작 과정에서 술어를 생략하고, 나아가 의미의 해체를 시도한다는 것이 저자의 생각이다. "언어의 존재론적 특성을 대표하는 명사만 남고 술어가 생략되었다는 것은 곧 인간적 기호가 소거되었음을 뜻하는 것이다. 인간의 말, 즉 술어적 언어가 사라지면 명사의 지시성만 남는다. 명사 지향의 화법은 선적禪的이다"(240쪽)가 그 점을 뒷받침한다. 이러한 '인간적 기호의 소거'와 '선적' 차원은 일상 차원에서 '의미의 해체'를 뜻한다. 이렇게 "의미를 해체한다는 것은 바로 현실 혹은 인간적 세계를 해체한다는 뜻이고, 우리 모두가 이미 <인간>이라고 알고 있는 그 인간의 의미와 그것의 가치 체계를 뿌리째 해체한다는 뜻이다."(243쪽)

그렇게 '뿌리째 해체'한 결과는 우리 일상인에게 도와 시정신과 아름다움에 대한 그리움에서 영원히 헤어날 수 없게 한다. 그것은 단 한 번의 결과로 끝날 수 없는, 영원한 생성의 문제이기 때문이다. 인간의 일상은 '태초의 시간' 이래 그러한 운명에서 벗어나지 못한 것이다. 신이 아닌 우리 인간의 차원에서 그것이 비극이라면 비극이다. 우리에겐 마음 놓고 그리워 할 일밖에 더 이상 허락된 바가 없다.

5. 천지의 마음 앞에서 적연부동寂然不動하며
　생명의 소리를 들으며

의미 체계를 뿌리째 해체한 상태란 저자가 앞에서 제시한 허정의 세계와 무관하지 않을 것이다. 그러한 세계에 이르러 천지의 마음이 열릴 것은 당연한 이치이다. 그렇다고 시를 읽고 쓰는 일에서 언어를 포기할 어떤 특별한 방법이 있는 것도 아니다. 술어를 생략한다느니, 의미를 해체한다느니 따위의 몇몇 방법들이 시도될 수 있다는 것뿐이다. 그러한 방법 자체가 문제가 아니라, 그것들을 통한 본원성의 생성이 문제라는 사실은 앞에서 생각한 대로다. 그래서, "시의 말을 바르게 알아듣기 위해서는 무엇보다 먼저 천지의 마음을 알지 않으면 안 된다"(253쪽)라는 전제가 성립될 수 있다. '천지의 마음을 알자니' 엄청난 일이 아닐 수 없다. 저자의 표현대로 '귀신의 조화' 차원이 아니면 그런 일은 불가능할 것이다.

저자는 이러한 천지의 마음과 언어와 시의 관계를 『서포만필』에서 끌어내고 있다. "사람의 마음이 입에서 나온 것이 말이고, 말이 절주節奏가 있으면 가歌, 시詩, 문文, 부賦가 된다. 사방의 말은 비록 같지 않으나 진실로 말을 잘할 줄 아는 자가 각기 그 말로써 절주하면 모두 천지를 감동시키고 귀신과 통할 수 있다"가 그 부분이다. 이에 대한 저자의 해설은 다음과 같다. "김만중은 인간의 말이 절주를 얻으면 시가 되고, 그 절주로 인하여 좋은 시는 천지와 귀신을 감동시킬 수 있다고 말한다. 절주란 결국 음양 운동의 질서 정연한 길, 즉 도에 불과하다. 시가 그 도를 따라서 생성되면 천지의 도와 합일하게 되는 것이므로 천지와 귀신을 감동시킬 수 있는 것은 정한 이치다. 감동이란 어떤 것의 상象을 느끼게 되면, 그 상의 움직임과 하나가 되어 마음이 같이 움직이는 것을 뜻하기 때문이다. 그런데 여기서 말하는 귀신이란 무엇인가. 귀신이란 다름 아니라 보이지 않는 음양 이기가 절도 있게 움직이는 모습을 이르는 말이다"(258쪽)라는 터다.

시적 상상력은 이러한 절주와 귀신의 조화이며, 그 상상력과 조화에서 시가 생성된다는 게 저자의 논리이다. "시적 사유는 심상 사고이며, 심상 사고는 상상이고, 상상은 귀신의 조화이며, 귀신의 조화는 음양 이기의 운동이다. 시는 결국 궁극적 생성의 본체인 태극의 작용, 즉 음양 이기의 조화에 의해서 생성된 하나의 생성자에 불과하다. 따라서 시가 어떻게 생성되는지 알기 위해서는 귀신의 조화, 즉 음양 운동의 원리와 그 변화의 양상을 알지 않으면 안 된다"(26쪽)라는 관계를 설정한 것이다.

저자는 이러한 시의 생성 원리를 음양오행의 생성 원리에 병행시켜 규명하고 있다. 물론, 그 기저는 천지의 마음에 고개 숙이는 적연 부동한 상태에 두고 있다. 그러한 상태에서도 오행은 사계의 절주에 따라 양기가 굴신하며 율려 운동을 하듯 끊임없이 율려를 지속한다는 것이다. 이는 대화작용對化作用, 변극원리變極原理, 자화작용自化作用에 의해 "천지의 마음의 귀신이 절도 있게 움직이는 모습"(272쪽)을 드러내 주고, "이 귀신의 운동은 사람의 마음이 천변 만화를 일으키며 움직이는 모습으로 그대로 이어진다"(272쪽)는 것이다.

그러니, 시의 생성 원리가 그러한 마음과 일상 의미의 역설적 생성 구조에 서 있을 수밖에 없다. 의미에 의해서 인간은 "자신의 내면에 있는 진정한 현실로부터 추방"(277쪽)되기 때문이다. 그러한 마음이란 인간의 본성인 바, 율려 운동의 중심인 '토土'를 주체로 삼아 인간이 생성되었기 때문에 인간이 바로 그런 천지의 마음이고 소우주라는 것이다. 그런 본성, 즉 소우주의 질서를 회복하고자 하는, 즉 '자신의 내면에 있는 진정한 현실을 되찾고자' 하는 일이 바로 일상 의미를 거부하는 시적 열망이다.

그러므로, 이 시적 열망은 문명, 문화 차원에서 욕망의 의미와는 반대이다. "문화, 문명은 글자 그대로 의미화, 또는 의미의 밝게 드러남을 말하는 것에 불과하다. 다시 말하면 자연과 현실을 의미화 하였다는 뜻이다."(286~287쪽) 문명사회에서 문화란 "불안의 산물"(287쪽)이다. 그래서, "모든 인간적 재앙은 자아의 의미화 운동으로부터 비롯"(288쪽)된다는 것이다. 시적 열망은 자아를 한 의미로 고착시키는 게 아니라, 자아를 끊임없이 회복 생성해 천지의 마음으로 향하게 한다. 그 절주의 순간순간은 새로운 생명이 싹트는 자유의 시간이다. 시인은 의미의 고착화 대신 그런 생명의 소리에 귀 기울인다.

그런 생명의 소리는 '음양오행의 상동 구조相動構造'에 따라 다르게 형상화된다는 것이다. 상동 구조란 '음양오행이 고정되어 있지 않고 끊임없이 생성 변화하면서 불가분리의 상관 구조를 유지하고 있는 유기적인 상관구조 속에서 부단히 생성 변화되는 역동적인 생성 구조를 말한다.'(292쪽) "목, 화는 양으로, 금, 수는 음으로 수렴되어 상호 생성하면서 결국 무극이태극으로 수렴된다"(306쪽)는데, 토가 그 중심 역할을 한다는 것이다. 저자는 그런 토성土性의 시적 형상화의 예로 한용운의 시들을 들고 있다. "목은 계절적으로 봄이고 기가 굴신하는 생장 수장生長收藏, 즉 낳음, 자람, 거둠, 간직함의 네 단계 중 낳음에 해당한다"(315쪽)는데, 이런 목성木性의 시적 형상화는 김소월의 시들에서 이루어진다는 것이다. "화는 계절적으로 여름에 해당하고 기가 굴신하는 낳음, 자람, 거둠, 간직함의 네 단계 중 자람에 해당한다"(325쪽)는데, 저자는 이런 화성火性의 시적 형상화의 예로 서정주의 시들을 들고 있다. "금은 계절로는 가을이고 기가 굴신하는 과정으로 보면 양기를 음형 속으로 거두어들이는 단계다. 그러므로 양기는 내향하여 통일 응축되기 시작하고 생명 의지는 강인한 견인력과 결집된 굳건함을 보여 준다. 금의 외상은 분열, 조락, 갈등, 그리고 악의 힘이 지배하는 반생명적 상황을 암시한다"(333쪽)는 것이다. 이 금성金性의 시적 형상화에 해당하는 시인으로 유치환, 김현승이 분석되고 있다. "수는 계절로 겨울이고 기가 굴신하는 과정으로 보면 양기가 극한점까지 수축 응고되는 단계다. 그러므로 생명력은 음양의 핵심에서 극도로 응축되어 삶과 죽음이 미분된 상태까지 이르게 된다. 그리고 극도로 압축된 그 양기는 때가 되면 반동하여 새로운 생명력으로 용출된다. 양기가 가장 강하게 압축 통일되어 있는 상태가 바로 겨울의 수기水氣다. 겨울은 반생명적인 음기가 가장 맹위를 떨치는 시기이므로 수의 외상은 극도의 분열, 파멸, 죽음, 냉혹함 등을 상징한다"(342쪽)는 것이다. 이 수성水性의 시적 형상화의 전형으로 이육사의 시들이 분석된 터다.

6. 하늘에서 시를 받으며

그렇게 생명의 소리를 듣는 순간이란, 천지의 마음 앞에서 적연 부동하던 마음이 어떠한 방향으로든 "일단 감응하여 가는 바가 있"(357쪽)다는 것을 뜻한다. 시인은 이를 "결국 언어로 표현"(357쪽)할 수밖에 없다. 그래서 역반지로의 길을 가야하고, 역설의 구조에 의존할 수밖에 없다는 차원은 앞서 논한 대로이다. 저자는 이 표현의 법을 <뜻>에서 찾고 있다. 『서경』의 "시는 뜻을 말한 것이고 가歌는 그 말을 읊조리는 것이고 성聲은 그 읊조림에 따르는 것이고 음률은 그 성과 어울리는 것이다"와 『시경』의 "시란 뜻이 가는 바다. 마음속에 있을 때는 뜻이라 하고 말로 나타내면 시가 된다"라는 차원에서 그렇게 하고 있다. <뜻>을 문명 차원의 의미로 굳히는 기법이 아니라 하늘의 마음을 향해 여는 법으로 받아들이고 있다. 물론, 그런 법 차원에서는 뜻도 말로 나타내는 일도 어울리는 것도 가는 일도 일여적으로 수렴된다 할 것이다. 그러니, 시인이 하늘을 향하여 말을 걸고 마음을 여는 일은 시를 쓰는 것이 아니고, 하늘에서 시를 받는 일이다. 그건 문명, 문화에 시달려 온 인간의 마음에 내재한 굳은 의미를 털어냄으로써, 도를 담을 빈그릇으로 만드는 일이기 때문이다. 저자는 이를 "성性은 하늘에서 나오고 재才는 기에서 나온다"는 『근사록』의 말과, "시가 천득이 아니면 시라고 부를 수가 없다. 천득이 없는 사람은 비록 독자의 마음과 눈을 놀라게 할 수 있더라도 종신토록 글을 쓴 성취가 함통咸通 연대의 제자諸子의 우맹優孟에 지나지 않는다. 비유하면 오색 비단을 잘라서 꽃을 만들면 빛나지 않는 것은 아니지만 생색이 있다고 할 수 없는 것과 같다"라는 홍만종의 『소화시평』의 일부를 인용하여 뒷받침한다. 결국, 저자가 생각한 좋은 시란 "시인이 말하는 것이 아니라 <뜻>이 말하는 것이고, 시인은 다만 그 <뜻>이 말할 수 있는 계기와 매개가 될 뿐이다. 시인은 <뜻>이 움직여서 찾아오기를 기다려야 하고, 그것이 찾아와서 건네는 말을 귀기울여 들어야만 한다"(372쪽)는 차원에서 절로 생성된 것을 말한다. 그것은 저자가 인용한 이규보의 오언 고시의 한 구대로 "뜻은 본래 하늘에서 얻은 것이라"에서이다. 또한, 그것은 공자의 사무사思無邪의 경지에 이른 상태라는 것이다.

저자는 이렇게 하늘에서 얻은 시를 '모본적母本的 시간'이라는 개념으로 유형화한다. 환원적還元的 시간, 선조적線條的 시간, 원환적圓環的 시간 유형이 그것이다. 환원적 시간 유형은 과거지향적 시간으로서 궁극적으로는 전일성을 지향하는 것으로서, 이는 우리 시에서 '님'이나 '고향'으로 형상화되었다 한다. 선조적 시간 유형은 강렬한 금기와 수기가 나타내는 미래 지향적인 것으로서, 이는 이육사의 시들에서 형상화되었다 한다. 원환적 시간 유형은 과거, 미래, 현재가 서로 하나로 포괄되면서 전동성을 드러내는 차원으로서, 이는 한용운의 시들에서 형상화되었다는 것이다.

시는 하늘에서 얻어지는 만큼, 이러한 유형들도 살아있는 생명체로서 끊임없이 상호 생성한다 할 것이다. 결국 우리는 우주와 생명과 시를 일여적으로 볼 수밖에 없다.

(작가연구, 1999.7 · 8호)

연보 및 저서

1945년 3월 21일 김해金海 김씨金氏 재남栽南과 영월寧越 신씨辛氏 옥순玉順을
부모로 하여 6남매 중 장남으로 전북 부안군 동진면 본덕리에서 출생.
이 곳에서 초등학교 5학년을 마치고 전주에서 하숙하며 완산국민학
교, 전주북중학교 졸업.

1961년 전주고등학교 2학년 때 휴학하고 전북 부안군 마포 앞 바다의 원불교
수양소인 하도荷島에서 1년간 독거.

1964년 전주고등학교 졸업. 전주 남고산성의 삼경사三擎寺에서 몽석실夢石室
이란 당호를 달고 1년간 독거.

1969년 경희대학교 문과대학 국어국문학과 졸업.

1970년 동아일보 신춘문예에 시 '방화' 당선. 육군 보병 입대.

1972년 10월 28일 달성達城 서씨徐氏 미원美源과 결혼.

1974년 한국일보 신춘문예에 시 '단식' 당선. 서울 연서중학교 교사 부임. 장남
호종昊鐘 출생.

1975년 경희대학교 대학원 국문학과 석사과정 졸업.

1976년 상명여사대 부속고등학교 교사 부임. 딸 나래 출생.

1981년 경희대학교 문과대학 강사로 부임. 월간문학 신인문학상에 문학평론
'도덕의식의 사물화' 당선. 9월에 경희대학원 박사과정 입학.

1985년 박사학위 취득하고 배재대학교 국어국문학과 조교수 취임.

1988년 역서『구운몽』(학원사) 출간.

1989년 배재대학교 국어국문학과 부교수 취임. 공저『문학의 이해』(시인사)
출간. 역서『삼국유사』(학원사) 출간.

1992년 제1시집『썩지 않는 슬픔』(창작과비평사) 출간.

1994년 배재대학교 국어국문학과 정교수 취임.

1995년 미국 미시간 주립대학 초청 공식 방문. 국제학술원(ISP) 위원으로 위촉됨.

1996년 교육부의 연구비 지원을 받고 경희대 민속학 연구소 교환교수로 연구.

1997년 공저『문학의 길』(한국문화사) 출간.

1999년 논저『도의 시학』(민음사), 『한국 현대시의 논리』(삼경문화사) 출간. 제2시집『나는 거기에 없었다』(시와시학사) 출간. 시집『나는 거기에 없었다』로 제4회 시와시학상 본상 수상.

2000년 논저『도와 생태적 상상력』(국학자료원) 출간.

2002년 공저『문학의 이해와 감상』(창과현)

2003년 제3시집『모든 돌은 한때 새였다』(시와시학사) 출간. 편저『한국 현대시 작품사』(창과현) 출간.

2004년 편저『한국 현대소설 작품사』1, 2(배재대 국문학회) 출간.

2006년 논저『새로운 道의 시학』(국학자료원) 출간.

2007년 제4시집『외눈이 마을 그 짐승』(문학동네) 출간.

2008년 전북 부안 변산으로 낙향하여 능가산 기슭 세설헌洗雪軒에서 산촌생활을 시작함. 제4시집『외눈이 마을 그 짐승』으로 제18회 편운문학상 본상 수상.

2011년 사설시집『거울 속 모래나라』(황금알) 출간. 제5시집『바람의 애벌레』(시학) 출간.

2012년 시론집『한국 현대시의 단면』(국학자료원) 출간. 시선집『모든 구멍은 따뜻하다』(황금알) 출간.

2012년 배재대학교 정년퇴임. 현재 배재대학교 인문대학 명예교수.

시집

『썩지 않는 슬픔』(창작과 비평사, 1992)

『나는 거기에 없었다』(시와시학사, 1999)

『모든 돌은 한때 새였다』(시와시학사, 2003)

『외눈이 마을 그 짐승』(문학동네, 2007)

『거울 속 모래나라』(황금알, 2011)

『바람의 애벌레』(시학, 2011)

『모든 구멍은 따뜻하다』(2012)

학술서

『도의 시학』(민음사, 1999)

『한국 현대시의 논리』(삼경문화사, 1999)

『도와 생태적 상상력』(국학자료원, 2000)

『새로운 道의 시학』(국학자료원, 2006)

『한국 현대시의 단면』(국학자료원, 2012)

『문학의 이해』, 공저(시인사, 1989)

『문학의 길』, 공저(한국문화사, 1997)

『문학의 이해와 감상』, 공저(창과현, 2002)

번역서

『구운몽』(학원사, 1988)

『삼국유사』(학원사, 1989)

편저

『한국 현대시 작품사』(창과현, 2003)

『한국 현대소설 작품사』 1권, 2권(배재대 국문학회, 2004)

외 대학교재 다수

연구서지

강정중 역편, 세계 시선집 11, 『한국현대시집』, 동경: 토요미술사, 1987.

강희안, 「엄격한 자유인의 초상」, 현대시, 2007, 11월호.

고봉준, 「위기를 넘어서는 운명의 언어」, 시와시학, 2000, 봄호.

고인환, 「성숙한 젊음의 몇 가지 표정」, 불교문예, 2008, 봄호.

고찬규, 「허공에 집 짓기, 아니 맨땅에 헤딩하기」, 현대시학, 2000, 2월호.

김 현, 「훈련과 극복」, 서울평론 11호, 서울신문사, 1974.

김교식, 「환상성의 체험과 두타행, 그리고 바람」, 시와 상상, 2004, 상반기.

김명환, 「김영석 시 연구」, 배재문학, 1997.

김석준, 「깨달음의 높이와 심연 −문자의 안과 밖」, 문학마당, 2005, 겨울호.

_____, 「꿈 알레고리와 여율의 변증법」, 문학마당, 2011, 겨울호.

_____, 「의식의 연금술: 환멸에서 깨달음으로」, 시와경계, 2012, 봄호.

_____, 「진정성에 관한 포즈」, 시와 정신, 2005, 겨울호.

김옥성, 「환상소설과 시의 실험적 결합」, 시와경계, 2011, 여름호.

김유중, 「도 · 역 · 시」, 문학청춘, 2012, 여름호.

김이구, 「허무에 이르지 않는 절망」, 오늘의 시 10호, 1993.

김재홍, 「시인정신과 외로움의 깊이」, 시와시학, 1999, 겨울호.

_____, 「평안의 시학을 위하여」, 문학사상, 2002, 12월호.

김현정, 「관상과 직관의 미학」, 시에, 2008, 여름호.

김홍진, 「선, 성찰, 상처의 풍경 」, 『부정과 전복의 시학 』, 역락, 2006.

_____, 「선적 상상력과 정신의 높이」, 한남어문학 30집, 2006.

남진우, 「별과 감옥의 상상체계」, 현대시, 1993.12.

박선경, 「결여를 획득하는 시어」, 시에티카, 2009, 창간호.

박송이, 「깊이와 높이의 시학」, −외눈이 마을 그 짐승−, 시와정신, 2008, 봄호.

박윤우, 「삶을 묻는 나그네의 길」, 시와시학, 1999, 겨울호.

박주택, 「언어와 인식의 형상으로서의 세계」, 현대시학, 1999.10.

박호영, 「텅 비어있음을 통한 일여적 통찰」, 시와문화, 2012, 봄호.

송기한, 「오랜 시간 속 신이 된 자리에서 흔적 찾기」, 시와 정신, 2004, 가을호.

_____, 「해체적 감각과 사물의 재인식」, 시와시학, 1999, 겨울호.

신덕룡, 「길에서 바람으로의 여정」, 『김영석 시의 세계』, 국학자료원, 2012.

신범순, 「맑은 거울을 향한 사색」, 『김영석 시의 세계』, 국학자료원, 2012.

_____, 「시인에게 울려오는 삶의 기호들」, 문학사상, 1999.10.

안현심, 「고원에서의 삼중주」, 유심, 2011, 여름호.

_____, 「텅 빈 고독과 우주적 전일성」, 다층, 2011, 겨울호.

_____, 「허정의 상상력」, 진안문학, 2010.

오세영, 「시적 진정성과 치열성」, 시와시학, 1999, 겨울호.

오홍진, 「이야기에 들린 시인의 노래」, 시와환상, 2011, 여름호(창간호)

유성호, 「언어 너머의 언어, 그 심원한 수심」, 『모든 구멍은 따뜻하다』, 황금
      알, 2012.

유종호, 「넉넉함과 독특한 호소력, 열정」, 시와시학, 1999, 겨울호.

이가림, 「사람다운 삶의 쟁취를 위한 시」, 녹색평론, 9호, 1993.3.

이만교, 「삶의 비극성과 비장미-<썩지 않는 슬픔>-」, 문예비전 51호, 2008.

이명재, 「탈식민주의와 한국의 전통비평」, 『문학비평의 이론과 실제』, 집문당,
      1997.

이문재, 「23년만에 첫시집 -썩지 않는 슬픔-」, 시사저널, 1993.1.21.

이숭원, 「절제의 미학과 비극적 세계인식」, 『현대시와 삶의 지평』, 시와시학
      사, 1993.

_____, 「정갈하고 신선한 이야기체 시형식」, 주간조선, 1993.1.2.

_____, 「존재의 확인, 존재의 부정」, 현대시학, 1999.10.

이승하 외, 좋은 시, 시안, 2001, 가을호.

이윤기, 「산이라면 넘어주고 강이라면 건너주마」, 시와시학, 1999, 겨울호.

이형권, 「바람의 감각과 실재의 탐구」, 『바람의 애벌레』, 시학, 2011.

이형기, 「종말론적 상상력과 현대적 감수성」, 현대문학, 1993.7.

임순만, 「외로운 시작의 따뜻함」, 『문학 이야기』, 세계사, 1994.

임지연, 「역사의 존재론적 현상학」, 미네르바, 2011, 가을호(43호).

정효구, 「고요의 시인, 침묵의 언어」, 『김영석 시의 세계』, 국학자료원, 2012.

조미호, 『김영석 시 창작법 연구』, 석사학위 논문, 단국대학교 대학원, 2008.

조운아, 「직관과 서정에 깃든 원융함」, 시와시학, 2011, 겨울호.

조재윤, 「시어의 통계적 분석」, 인문논총 9집, 배재대학교, 1995.

조해옥, 「낯설고 생생한 사물의 빛을 보다」, 서정시학, 2007, 여름호.

조희봉, 「시인 김영석」, cafe.daum.net/ecocafe, 2003.11.

채진홍, 「우주·생명·시를 찾아서」, 작가연구 7·8호, 1999.

최동호, 「삶의 슬픔과 뿌리의 약」, 『삶의 깊이와 시적 상상』, 민음사, 1995.

한　무, 「내려다보는 세상, 그 스산함과 적막함」, 배재신문, 1993.3.23.

호병탁, 「무문관 너머를 응시하는 형이상의 눈」, 시문학, 2012.4.5.

＿＿＿, 「존재와 소속 사이의 갈등」, 문학청춘, 2011, 여름호.

황동규, 「절망을 씨앗으로 환원하는 의지」, 동아일보, 1974.2.13.

필자 소개(가나다 순)

고봉준 · 문학평론가, 경희대 강사
고인환 · 문학평론가, 경희대 교수
김교식 · 문학평론가, 서원대 강사
김석준 · 문학평론가, 서울대 강사
김옥성 · 문학평론가, 단국대 교수
김유중 · 문학평론가, 서울대 교수
김이구 · 문학평론가
김현정 · 문학평론가, 세명대 교수
김홍진 · 문학평론가, 한남대 교수
남진우 · 시인, 명지대 교수
박선경 · 시인, 숭의여대 강사
박송이 · 시인, 한남대 강사
박윤우 · 문학평론가, 서경대 교수
박주택 · 시인, 경희대 교수
박호영 · 문학평론가, 한성대 교수
송기한 · 문학평론가, 대전대 교수

신덕룡 · 문학평론가, 광주대 교수
신범순 · 문학평론가, 서울대 교수
안현심 · 문학평론가, 한남대 강사
오홍진 · 문학평론가, 충남대 교수
유성호 · 문학평론가, 한양대 교수
이가림 · 시인, 인하대 교수
이만교 · 시인, 소설가, 한서대 교수
이숭원 · 문학평론가, 서울여대 교수
이형권 · 문학평론가, 충남대 교수
이형기 · 시인, 동국대 교수
임지연 · 문학평론가, 건국대 강사
정효구 · 문학평론가, 충북대 교수
조해옥 · 문학평론가, 한남대 강사
최동호 · 문학평론가, 고려대 교수
한 무 · 불문학자, 배재대 교수
호병탁 · 문학평론가, 원광대 강사

< 부록 >

제2시집 서문

관상시에 대하여

현관과 객관적 묘사

한국 현대시와 도

<부 록>

제2시집 서문

책머리에

문단에 나온 지 30년 만에 이제야 겨우 두 번째 시집을 내어 놓는다. 첫 번째 시집에서는 남이 쓴 해설 뒤에 후기라는 딱지를 달고 소회를 밝혔는데 이제는 굳이 그럴 일만도 아니라 생각되어 해설과 후기를 빼버리고 어줍잖으나마 책머리에 나서기로 했다. 얼마 전 어느 잡지에 몇 편의 시와 함께 발표한 짧은 글을 좀 보완하여 서문 삼아 여기 옮겨 적는다.

요즘은 하도 볼거리도 많고 장난감도 많아서 아이들이 재미삼아 그런 짓은 별로 하지 않을 것이다. 두 다리를 벌리면서 양손으로 발목을 잡고 상체를 반으로 접어 가랑이 사이로 뒤의 풍경을 바라보는 일 말이다.

나는 어렸을 적 성격이 내성적인 데다가 아주 한적한 시골에서 살았던 터라 늘 혼자 놀았다. 신나고 재미나는 일이 별로 없었다. 산길에서 개미들이 줄지어 기어 다니는 것을 앉은뱅이 걸음으로 한없이 따라다니다가 막대기로 개미집을 들쑤시거나, 양팔을 한껏 벌리고 비행기 날아가는 시늉을 하며 논두럭길이나 밭두럭길을 숨이 찰 때까지 내달리거나, 쥐구멍이란 쥐구멍은 죄 찾아서 오줌을 싸거나 돌멩이와 흙덩이로 꼭꼭 다져 메우는 일, 고작 그런 것들이 내가 할 수 있는 놀이의 전부였다. 그러그러한 시시한 놀이 끝에 나는 어느 날 우연히 가랑이 사이로 뒤의 풍경을 바라보는 놀이를 발견하였다. 그것은 실로 내게 있어서 기적 같은 신세계의 발견이라고나 할 만한 것이었다.

내가 동구 밖 언덕길에서 가랑이 사이로 우리 동네를 처음 바라보았을 때 나는 내가 지금 꿈을 꾸고 있는 것은 아닐까 하고 의심했다. 가랑이 사이를 통하여 거꾸로 보이는 마을은 분명 우리 마을이면서 분명 우리 마을이 아니었다. 늘 무심코 지나쳤던 낯익은 마을길과 버드나무가, 황토 흙 담과 초가지붕들이 생전 처음 보는 것처럼 너무나 생생하고 선명하게 다가들었다. 생생하고 선명한 만큼 생면부지로 낯설다는 것도 참으로 기묘하게 느껴졌다. 나는 몇 번이고 다시 일어나서 마을과 주위를 자세히 눈여겨 살핀 다음 가랑이 사이로 고개를 박았다. 거꾸로 보는 풍경은 볼 때마다 여전히 새롭게 빛을 발했다.

가랑이 사이로 풍경 보기는 그때부터 나만의 은밀한 놀이로 굳어졌다. 나는 내 주위에 있는 모든 사물들을 하나하나 거꾸로 바라본 다음에야 바로 그 새로운 모습을 내 왕국의 주민으로 등록해 나갔다. 길을 가다가도 동네 아저씨나 아주머니를 만나면 나는 얼른 뒤로 돌아서 가랑이 사이로 그들을 바라보았다. 이 우스꽝스럽고 해괴한 짓거리 때문에 나는 어른들한테서 심한 핀잔을 듣는 것은 물론 한동안 놀림감이 되어야만 했다. 그러나 나는 이 짓거리를 그 뒤로도 한동안 쉽게 포기하지 않았다.

그리고 거꾸로 보기에서 어렴풋이 깨달은 한 가지를 나는 나만이 아는 것으로 여기면서 은근히 스스로를 대견스럽게 생각했다. 그 한 가지란 텅 빈 허공을 보는 일이었다. 바로 서서 사물을 바라볼 때 내 눈은 사물에 사로잡히는 듯한 느낌을 받는다. 그런데 이상하게도 가랑이 사이로 사물을 바라보면 낯설고도 생생하게 빛나는 사물의 배후에 있는 공간이 압도할 듯이 다가오는 것이었다. 두 발을 땅에 딛고 바로 서서 눈길을 줄 때 눈길은 자연스럽게 지상의 사물에 가 닿거나 지평선을 향하지만, 가랑이 사이에 고개를 박고 거꾸로 바라볼 때 눈길은 자연스럽게 상향하여 드넓은 하늘을 보기 쉽다. 그런 때문일까. 거꾸로 보기에서 나는 사물들이 새롭게 보일 뿐만 아니라 그동안은 볼 수 없었던 허공을 <볼> 수 있다는 것을 깨달았다. 그리고 사물의 배후에 있는 그 공간이 바로 그 사물들을 낯설고도 생생한 빛으로 치장한다는 것도 함께 알았다.

이 어린 시절의 경험은 얼마 뒤에 거울 보기의 신선한 충격으로 이어졌다. 무심코 바라보던 거울에서 나는 어느 날 가랑이 사이로 보기에서 처음 느꼈던 그 기묘한 느낌을 똑같이 받고 깜짝 놀랐다. 거울은 좀 더 극적이었다. 거울 속에서는 왼쪽과 오른 쪽이 바뀌어 있었다. 나는 거울에 내 모습을 비치기 전에 텅 빈 거울의 면을 바라보다가 갑자기 내 얼굴을 거울 앞에 디밀고는 했다. 그럴 때마다 말끔하게 비어있던 거울의 공간이 내 얼굴을 호동그라니 받들어 보이고는 했다. 그것은 마치 아무것도 비치지 않은 거울의 빈 공간이 순간순간 내 얼굴을 기적처럼 만들어 내는 듯한 느낌을 주었다. 그 뒤로 나는 조그만 손거울을 들고 다니면서 주위의 모든 사물들과 풍경들을 비추어 보는 놀이에 한동안 빠져들었다. 심지어는 손거울로 뒤를 비쳐 보면서 뒤로만 걷는 일에 열중하기도 했다.

가랑이 사이 보기나 거울 보기가 사람의 말과 비슷하다고 느낀 것은 내가 나이가 들고 난 훨씬 뒤의 일이다. 내가 처음으로 시라는 것을 끄적거리기 시작할 때 나는 말도 거울과 비슷하다는 것을 알았다. 말 속에 담겨진 풍경이나 사물들은 실제보다 더 생동하고 빛나는 듯했다. 그러나 말과 사물은 미묘하게 어긋나 있다. 가랑이 사이의 구도와 거울의 반사 구도가 자기주장을 하듯 말의 의미도 자기주장을 하면서 사물을 담아내는 것이다.

가랑이 사이 보기나 거울 보기에서 텅 빈 공간이 사물을 생동하게 하듯이 말 또한 마찬가지다. 말의 의미는 아무것도 의미하지 않는 무의미가 빛을 내게 하는 것에 불과하다. 정면으로 말의 의미에만 사로잡힐 것이 아니라 가랑이 사이 보기나 손거울을 이리저리 조정하여 보듯 의미의 굴절과 반사를 만들어 내는 무의미를 함께 보는 일, 그것이 필요하다고 나는 생각하게 되었다.

시 쓰기란, 물론 다 그렇다는 것은 아니지만, 말과 사물이 미묘하게 어굿난 그 틈으로 들어가는 일, 그 틈을 가능한 한 넓게 벌리는 일, 그 틈으로 무한대의 공간과 무량한 고요를 체험하는 일, 그래서 눈에 보이는 사물이나 말의 의미에만 매달리지 않고 자유롭게 살게 하는 일, 일종의 그런 것일 수도 있지 않을까. 가뜩이나 요즘처럼 사람들이 <없음의 있음>이나 <있음의 없음>을 까마득히 잊어버린 나머지 있음과 없음, 이론과 실천, 미학적 영역과 비미학적 영역, 구상과 추상, 의미와 무의미, 자아와 세계, 존재와 언어, 음성주의와 문자주의, 책과 텍스트 등등 무수한 분열과 대립을 초래한 마당에 그러한 시 쓰기는 불가피하게 요청되는 것일 수도 있지 않을까.

나는 바로 위에서 열거한 대립항들이 동양의 사유 전통에 따라 일여적一如的인 것이라 생각한다. 다시 말하면 그것들은 하나이면서 둘이고 둘이면서 하나이다. 그것들은 상호 순환적이고 상호 생성적이다. 그래야만 생명과 존재와 자유가 하나가 되어 살 수 있다. 옛사람은 말하기를 '사람은 진실로 천지의 마음이다', '말과 글이야말로 천지의 마음이다'라고 했다. 이러한 일여적 사유가 아니면 무수한 대립과 분열을 초래하고 생명과 삶의 세계를 황폐화시킨 오늘날의 기술적 이성의 일방적 횡포로부터 벗어나기는 매우 어렵다고 나는 생각한다.

이런 까닭에 나는 나의 시가 공空과 존재와 언어의 일여적 순환과 생성 속에서 태어나 생명과 존재와 자유와 하나가 되기를 희망한다. 그러나 희망이란 희망으로만 남거나 그 배반이 되기가 얼마나 쉬운 일이던가.

1999년 8월 27일
청계산 기슭 삼가재三可齋에서, 김 영 석
(시집 『나는 거기에 없었다』, 시와시학사, 1999)

관상시에 대하여

관상觀象은 상象을 직관한다는 뜻인데 주역周易의 방법이기도 하다. 그래서 주역 철학을 관상 철학이라고도 한다. 또 한편으로 동양의 시적 전통에서는 시 작품을 평할 때 흔히 기상氣象이 늠연하다느니, 기상이 보이지 않는다느니 하는 말들을 하는데, 이러한 표현에서 알 수 있는 바와 같이 상, 즉 기상이란 것은 시에서도 전의적轉義的으로 매우 핵심적인 개념이 되어 있다.

동양의 철학과 시는 상을 직관하는 것을 중시하는 전통이 있고 서양의 철학과 시는 의미의 사고를 중시하는 전통이 있다. 한 쪽은 직관의 길이요 다른 쪽은 사고의 길이다. 상과 직관은 일차적이고 자연적인 것이요 의미와 사고는 이차적이고 문화적인 것이다.

그런데 오늘날은 사고의 힘이 일방적으로 지배하는 상황이 되었다. 그 결과 의미의 지적 조작에 의해 무수한 이데올로기가 생산되어 세상은 갈등과 투쟁이 그치지 않게 되고 과실재hyperreality와 과공간hyperspace이라는 유희적 세계가 난무하게 되었다. 심지어는 이른바 순수 모조pure-simulation까지 등장하는 바람에 도대체 무엇이 현실이고 초현실인지, 무엇이 참이고 거짓인지 신조차 알 수 없는 지경이 되어버렸다.

이러한 상황에서 참다운 현실 혹은 자연으로 돌아가고자 하고, 사고의 인위적이고 지적인 조작으로부터 직관의 자연적인 본능으로 회귀하고자 하는 반동이 생기는 것은 지극히 당연한 일이다. 바로 여기에서 동양의 시적 전통에 따라 상의 직관을 위주로 하는 관상시가 요청되는 것이다.

상이란 기氣가 움직이는 모습, 즉 기상氣象이다. 기는 우주의 본체라고도 할 수 있는 것이므로 이 세상의 모든 존재와 현상은 기의 생성이 아닌 것이 하나도 없다. 그럼에도 불구하고 기가 움직이는 모습은 볼 수가 없다. 우리는 다만 기가 움직여 생성한 사물과 현상을 볼 뿐이고 그 사물과 현상의 구체적인 움직임을 통해서 기의 움직임을 느낄 수 있을 뿐이다. 그래서 상을 구체적 동작과 구별하여 순수 동작이라 부르는데 우리말의 <짓>과 같은 뜻이라 할 수 있다. 예컨대 손짓, 발짓, 눈짓 등 구체적 동작 속에서 우리는 상이라는 순수 동작 즉 짓이 나타나고 있음을 알 수 있다. 예컨대 싹을 보면 위로 솟으려는 기운을 느끼게 되고 기쁜 일이 있는 사람한테서는 밝게 피어나는 기운을 느끼게 되는데, 바로 이 느껴지는 기의 움직임, 즉 기운이 짓이요 상이다.

기는 자연이다. 기는 사람을 포함하여 천지만물을 생성하면서 처음도 끝도 없이 자연 전체에 일관하여 흐른다. 사람의 마음도 이 생성의 정점에 있는 기의 산물인 것은 더 말할 나위가 없다. 따라서 몬物과 몸身과 마음心은 불연속적인 것이 아니라 연속적인 것이다. 이 연속성 때문에 우리는 자연 혹은 상을 직관할 수 있게 된다.

직관이란 곧 느낌이다. 느낌은 두뇌의 사고를 통해서 간접적으로 이루어지는 것이 아니라 직접적인 몸의 접촉을 통해서 이루어진다. 다시 말하면 느낌은 가슴이나 창자와 같은 내장 기관의 앎과 같은 것이다. 그러므로 느낌은 모호하고 무정형적인 것이기는 하지만 사고에 의해 자연을 왜곡하기 이전의 가장 확실한 앎이라 할 수 있다.

그런데 사람의 마음은 상을 직관하는 자연적 차원에만 머물러서는 만족할 수가 없다. 상은 결국 지각과 의식의 여러 단계를 거치면서 변성되고 분절된 기호적 의미 속에 정착하게 된다. 이리하여 사람의 마음은 기호적 의미를 가지고 사고의 길을 걷게 되면서 문화적 차원에서 작동하기 시작한다. 자연을 문화로 교체하여 살 수 밖에 없는 것이 인간의 숙명인 것이다. 사람은 이제 사고에 익숙해진 만큼 직관의 힘은 쇠미해져서 직접 자연으로 돌아가 거듭거듭 생신하여 나올 수 있는 일이 어려워졌다.

상을 직관하자면 사고의 길이 생성된 과정을 역순으로 더듬어 내려가 의미의 뿌리를 파고 들어가야 한다. 후기 구조주의 철학자 들뢰즈는 의미의 뿌리를 파고 들어가다가 이른바 명제 안에 존속하는 순수 사건을 최종적으로 발견했는데 이것은 일견 직관의 대상인 상과 비교적 흡사한 것으로 생각된다. 그러나 이 순수 사건이 문법적으로 부정법의 차원에서 언표되는 것인 한 구체적 의미로 분화되기 이전의 순수 의미는 될지언정 상과는 근본적으로 차원이 다른 것이다. 상이라는 순수 동작은 순수 의미 이전의 분절되지 않은 자연으로서 직관의 대상일 뿐이고 순수 의미는 어디까지나 의미인 만큼 의식 공간에서 분절된 것으로서 사고의 대상일 뿐일 수밖에 없기 때문이다.

따라서 우리가 직접 자연 또는 실재가 나타난 현실을 보자면 '몬—몸—마음'의 연속성 속에서 마음과 자연의 접촉점인 몸을 주목할 수밖에 없다. 몸은 감각과 직관의 원천이다. 잘 알려진 바와 같이 원시인과 어린이의 심성의 본질적 특징은 감각과 직관의 기능이 압도적이라는 데에 있다. 그리고 융에 의하면 개체발생학적으로나 계통발생학적으로 사고와 감정은 이 감각과 직관으로부터 파생된 것이라 한다.

이와 같은 까닭에 융은 인간 정신의 네 가지 기능을 좌표화하면서 사고-감정의 대극을 수직축으로 놓고 감각—직관의 대극을 수평축으로 하여 십자가 모양으로 교차시키고 있다. 비합리적 기능인 감각—직관은 자연과 접촉면을 이루면서 수평적 넓이를 형성하고, 이로부터 파생한 합리적 기능인 사고—감정은 자연과의 접촉을 버리고 수직적인 깊이를 형성한다. 이 수직적 깊이에서 인간의 지적 조작이 일어나고 인위적인 문화가 일어나면서 자연과 멀어지게 되는 것이다.

이 좌표를 바르트의 기호 모형에 비교해 보면 그 의미가 좀 더 뚜렷해진다. 바르트의 모형에서 1차 기호는 기표와 기의가 결합하여 지시적 의미를 형성하는 객관적 수준의 단계다. 이 수준의 언어를 언어−현실language−realities이라 하고, 이 수준의 기호가 전달하는 이미지를 기호학자들은 흔히 날 이미지raw image라고 부른다. 그런데 이 1차 기호가 다시 하나의 기표가 되면서 새로운 기의와 결합하게 되는데 이 단계를 2차 기호라 한다. 그러니까 2차 기호는 객관적 수준의 1차 기호가 주관과 문화의 렌즈를 통과하면서 굴절한 결과 형성된 함축 의미의 체계라 할 수 있다. 동일한 방식으로 2차 기호는 또 다른 함축 의미로 굴절하면서 3차 기호로 발전한다.

여기서 1차 기호인 언어−현실의 수준은 융의 감각−직관의 수평축에 대응하고, 2차 기호부터는 사고−감정의 수직축에 대응한다고 볼 수 있다. 수평축은 자연 혹은 현실과 접촉면을 형성하는 환유적 결합축이고 수직축은 자연 혹은 현실로부터 멀어지면서 인위적 문화가 형성되는 은유적 계열축이다.

바르트는 이런 까닭에 2차 기호부터는 신화라고 말한다. 그런데 이 주장은 기호학적 모형을 전제하고 있다는 점에 유의해야 한다. 엄밀히 말해서 인간의 심성론적 측면에서 본다면 유아적 원시 심성의 특성을 지닌 감각−직관이 이데올로기의 전 단계인 신화의 상像을 인식시키기 때문이다. 따라서 1차 기호가 형성되기 이전으로부터 1차 기호에까지 근본적으로 신화는 침투되어 있다. 다만 이 경우의 신화는 자연적인 것이라는 점에서 2차 기호의 그것과 구별된다. 2차 기호부터는 합리적 기능인 사고−감정에 의해서 인위적이고 능동적으로 신화가 구성되기 때문에 바르트는 기호학적 관점에서 바로 이 단계부터 신화라고 말했던 것이다. 어쨌든 바르트 식으로 말한다면 모든 문장은 신화인 셈이다. 그리고 이 단계의 신화는 분화된 사고−감정이 능동적으로 작동하여 형성한 이데올로기와 언제나 같이 가는 것이므로 또한 모든 문장은 이데올로기의 운반체인 셈이기도 하다. 신화와 이데올로기가 난무하면 할수록 자연과 현실은 왜곡 날조되고 갈등과 투쟁은 확대 심화될 수밖에 없다.

지금까지의 설명에서 대강 알 수 있듯이 결국 관상시가 겨누고 있는 것은 신화와 이데올로기를 가능한 한 걷어내고 자연과 현실을 있는 그대로 보자는 것이다. 자연과 현실을 마주하고 조용히 관상하자는 것이다. 그렇게 하자면 우선 사고-감정의 수직적 깊이를 최소한으로 축소하고 감각-직관의 수평적 넓이를 극대화해야 한다.

그런데 인간의 정신 기능은 서로 상보적 관계에 있기 때문에 한 가지의 기능만 순수하게 작동하지는 않는다. 사고, 감정, 감각, 직관 등이 서로 다소간에 섞이기 마련이다. 예컨대 직관적 사고와 같이 두 기능이 섞이게 되는 것이다. 그러므로 아무리 감각-직관 차원에서 대상을 바라본다고 해도 사고와 감정의 수직적 깊이가 완전히 사라질 수는 없는 것이다. 그리고 내향적 감각이나 내향적 직관의 경우는 주관적 현실이나 정신 세계의 영상이 나타나기 때문에 일견 초현실성을 띠기도 한다. 따라서 감각-직관의 수평축이 극대화되는 데 비하여 사고-감정의 수직축이 얼마나 능동적인가 수동적인가 하는 구별이 중요하다. 관상시에서는 사고와 감정은 언제나 수동적이다.

결론적으로 말하자면, 관상시란 눈에 보이는 것이나 의미만을 가지고 너무 생각하지 말고 눈에 보이는 것 너머의 그리고 의미 이전의 보이지 않고 개념화되지 않는 움직임, 즉 상을 느껴보자는 것이다. 상은 느낄 수밖에 없는 것이고 느낌이야말로 개념과 달리 모호하지만 가장 확실한 앎이기 때문이다. 또한 동시에 인식론적 측면을 떠나서라도 시적 감동은 물론이고 모든 예술적 감동에 있어서 그 '감동感動'이란 결국 감각-직관의 느낌과 섞여져 있는 미분된 감정에 불과하기 때문이다.

(시집 『외눈이 마을 그 짐승』, 문학동네, 2007)

<부 록>

현관玄關과 객관적 묘사

1. 머리말

공자는 만물의 근원인 일자一者에 해당하는 도道 또는 태극太極을 그림을 그리는 흰 비단, 즉 '흰 바탕'에 비유하고 바로 그 '흰 바탕'이 시정신임을 암시한 바 있다.[1] 일자는 만물의 존재와 형상으로 나누어지기 이전의 모습이므로 순연히 통일된 무無의 모습, 즉 절대무이자 상대무인 모습으로 드러나고, '흰 바탕'은 아직 선과 색채에 의하여 어떤 존재나 형상을 드러내지 않고 있으므로 그것 역시 무의 모습에 상응하는 것이라 할 수 있다. 어떤 대상적인 존재나 형상으로 드러나기 이전의 '흰 바탕'인 태극은 우리의 감각을 초월한 형이상자이므로 구체적으로 감지되지 않는다. 이것이 태극이 지닌 초월성이며, 아직 오채와 형상으로 나누어지고 구분되지 않았으므로 그 순수한 '흰 바탕'의 초월적인 미분성을 일컬어 태극의 전일성全一性이라고 부른다.[2]

'흰 바탕'은 스스로 자신의 모습을 드러낼 수 없지만, 선과 색채에 의하여 일정한 구도 속에 구체적인 사물의 존재와 형상이 그려질 때, 그것은 비로소 무한한 가능성 속에 열려 있는 가능태로서의 자신의 편모片貌

---

1) 『논어』, 「팔일」.
2) 김영석, 『도의 시학』, 민음사, 1999, 113~115쪽 참조.

를 그 사물의 존재와 형상을 통해서 드러내게 된다. 그림 그리는 일에서 '흰 바탕'이 구체적인 사물의 형상을 통하여 자신을 실현시키는 것과 같이 초월적 미분성인 태극도 음양 이기로 분화되어 천지만물 속에 내재되면서 비로소 그 만물을 통하여 감각적인 존재로 나타나게 된다.

그림에서 온갖 색채와 형상들이 자신의 배후에 자신의 존재근거로서의 '흰 바탕'을 공통적으로 지니고 있듯이, 현상적으로 구별되는 천지만물 역시 본질로서 내재된 하나의 태극을 공통적으로 지니고 있다. 그리하여 이 공통된 하나의 태극을 통하여 만물은 서로 다르면서 궁극적으로 같다고 하는 역설적 동일성을 획득하게 된다.

요약컨대 태극이 음양 이기로 분화되기 이전의 초월적 미분성을 일컬어 전일성이라고 한다면, 태극이 음양 이기로 분화되어 만물을 이룬 다음에 그 태극의 내재성에 의하여 야기되는 역설적 동일성은 전동성全同性이라고 부를 수 있는 것이다.[3] 회화에서 '흰 바탕'과 오채五彩의 형상을 본질적으로 분리할 수 없는 것과 같이 태극의 초월성과 내재성은 근원적으로 분리하거나 구별할 수가 없다. 다시 말하면 태극의 본질이 초월성이면서 내재성이라고 하는 사실, 즉 태극의 '초월적 내재성'이 전동성을 야기한다.

전동성은 만유에 내재되어 있는 태극, 즉 일리一理에 의해서 발생되는 역설이다. 그러나 역설은 그 일리 때문에 '둘이면서 하나'라고 말하면서도 무게의 중심은 '둘'에다 두고 있는 논리라고 할 수 있다. 그런데 무게의 중심이 '둘'로부터 '하나'로 옮겨지면 역설적 상이성相異性의 감각이 지워지면서 동일성의 감각이 나타난다. 이와 같이 둘 사이의 일리로 말미암아 발생하는 동일성을 일컬어 자기일체성自己一體性이라고 말한다.[4]

---

3) 위의 책, 같은 쪽 참조.
4) 태극이라고 하는 근원적 일자, 혹은 '우주적 자기'가 만유로 분화되어 전동성이 성립되었으므로 주체와 객체는 궁극적 동일성을 이루게 된다. '자기일체성'이란 시적 자아가 객관세계 속에서 직관하는 이러한 동일성을 일컫기 위하여 필자가 만든 용어이다.

다시 말하면 자기일체성은 전동성의 역설 안에서 일어나는 동일성이다. 역설을 전제하고 있는 동일성이므로 이것 역시 근본적으로 역설일 수밖에 없는 것이다.

천지만물이 음양 이기의 생성물이며, 그 생성물들이 수水가 화火가 되고 화가 수가 되는 굴신왕래屈伸往來의 생성운동을 지속하고 있다면 근본적으로 이것과 저것, 그리고 주관과 객관은 일체일 수밖에 없다. 이와 같은 생성논리 속에서 시적 자아는 자기일체성을 발견하게 되고 시적 상상력의 본질이라 할 수 있는 친화감을 낳게 된다. 바꾸어 말하면 '세계와의 만남'은 '자기와의 만남'이 되는 것이다. '자기와의 만남'이 바로 친화감의 본질이다. 상상력은 언제나 이와 같은 친화감 혹은 동일성을 지향하여 움직인다. 이런 의미에서 전동성은 역설의 근원이 될 뿐만 아니라 상상력의 원리가 되는 것이라고 할 수 있다.

그런데 전동성과 자기일체성을 드러내면서 생성하고 있는 실재세계는 일상적 현실세계와 서로 괴리되어 있고 어긋나 있다. 왜냐하면 일상적 현실 혹은 의식意識은 언어의 의미체계와 그 논리를 바탕으로 하고 있기 때문이다. 즉 존재와 의미의 어긋남이고 생성과 논리의 갈등이다. 바로 여기에서 자기일체성이 빚어내는 시적 인식의 몇 가지 특이한 양상이 발생하게 된다. 그것은, 첫째는 시적 인식에 있어서 실재에 대한 전언어적前言語的 요해了解의 감각이고, 둘째는 이 요해감과 관련된, 언어 혹은 의미의 거부와 수용이라는 일종의 언어의 해석학적 역설의 문제이다.5)

김시습은 일찍이 시적 인식에 있어서 이와 같은 실재에 대한 전언어

---

5) '요해'는 필자가 의도하는 한정된 개념을 나타내기 위하여 채택한 용어이다. 자기일체성 때문에 '세계와의 만남'은 곧 '나와의 만남'이 되는데, 여기에서 실재세계에 대한 직관적 이해가 이루어진다. 그 이해는 유기적이고 내적인 관련에서 이루어지는 것이므로 전체적이며, 실재세계에 대한 직접성을 띠고 있으며, 실재세계에 대한 선험적 이해의 신비감을 수반하게 된다. 그것은 실재와 하나로 융합되어 있어서 본질적으로 전언어적이다. '요해'는 바로 이와 같이 자기일체성에서 비롯되는 실재세계에 대한 직관적 이해의 함축성을 뜻한다. '요해', '요해감', '요해성' 등으로 쓰인다.

적 요해성을 '현관'이라는 말로 날카롭게 지적한 바 있다.[6] 이 글의 목적은 바로 김시습이 말하고 있는 '현관'을 도의 전동성에 비추어 그 의미를 좀 더 구체적으로 탐색해 보고자 하는 데에 있다. 그리고 그 '현관'을 드러내는 시적 전략은 크게 객관적 묘사의 양상, 문장의 술부 생략, 무의미의 활성화 등 세 가지의 방향이 가능하다고 볼 수 있는데, 여기서는 객관적 묘사의 양상에 한정하여 살펴보고자 한다.[7]

2. 전언어적 요해성과 현관

실재에 대한 전언어적 요해감은 사물을 직관하는 한 순간 그 사물들이 뒤집어쓰고 있던 일상적 상투적 모습이 벗겨지면서 그것들이 갑자기 '낯선 모습'으로 나타날 때 발생한다. 그러나 그것이 단지 비일상적인 낯선 모습일 뿐이라면 그것은 새로운 감각적 형상의 발견에 불과하고, 러시아 형식주의자들이 말하는 이른바 '낯설게 하기'라는 시적 기법의 한 과정에 지나지 않는다. 그러나 요해감에서 발생하는 그것은 낯선 모습이면서 동시에 낯익은 모습이라는 데에 그 특징이 있다.

사물의 낯선 모습은 일종의 신선한 경이감을 수반하기 마련인데, 그 경이감 속에서 직관의 주체는 낯선 모습이 낯선 것만이 아니라 이미 그것을 본래부터 명징하게 알고 있었다는 신비한 느낌을 아주 강렬하게 자각하게 된다. 이것이 바로 세계와의 만남이 나와의 만남으로 되는, 즉 외부의 사물이 내면의 심상으로 투명하게 인식되는 순간이고, 실재 세계에 대한 요해가 이루어지는 순간이다. 바꾸어 말해서 직관하는 순간 세계가 일상성을 탈각하여 그 현묘한 전동성을 내보이면서 자기 일체성

6) 김시습, 『매월당전집』, 성대 대동문화연구원 영인, 1973, 110~111쪽.
7) 김영석, 『한국현대시의논리』, 삼경문화사, 1999, 112~121쪽. 객관적 묘사와 무기無己 및 허정虛靜의 관계는 이 책을 참조할 것.

을 이룩하는 것이라고 할 수 있다. 그러므로 요해성은 주객 합일의 순간에 이루어지는 실재 세계에 대한 경험의 직접성이다. 따라서 요해성은 실재와 하나로 융합되어 있으므로 또한 전언어적이라고 말할 수밖에 없는 것이다.

김시습은 이와 같은 전언어적 요해성을 다음과 같이 이야기하고 있다.

> 객은 <시는 가히 배울 수 있다>고 말한다. 나는 이에 대답한다. <능히 전할 수는 없노라. 다만 그 묘한 곳妙處을 볼 따름이다. 성聲과 연聯이 있느냐고 묻지 마라. 산은 고요한데 들은 구름이 걷히고, 강은 맑은데 하늘에는 달이 오른다. 이 때 만일 뜻을 얻는다면 나의 시구에서 선仙을 찾아라.>

> 객은 '시는 가히 배울 수 있다'고 말한다. 나는 말한다. '시법은 찬 샘물과 같도다. 돌에 부딪쳐 우는 소리가 많고, 못에 차면 고요하니 시끄럽지 않도다. 굴원과 장자는 강개함이 많았으며, 위진은 점점 얽히고 어지러웠다. 심상한 격이야 선뜻 끊을 수 있어도 현묘한 곳玄關은 쉽게 말할 수 없도다.'[8]

위의 인용문에서 객은, '시는 가히 배울 수 있다'고 말하고, 김시습은 거기에 대해서 '능히 전할 수 없노라'라고 말한다. 이 문맥으로 미루어 본다면, 배운다는 것은 무엇인가 말로 전할 수 있을 때 성립될 수 있다는 뜻이다. 따라서 객은 시의 언어적 인식의 측면을 강조하고 있고, 김시습은 직관에 의한 실재 세계의 경험, 즉 전언어적 요해성을 중시하고 있다. 김시습이 능히 전할 수 없다고 말한 까닭은 시의 시다운 본질이 언어화 혹은 의미화를 거부하는 실재 세계에 대한 요해성을 드러내는 데에 있

---

8) 김시습,『매월당전집』, 성대 대동문화연구원 영인, 1973, 110~111쪽. <客言詩可學 余對不能傳 但看其妙處 莫問有聲聯 山靜雲收野 江澄月上天 此時如得旨 探我句中仙.> <客言詩可學 詩法似寒泉 觸石多鳴咽 盈潭靜不喧 屈莊多慷慨 魏晉漸拏煩 勒斷尋常格 玄關未易言.>

다고 믿고 있기 때문이다.

시 속에서 실재 세계에 대한 요해성이 드러나 있는 곳을 김시습은 인용문에서 보는 바와 같이 묘처, 선仙, 현관玄關 등으로 말하고 있다. 묘, 현, 선 등은 모두 도를 가리키는 말이다. 즉 도가 드러난 곳, 다시 말하면 실재 세계에 대한 요해성이 나타나 있는 곳이 바로 현관玄關이다.

이미 이야기한 바와 같이 전언어적 요해성은 주객 합일의 순간에 이루어진다. 주객 합일은 심여물명心與物冥의 상태다. 마음과 실재가 하나로 접합되고, 의식과 사물이 하나가 되어 양자의 경계가 현묘한 어둠 속으로 무너져 버린 자리, 바로 그 오묘한 접합점이 현관이다. 따라서 현관의 저쪽은 대상적 세계이고 현관의 이쪽은 주체적 의식이기 때문에 요해성은 순수한 의식도 아니고 순수한 물질도 아니다. 그것을 굳이 표현한다면 의식적 물질이면서 동시에 물질적 의식이라고밖에 할 수 없을 것이다. 그것 역시 또 하나의 역설이다. 그것이 존재 차원만도 아니고 의미 차원만도 아닌 역설이기 때문에 전언어적일 수밖에 없다.

현관은 전언어적이다. 김시습의 말과 같이 '다만 그 오묘한 곳을 볼 따름'이다. 현관을 통해서 우리는 비로소 실재 세계를 요해할 수 있다. 그러나 한편으로 김시습은 '현묘한 곳은 쉽게 말할 수 없다'고 하면서도 자신의 시구 속에서 '선仙을 찾아라'라고 말하고 있다. 이 말의 뜻은 의미화되지 않는 현관이 시의 언술 구조 혹은 의미 구조를 통해서 드러나 있다는 말이다.

전언어적인 현관이 어떻게 언어를 통해서 드러날 수 있다는 말인가. 이것은 엄밀히 말해서 언어의 의미가 완전하지 않다는 사실, 즉 비어있음을 전제하지 않으면 성립되지 않는 말이다. 바꾸어 말하면 의미는 그 자체 안에 무의미의 틈을 지니고 있을 뿐만 아니라 의미와 의미 사이에도 무의미의 틈이 있다는 말이다. 이와 같은 현상은 언어가 차이와 변별의 상대적 순환에 의해 의미를 갖는다는 말과 무관하지 않다. 이 무의미의 어둡고 깊은 틈이 존재하기 때문에 의미화되지 않는 현관이 의미를 통해서 드러날 수 있는 것이다. 의미가 지닌 무의미의 틈을 통해서 우리는 비로소 깊고 어두운 현관을 들여다본다.

언어의 의미와 무의미의 관계, 또는 현관과의 관계는 앞에서 설명한 바 있는 흰 바탕과 그림과의 관계와 같다고 할 수 있다. 흰 바탕이 여러 가지 형상에 대비되어 자신의 무한한 가능태를 드러내듯이, 형상이 자신의 존재 근거로서 흰 바탕을 지니고 있듯이, 현관은 여러 가지 의미의 틈을 통해서 의미화될 수 없는 자신의 모습을 드러내고, 의미는 오히려 무의미에 의해서 겨우 지탱되고 있다. 따라서 김시습이 '현묘한 곳은 쉽게 말할 수 없다'고 말할 때, 시는 본질적으로 현관을 드러내야 하는 것이며, 현관을 표현하고자 하는 한 시의 언어는 의미의 틈, 즉 무의미를 지향해야 하는 것임을 그는 매우 간명하게 표현하고 있는 것이다. 이런 점에서 시의 언어는 무의미의 바다에 간신히 떠있는 부표와 같다. 시인은 현관을 드러내기 위해서 의미의 틈을 될 수 있는 대로 극대화하지 않으면 안된다.

현관 혹은 전언어적 요해성과 언어적 의미의 관계를 좀 더 살펴보기 위해서 장자와 혜시惠施의 대화를 들어보자.

> 장자: 피라미가 조용히 나와 놀고 있으니 물고기의 즐거움이라.
> 혜자: 그대는 물고기가 아닌데 어떻게 물고기의 즐거움을 아는가?
> 장자: 그대는 내가 아닌데 어떻게 내가 물고기의 즐거움을 알지 못하는 것을 아는가?
> 혜자: 나는 그대가 아니니 물론 그대를 알지 못하고, 그대도 물고기가 아니니 그대가 물고기의 즐거움을 알지 못하는 것은 당연하다.
> 장자: 우리 근본으로 돌아가자. 그대가 나보고 '어떻게 물고기의 즐거움을 아느냐?'고 말한 것은 이미 내가 그것을 알고 있음을 그대가 알고 물어본 것이다. 나는 물고기의 즐거움을 호수濠水 위에서 알았다.[9]

---

9) 『장자』, 「추수」. <莊子與惠子遊於濠梁之上 莊子曰 儵魚出游從容 是魚樂也 惠子曰 子非

위의 대화를 자세히 보면 혜자는 주관과 객관을 엄격히 분별하고 있다. 그리고 그러한 태도는 언어적 의미에 의한 분석적 인식으로 이어지고 있음을 알 수 있다. 즉, '나는 그대가 아니니 물론 그대를 알지 못하고, 그대도 물고기가 아니니 물고기의 즐거움을 알지 못하는 것은 당연하다'고 말할 때, 혜자는 '나-그대', '그대-물고기' 등의 구별에서 보는 바와 같이 주객관을 분리하고 이것과 저것의 차이성을 강조한다.

분리되어 있는 주객관의 거리에서 언어는 비롯되고, 실재에 대한 언어의 간접성이 만든 공시적 구조내의 차이에 의해서 기호론적 언어의 의미는 작동하는 것이다. 엄격한 의미의 차이를 전제하고서야 언어의 논리는 성립된다. 혜자의 말과 같이 언어적 의미의 논리에만 의지한다면 끝내 세계는 추상적인 개념 외에 아무것도 아니게 되고 만다. 그것이 추상적 개념, 즉 뛰어넘을 수 없는 차이성에 의하여 분별되는 의미로 남아있는 한 우리에게 그것은 불가지의 그 무엇일 수밖에 없다.

그러나 혜자와 달리 장자는 '근본으로 돌아가자請循其本'라고 말한다. 여기에서 근본으로 돌아가자고 할 때의 그 순본循本은 순환적 생성의 근본으로 돌아가자는 말이다. 즉 언어의 의미를 떠나서 실재의 세계 혹은 도의 세계로 돌아가자는 뜻이다. 그렇게 되면 이것과 저것은 서로 다르면서 동시에 같다고 하는 전동성의 세계로 들어가게 되고, 전동성을 직관하게 되면 주관과 객관은 자기 일체성에 의해 합일되고 만다. 즉 세계와의 만남이 나와의 만남이 되고, 바로 거기에서 이른바 요해가 이루어지게 된다. 그래서 장자는 거두절미하고 '나는 물고기의 즐거움을 호수 위에서 알았다'고 간명하게 언급할 뿐이다.[10]

魚 安知魚之樂 莊子曰 子非我 安知我不知魚之樂 惠子曰 我非子 固不之子矣 子固非魚也 子之不知魚之樂全矣 莊子曰 請循其本 子曰 女安知魚樂云者 旣已知吾知之 而問我 我知之濠上也.>

10) 요해는 하나의 태극, 즉 만물에 내재한 하나의 이리를 전제하고서 성립되는 격물 치지 格物致知의 이치와 결국 같다고 할 수 있다. 그래서 맹자는 '만물이 모두 내 안에 갖추어져 있다萬物皆備於我矣'라고 말한다. 그런데 이것은 얼른 보아서 현상학적 해석학의

다음 공손용자의 유명한 말은 실재의 세계와 언어적 의미의 세계가 얼마나 극단적으로 분리되어 왜곡될 수 있는가 하는 것을 잘 보여주는 예라 하겠다.

> 흰 말은 말이 아니다. ……말이라는 것은 형形을 명명한 것이요, '희다' 고 하는 것은 색을 명명한 것이다. 색을 명명한 것은 형을 명명한 것이 아니다. 그러므로 흰 말은 말이 아니다.[11]

> 굳고 흰 돌을 셋이라고 할 수 있는가. 할 수 없다. 둘이라고 할 수 있는 가. 할 수 있다. 어째서 그러한가. 굳다는 데에서 흰 것을 얻을 수 없으니 그 든 것이 둘이요, 흰 것에서 굳은 것을 얻을 수 없으니 그 든 것이 둘이 다. 볼 때는 그 굳은 것을 얻지 못하고 흰 것을 얻으니 굳은 것이 없는 것이 요, 만질 때는 그 흰 것을 얻지 못하고 그 굳은 것을 얻으니 그 굳은 것을 얻는 데에 흰 것은 없다. ……그 흰 것도 얻고 그 굳은 것도 얻는 것은 보는 것과 보지 않는 것이다. 보는 것과 보지 않는 것은 분리되어 그 하나하나 가 서로 차盈 있지 않다. 그러므로 분리되어 있다.[12]

'의미'와 '전이해'가 구성하는 이른바 구성 이론構成理論과 비교된다고 볼 수도 있을 듯 하다. 후설이 말하는 '어떤 것에 관한 의식'이라는 지향적 경험은 언제나 '어떤 것으로 서의 어떤 것에 관해 통각하는 것'을 뜻하는데, 그때 대상은 어떤 것이란 의미로 통각 되기 마련이다. 그래서 하이데거도 존재는 언제나 '어떤 것으로서의 존재'라는 의미에 서 사전에 이해되어 있다고 말한다. 그러나 이러한 구성 이론에서는 인간이 사물의 존 재에게 '어떤 것'으로 의미를 부여하는 것이라고 하이데거가 말하고 있는 바와 같이, 그 어떤 것에 부여된 의미와 물자체物自體가 반드시 일치한다는 믿음은 전제되지 않는 다. 또 한 걸음 나아가서 그가 '현존재가 없다면 거기에 따르는 진리도 없다'고 말한 것 처럼 의미의 부여는 일방적이기도 하다. 그러나 이와 달리 요해성은 어떤 것이라는 의 미 이전에 이일 분수理一分殊의 이理에 의하여 주객 합일이 되고, 합일이 되는 순간에 이루어지는 현관에 대한 직접적인 체험 자체를 뜻한다. 그 체험에는 명징한 그리고 신 비한 요해감이 따르지만 그 요해성은 전언어적이어서 결코 의미화되지 않는다. 그것 은 다만 의미의 틈을 통해서 다시 체험될 뿐이다. 이 점이 구성 이론과 근본적으로 다 른 점이라 할 수 있다. 알뷔 디이머, 백승균 역,『철학적해석학』, 경문사, 1982, 90~98 쪽 참조.

11) 『공손용자』권 상. <白馬非馬……馬者 所以命形也 白者 所以命色也 命色者 非命形也 故曰白馬非馬.>

12) 위의 책, 권 하. <堅白石三 可乎 曰不可 曰二可乎 曰可 曰何哉 曰無堅得白 其擧也二 無

위의 인용문에서 공손용자는 실재의 세계와 언어의 관계를 말하고 있는 것이 아니다. 그는 실재에 관해서 아무 관심이 없다. 그는 오로지 언어의 기호론적 의미의 분석에 관심이 있을 뿐이다. 기호론에서 언어의 의미는 오직 차이성에 의해서 성립한다. 한 기의記意는 다른 기의와의 차이에 의해서 구조적 의미를 갖게 될 뿐이지 그것이 언어 바깥의 무엇을 지시하기 때문에 고유한 의미를 갖게 되는 것이 아니다. 언어의 논리는 차이성의 논리이고, 차이성의 논리인 만큼 그것은 속이 비어있는 틀과 같이 닫혀 있다.

이와 같은 언어의 의미와 논리에만 의지한다면 공손용자의 말과 같이 '흰 말'이라는 종개념은 말이라는 유개념과 엄격히 다르고, '굳고 흰 돌'은 '굳은 돌'과 '흰 돌' 둘일 뿐이다. 기호론적 의미는 닫혀 있기 때문에 색은 형을 받아들일 수 없고 형도 색을 받아들일 수 없으며, 굳은 것은 흰 것을 받아들일 수 없고 흰 것도 흰 것일 뿐 흰 것 속에 굳은 것을 받아들일 수 없다.

공손용자의 말대로 제각기 분리된 언어의 의미는 불상영不相盈이 된다. 불상영이란 언어의 의미가 분리되면 분리되는 만큼 각각의 의미는 스스로 충족되어 있지 못하고 오히려 분리되어 떨어져 나간 만큼 서로 비어 있다는 뜻이다. 다시 말해서 '희다'는 개념 속에는 굳다, 돌 등의 개념이 없는 만큼 비어 있고, '굳다'라는 개념은 희다, 돌 등의 개념이 없는 만큼 비어 있고, '돌'이란 개념 속에는 희다, 굳다라는 개념이 없는 만큼 비어 있다. 이 말을 좀 더 밀고 나간다면 하나의 의미는 모든 다른 의미를 향하여 크게 비어있다고 할 수 있을 것이다. 언어의 의미가 차이성을 바탕으로 해서 엄밀해지면 엄밀해질수록 그 엄밀함 때문에 오히려 각각의 의미가 점점 더 비게 될 수밖에 없다고 하는 것은 하나의 역설이 아닐 수 없다.

白得堅 其擧也二 視不得其所堅 而得其所白者 無堅也 拊不得其所白 而得其所堅 得其堅也 無白也……得其白 得其堅 見與不見 見與不見離 一一不相盈故離.>

언어의 의미가 불상영이라고 하는 사실은 모든 의미가 비어 있는 틈, 즉 무의미를 본질적으로 지니고 있음을 뜻한다. 무의미는 의미화의 바탕이다. 하나의 의미는 모든 다른 의미를 생성시킬 만한 빈 곳, 즉 텅 빈 무의미의 빈 터를 지니고 있다. 좀 더 극적으로 표현하자면 의미는 무의미를 알려주는 표지로서 겨우 존재하고 있다.

그런데 언어의 의미가 불상영일 수밖에 없고, 불상영일 수밖에 없는 만큼 그것이 무의미라는 빈틈을 지니고 있다는 사실은 실재의 세계에 비추어 보고 나서야 비로소 알 수 있는 것이다. 공손용자의 말대로 굳고 흰 돌은 언어의 논리를 분석적으로 밀고 나가면 존재할 수가 없다. 그러나 실재의 세계는 굳으면서 동시에 흰 것만이 아니라 크면서 동시에 작고 멀면서 동시에 가까운 것이 얼마든지 있다. 그래서 언어의 기호론적 의미를 극단적으로 밀고 나가던 공손용자도 언어가 지닌 불상영의 본질을 말함으로써 엄밀한 분석적 태도와는 달리 결국 실재의 세계와 의미의 관계가 지닌 역설을 극명하게 보여주고 있다.

이제 김시습이 현관을 말하면서 왜 서로 모순되는 듯한 이야기를 조심스럽게 병치하고 있는가 하는 것이 자명해졌다. 그는 처음에 '능히 전할 수 없노라. 다만 그 묘한 곳을 볼 따름이요'라고 말했다. 다만 볼 따름이라는 말은 직접적인 체험을 뜻한다. 현관은 체험할 뿐이라는 것이다. 그것은 언어의 의미와 논리에 의해서는 전달이 될 수 없는 것이다.

그런데 바로 뒤에서 그는 '현묘한 곳은 쉽게 말할 수 없노라'라고 말하기도 하고, '나의 시구에서 선仙을 찾아라'라고 말하고 있다. 이 말은 현관을 언어로 드러내기는 쉬운 일이 아니지만 어떻든 가능하다는 말이다. '선을 찾아라'에서 찾다라는 동사는 언어적 의미의 이해를 가리키는 것이 아니라 직접적인 체험을 가리키는 말이다. 곧 언어의 의미에 의해서 드러나는 것이 아니라 의미의 빈틈을 통해서 드러나는 현관을 체험하라는 뜻이다.

의미의 빈틈, 즉 그 깊고 어두운 무의미를 통해서 우리는 현관을 체험한다. 현관에서 실재 세계는 나의 내부에 존재하는 명징한 심상이 된다. 바로 그 체험이 전언어적 요해감이다. 시는 가히 배울 수 있다고 말하는 객에게 김시습이 강조하고 있는 것은 바로 이러한 현관의 체험이다. 그의 주장대로 말하자면 시는 의미로 말하는 것이 아니라 무의미를 통하여 체험이 드러날 수 있도록 방법론적으로 의미를 이용하는 화법일 뿐이다.

현관의 체험을 위한 시적 전략, 즉 의미를 이용하여 무의미를 활성화하고 그 활성화된 무의미를 통해서 현관을 체험할 수 있도록 하는 시적 방법은 오직 직관과 상상력의 힘, 그리고 표현의 기법에 따라 다양하게 나타나지만, 첫 단계에서 가장 일반적으로 나타나는 방법은 객관적 묘사의 양상이라 할 수 있을 것이다.

3. 객관적 묘사의 양상

현관은 심여물명心與物冥이 가리키는 바와 같이 심心과 물物이 하나로 접합되는 지점, 그 깊고 어둡고 현묘한 자리를 말한다. 그러므로 그것은 이미 물物만도 아니고 심心만도 아니다. 그것이 이미 물만도 아니고 심만도 아니기 때문에 그것을 통하여 물은 심으로 능히 드러날 수 있고, 또한 그것을 통하여 심은 물의 실상을 능히 볼 수 있다. 바로 여기에서 실재 세계는 나의 내부에 있는 명징한 심상이 될 수 있는 것이다.

근원적으로 나와의 만남이 생성한 이 내부의 명징한 심상은 이미 객관도 아니고 주관도 아니다. 그것은 주관의 내부로 이주한 객관이고 객관이 낳은 주관이다. 이렇게 되면 본질적으로 의미화될 수 없는 실재 세계가 어떤 방식으로거나 간에 의미와 교섭할 수 있는 길이 열린다. 왜냐하면 실재 세계가 이미 의식 안에 들어와 있고 의식의 움직임이 바로 의미화의 운동이기 때문이다.

그러나 앞에서도 여러 번 강조했지만 실재 세계는 의미와 차원이 다르다. 따라서 그것을 조금도 왜곡함 없이 나타내기 위해서는 무엇보다도 먼저 주관적 의식의 움직임, 즉 의미화의 운동을 극도로 억제해야만 한다. 이것이 바로 이른바 객관적 묘사라 부르는 것이다. 객관적 묘사가 이루어지면 언어의 구조주의적 혹은 기호론적 의미는 점차 축소되고 불상영으로서의 언어적 의미가 본질적으로 지니고 있는 무의미의 빈 틈이 확대되고 활성화된다. 무의미의 빈 틈을 통해서 실재가 훼손되지 않은 채 나타날 수 있고 그 빈 터에서 상상력이 놀 수 있다. 이 경우에 의미는 무의미의 빈 터를 알려주는 표지에 불과하다.

언어적 의미가 서로 충족된 상영相盈의 구조라면 의미화되지 않는 실재가 의미를 통해서 절대로 드러날 수는 없는 일이다. 그러나 의미는 저보다 더욱 큰 무의미의 빈 터를 지니고 있는 불상영의 구조로 존재한다. 불상영의 의미 구조라는 빈 터를 지니고 있기 때문에 하나의 의미는 그 비어있는 의미 공간에 동시적으로 여러 가지 다른 의미들을 함축할 수도 있고 상징적 의미를 생성할 수도 있다. 비어있는 의미 공간을 지니지 않은 상영의 구조라면 하나의 의미가 동시에 다른 의미들을 함축할 수는 없는 일이다.

비유적으로 말하자면 불상영의 구조는 골조만 세워진 건물 구조와 같다. 골조는 의미 자체라 할 수 있고 골조 내부의 빈 공간과 골조의 빈틈을 통해 하나로 이어진 골조 밖의 빈 공간은 의미화의 바탕이 되는 무의미라 할 수 있다. 이 무의미의 빈 공간에 실재 세계의 풍요로운 구체성이 흘러 들어와 자리 잡는다. 의미의 골조는 그 풍요로운 구체성, 즉 세계의 살에 의하여 최종적으로 가치 부여될 수 있는 잠재태潛在態로 존재한다. 그리고 상상력은 무의미의 빈 공간에서 세계의 살과 더불어 피어나고 움직인다. 의미 자체는 상상의 힘과 본질적으로 아무 관계가 없다. 무의미의 빈 공간이 있기 때문에 실재 세계와 상상력은 함께 움직일 수 있고 자유스럽게 숨을 쉴 수 있다.

객관적 묘사란 의미의 빈 터를 활성화하여 실재 세계와 상상력이 천연의 모습으로 움직이고 숨 쉬게 하는 기법이다. 객관적 묘사에서 볼 수 있는 이러한 의미의 표지 기능이 이른바 언어의 존재론적 특성, 즉 언어의 지시성을 이루는 것이다. 그러므로 언어의 지시성은 의미 자체가 지니고 있는 것이라기보다 차라리 의미가 지니고 있는 무의미의 힘이라고 보아야 할 것이다. 무의미가 없다면 의미는 아무 쓸모가 없다. 이것은 마치 수레바퀴가 수레바퀴로 쓸모가 있는 것은 바퀴살이 자리 잡을 수 있는 빈 공간을 가지고 있기 때문이고, 질그릇이 그릇으로 쓸모가 있는 것은 질그릇 속에 텅 빈 무의 공간이 있기 때문이라는 노자의 말과 같은 이치다.

주관적 의미화의 움직임을 최대한으로 억제하는 객관적 묘사에 의해서 시에 드러난 풍경이나 사물이 어떻게 요해성의 신비감을 자아내고 있는지 다음의 시를 살펴보자.

해ㅅ살 피여
이윽한 후,

머흘 머흘
골을 옮기는 구름.

길경桔梗 꽃봉오리
흔들려 쎗기우고

차돌부리
촉촉 죽순 돋듯.
물소리에
이가 시리다.

앉음새 갈히여
양지 쪽에 쪼그리고,

서러운 새 되어
흰 밥알을 쫓다.

— 정지용 「조찬」[13]

이 시는 멀리 있는 원경으로부터 점차 가까이 있는 대상으로 시점을 옮기다가 마지막에 화자 자신의 모습을 묘사하는 것으로 끝나고 있다. 1연과 2연은 수직적 공간의 원경을, 3연과 4연은 수평적 공간의 근경을 아주 예각적으로 간명하게 점묘한다. 그리고 그 원경과 근경의 씻은 듯 선명한 심상을 5연의 비유적인 공감각을 통하여 요약하고 강조한다. 6연과 7연은 앞에서 보여준 여러 대상들과 동일한 존재 차원 위에서 새가 되어 있는 화자의 모습, 즉 장자의 용어로 말하면 물화物化되어 있는 화자의 모습이 역시 한 점 그늘도 없이 선명하게 그려져 있다.[14]

이 시가 보여주고 있는 대상들의 예각적인 선명함은 우선 무엇보다도 엄격한 객관적 묘사 위에서 가능한 것이다. 여기에는 어떠한 인간적 판단의 서술도 개입되어 있지 않다. 또한 새를 꾸며주고 있는 '서러운'이라는 관형어를 제외한다면 어디에서도 인간적 애증이나 감정의 낌새를 찾아볼 수가 없다. 다시 말해서 철저히 주관이 배제되어 있는 셈이다. '존재는 서술이 아니다'라는 철학적 명제를 떠올리게 할 만큼 이 시는 주관을 배제하고, 주관을 배제한 만큼 인간적 의미나 가치의 차원을 벗어나서 실재 세계를 가감 없이 드러내주고 있다.

주관을 벗어난다는 것은 무엇을 의미하는 것인가. 주관을 벗어남이란, 주관이 인간적 의미 지향과 가치 지향으로 이루어져 있다는 점에서, 일차적으로 순연한 무분별의 세계, 즉 본래적인 존재 차원으로 진입함

---

13) 『정지용·전집』(민음사, 1991)을 사용한다.

14) 『장자』, 「제물론」. <장주가 꿈에 나비가 되었던 것인지, 나비가 꿈에 장주가 되어 있는 것인지 알 수가 없다. 장주와 나비라고 하니 반드시 분별은 있다. 이것을 물화物化라 한다.>(不知周之夢爲胡蝶與 胡蝶之夢爲周與 周與胡蝶 則必有分矣 此之謂物化) 여기 보이는 바와 같이 물화란 상아喪我를 통한 주객 합일의 현묘함을 뜻하는 말이다.

을 뜻한다고 볼 수 있다. 이 시에서 화자가 '새'로 물화되어 나타난 것이 바로 그러한 예중이다. 이런 의미에서 이 작품은 여러 대상들을 묘사하고 있지만, 사실은 차별 없는 하나의 현묘한 세계, 혹은 순일한 자연의 근원적 전체성을 보여주고 있는 셈이다.

이 시의 각 연은 쉼표나 마침표에 의해서 모두 단절되어 있다. 그 단절된 여백의 공간은 인간적 의미 지향의 서술들이 말끔히 증발되어 버린 자리다. 2행 1연의 간결한 시 형식이 이 여백의 공간을 극대화하고 있다는 점에서, 그리고 점묘된 대상들은 기실 순일한 하나의 존재 차원에 불과하다는 점에서, 이 시가 보여주고자 한 것은 존재가 아니라, 역설적으로 그 존재들을 섬처럼 떠올리고 있는 무한한 공간의 전체성이 아닌가 하는 느낌을 준다.

차별되는 여러 대상들임에도 불구하고 그것들이 차별 없는 하나의 근원적 존재를 암시한다고 할 때, 차별이 있음 혹은 감각적 존재와 의미를 지시한다는 점에서, 그 하나의 근원적 존재란 없음이고 무의미이며, 노장의 용어로 말한다면 무無, 일一, 현玄 등에 불과하다. 이런 점에서 위의 시가 보여주고 있는 극대화된 여백의 공간은 이 시를 읽는 데 있어서 놓칠 수 없는 핵심이다.

이러한 시 읽기를 전제하고 다시 위의 시를 분석해 보자. 1연은 햇살, 2연은 구름, 3연은 꽃봉오리, 4연은 차돌, 5연은 물소리, 6연과 7연은 화자 등을 묘사하고 있다. 그리고 각 대상의 속성이나 본질은 모두 이항 대립적인 가변성 위에서 조명되고 있다. 그 가변성의 이항 대립은 대개 다음과 같이 요약된다. 피다/지다(햇살), 머물다/옮기다(구름), 고정되어 불변하다/흔들려 변하다(꽃봉오리), 돋듯 살아나다/없는 듯 죽어 있다(차돌), 시리고 선명하고 가깝다/아주 불명하고 멀다(물소리), 밥알을 쫓다/밥알을 쫓지 않다(화자)>.

위의 이항 대립은 의미론적으로 결국은 삶과 죽음, 존재와 부재, 유와무, 의미와 무의미 등으로 요약될 수 있는 것들이다. 이러한 가변성의 이

항 대립 위에서 여러 대상들은 겨우 자신의 존재성을 지탱하고 있다. 그러나 거듭되는 말이지만, 작품 전체가 드러내고 있는 극대화된 여백의 공간과 하나의 근원적 존재에 대한 암시 때문에 그 가변성 속의 존재와 의미는 차라리 부재와 무의미라고 불러야 옳을 듯하다. 따라서 이 작품이 보여주고 있는 실재 세계의 선명함과 명징성은 역설적이게도 부재와 무의 공간, 혹은 무의미를 드러냄으로써 비로소 성취된 것이라 볼 수 있다.

> 비 바람이 휘청거린다.
> 매우 거세이다.
>
> 간혹 보이던
> 논두락 매던 사람이 멀다.
>
> 산마루에 우산
> 받고 지나가는 사람이
> 느리다.
>
> 무엇인지 모르게
> 평화를 가져다 준다.
>
> 머지 않아 원두막이
> 비게 되었다.
>
> — 김종삼 「원두막」15)

이 시가 말하고 있는 것은 무엇일까. 언어의 의미만을 축자적으로 따라간다면 우리는 적이 실망하지 않을 수 없다. 아무것도 이야기하는 것이 없고 주목할 만한 의미도 찾아볼 수 없기 때문이다. 지극히 평범하고, 그래서 무심히 지나쳐버릴 만한 한 조각의 원경이 다만 객관적 선묘線描

---

15) 『김종삼시선』(민음사, 1983)을 사용한다.

에 의해서 말끔히 드러나 있을 뿐이다. 대개의 선묘가 그렇듯이 이 시도 검은 글자가 의미하는 것보다도 아무것도 의미하지 않는 여백의 공간이 압도적으로 확대되어 다가온다.

그렇다. 앞에서 이야기한 바와 같이 이 시는 의미의 표지를 징검다리 삼아 빈 여백의 공간에 흘러 들어와 자리 잡은 실재 세계의 어떤 풍경을 체험하도록 한다. 이 시는 검은 글자를 읽기만 하면 그야말로 무의미하다. 검은 글자를 징검다리 삼아 걸어가면서 저 멀리까지 보이는 깊고 넓은 여백에 눈을 주고 바라보지 않으면 안 된다. 이윽고 그 여백에 선명하게 생동하는 하나의 풍경이 나타난다. 그러나 그 풍경은 선명함과 동시에 야릇하게도 꿈결 같은, 혹은 문득 떠오른 옛 기억의 심상과 같은 아득한 느낌으로 다가온다.

막막하고 아득한 느낌은 '논두락 매던 사람이 멀다', '산마루에 우산 / 받고 지나가는 사람이 / 느리다'에서 보는 바와 같이 멀고 느린 움직임에 의해서 더욱 절실해진다. 게다가 '……우산 / 받고……'에서와 같이 목적어와 그 목적어에 직접 걸리는 술어를 분행을 통해 멀리 분리시킴으로써 여백을 극대화하고 있다. 그리고 마지막 연의 술어를 제외하고서는 모든 시제가 현재 시제로 나타나 있는데, 그것마저도 거듭 중복되는 서술 종지형 어미 '……다'가 불러일으키는 막막한 단절감 때문에 어느덧 이른바 영원한 현재, 혹은 무시간성으로 표백되고 만다.

팽창된 여백의 거리감과 무시간성, 그리고 그 속에서의 느린 움직임은 실재 세계가 지닌 역설로서의 무한성, 부동성, 영원성 등, 즉 전동성을 암암리에 환기하고 있다. 그리고 이 모든 것이 마지막 연의 술어처럼 과거화되면서 내면의 과거적 심상으로 확고해진다. 역설적인 느낌이지만 현재는 생생한 과거가 되어 있다.

이 시에 나타난 풍경은 일상적인 현실에서 보는 그런 것이 아니다. 그 것은 순수한 객관적 사물도 아니고 그렇다고 해서 주관적 심상만도 아니다. 그것은 주관 속으로 고스라니 이주한 객관이다. 화자는 자기의 내부를 우주의 내부로 확대하면서 먼 기억을 더듬듯이 그 객관의 사물들을 바라보고 있다. 그것은 매우 낯설면서도 동시에 낯익은 것이며 그러기에 또한 신비한 느낌을 자아내는 것이기도 하다. 이것이 바로 현관의 드러남이요 요해성의 느낌이다.

객관적 묘사에 의해서 의미화의 움직임이 사라지고, 의미화의 움직임이 사라진 그 빈 터에 현관이 흘러든다. 위의 시에서, 멀리서 논두락 매던 사람이나, 우산 받고 느리게 움직이던 사람이나 모두 이윽고 흔적없이 사라지고 만다. 그뿐만 아니라 그러한 움직임을 원두막에서 바라보던 화자도 끝내 사라지고 만다. '머지 않아 원두막이 / 비게 되었다'에서 보는 바와 같이 화자는 스스로의 사라짐을 언명하면서 투명한 공간 속으로 자신을 무화시켜 버린다.

의미화의 움직임은 어떤 면에서 인간화의 움직임이라고 할 수 있으므로 이 시에 나타난 바와 같은 인간의 사라짐은 무의미의 완성이라고도 할 수 있을 것이다. 거듭 말하거니와 무의미의 완성은 또한 실재 세계 혹은 현관의 온전한 드러남이고 그 완성이다.

자전거포가 있는 길가에서
자전거를 멈추었다.
바람나간 튜브를 봐 달라고 일렀다.
등성이 낡은 목조건물들의
골목을 따라 올라간다.
새벽같은 초저녁이다.
아무도 없다.
맨 위 한 집은 조금만 다처도
무너지게 생겼다.
빗방울이 번지어졌다.
가져갔던 각목과 나무 조각들 속에 연장을 찾다가
잠을 깨었다.

— 김종삼 「몇 해 전에」

이 시도 시종 일관 냉정한 객관적 묘사로 전개된다. 물론 여기에서 객관성이란 주관성의 상대 개념으로서의 그것이 아니고, 주객관이 무너진 자리에서 비롯되는 실재성을 온전히 드러내기 위한 표현의 엄격성을 가리키는 말에 불과하다. 엄격하게 객관적으로 묘사될수록 실재에 대한 요해감은 그만큼 극명해지기 마련이다. 이 작품에서도 객관적인 묘사적 술어만 사용하고 있음을 볼 수 있다. 화자의 의견, 판단, 감정 등이 극도로 억제되고 있다.

맨 끝 행의 '잠을 깨었다'라는 구절은 이 시의 내용이 꿈이라는 것을 말해준다. 그러나 그렇게 단정할 수만도 없다. 제목이 암시하고 있는 것처럼 기억 속에 남아 있는 몇 해 전 경험의 한 삽화일 수도 있고 몇 해 전 꿈의 기억일 수도 있다. 또 현재의 경험을 과거화한 것일 수도 있다. 요해감은 자기 내부에 이미 존재하던 심상의 명료함으로 다가오기 때문이다. 또 현관의 체험으로부터 일상 세계로 빠져나오는 것을 두고 '잠을 깨었다'고 할 수도 있는 것이다. 마치 장자가 말하는 나비의 꿈처럼 현실과 꿈, 현재와 과거와 미래, 나와 세계 등이 합일된 경지라고 볼 수 있다. 객관적 묘사에 의해서 드러나는 현관이 바로 그런 것이기 때문이다. 이 시의 표현처럼 그것은 '새벽같은 초저녁'의 역설적 공간이기도 하다.

그 역설적 공간은 텅 비어 있다. '아무도 없다'라고 독백하는 소리만 그 빈 공간을 메아리친다. 그리고 마지막으로 그렇게 독백하던 화자도 '잠을 깨었다' 하고 그 빈 공간으로부터 빠져나오고 만다. 그 공간이 텅 비어 있다고 하는 까닭은 인간의 움직임, 인간적 기호가 말끔히 소거되었기 때문이다. 그 공간은 고요한 일체성一體性으로 완성된 무의미의 세계다. 그리고 거기에는 현관에 비친 실재 세계와 그 요해감이 고요하고 신비하게 빛나고 있을 뿐이다.

전언어적 요해감은 말이 더 이상 필요가 없다. 그것은 체험될 뿐이다. 시인은 그것을 체험할 수 있도록 교묘하게 의미의 표지를 이용할 뿐이다. 그래서 그것은 공자가 말하는 묵이식지黙而識之의 세계로 우리를 이끈다.16)

4. 맺는말

시정신은 바로 전일성이다. 시적 세계관이 이 전일성을 지향하는 데에 있는 한 시는 전동성의 표현을 필연적인 본질로 지닐 수밖에 없다. 왜냐하면 비동일성과 동일성을 동시에 포괄하는 전동성의 개념은 '둘이면서 하나'라고 할 때의 그 '둘'에서 성립한다기보다 둘 사이의 동일성, 즉 '하나'를 발견하는 데에서 성립하는 것이며, 서로 다른 이것과 저것이 '하나'임을 발견하여 나가는 일은 결국 전일성이라는 이념을 지향하는 것에 불과하기 때문이다.

시가 전일성을 지향하는 한 시적 언술의 본질은 전동성의 표현일 수밖에 없고, 시가 전동성을 드러내고자 하는 한 모든 시적 언술은 근본적으로 역설이 될 수밖에 없다. 전동성은 역설이 발생하는 근원이다. 그래서 시는 역설에서 시작하여 역설로 끝난다. 게다가 시가 상상적 언어라는 점은 시적 언술의 본질이 전동성의 표현이며 역설이라고 하는 사실을 더욱 필연적이고 확고부동한 것으로 확인시켜 준다. 상상력은 대립과 차별성을 뛰어넘어 사물과 사물을 하나로 연결하고 통합하는 힘이기 때문이다. 다시 말하면 상상력 자체가 바로 역설이고 전동성의 표현이다.

시적 언술은 무수한 겹겹의 역설로 감싸여 있다. 실재 세계는 역설적인 전동성의 구조를 가지고 있기 때문에 그 실재 세계로부터 필연적으로 발생하게 되는 자기일체성과 그 자기일체성에서 빚어지는 전언어적 요해성, 혹은 현관도 근본적으로 역설적일 수밖에 없다.

현관을 드러내는 시적 표현의 전략은 여러 가지 관점에서 살펴볼 수

---

16) 『논어』, 「술이편」. <공자께서 말씀하셨다. 묵묵히 마음으로 이해하고, 배우고 싫어하지 않으며, 사람 가르치기를 게을리하지 않는 것, 이 중에 어느 것이 나에게 있는가?> (子曰 黙而識之 學而不厭 誨人不倦 何有於我哉) 여기 나오는 <묵이식지>를 집주集註는 다음같이 풀이하고 있다. <묵묵히 안다고 하는 것은 말로 말하지 않으면서도 그 앎을 마음에 지니고 있음을 이르는 것이다. 일설에 식識은 앎이니, 말로 하지 않아도 마음으로 이해하는 것이라 한다.>(黙識 謂不言而存諸心也 一說識知也 不言而心解也)

있겠으나 위에서 살펴본 객관적 묘사의 양상이 가장 일반적인 경우라 할 수 있다. 이 글은 이제 현관을 드러내는 문장의 술부 생략의 양상과 무의미의 활성화라는 시적 전략에 대한 탐색을 하나의 과제로 남겨 놓는다.

(인문논총, 배재대 인문과학연구소, 2004)

<부 록>

한국 현대시와 도*

1. 문제의 제기 및 도의 실마리

서구 문예사조의 거센 혼류와 더불어 비롯한 한국의 현대시는 그 동안 자연스럽게 서구의 문학이론의 관점에서 논구되어 왔다. 좀 심하게 말한다면 한국의 현대시는 서구 문학이론의 보편성과 타당성을 증명하기 위한 적용대상으로서의 종속적 가치밖에 지닐 수 없었다고 하는 것이 그간의 상황이었다고까지 말할 수 있을 것이다. 이러한 전도된 연구 상황의 극복을 위해서는 우선 우리의 문학사 안에 잠재되어 있는 문학론을 발굴하여 현대적인 관점과 논리체계 위에서 재해석하는 일이 시급히 요청되고 있다.

이와 같은 반성적 전제 아래 우리는 무엇보다 먼저 19세기 말엽 근대 문학의 출현이 이루어질 때까지 연면히 지속되어 온 문이관도文以貫道 혹은 문이재도文以載道라는 전통적 문학사상과 바로 그 도의 체용體用이라 할 수 있는 태극을 주목하게 된다. 궁극적인 우주론적 존재론적 본체이자 심성론적 본체인 도 혹은 태극의 상징적 의미가 한국의 현대시에 어떻게 형상화되고 있는지 분석해 낼 수 있다면 우리는 귀중한 문학적 전통의 계승은 물론 획일적인 서구의 이론적 관점으로부터 벗어날 수 있는 여러 가능성의 한 단서를 풀어낼 수도 있을 것이다.

도와 문文이 근원적으로 불가분의 관계에 있다는 인식을 최초로 보여
준 것은 동양사상 최고의 본원이라 할 수 있는 역경으로부터 비롯된다.
다음의 인용문들이 바로 그러한 예라 할 수 있다.

> 비괘賁卦는 형통한다. 부드러운 것이 와서 굳센 것을 드러내므로 형통
> 한다. 굳센 것이 나뉘어 위로 올라가 부드러운 것을 드러낸다. 따라서 가
> 는 곳이 있으면 조금 이로우니 천문天文이요 문명文明에서 머무니 인문人
> 文이다. 천문을 관찰하여 때의 변화를 살피고 인문을 관찰하여 천하를 이
> 루어지게 한다.[1]

> 성인이 괘를 베풀어 상象을 관찰하고 거기에 말을 붙여 길흉을 밝혔다.
> …… 변화라는 것은 나아가고 물러오는 상이요 굳세고 부드러운 것은 낮
> 과 밤의 상이요 육효가 움직인다는 것은 삼극의 도이다.[2]

위에서 보는 바와 같이 천문과 인문을 나란히 제시하여 유추관계를
성립시키고 있다. 천문은 하늘에서 도가 드러난 모양이고 인문은 사람
한테서 도가 드러난 모양이다.[3] 또 두 번째의 인용문에는 삼극의 도 즉

---

* 이 글은 1985년 5월 전국국어국문학회 연구발표대회에서 「만해시의 도의 형상화」라는
   제목으로 발표된 것으로서 졸저 『도의 시학』(민음사, 1999) 중 만해의 시에 관련된 것을
   일부 발췌하여 재구성한 것이다. 도 혹은 태극의 여러 개념과 그 자세한 시학적 논의는
   이 책을 참조할 것.
1) 『주역』, 「비괘 단사」. "賁亨 柔來而文剛 故亨 分剛 上而文柔故 小利有攸往 天文也 文明以
   止 人文也 觀乎天文 以察時變 觀乎人文 以化成天下" 여기에 나오는 '柔來而文剛' '分剛上
   而文柔'의 문(文)을 김경탁 교수는 『주역』(명문당, 1978)에서 '수식한다'라고 번역했다.
   그러나 역리의 대대적待對的 인식—부드러움은 굳셈으로 인하여 부드러움이 되고 굳셈
   은 부드러움으로 인하여 굳셈이 된다는 식의 사유방식—을 전제할 때 '드러내다'라고 해
   야 그 뜻이 분명할 듯하여 필자는 그렇게 번역한다. 또 실제로 문文은 천문天文, 인문人
   文 등에서와 같이 '드러난 모양'이라는 뜻으로 쓰이고 있다. 이가원, 『상해한자대전』(유
   경사, 1972) 참조.
2) 「계사전」상. "聖人設卦觀象 繫辭焉 而明吉凶 …… 變化者 進退之象也 剛柔者 晝夜之象
   也 六爻之動 三極之道也"
3) 문文은 천지자연의 도가 드러난 모양이므로 문학은 자연을 모방하는 것이라고 생각되
   기도 한다. 「시위詩緯」에서, '시는 하늘과 땅의 마음이다詩者天地之心'라고 한 것은 그와

천도, 지도, 인도 등을 하나의 통일된 구조로 파악하고 있다.4)

역경에서 보여주고 있는 이와 같은 도문일체道文一體의 사상은 시대를 따라 의미의 굴절을 겪으면서 19세기 말엽까지 실로 한국문학사 전체를 관통하며 지배하는 핵심적 이념이 되었던 것이다. 남효온南孝溫의 다음 과 같은 발언은 바로 역경의 그러한 인식을 단적으로 보여준다.

> 천지의 바른 기운을 얻은 것이 사람이요, 한 사람의 몸을 맡아 다스리
> 는 것이 마음이며, 사람의 마음이 밖으로 펴나온 것이 말이요, 사람의 말
> 이 가장 알차고 맑은 것이 시이다.5)

남효온은 위의 글에서 '천지=사람=마음=말씀=시'라는 등식을 도 출해 내고 있다. 이것은 역경의 도문일체의 사상을 시학적 관점에서 더 욱 분명하게 구체화한 것이라 볼 수 있다. 이 등식의 의미를 좀 더 부연 한다면 '천지의 도=사람의 도=마음의 도=말씀의 도=시의 도'가 된다. 다시 말하면 시는 도를 통해서 가장 알차고 맑은 말씀에 이를 수 있고, 가장 알차고 맑은 말씀에 이를 수 있으므로 사람의 마음의 중심에 이르 러 감동시킬 수 있으며, 감동시킬 수 있으므로 마침내는 천하의 움직임 을 고무할 수 있게 된다는 뜻이다.

그렇다면 시에서 도는 본질적으로 어떠한 성질을 지닌 것이며 어떻게 드러날 수 있다는 말인가. 도의 체용이라 할 수 있는 태극의 상징적 혹은

같은 생각의 표현이다. 이런 점에서 문文은 도가 드러난 모양, 즉 '무늬'라는 단순한 뜻 으로부터 마침내 문장 혹은 문학이라는 뜻에 이르기까지 그 의미의 폭이 매우 넓다. 유 약우, 이장우 역, 『중국문학의 이론』, 범학사, 1978, 43~45쪽 참조.
4) 괘는 6개의 효로 이루어지는데 위의 두 효는 하늘을 상징하고 가운데의 두 효는 사람을 상징하고 아래의 두 효는 땅을 상징한다. 그리하여 이 6개의 효의 교합과 변화를 살펴 길흉을 판단한다. 따라서 인간을 포함한 우주의 변화를 천지인 삼재의 불가분적 관련성 속에서 관찰하고 있다고 볼 수 있다. 따라서 천문 · 지문 · 인문 등은 하나의 통일적인 구 조로서 상보적이다.
5) 남효온, 「추강냉화」, 『대동야승』 I , 민족문화추진회, 1982, 706쪽. "得天地正氣者人 一 身之主宰者心 一人心之宣泄於外者言 一人言之最精且淸者詩"

시학적 의미를 『논어』는 다음과 같이 비유적인 어법을 통하여 아주 간명하게 기록하고 있다.

> 자하: '귀여운 보조개 어여쁜 웃음이여. 눈동자도 선명한 아름다운 눈이
> 여. 흰 바탕 위에 그림 그리네.' 이것은 무엇을 말하는 것입니까?
> 공자: 그림 그리는 일은 흰 바탕이 마련된 뒤에야 이루어진다는 말이다.
> 자하: 예禮는 뒤에 온다는 말씀입니까?
> 공자: 나를 일깨워 주는 사람은 상商이로다. 이제야 함께 시를 논할 만
> 하구나.6)

위의 대화는 고도의 생략과 함축으로 인하여 일견 동문서답과 같은 논리의 단절을 느끼게 한다. 그리고 '흰 바탕'이 마련된 뒤에야 그림을 그릴 수 있다고 하는 자명한 사실을 진지하게 반복하는 데에 이르러서는 무의미한 언어유희의 느낌마저 갖게 한다. 그러나 그림 그리는 일이 예禮의 행위와 동일하게 비교되는 대목에서 우리는 비로소 '흰 바탕'에 그림 그리는 일이 매우 의미심장한 비유임을 깨닫게 된다.

공자는 그림 그리는 일이 오로지 '흰 바탕' 위에 성립되고 있음을 강조하고 있다. 그리고 이 그림 그리는 일과 마찬가지로 예의 행위도 '흰 바탕'으로 비유되고 있는 모종의 근원 위에서야 비로소 성립될 수 있음을 이야기하고 있다. 그렇다면 '흰 바탕'에 동가적으로 비유되고 있는 그 근원은 무엇인가. 그것은 '예는 반드시 충신을 바탕으로 삼는다'라는 주자

---

6) 『논어』, 「팔일」 "子夏問曰 巧笑倩兮 美目盼兮 素以爲絢兮 何謂也 子曰 繪事後素 曰 禮後乎 子曰 起予者商也 始可與言詩已矣" 이에 대한 주자의 주는 다음과 같다. "회사繪事는 그림 그리는 일이다. 후소後素는 흰 바탕(비단)을 마련한 뒤라는 뜻이다. 주례周禮의 고공기에 '그림 그리는 일은 흰 비단을 마련한 뒤에 한다'라고 하였으니, 먼저 흰 비단으로 바탕을 삼은 뒤에 오색의 채색을 칠하는 것이니, 마치 사람이 아름다운 자질이 있은 뒤에야 문식을 가할 수 있음과 같은 것이다."(繪事 繪事之事也 後素 後於素也 考工記曰 繪畵之事 後素功 謂先以粉地爲質 而後施五彩 猶人有美質然後 可加文飾) "예는 반드시 충신을 바탕으로 삼으니, 이는 그림 그리는 일에 반드시 흰 바탕을 우선으로 삼는 것과 같다."(禮 必以忠信爲質 猶繪事 必以粉素爲先)

의 주에 명시되어 있다. 의義, 예禮, 지智, 신信, 충忠이 근본적으로 인仁과 다르지 않고, 인은 중中, 성性, 태극과 결코 다른 것이 아니다.[7] 그러므로 충신으로 예의 바탕을 삼는다면 예가 이루어지는 그 근원은 결국 다름 아닌 도, 즉 태극임을 알 수 있다.

그림 그리는 일은 '흰 바탕' 위에 성립하고, 예의 행위는 도의 바탕, 즉 태극 위에 성립하는데, 그 양자가 동일한 논리에 따라 동가적으로 비유되고 있으므로 여기에서 '흰 바탕'은 바로 태극의 표상이라 할 수 있다. 태극은 무이유無而有이고 부동이동不動而動하는 미분적 혼론混淪으로서 만물의 근원인 일자一者다. 일자는 만물의 존재와 형상으로 나누어지기 이전의 모습이므로 순연히 통일된 무無의 모습, 즉 절대무이자 상대무인 모습으로 드러난다. '흰 바탕'은 아직 선과 색채에 의하여 어떤 존재나 형상을 드러내지 않고 있으므로 그것 역시 무의 모습에 상응하는 것이라 할 수 있다. 어떤 대상적인 존재나 형상으로 드러나기 이전의 '흰 바탕'인 태극은 우리의 감각을 초월한 형이상자이므로 구체적으로 감지되지 않는다. 이것이 태극이 지닌 초월성이며, 아직 오채와 형상으로 나누어지고 구분되지 않았으므로 그 순수한 '흰 바탕'의 초월적인 미분성未分性을 일컬어 태극의 전일성全一性이라고 부른다.[8]

'흰 바탕'은 스스로 자신의 모습을 드러낼 수 없지만, 선과 색채에 의하여 일정한 구도 속에 구체적인 사물의 존재와 형상이 그려질 때, 그것은 비로소 무한한 가능성 속에 열려있는 가능태로서의 자신의 편모片貌

---

7) 『이정전서』, 경문사 영인, 1981, 24쪽. "인의예지신 다섯 가지는 성性이다. 인仁은 전체이고 네 가지는 넷으로 갈라진 것이니 인은 체體다."(仁義禮智信五者性也 仁者全體 四者四支 仁體也); 『맹자』, 「진심」 하. "인仁이라는 것은 인人이다. 이것을 합하여 말하면 도道이다."(仁也者人也 合而言之 道也); 『근사록』, 경문사 영인, 1981, 136쪽. "성性은 치우침이 없으므로 중中이라 한다."(性也無所偏倚 故謂之中)

8) 이 글에서 '전일성'이란 용어는 태극이 지닌 초월적 미분성을 가리키는 것으로서 특별히 시학적 개념으로 사용하기 위하여 필자가 채용한 용어이다. 이 용어는 뒤에 나오는 '전동성'과 상호 불가결한 상보적 짝이 되어 그 완전한 개념을 확보하게 된다.

를 그 사물의 존재와 형상을 통해서 드러내게 된다. 그림 그리는 일에서 '흰 바탕'이 구체적인 사물의 형상을 통하여 자신을 실현시키는 것과 같이 초월적 미분성인 태극도 음양 이기로 분화되어 천지만물 속에 내재되면서 비로소 그 만물을 통하여 감각적인 존재로 나타나게 된다.

그림에서 온갖 색채와 형상들이 자신의 배후에 자신의 존재근거로서의 '흰 바탕'을 공통적으로 지니고 있듯이, 현상적으로 구별되는 천지만물 역시 본질로서 내재된 하나의 태극을 공통적으로 지니고 있다. 그리하여 이 공통된 하나의 태극을 통하여 만물은 서로 다르면서 궁극적으로 같다고 하는 역설적 동일성을 획득하게 된다. 요약컨대 태극이 음양 이기로 분화되기 이전의 초월적 미분성을 일컬어 전일성이라고 한다면, 태극이 음양 이기로 분화되어 만물을 이룬 다음에 그 태극의 내재성에 의하여 야기되는 역설적 동일성은 전동성全同性이라고 부를 수 있는 것이다.9)

회화에서 '흰 바탕'과 오채의 형상을 본질적으로 분리할 수 없는 것과 같이 태극의 초월성과 내재성은 근원적으로 분리하거나 구별할 수가 없다. 다시 말하면 태극의 본질이 초월성이면서 내재성이라고 하는 사실, 즉 태극의 '초월적 내재성'이 전동성을 야기한다. 이 점이 다자는 일자 속에 포함되어 있고 일자는 다자 속에 편재한다고 하는 현묘한 도의 한 양상이라 할 수 있다.

공자와 자하의 대화로 다시 돌아가 보자. 공자는 이 대화에서 먼저 그림 그리는 일과 예의 행위를 나란히 비교하면서 태극을 '흰 바탕'으로 표상하여 양자를 일치시킨 다음에 비로소 시를 논할 수 있게 되었다고 말한다. 이는 그림 그리는 일, 즉 예술과, 예의 행위, 즉 삶이 다 같이 '흰 바탕'인 태극 혹은 도라고 하는 근원 위에서 이루어진다는 뜻이므로 삶과 예술이 결코 분리되는 것이 아님을 말하는 것과 다름없다. 다시 말하면

---

9) '전동성'은 태극의 '초월적 내재성'이 만드는 역설적 동일성을 특별히 가리키기 위하여 필자가 고안한 용어이다.

삶과 예술 모두가 도를 떠나서는 성립될 수 없기 때문에 흔히 이야기하듯 '인생을 위한 예술'이니, '예술을 위한 예술'이니 하는 이분법의 논리는 처음부터 성립할 수가 없다. 삶과 예술이 모두 도를 근원으로 하고 있다면, 그리고 그러한 전제 위에서 비로소 시를 논할 수 있게 되었다고 한다면, 공자의 이 말은 결국 무엇을 의미하는가. 그것은 도가 바로 예술정신이요, 나아가서 시정신임을 말하고 있는 것에 다름 아니다. 도는 참다운 삶이 비롯되는 '흰 바탕'이요, 또한 그 '흰 바탕'은 모든 예술과 시의 창조적 근원인 예술정신이요 시정신인 것이다. 도라고 하는 '흰 바탕'이 바로 시정신이라면 어떠한 시문도 이와 같은 시 정신을 떠나서는 성립되지 않는다.

이 글의 목적은 위에서 간략하게 살펴본 도의 전일성과 전동성의 시적형상에 한정하여 그것들이 한국의 현대시에 어떻게 드러나고 있는지 우선 만해의 몇 편의 시를 통하여 알아보고자 하는 것이다.

2. 전일성에의 지향

태극론의 입장에서 본다면 태극으로부터 음양 이기가 생겨 나오고 그 음양 이기로부터 무수한 대립적 사물과 현상의 분화가 일어나 천지만물이 이루어졌다. 그러므로 우리가 살고 있는 이 세계는 본질적으로 음양 이기로 수렴될 수 있는 무수한 대립과 분열과 갈등을 필연적인 속성으로 지닐 수밖에 없다. 즉 세계와 자아, 의식과 대상, 주관과 객관, 있음과 없음, 선과 악, 미와 추, 밝음과 어둠, 자유와 구속, 소유와 무소유, 시간과 영원, 젊음과 늙음, 건강과 질병, 행복과 불행 등등 헤아릴 수 없이 많은 대립적 현상과 가치의 갈등 속에서 삶의 세계는 영위된다.

대립적 현상이란 거리감 혹은 거리 의식이고, 이것과 저것의 거리에서 발생하는 분별의식이요 갈등의식에 다름 아니다. 허정虛靜과 같은 주객합일의 순수의식과 달리 현실적이고 일상적인 심리상태는 언제나 의식과 의식대상 사이의 거리감에서 발생하는 대립과 분별의식 속에 놓여 있다. 그러기 때문에 의식과 의식대상이 이원적으로 분열하여 대립하면 의식은 대립하는 만큼 근원적으로 결핍된 존재로 남아 있을 수밖에 없고, 의식대상이 이것과 저것으로 분별되면 의식은 또한 대상이 분별되는 만큼 갈등관계에 놓여 있을 수밖에 없다. 요약하건대 결핍과 갈등은 존재와 이상의 대립관계, 혹은 바람직하지 않은 세계와 바람직한 세계의 갈등관계에서 발생한다.

인간의 욕망은 결핍과 갈등의 근본적인 해소를 향하여 부단히 움직인다. 결핍과 갈등의 구조 속에 놓여 있는 세계를 자각함과 동시에 인간은 실제로 세계를 개조하거나 생활태도를 적응시켜 나아가려고 하는 동사적 언어 혹은 실용적 언어의 지향을 보이든지, 아니면 실용적 언어의 지향을 넘어서 바람직한 세계로 곧장 나아가려는 상상적 언어의 지향을 보이게 된다. 실용적 언어의 지향을 보이든지 상상적 언어의 지향을 보이든지 간에 그것들의 목표는 한결같이 결핍과 갈등의 해소이고 바람직한 세계의 성취라고 할 수 있다. 그런데 결핍과 갈등을 만들고 이것과 저것의 분별을 만드는 대립적 거리가 커지는 것에 비례하여 실용적 언어는 무력해지고 상상적 언어는 강력해진다. 다시 말해서 상상력이란 대립적 거리를 뛰어넘어 이것과 저것을 하나로 연결하는 힘이라고 할 수 있다.

대립적 거리가 근원적으로 존재하지 않는 바람직한 세계는 물론 태극의 전일성으로 상징되는 세계다. 따라서 인간은 현실의 분열된 상대적 가치와 대립물들이 하나로 통합되어 있는, 그리고 자아와 세계가 순일하게 통합되어 완전한 전체를 이루었던 태초의 시간, 즉 태극의 전일성을 회복하고자 하는 근원적 갈망을 선험적으로 지니게 된다.[10] 바로 이

---

10) 태극의 전일성을 향한 인간의 근원적 갈망이라고 하는 심리학적 함의는 태극론이 우주론일 뿐만 아니라 인성론 혹은 심성론이라는 점에서 정당화된다. 태극은 심心의 체

러한 인간의 근원적 갈망이 수많은 원시종족들의 여러 제의와 민간신앙의 제의적 행위 속에서 시간을 소거하는 상징행위로 줄기차게 반복 표현되고 있음은 이미 널리 알려진 사실이다.[11]

전일성을 지향하는 이와 같은 인류의 보편적이고 근원적인 갈망에 뿌리박은 언어가 바로 상상적 언어요, 그 상상적 언어형식을 대표하는 것이 시임은 더 말할 필요가 없다. 왜냐하면 시의 언어는 세계를 서술하는 데에 있지 않고 의식과 세계가 하나의 동체로 융합되어 있는 세계를 발화와 동시에 창조하고 표현하는 데에 그 가치를 두고 있기 때문이다. 이런 의미에서 본다면 시의 언어는 전일성을 지향하는 한에서 기호를 넘어서 본질적으로 존재성을 지니고 있다고 말할 수 있을 것이다.

시적 상상과 감정의 가장 보편적 원천이라 할 수 있는 전일성에 대한 향수와 그리움은 모든 시작품 속에 다양한 형상으로 드러나게 된다. 그것이 배제의 원리를 통해 선명하게 양각으로 드러나거나 포괄의 원리에 따라 음각으로 드러나거나 간에, 그리고 역설과 해체적 언어에 의해서 의도적으로 왜곡되거나 생략되거나 간에 시적 의미의 기저에는 전일성의 형상이 반드시 잠복하여 있기 마련이다. 특히 우리 시의 경우 전일성에 대한 그리움은 흔히 한恨의 정서로 굴절되면서 연면히 지속되어 왔다고 볼 수 있는데, 가령 널리 알려진 다음과 같은 만해의 시는 도의 초월적 전일성이 비교적 명료하게 드러나 있는 예라 할 수 있다.

　　① 바람도 없는 공중에 수직의 파문을 내이며 고요히 떨어지는 오동잎
　　　은 누구의 발자취입니까
　　② 지리한 장마 끝에 서풍에 몰려가는 무서운 검은 구름의 터진 틈으로

體로서 양에 해당하는 의식과 음에 해당하는 무의식이, 그리고 지知와 정情과 의意가 모두 통합된 개념이다.

11) 김태곤, 『한국민간신앙연구』(집문당, 1983); M. 엘리아데, 정진홍 역, 『우주와 역사』, 현대사상사, 1976; M. 엘리아데, 문상희 역, 『샤아머니즘』, 삼성출판사, 1979; M. 엘리아데, 이은봉 역, 『종교형태론』, 형설출판사, 1981 등 참조.

언뜻언뜻 보이는 푸른 하늘은 누구의 얼굴입니까

③ 끝도 없는 깊은 나무에 푸른 이끼를 거쳐서 옛 탑 위의 고요한 하늘
  을 슬치는 알 수 없는 향기는 누구의 입김입니까

④ 근원은 알지도 못할 곳에서 나서 돌뿌리를 울리고 가늘게 흐르는 적
  은 시내는 구비구비 누구의 노래입니까

⑤ 연꽃같은 발꿈치로 가이없는 바다를 밟고 옥같은 손으로 끝없는 하
  늘을 만지면서 떨어지는 날을 곱게 단장하는 저녁놀은 누구의 시입
  니까

⑥ 타고 남은 재가 다시 기름이 됩니다. 그칠 줄 모르고 타는 나의 가슴
  은 누구의 밤을 지키는 약한 등불입니까

- 한용운, 「알 수 없어요」[12]

  이 시의 구조와 전개는 기본적으로 수수께끼 물음의 형식을 밟고 있
다. 전체가 6행으로 되어있는 이 작품은 6행이 각기 6개의 수수께끼식
물음으로 구성되어 있다. 그런데 그 6개의 수수께끼는 주제나 해답이 각
기 다른 물음이 아니라 하나의 주제나 해답을 위한 각기 다른 6개의 설
명방식으로 전개되는 물음으로 되어 있다. 하나의 해답은 아직 그 이름
을 알 수 없거나 혹은 명명할 수 없기 때문에 의문사 '누구'로 지시할 수
밖에 없는 어떤 대상이다. 그런데 일반적인 수수께끼가 그렇듯이 질문
을 던지는 화자는 그 주제적 대상, 즉 해답을 잘 알고 있다. 그래서 대상
을 암시하는 다양한 설명적 묘사는 매우 구체적이고 질문이 반복될수록
그 다양한 묘사의 중첩에 의하여 주제적 대상을 드러내는 초점이 자연
스럽게 형성된다.

  다양한 구체적 묘사에 의해서 주제적 대상을 향한 초점을 강화해 나
가는 「알 수 없어요」의 작품구조는 조금만 더 자세히 살펴본다면 영원
하고 무한한 시간과 공간의 교묘한 유합癒合을 통해서 이루어지고 있음

---

12) 앞으로 한용운의 시작품 인용은 『한용운연구』(새문사, 1982)에 수록된 시집 『님의 침
  묵』을 사용하되, 가독성을 위해서 원문 일부의 옛 표기를 오늘날의 철자법으로 바꾸어
  쓴다.

을 알 수 있다. ①의 '오동잎'을 수식하는 전반부의 문맥적 의미가 종적인 공간의 깊이와 관련된다면, ②의 '푸른 하늘'을 수식하는 문맥은 횡적인 공간의 넓이와 관련된 표현이다. 그리고 ③의 '향기'를 수식하는 문맥이 통시적인 시간의 유구함을 드러내고 있다면, ④의 '시내'를 수식하는 문맥은 공시적인 시간의 무한함을 드러내는 표현이다.

여기에서 ①과 ②의 공간적 심상과 함께 제시된 '오동잎'이나 '푸른 하늘'이 그 시각적인 형태의 결정성과 부동성으로 인하여 미묘하나마 천상의 공간적 지속성이나 불변성을 암시하고 있는 반면에, ③과 ④의 시간적 심상과 함께 제시된 '향기'와 '시내'는 그 후각적이고 시청각적인 무형성과 유동성으로 인하여 지상의 시간적 전변성과 가멸성을 암시하고 있어 서로 대조적인 구도를 보여준다. 그리고 여기까지 나타나 있는 수직과 수평의 구도, 천상과 지상의 이원적 차별, 시간과 공간의 영원함과 무한함, 불변성과 전변성 등은 ⑤의 '저녁놀'을 수식하는 문맥에 이르러 상호 교차되면서 하나의 전체로서 융해되고 만다.

다시 말해서 그 일여적—如的 융해는 무한한 지상적 공간성, 즉 '가이없는 바다'를 밟고, 심원한 천상적 공간성, 즉 '끝없는 하늘'을 만지면서 순간과 영원의 양면성을 상징하는 '떨어지는 날'을 단장하는 '저녁놀'에 의해서 완성된다. 그리고 '저녁놀'은 계선界線이 불분명하고 상호 삼투적인 형상이라는 점에서, 또 머지 않아 그 본질적 속성인 어둠의 너그러움으로 만물의 차별상을 하나의 빛으로 환원시킨다는 점에서 그것은 일여적 융해를 상징하는 심상으로서 매우 적절해 보인다.

「알 수 없어요」의 시적 결구는 실상 5행까지의 묘사에 의해서 완성되었다고 볼 수 있다. 6행은 5행까지의 물음에 대한 대답을 결정적으로 암시하는 결론 부분이고 그 탐색적 물음들의 원천이 된 핵심적 사상의 요약에 불과하다. 그런데 이 6행만이 두 개의 문장으로 구성되어 있음이 주목된다. '타고 남은 재가 다시 기름이 됩니다.'라는 구절은 5행까지의 시상과 서정적 흐름의 결, 그리고 시적 분위기와 율조를 일시에 파탄시키면서 돌출하고 있다. 더구나 이 구절은 이 시의 심오한 핵심적 사상을 요약한 것으로서 지금까지 전개되어 온 구체적이고 감각적인 대상의 묘사로부터 일시에 관념적이고 형이상학적인 의미의 상징적 표현으로 반전하고 있다. 또 거두절미한 채 단도직입적으로 내던져진 그 구절도 파격적인 역설로 제시되고 있다. 이와 같은 시적 파행과 돌출성을 완화하여 시의 전체적 통일성을 조성하기 위해서는 불가피하게 파행 이전의 시적 전개와 동질적인 물음을 부가할 수밖에 없었을 것이다. 이것이 6행이 두 개의 문장으로 구성된 까닭이다.

'타고 남은 재가 다시 기름이 됩니다.'라는 이 시의 결론적 역설의 의미를 파악하기 위해서 5행까지의 구조적 의미를 좀 더 밝혀 보자. 이미 앞에서 분석해 본 바와 같이 5행까지 전개된 시적 의미의 공간은 시공상으로 광대한 우주를 포괄하고 있다. 우주론적 구도 위에 형상화되고 있는 것들은 생멸과 전변을 거듭하고 있는 각기 차별화된 뭇 존재자와 자연적 현상들이다. 그런데 각 시행들을 살펴보면 '~은 누구의 ~입니까'라는 구조로 되어 있다. 앞부분 '~은'에 해당되는 문장상 주제어구가 지시하는 대상은 각기 차별화된 '오동잎', '푸른 하늘', '향기', '시내', '저녁놀' 등 구체적인 현상적 존재들이다. 그러나 뒷부분 '누구의 ~입니까'의 '누구'는 여러 존재가 아니라 하나의 존재다. 이 '누구'는 더 말할 것 없이 시집 『님의 침묵』 전체를 관류하고 있는 님이라고 할 수 있는데, 이 작품에서 확인할 수 있는 바와 같이 그 님은 현상세계의 너머에 신비하게 가려진 채 자신의 정체를 완전히 드러내지 않고 있다. 비가시적 은폐성과 초월성으로서의 님은 다만 차별화된 천지만물의 가변적 존재, 즉 가시적 현시성 속에서 전변을 거듭하는 감각적이고 현상적인 존재들을 통해서 자신의 정체를 암시적으로 드러낼 뿐이다.

결국 님은 무수한 현상적 존재들, 즉 '오동잎', '푸른 하늘', '향기', '시내', '저녁놀' 등을 통해서 부분적으로 접근될 수 있을 뿐 그 완전한 모습은 볼 수가 없다. 이것인가 하면 이것이 아니고 저것인가 하면 벌써 저것도 아니다. 정확히 말해서 그리움의 대상인 님은 현상적 존재 전체라고 할 수 있다. 그러나 전부를 가리키는 것은 아무것도 가리키지 않는 것과 같다. 따라서 가변적이고 생성적인 감각존재들은 님을 구체적으로 부각시킨다기보다 서로가 서로를 연속적으로 상쇄시키면서 무화되고 있다고 보아야 할 것이다. 이렇게 무화된 광대한 시적 공간 속에 무수하게 생성 변화되는 현상들만 망막에 잔상을 남긴 채 가뭇없이 허공으로 사라지고 있다. 이 시의 의미론적 생성의 끝에는 우주론적 시공의 구도 위에 이와 같이 무화된 공간이, 그러나 이 무화가 절대적인 무를 가리키지 않는다는 점에서 진공묘유라고 할 수 있는 현묘한 공간만이 강조되고 전경화되어 남아 있다. 이렇게 볼 때, 님은 결국 현상적 존재 전체이면서 동시에 진공묘유가 드러내는 무 또는 공일 수밖에 없다.

불교적으로 말한다면 현상적 존재는 가아假我, 색色, 사事, 소연기所緣起 등에 해당되고, 님은 무아無我, 공空, 이理, 능연기能緣起 등에 해당된다고 할 수 있을 것이다. 그러나 불교의 존재론적 역설의 논리에 의한다면 색즉시공色卽是空이고 공즉시색이며, 이사무애理事無碍요 동체이체同體異體이므로 현상 즉 실체이며 현상 즉 님이 된다. 바로 이러한 역설의 논리에 대응되는 시적 표현이 '타고 남은 재가 다시 기름이 됩니다.'라는 구절이다.

자신의 모습을 감각적 현상을 통해서 드러내면서 그 현상의 배후에 은폐성과 초월성으로서 남아있는 님, 즉 차별상과 분별성을 뛰어넘은 무 또는 공은 앞에서 이야기한 바 있는 '흰 바탕'과 같은 것이라 할 수 있다. 이 '흰 바탕'이라는 도의 전일성 위에서 '오동잎', '푸른 하늘' 등 감각적 존재는 비로소 현상되고 결구되어 나타날 수 있는 것이다. 이러한 양상을 그림 그리는 일에 비유해 보면 그 의미가 더욱 분명해진다. 감각적 현상 쪽에서 본다면 '오동잎', '푸른 하늘' 등이 오채五彩의 문식文飾을 통해서 스스로 자신의 존재성을 드러내는 것처럼 보이지만, '흰 바탕' 쪽에서 본다면 오히려 '흰 바탕'이 오채의 문식을 통해서 다양한 감각적 현상으로 자신의 역설적 존재성을 드러내고 있다고 볼 수 있다. 다시 말하면 역설적이게도 그림 그리는 일은 대상을 그리기 위함이 아니라, 은폐성과 초월성으로서의 '흰 바탕'이 그 대상을 통해서 보다 더 구체적인 모습으로 드러날 수 있도록 하기 위한 작업이라고 할 수 있다. 그러나 아무리 다양한 색채와 선으로 무수한 형상을 그려낸다고 하더라도 그 '흰 바탕'은 끝내 소진될 수 없을 뿐만 아니라 완결된 제 모습을 결코 드러내지 않는다. 감각적 형상들은 오히려 그 배후에 있는 '흰 바탕'의 역설적 존재성을 강조하는 부재성으로 지탱된다. 동양화의 그 압도할 듯한 표현적 여백의 전통적 기법은 바로 이와 같은 '흰 바탕'이라고 하는 도의 전일성에 대한 인식을 전제한 것이라고 볼 수 있다.

이상의 분석에서 알 수 있듯이 「알 수 없어요」에 형상화되어 있는 님은 그것이 은폐성과 초월성을 본질로 지니고 있는 한 결코 만날 수 있는 대상이 아니다. 결코 만날 수 없는 님이기 때문에, 그러나 동시에 온갖 현상을 통해서 끝없이 그 님의 '발자취'와 '입김'을 분명히 감지할 수밖에 없기 때문에, 님에 대한 그리움과 기다림은 숭고한 종교성과 영원성을 함축한 의미로 승화된다. 만해의 시적 어법을 빌린다면 종교적 의미로 승화되는 님은 자신의 '입김'을 불어 넣어 현상적 존재들을 생성시키고 있다고 볼 수 있는데, 이것은 만물을 분화시키는 도의 생성력과 그대로 일치하는 것이다. 노자는 이와 같은 도의 생성력을 이렇게 간결하게 표현하고 있다.

> 도는 빈 그릇이다. 거기에서 얼마든지 퍼내서 사용할 수 있다. 또 언제나 넘치는 일이 없다. 깊고 멀어서 천지만물의 근원을 이루고 있다.[13)]

> 곡신은 죽지 않는다. 이것을 현빈玄牝이라고 한다. 현빈의 문을 천지의 근본이라고 한다. 끊임없이 길게 이어져 있어서 써도 노고함이 없다.[14)]

---

13)『도덕경』, 제4장. "道沖 而用之 或不盈 淵兮似萬物之宗"
14) 위의 책, 제6장. "谷神不死 是謂玄牝 玄牝之門 是謂天地根 綿綿若存 用之不勤"

도는 '빈 그릇'과 같은 무의 생성력으로 천지만물의 근원이 되고, 곡신, 즉 무는 죽지 않기 때문에 영원히 신비한 모성을 지닌 현빈으로서 천지의 근본이 될 수 있다는 것이다. 이와 같이 만물을 낳는 도의 생성력, 그리고 시작품을 낳게 하는 궁극적인 시정신으로서의 도의 창조력은 독일의 낭만주의 철학자 셸링이 말하는 이른바 영혼으로서의 창조정신과 매우 흡사한 면이 있다. 그에 의하면 자연은 하나의 유기체로서 영혼을 지니고 있으며, 인간과 자연물을 통하여 이 영혼을 표현하려고 하는데, 그것이 가장 잘 표현된 것이 예술이라는 것이다. 그리하여 그는 모든 예술은 바로 그 영혼의 표현, 즉 영감의 표현일 뿐이며, 특히 시는 그 영감의 표현이 가장 잘 이루어진 것이라고 말하고 있다.15) 그러나 셸링의 이러한 사상은 일종의 범신론에 가까운 것으로서 그 창조정신이라는 영혼이 일방적으로 초월성을 띠고 있을 뿐만 아니라, 자연과 인간은 그 영혼의 표현을 위한 일종의 수단에 불과하다는 점에서 일자인 도의 초월성과 다르다고 볼 수 있다. 다시 말해서 일자인 도는 능생能生이면서 소생所生이요 초월적이면서 내재적이고, 상즉상입相卽相入하여 동체이체를 이루는 것이다. 만해의 역설처럼 '타고 남은 재는 다시 기름이 됩니다.'와 같은 논리가 된다.

---

15) Friedrich Wilhelm Von Schelling, "On the Relation of The Plastic Arts to Nature", Hazard Adams(ed.), *Critical Theory since Plato*(New York: Harcourt Brace Jovanovich, Inc., 1971), p.446. "가장 오래된 표현을 빌면 조형예술은 무언의 시이다. 이 정의를 만들어 낸 이는 분명히 이 말로, 전자는 후자와 마찬가지로 정신적 사상들, 그 근원을 영혼에 두고 있는 관념들을 말에 의해서가 아니라 무언의 자연처럼 형체, 형상, 그리고 실체를 지닌 독자적인 작품들에 의해 표현해야 한다는 점을 의미했었다."(Plastic art, according to the most ancient expression, is silent poetry. The inventor of this definition no doubt meant thereby that thr former, like the latter, is to express spiritual thoughts— conceptions whose source is the soul; only not by speech, but, like silent nature, by shape, by form, by corporeal, independent works.)

3. 전동성의 역설

앞에서 설명한 바와 같이 그림에 있어서 '흰 바탕'과 오채의 형상이 궁극적으로 분리될 수 없듯이 도의 초월성과 내재성은 근원적으로 둘이 아니다. 형이상학적인 '흰 바탕'은 감각적 형상들이 아니면 자신을 실현할 수 없고 감각적 형상들은 '흰 바탕'이 없으면 자신의 존재근거를 찾을 수 없다. 바꾸어 말하면 '흰 바탕'은 곧 감각적 형상이고, 일자는 곧 다자이며, 능생能生은 곧 소생所生이며, 초월성은 곧 내재성이다. 모든 사상事象은 일자적 다자성, 능생적 소생성, 초월적 내재성 등으로 표현되는 역설적 존재성을 갖는다. 이렇게 되면 다자는 일자이므로 결국 이夷와 미微는 둘이면서 하나가 되고 '이것'과 '저것'은 각기 다른 것인 동시에 같은 것이 될 수밖에 없다. 이러한 관계를 일원적이라 하지 않고 일여적一如的이라 한다. '이것'이 없으면 '저것'도 없고 '저것'이 일어나면 '이것'도 따라서 일어난다. 사상事象이 서로 다르면서 같다고 하는 이와 같은 역설적 동일성이 바로 도가 지닌 전동성이다.

> 천지만물의 이理는 홀로가 아니라 반드시 상대가 있다. 이것은 모두 저절로 그러한 것이지 안배한 것이 아니다. …… 중中이란 글자는 가장 알기 어려운 것이니 모름지기 직관적으로 알아낼 것이다.16)

> 천하 사람들이 다 아름다운 것을 아름답다고 알지만 그것은 추악한 것이 있기 때문일 뿐이다. 다 착한 것을 착하다고 알지만 그것은 착하지 않은 것이 있기 때문일 뿐이다. 그런 까닭에 있는 것과 없는 것은 서로 낳는 것이고 어려운 것과 쉬운 것은 서로가 성립시키는 것이다. 긴 것과 짧은 것은 서로 비교되어 형태를 드러내기 때문에 생기는 것이며, 높은 것과 낮은 것은 높고 낮음의 기울기로 서로를 비추기 때문에 생기는 것이다. 음音과 성聲은 서로가 있어야 조화를 이루고, 앞과 뒤는 앞이 있어야 뒤가 따

---

16) 『근사록』, 151~153쪽. "天地萬物之理 無獨必有對 皆自然而然 非有安排 …… 中字最難識 須是默識心通"

르고 뒤가 있어야 앞이 따를 수 있다. 그런 까닭에 성인은 작위함이 없이
일을 처리하고 말하지 않고 가르침을 행한다.[17]

　태극의 미분성으로부터 일단 음양 이기가 분화되면 대립이 생긴다.
대립은 시공간적 존재의 본질이다. 홀로 있는 전일한 존재는 태극뿐이
다. 시공간 속에 존재한다는 것은 분별되고 구별되는 거리를 지닌다는
뜻이므로 천하 만물은 대립적인 상대가 있을 수밖에 없다. 그러나 대립
자는 서로 다르면서도 같은 것이다. 어느 하나가 없어지면 다른 나머지
도 따라서 없어진다. 그것들은 서로 생성적인 관계에 있으며 서로의 존
재근거가 되고 있는 것이다. 그러므로 어느 한 쪽에 치우치는 것은 허망
한 짓일 뿐이다. 어느 쪽으로도 치우치지 않으면서 양자를 모두 포괄할
수 있어야만 참된 도리에 이를 수 있다. 그러나 인간의 행위는 대립적인
가치의 추구에 기울어지게 마련이고 인간의 언어는 본질상 분별하지 않
을 수 없다. 기울어짐과 분별됨은 기울어지고 분별되는 만큼의 결핍을
초래하고, 결핍은 욕망을 일으키기 마련이며, 욕망은 갈등과 투쟁을 야
기할 수밖에 없다. 그러므로 성인은 대립이 하나로 통일된 중심을 소중
히 한다. 그리고 중中의 자리, 즉 도 위에서 작위함이 없이 일하고 말하
지 않고 가르친다.

　전동성은 시공간적 존재의 존재구조이자 존재근거이다. 태극으로부
터 우주가 생성되었다고 하는 것은 전동성이 시공간적 사상事象을 통하
여 실현되었다는 뜻이고 전동성이 실현되었다는 것은 세계가 처음부터
역설적 존재구조일 수밖에 없다는 뜻이다. 따라서 역설적 존재는 하나의
일관된 시점과 체계적 설명에 의해서 파악될 수 없다. 그것은 필연적으
로 상호모순적인 다면적 시점과 역설적 비유를 요구하는 것이다. 전동성
이 야기하는 이와 같은 역설이 이른바 존재론적 역설ontological paradox을

17)『도덕경』, 제2장. "天下皆知美之爲美 斯惡已 皆知善之爲善 斯不善已 故有無相生 難易相
　　成 長短相形 高下相傾 音聲相和 前後相隨 是以聖人處無爲之事 行不言之敎"

이루는 것이라 할 수 있다.[18)

　　여러 번 암시된 바와 같이 전동성은 사상의 차이와 대립을 현상대로 인정하면서도 그것들이 궁극적으로 동일하다고 보는 개념이다. 이와 같이 상별相別이면서 상동相同인 전동성의 개념을 이율곡은 다음과 같이 설명한다.

> 　대저 이理라는 것은 기의 주재요, 기란 것은 이가 타는 바이니, 이가 아니면 기가 뿌리박을 곳이 없고, 기가 아니면 이가 의지할 데가 없다. 이와 기는 두 물건도 아니요 한 물건도 아니다. 한 물건이 아니기 때문에 하나이면서 둘이요, 두 물건이 아니기 때문에 둘이면서 하나인 것이다. 왜 이기가 한 물건이 아니라 하는가. 이기가 비록 서로 떠나지 못하나 묘하게 합한 가운데서도 이는 이 자체가 있고 기는 기 자체가 있어 서로 섞이지 아니하므로 한 물건이 아니다. 그러면 왜 두 물건이 아니라 하는가. 이와 기는 서로 선후도 없고 떨어지고 합한 것도 없이 혼연히 되어 두 물건으로 보이지 않으므로 두 물건이 아니다. 움직임과 고요함이 끝이 없고 음과 양이 처음이 없으니 기가 비롯함이 없음은 이가 비롯함이 없는 까닭이다.[19)

---

18) Philip Wheelwright, *The Burning Fountain*(Indiana University Press, 1968, pp.97~98. "현실은 논리적 담론이 재현하는 것만큼 원래부터 윤곽이 뚜렷한 것이 아니다. 그리고 논리학자의 전략은 윤곽이 뚜렷하거나 비교적 뚜렷한, 현실의 양상들과 현실 내에서의 관계들을 강조하는 것이다. …… 존재론적 역설은 탐색적 가능성들을 암시하는 데 있어서 너무 신비스럽고 너무 다면적이어서 현저한 왜곡없이는 그 절반도 개별적으로 단언될 수 없는 어떤 초월적 진리를 표현한다."(Reality is not natively as clear-cut as logical discourse would represent it, and the strategy of the logician is to stress those aspects of it and those relations within it that are clear-cut or comparatively so. …… An ontological paradox expresses some transcendental truth which is so mysterious and so many-sided in its suggestions of explorative possibilities that neither half of it could be affirmed separately without gross distortion.)

19) 『율곡전서』, 1권, 성대대동문화연구원 영인, 1978, 197쪽. "夫理者氣之主宰也 氣者理之所乘也 非理則氣無所根柢 非氣則理無所依著 卽非二物又非一物 非一物故一而二 非二物故二而一也 非一物者 何謂也 理氣雖相離不得 而妙合之中 理自理 氣自氣 不相挾雜 故非一物也 非二物者 何謂也 雖曰 理自理 氣自氣 而混淪無間 無先後無離合 不見其爲二物 故非二物也 是故動靜無端 陰陽無始 理無始 故氣亦無始也"

이는 기가 없으면 의지할 데가 없어 드러날 수가 없으며, 기는 이가 없으면 뿌리박을 데가 없어 홀로 설 수가 없다고 한다. 그러면서도 그것들은 하나라고 할 수도 없고 둘이라고 할 수도 없다는 것이다. 그러므로 그것은 일이이一而二, 즉 하나이면서 둘이고, 이이일二而一, 즉 둘이면서 하나라고 할 수밖에 없다.

시정신은 바로 전일성이다. 시적 세계관이 이 전일성을 지향하는 데에 있는 한 시는 전동성의 표현을 필연적인 본질로 지닐 수밖에 없다. 왜냐하면 비동일성과 동일성을 동시에 포괄하는 전동성의 개념은 '둘이면서 하나'라고 할 때의 그 '둘'에서 성립한다기보다 둘 사이의 동일성, 즉 '하나'를 발견하는 데에서 성립하는 것이며, 서로 다른 이것과 저것이 '하나'임을 발견하여 나가는 일은 결국 전일성이라는 이념을 지향하는 것에 불과하기 때문이다.

시가 전일성을 지향하는 한 시적 언술의 본질은 전동성의 표현일 수밖에 없고, 시가 전동성을 드러내고자 하는 한 모든 시적 언술은 근본적으로 역설이 될 수밖에 없다. 전동성은 역설이 발생하는 근원이다. 그래서 시는 역설에서 시작하여 역설로 끝난다. 게다가 시가 상상적 언어라는 점은 시적 언술의 본질이 전동성의 표현이며 역설이라고 하는 사실을 더욱 필연적이고 확고부동한 것으로 확인시켜 준다. 상상력은 대립과 차별성을 뛰어넘어 사물과 사물을 하나로 연결하고 통합하는 힘이기 때문이다. 다시 말하면 상상력 자체가 바로 역설이고 전동성의 표현이다.

시적 언술은 무수한 겹겹의 역설로 감싸여 있다. 이제 지금까지 설명한 전동성이 아주 논리적인 시적 진술을 통해서 나타나 있는 다음의 시를 보자.

> 나는 어느날 밤에 잠없는 꿈을 꾸었습니다.
> 「나의 님은 어데 있어요 나는 님을 보러 가겠습니다. 님에게 가는 길을
> 가져다가 나에게 주서요 검이여」

「너의 가려는 길은 너의 님이 오려는 길이다. 그 길을 가져다 너에게 주면 너의 님은 올 수가 없다.」

「내가 가기만 하면 님은 아니 와도 관계가 없습니다.」

「너의 님의 오려는 길을 너에게 갖다 주면 너의 님은 다른 길로 오게 된다. 네가 간대도 너의 님을 만날 수가 없다.」

「그러면 그 길을 가져다가 나의 님에게 주서요.」

「너의 님에게 주는 것이 너에게 주는 것과 같다. 사람마다 저의 길이 각각 있는 것이다.」

「그러면 어찌하여야 이별한 님을 만나보겠습니까.」

「네가 너를 가져다가 너의 가려는 길에 주어라. 그리하고 쉬지 말고 가거라.」

「그리 할 마음은 있지마는 그 길에는 고개도 많고 물도 많습니다. 갈 수가 없습니다.」

검은 「그러면 너의 님을 너의 가슴에 안겨 주마」하고 나의 님을 나에게 안겨 주었습니다.

나는 나의 님을 힘껏 껴안았습니다.

나의 팔이 나의 가슴을 아프도록 다칠 때에 나의 두 팔에 베어진 허공은 나의 팔을 뒤에 두고 이어졌습니다.」

— 한용운, 「잠없는 꿈」

만해 한용운의 시집 『님의 침묵』 전체가 형이상적 역설로 구성되어 있다고 하는 것은 이미 널리 알려진 사실이다. 또 만해의 시처럼 철저하게 역설적인 인식 위에서 이루어진 시작품을 일관되게 산출해 낸 시인도 우리 시문학사에서는 만해 외에 더 찾아볼 수가 없다.

만해의 시가 엮어내고 있는 무수한 역설은 한 마디로 말해서 불교의 독특한 본체론에서 기인한다고 볼 수 있다.[20] 불교의 본체론 혹은 존재

---

20) 불교의 존재론이 갖는 역설성과 비교하여 만해시의 역설을 「님의 침묵」을 중심으로 논의한 업적으로는 오세영의 「침묵하는 님의 역설」, 『국문학논문선』(민중서관, 1977)이 있다.

론이 지니는 역설과 심오한 진리를 시의 형식을 빌어 형상화한 것이 바로 만해의 시이다. 이런 점에서 만해의 시에는 도의 전동성과 그 역설이 가장 노골적으로 그리고 철저하고 다양하게 드러나 있다고 볼 수 있다.

앞에 인용한 「잠없는 꿈」은 우선 제목부터가 선명한 역설이다. 그리고 이 시는 형이상적 관념과 역설이 강조된 나머지 구체적인 시적 형상화의 아름다움은 전혀 찾아볼 수가 없다. 그러나 다양한 시적 형상의 의장에 의해서 표현하지 않고 직설적 진술이 갖는 분명한 논리에 의해서 표현하고 있으므로 오히려 '님'의 정체와 그 '님'과의 관계를 파악하기는 아주 용이해진 셈이다.

이 시의 내용은 화자가 '검'과 주고 받는 대화로 구성되어 있는데, 그 대화의 내용을 크게 나누어 말한다면 결국 다음과 같은 세 개의 의미단위로 요약된다.

> 1) 내가 '님에게 가는 길'과 님이 '나에게 오는 길'은 하나다.
> 2) '길'을 '님에게 주는 것'과 '나에게 주는 것'은 같다.
> 3) 님을 만나기 위해서는 나는 나의 길과 하나가 되어 쉬임없이 가야 한다.

여기에서 1)이 의미하는 바는 결국 길이 하나밖에 없다는 뜻이다. 하나밖에 없는 이 유일한 길로 내가 님에게 갈 수도 있고 님이 나에게 올 수도 있다. 그러므로 그 길을 나에게 주면 님이 올 수가 없고 님에게 주면 내가 갈 수가 없다. 따라서 2)의 의미와 같이 길을 님에게 주는 것과 나에게 주는 것은 어느 경우에나 나와 님이 오거나 갈 수 없다는 점에서 같은 것이다. 그러나 이것은 모순이다. 하나밖에 없는 길이라면 그 길로 내가 가거나 님이 오거나 반드시 둘은 만나야 함에도 불구하고 '너의 님이 오려는 길을 너에게 갖다주면 너의 님은 다른 길로 오게 된다. 네가 간대도 너의 님을 만날 수가 없다.'라고 말하기 때문이다.

분명히 길은 하나라고 말하면서도 또 님이 오는 '다른 길'이 있음을 말하면서 '네가 간대도 너의 님을 만날 수가 없다.'라고 하는 것은 도대체 무슨 뜻인가. 길은 하나이면서 동시에 또 다른 길이 있다고 하는 것은 길은 하나이면서 둘이라는 뜻이다. 길이 하나이면서 둘이라고 하는 것은 그 길이 처음과 끝이 있는 직선적인 길이 아니라 처음과 끝이 맞물려 있는 순환적인 길임을 뜻하는 것이다. 순환적인 길이라면 앞으로 가는 길과 뒤로 돌아오는 길은 서로 다르면서도 궁극적으로는 같은 길이 될 수밖에 없다. 그래서 내가 님을 만나기 위해 앞으로 가면 님은 뒤로 돌아오는 '다른 길'로 오는 것이다.

그렇다면 님은 어떻게 만날 수 있는가. '너를 가져다가 너의 가려는 길에 주어라. 그리하고 쉬지 말고 가거라' 하고 '검'은 말한다. 다시 말하면 님을 만나기 위해서 나는 길과 하나가 되어야 하고 그 길을 쉬임없이 가야 한다는 것이다. 이 말은 님과 길이 결코 다르지 않고 또한 나와 길이 결코 다르지 않다는 뜻이다. 길이 하나이면서 둘이듯이 님과 길은 둘이면서 하나이고, 나와 길도 둘이면서 하나이다. 따라서 나와 님도 둘이면서 하나가 될 수밖에 없다. 나와 님과 길은 서로 상보적이기도 하고 서로의 존재조건이기도 하고 궁극적으로는 하나의 단일존재이기도 하다. 바꾸어 말하면 이이일二而一이요 일이이一而二인 전동성의 역설이다.

(1985년 전국국어국문학회 발표논문 「만해 시의 도의 형상화」 일부)

김영석 시의 세계

| 초판 1쇄 인쇄일 | | 2012년 6월 11일 |
| 초판 1쇄 발행일 | | 2012년 6월 12일 |

엮은이		배재대학교 현대문학회
펴낸이		정구형
출판이사		김성달
편집이사		박지연
책임편집		이하나
본문편집		정유진 이원숙
디자인		유정현 김현경 장정옥
마케팅		정찬용
영업관리		김정훈 권준기 정용현 천수정
인쇄처		월드문화사
펴낸곳		**국학자료원**

등록일 2006 11 02 제2007-12호
서울시 강동구 성내동 447-11 현영빌딩 2층
Tel 442-4623 Fax 442-4625
www.kookhak.co.kr
kookhak2001@hanmail.net

| ISBN | | 978-89-279-0180-8 *93800 |
| 가격 | | 43,000원 |